Das Buch

»Du kommst oft nach Walsum«, sagte Anja neckisch.

»Stört dich das etwa?« Spöttisch zog Joris eine Augenbraue hoch.

»Nein, im Gegenteil«, rutschte es ihr heraus. Anja störte nur, dass er sie nicht besuchen kam.

»Im Gegenteil?« Er musterte sie intensiv.

Ihre Wangen brannten. »Wiederholst du jetzt alles, was ich sage?« Da lachte er.

Es lag ein Knistern in der Luft, und Anja fragte sich, ob Joris es auch spürte. Nach der langen Beziehung mit Ralf war sie, was Flirten betraf, aus der Übung. »Du kümmerst dich echt lieb um deine Tante.«

»Sie liegt mir eben am Herzen.« Kurz warf er einen Blick über die Schulter auf das *Lüttes Glück*.

Ich wünschte, das würdest du auch von mir sagen, dachte Anja mit rasendem Puls. »Jeder, der dich zum Freund hat, kann sich glücklich schätzen.«

Als er sich an ihr vorbei ins Haus drängte, kam er ihr so nah, dass ihr heiß wurde. Er sah ihr tief in die Augen und bewegte sich so langsam vorwärts, dass es den Eindruck machte, als wollte er den Moment hinauszögern.

Die Autorin

Marie Schönbeck hat sich in das Nordfriesische Wattenmeer verliebt. Für sie sind die Küsten und Inseln Sehnsuchtsorte. Oft fährt sie mit ihrem Mann und ihren Hunden an die Nordsee, um lange Spaziergänge am Strand zu machen und die wildromantische Natur zu genießen. Während sie eines Tages in einem Strandcafé saß, Tee trank und friesisches Mandelgebäck mit Schokoladenguss aß, kam ihr die Idee zur Romanreihe um die kleine Inselpension *Lüttes Glück* auf Föhr.

Lieferbare Titel

Marie Schönbeck

Ein Traum am Nordseestrand

LÜTTES GLÜCK

ROMAN

WILHELM HEYNE VERLAG
MÜNCHEN

Penguin Random House Verlagsgruppe FSC® N001967

2. Auflage
Originalausgabe 03/2024
Copyright © 2024 by Marie Schönbeck
Copyright © 2024 dieser Ausgabe
by Wilhelm Heyne Verlag, München,
in der Penguin Random House Verlagsgruppe GmbH,
Neumarkter Str. 28, 81673 München
Redaktion: Dr. Loel Zwecker
Umschlaggestaltung: zero-media.net
unter Verwendung von Finepic®, München
Satz: Uhl + Massopust, Aalen
Druck und Bindung: Nørhaven A/S, Viborg
Printed in Denmark
ISBN: 978-3-453-42603-0

www.heyne.de

»Genieße die kleinen Dinge!
Denn sie machen das Leben großartig.«

Autor unbekannt

Kapitel 1

Heimlich schlichen sich ihre Gedanken immer wieder nach Föhr davon. Sobald sich Anja dessen bewusst wurde, erschrak sie innerlich. Zunehmend wütend auf sich selbst, konzentrierte sie sich wieder auf Köln. Lange hielt sie aber nie durch.

Mühsam versuchte sie, Ralf zu folgen, der die erste Hälfte der Präsentation übernahm, doch sie schaffte es kaum. Sie hoffte, dass die zwei Frauen und die zwei Männer, die mit ihnen im Konferenzraum saßen, nicht bemerkten, wie unkonzentriert sie an diesem Vormittag war. Falls doch, würden sie wohl denken, dass Anja kein Interesse daran hatte, den französischen Zigarettenhersteller als Kunden zu gewinnen.

Was das betraf, war sie tatsächlich hin und her gerissen.

Es widerstrebte ihr, Tabakwaren zu bewerben. Nicht nur, weil sie ungesund waren, sondern auch, weil manche Raucher ihre Kippen einfach wegschnippten und der giftige Müll der Umwelt dann über Jahre hinweg schadete.

Unglücklicherweise war dieser Auftrag wichtig. Er würde der Werbeagentur, die Anja gemeinsam mit Ralf führte, einen großen Gewinn bescheren und sie in ganz Europa bekannt machen. Bestimmt würden weitere Kampagnen von ausländischen Konzernen folgen.

Selbst nach vier Jahren störte Anja der Name ihrer Agentur noch immer. *Shine with us!* Sie hätte etwas Deutsches bevorzugt, schließlich war ihr Büro in Köln. Aber Ralf hatte auf seinen Vorschlag bestanden. Sie sollten international denken, meinte er und hatte sich am Ende durchgesetzt. Wie es aussah, hatte er recht gehabt. Trotzdem fiel es Anja immer noch schwer, sich mit dem Namen zu identifizieren.

Im nächsten Moment war sie in Wyk und schritt über den Strand des Badeorts. Barfuß und mit einem großen Strohhut auf dem Kopf. Die Sonne wärmte ihre Arme. Ihr T-Shirt flatterte im Wind, und sie musste ihren Hut festhalten, damit er nicht weggeweht wurde. Der warme Sand rieselte durch ihre Zehen. Der angenehme Kitzel zauberte ein Lächeln auf ihr Gesicht. Freudestrahlend ging sie zum Wasser. Während die erste kühle Welle der Nordsee ihre Füße umspielte, fiel eine unsichtbare Last von ihr ab. Erleichtert seufzte Anja.

Plötzlich knarzten die Stühle neben ihr. Das Geräusch riss Anja aus ihrem Tagtraum und sie fand sich zurück in dem nüchternen Konferenzraum der Werbeagentur. Die Geschäftsleute hatten sich zu ihr gedreht und sahen sie überrascht an. In dem Moment merkte sie, dass sie tatsächlich geseufzt hatte, nicht bloß im Traum.

Ihre Wangen brannten. Um ihre Verlegenheit zu überspielen, nahm sie eine Flasche stilles Wasser aus der Kühlbox vor ihr, in der Getränke für sie und ihre Gäste bereitstanden. Sie goss sich etwas davon in ein Glas und trank. Mit einem Blick flehte sie Ralf an fortzufahren, um die peinliche Situation zu beenden.

Er tat ihr den Gefallen. Die Aufmerksamkeit der Kunden richtete sich wieder auf seine Präsentation der Marketingoffensive, mit der *Shine with us!* ihre Zigaretten auf dem deutschen Markt einführen wollte. Es würde ein Leichtes werden, dem Produkt zum Erfolg zu verhelfen. Die Zigaretten steckten in schrill bunten Schachteln mit coolen Sprüchen, die den Inhalt verharmlosten und an Kaugummipackungen erinnerten.

Nun, da sie nicht mehr angestarrt wurde, sackte sie in sich zusammen. Innerlich blieb sie jedoch angespannt. Sie sollten diesen Auftrag unbedingt an Land ziehen. Sie hatten bereits viel Energie und Zeit in das Projekt gesteckt. Alles andere hatte zurückstehen müssen, vor allen Dingen ihr Liebesleben. Aber das war inzwischen schon normal.

Welches Liebesleben, fragte sich Anja bitter. Ralf und sie hatten kaum Freizeit. Das Hamsterrad drehte sich unentwegt weiter. Sie fühlte sich urlaubsreif.

Sie trank ihr Glas leer und stellte es geräuschlos ab. Das kühle Wasser, das ihre Kehle hinablief, ließ sie wieder an das Schelfmeer des Atlantischen Ozeans denken. Erinnerungen strömten auf sie ein, wie gewaltige Wellen, die heranrollten und sich dann laut am Deich brachen.

Sie dachte daran zurück, wie sie als Kind mit ihren Eltern und ihrer drei Jahre jüngeren Schwester oft Sommerurlaub auf Föhr gemacht hatte. Wie sie und Leonie auf Ponys über die Salzwiesen ritten und die ganze Zeit vor unbändiger Freude grinsten. Wie sie beide bis zu den Knien ins Meer wateten und sich gegenseitig kichernd nass spritzten. Damals hatte Anja gelernt, dass Eiscreme viel besser schmeckte, wenn man sie am Strand mit Blick auf die von den Sonnenstrahlen glitzernde Oberfläche der Nordsee genoss.

Seitdem war Föhr für Anja ein Sehnsuchtsort. Andere

Menschen träumten sich auf die Seychellen, an skandinavische Fjorde oder die Küste Südafrikas. Anja erkannte den Reiz dieser Urlaubsziele, aber sie tickte eben anders. Nur wenn sie an Föhr dachte, spürte sie ihr Herz heftig pochen.

Die Insel im nordfriesischen Wattenmeer war ein besonderes Fleckchen Erde für sie. In Anjas Vorstellung war dort ihre Mutter Martina noch am Leben, ihr Vater Klaus hatte noch keine neue Freundin, die ihn ganz für sich beanspruchte, sodass sie sich kaum noch trafen. Leonie lebte noch in Deutschland und nicht im weit entfernten Thailand. Telefonate konnten niemals Nähe ersetzen, egal wie lang und intensiv die Gespräche auch waren.

Damals auf Föhr schien alles viel leichter gewesen zu sein. Das Leben hatte solch einen Spaß gemacht, heutzutage bestand es nur noch aus Arbeit. Anja wusste, dass sie die Vergangenheit verklärte, weil sie damals noch ein Kind gewesen war und von den Problemen der Erwachsenen nichts geahnt hatte.

Als sie die grüne Insel das letzte Mal mit ihrer gesamten Familie besucht hatte, kurz bevor ihr Vater ihre Mutter für die resolute Rita verließ, war sie zwölf Jahre alt gewesen. Während des Urlaubs lernte sie Erik kennen. Er hatte schneeweiße Haare und eine süße Lücke zwischen den Vorderzähnen und machte eine Kur auf der Nordseeinsel, weil er an Asthma litt. Wenn Anja mit ihm zusammen war, kribbelte ihr ganzer Körper und ihr wurde jedes Mal heiß. Sie konnte nur noch an Erik denken, so etwas war ihr noch nie passiert.

Aufgewühlt traf sie sich am Abend vor ihrer Abreise mit ihm am Leuchtturm. Die bevorstehende Trennung machte sie traurig, sie hatte feuchte Augen. Doch bevor sie weinen konnte, küsste Erik sie zum Abschied. Da versiegten ihre Tränen. Auf der Heimfahrt zog Leonie Anja damit auf, dass sie dämlich grinsen würde. Sie wisse genau, an wem das lag.

Anja hatte also ihren ersten richtigen Kuss auf Föhr bekommen. Das würde sie auf ewig mit der Insel verbinden. Selbst die Tatsache, dass ihr letzter Besuch vor sechs Jahren von Kummer begleitet worden war, trübte ihre Begeisterung nicht.

Der Krebs ihrer Mutter war schon recht weit fortgeschritten, als sie sie in ihrem Krankenbett sitzend bat: »Ich möchte es sehen, ein letztes Mal.«

»Was, Mutter?« Anja legte ihr eine Fleecedecke um die Schultern, weil sie im beheizten Wohnzimmer trotz Strickjacke und Pullover fror.

Vor Begeisterung glühten die Wangen ihrer Mutter. »Das nordfriesische Wattenmeer.«

»Bist du dafür nicht zu schwach?«, fragte Anja besorgt, denn ihre Mutter war nur noch Haut und Knochen.

Während ihre Mutter lächelte, rollte eine Träne über ihre Wange. »Jetzt oder nie mehr.«

Anja war hin und her gerissen, ob sie ihr den Wunsch abschlagen oder erfüllen sollte. Also suchte sie Rat bei dem behandelnden Arzt ihrer Mutter.

»Aus medizinischer Sicht muss ich ihr dringend von dieser Reise abraten, denn sie würde ihre Kraft übersteigen und könnte die Krankheit verschlimmern«, sagte Dr. Grohte. Nach einigem Zögern merkte er jedoch an: »Privat bin ich allerdings der Meinung, dass sie in den letzten Wochen und Monaten, die ihr noch bleiben, alles machen sollte, was ihr Freude bereitet.«

Die Zeit ihrer Mutter lief ab, das machte Anja unendlich traurig.

Ohne sich dies jedoch anmerken zu lassen, fuhr Anja mit ihrer Mutter nach Föhr. Dort verbrachten sie zu zweit vier wundervolle ruhige Tage, denn so kurzfristig konnte Leonie, die in Ko Samui mit ihrem Freund eine Strandbar betrieb, nicht nach Deutschland fliegen. Und Anjas Vater, der seit zwanzig Jahren von ihrer Mutter geschieden war, sagte nach einer Eifersuchtsszene seiner Freundin ab.

Während Anja ihre Mutter stützte, bestaunten sie bei rauem Wind die waghalsigen Manöver der Kitesurfer und bei ruhigem Wetter die ersten unsicheren Versuche einiger Stand-up-Paddler vor der Küste vor Wyk, Nieblum und Utersum.

Mit dem Friesenexpress ließen sie sich vorbei an Dünen und malerischen Dörfern über die ganze Insel fahren, weil ihre Mutter die Strecke nicht mehr zu Fuß oder mit dem Fahrrad schaffte. In dem gemütlichen Hofcafé von *Hinrichsens Familienfarm* in Dunsum tranken sie Tee mit Rum und Kandis. Im Hofladen kauften sie Inselkäse, Wein und Öle mit Inselkräutern.

Im Café *Im Apfelgarten* in Oldsum verschlangen sie einige Stücke selbst gebackener Torten, ohne die Kalorien zu zählen, in einer Friesenstube in Nieblum aßen sie Muscheln und in einem Restaurant in Midlum Salzwiesenlamm. Wenn es ihrer Mutter zu schlecht ging oder sie von ihren Ausflügen erschöpft war, kuschelten sie sich in einen Strandkorb, schauten einfach bloß aufs Meer und ließen die Seele baumeln.

Fünf Tage nachdem sie wieder zu Hause in Köln waren,

starb Anjas Mutter, als hätte sie endlich einschlafen können, nun, da sie noch einmal Föhr besucht hatte. Neben Anja saßen auch Leonie und ihr Ex-Mann an ihrem Krankenhausbett, als sie ihren letzten Atem aushauchte. Ihr Tod lag bereits sechs Jahre zurück, aber Anja spürte noch immer das schwere Gewicht der Trauer, wenn sie an ihre Mutter dachte. Sie war ihr Anker gewesen. Anja vermisste sie sehr.

Sie erschrak, als Ralf ihr den Staffelstab übergab, damit sie die zweite Hälfte der Präsentation ihres Marketingplans vortrug, wie abgesprochen. Es war ein Wettlauf gegen andere Werbeagenturen, die ebenfalls Konzepte für den französischen Zigarettenhersteller entwickelt hatten.

»Was ist heute nur mit dir los, Kleines?«, raunte Ralf ihr vorwurfsvoll zu, als er sich neben sie setzte und sie sich daraufhin steif erhob.

In ihren Ohren klang der Kosename in diesem Moment wie eine Rüge. Aber er hatte ja recht, sie war nicht bei der Sache. Warum nur, fragte sie sich, als sie nach vorne ging, um einige Influencer vorzustellen, die bereit waren, im Internet für die Zigarettenmarke zu werben.

Es war ihr doch wichtig, diesen Auftrag zu bekommen. Zugleich fragte sich Anja jetzt, ob sie das überhaupt wollte. Mehr Erfolg würde nur noch mehr Arbeit nach sich ziehen, ihr war das Pensum jedoch jetzt schon zu viel. Jede Faser ihres Körpers sehnte sich nach Erholung. Nach Urlaub. Nach Veränderung. War das nicht der Grund für ihre Tagträume von Föhr?

Außerdem störte es sie, Werbung für etwas zu machen, das sie privat keinesfalls empfehlen würde. Darüber hatte sie schon oft mit Ralf diskutiert, aber er hatte kein Verständnis für sie. Das eine wäre nun einmal ihr Job und das andere ihre persönliche Meinung, beides müsste sie trennen.

Doch der Spagat setzte ihr immer mehr zu. Produkte verkaufte man, indem man die Gefühle der Zuschauer manipulierte. Jetzt sollte Anja Zigaretten anpreisen, indem sie den Eindruck vermittelte, die Glimmstängel würden irgendwie glücklich machen und die richtige Atmosphäre für Liebesbeziehungen schaffen. Das war doch großer Mist! Man nannte sie nicht umsonst Sargnägel.

Emotionslos trug sie vor, was Ralf, ihr Team von Mitarbeitern und sie erarbeitet hatten. Sie kam sich vor wie ein Roboter. Ihr wurde klar, dass ihr nichts an diesem Auftrag lag, egal wie viel Geld er einbringen und wie sehr er ihren Bekanntheitsgrad erhöhen könnte. Ihre Gleichgültigkeit bestürzte sie. Ralf hatte recht, sie war heute nicht sie selbst.

Sie fühlte sich unwohl, weil Thibaut Chacal, der Chef des französischen Unternehmens, sie mit seinen Blicken auszog. Selbstzufrieden lächelte der glatzköpfige Mann sie an und saß in seinem maßgeschneiderten Anzug in seinem Stuhl, wie ein Jäger, der sicher war, dass er die Beute, die er ins Visier genommen hatte, niederstrecken würde. Der Mann widerte sie an, aber das durfte sie sich unter keinen Umständen anmerken lassen.

Souverän wie immer beendete Anja ihren Vortrag mit einem Katalog von Below-the-line-Marketingmaßnahmen. Doch kaum hatte sie zu Ende gesprochen, war sie so erschöpft, dass sie sich förmlich in ihren Stuhl am Konferenztisch fallen ließ. Ralf zog eine Augenbraue hoch, dachte wohl, dass es besser wäre, wenn er nun wieder das Ruder übernahm, und wollte von den möglichen Kunden wissen, ob sie noch Fragen hätten. Selbstverständlich hatten sie welche, doch Chacal richtete alle an Anja. Für ihn schien Ralf nicht zu existieren. Die Situation war unangenehm.

»*Bon*«, sagte Chacal schließlich und erhob sich, seine Entourage tat es ihm gleich. »*Alors*, so machen wir es.«

Ralf sprang auf. »Bedeutet das …«

»*Shine with us!* bekommt den Zuschlag.« Chacal antwortete Ralf, sah aber die ganze Zeit Anja an.

Während Ralf sich freute, wünschte sich Anja, der Franzose hätte abgesagt. Vielleicht würde sie krank werden. War das der Grund für diesen merkwürdigen Gedanken? Wäre es so schlimm, krank zu sein? In dem Fall könnte sie zu Hause bleiben und in Ruhe von vergangenen glücklicheren Zeiten träumen.

In ihrer Erinnerung kreisten Möwen über ihrem Kopf. Schon ihr fröhliches Lachen verursachte ein Wohlgefühl. Wenn Anja es bei ihrer Anreise nach Föhr das erste Mal hörte, fing der Sommerurlaub für sie an. Es war der Startschuss in eine ausgelassene Zeit gewesen.

Ralfs Stimme zitterte leicht vor Freude, als er sagte: »Ich werde gleich den ersten Vertragsentwurf fertig machen und Ihnen morgen persönlich ins Hotel bringen.«

»Meine *avocats* werden nicht lange brauchen, um ihn zu prüfen. Wir könnten aber Änderungswünsche haben. Darauf müssen Sie sich einstellen.« Chacal zog sein Smartphone aus der Tasche seiner Anzugjacke und sah aufs Display.

Ralf nickte den Juristen hinter ihm zu. »Selbstverständlich.«

»Ich erwarte Sie, Madame Blumenthal, mit den Unterlagen.« Mit dem Mobiltelefon zeigte Chacal auf Anja.

Entgeistert schaute sie abwechselnd zu Ralf und zum Franzosen. »Aber ...«

»Nichts aber! Morgen Abend neunzehn Uhr im Restaurant meines *hôtels*, tagsüber habe ich noch andere Termine. Dort können Sie mir den *contrat* aushändigen und ich leite ihn an meine Anwälte weiter. Falls mir noch Fragen einfallen, kann ich sie bei unserem gemeinsamen *dîner* stellen.« Chacals Worte klangen wie eine Anweisung, nicht wie eine Einladung.

»Prima. Dann machen wir es so«, antwortete Ralf für Anja, was diese verstimmte.

Hinter dem Rücken machte Anja eine Faust. Eigentlich war sie nicht so rücksichtslos, aber nun stellte sie Ralf genauso vor vollendete Tatsachen, wie er es gerade getan hatte. »Herr Griesmann wird Ihr Projekt übernehmen. Ich denke, da ist es besser, wenn Sie von Anfang an mit ihm sprechen.«

»*Mais non!* Sie werden mein Kontakt zu *Shine with us!* sein.« Ungehalten wischte Chacal mit seiner Hand durch die Luft. Sein Ton wurde schärfer. »Sollte das etwa *un problème* sein?«

»Natürlich nicht«, schaltete sich Ralf ein, denn er schien Anjas Unmut wahrzunehmen und befürchtete wohl, dass das Geschäftstreffen doch noch unschön enden könnte. »Sie wird Ihnen jederzeit als Ansprechpartnerin zur Verfügung stehen.«

»Und sie wird auch zu mir nach Paris kommen. Um meine Zigarettenfabrik zu besichtigen und *dètails* abzustimmen«, fügte Chacal rasch hinzu.

Ralf deutete eine Verbeugung an. »Kein Problem.«

Inzwischen war Anja stinksauer. Sie kam sich vor wie eine Leibeigene, die verschachert wurde. Wie konnte Ralf so einfach über sie bestimmen? Aber sie war zu sehr Geschäftsfrau, um ihrer Verärgerung vor den Kunden Luft zu machen. Sie war ja Mitinhaberin der Werbeagentur, und dieser erste internationale Großauftrag würde auch ihr Konto weiter füllen. Warum lag dann solch ein Druck auf ihrem Magen?

Chacal verabschiedete sich von Anja auf französische Art und Weise, was durchaus hätte charmant sein können. Er gab ihr jedoch keine Luftküsse, sondern küsste sie auf die Mundwinkel. Es geschah zu schnell und unerwartet, als dass sie den Kopf hätte wegdrehen können. Während sie noch überrascht die Luft anhielt, glitten seine Hände über ihren Rücken tiefer und legten sich auf ihren Hintern.

Anja war fassungslos. Sie versteifte sich. In einem privaten Umfeld hätte sie Chacal aufgebracht von sich weggestoßen, ihm vielleicht sogar eine Ohrfeige gegeben, aber auf jeden Fall gehörig die Meinung gesagt. Doch hier im Büro, wo es um *Shine with us!* und eine enorme Gewinnmaximierung ging, tat sie es nicht. Hilflos sah sie Ralf an.

Ihr Freund wirkte verunsichert. Verlegen wandte er sich ab und schüttelte den Rechtsanwälten und Mitarbeitern des Zigarettenherstellers eifrig die Hände.

Chacal drückte Anja unangemessen eng an sich, nur einen kurzen Moment lang, sodass die anderen im Raum diese weitere Grenzüberschreitung gar nicht richtig mitbekamen.

Hitze schoss Anja ins Gesicht, was Chacal zu amüsieren und zu gefallen schien. Widerlicher Kerl, dachte sie und rümpfte die Nase.

Mit einem Haifischgrinsen verließ er die Agentur, gefolgt von seinem Team.

Kaum dass sie allein waren, fuhr Anja ihren Freund an: »Warum hast du nichts gesagt?«

»Was meinst du?« Ralf runzelte die Stirn.

»Chacal hat mir an den Po gegriffen!«, rief sie empört.

»Unsinn.« Hitze stieg ihm in die Wangen. Umständlich ordnete er die Präsentationsunterlagen. »Das war bloß dein Rücken.«

Wenn er das glaubte, warum wurde er dann rot? »Du hast einfach weggeschaut, dabei hättest du ihn als mein Freund und Geschäftspartner in die Schranken weisen müssen.«

»Du hast ihn doch auch nicht zurechtgewiesen. Darum dachte ich«, er zuckte mit den Achseln, »es wäre nicht so schlimm. Es tut mir leid, wenn ich damit falschlag.«

Anja ärgerte sich, dass sie Chacal nicht weggestoßen hatte. Sie hätte ihm von Anfang an Grenzen aufzeigen müssen, doch sie war zu überrumpelt gewesen. Jetzt würde er sich beim nächsten Treffen wahrscheinlich weitere Unverschämtheiten herausnehmen. »Ich werde das Projekt nicht betreuen.«

»Aber das haben wir ihm doch gerade versprochen.« Ralf fuhr sich durch die kurzen aschblonden Locken.

»Du hast das getan, nicht ich«, stellte sie verschnupft klar. Enttäuscht musterte sie den Mann, mit dem sie seit fünf Jahren zusammenlebte und seit vier Jahren gemeinsam die Werbeagentur führte. Sein Erscheinungsbild machte etwas her. Er war groß und schlank, wirkte in seinem hellgrauen Anzug souverän und integer. Aber er hatte einfach zugesehen, wie der Kunde zudringlich geworden war.

»Ach, komm schon, Anja.« Er trank einen Schluck Kaffee und verzog das Gesicht. »Der ist ja schon kalt. Sei bitte vernünftig. Noch ist der Vertrag nicht unterzeichnet. Wenn ich morgen Abend bei Chacal auftauche, wird er vielleicht Abstand davon nehmen.«

Es fühlte sich so an, als würden sich die Wände auf sie zubewegen. Sie öffnete das Fenster und ließ frische Luft in den Konferenzraum. »Warum sollte er? Es geht ihm doch nicht um mich, sondern darum, Zugang zum deutschen Markt zu bekommen.«

»Liegt das nicht auf der Hand?« Als er die Tasse auf die Untertasse stellte, schepperte es. »Wie stehen wir denn vor ihm da, wenn wir eine Abmachung brechen, bevor die eigentliche Zusammenarbeit begonnen hat? Das wirft ein schlechtes Licht auf uns. Chacal könnte sein Vertrauen in uns verlieren, bevor der Deal unter Dach und Fach ist.«

»Du hast recht, wie so oft.« Anja sank auf den Stuhl.

Sie zog einen ihrer High Heels aus und massierte ihren Fuß. Die hohen Schuhe waren schick, keine Frage, aber viel zu unbequem. Wieder einmal fragte sie sich, warum sie es sich antat, sie zu tragen. Weil alle Frauen in der Branche das taten? Weil sie mithalten wollte? Weil sie sich sonst weniger anziehend vorkam und ihr Selbstbewusstsein darunter litt? Wie sehr der ständige Kampf ums Aussehen und um Aufträge an ihren Kräften zehrte! Sie hatte sich weit von dem Mädchen in Jeanslatzhose und Turnschuhen aus den unbeschwerten Urlauben auf Föhr entfernt.

Plötzlich hatte sie eine Idee. Sie lächelte Ralf an. »Lass uns ein paar Tage wegfahren.«

»Jetzt? Sofort? Wie stellst du dir das vor?«, fragte er verständnislos. »Wir werden hier gebraucht.«

Anja seufzte. Ralf war noch nie der spontane Typ gewesen. Trotzdem versuchte sie es weiter. »Bloß nach Föhr. Ein verlängertes Wochenende. Das muss doch drin sein.«

»An die deutsche Nordsee?« Verächtlich zog er eine Augenbraue hoch.

Sie bemühte sich um ein Lächeln. »Warum denn nicht?«

»Du kennst meine Meinung dazu«, sagte er. »In Deutschland kann ich immer noch Urlaub machen, wenn ich alt bin und mir Flugreisen zu anstrengend werden.«

»Aber Föhr ist ein Traum!« Wenn sie an den hohen Norden dachte, verspürte sie eine Euphorie, die sie in den letzten Monaten beruflich vermisst hatte. In diesem Moment wurde ihr klar, dass das auch auf ihre Beziehung zu Ralf zutraf. »Du kennst die Wattenmeerinsel doch gar nicht.«

»Wenn du unbedingt willst, dann fahre ich mit dir hin«, lenkte er ein. Doch gerade als Anja Hoffnung schöpfte, stellte er klar: »Aber nicht mehr in diesem Jahr.«

»Wir haben erst Januar«, rief sie entrüstet.

Er schaltete den Beamer aus, dann klappte er seinen Laptop zu, legte die Präsentationsunterlagen darauf und nahm beides in die Hand. »Chacal wird in den kommenden Monaten unsere ganze Aufmerksamkeit einfordern, und unsere anderen Projekte laufen ja auch weiter.«

»Ich brauche wirklich dringend eine Auszeit«, sagte sie mit fester Stimme, hatte aber nicht den Eindruck, zu ihrem Freund durchzudringen.

»Gerade jetzt, wo wir in eine heiße Phase kommen, willst du eine Pause machen. Ich erkenne dich nicht wieder.«

Vorwurfsvoll sah Ralf sie an. »Wo ist deine Zielstrebigkeit, die ich so an dir mag? Wo sind dein Erfolgswille und dein Pflichtgefühl?«

»Ist das alles, was du an mir liebst?«, brach es aus Anja heraus.

»Selbstverständlich nicht.« Er kam zu ihr, doch anstatt sie in seine Arme zu ziehen, drückte er ihre Schulter und sah auf sie hinab wie ein väterlicher Freund, dabei war er bloß zwei Jahre älter als sie. »Aber das sind doch die Gemeinsamkeiten, die uns schon immer verbunden haben. Darum führen wir die Agentur zusammen.«

»Ich muss hier raus, ich kriege keine Luft mehr.« Ernüchtert stand Anja auf.

Doch Ralf hielt sie fest. »Geht es dir nicht gut? Entschuldige, bitte. Das war mir nicht klar. Aber ja, du bist wirklich etwas blass.«

Die Sanftheit seiner Stimme beruhigte Anja. Sie wollte sich gerade in seine Arme schmiegen, um sich von ihm trösten zu lassen, als er Laptop und Unterlagen gegen seinen Oberkörper drückte. Er hatte das nicht absichtlich gemacht, um sie fernzuhalten, da war sie sich sicher. Vielmehr nahm er ihren Wunsch nach Trost gar nicht wahr. Das führte ihr vor Augen, dass körperliche Nähe schon länger keine Rolle mehr zwischen ihnen spielte.

In diesem Moment vermisste sie mehr denn je die Wärme einer liebevollen Umarmung. Anja wünschte sich zärtliche Hände, die sie beruhigend streichelten, und heiße Lippen, die sie sinnlich küssten. Aber sie stellte mit einem Mal fest, dass es sie nicht mehr zu Ralf hinzog. Sie hatte sich bloß in seine Arme stürzen wollen, weil er nun einmal ihr

Freund war. Auch er hatte anscheinend nur noch selten den Wunsch, sie anzufassen. Hatten sie nur eine kleine Krise, wie sie in jeder Beziehung vorkam? Oder war ihre Partnerschaft am Ende? Anja wurde ganz schwindelig von diesem Gedanken.

Während Ralf langsam aus dem Raum ging, schlug er vor: »Mach doch einen Spaziergang! Der wird dir guttun. Danach werden wir uns darum kümmern, den Vertrag für Chacal aufzusetzen. Einverstanden?«

»Ein Spaziergang wird nicht reichen. Das ist nicht das, was ich wirklich brauche«, wandte sie ein.

Ralf blieb in der Zimmertür stehen. Ungeduldig blickte er zwischen der Uhr, die im Konferenzraum hing, und den Präsentationsunterlagen in seinen Händen hin und her. »Dann mach halt früher und länger Mittagspause als üblich. Um eins bei mir im Büro?«

War ihm die Werbeagentur denn wichtiger als ihr Wohlergehen? Anja fühlte sich unverstanden und seufzte resigniert. Als sie ihm folgte, kam es ihr vor, als würde sie durch Morast waten. Sie fasste einen Entschluss. Entschieden teilte sie ihm mit: »Ich nehme mir den restlichen Tag frei.«

»Aber das kannst du doch nicht machen«, zischte er und sah sie entrüstet an, als hätte sie ihm ins Gesicht gespuckt.

»Ich habe allerdings das Gefühl, dass selbst das nicht reichen wird.« Sie fühlte sich so erschöpft, als hätte sie einen Marathon hinter sich.

Ralfs Miene verfinsterte sich. »Was willst du damit sagen?«

»Ich weiß es nicht.« Ihre Stimme hatte jegliche Kraft verloren. Anja schleppte sich durch den Korridor, um aus ihrem Büro ihre Jacke und ihre Handtasche zu holen. »Ich weiß es doch auch nicht.«

»Wirst du krank?«, rief er ihr hinterher.

»Ja«, sagte sie mehr zu sich als zu Ralf. Sie schmunzelte. »Ich leide am Nordseefieber.«

Bei dem Gedanken an Föhr roch sie den Duft von Sonnencreme auf warmer Haut. Während sie mit dem Aufzug ins Erdgeschoss des Bürohauses fuhr, tauchten vor ihrem geistigen Auge Erinnerungen aus ihrer Kindheit auf. Ihr Vater, der sich von Leonie und ihr am Strand hatte einbuddeln lassen, sodass nur noch sein Kopf herausschaute. Selbst Sturm und Regen waren damals auf Föhr wundervoll, dann tranken ihre Schwester und sie heißen Kakao und hatten die Eltern ganz für sich allein. Stundenlang spielten sie Gesellschaftsspiele, ihre Mutter flocht ihnen kunstvolle Zöpfe, und ihr Vater zeigte ihnen, wie man Papierschiffe bastelte. Sie hatten Zeit füreinander und lebten sorglos in den Tag hinein, anders als Ralf und sie heutzutage.

Als Anja aus dem Fahrstuhl trat, wurde ihr mit einem Mal klar, dass sie nicht nur an Meerweh litt, sondern etwas Grundsätzliches nicht stimmte. Die Arbeit machte ihr keine Freude mehr, und Ralf und sie waren bloß noch Geschäftspartner. Diese Erkenntnis machte ihr Angst, denn sie erschütterte Anjas Leben in ihren Grundfesten.

Kurze Zeit später verließ sie das Gebäude, in dem neben der Werbeagentur einige hippe Start-up-Firmen ihre Büros hatten. Der graue Beton des Großstadtdschungels verschmolz mit den grauen Wolken und weckte Anjas Sehnsucht nach dem grünen Marschland der friesischen Karibik, wie Föhr auch genannt wurde. An diesem Tag erschienen ihr die Häuser um sie herum viel höher, erdrückender. Sie konnte kaum atmen.

Jetzt fing es auch noch an zu nieseln. Feine Tropfen fielen auf Anjas blondes, welliges Haar, das sie locker im Nacken zusammengebunden hatte, und ihre Stirn. Auch am Todestag ihrer Mutter Martina hatte es genieselt, als hätte der Himmel geweint, weil er einen seiner Engel verloren hatte.

Jetzt musste Anja an etwas denken, das ihre Mutter auf dem Sterbebett zu ihr gesagt hatte. Ihr Gesicht war gespenstisch blass und ihre Lippen trocken und rissig. Sie brachte kaum die Kraft auf, um zu sprechen, wollte Anja und Leonie aber unbedingt noch einige gute Ratschläge geben, weil sie bald nicht mehr Teil ihres Lebens sein würde.

»Geld macht nicht reich«, hatte sie unter anderem gemeint und mit einem ihrer letzten Atemzüge gehaucht: »Ich liebe euch, bis in alle Ewigkeit, vergesst das nie.« Dann hatte es nicht mehr lange gedauert und sie war für immer eingeschlafen.

Während Anja jetzt, sechs Jahre später, in ihren Wagen stieg, füllten sich ihre Augen mit Tränen. »Du hattest recht, Mama. Geld macht nicht glücklich.« Denn das war es, was ihre Mutter gemeint hatte.

Aber sie hatte ihren Töchtern auch gesagt: »Wenn der Pfad, auf dem du unterwegs bist, plötzlich endet, schlage einfach eine neue Richtung ein. Viele Wege führen zum Glück.«

Und Anja hatte das Gefühl, sich verirrt zu haben.

Kapitel 2

»Schaut euch die drei an.« Der alte Marten Haase war schon 92 Jahre alt, hatte aber noch eine kräftige Stimme, mit der er frotzelte: »Die Inselgrafen sind in ihrem Element.«

Joris Graf, der hinter dem Tresen die Kasse aufschloss und einen Block und einen Kugelschreiber suchte, warf ihm einen Blick zu, der irgendwo zwischen amüsiert und warnend lag.

Normalerweise traf sich der Rat des *Fering Ferian* und alle Mitglieder, die Zeit und Lust hatten, abends, um zu besprechen und zu planen, wie der Heimatverein mit seinen bescheidenen Mitteln den Erhalt des friesischen Dialektes und die Kulturarbeit, darunter die Pflege der traditionellen Föhrer Tracht, fördern konnte. Aber sie hatten keinen gemeinsamen Termin gefunden, daher machten sie heute eine Ausnahme und setzten sich mittags zusammen.

Joris hatte den *Heimathafen* eben erst aufgeschlossen und die ersten Teilnehmer hereingelassen. Nun schob Tjorben die Stühle und Tische zusammen, Arian machte Feuer im offenen Kamin, denn der Januar zeigte ihnen in diesen Tagen sein stürmisches und frostiges Gesicht. Joris war dankbar für die Unterstützung seiner jüngeren Brüder. Es war ein schönes Gefühl, mit ihnen zusammen an einem Strang zu ziehen. Er nahm die ersten Getränkebestellungen auf.

Normalerweise machte die urige Kneipe, die am Hafendeich in der Nähe des Robbenzentrums lag, erst abends auf. Aber der Geschäftsführer hatte Joris den Schlüssel gegeben, damit der Heimatverein, der schon einhundert Jahre lang bestand, sie als Versammlungsort nutzen konnte. Dank der zentralen Lage konnten auch ihr Vater Johan, der als Hafenmeister arbeitete, und ihre Mutter Ilse, die mit Arian mitten in Wyk eine Galerie mit Atelier führte, dabei sein. Das bedeutete aber auch, dass sie alles selbst vorbereiten, Getränke ausgeben und aufräumen mussten. Gerne übernahmen Joris und seine jüngeren Brüder das.

So verwurzelt wie ihre Familie auf Föhr war, fanden die drei Brüder es selbstverständlich, sich auf der Nordseeinsel einzubringen. Wegen ihres Engagements hatte irgendwer angefangen, sie scherzhaft »die Inselgrafen« zu nennen, andere hatten die Bezeichnung aufgegriffen, und so hatte sie sich etabliert. Bis heute wusste Joris nicht genau, ob der Ausdruck anerkennend gemeint war oder damit angedeutet wurde, dass seine Brüder und er sich zu sehr aufspielten und einmischten. Das hing wohl davon ab, wer den Begriff verwendete.

Nach einer Weile fand Joris endlich die Zeit, sich auch mal hinzusetzen. Er holte sich ein *Hünjmots*-Pils von *Briar-Brauhüs*, nahm einen Schluck. Seine Lippen waren noch kalt von der steifen Brise draußen, die Wärme des Kaminfeuers hatte sich noch nicht im Raum ausgebreitet. Entspannt sah er sich um.

Der *Heimathafen* hatte mit seinen Werkbänken und der industriellen Maschine etwas von einer Werkstatt. Eine einfache Einrichtung, urig und auf coole Weise verlebt. Manche der Sitzmöbel wirkten wie Flohmarktschätze, andere wie zusammengeschustert, was sie vermutlich auch waren. Joris glaubte, dass es in ganz Deutschland keine Kneipe wie diese gab, ein weiterer Grund, stolz auf seine Heimatinsel zu sein.

Seine Brüder nahmen neben ihm Platz. Sie führten gerade eine hitzige Diskussion.

»Was ist so falsch an einem Blind Date?«, fragte Arian, mit seinen 36 Jahren der Jüngste von ihnen, über die Geräuschkulisse hinweg.

Tjorben kraulte seinen Bart, der das Erscheinungsbild des hartgesottenen Seebären unterstrich. »Dass ich mir die Frau, mit der ich ausgehen muss, dann nicht ausgesucht habe.«

»Aber darum geht es doch.« Verständnislos streckte Arian die tätowierten Arme aus. »Jemand Neues kennenzulernen.«

Tjorben, dem selbst im Schneesturm zu warm war, öffnete seine dunkelblaue Schafswolljacke. »Das tue ich jeden Tag, wenn ich mit der *Seewievke* die Touristen übers Wattenmeer schippere.«

»Das ist doch nicht dasselbe«, sagte Arian abwiegelnd. Er kratzte die rote getrocknete Ölfarbe, die noch an seinem Handballen klebte, ab. »Du siehst deine Fahrgäste nur für wenige Stunden. Auf dem Weg kannst du nicht die große Liebe finden.«

Das war das alte Problem, dachte Joris und rieb nachdenklich über seinen Dreitagebart. Viele Frauen, die man hier traf, blieben bloß wenige Tage bis Wochen. Viele Einheimische zogen wiederum aufs Festland, weil man dort leichter eine Arbeit fand. Es war auf einer Insel nicht so einfach, die passende Partnerin zu treffen.

»Wie hoch ist die Wahrscheinlichkeit, dass ich mich in

mein Blind Date tatsächlich verliebe?« Ohne eine Antwort abzuwarten, fuhr Tjorben fort: »Ich sage es dir. Sie ist verschwindend gering.«

Lässig zuckte Arian mit den Schultern. »Aber sie ist vorhanden.«

Joris fiel auf, dass Arian sogar rote Farbe in den Haaren hatte, wies ihn aber nicht darauf hin, weil es für ihn nichts Besonderes war. Man traf seinen jüngsten Bruder selten an, ohne dass er irgendwo Farbreste kleben hatte. Malen war seine Leidenschaft, die Begeisterung dafür hatte er von ihrer Mutter geerbt. Ilse hatte vor zwanzig Jahren als Inselmalerin eine gewisse Berühmtheit erlangt und daraufhin in Wyk die Galerie *Strandmohn* eröffnet. Seit elf Monaten war Arian Teilhaber des Geschäfts. Die Malerei verband Arian und ihre Mutter genauso wie Tjorben die Liebe zur See mit ihrem Vater. Joris neidete seinen Brüdern die Nähe zu jeweils einem Elternteil nicht. Er fühlte sich keineswegs wie ein Außenseiter, die Liebe zu Föhr einte sie alle fünf.

»Für dich war schon immer alles möglich.« Tjorbens grüne Augen funkelten belustigt. »Früher warst du fest davon überzeugt, es gäbe Schweine, die fliegen können, nur weil wir in unserem Kinderzimmer eine blaue Tapete mit geflügelten rosa Ferkeln hatten.«

»Sehr witzig. Damals war ich noch ein Kind.« Arian ließ sich nicht reizen. Entspannt nippte er an seiner Weinschorle. »Du bist doch der Abenteurer von uns drei Inselgrafen. Fährst mit deinem Ausflugsschiff über die Nordsee wie ein Likedeeler und trotzt den Naturgewalten.«

Tjorben gab ein Brummen von sich. »Ich bin zu freiheitsliebend für eine Partnerschaft.«

»Irgendwann wird die Richtige für dich kommen.« Die nächsten Worte sprach Arian genießerisch aus, wohl weil er wusste, dass er damit seinen Bruder ärgern würde: »Und dich einfangen.«

»Niemals«, sagte Tjorben, aber sein Widerstand klang schwächer, als es früher der Fall gewesen war.

Wer blieb schon gerne allein? Joris ahnte, dass sich auch sein 39-jähriger Bruder heimlich nach einer Frau sehnte, auch er wollte einen Heimathafen finden. Tjorben liebte seine Freiheit über alles und gab sich mitunter etwas raubeinig, aber Joris war sich sicher, dass der Seebär in den Armen der passenden Partnerin wie ein zahmer Kater schnurren würde.

Tjorben strich seine schulterlangen braunen Haare zurück, die normalerweise von einer Seemannskappe zurückgehalten wurden, ihm nun aber ständig ins Gesicht fielen. Sachte knuffte er seinen älteren Bruder. »Was grinst du denn so?«

»Ihr beide seid unterhaltsam.« Joris stellte seine Bierflasche ab und knibbelte am Etikett, das feucht von Kondenswasser war. Inzwischen hatten sich fast alle Ratsmitglieder eingefunden, dazu einige Interessierte. Die Kneipe hatte sich gefüllt. Es wurde immer lauter.

»Sag doch auch mal was dazu, alter Mann.« Tjorben hielt ihm seine Flasche hin.

»Von wegen alter Mann«, warnte Joris ihn scherzhaft und stieß mit ihm an. »Ich bin nur zwei Jahre älter als du.«

Tjorben nahm einen kräftigen Schluck und seufzte genießerisch. »Würdest du zu einem Blind Date gehen?«

»Wenn ich dort eine Föhrerin treffen würde …« Joris zuckte mit den Achseln. »Warum nicht?«

»Warum willst du nur jemanden von der Insel daten?«,

wollte Arian wissen, während er aufstand und jeweils ein Tablett mit Fischbrötchen und eins mit Butterkuchen von der Theke nahm. Den Imbiss hatte Joris besorgt. »Damit schließt du verdammt viele hübsche Frauen aus.«

»Das ist nicht böse gemeint. Wirklich nicht.« Joris wollte nur verhindern, erneut verletzt zu werden. »Aber ihr wisst doch, wie es ist. Saisonkräfte ziehen früher oder später weiter. Selbst bei Zugezogenen weiß man nie, ob sie nicht irgendwann in ihre alte Heimat zurückkehren, weil sie Heimweh bekommen oder ihre Familien Hilfe benötigen.«

Betreten schauten sich seine Brüder an und schwiegen. Beide vermieden es, das Thema zu vertiefen. Sie wollten nicht in Joris' offener Wunde herumstochern.

Arian reichte Tjorben den Kuchen, der damit von Tisch zu Tisch ging und ihn anbot.

Ihr Vater Johan kam herein. »Moin.«

Alle begrüßten ihn fröhlich. Als Hafenmeister im Nordseeheilbad Wyk bekleidete er eine wichtige und angesehene Stellung. Außerdem kannte er viele Mitglieder des *Fering Ferian* schon seit Kindertagen. Er war auf Föhr aufgewachsen und hätte auch nirgendwo anders hingepasst, fand Joris. Die steife Brise hatte die grobporige Haut seines Vaters gerötet. Obwohl es eiskalt draußen war, trug er bloß eine dünne Windjacke über seinem Strickpullover. Sein Bäuchlein, das jedes Jahr um einige Zentimeter wuchs, füllte die Jacke deutlich aus.

Er nahm seine Fischermütze ab und strich seine grauen Haare glatt. Suchend schweifte sein Blick umher. Schließlich kam er zu Arian und fragte: »Wo ist deine Mutter?«

»Sie hatte Kopfweh und wollte sich lieber in der Mittagspause hinlegen. Am Nachmittag muss sie ja wieder im Laden stehen. Selbstverständlich habe ich ihr gesagt, dass ich die Galerie auch allein öffnen kann, aber …« Arian lächelte warmherzig, wie immer, wenn es um seine Mutter ging. »Du weißt ja, wie sie ist. Das *Strandmohn* ist ihr viertes Kind.«

Ihr Vater sah besorgt aus, nickte aber nur und setzte sich zu Maks Iversen, der letztes Jahr die Nachfolge von Carl Rickmers, dem langjährigen Vorsitzenden von *Fering Ferian,* angetreten hatte. Joris und seine Brüder hatten überlegt, für das Amt zu kandidieren, auch sie wollten die friesischen Traditionen weiterhin gepflegt sehen. Doch neben ihren Berufen hatten sie einfach zu wenig Zeit, um sich noch stärker zu engagieren als jetzt. Maks dagegen war seit Kurzem in Rente und hatte versprochen, seine Zeit ganz dem Heimatverein zu widmen.

»Soll ich nach dem Treffen bei ihr in der Mühle vorbeischauen, bevor ich zur Werkshalle fahre, und fragen, wie es ihr geht?«, schlug Joris vor, der das Gespräch mitbekommen hatte und eine eigene Strandkorb-Manufaktur in der Nähe des Flugplatzes führte. Seine Eltern wohnten in einer umgebauten Windmühle in Nieblum in der unmittelbaren Nähe des Goting Kliffs.

»Ja, mach das. Das wäre toll. Ehrlich gesagt …« Arian setzte sich noch einmal kurz zu Joris. »Ich mache mir Sorgen um sie«, gestand er leise.

Überrascht sah Joris ihn an. Ein unangenehmes Gefühl breitete sich in ihm aus. »Warum?«

»Sie hat sich merkwürdig verhalten. Ich weiß auch nicht. Vielleicht sehe ich mal wieder fliegende Schweine«, scherzte Arian.

Joris' Blick fiel auf die feingliedrigen Hände seines jüngsten Bruders. Er konnte sich vorstellen, dass diese sehr sanft zu einer Frau sein konnten. Er wünschte sich, seine wären ebenso zart, aber das Flechten der Strandkörbe hatte die Haut ledrig gemacht. »Nun rück schon raus mit der Sprache! Die Versammlung fängt gleich an.«

»Kurz bevor ich hierhergekommen bin, hat sie einen Anruf auf dem Handy erhalten.« Arian wurde von Marten Haase unterbrochen, der ihm zurief, dass die Heringe und Makrelen bald ranzig wären, wenn er die Fischbrötchen nicht endlich verteilen würde. Lachend reichte er einfach das Tablett zu dem ehemaligen Apotheker durch.

Mit kräftigen Schlucken leerte Joris seine Flasche. »Was ist daran so besonders?«

»Sie ging zum Telefonieren in die Teeküche, das macht sie sonst nicht. Als sie in den Verkaufsraum zurückkehrte«, Arian schluckte schwer, »da war sie weiß wie eine Wand.«

Beunruhigt neigte sich Joris zu ihm und sprach leiser. »Hast du sie gefragt, was los ist?«

»Selbstverständlich. Was denkst du denn?« Arian hob sein Weinglas an die Lippen. »Sie meinte, es wäre nichts, sie hätte nur Kopfschmerzen und bräuchte Zeit für sich.«

»Sie hatte noch nie Kopfweh«, sagte Joris nachdenklich. »Zumindest kann ich mich nicht daran erinnern.«

»Sie sah aus, als würde sie jeden Moment losheulen, und ist sofort heimgefahren. Dabei hatte sie unbedingt mit in den *Heimathafen* kommen wollen.« Arian stellte sein Glas ab, ohne von der Schorle getrunken zu haben. »Was sollen wir jetzt machen?«

»Ich werde versuchen, sie auf den geheimnisvollen Anruf anzusprechen.« Joris bemühte sich, die Anspannung, die er und gewiss auch sein Bruder verspürten, mit einem Lächeln zu lösen, schaffte es aber nicht. »Auch Mütter dürfen Geheimnisse haben, das sollten wir nicht vergessen.«

»Damit hast du auch wieder recht.« Arian stand auf und begrüßte einige Neuankömmlinge.

Joris war der Appetit vergangen. Ihm war der Hinweis auf den mysteriösen Anruf und die heftige Reaktion ihrer Mutter auf den Magen geschlagen. Selbstverständlich wollte er seinen Vater nicht ersetzen, aber er versuchte, ihn mit Kräften dabei zu unterstützen, sich um die Familie zu kümmern. Denn Johan Graf war ein wortkarger Mann, der sich schwertat, über seine Gefühle oder die der anderen zu sprechen.

Ihre Mutter hatte einmal gesagt, er wäre verschlossen wie eine Auster, aber sie wüsste, dass sich in seinem Inneren eine Perle, sein großmütiges Herz, verbarg. Er saß die Probleme lieber aus, als sich mit ihnen auseinanderzusetzen. Aber man konnte immer auf ihn zählen. Wenn es hart auf hart kam, war er da. Er würde sogar den Nordatlantischen Ozean durchschwimmen, wenn Arian, Tjorben, Joris oder seine Ehefrau in Seenot wären.

Maks Iversen riss Joris aus seinen Gedanken, als er in den Raum rief: »Habt ihr gehört, dass Tomme seinen Bauernhof verkauft hat? Zuletzt hat er für einen Liter Milch bloß noch um die dreißig Cent und für ein Kalb schlappe acht Euro fünfzig gekriegt. Könnt ihr euch das vorstellen? Ich kann verstehen, dass er keine Lust mehr hatte, sich und seine Kühe ausbeuten zu lassen.«

Überrascht riss Joris die Augen auf. Er hatte gar nicht

gewusst, dass Tomme seinen Hof in Oevenum hatte aufgeben wollen. Tomme Jürgensens war einer der bekanntesten Mitglieder des *Fering Ferian*. Er schrieb Gedichte in Mundart und machte Lesungen für Schulklassen, um den Föhrer Dialekt an jüngere Generationen weiterzugeben.

»Irgend so ein dusseliger Hamburger Investor will darauf ein riesiges Wellnesshotel bauen lassen«, fuhr Maks aufgebracht fort. »Überteuerte Massagen und Indoorpool, obwohl das Meer vor der Tür liegt. So ein Quatsch! Wer braucht denn Fango-Packungen und so 'n Schiet? Sollen die Gäste ins Watt gehen und sich mit Schlick einreiben. Inselgrafen, passt auf, dass es Hilde nicht genauso geht. Nachher reißen die Landköppe das *Lüttes Glück* ab und bauen eine Schönheitsklinik darauf. Das hätte uns gerade noch gefehlt.«

»Ich werde alles dafür tun, was in meiner Macht steht, um das zu verhindern«, sagte Joris mit einer Inbrunst, die alle verstummen ließ. Tunlichst vermied er darauf hinzuweisen, dass das Gästehaus seiner Tante zwangsversteigert werden würde, aber Joris und seine beiden Brüder hatten einen Plan. Sie würden ihr Erspartes zusammenlegen und mitbieten, und zwar mit aller Entschlossenheit. »Föhr soll kein zweites Sylt werden. Wir Einheimischen werden uns nicht verdrängen lassen. Es darf nicht so weit kommen, dass wir uns das Leben hier nicht mehr leisten können. Das ist unsere Insel!«

»Darauf stoße ich an.« Maks hielt sein Pils hoch, doch Joris hatte nichts mehr, mit dem er ihm zuprosten konnte. Seine Flasche war leer.

Kapitel 3

Durcheinander und niedergeschlagen rief Anja aus dem Auto ihre Freundin Christin an: »Könntest du vielleicht nach der Arbeit zu mir kommen? Bitte.«

»Das klingt nach einem Notfall.« Ihrem besorgten Tonfall nach zu urteilen, saß Christin gerade allein in ihrem Büro in der Bank und konnte offen sprechen.

Anja würgte den Kloß in ihrem Hals herunter. »Ist es auch.«

»Dann werde ich bei *Fairytale* vorbeifahren und zwei große Portionen Frozen Yogurt mitbringen. Einverstanden?«, schlug Christin vor.

»Eine ausgezeichnete Idee.« Das erste Mal an diesem Tag lächelte Anja. »Du bist die Beste.«

Als sie dann am späten Nachmittag bei Kerzenschein zusammen auf dem Sofa in Anjas und Ralfs Wohnung saßen und Joghurteis mit köstlichen Toppings löffelten, ging es Anja gleich ein klein wenig besser. »Danke.«

»Ist doch selbstverständlich. Dafür sind beste Freundinnen doch da.« Christin steckte sich eine hellblonde Haarsträhne hinters Ohr, die beim Schlemmen störte. »Was ist denn los?«

Draußen wurde es bereits dunkel. Der Himmel zog sich immer mehr zu. Der Abend gesellte sich zum Nieselregen, die beiden waren zwei finstere Gesellen.

Anja hatte ihre langen braunen Haare am Hinterkopf locker hochgesteckt. Sie trug eine weiße Hose, einen alten Norwegerpullover, der ihr eine Nummer zu groß geworden war, weil sie oft vor Stress vergaß zu essen, und Noppensocken. Als sie die Beine anzog und sich auf die Couch kuschelte, quietschte der Bezug aus weißem Lederimitat. »Ich habe das Sofa nie gemocht. Es ist unangenehm glatt und stets kühl, was im Sommer nett ist, aber mich das restliche Jahr über stört.«

»Warum habt ihr es dann gekauft?«, fragte Christin beiläufig und verrührte das Ahornsirup-Pekan-Topping mit dem geeisten Joghurt in ihrem Becher.

Einen Moment lang war Anja versucht, die Schuld auf Ralf zu schieben, weil er das Möbelstück gewollt hatte. Aber das wäre nicht fair gewesen, schließlich hatte sie dem Kauf zugestimmt. »Es hat im Geschäft todschick ausgesehen, aber schick ist nicht gleich gemütlich. Das gilt übrigens auch für Schuhe.«

»Mein Reden.« Christin lachte und zeigte auf ihre ausgelatschten rosafarbenen Ballerinas.

Sie kleidete sich klassisch, arbeitete immer noch in derselben Bankfiliale, in der sie ihre Ausbildung gemacht hatte, und hatte ihren Schulfreund Franjo Horvat geheiratet, mit dem sie jedes Jahr nach Dubrovnik flog, wo sie immer in demselben Hotel wohnten. Aber wer daraufhin vermuten würde, sie wäre langweilig, lag Anjas Erfahrung nach falsch. Zu Schulzeiten hatte Christin auf Partys oft bewiesen, dass sie auch eine wilde Seite hatte. Inzwischen verbarg sie diese jedoch. Das fand Anja schade. Die Ausgelassenheit hatte ihrer Freundin gut gestanden.

Mit einem anderen Partner an ihrer Seite als ihrem Ehemann sähe das vielleicht anders aus, dachte Anja.

Aber Franjo saugte nach dem Essen mit einem Handstaubsauger die Krümel von der Tafel, während seine Gäste noch am Tisch saßen. Er bestand darauf, dass Christin sogar seine Unterhosen bügelte, und wusch alle zwei Wochen samstags sein Auto. Alles nach Plan. Für Übermut war in seinem Leben kein Platz.

Anja hatte sich schon oft gefragt, was Christin an ihm fand. Aber als sich die beiden kennengelernt hatten, war auch er ein anderer gewesen. Gelassener und fröhlicher. Seit dem Abitur arbeitete er im Pfandleihhaus seiner Eltern und ähnelte zunehmend seinem pedantischen Vater.

Immerhin schenkte er Christin nach zwölf Jahren Ehe immer noch jeden Freitag einen Strauß Blumen, was romantisch war. Außerdem akzeptierte er, dass sie aufgrund einer angeborenen Fehlbildung der Eierstöcke keine Kinder bekommen konnte. Christin rechnete ihm das hoch an, denn sie glaubte, dass ein anderer Mann sie deshalb womöglich verlassen hätte.

Der Frozen Yogurt schmolz cremig süß auf Anjas Zunge. Sie kaute auf den Kokosnussflocken herum, damit sie ihr volles Aroma verströmten, und seufzte vor Genuss. Schließlich stellte sie ihren leeren Becher ab. »Mir gefällt das Sofa nicht. Ich hätte lieber eine Couch mit einem flauschigen Stoffbezug. Aber das ist mir erst jetzt klar geworden, und nun ist es zu spät.«

Mit dem Löffel kratzte Christin den letzten Rest Joghurt aus dem Pappbehälter. »Verstehe.«

»Ach, ja? Wie kannst du das, wo ich mich doch selbst

nicht verstehe? Es ist amtlich, ich bin kompliziert«, scherzte Anja, aber es lag ein Körnchen Wahrheit in den Worten. Sie schwang ihre Beine von der Couch. »Möchtest du Kaffee?«

»Gerne.« Christin blies die Kerze aus und folgte ihr in die Küche. »Du bist nicht komplizierter als andere. Du musstest das Sofa eben erst ausprobieren, um herauszufinden, dass du Kunstleder nicht magst. Das ist alles.«

Aus Christins Mund klang das so einfach. »Vielleicht …« Anja zögerte.

»Ja?« Aufmunternd sah ihre Freundin sie an.

Anja warf die beiden leeren Eisbecher in den Müll. »Vielleicht trifft das auch auf die Werbeagentur zu.«

»Wie meinst du das?«, fragte Christin und lehnte sich gegen den Kühlschrank.

»Ich mag es, mit Menschen zusammenzuarbeiten, kreativ zu sein, etwas zu bewegen und nach vorne zu bringen. Aber den ganzen Rest habe ich im Moment so satt. Die vielen Überstunden, der ständige Kampf darum, erfolgreich zu werden und erfolgreich zu bleiben, und diese Speichelleckerei bei den Kunden. Außerdem denke ich immer öfter, ich verführe die Zielgruppen dazu, Sachen zu kaufen, die sie gar nicht haben wollen. Ich kaufe selbst zu viel Zeug, das ich in Wahrheit gar nicht brauche, nur um mich einen kurzen Moment lang glücklich zu fühlen. Der Klimawandel hat mich nachdenklich gemacht. Für uns alle wäre es besser, wenn wir genügsamer wären und uns auf das konzentrieren, was wirklich zählt: das Miteinander. Aber ich schweife ab. Tut mir leid.« Die Worte sprudelten nur so aus Anja heraus. Erst jetzt merkte sie, wie viel sich in ihr angestaut hatte. »Ralf und ich, wir nehmen die Arbeit immer mit nach Hause. Oft hat er nachts noch den Laptop auf den Knien, während er im Sessel sitzt und der Fernseher läuft, und ich schaue beim Frühstück schon meine E-Mails durch, weil im Büro dafür wenig Zeit bleibt.«

»Aber dafür gehst du doch in die Agentur.« Christin schüttelte den Kopf. »Um dort zu arbeiten. Zu Hause hast du frei.«

Schön wär's, dachte Anja und lächelte müde. »Erst haben Ralf und ich all unsere Energie investiert, um *Shine with us!* zu positionieren, und jetzt, wo wir uns einen Namen gemacht haben, bekommen wir immer mehr Anfragen.«

»Aber das ist doch gut«, sagte Christin, öffnete den obersten Knopf ihrer cremefarbenen Bluse und richtete den Bubikragen.

»Es bedeutet nur noch mehr Arbeit. Ich bin einfach keine Karrierefrau.« Anja zeigte auf Christins rechten Mundwinkel. »Da klebt noch Joghurt.«

Fröhlich, wie es ihre Art war, leckte Christin ihn weg, anstatt ein Blatt von der Küchenrolle abzureißen und sich den Mund abzutupfen. Manchmal blitzte noch das schelmische Mädchen durch, das sie einst gewesen war. »Ihr habt in der Hand, wie viele Aufträge ihr annehmt, vergiss das bitte nicht.«

Während Anja aus frisch gemahlenen Bohnen und aufgeschäumter Milch zwei Milchkaffees zubereitete, gab sie zu: »Darüber sind wir uns uneins. Ich möchte mehr Freizeit, denn ich gehe schon länger auf dem Zahnfleisch. Das hatte ich dir gegenüber ja schon oft erwähnt und auch bei Ralf anklingen lassen, aber ich habe nicht den Eindruck, dass er mir richtig zuhört oder meine Erschöpfung ernst nimmt.

Er will sich nicht auf den Lorbeeren ausruhen, das findet er riskant. Die Konkurrenz schläft nicht, und Erfolg kann auch wieder nachlassen. Jetzt hat er den europäischen Markt im Visier. Danach würde er gerne expandieren.«

»Kaum hat er ein Ziel erreicht, steckt er sich ein neues, höheres«, schlussfolgerte Christin nachdenklich.

»Ja, so ist es. Ich komme da nicht mehr mit und will das auch gar nicht. Mir hat schon immer die kreative Seite der Werbeagentur mehr Spaß gemacht, darum hat Ralf einen Großteil des Geschäftlichen übernommen. Wir waren ein gutes Team, doch seit heute habe ich das Gefühl, dass er denkt, ich gehöre zum Inventar.« Die Verärgerung, die sie am Vormittag verspürt hatte, kehrte zurück. Ralf sah es als selbstverständlich an, dass sie an einem Strang mit ihm zog. Er fragte gar nicht mehr nach ihren Wünschen. Er verfolgte konsequent seine Geschäftsstrategien und hatte dadurch Anja und ihre Bedürfnisse aus dem Blick verloren.

Anja gab ihrer Freundin einen Kaffee.

»Wie kommst du denn darauf?«, fragte Christin.

»Er bestimmt über mich wie über ein Flipchart.« Aufgewühlt erzählte Anja ihr, was bei der Präsentation geschehen war. »Ich will mich morgen nicht mit Chacal treffen. Ich will nie wieder etwas mit diesem schmierigen Kerl zu tun haben.«

Tröstend strich Christin ihr über die Wange. »Niemand kann dich dazu zwingen, Süße.«

»Doch«, sagte Anja frustriert. »Ralf.«

»Nein, auch er nicht.« Christin zwinkerte. »Es bleibt deine Entscheidung. Wenn es dir derart widerstrebt, mit diesem Chacal zusammenzuarbeiten, dann tu es nicht. Bleib standhaft. Dann wird Ralf vielleicht sauer auf dich sein, aber das musst du aushalten können.«

Plötzlich kam es Anja so leicht vor. Sie musste nur bei ihrem Nein bleiben. Ralf ging bestimmt davon aus, dass sie ihre Meinung ändern würde, weil sie oft einlenkte, um den lieben Frieden zu wahren. Aber diesmal nicht. Damit musste er sich abfinden. Im Gegenzug dazu würde sie erst seine vollkommene Verständnislosigkeit und dann seine schlechte Laune ertragen müssen. »Dieser Chacal hat mich betatscht. Ralf hat dabei zugesehen und nichts dagegen unternommen. Ich möchte einen Mann an meiner Seite, der mich beschützt. Guck mich bitte nicht so an! Selbstverständlich stehe ich mit beiden Beinen im Leben und kann für mich selbst einstehen. Aber ist es darum falsch, dass ich mir einen Partner wünsche, der anderen Kerlen Grenzen aufzeigt und mich verteidigt?«

»Absolut nicht.« Christin hielt ihr ihre Tasse hin und Anja stieß mit ihr an, ein Schulterschluss unter Freundinnen.

»Ralf hat den Erfolg unserer Agentur über mein Wohl gestellt. Als er sich so passiv verhalten hat, ist etwas in mir zerbrochen«, gestand sich Anja ein. Zu ihrer eigenen Überraschung spürte sie jedoch keinen Schmerz in ihrem Brustkorb, sondern bloß eine große Leere. Sie zeigte auf einige Flaschen. »Möchtest du Sirup?«

Christin gab einen guten Schuss *Apple Pie* in ihren Milchkaffee, Anja entschied sich für *Lebkuchen*.

»Es läuft schon lange nicht mehr wirklich gut zwischen Ralf und mir, das weißt du ja. Aber dass es so schlecht um uns steht, ist mir erst heute klar geworden. Ich habe mich in einer Beziehung noch nie so einsam gefühlt.«

»Du hast doch immer noch mich«, sagte Christin mit sanfter Stimme.

Dankbar lächelte Anja sie an. »Alles passte so gut zusammen, aber damit habe ich mir nur etwas vorgemacht. Was Ralf und mich zusammenhält, ist die Werbeagentur. Kein Ehering, keine eigene Familie, keine gemeinsamen Hobbys, nur die Arbeit. Nun macht mir die auch keinen Spaß mehr, und Ralf verhält sich wie ein Sklaventreiber. Alles um mich herum wirkt grau.« Anders als auf Föhr. Auf der Insel war sie umgeben von Farben, von dem Grün des Grases, das auf den Dünen wuchs, dem Blau des Meeres und des Himmels, dem Gelb der Sonne, dem Orange des Sanddorns und dem Rot des Klatschmohns am Rand der Ackerfelder im Inselinnern. »Ich bin frustriert und will nur noch weg. Aus Köln, aus meinem Alltag, aus meiner Haut.«

Christin sah besorgt aus. »Leidest du etwa an Burn-out?«

»Vielleicht. Aber ich glaube …« Anja ließ sich auf einen Küchenstuhl sinken.

Christin setzte sich neben sie. »Ja?«

»Mir war das bisher nicht bewusst. Ich habe nur gespürt, dass irgendetwas nicht stimmt. Zuerst dachte ich, ich würde unter dem verregneten Winter leiden, dann, dass ich einfach bloß Urlaub bräuchte. Aber jetzt weiß ich es.« Während sie fortfuhr, beobachtete sie, wie die Regentropfen an der Fensterscheibe hinabbrannten. »Ich bin unglücklich.«

»Womit genau?« Vorsichtig blies Christin in den heißen Kaffee.

»Mit allem. Nichts scheint mehr zu stimmen. Als wäre alles am falschen Platz.« Anja nippte an ihrem Heißgetränk. Das köstliche Gemisch aus Kaffeearoma und Lebkuchensirup breitete sich in ihrem Mund aus und spülte die Erinnerung an den Joghurt fort. »Oder vielleicht … als wäre ich am falschen Platz.«

»Das klingt furchtbar«, sagte Christin mitfühlend und drückte den Arm ihrer Freundin.

Endlich bekam Anja das Verständnis, nach dem sie sich so sehr gesehnt hatte und das Ralf ihr nicht entgegenbrachte. »So fühlt es sich auch an. Ralf und ich sind schon lange eher Geschäftsleute, die sich eine Wohnung teilen. Wir haben schon seit über einem Jahr nicht mehr miteinander geschlafen. Kannst du dir das vorstellen?«

»So lange?«, fragte Christin fassungslos. Plötzlich röteten sich ihre Wangen und sie trank so konzentriert, als würde das ihre ganze Aufmerksamkeit benötigen.

Verwundert musterte Anja sie. Ihre Freundin war keineswegs prüde. Ihr war es nie peinlich, über Intimes zu reden. Konnte es etwa sein, dass sie und ihr Ehemann ebenfalls Probleme im Bett hatten? »Ist alles in Ordnung bei dir und Franjo?«

»Sicher. Es ist nur …« Verlegen lächelte Christin. »Wir sind schon so lange zusammen, da ist der Sex nicht mehr so aufregend wie am Anfang, und darum tun wir es kaum noch. Ich kann dich also gut verstehen.« Sie wischte heftig mit einer Hand durch die Luft, als wollte sie eine Fliege verscheuchen. Das Charms-Armband rutschte über ihr Handgelenk. »Aber ich bin nicht hergekommen, um über mich zu sprechen, sondern dir zuzuhören und beizustehen. Es tut mir sehr leid, dass Ralf und du euch voneinander entfernt habt.«

Aus Rücksichtnahme bohrte Anja nicht weiter nach.

Wenn ihre Freundin bereit war, über ihre Sorgen zu reden, würde sie das schon tun, und dann war Anja für sie da. »Ralf berührt mich kaum noch. Ab und zu küsst er mich flüchtig auf den Mund, wenn er sich verabschiedet, aber wir sind ja fast den ganzen Tag zusammen, also gibt es auch kaum noch Abschiede und somit Küsse.«

Christin nahm einen kleinen Löffel, hob damit etwas Milchschaum von ihrem Kaffee ab und kostete diesen. »Hast du mit ihm darüber gesprochen?«

»Schon oft, aber er sieht das Problem nicht. Ich glaube, er vermisst die Nähe zu mir nicht. Die Arbeit hat unser Privatleben verschlungen, und ihm scheint das egal zu sein.« Anja seufzte schwer. Sie legte die Hände an ihre Tasse, um sich daran zu wärmen. »*Shine with us!* läuft hervorragend. Ich komme mir so undankbar vor.«

»Der heiße Kaffee tut nach dem kalten Frozen Yogurt echt gut.« Während Christin den Löffel ablegte, knüpfte sie an das Gespräch an: »Warum denkst du, dass du undankbar bist? Weil du erfolgreich bist, es aber nicht genießen kannst oder zu würdigen weißt?«

Anja lächelte sie an. Christin war ihre beste Freundin, weil sie sich von ihr verstanden fühlte, und andersherum war es genauso. »Ja. Wir haben viel erreicht. Unsere Agentur ist erfolgreich, und die Zeichen, dass wir weiter aufsteigen, stehen sehr gut. Ralf hat mich in den fünf gemeinsamen Jahren unserer Beziehung nie betrogen, soweit ich weiß, und wir funktionieren gut zusammen.«

»Aber es geht in einer Partnerschaft doch nicht darum zu funktionieren«, warf Christin empört ein.

Anja nickte. »Nichts davon macht mich mehr glücklich.

Im Gegenteil, ich fühle mich in meinem Job und meiner Beziehung gefangen.«

»Manchmal weiß man erst, was man wirklich will, nachdem man verschiedene Dinge ausprobiert hat. Das bedeutet auch, dass man Fehlschläge akzeptieren muss.« Christin zeigte zum Wohnzimmer. »Das ist wie mit eurer Couch. Spende sie doch einer karitativen Organisation und kauf dir eine, auf der du dich gerne einkuschelst. Warum ärgerst du dich noch länger mit dieser aus Kunstleder herum?«

Christins Worte brachten Anja zum Nachdenken. Was bedeuteten sie für ihr Zusammenleben mit Ralf und ihre Partnerschaft in der Werbeagentur? »Du hast ja recht.«

»Du solltest das tun, was dich glücklich macht«, sagte Christin im Brustton der Überzeugung.

»Und wenn das etwas völlig Abwegiges wäre?« Plötzlich klopfte Anjas Herz wie verrückt. Ihr Körper kribbelte auf angenehme Art und Weise. Alle Türen standen ihr auch mit 35 Jahren noch offen, fast hatte sie das vergessen. Nur weil ihr Leben in geregelten Bahnen verlief, hieß das nicht, dass sie nicht ausscheren konnte. Nun, da sie darüber nachdachte, übte die Vorstellung einen großen Reiz auf sie aus. Eine Veränderung, beruflich oder privat oder beides, falls sie sich das traute.

»Jetzt hast du mich neugierig gemacht.« Christin grinste. »Was denn zum Beispiel?«

»Nach Föhr zu ziehen, einen Krabbenfischer zu heiraten und eine Familie zu gründen.« Den Begriff Kinder benutzte Anja absichtlich nicht, um ihre Freundin nicht zu verletzen.

Der Gedanke an eigene Kinder versetzte Anja einen Stich.

In fünf Jahren würde sie vierzig Jahre alt werden, ihre innere Uhr tickte. Aber Ralf vertröstete sie immer wieder auf später, wenn das Thema darauf kam. Irgendwann letztes Jahr war ihr klar geworden, dass er Kinder nur mochte, wenn es nicht seine eigenen waren. Damals hatte sie sich das erste Mal gefragt, ob sie tatsächlich füreinander bestimmt waren, den Gedanken aber wieder beiseitegeschoben. Momentan sah es jedoch so aus, als würde die Werbeagentur ihr einziges gemeinsames Baby bleiben.

Lachend warf Christin den Kopf in den Nacken. »Es würde mich zwar traurig stimmen, wenn du so weit weg von mir wohnen würdest. Aber wenn es das ist, was du wirklich willst, dann tu es! Egal, für welchen Weg du dich entscheidest, ich werde immer für dich da sein.«

»Wenn ich dich nicht hätte …«, sagte Anja zu Christin und berührte ihre Hand.

Wehmütig dachte sie an ihre Schwester Leonie und an ihren Vater, den sie selten sah, weil Rita ihn von seinen Töchtern fernhielt. Sie war eifersüchtig auf jede Frau, der er seine Aufmerksamkeit schenkte, selbst wenn es sich um eine Verwandte handelte. Sie wollte ihn für sich allein haben und schaffte das meistens auch.

»Ich habe *Vanilleküsse* in meiner Handtasche. Die habe ich von einer lieben Stammkundin geschenkt bekommen, sie hat sie selbst gebacken.« Grinsend blinzelte Christin sie an. »Die Kekse würden doch gut zum Milchkaffee passen. Findest du nicht auch?«

»Das ist wieder mal eine ausgezeichnete Idee von dir«, pflichtete Anja ihr freudestrahlend bei. Das Kalorienzählen verschob sie auf morgen. Heute konnte sie nicht genug kulinarische Trostpflaster bekommen. Sie zeigte auf den amerikanischen Kühlschrank, an dem mithilfe von Magneten Schnappschüsse von ihrem Besuch bei Leonie und ihrem Freund Nico in Thailand im letzten Sommer hingen. »Und ich habe für alle Fälle Prosecco kaltgestellt.«

Anja war gerührt von Christins süßer moralischer Unterstützung. Sorgen ließen sich leichter ertragen, wenn sie auf mehrere Schultern verteilt waren. Das war keine Weisheit ihrer Mutter, sondern bloß ein Kalenderspruch, aber er traf zu.

Kapitel 4

Leider musste Christin früh heimfahren. Das Pfandleihhaus schloss um sechs Uhr und Franjo wollte um Punkt sieben zusammen mit seiner Ehefrau essen, weil er das von seinen Eltern so kannte und das Abendbrot an Werktagen die einzige Mahlzeit war, die die beiden in Ruhe zusammen einnahmen. Beim Frühstück herrschte stets Hektik, und um das Mittagessen kümmerte sich jeder selbst. Erst nach Feierabend hatten sie Zeit füreinander.

Anja fragte sich stets aufs Neue, ob das nun fürsorglich oder bestimmend von Franjo war. Romantisch klang es eher nicht.

Ihre Freundin hatte nur an einem halben Gläschen Sekt genippt, weil sie noch Auto fahren musste, aber Anja hatte zwei Gläser getrunken. Jetzt goss sie sich das dritte Glas ein, setzte sich aufs Bett und klappte ihren Laptop auf.

Ralf war noch nicht heimgekehrt. Vermutlich würde er heute sehr lange in der Werbeagentur bleiben und den Vertrag für Chacal unzählige Male mit ihrem Team überprüfen. Anja war froh, nicht dabei zu sein. Bei wichtigen Projekten wirkte Ralf immer so angespannt, als hinge sein Leben davon ab. Je später es wurde, desto gereizter reagierte er, weil alles perfekt sein sollte.

Kohlensäure stieg in Anjas Nase, als sie einen großen Schluck Sekt nahm. Sie fühlte sich bereits beschwipst, leichter und unbekümmerter, auch weil sie ein paar schöne Stunden mit Christin verbracht hatte.

Für sie stand fest, dass sich etwas ändern musste. Aber würde sie den Mut haben, die Werbeagentur, die sie mitgegründet hatte, zu verlassen oder die Beziehung mit Ralf zu beenden? Anja machte sich Sorgen, sie könnte die falsche Entscheidung treffen und diese später bereuen. Vor allen Dingen hatte sie Angst vor der eigenen Courage, also nahm sie sich vor, erst einmal einen Urlaub zu buchen, egal ob Ralf ihre Auszeit gutheißen und sie begleiten würde oder eben nicht.

Hatte er sich verändert oder sah sie ihn plötzlich mit anderen Augen?

Am Anfang hatte sie zu ihm aufgesehen. Sein Selbstbewusstsein hatte ihr imponiert. Sie mochte es bis heute, dass er sich stets geschmackvoll anzog. Legere Freizeitkleidung kannte er nicht. Wenn er frei hatte, zog er zwar keinen Anzug an wie im Büro, aber doch ein gebügeltes Hemd mit gestärktem Kragen und eine Stoffhose. Er ging alle zwei Wochen zum Frisör, damit seine Locken kurz blieben und er »nicht wie ein Punk aussah«, so seine Worte. Dort ließ er sich sogar die Augenbrauen zupfen und die Haare in den Ohren entfernen, aber das durfte Anja niemandem verraten. Nahm er ein Kilo zu, aß er drei Tage kaum etwas. Er polierte seine italienischen Designerschuhe jedes Mal, bevor er sie anzog.

Er hatte eine feste Meinung zu allem und behauptete unter anderem, dass jeder, der arbeiten wollte, auch Arbeit finden würde, was Anja anmaßend fand. Er begrüßte jeden Kunden in der Agentur überschwänglicher als Christin oder

Leonie. Er wollte mit Anja nicht Händchen halten, aus dem Alter wären sie raus, meinte er, was sie anders sah.

Wo war seine Wärme geblieben? Hatte er sie überhaupt jemals ausgestrahlt? Anja wünschte, er wäre herzlicher und entspannter, aber so war er nun einmal nicht, und sie würde ihn nicht ändern können.

Vielleicht würde sie, wenn sie mal Urlaub machte, klarer sehen. Sie könnte ihre Situation aus der Ferne betrachten, mit etwas mehr Distanz. Dann wäre es womöglich besser einzuschätzen, ob sie und Ralf sich wieder annähern konnten, was das Arbeitspensum betraf, oder ob ihre Vorstellungen vom Leben nicht mehr zusammenpassten.

Aufgeregt tippte sie den Begriff Föhr in die Suchmaschine ein. Als erstes sah sie sich die Fotos an. Sogleich wurde sie euphorisch.

Malerische Sonnenuntergänge, Dünengras, das im Wind sanft hin und her wiegte. Fröhliche bunte Strandkörbe, die berühmte Seebrücke von Wyk, Touristen, die über den beliebten Sandwall, die Promenade, flanieren. Der Leuchtturm Olhörn am Promenadenweg, die St. Laurentii-Kirche aus dem 13. Jahrhundert in Süderende, Wolken, die sich auf der Meeresoberfläche spiegeln. Bunte Gummistiefel, leicht eingesunken im Watt bei Ebbe, Priele, die sich bei Flut wieder füllten, und Schnappschüsse aus den elf Inseldörfern mit ihren Reetdachhäusern und weidenden Schafen im Hintergrund.

Die Bilder luden zum Träumen ein. Anja verspürte starkes Fernweh. Die Nordsee schien sie zu rufen: »Komm zu mir! Bei mir kannst du wieder du selbst sein. Ich nehme dich so, wie du wirklich bist. Lass dir den frischen Wind um die Nase wehen, und ich werde dir die Augen öffnen.«

Als Anja sich die aktuellen Übernachtungsangebote ansah, floss ein angenehmes Prickeln zwischen ihren Schulterblättern hinab zu der kleinen Mulde am unteren Rücken. Die meisten der Gästehäuser waren ihr allerdings zu groß und zu modern. Sie stellte sich eher etwas Kleines, Gemütliches mit friesischem Charme vor.

Sie wollte gerade die Suchbegriffe anpassen, da fiel ihr Blick auf einen Link. *Zwangsversteigerung: Hotel Garni LÜTTES GLÜCK, Föhr.*

Gleich darunter stand: *Versteigerung im Auftrag des Amtsgerichts Niebüll, Kreis Nordfriesland, Land Schleswig-Holstein. Eingetragen im Grundbuch von Wyk auf Föhr …*

Mehr war nicht zu lesen. Aufgewühlt klickte sie den Link an. Auf der Website, zu der sie weitergeleitet wurde, fand sie die genauen Angaben über die Größe und die Lage der Immobilie. Es handelte sich um ein zweigeschossiges Reetdachhaus mit zehn Fremdenzimmern und einer Ferienwohnung unter dem Krüppelwalmdach. Es gab PKW-Stellplätze, eine befestigte Terrasse mit Windfang und einen großen Garten. Die Immobilie stand in Walsum. Anja hatte den Namen noch nie gehört, leitete aber aus dem Grundbucheintrag ab, dass es sich um einen Stadtteil von Wyk handelte. Sie hatte sich schon immer einen eigenen Garten gewünscht.

Eine elektrisierende Unruhe erfasste sie. Sie rutschte im Bett tiefer und setzte sich sogleich wieder gerade auf. Ihre Zehen waren ständig in Bewegung, als wollten sich ihre Füße schleunigst nach Norden zum *Lüttes Glück* aufmachen. Anja wusste jedoch, dass man bei Zwangsversteigerungen das Objekt ausschließlich von außen besichtigen durfte. Es machte also keinen Sinn, die lange Anreise auf sich zu nehmen. Vor Ort würde sie auch nicht mehr sehen können als auf den Fotos, die dem Portfolio anhingen.

Warum dachte sie überhaupt über all das nach? Träumte sie etwa schon wieder mit offenen Augen? Anja spürte ein Glühen in ihrem Brustkorb. Sie lief Gefahr, dass ihr Herz Feuer fing. Denn was sie soeben entdeckt hatte, regte ihr Kopfkino an.

Außerdem war es zu Lebzeiten der Wunsch ihrer Mutter gewesen, ein eigenes kleines Hotel zu führen. Sie hatte aber nie den Mut gehabt, ihm nachzugehen. Erst hatte es sie kalt erwischt, dass ihr Mann Klaus sich wegen Rita von ihr trennte, dann hatte sie sich ein eigenes Leben aufbauen müssen, und schließlich hatte der Dämon Krebs sie heimgesucht.

Anja hatte daraus gelernt, dass man Pläne nicht aufschieben sollte.

Obwohl es ratsam gewesen wäre, weiter nach Urlaubszielen zu suchen, sah sie sich die Bilder an. Anja wurde heiß. Sie schob das auf den Laptop, der Wärme abgab, aber im Grunde wusste sie, dass sie vor Begeisterung glühte. Sie hatte sich schon lange nicht mehr wie elektrisiert gefühlt. Das letzte Mal, als sie solch eine Euphorie verspürt hatte, war bei der Gründung der Werbeagentur gewesen. Damals hatte sie noch für *Shine with us!* gebrannt, das tat sie inzwischen nicht mehr. Jetzt war das Gefühl wieder da. Fiebrig vor Aufregung schlug sie die Bettdecke zurück.

Das *Lüttes Glück* duckte sich zwischen zwei großen, windschiefen Linden weg, wodurch das Backsteinhaus auf Anja alt und gebrechlich wirkte. Sie glaubte jedoch, dass dieser Eindruck täuschte. Das Reet auf dem Dach war mit Moos bewachsen und hatte sich an einer Stelle gelockert, aber bestimmt konnte man das Schilf ganz leicht wieder an die richtige Stelle schieben und festbinden.

Das Gebäude versank in einem Blütenmeer. Auf allen Fensterbänken befanden sich üppig bepflanzte Blumenkästen. An den beiden Zierapfelbäumen, die vor dem Eingang in wuchtigen Kübeln standen, und den Obstbäumen im Garten hing buntes Laub, das ebenfalls für Farbe sorgte. Die Fotos mussten also im Herbst aufgenommen worden sein. Die ehemaligen Besitzer des Hotel Garni hatten sich ganz schön ins Zeug gelegt, damit sich ihre Gäste vom ersten Augenblick an wohlfühlten. Was die Bepflanzung der Kästen gekostet haben musste! Aber die Ausgaben und die Mühe hatten sich gelohnt. Das *Lüttes Glück* machte einen einladenden und fröhlichen Eindruck.

Plötzlich sah Anja sich in ihrer Vorstellung in der Tür stehen und lachend Gäste begrüßen. Im nächsten Augenblick stand sie am Fenster, schüttelte ein Kissen aus und ließ den Blick über die Insel schweifen, dabei sah sie zufrieden aus. Sie würde ein Foto ihrer Mutter im Frühstücksraum aufhängen und ihn ihr zu Ehren nach ihr benennen, den Martina-Speisesaal. Dann hätte sich der Traum ihrer Mutter doch noch erfüllt, irgendwie.

»Moment mal«, sagte Anja zu sich selbst. »Was tue ich hier eigentlich? Ich mache unbewusst Pläne. Ein Hotel auf Föhr, das ist doch bloß eine kindische Träumerei!« Sie schüttelte den Kopf.

Allerdings lebte Leonie auf einer Insel. Warum sollte sie das also nicht auch können? Voller Abenteuerlust hatte ihre jüngere Schwester ihren Job als Kindergärtnerin gekündigt, war mit ihrem Freund Nico, den sie zu dem Zeitpunkt erst seit neun Monaten kannte, nach Thailand ausgewandert und hatte auf Ko Samui von Bekannten eine Bar übernommen, das war nun anderthalb Jahre her. Aber Leonie war schon immer die Mutigere von ihnen beiden gewesen.

Anjas Nerven flatterten. Sie beruhigte sich damit, dass sie ja nur ein bisschen herumfantasierte. Der Alkohol tat sein Übriges. Sie konnte ja schlecht ihre Zelte in Köln abbrechen und einfach auf eine Nordseeinsel ziehen, um sich dort ein neues Leben aufzubauen. Das war vollkommen abwegig, naiv, verrückt. Dennoch …

Der Gedanke setzte sich in ihr fest. Er arbeitete in ihr. Die Zwangsversteigerung würde im März stattfinden. In zwei Monaten schon.

Anja fragte sich, was passiert war, dass es für die jetzigen Eigentümer so weit gekommen war. Waren sie krank geworden, überfordert gewesen oder hatten keine Lust mehr auf die Hotellerie gehabt?

Im Internet fand Anja einige Bewertungen, in denen Gäste behaupteten, die Besitzerin Hilde Hinrichs hätte sich den Übernachtungsgästen gegenüber unfreundlich verhalten. Da waren wohl einige mit dem herben Charme der Friesen nicht klargekommen. Ihr Pech, dachte Anja.

Andere Urlauber hatten sich über das antiquierte Ambiente beschwert. Diese Reisenden, dachte Anja, wären wohl besser in einem dieser neu gebauten modernen Hotels abgestiegen und nicht in einem urigen Nest wie dem *Lüttes Glück*.

Online meldeten sich doch ohnehin nur diejenigen, die

etwas zu meckern hatten. Anja entkräftete jede Kritik, als würde ihr das Hotel gehören und sie müsste es verteidigen.

Verärgert über die Internet-Hetze klappte sie ihren Laptop zu. Aber musste es nicht einen Haken geben, wenn nun eine Zwangsversteigerung anstand? Sie hatte gedacht, dass die Besucherzahlen auf Föhr stimmten und die Hotel- und Gastronomiebetriebe keine Umsatzprobleme hätten, aber die Zeiten waren wohl für alle schwer. Vielleicht war Hilde Hinrichs auch bloß zu alt geworden, um den Betrieb weiterzuführen, und hatte den Moment verpasst, das *Lüttes Glück* zu verkaufen.

Anjas Überlegungen wurden unterbrochen, als Ralf die Wohnung betrat. Er machte keinen Hehl daraus, dass er angefressen war, als er zu ihr ins Badezimmer kam und vor der Wanne stehen blieb. »Du kannst dir doch nicht einfach spontan freinehmen.«

»Du hast doch gesehen, dass ich das kann«, hielt sie dagegen. Mit der Hand bewegte sie sanft den Schaum auf dem Badewasser, das sie ab dem Hals abwärts wohlig warm einhüllte. Es duftete fruchtig süß nach Feigen.

Er stemmte die Hände in die Hüften und sagte vorwurfsvoll: »Und dann auch noch so lange.«

»Einen halben Tag findest du lang?«, fragte sie entrüstet und rieb sich mit dem Schwamm übers erhitzte Gesicht.

Ralf wischte sich den Schweiß von der Stirn. »Wir stehen vor einem wichtigen Vertragsabschluss«, sagte er eindringlich.

»Das tun wir doch ständig.« Sie zuckte mit den Schultern, das Wasser schwappte beinahe über. »Dann dürften wir ja nie Urlaub machen oder krank werden.«

Aufgeregt lief er auf und ab, die Flammen der Kerzen auf dem Wannenrand zuckten. »Willst du denn nicht auch mit *Shine with us!* international durchstarten?«

»Nicht mit Zigarettenwerbung«, stellte Anja klar. Sie hätte schon viel früher für ihre Prinzipien einstehen sollen.

»Wir können es uns nicht leisten, wählerisch zu sein, so groß ist die Werbeagentur noch nicht«, wandte er ein. »Aber wir können es dahin schaffen. Chacal mag dich, das müssen wir ausnutzen.«

»Ich werde das Projekt nicht betreuen!«, entgegnete Anja.

»Ich dachte, du hättest dich inzwischen eingekriegt.« Ungehalten zog er die Anzugjacke aus und öffnete die obersten Knöpfe seines Hemdes.

Eigentlich war Anja harmoniebedürftig und lenkte oft ein, aber diesmal hielt sie seine Verstimmung aus. Das Gespräch mit Christin hatte ihr den Rücken gestärkt. »Ich werde meine Meinung nicht ändern, da kannst du dich auf den Kopf stellen.«

Ralf war nicht der Typ, der sich gerne und lange stritt. Nach kurzer Diskussion machte er für gewöhnlich dicht und behandelte sie wie Luft, so auch diesmal. Dieses Verhalten ertrug Anja normalerweise nicht und suchte immer wieder das Gespräch mit ihm, bis sie schließlich klein beigab, nur damit er wieder mit ihr sprach und sie beachtete. Doch diesmal hatte sie ja das *Lüttes Glück.*

Sie floh in die Tagträume von einem eigenen kleinen Hotel auf Föhr. In diesem bezaubernden Traum ging es um andere Werte als Geld. Es drehte sich nicht länger alles um *höher, schneller und weiter.* Sie führte ein Leben im Einklang mit der Natur. Es war bloß eine Fantasie, aber was für eine!

Durch den Ärger mit Ralf wollte sie mehr denn je weg.

Zwei Tage später unterzeichnete Chacal den Vertrag mit ihnen, obwohl sich Ralf und nicht Anja um ihn kümmerte. Bis in den Februar hinein verlief Anjas und Ralfs Verhältnis wieder in ruhigeren Bahnen, aber die Stimmung zwischen ihnen blieb kühl.

Je näher Anja dem Datum der Zwangsversteigerung kam, desto unruhiger wurde sie. Sie war geistig abwesend, manchmal sogar gereizt, was ihr leidtat. Wie konnte sie in der Kürze eine Entscheidung treffen, die ihr Leben verändern würde. Inzwischen dachte sie tatsächlich darüber nach, zumindest bei der Versteigerung mitzubieten. Wahrscheinlich würde sie die Auktion ohnehin nicht gewinnen. Es war kein ernsthafter Plan, aber ihr wurde immer klarer, dass sie es tatsächlich tun konnte, wenn sie wollte. Doch noch hatte sie nicht den Mut dazu, den Schritt zu wagen.

Zugleich fühlte sie sich gehetzt und konnte nachts nicht mehr schlafen. Sie wälzte sich hin und her und quälte sich mit der Vorstellung, wie jemand ihr das *Lüttes Glück* wegschnappte. Denn sie hatte sich in die Immobilie auf den Fotos verliebt.

Der auf der Website angegebene Verkehrswert für das Gebäude und das Grundstück war hoch, keine Frage. Am Valentinstag ertappte sie sich dabei, wie sie ihre Finanzen überprüfte. Wenn sie sich von Ralf auszahlen ließe, könnte sie die Summe aufbringen. Am Anfang hatten sie beide natürlich in ihr Gewerbe investieren müssen, aber seitdem es aufwärts ging, hatte Anja ein wenig Geld gespart. Für die nötigen Renovierungen würde es reichen.

Ende Februar wurde Anja klar, dass sich seit Januar alles zwischen Ralf und ihr verändert hatte. Sie konnte ihm nicht verzeihen, dass er tatenlos zugeschaut hatte, wie Chacal sie begrabscht hatte. Nicht einmal hinterher hatte er sich für sein Verhalten entschuldigt. Durch das Erlebnis hatte sie sich von ihm entfernt, und seitdem hatte sie sich ihm nicht wieder annähern können.

Aber auch er tat nichts dafür, dass alles wieder so wurde wie früher. Er war kalt wie ein Fisch und schien auch zu merken, dass ihre Beziehung kränkelte, sprach das Thema aber nicht an. War es ihm etwa nicht wichtig genug? Vielleicht dachte er auch, das würde sich schon von selbst wieder einrenken. Tat es aber nicht.

Im Grunde lebten sie schon länger nur noch nebeneinanderher, aber Anja hatte nicht wahrhaben wollen, dass ihre Liebe abgekühlt war. Jetzt gestand sie es sich endlich ein. Sie liebte Ralf nicht mehr. Und sie wollte auch *Shine with us!* nicht mit ihm weiterführen. Sie hatte andere Vorstellungen davon, wie ihr Leben aussehen sollte.

Darum trennte sie sich Anfang März von ihm. Ralf reagierte mit völligem Unverständnis, machte sich aber in erster Linie Sorgen um die Agentur. Er versuchte nicht, sie umzustimmen. Möglicherweise war er zu verletzt oder seine Gefühle für sie waren ebenfalls erloschen. Wie konnte Anja das wissen? Ralf machte dicht, wie immer, wenn es um private Dinge ging.

Panik erfasste Anja. Was sollte nun aus ihr werden? Sie

würde völlig neu anfangen müssen. Aber wo? Vielleicht tatsächlich auf Föhr? Warum nicht.

Also beauftragte sie ihren Rechtsanwalt Dr. Hasselmann, in ihrem Namen bei der Zwangsversteigerung des Hotels mitzubieten. Sie konnte nicht anders, sie musste es wenigstens versuchen. Sollte jemand sie überbieten – und davon ging sie aus, denn es gab genug reiche Investoren, die ihre Finger nach den Immobilien auf den Nordseeinseln ausstreckten –, hatte das Schicksal es eben so vorgesehen.

Während der Versteigerung blieb Anja in ständigem telefonischem Kontakt mit Dr. Hasselmann, der für sie vor Ort war. Es machte sie nervös, nicht dabei zu sein, aber in Köln überschlugen sich die Ereignisse. Sie konnte einfach nicht weg.

Sie hatte Ralf gebeten, eine Nachfolgerin für sie einzuarbeiten, keinesfalls wollte sie ihn und ihr Team hängen lassen. Aber er hatte sie gebeten, ihre Sachen aus der Werbeagentur zu holen und die Büroräume nicht mehr zu betreten. Das hatte sie verletzt.

Umso dringender wollte sie aus dem gemeinsamen Apartment ausziehen, aber die Wohnungssuche in der Großstadt war schwierig. Auf die Schnelle fand sie keine neue Bleibe. Sie konnte weder bei ihrem Vater noch bei Christin einziehen, und die Ausgaben für Hotelübernachtungen wollte sie sich lieber sparen. Falls es mit der Versteigerung klappte, würde sie jeden Cent brauchen.

Anja drückte ihr Handy ans Ohr und rollte ihre Zehen so stark ein, dass sie einen Krampf in den Füßen bekam. Vor Aufregung wurde ihr leicht übel. Diese Immobilie konnte ihr Schicksal werden.

Als Dr. Hasselmann ihr am Telefon riet, aus der Versteigerung auszusteigen, forderte sie ihn unmissverständlich auf: »Bieten Sie weiter!«

»Meiner Einschätzung nach ist das Objekt nicht so viel wert«, wandte er ein und nannte ihr den Betrag, den sie überbieten musste.

»Für mich schon«, erwiderte sie bestimmt, denn sie verspürte ein heißes Brennen in sich. Ihr Jagdinstinkt war geweckt. Sie konnte jetzt nicht aufgeben.

»Ich will ehrlich zu Ihnen sein, das ist eine unvernünftige Investition«, wandte ihr Rechtsanwalt ein. »Überlegen Sie es sich bitte noch einmal, Frau Blumenthal.«

»Sie müssen unbedingt dranbleiben«, beharrte sie. Womöglich würde ein anderer Käufer das zauberhafte Hotel Garni abreißen und ein fünfstöckiges Gebäude mit Ferienwohnungen auf das Grundstück bauen lassen. Das durfte sie nicht zulassen.

Als Anja den Zuschlag bekam, liefen ihr Freudentränen übers Gesicht.

Sie war erleichtert. Ein bisschen Angst mischte sich auch darunter, denn der Kauf würde eine höhere Summe verschlingen, als sie geplant hatte. Für die Renovierung hatte sie kaum noch etwas übrig, aber dann musste sie eben das ein oder andere selbst machen, und so viel würde schon nicht zu reparieren und zu erneuern sein. Im großen Stil modernisieren wollte sie ohnehin nicht, sie hatte vor, den alten friesischen Charme zu erhalten. Alles würde schon irgendwie klappen.

»Sie sind jetzt stolze Besitzerin des *Lüttes Glück* auf Föhr, Frau Blumenthal«, sagte Dr. Hasselmann und seufzte. »Aber ich bin mir nicht sicher, ob ich Ihnen dazu gratulieren soll.«

Kapitel 5

Trotz der frostigen Stimmung, die zwischen Ralf und ihr herrschte, zahlte er sie anstandslos aus. Anja rechnete ihm hoch an, dass er ihr keine Steine in den Weg legte. Die Summe überwies sie gleich weiter an die Gerichtskasse, so-dass das *Lüttes Glück* bald ihr gehörte.

Alles ging unerwartet schnell. Ihr wurde schwindelig bei der Vorstellung, auf ihre Lieblingsinsel zu ziehen und ganz von vorne anzufangen. Zugleich fühlte sie sich unglaublich mutig und frei.

Aufgeregt buchte Anja einen Stellplatz auf der Fähre, packte ihr Auto voll und stellte die restlichen Sachen in einem angemieteten Lager unter.

Mit Abenteuerlust im Gepäck fuhr sie Anfang April von Köln an die Westküste Schleswig-Holsteins. Sie hatte auch Angst, aber sie vermischte sich, wie beim Lampenfieber vor einem öffentlichen Auftritt, mit Vorfreude.

Wenn meine Mutter doch nur bei mir sein könnte, dachte Anja wehmütig. Ihr Vater hatte sie für verrückt erklärt, als sie ihm von ihren Umzugsplänen und ihrem beruflichen Neuanfang weit weg von ihrer Heimatstadt erzählt hatte. Aber ihre Mutter, da war sie sich sicher, wäre ebenso begeistert gewesen wie sie. Sie hätte sie ermutigt, ihre Träume zu verfolgen.

Genau genommen war es ja der Traum ihrer Mutter gewesen, ein eigenes Hotel zu führen. Anja ließ ihn für sie wahr werden. Auf der Fahrt an die Nordsee hatte sie das Gefühl, ihre Mutter würde lächelnd neben ihr auf dem Beifahrersitz sitzen. Anja fühlte sich ihr so nah wie noch zu Lebzeiten. Am liebsten hätte sie sie in die Arme gezogen und an sich gedrückt, aber das ging ja nicht mehr. Sie wischte sich eine Träne aus dem Augenwinkel.

Dann schaltete sie Musik an und sang lautstark mit. Als sie nach sieben Stunden Autofahrt das Meer erblickte, jauchzte sie vor Freude. Es wehte eine steife Brise, aber Anja ließ das Fenster herunterfahren, um die würzige Seeluft einzuatmen. Sie mochte auch die raue Seite des Meeres, nirgends fühlte sie sich lebendiger als an der Nordsee. Die graue Wolkendecke riss auf, und einige Sonnenstrahlen fielen auf einen Kutter, der auf den Wellen tanzte. Möwen kreisten über dem Boot. Ihr Lachen zauberte ein Grinsen auf Anjas Gesicht.

Erfüllt von Glücksgefühlen fuhr sie in Dagebüll auf die Fähre. Während der Fahrt ließ sie sich an Deck den Wind um die Nase wehen und konnte nicht aufhören zu lächeln.

Obwohl die Osterferien noch nicht angefangen hatten, waren viele Urlauber an Bord. Anja machte sich bewusst, dass sie diesmal nicht als Touristin hergekommen war. Sie hatte jetzt einen festen Wohnsitz auf Föhr. Ab heute würde sie auf der Insel leben, in der kleinen Einliegerwohnung im *Lüttes Glück*. Sie musste sich zwar erst noch ummelden, aber im Grunde gehörte sie jetzt zu den Bürgern Föhrs.

Lag es am starken Wellengang oder an der wachsenden Anspannung, dass ihr mulmig wurde? Anja wusste es nicht. Die Fahrt dauerte etwas länger als die üblichen fünfzig Minuten. Als sie nach einer Stunde im Hafen von Wyk anlegten, erinnerte sie sich, dass die Uhren auf den nordfriesischen Inseln anders tickten. Man musste sich nach den Gezeiten, dem Wellengang und dem Wetter richten, das kannte Anja schon von früher. Im Urlaub hatte sie das genossen, aber jetzt zerrte die zusätzliche Wartezeit an ihren Nerven. Wahrscheinlich würde Anja ein paar Tage oder Wochen brauchen, um sich zu entspannen. In Köln hatte sie immer unter Zeitdruck gestanden, zumindest das war jetzt schon vorbei.

Noch auf der Fähre gab Anja die Adresse ihres Hotels ins Navigationsgerät ein. Sie vertippte sich zwei Mal, so aufgeregt war sie. Als sie sich dann die Route ansah, zog sie überrascht die Augenbrauen hoch. Die Zieladresse lag gar nicht in Wyk, wie sie vermutet hatte. Wahrscheinlich hatte sie bei der Eingabe schon wieder etwas falsch gemacht. Sie überprüfte sie und stellte zu ihrer Verwunderung fest, dass kein Fehler vorlag.

Da die Autos von der Fähre fuhren, konnte sie nicht weiter recherchieren und musste los. Sie entschied sich, erst einmal der vorgeschlagenen Route zu folgen. Verunsichert lenkte sie den Wagen durch die Hauptstadt. Sie ließ schließlich den beliebten Badeort hinter sich und steuerte den Norden Föhrs an, wo in ihrer Erinnerung nichts weiter zu finden war als Marschland und der ein oder andere Bauernhof.

Doch sie hatte sich geirrt. Mitten in der Marsch lag Walsum, wie eine einsame Insel, umgeben von Grün- und Weideland. Der Deich schien gar nicht einmal so weit weg, doch durch die Weite der Landschaft konnte das täuschen.

Die Sonne stand schon tief. Im Licht des späten Nachmittags wirkte die Ansiedlung von Häusern so verwunschen, dass es Anja nicht gewundert hätte, wenn sie nur alle einhundert Jahre für einen Tag auftauchen würde, wie der schottische Ort Brigadoon im gleichnamigen Musical. Ihre Mutter hatte die Verfilmung mit Gene Kelly geliebt.

Überrascht stoppte Anja vor dem Ortsschild. Hier musste sie tatsächlich richtig sein, zu ihrer Rechten sah sie ein Gebäude, das *Lüttes Glück* sein musste. Es sah auf den ersten Blick traurig und heruntergekommen aus, aber Anja schob das auf die Wolkendecke, die sich wieder geschlossen hatte, und die Tageszeit. Bestimmt würde das Gebäude bei Sonnenschein einladender wirken.

Es standen ja auch keine blühenden Blumen mehr auf den Fensterbänken. Nur die Kübel mit den Zieräpfeln flankierten noch den Eingang. Eine Amsel machte sich über letzte Fruchtmumien her. In Köln setzten die ersten Bäume und Sträucher schon Knospen an, aber Föhr schien noch auf den großen Durchbruch des Frühlings zu warten.

Neben dem *Lüttes Glück* bestand Walsum nur aus drei Wohnhäusern und einem Schafstall, die sich um den Dorfanger gruppierten. Der Wind wehte den scharfen Geruch von Schafdung über den kleinen Platz. Eine schwarze Katze schlief auf der Holzbank, die unter der Echten Trauerweide in der Dorfmitte stand. Zu Anjas Bedauern konnte man das Meer nicht sehen. Es war viel zu weit weg und wurde vom Deich verdeckt.

Sie hatte gelesen, dass Witsum mit seinen 51 Einwohnern die kleinste Gemeinde Föhrs wäre, aber das stimmte anscheinend nicht. Walsum hatte gewiss noch weniger Einwohner. Das Dorf war so klein, dass es auf keiner Karte verzeichnet war, und Anja kannte es nicht von ihren Urlauben. Aber warum hätten ihre Eltern auch mit ihr hierherkommen sollen? Hier gab es nichts Interessantes, keinen Bauernhof mit Streichelzoo, keine Eisdiele und keine Pferde.

Anja machte ein langes Gesicht. Dieses Örtchen wirkte wie eine Geisterstadt. Niemand war zu sehen, nicht einmal ein Schaf auf der Weide. Die Wohnhäuser wirkten verlassen.

Hierher verirrte sich bestimmt kein Auto, und die Touristen blieben wohl lieber in den Inselgemeinden mit Cafés und Souvenirshops. In der Ferne erspähte Anja eine Gruppe Fahrradfahrer, aber sie beachteten die Ortschaft gar nicht. Warum sollten sie auch? Hier gab es keine Attraktion, Walsum war wohl das trostloseste Fleckchen auf Föhr. Jedenfalls nicht gerade ein Aushängeschild für die Insel.

Das alles waren keine guten Omen für Anjas Neuanfang. Sie verspürte einen unangenehmen Druck im Magen. Vielleicht hätte sie erst im Sommer herkommen sollen, denn bei Sonnenschein und Wärme wirkte alles stets freundlicher.

Aber so lange hatte sie natürlich nicht warten können. Sie hatte bei Ralf ausziehen müssen und wollte das Hotel so schnell wie möglich neu eröffnen, um Geld zu verdienen. Jetzt hatte sie das untrügliche Gefühl, dass Letzteres länger dauern würde als erhofft. Erst einmal musste das *Lüttes Glück* auf Urlauber einladender wirken. Ob es mit einem farbenfrohen Anstrich, bunten Gardinen und einer blütenreichen Bepflanzung getan war, würde sie erst wissen, wenn sie das Haus von innen gesehen hatte.

Enttäuscht parkte Anja den Wagen vor dem Hotel. Niemand kam, um sie zu begrüßen. Was hatte sie denn erwartet? Den Schlüssel hatte man ihr bereits zugeschickt. Föhr hatte nicht auf sie gewartet. Niemand wusste, dass sie kam, und es interessierte auch niemanden. Sie kannte hier keine Menschenseele.

»Noch nicht«, sagte sie kämpferisch und stieg aus. Der raue Wind zerrte einzelne Strähnen aus ihrem Zopf. Es war kühl geworden. Anja zog den Reißverschluss ihrer pfirsichfarbenen Windjacke zu.

Sie wollte nicht so schnell den Mut verlieren. Alles würde gut werden. Niemand konnte erwarten, dass eine Immobilie, die zwangsversteigert wurde, perfekt war. Nun hatte Anja allerdings die Befürchtung, dass sie mehr renovieren musste, als sie gehofft hatte, und mehr, als ihr Geldbeutel hergab.

Sie stellte sich vor das Hotel, stemmte die Hände in die Hüften und betrachtete die Fassade kritisch. Sie hoffte inständig, dass sie mit ihrer Einschätzung, dass das Reetdach neu gedeckt werden musste, falschlag.

An den roten Backsteinen klebte die Patina vieler Jahrzehnte. Durch die Feuchtigkeit des Marschlandes wuchs hier und da Moos. Die Außenwände würden mit einem Hochdruckreiniger gesäubert werden müssen, aber sehr vorsichtig, denn die Fensterrahmen waren noch aus Holz. Die weiße Farbe blätterte ab. Sie brauchten dringend einen neuen Anstrich. Sie zu erneuern, war finanziell vorerst nicht drin.

Sie hatte für den Kauf weitaus mehr ausgegeben als geplant. Die Sorge, sich zu viel zuzumuten, legte sich wie ein Stahlring um Anjas Brustkorb.

Vermutlich war auch durch die Fotos auf den Online-Buchungsportalen und in der Beschreibung verschleiert worden, dass das Hotel im toten Winkel von Föhr lag. Jedenfalls wunderte es Anja jetzt nicht mehr, dass Hilde Hinrichs das *Lüttes Glück* zwangsversteigern hatte müssen. Womöglich hatte sich die Sache mit den falschen Versprechungen und unrealistischen Bildern herumgesprochen und unter Touristen für Unmut und Enttäuschung gesorgt.

»Du gehörst jetzt mir«, sagte Anja zu dem Haus, das ihre Zukunft werden sollte. Sie versuchte, zuversichtlich zu klingen. »Ich werde dich wieder zum Strahlen bringen, das verspreche ich dir.«

Da erst fiel ihr Blick auf das Schild, das über dem Eingang hing. Sie hatte ihm bisher keine Aufmerksamkeit geschenkt. Als sie es genauer musterte und dachte, dass sie das nahezu unleserliche Namensschild erneuern musste, bemerkte sie ein kleines, aber wichtiges Detail. Da stand: *Inselpension Lüttes Glück.*

»Pension?«, stieß Anja überrascht aus. Ihr Puls beschleunigte sich.

Mit heftig pochendem Herzen ging sie zum Auto zurück. Sie holte die Unterlagen vom Amtsgericht aus ihrem Aktenkoffer und sah sie durch. Auf allen Dokumenten wurde das *Lüttes Glück* pauschal als Übernachtungsbetrieb bezeichnet. Sie war sich aber sicher, in der Anzeige über die Versteigerung gelesen zu haben, dass es sich um ein Hotel Garni handelte. Das war ein kleiner, aber feiner Unterschied, besonders was die Zimmerpreise und damit ihre zu erwartenden Einnahmen betraf.

Anja fühlte sich getäuscht. Sie knallte die Autotür zu und fragte sich, was sie denn nun tun sollte. Wollte sie zurück nach Köln fahren und eine Klage einreichen, um ihr Geld zurückzubekommen?

»Auf keinen Fall«, sagte sie.

Sie wollte nicht weiter in der Großstadt mit all dem Verkehrslärm, der schlechten Luft und der eingeschränkten Sicht zwischen den hohen Gebäuden leben, sondern im Einklang mit der Natur an ihrem Sehnsuchtsort Föhr. Sie sehnte sich nach mehr Lebensqualität. Es ging ihr nicht darum, weniger zu arbeiten, sondern eine Tätigkeit auszuüben, die sie erfüllte. Wohin sollte sie auch zurückkehren? Sie hatte in der Domstadt keinen Job und keine Wohnung mehr. Für das *Lüttes Glück* hatte sie alles aufgegeben.

»Ich habe dir doch gesagt, dass das Inselleben nichts für dich ist.« Das würde ihr Vater sagen, sollte sie hinschmeißen. »Du bist eine Landratte und Großstadtpflanze, außerdem ist Leonie die Abenteurerin von euch, nicht du.«

Ihr Rechtsanwalt Dr. Hasselmann würde abschätzig lächeln, hatte er ihr doch von dem Immobilienkauf abgeraten.

Wahrscheinlich würde Ralf es sich nicht nehmen lassen, sie, sobald er von ihrer Rückkehr erfuhr, anzurufen und ihr vorwerfen: »Du hast nicht erkannt, wie gut du es hattest. Jetzt hast du nichts mehr. Du hast alles kaputtgemacht.«

»In die eingeschworene Gemeinschaft auf so einer Insel kommt man als Außenstehende doch ohnehin nicht rein. Also lieber ein Ende mit Schrecken als ein Schrecken ohne Ende.« So in der Art würde Christin versuchen, sie aufzubauen. »Soll ich uns eine Nascherei aus dem *TörtchenTörtchen* besorgen?«, würde sie dann fragen.

Aber Anja wollte kein Trostpflaster, sondern ihren Traum vom Leben auf der wunderschönen Insel im Wattenmeer wahr werden lassen. Sie wollte ein neues Geschäft aufbauen.

Dass sie das konnte, hatte sie ja schon mit der Werbeagentur bewiesen. Sie wollte neu anfangen, wieder glücklich werden und, wenn die Zeit reif war, eine neue Liebe finden.

In diesem Moment sehnte sie sich mehr denn je nach einem Mann, der sie liebevoll in die Arme nahm und ihr versicherte, dass alles gut werden würde. Nach einem Partner, der Wärme und Optimismus ausstrahlte und den Neuanfang gemeinsam mit ihr wagen würde. Doch sie war auf sich allein gestellt.

»Du wolltest ein Abenteuer, und jetzt hast du eins. Also hör auf zu jammern«, tadelte sich Anja. »Niemand hat gesagt, dass es leicht werden wird.«

Sie stellte sich aufrecht hin und ging dann zurück zum Eingang. Als sie aufschließen wollte, fand sie die Haustür zu ihrer Überraschung offen vor. Was hatte das zu bedeuten? Hatte jemand vergessen abzusperren oder war ein Fremder ins Haus eingedrungen?

Vorsichtig setzte Anja einen Fuß in den Korridor. Durch die dunkelblauen Wände wirkte es im Inneren schummrig. Sie lauschte, hörte aber nur den eigenen Herzschlag.

Plötzlich polterte es. Anja erschrak. Ihre Nackenhaare stellten sich auf. Der Lärm war vom Ende des Ganges gekommen.

Leise setzte sie einen Fuß vor den anderen. Sie überlegte, ob sie Hilfe holen sollte. Aber sie kannte ja niemanden auf Föhr, und ihre Nachbarn schienen nicht zu Hause zu sein. Die Polizei wollte sie nicht rufen, weil sie befürchtete, sich gleich an ihrem ersten Tag auf der Insel lächerlich zu machen. Es konnte ja einen Hausmeister oder Verwalter geben, der sich um das Gebäude kümmerte, und man hatte vergessen, ihr das mitzuteilen, oder ein Wildtier war durch ein kaputtes Fenster hereingekommen.

Aber falls ein Einbrecher die Schränke nach wertvollen Dingen durchsuchte, war es riskant, ihm allein gegenüberzutreten. Vor Angst blieb Anja stehen, unschlüssig, ob sie den Eindringling eigentlich stellen oder bloß vertreiben wollte.

Auf den ersten Blick sah die Einrichtung nicht so aus, als gäbe es hier viel zu stehlen. Die maritimen Bilder an den Wänden hatten einen Grauschleier und mussten dringend abgestaubt werden. Auf den Schränken lagen verwaschene Häkeldecken, die ihre besten Zeiten offenkundig hinter sich hatten. Die Holzdielen waren abgelaufen und mussten dringend poliert oder, noch besser, abgeschliffen und neu versiegelt werden.

Da polterte es erneut. Jemand fluchte mit einer Reibeisenstimme. Anja konnte nicht einmal erkennen, ob es sich um einen Mann oder eine Frau handelte. Die Stimme klang weiblich, aber die Tiefe und Derbheit ließ eher auf einen Mann schließen. Immerhin konnte Anja nun sicher sein, dass es kein Tier war, das in dem Zimmer Gegenstände umstieß.

Aufgewühlt überlegte Anja, ob sie zurück zum Auto gehen und den Wagenheber holen sollte, um sich zu bewaffnen? Nur um damit zu drohen oder sich im Notfall verteidigen zu können. Also ging sie auf leisen Sohlen zum Parkplatz und kehrte mit dem Wagenheber in die Pension zurück.

Ihre Nerven flatterten, als sie wieder durch den Gang pirschte. Was tat sie hier eigentlich? Das war doch Wahnsinn! Sie wollte eine Immobilie verteidigen, von der sie nicht einmal wusste, ob sie sie behalten wollte. Aber im Moment gehörte sie ihr noch. Zumindest für eine Nacht würde sie ihr Zuhause sein. Sie fühlte sich verantwortlich.

Als sie fast an dem Raum angekommen war, riss plötzlich jemand die Zimmertür auf. Das Licht im Korridor wurde angeschaltet. Die Helligkeit blendete Anja. Als sich ihre Augen daran gewöhnt hatten, sah sie eine ältere Dame, die mit beiden Händen drohend einen krüppeligen Ast hochhielt. Anja schätzte sie auf um die siebzig. Blaue Augen, ein wacher Blick. Sie war bestimmt recht hübsch, wenn sie nicht gerade so verkniffen dreinblickte wie in diesem Moment.

Feindselig sah sie Anja an und fuchtelte mit dem, was Anja für Treibholz hielt, herum. »Hatte ich doch richtig gehört. Eine Einbrecherin!«

»Ich bin nicht eingebrochen«, widersprach Anja und nahm den Wagenheber herunter. »Die Eingangstür stand auf.«

»Das tut sie immer. Ich schließe nie ab. Wir sind hier auf Föhr und nicht in der Großstadt«, sagte die Frau bissig.

Anja ging nicht auf die spitze Bemerkung ein. »Wer sind Sie, und was machen Sie hier?«

»Das sollte ja wohl ich Sie fragen.« Bevor Anja antworten konnte, riss die Frau ihre Hand hoch. »Aber im Grunde interessiert es mich gar nicht. Ich will nur, dass Sie sofort wieder verschwinden. Raus hier!«

»Ich denke nicht daran, denn das ist mein Haus.« Es fühlte sich für Anja fremd an, diese Tatsache das erste Mal auszusprechen, aber auch gut, stellte sie fest.

Das rechte Augenlid der Frau zuckte. Nervös betastete sie

ihre Haare, die die Farbe von Meeresschaum hatten. »Das kann nicht sein. Ich bin die Eigentümerin von *Lüttes Glück*.«

»Nein, das bin ich«, widersprach Anja und war selbst überrascht, mit welchem Selbstverständnis sie das tat.

Zornig funkelte die Frau sie an. »Reden Sie keinen Unsinn!«

Langsam fragte sich Anja, ob die Dame vielleicht verwirrt war. Sie legte den Wagenheber weg, um der Fremden zu zeigen, dass sie in Frieden kam. »Mein Name ist Anja Blumenthal. Kann es sein, dass Sie Hilde Hinrichs sind?«

»Selbstverständlich«, antwortete die Frau schnippisch und ließ den krüppeligen Ast sinken. »Wer soll ich sonst sein?«

Anja spähte über die Schulter von Frau Hinrichs in das Zimmer hinter ihr und erblickte ein Friesensofa. An der Wand sah sie ein ungemachtes Bett und durch eine offen stehende Tür konnte sie in ein kleines Badezimmer schauen. Es musste sich um die Einliegerwohnung handeln. Sie war sehr klein und noch vollgepackt mit Möbeln. Überall Figürchen, Schalen, Döschen und sonstiger Nippes. Kleidungsstücke hingen über der Rückenlehne des Sofas. Ein Wasserkocher und Teepackungen standen neben sauberen und benutzten Bechern auf einem Sideboard. Sehr ordentlich schien die ältere Dame nicht zu sein.

»Ich möchte Ihnen nicht zu nahe treten«, begann Anja behutsam, »aber Sie sollten längst ausgezogen sein.«

Trotzig reckte Hilde Hinrichs das Kinn vor. »Mich kriegen hier keine zehn Pferde raus. Ich werde die Pension erst verlassen, wenn ich mit den Füßen nach vorne herausgetragen werde.«

Das konnte ja heiter werden. Zu allem Übel hatte sie dieses Wort erwähnt, das Anja gar nicht gerne hörte. Pension, das klang so einkommensschwach. Wie sollte sie es mit zehn Gästezimmern bei niedrigen Übernachtungspreisen und einer Ferienwohnung schaffen, sich und dieses Haus durchzubringen? »Sie wissen aber schon, dass das *Lüttes Glück* zwangsversteigert wurde, oder?«

»Ja«, brummte Hilde Hinrichs und verzog das Gesicht. »Halten Sie mich etwa für senil?«

»Nein.« Aber für stur, dachte Anja und stopfte einige Strähnen, die der Wind auf der Fähre gelöst hatte, unter das Haargummi an ihrem Hinterkopf. »Aber Sie können doch nicht so tun, als hätte es den Verkauf nicht gegeben.«

Frau Hinrichs Blick flackerte. »Das ist mein Zuhause. Wo soll ich denn hin?«

Plötzlich hatte Anja Mitleid mit ihr. Hilde Hinrichs hatte viele Jahre, vielleicht sogar ihr ganzes Leben in diesen vier Wänden verbracht und wurde nun vom Amtsgericht vor die Tür gesetzt. Einfühlsam sagte Anja: »Sie hätten doch längst eine neue Bleibe finden können. Haben Sie denn nicht gesucht?«

»Nein. Wozu? Ich will hier nicht weg«, stellte Hilde resolut klar. »Hier gehöre ich hin. Einen alten Baum verpflanzt man nicht. Dann geht er ein, und ich habe vor, noch verdammt lange zu leben.«

Anja schluckte schwer. Was sollte sie denn jetzt mit Hilde Hinrichs tun? Sie war nicht so herzlos, die ältere Dame einfach vor die Tür zu setzen. Aber Hilde bewohnte noch die Einliegerwohnung, in die Anja heute hatte einziehen wollen. Wo sollte Anja denn jetzt hin?

Und selbst wenn sie Frau Hinrichs zugestand, noch eine

Weile zu bleiben – wie sollte sie das Haus nach ihren Wünschen renovieren, wenn die Vorbesitzerin noch darin lebte
und bestimmt an ihrer Einrichtung festhielt? Zank und
Streit waren vorprogrammiert. Nein, das mit ihnen würde
nicht funktionieren.

Ratlos seufzte Anja. Vielleicht sollte das mit dem Umzug
nach Föhr nicht sein. Nun gab es einen weiteren Grund, den
Neuanfang in letzter Minute doch noch abzublasen, und
der hieß Hilde Hinrichs. »Auf der Internetseite der Versteigerung wurde das *Lüttes Glück* als Hotel Garni bezeichnet.«

Hilde lachte abschätzig. »Das *Lüttes Glück* und ein Hotel?
Da hat man Ihnen einen Bären aufgebunden.«

»Zumindest ist da irgendetwas schiefgelaufen«, gab Anja
zu.

Sie befürchtete, dass sie rechtlich nicht gegen den Kauf
vorgehen konnte, da das *Lüttes Glück* in den Unterlagen
vom Amtsgericht als Übernachtungsbetrieb firmierte, was
ziemlich allgemein, aber zutreffend klang. Vielleicht hatte
man auf der Versteigerung klargemacht, dass es sich nur um
eine Pension und nicht um ein Hotel handelte, wie fälsch-
licherweise im Internet gestanden hatte, aber der Auktion
war sie ja ferngeblieben.

Sie hätte sich besser informieren müssen, aber die Trennung von Ralf, ihr Ausstieg aus der Werbeagentur und ihre
Wohnungssuche hatten sie abgelenkt. Mehr noch als das hatte
ihr Wunsch nach Veränderung sie blind und taub gemacht.
Dr. Hasselmann hatte das erkannt und sie davor gewarnt, die
Kaufentscheidung mit dem Bauch und nicht mit dem Verstand zu fällen, aber sie hatte nicht auf ihn hören wollen.

»Das *Lüttes Glück* hat nur zehn Gästezimmer. Eine Ferienwohnung unterm Dach gehört auch dazu.« Frau Hinrichs zeigte mit dem Treibholz zur Decke, um darauf hinzuweisen, dass sich die Unterkünfte für die Feriengäste im Obergeschoss befanden. Dann wies sie auf die Tür, die gegenüber ihrer Zimmertür lag und auf der *Frühstücksraum* stand. Staubfäden hingen von dem Schild herab. »Ich biete nur ein einfaches Frühstück an, kein Büfett und erst recht keine Halb- oder Vollpension. Hab schließlich noch was anderes zu tun als zu kochen. Ich bewirte nur eigene Gäste, und so etwas Feines wie Zimmerservice und Minibar gibt's bei mir nicht. Und ich reinige die Zimmer erst dann, wenn die Gäste ausgezogen sind, das muss reichen.«

»Ist das nicht ein bisschen wenig an Dienstleistungen?«, warf Anja vorsichtig ein und wusste bereits, dass sie ein anderes Verständnis von Service hatte.

Hilde Hinrichs wiegelte ab: »Die können schön selbst ihre Betten machen, und bei denen zu Hause putzt auch keiner jeden Tag das Bad.«

»Wo ist eigentlich die Rezeption?«, fragte Anja und sah sich suchend um. Ihr Nacken schmerzte von der langen Autofahrt und von der Anspannung. Sie massierte ihn.

»Da.« Hilde zeigte auf eine Kommode in Friesisch Blau, die gleich hinter der Eingangstür stand. Die Farbe blätterte ab. »Ich lege einfach das Gästebuch drauf und schreibe alles rein.«

Anja glaubte sich verhört zu haben. »Haben Sie etwa keinen Computer?«

»Sowas Neumodisches brauche ich nicht, genau wie all den anderen Kram. Haben Sie etwa einen Swimmingpool oder einen Fitnessraum gesehen? Alles überflüssiger

Schnickschnack. Die Leute sollen gefälligst wandern, Fahrradfahren und in der Nordsee baden.« Aufgebracht wischte Hilde durch die Luft. »Aber um sich Hotel nennen zu dürfen, muss man seinen Gästen so einen Schiet bieten und auch mehr Zimmer haben.«

Leichtfertig sagte Anja: »Das wusste ich nicht.«

»Aber Sie müssen doch Ahnung von solchen Dingen haben.« Frau Hinrichs beäugte sie kritisch.

Widerstrebend gab Anja zu: »Ich bin nicht vom Fach.«

»Und dann wollen Sie eine Pension leiten?«, fragte Hilde Hinrichs fassungslos.

Eine unangenehme Stille trat ein. Verlegen sah Anja auf ihre Zehenspitzen. Die Vorbesitzerin hatte recht. Anja war branchenfremd und schlecht vorbereitet. Sie hatte Träume, aber keinen Plan. Nun schämte sie sich dafür, unvorbereitet zu sein. Als sie die Inselpension ersteigert hatte, hatte sie den Kopf in den Wolken gehabt und war gerade unsanft wieder in der Realität gelandet.

»Fahren Sie nach Hause«, riet Hilde Hinrichs ihr in versöhnlichem Ton. »Hier wird das nichts für Sie. Sie würden eh scheitern. Ersparen Sie sich doch die Blamage.«

Dann trat sie in ihre Wohnung und schloss die Tür hinter sich.

Anjas Augen wurden feucht, und ihre Wangen brannten.

Da piepste ihr Handy. Sie hatte eine Nachricht erhalten. Anja zog ihr Smartphone aus der Hosentasche und sah aufs Display.

Leonie hatte ihr geschrieben. »Bist du gut angekommen auf Föhr? Wie ist dein Hotel?«

»Es ist alles so furchtbar«, antwortete Anja ihr aus dem

Bauch heraus und bereute es sogleich. Sie wollte ihre Schwester nicht in Sorge versetzen, doch dafür war es zu spät.

Keine Minute später rief Leonie an.

Zügig ging Anja durch den Korridor auf den Ausgang zu, weil sie erst draußen telefonieren und damit verhindern wollte, dass Hilde Hinrichs mithörte.

Sie hatte Wellenrauschen als Klingelton eingerichtet. Dadurch musste sie an die Haarfarbe der älteren Frau denken. Sie waren weiß wie die Schaumkronen auf tosenden Wellen. Wie passend, dachte Anja, denn die ehemalige Pensionsbesitzerin wirkte, als wäre sie leicht zum Schäumen zu bringen.

Frau Hinrichs hatte ihr langes, dünnes Haar am Hinterkopf hochgesteckt, wie Anja auch. Während Anja die Inselpension verließ, stellte sie sich mit Grausen vor, dass sie unter Umständen genauso schrullig werden könnte wie die Föhrerin, wenn sie das *Lüttes Glück* übernehmen und gegen alle Widerstände auf der Insel bleiben würde. So griesgrämig wollte sie auf keinen Fall enden.

»Ist es wirklich so schlimm?«, platzte es aus Leonie heraus, kaum dass Anja den Anruf auf den Stufen, die hinaus auf den Dorfanger führten, angenommen hatte.

Anja warf einen Blick auf die Zeitanzeige des Handys. Es war kurz nach sechs Uhr abends. In der Werbeagentur hätte sie noch mindestens eine Stunde gearbeitet, eher zwei oder drei. »Wie spät ist es auf Ko Samui?«

»Nach Mitternacht«, antwortete Leonie laut, um die Geräuschkulisse in ihrer Strandbar zu übertönen. Im Hintergrund waren viele Stimmen und der neuste Hit von David Guetta zu hören.

Natürlich, das hätte sich Anja denken können. Sie wusste ja, dass Thailand sechs Stunden voraus war, aber sie konnte sich gerade auf gar nichts konzentrieren. Ihr Kopf war voller Sorgen. »Aber dann ist eure Bar doch bestimmt rappelvoll. Wir sollten morgen telefonieren.«

»Auf keinen Fall. Für dich habe ich immer Zeit«, versicherte Leonie ihr. »Ich will jetzt sofort hören, was los ist.«

Anja seufzte schwer. »Mein Traumhotel hat sich als heruntergewirtschaftete Pension entpuppt.«

»Nein! Man hat dich betrogen?«, fragte ihre Schwester empört.

»Nein, das glaube ich nicht. Es war bestimmt nur ein Fehler im Internet. Die Unterlagen sind korrekt«, berichtete Anja ihr, denn sie wollte niemandem eine böse Absicht unterstellen. »Es ist auch meine eigene Schuld. Ich habe mich von den Fotos täuschen lassen.«

»Dann waren die Bilder retuschiert?« Leonie schnaubte. »Also ist es doch Betrug.«

»Ganz so war es nicht. Irgendwer hat nur die heruntergekommene Immobilie mit Blumenkästen voller üppig blühender Pflanzen aufgehübscht. Die Linden und Obstbäume trugen noch reichlich Herbstlaub, als die Fotos aufgenommen wurden. Alles war farbenfroh, jetzt ist alles trist. Der Frühling ist noch nicht so weit wie in Köln.« Im Moment konnte Anja nicht nachvollziehen, warum man Föhr die friesische Karibik nannte. Laut Wetter-App waren es zehn Grad Celsius, aber durch die steife Brise fühlten die sich wie fünf Grad an. Anja musste sich erst noch akklimatisieren. Sie setzte sich in ihren Wagen, um dem frischen Wind zu entkommen. »Außerdem schien auf den Fotos die Sonne.«

»Damit hat man versucht, die Mängel zu kaschieren«, rief Leonie aufgeregt. »Das ist ein Reklamationsgrund.«

»Ich befürchte, das war ihr gutes Recht.« Anja wusste nicht einmal, wen sie mit »ihr« meinte. Aber es war auch egal, ob der Verantwortliche beim Amtsgericht oder der Fotograf diese Entscheidung getroffen hatte. »Außerdem liegt eine Teilschuld bei mir. Ich habe die Aufnahmen mit einer rosaroten Brille betrachtet.«

»Ach, Anja.« Mitfühlend sagte Leonie: »Es tut mir so leid, dass sich die Pension als Flop entpuppt hat.«

»Ich habe noch gar keinen Rundgang gemacht«, ruderte Anja zurück und war plötzlich neugierig darauf, die kleine Inselpension zu erkunden. Vielleicht waren die Räume ja besser in Schuss als die Fassade. »Aber das, was ich gesehen habe, ist renovierungsbedürftiger als erwartet.«

Ihre Schwester druckste herum. Schließlich rückte sie mit der Sprache heraus: »Bei Immobilen, die zwangsversteigert werden, muss man damit rechnen. Dafür bekommt man sie ja auch billig.«

»Das *Lüttes Glück* war leider nicht preiswert, schon allein wegen des Inselzuschlags.« Der war Anja der Neuanfang wert gewesen.

Im Hintergrund hörte Anja, wie Nico Leonie in scharfem Ton aufforderte aufzulegen, weil der Laden voll war. Aber sie zischte ihm zu, dass ihre große Schwester sie jetzt mehr brauchte als ihre betrunkenen Gäste. Unbeeindruckt von der Ermahnung ihres Freundes fragte sie Anja: »Wie meinst du das mit dem Inselzuschlag?«

»Die Nordseeinseln erfreuen sich großer Beliebtheit«, erklärte Anja ihr. »Es stehen stets nur sehr wenige Immobilien und Grundstücke zum Verkauf, was hohe Preise zur Folge hat. Außerdem hat irgendjemand eifrig mitgeboten und den Kaufpreis noch weiter in die Höhe getrieben.«

»So ein Mist!«, stieß Leonie aus.

»Das Amtsgericht hatte das Startgebot schon sehr hoch angesetzt. Sie gingen wohl davon aus, dass man sich um die Bettenbelegung keine Sorgen machen muss, hohe Zimmerpreise verlangen und den Kaufpreis in wenigen Jahren erwirtschaften kann.« Anja drehte sich zum *Lüttes Glück* um und musterte das Haus kritisch. »Aber wenn ich mir die Pension so anschaue, muss ich erst einmal Geld investieren, um konkurrenzfähig zu bleiben. Und von zehn Gästezimmern und einer Ferienwohnung werde ich ohnehin mehr schlecht als recht leben können.«

»Wenn du den Betrieb allein führst, dann wird es gehen«, sagte Leonie. »Nico und ich kümmern uns auch um alles selbst, weil wir uns keine Angestellten leisten können.«

»Meine Gedanken und Gefühle fahren Achterbahn.« Während Anja weiterredete, rieb sie sich übers Gesicht. »Ich muss erst einmal zur Ruhe kommen und allein sein, um über alles nachzudenken.«

Glas klirrte. Leonie fluchte. »Keine Sorge, mir ist nur ein frisch gespültes Bierglas aus der Hand gerutscht.«

Anja bekam mit, wie Nico schimpfte, das zerbrochene Geschirr gehe langsam ins Geld. Leonie tat die Bemerkung als lächerlich ab.

Anja fragte sich, ob die beiden immer so viel stritten oder sie gerade einfach bloß Stress wegen des Hochbetriebs hatten. »Sollen wir nicht doch besser morgen telefonieren?«, schlug sie vor.

»Nein, nein. Ich werde kein Auge zumachen, bevor ich nicht weiß, wer mit dir in der Pension ist.« Ein Lächeln lag in Leonies Stimme. »Du hast gerade gesagt, du wärst nicht allein.«

Anja schmunzelte. »Es ist nicht so, wie du denkst.«

»Dann gibt es keinen neuen Mann in deinem Leben?«, fragte ihre Schwester enttäuscht.

»Nein.« Interessiert beobachtete Anja, wie immer mehr Vögel in der Marsch landeten, um dort die Nacht zu verbringen. Der Anblick der Gänse, Reiher, Enten und Möwen war idyllisch. Sie hatte sich gewünscht, so nah an der Natur zu leben.

»Ich dachte nur …«, begann ihre Schwester und Anja sah sie in ihrer Vorstellung mit den schmalen Schultern zucken, »du hättest Ralf vielleicht für einen anderen verlassen, willst aber noch nicht darüber reden, weil eure Liebe noch jung ist.«

»Wirklich nicht. Ich will Single bleiben«, erklärte Anja, spürte jedoch einen Stich im Herzen.

Rückblickend war sie bereits in der Beziehung mit Ralf einsam gewesen. Nun fühlte sie sich wieder frei, und mit der Freiheit wuchs die Sehnsucht nach einem Mann, der ihr Geborgenheit und Wärme schenkte und der das Feuer der Leidenschaft in sich trug, alles, was sie bei Ralf vermisst hatte. Aber im Moment sollte sie anderes im Kopf haben. Eine neue Liebe kam für sie erst infrage, wenn sie einen neuen Platz im Leben gefunden hatte, und im Moment fühlte sie sich verloren.

Sie fuhr das Fenster herunter, um das Schnattern, das Quaken und das Pfeifen der Vögel zu hören. Kühle Luft drang ins Wageninnere, es roch nach Schaf. »Die Vorbesitzerin weigert sich auszuziehen. Das meinte ich, als ich sagte, ich bin nicht allein.«

»Das auch noch.« Entrüstet schnaubte Leonie. »Kannst du sie nicht auf die Straße setzen? Behutsam, natürlich.«

»Nein. Sie ist recht unfreundlich, aber sie ist eine ältere Frau, und ich kann ihre Wut verstehen. Ihr Leben liegt in Trümmern, und sie weiß nicht, wo sie hin soll.« Genau so wie ich, dachte Anja. Aus Erfahrung wusste sie, dass die Menschen unterschiedlich mit Sorgen umgingen. Der eine versank in Kummer. Der andere schlug wild um sich, wie Hilde Hinrichs.

»Aber daran trägst nicht du die Schuld«, wandte Leonie ein.

»Das stimmt schon, aber ich habe jetzt das Problem, was ich mit ihr mache. Ich habe gerade erst Ralf verlassen und mich darauf gefreut, selbstbestimmt zu leben, die Entscheidungen, die die Pension anbelangen, allein zu treffen und nur für mich verantwortlich zu sein.« Anja sah, dass im Haus gegenüber Licht angeschaltet wurde. Sie versuchte einen Blick auf ihre neuen Nachbarn zu erhaschen, sah aber niemanden. »Ich will frei sein, jetzt habe ich Hilde Hinrichs an der Backe.«

»Auch wenn das jetzt hart klingt, aber es geht um nicht mehr und nicht weniger als dein Glück, in doppeltem Sinne.« Leonie gluckste. »Werd sie los!«

»Ich werde versuchen, eine neue Unterkunft für sie zu finden, und ihr beim Umzug helfen.« Falls ich bleibe, fügte Anja in Gedanken hinzu. »Sie tut mir leid.«

»Du und dein großes Herz«, frotzelte ihre Schwester.

»Früher hast du öfters Krähen mit verletzten Flügeln und unterernährte Igel mit nach Hause gebracht, um sie aufzupäppeln. Das hat unsere Eltern in den Wahnsinn getrieben.«

Anja erinnerte sie daran: »Und du hast sie daran gehindert, mir die Wildtiere abzunehmen und sie gleich wieder auszusetzen.«

»Ja, das stimmt. Ich habe deine ehrenwerte Mission erfolgreich verteidigt«, sagte Leonie amüsiert.

»Allein hätte ich unsere Eltern nicht davon überzeugen können, dass ich die Tiere gesund pflegen darf.« Mit einem Lächeln in der Stimme fügte Anja hinzu: »Gegen uns beide kamen sie nicht an.«

»Wir waren schon immer ein gutes Team.« Leonie seufzte. »Ich wünschte, ich könnte nach Deutschland kommen und dir beistehen.«

Anja hörte Nico im Hintergrund fragen, ob Leonie noch ganz bei Trost war. Daraufhin zischte Leonie, dass sie es ja nicht ernsthaft vorhatte.

»Ich verstehe doch, dass das nicht geht«, rief Anja schnell abwiegelnd. »Du hast deine Verpflichtungen in Thailand.«

»Ehrlich gesagt hatte ich mir die Arbeit auf Ko Samui entspannter vorgestellt, aber darüber reden wir ein andermal.« Leonie klang bedrückt. »Jetzt geht es um dich. Willst du nach Köln zurückziehen?«

»Nein, aber hier ist alles anders als erhofft«, gestand Anja zögerlich. »Ich dachte, dass Walsum ein Ortsteil von Wyk ist, aber damit lag ich falsch.«

Leonie musste sich von der Bar entfernen, die Stimmen der Gäste im Hintergrund wurden leiser. »Und wie bist du darauf gekommen?«

»Gute Frage.« Anja dachte nach. »In der Internetanzeige über die Versteigerung wurde das Grundbuch von Wyk erwähnt.«

»Süße, das sagt doch gar nichts aus.«

»Jetzt, wo ich genauer darüber nachdenke … Du hast natürlich recht«, pflichtete Anja ihr bei. »Vielleicht war auch der Wunsch Vater des Gedankens, dass das *Lüttes Glück* im beliebten Seebad Wyk auf Föhr steht. Das hätte vieles vereinfacht. Jedenfalls besteht Walsum nur aus meiner Pension, drei Wohnhäusern und einem Schafstall und liegt draußen im Marschland.«

»Das klingt doch nett«, sagte Leonie aufmunternd. »Manche Urlauber suchen Ruhe und Abgeschiedenheit. Nicht jeder Feriengast steht auf den Rummel in der Inselhauptstadt.«

»Mag sein, aber hier gibt es keinen Laufverkehr. Der Ort ist so klein, dass die Fahrradfahrer ihn gar nicht wahrnehmen, sondern vorbeiradeln.« Anjas Blick schweifte von der Hauptstraße zu den Dünen in der Ferne. »Er liegt weit weg vom Strand. Es gibt kein Restaurant, keine Eisdiele und keine Teestube, in die Urlauber einkehren könnten. Warum sollte jemand hier übernachten wollen? Walsum ist absolut uninteressant für Touristen.«

»Dann ändere das!«, schlug Leonie vor.

Anja beneidete ihre jüngere Schwester um ihren Optimismus und ihren Glauben daran, dass immer alles gut werden würde. »Wie denn?«

»Dir wird schon etwas einfallen. Du bist doch eine verdammt gute Geschäftsfrau. Ich glaube an dich«, sagte Leonie und traf mit ihren Worten Anja direkt ins Herz. »Aber eins nach dem anderen. Komm heute erst einmal an. Nico und ich haben auch nicht innerhalb von einem Monat eine gut laufende Bar auf Ko Samui gehabt. Die Stammkundschaft und den guten Ruf haben wir uns erst erarbeiten müssen.«

»Und ich bin stolz auf euch! Ich lasse morgen wieder von mir hören«, versprach Anja.

Ich habe einen Fehler gemacht, dachte sie, als sie aufgelegt hatte, bekümmert und vergrub das Gesicht in den Händen. Sie hätte die Inselpension nicht kaufen sollen, ohne sie vorher besichtigt zu haben. Hier war sie nicht willkommen, zumindest wenn es nach Hilde Hinrichs ging. Es war dumm gewesen, auf eine Insel, die sie nur aus Urlauben kannte, zu ziehen und hinter sich alle Brücken abzureißen.

Ihr blieb jedoch nichts anderes übrig, als für die kommende Nacht die Ferienwohnung im *Lüttes Glück* zu beziehen. Morgen früh würde sie sich entscheiden müssen, ob sie blieb und kämpfte oder ihren Traum vom Leben auf Föhr aufgab.

Kapitel 6

»Warum bist du letztes Jahr nicht in New York geblieben?«, fragte Joris Arian, während er in der Galerie *Strandmohn* stand und ein Ölbild an der Wand betrachtete. Es faszinierte ihn immer wieder aufs Neue, wie lebendig die Dünenlandschaften und Meeresszenen wirkten, die sein Bruder malte. Egal ob es die wunderschöne hügelige Geestlandschaft um Hedesum, die Kapitänshäuser aus der Walfängerzeit in Oldsum oder die farbenfrohen Strandkörbe, die Joris und seine Mitarbeiter fertigten, auf dem weißen Strand von Utersum waren – alle Darstellungen wirkten, als könnte man in das Bild hineingreifen und sie berühren.

»Du siehst doch, wie schön Föhr ist«, sagte Arian mit einem Lächeln in der Stimme. Er ging vom Verkaufsraum ins Atelier, hängte seinen Malerkittel an einen Haken und kam zurück. »Wie könnte ich da wegwollen?«

»Du hast ja so recht. Aber früher dachte ich …« Joris drehte sich zu ihm um und fuhr fort: »Wenn einer von uns drei Brüdern hinaus in die weite Welt ziehen wird, dann du.«

»Ich fühlte mich genauso stark verbunden mit Föhr wie Tjorben und du«, stellte Arian klar. Er hängte das *Geschlossen*-Schild, das ihre Mutter gemalt hatte, in die Glastür, schloss ab und läutete damit den Feierabend ein. »Ich möchte nirgendwo anders leben. Hier bin ich zu Hause.«

»Das verstehe ich sehr gut, das gilt auch für mich, aber ich habe auch nicht dein Talent fürs Malen von unserer Mutter geerbt.« Joris warf einen Blick aus dem Schaufenster. Auf den Straßen Wyks war wenig los. Die meisten Urlauber aßen wohl gerade in ihren Hotels oder einem der Restaurants zu Abend. »Aber du hättest ja bloß ein paar Jahre in Big Apple bleiben und sehen können, wie sich deine Karriere entwickelt.«

Arian kniff die Augen zusammen. »Findest du etwa, dass ich mein Talent auf der Insel vergeude?«

»Um Himmels willen, nein«, beeilte sich Joris zu sagen und riss die Hände hoch. Erst jetzt nahm er den Terpentingeruch wahr. Sein Bruder musste vor Kurzem Pinsel ausgewaschen haben. »So geringschätzig denke ich weder über dich noch über unsere Heimatinsel. Aber deine Inselbilder sind viel künstlerischer als alle anderen, die ich kenne. Ich weiß, ich bin bloß ein Laie, aber meiner Meinung nach hättest du mit ihnen eine Chance auf dem internationalen Markt.«

»Ich mache ja Ausstellungen auf dem Festland und im Ausland. Für länger möchte ich jedoch nicht weg. Denkst du wirklich, dass ich das beschauliche Föhr für den Trubel New Yorks eintauschen würde?«

»Du musst die Insel verlassen und dorthin ziehen, wo sich die Kunstszene trifft, wenn du etwas erreichen willst«, stellte Joris klar. Er beneidete seinen jüngsten Bruder um die Fähigkeit, mit Farben, Pinsel und seinem Einfallsreichtum ein Bild entstehen zu lassen. Das könnte er niemals. Er war handwerkwerklich begabt, konnte anpacken. Stundenlang still zu sitzen, sich ein Motiv vorzustellen und es mit feinen

Pinselstrichen auf einer Leinwand lebendig werden zu lassen, hätte ihm nicht gelegen.

Nachdenklich rieb sich Arian am Kinn. Gelbe Farbe klebte an seinem Daumen. »Ich bin kreativ, aber auch realistisch. Es hat mir geschmeichelt, dass mich der Galerist mit einer Ausstellung fördern und in den New Yorker Kunstkreisen bekannt machen wollte, aber ...«

»Das hätte er auch.« Joris verstand nicht, wie Arian das Angebot vor einem Jahr hatte ablehnen können. »Hat er nicht gesagt, er würde dich an der Ostküste etablieren? Von dort aus hätten deine Bilder erst die USA und dann die ganze Welt erobert.«

»Dann wäre ich ständig auf Achse gewesen. Ich hätte euch nur hin und wieder besuchen können. Föhr wäre nicht länger mein Zuhause gewesen.« Arian zögerte. Schließlich sprach er weiter, während er die Strahler, die die wertvollsten Ölbilder beleuchteten, ausschaltete. »Das Problem ist, dass unsere Heimatinsel meine größte Inspirationsquelle ist. Ich habe Angst, dass ich nicht mehr kreativ sein kann, wenn ich weggehe.«

Das hatte Joris nicht gewusst. Sein Bruder steckte in einem Dilemma. Auf Föhr würde er keine Karriere machen. Seine Ölbilder brachten mehr Geld ein, als Inselbilder dies durchschnittlich taten, aber da war noch viel Luft nach oben. Keiner aus der Familie Graf mochte Veränderungen, und alle lebten sie gerne auf Föhr. Für Joris und Tjorben war das kein Problem, ihre Berufe ließen sich gut mit dem Inselleben vereinbaren. Doch Arian blieb als Maler hinter seinen Möglichkeiten zurück.

Joris legte ihm die Hand auf die Schulter. »Das muss

nicht so sein«, sagte er aufmunternd. »Bestimmt werden dich neue Dinge inspirieren.«

»Und wenn nicht? Dann würde ich nicht mehr malen können, aber das ist alles, was ich kann und was ich tun will. Da bin ich wie unsere Mutter.« Arian murmelte: »Zumindest dachte ich das bisher, dass es ihr genauso geht.«

Einfühlsam sagte Joris: »Ob du auf dem Festland genauso kreativ sein kannst, wirst du erst wissen, wenn du dem Ganzen eine Chance gibst.«

»Nein, das ist nichts für mich.« Arian schaltete das Licht im Atelier aus. Wenn sich keine Kunden in der Galerie befanden, saßen er und ihre Mutter oft in ihrem Arbeitsraum und malten an ihren Bildern. Dabei konnten sie durchs Schaufenster von den Touristen, die durch Wyk bummelten, beobachtet werden. Werken, die große Konzentration erforderten, widmeten sie sich jedoch zu Hause. »Ich bleibe lieber, wo ich mich wohlfühle, und das ist bei meiner Familie auf Föhr«, fügte Arian hinzu.

Verständnisvoll nickte Joris. Seine beiden Brüder und er hatten ihre Liebe für die Nordsee mit der Muttermilch aufgesogen.

»Es gibt noch weitere Gründe, warum ich das Angebot abgelehnt habe«, gab Arian zu und trat hinter die Ladentheke. Er ordnete die Werbeflyer im Aufsteller, legte die Kugelschreiber, die mit dem Namen der Galerie bedruckt waren, in eine Keramikschale und schloss die Kasse ab. »Ich glaube, dass Künstlern oft viel versprochen, aber nur wenig davon gehalten wird. Außerdem stand der New Yorker Galerist auf mich. Auch darum hat er mir versprochen, mich groß rauszubringen.«

Überrascht zog Joris die Augenbrauen hoch. »Er fand dich heiß?«

»Ist das so abwegig?«, fragte Arian und blinzelte ihn herausfordernd an.

»Als Bruder enthalte ich mich eines Urteils.« Joris grinste. »Wie meintest du das mit unserer Mutter?«, fragte er dann, wieder ernst.

»Darum hatte ich dich gebeten, heute zum Feierabend herzukommen.« Arian kam um den Tresen herum. »Ich muss dir etwas sagen, bevor du es von anderen erfährst, damit kein böses Blut entsteht. Eigentlich wollte sich unsere Mutter mit der ganzen Familie zusammensetzen und das Thema besprechen, aber ihr geht es oft nicht gut. Deshalb übernehme ich es, euch ihre Entscheidung mitzuteilen.«

Joris Nacken versteifte sich. »Schieß los!«

»Unsere Mutter wird mir das *Strandmohn* überschreiben.« Nervös knibbelte Arian die getrocknete Farbe von seinem Daumen.

Das war alles? Joris entspannte sich wieder. Lässig zuckte er mit den Achseln. »Es war doch klar, dass du die Galerie eines Tages erben wirst.«

»Unsere Mutter hat einen Anwalt beauftragt, das Geschäft jetzt schon auf mich zu übertragen. Sie hat das in die Wege geleitet, ohne mit mir vorher darüber zu sprechen«, beeilte sich Arian hinzuzufügen.

»Das ist okay für mich, und für Tjorben bestimmt auch. Wir wollen nicht von dir ausgezahlt werden, falls es das ist, worüber du dir Sorgen machst«, versicherte Joris ihm.

Verlegen rieb Arian über seinen tätowierten Unterarm. »Das ist wirklich großzügig von euch.«

»Ich finde das selbstverständlich«, stellte Joris klar.

Arian schüttelte den Kopf. »Nein, das ist es nicht, glaube mir. Ich habe schon von einigen Erbschaftsstreitigkeiten gehört. Es würde mich sehr unglücklich machen, wenn wir uns auch in die Haare kriegen würden. Das ist es nicht wert.«

»Das werden wir nicht. Du bist unser Bruder, und wir wollen nur das Beste für dich.« Es hatte nie eine ernsthafte Rivalität zwischen ihnen gegeben. Joris erinnerte sich daran, dass sie als Kinder gerauft hatten und als Jugendliche schon mal die Fetzen geflogen waren, aber sie hatten sich stets schnell wieder vertragen. »Unsere Mutter hat dich elf Monate lang eingearbeitet, und du bist der beste Maler auf den Nordseeinseln. Niemand könnte die Galerie besser weiterführen als du.«

Arian drückte ihm brüderlich die Schulter. »Danke.«

»Es wird sich doch nicht viel ändern, nur der Name des Besitzers«, sagte Joris, denn es schien ihm, als wäre sein Bruder immer noch nicht beruhigt. »Du wirst die Galerie mit unserer Mutter zusammen weiterführen. Ihr werdet im Atelier Seite an Seite malen und den Kunden die Bilder des jeweils anderen empfehlen. Ihr versucht den Umsatz des anderen zu steigern, nie euren eigenen, ist mir aufgefallen.«

»Ab sofort bin ich auf mich gestellt. Das ist es ja, was mich bedrückt«, erklärte Arian und fuhr sich mit der Hand über die braunen Haare, die er an den Seiten kurz rasiert hatte und auf dem Kopf länger trug. »Ich kann mich über die Entscheidung unserer Mutter nicht freuen, weil sie aus dem Geschäft aussteigen will. Genau genommen ist sie das schon. Sie hat dieses Jahr noch kein einziges Bild gemalt und kommt seit Monaten nur noch sporadisch rein. Sie sagt, ich würde das *Strandmohn* ab sofort allein führen.«

»Was?« Joris runzelte die Stirn. Warum hatte er das nicht mitbekommen? Er war anscheinend zu beschäftigt damit, seine Strandkorb-Manufaktur am Laufen zu halten und seiner Tante Hilde beizustehen.

Die Schwester seines Vaters hatte nicht gerade viele Freunde, da sie mit ihrer Kodderschnauze oft aneckte. Diplomatie war nicht ihre Stärke. Sie sprach alles ungeniert aus, was sie dachte. Das kam selten gut an. Aber Joris kam mit ihrer Art klar. Ihm gegenüber verhielt sie sich auch freundlicher. Aus irgendeinem Grund, den er nicht kannte, hatte er bei ihr ein Stein im Brett.

Ständig ging etwas im *Lüttes Glück* kaputt. Mal lief Wasser aus der Waschmaschine aus, dann blieb die Heizung kalt. Ein andermal rief Hilde ihn an, weil ihr Wagen nicht ansprang. Manchmal war er auch nur bei ihr vorbeigefahren, um ihr frisches Gemüse vom Bauernmarkt oder fangfrische Krabben vom Fischmarkt zu bringen. Er wusste ja, dass sie knapp bei Kasse war. Bei seinen Spontanbesuchen hatte er sie oft weinend angetroffen. Sie fühlte sich einsam, und ihre Pension ging den Bach runter, bis sie das *Lüttes Glück* schlussendlich verlor. Also kümmerte er sich um sie.

Daneben hatte er kaum noch Zeit für seine Eltern und Brüder gefunden, das bereute er jetzt. Er hätte niemals gedacht, dass ihre Mutter ihre geliebte Galerie noch vor ihrem Rentenalter aufgeben würde. Es musste einen verdammt guten Grund dafür geben.

Sie hatte immer gesagt, dass sie noch mit neunzig jeden

Tag ins *Strandmohn* fahren und sich mit den Feriengästen übers Malen und über die Schönheit Föhrs unterhalten wollte. »Das wird mich bis ins hohe Alter fit halten. Ich will die älteste Bewohnerin Föhrs werden und die gute Emma Johannsen überholen.«

Besorgt fragte Joris seinen Bruder: »Liegt es an ihrer Migräne? Die scheint immer schlimmer zu werden.«

»Ich bin mir da nicht sicher. Unsere Mutter hat in letzter Zeit oft heftige Kopfschmerzen, das stimmt. Ich will nicht unnötig die Pferde scheu machen …« Arian drückste herum und sprach dann doch weiter: »Aber irgendetwas stimmt da nicht.«

»Sie hat mir erzählt, dass die Ärzte die Ursache für ihr Kopfweh nicht finden können«, erzählte Joris. Er musste daran denken, wie ihm der Rücken wehtat, wenn ein Auftrag für ein Kontingent an Strandkörben kurzfristig storniert wurde, wegen eines finanziellen Engpasses beim Kunden. Niemand ahnte, wie sehr er sich nach Nähe sehnte, seitdem seine Ehe in die Brüche gegangen war. Alle sahen nur, wie stark er war, aber kaum jemand dachte daran, dass auch er jemanden zum Anlehnen brauchte, eine Frau, die ihm die Sorgen wegküsste und ihn wieder zum Lächeln brachte. »Hat sie vielleicht Stress?«

Unruhig lief Arian auf und ab. Seine Sohlen knarzten bei jedem Schritt. Einer seiner schwarzen Lederschuhe hatte an der Spitze weiße Farbspritzer. Seine rote Stoffweste mit Fischgrätenmuster glänzte im Schein des Deckenlichtes. Darunter trug er ein eng anliegendes schwarzes Jeanshemd, dessen Ärmel hochgekrempelt waren. »Nicht, dass ich wüsste. Wenn ich sie frage, was los ist, weicht sie mir aus.

Alles sei in Ordnung, sagt sie jedes Mal. Aber ich glaube, irgendetwas belastet sie.«

»Weiß unser Vater denn nichts?« Joris beneidete seinen Bruder um den eleganten und coolen Kleidungsstil. Arian sah aus wie ein Rockstar. Joris dagegen zog bequeme Outdoor-Kleidung vor, weil er beim Flechten der Strandkörbe half, wann immer er neben der Büroarbeit Zeit fand.

Sein Bruder schenkte ihm ein schiefes Lächeln. »Du weißt doch, dass er nicht gut darin ist zu reden. Wenn er sie mal drauf anspricht, sagte sie, es gehe ihr gut. Dann meldet er seine Zweifel mit einem Brummen an, belässt es aber dabei.«

»Er ist so wortkarg, wie man es den Friesen nachsagt.« Joris nickte.

»Das bin ich nicht, und ich versuche seit Monaten herauszubekommen, was mit ihr nicht stimmt, was vielleicht noch hinter dem Wunsch, aus dem Geschäft auszusteigen, steckt.« Arian wurde von einem Paar unterbrochen, das versuchte, die Eingangstür zu öffnen. Er deutete auf das *Geschlossen*-Schild. Dann wandte er sich wieder Joris zu: »Aber unsere Mutter ist genauso verschlossen wie diese Tür.«

»Wann genau fing sie an, sich zurückzuziehen?«, wollte Joris von ihm wissen. Vielleicht brauchte sie Hilfe und behielt es für sich, um ihre Familie nicht zu belasten.

Arian dachte kurz nach. »Seit Anfang des Jahres«, antwortete er dann. »Es war, als hätte sich ein Schalter bei ihr umgelegt.«

»Erinnerst du dich an die Versammlung des *Fering Ferian* im Januar?«, fragte Joris. »Es war das erste Mal, dass unsere Mutter an einem Treffen des Heimatvereins nicht teilgenommen hat. Das hat mich gewundert, wo sie doch so engagiert und pflichtbewusst ist. Sie entschuldigte sich wegen Kopfschmerzen.«

»Schon möglich, dass sie zu dem Zeitpunkt ihre erste Migräneattacke hatte.« Arian zuckte mit den Schultern, lehnte sich gegen die Ladentheke und verschränkte die Arme.

»Es ist nur so ein Gedanke … Vielleicht bin ich auch auf dem Holzweg …«, begann Joris unsicher, zugleich gespannt zu erfahren, was sein Bruder von seiner Vermutung hielt. »Kann der Anruf, den sie kurz vor der Zusammenkunft im *Heimathafen* bekam, der Auslöser gewesen sein?«

»Anruf?« Nachdenklich schob Arian die Brauen zusammen. »Den hatte ich total vergessen.«

»Ich auch, bis gerade eben. Du hast Tjorben und mir damals erzählt, dass sich unsere Mutter merkwürdig verhalten hätte. Sie wollte nicht in deinem Beisein telefonieren. Und nach dem Telefonat war sie kreidebleich.«

Arian nickte eifrig. »Aber ja! An dem Tag hatte sie meines Wissens das erste Mal Kopfweh. Sie hat gemeint, es würde ihr schlechtgehen und ich soll allein zu den *Fering Ferians* gehen.«

»Es muss einen Zusammenhang geben.« Joris presste die Zähne zusammen.

»Ja, du hast recht«, pflichtete ihm Arian bei. »Alles andere wäre ein zu großer Zufall.«

Sie schwiegen einen Moment.

Joris fiel auf, wie still es im *Strandmohn* war. Als Arian elf Monate zuvor Mitinhaber der Galerie wurde, hatte er ihrer Mutter vorgeschlagen, Musik im Verkaufsraum laufen zu lassen. Doch ihre Mutter war dagegen gewesen.

»Überall wird man beschallt. Das finde ich furchtbar!«, hatte sie aufgeregt gesagt. »Heutzutage kann kaum noch jemand Stille ertragen. Aber nur wenn es still ist, kann man seine eigenen Gedanken hören und feststellen, was man will und was nicht, was einem guttut und was nicht. Darum soll das *Strandmohn* ein Ort der Ruhe sein. Die Kundschaft soll sich in unsere Bilder vertiefen und ins Schwärmen geraten. Wenn sie beschallt werden, können sie nicht in sich hineinhören. Sie gehen weiter wie im Supermarkt und empfinden nichts, als würden wir Dosenravioli und Toilettenpapier verkaufen. Aber wir bieten Bilder an, und die sollen emotional wirken.«

Wenn Arian will, kann er jetzt eine Anlage besorgen, dachte Joris. Aber er wusste, dass sein Bruder das nicht tun würde, ihrer Mutter zuliebe.

»Sollen wir rüber in *Die Pinte* gehen und dort weiterreden?«, schlug Arian vor und stieß sich von der Theke ab.

»Ein andermal gerne, aber nicht heute Abend«, sagte Joris. »Ich fahr noch zu unserer Mutter und versuche, etwas in Erfahrung zu bringen. Willst du mitkommen?«

»Wenn wir beide dort aufschlagen und sie ausfragen, könnte sie sich bedrängt fühlen.« Arian schüttelte den Kopf und ermahnte ihn: »Geh behutsam vor!«

»Selbstverständlich«, rief Joris. »Ich bin ja nicht Tjorben und falle mit der Axt ins Haus.«

Sie lachten und verabschiedeten sich.

Joris fuhr auf direktem Weg nach Nieblum zu seiner Mutter. Als er aus seinem VW-Bus stieg, spähte er zum Goting Kliff und dachte, dass er schon lange keinen Strandspaziergang mehr gemacht hatte. Die Arbeit hatte ihn davon abgehalten. Und Hilde. Er machte seiner Tante keine Vorwürfe, denn sie forderte seine Unterstützung ja nicht ein, er bot sie ihr an.

Dazu kam sein Engagement für den Heimatverein, und er half, wenn ein Insulaner Unterstützung brauchte. Er versuchte für alle Familienmitglieder ein Ansprechpartner zu sein. Sein Vater war zwar stets für alle Grafs da, aber man konnte sich mit ihm nicht über Probleme unterhalten, weil ihn das verlegen machte. Außerdem hörte er zwar gut zu, sagte selbst aber kaum etwas.

Joris fühlte sich erschöpft. Er brauchte dringend eine Auszeit. Hobbys hatte er schon lange keine mehr. In seiner Freizeit half er anderen, das machte ihn glücklich. Doch auf Dauer drohte ein Burn-out.

Ich bräuchte jemanden, der mich ausbremst und mich zwingt, auch mal an mich zu denken, dachte er.

Er stieg die kleine Anhöhe, auf der die ehemalige Windmühle lag, hoch und klingelte.

Während er darauf wartete, dass man ihm öffnete, betrachtete er die schneeweiße Fassade des ungewöhnlichen Wohnhauses. Alle Flügel waren intakt. Vor über dreißig Jahren hatte ein Sturm die kleine Mühle so stark beschädigt, dass der Besitzer sie aufgegeben hatte und sie abreißen lassen wollte. Die Instandsetzung wäre ihm zu teuer gewesen. Joris' Eltern hatten sie ihm abgekauft und wieder aufgebaut, dabei Hand mit angelegt. Vor allen Dingen sein Vater hatte neben seiner Tätigkeit als Hafenmeister Tag und Nacht bis zur Erschöpfung an ihrem Traumhaus gearbeitet.

Die Haustür wurde geöffnet. Seine Mutter trat heraus. Sie trug einen selbst gestrickten Poncho in verschiedenen

Blautönen über einem hellen Pullover. »Joris, du bist es!«, rief sie erfreut.

»Ich hätte vorher anrufen sollen.« Entschuldigend sah er sie an.

»Unsinn! Das brauchst du nicht. Du bist immer willkommen.« Sie sah müde aus, strahlte aber übers ganze Gesicht und drückte ihn herzlich an sich. Mit einer einladenden Geste forderte sie ihn auf: »Komm rein!«

Joris folgte ihr ins Wohnzimmer. Ihm fiel auf, dass es ungewohnt unaufgeräumt war. Seine Mutter legte sonst immer Wert auf Ordnung, wollte sich nicht schämen müssen, wenn Besuch kam. Kümmerte es sie inzwischen nicht mehr? Ließ sie sich gehen? Fehlte ihr vielleicht sogar die Kraft dazu, Ordnung zu halten?

Anscheinend hatte sie im Sessel gesessen und ein Buch gelesen. Ein Liebesroman lag neben dem Telefon auf dem Beistelltisch. Hatte sie den Hörer nur in Griffweite gelegt, um nicht aufstehen zu müssen, falls jemand anrief? Oder hatte sie gerade telefoniert? Mit wem, vielleicht mit demselben Anrufer wie im Januar?

Ihr Kopfweh hielt seit damals an, hatte sich in den vergangenen drei Monaten sogar zu Migräneattacken gesteigert. Belästigte sie der rätselhafte Anrufer etwa weiterhin?

Joris durchbohrte den Telefonhörer mit seinem Blick, als würde er ihm die ganze Wahrheit erzählen, wenn er ihn nur lange genug böse anstarrte.

Seine Mutter schien das nicht zu merken und zeigte auf die Porzellankanne, die auf einem Stövchen stand. »Möchtest du eine Tasse Tee?«

»Ja, gerne«, antwortete er und setzte sich auf die Couch.

Sie holte eine Tasse mit rosafarbenen Dünenrosen aus der Vitrine und stellte sie vor ihn hin. »Was machen die Geschäfte?«

»Gut«, antwortete Joris knapp, denn er war nicht hergekommen, um über sich zu reden. Er legte drei Kluntjes in die Tasse.

Während seine Mutter Schwarztee auf den Kandis goss, fragte sie mit einem nachsichtigen Lächeln: »Wenn das stimmt, warum bist du dann so kurz angebunden und weichst meinem Blick aus?«

Liebevoll sah er sie an. »Ich will dich nicht mit meinen Sorgen belasten.«

»Das tust du nicht.« Sie nahm im Sessel Platz, zog die selbst gestrickte weiße Wolldecke von der Armlehne und legte sie sich auf die Beine. »Ich bin deine Mutter und möchte wissen, was in dir vorgeht.«

»Noch läuft meine Strandkorb-Manufaktur, aber das Eis wird dünner. Die Menschen wissen gutes Handwerk schon zu schätzen.« Er konnte nicht verhindern, ein wenig verbittert zu klingen, als er fortfuhr: »Aber am Ende kaufen sie doch billige Massenware.«

»Das kenne ich vom Malen. Manchmal ist es egal, wie gut man ist, am Ende entscheidet der Preis. Arian und meine Ölgemälde begeistern die Menschen, die ins *Strandmohn* kommen, aber dann kaufen sie doch im Souvenirladen nebenan preisgünstige Bilder, Fließbandware von unbekannten Malern vom Festland.« Plötzlich legte sie die Hände an die Wangen. »Oh, das klang gemein. Man sollte nicht schlecht über andere reden. Diese Maler müssen auch von etwas leben und sind bestimmt nicht glücklich damit, nur Produzenten und keine wahren Künstler zu sein.« Auffordernd schob sie Joris das Sahnekännchen hin. »Es gibt immer jemanden, der billiger ist als du, also musst du besser sein.«

»Das hast du uns Jungs früher schon immer gesagt. Der Spruch hängt bei mir im Büro an der Pinnwand.« Er lächelte sanftmütig.

»Wirklich?« Ihre Augen weiteten sich. »Das ist mir nie aufgefallen.«

»Hast du darum Arian das *Strandmohn* überlassen?«, fragte Joris mit weicher Stimme. »Wolltest du es nicht länger, dass ihr euch gegenseitig Konkurrenz macht?«

»So habe ich das nie gesehen.« Seine Mutter winkte ab. »Ich bin einfach bloß müde.«

Während er Wölkchen in seinen Tee goss, fragte er vorsichtig: »Liegt es an der Migräne?«

»Ja, sie raubt mir die Energie«, gab seine Mutter zu und betastete ihren Scheitel, der sich grau von ihrem blond gefärbten kurzen Haar absetzte, »aber ich werde auch älter.«

»Du bist erst 61 Jahre jung«, bemerkte er amüsiert.

Sie lachte auf. »Jung? Mit über sechzig?«

»Du wolltest doch hundert Jahre und älter werden, hast du gesagt«, erinnerte er sie. »Also hast du noch 39 Jahre vor dir, mindestens.«

»Man will vieles im Leben.« Plötzlich wurde sie ernst und sah aus dem Fenster. Leise fügte sie hinzu: »Am Ende kommt es meistens anders.«

Eine Faust ballte sich um Joris' Magen. So hatte er seine Mutter noch nie reden hören. Sie war für gewöhnlich eine Optimistin und voller Lebensfreude. Doch wie sie so dasaß, wirkte sie auf ihn, als wäre jegliche Energie aus ihr gewichen und sie würde nur noch auf Sparflamme laufen. »Das klingt niedergeschlagen.«

»Tut mir leid, das wollte ich nicht«, sagte sie. Ihre Wangen färbten sich zartrosa. Nervös entfernte sie einige Knötchen und Fussel von der Kuscheldecke. »Was das *Strandmohn* betrifft, wollte ich bloß den Weg frei machen für eine neue Generation von Künstlern, darum werde ich die Galerie auf Arian überschreiben. Er malt viel moderner als ich. Er hat eine frische Sicht auf Föhr und auf die Malerei an sich.«

Joris versicherte ihr: »Du bist auch verdammt gut, auf deine eigene Art und Weise.«

»Danke.« Gefühlvoll streichelte seine Mutter seine Hand und wandte dann mit leuchtenden Augen ein: »Aber Arian ist als Maler genial.«

»Übertreib nicht!«, bat Joris und verdrehte die Augen. Es versetzt ihm einen Stich, dass ihm seine Mutter vom Talent seines Bruders vorschwärmte. Er konnte sich nicht vorstellen, dass sie anderen gegenüber ihn und seine Handwerkskunst genauso rühmte. Aber sie hatte ja recht, Arian war ein Naturtalent.

Joris lächelte nachsichtig, er wusste, dass sein jüngster Bruder und sie sich besonders nahestanden. Beide hatten ihre Berufung im Malen gefunden, diese Leidenschaft war ein starkes Band zwischen ihnen. Sie hatten ein inniges Verhältnis, und trotzdem öffnete sich ihre Mutter Arian gegenüber nicht, was ihre Sorgen betraf. Das machte die Angelegenheit umso ernster.

Joris trank einen Schluck Tee. Der sahnig-süße Geschmack breitete sich in seinem Mund aus. Normalerweise half Tee mit vielen Kluntjes ihm, sich zu entspannen. War er aufgebracht oder enttäuscht, trank er eine Tasse, und schon ging es ihm etwas besser. Doch diesmal trat die Wirkung nicht ein.

»Früher hattest du nie Migräne.« Er lehnte sich vor und stützte sich auf den Oberschenkeln ab. »Was hat sich verändert?«

Sie richtete den Poncho, der über ihre Schultern drapiert war. »Es könnten die Hormone sein«, sagte sie beiläufig.

Es war Joris unangenehm, mit seiner Mutter über die Wechseljahre zu sprechen. Er hatte gehört, wie sie sich auf einem Grillfest mit einer Freundin darüber ausgetauscht hatte. Ihr gegenüber hatte sie erwähnt, dass ihre Menopause beendet wäre. Hatte sie sich damals geirrt? Oder hatte sie ihn gerade angelogen? Er wollte ihr nichts unterstellen, aber es fiel ihm auf, dass sie die Finger in die Decke krallte. »Wann haben die Kopfschmerzen angefangen?«

»Irgendwann letztes Jahr«, murmelte sie, während sie das Ende eines Fadens, der sich aus der Strickdecke gelöst hatte, zwischen zwei Maschen hindurchsteckte.

Joris beobachtete genau, wie sie auf die Frage reagierte, die er ihr nun stellte: »Nicht vielleicht im letzten Januar?«

»Ich weiß es nicht mehr. Ist das denn so wichtig?«, fragte sie in scharfem Ton.

Ihr Aufbrausen überraschte ihn. Es passte nicht zu ihr. Konnte es sein, dass sie doch noch unter hormonbedingten Stimmungsschwankungen litt? »Ja, denn wenn du den Auslöser für deine Migräneattacken kennst, kannst du sie besser bekämpfen.«

»Ich habe viel Stress«, behauptete seine Mutter und schob die Kanne hin und her, ohne sich nachzuschenken.

»Das sieht aber nicht danach aus.« Joris zeigte auf den Roman und die Kuscheldecke. Im Wohnzimmer herrschte eine behagliche Stimmung. Neben dem Kerzenlicht im Stövchen brannte nur die Stehlampe. Es duftete angenehm nach Wachs und Ostfriesentee. Eine himmlische Ruhe lag über dem gesamten Gebäude. Die Mühle wirkte, als wäre sie der friedlichste Ort auf der ganzen Insel. Plötzlich kam ihm ein Gedanke. Suchte seine Mutter vielleicht in ihren vier Wänden Schutz? »Arian sagt, du kommst kaum noch in die Galerie. Ich wurde neulich auf dem Bauernmarkt von einigen Bekannten angesprochen. Sie fragten mich, ob alles in Ordnung mit dir sei. Sie hätten dich schon so lange nicht mehr gesehen. Bei Treffen vom Heimatverein lässt du dich auch kaum noch blicken.«

»Ich habe mich zurückgezogen, weil ich Ruhe brauche und dann weniger Kopfweh habe.« Patzig fügte sie hinzu: »Darf ich nicht auch einmal die Hände in den Schoß legen?«

»Selbstverständlich«, antwortete Joris in beschwichtigendem Ton. Er hatte seine Mutter selten so dünnhäutig erlebt. Doch er durfte jetzt nicht nachlassen. »Erinnerst du dich an den Anruf auf dem Handy, den du Anfang des Jahres in der Galerie bekommen hast, kurz vor der Versammlung der *Fering Ferians*?«

Zögerlich antwortete sie: »Nein.«

Das nahm er ihr nicht ab. »Nach dem Telefonat hast du Arian gesagt, du würdest nicht zum Treffen kommen. Du hättest schlimme Kopfschmerzen. Meiner Meinung nach fing da dein Leidensweg an.«

»Schon möglich«, sagte sie lapidar. Als sie sich nun doch frischen Tee eingoss, zitterte ihre Hand.

Joris fasste sich ein Herz und fragte geradeheraus: »Wer war der Anrufer?«

Seine Mutter wurde rot. »Woher soll ich das jetzt noch wissen? An manchen Tagen steht mein Handy nicht still.«

»Aber das muss ein besonderes Telefonat gewesen sein.« Eins, das ihr an die Nerven gegangen war. Es tat ihm leid, seine Mutter unter Druck zu setzen, aber er durfte jetzt nicht lockerlassen, wenn er ihr helfen wollte. »Das kannst du unmöglich vergessen haben.«

»Es ist aber so. Du würdest dich auch nicht entsinnen, mit wem du irgendwann vor drei Monaten gesprochen hast. Mich ruft ständig jemand an.« Als sie ungehalten auf den Telefonhörer zeigte, stieß sie beinahe die Porzellankanne vom Stövchen. »Bevor du gekommen bist, habe ich gerade erst mit Hilde telefoniert. Sie war total aufgelöst.«

Joris richtete sich auf. Besorgt fragte er: »Was ist passiert?«

»Erst hat sie geschimpft wie ein Rohrspatz. Du weißt ja, wie sie sein kann, wenn sie sich über etwas oder jemanden aufregt.« Seine Mutter verdrehte die Augen.

Joris lächelte nachsichtig. Seine Tante musste man nehmen, wie sie war. Aber sie machte es ihren Mitmenschen nicht immer leicht, sie zu mögen.

»Dann hat sie herzzerreißend geweint, so habe ich sie noch nie erlebt«, berichtete sie erschüttert. »Ich habe ihr vorgeschlagen, sofort zu ihr zu kommen, aber das wollte sie partout nicht. Sie würde einen langen Spaziergang durch die Marsch machen und darüber nachdenken, wie es weitergehen soll.«

Er rutschte bis zur Sitzkante vor. »Worüber denn?«

»Die neue Besitzerin ist angereist, einfach so, ohne sich vorher bei ihr zu melden.« Missbilligend schnalzte sie mit der Zunge. »Anja Blumenthal heißt sie. Sie stand plötzlich im *Lüttes Glück* und fuchtelte bedrohlich mit einem Wagenheber herum. Hilde hat sich fast zu Tode erschreckt.«

Joris sprang auf und empörte sich: »Das darf doch wohl nicht wahr sein! Wie unverschämt kann man sein? Hilde hätte vor Schreck einen Herzinfarkt kriegen können.«

»So schnell haut deine Tante nichts um«, beruhigte sie ihn. »Diese Blumenthal will Hilde aus ihrer Einliegerwohnung werfen.«

»Einer älteren Frau mit dem Wagenheber zu drohen … Die schreckt wohl vor nichts zurück.« Aufgewühlt lief er im Wohnzimmer auf und ab. »Sie kann Hilde nicht zwingen, von heute auf morgen auszuziehen. Sie muss ihr eine Übergangsfrist gewähren.«

»Wahrscheinlich darf sie das doch, die Pension gehört jetzt ihr«, wandte seine Mutter bedrückt ein. Sie schlug die Decke weg, als wäre ihr plötzlich heiß.

»Das mag schon sein, aber sie hat doch eine moralische Verpflichtung«, gab er aufgeregt zu bedenken. »Hilde ist fast siebzig. Sie braucht eben Zeit, um die Pension loszulassen und ihre Sachen zu packen.«

»Du weißt doch, wie egoistisch viele Investoren vom Festland sind. Ihnen geht es nur darum, so schnell wie möglich so viel wie möglich zu verdienen.« Sie rümpfte die Nase. »Die Insulaner interessieren sie nicht.«

»Auch die neue Eigentümerin scheint kaltherzig zu

sein. Wie kann man einer alten Frau so rabiat entgegentreten?«, zischte er fassungslos. »Es macht mich echt wütend, überall diese reichen Investoren, die den Einheimischen den Wohnraum wegnehmen wollen. Es gibt kaum noch bezahlbare Apartments und Häuser. Ich befürchte, Hilde wird so schnell gar kein neues Dach über dem Kopf finden.«

Seine Mutter machte eine ausladende Geste. »Hier kann sie jedenfalls nicht mit einziehen. Wir haben kein Gästezimmer.«

»Mein Apartment über der Werkshalle ist auch zu klein. Dort hätte sie tagsüber auch keine Ruhe.« Seufzend fuhr sich Joris übers Haar, das er auch deshalb recht kurz trug, damit die ersten grauen Härchen an den Schläfen nicht so auffielen.

»Wir müssen ihr helfen«, sagte seine Mutter eindringlich und stand auf. »Ich werde mich umhören, ob irgendwo eine Wohnung oder auch nur ein Zimmer frei ist.«

»Und ich werde gleich morgen früh zum *Lüttes Glück* fahren und diese unverschämte Person in die Mangel nehmen«, kündigte er in scharfem Ton an. Anja Blumenthal machte vom ersten Augenblick an Probleme. Das konnte noch heiter werden. »Mich wird sie nicht so leicht einschüchtern wie Tante Hilde. Ich werde ihr schon klarmachen, dass sie mit uns Föhrern nicht machen kann, was sie will, nur weil sie Geld hat.«

Sie nahm seine Hände und sah ihn beschwörend an. »Hilde braucht uns jetzt mehr denn je.«

»Ruh du dich bitte aus«, bat Joris und umarmte seine Mutter so behutsam, als wäre sie aus Glas. Sie hatte abgenommen und wirkte zerbrechlich. »Ich kümmere mich um die Angelegenheit. Anja Blumenthal wird mich kennenlernen!«

Erst auf dem Heimweg merkte Joris, dass seine Mutter mit den Neuigkeiten aus Walsum geschickt von dem geheimnisvollen Anruf im Januar abgelenkt hatte.

Kapitel 7

Als Anja aufwachte, war sie sofort putzmunter. Nach dem Ärger und der Enttäuschung am vergangenen Tag hatte sie erwartet, dass sie kein Auge zutun würde, doch sie hatte geschlafen wie ein Stein. Das musste an der Ruhe in der Marsch und an der frischen Seeluft liegen.

Sie hatte die ganze Nacht das Fenster offen gelassen. In Köln hatte sie das ungern getan, in der Rheinmetropole war es nie richtig still. Selbst nachts erzeugte der Verkehr noch ein stetes Hintergrundrauschen, zudem zogen oft Nachtschwärmer lautstark durch die Straßen.

Das war im Norden Föhrs ganz anders. Man hörte nur die Vögel, die sich in der Nähe ihr Nachtquartier eingerichtet hatten. Eine Idylle. Anja war innerlich ganz ruhig geworden und sehr bald eingenickt.

Seit Langem hatte sie nicht mehr so gut geschlafen. Nun fühlte sie sich erholt und bereit, dem *Lüttes Glück* noch eine Chance zu geben. Sie wollte sich noch nicht festlegen, ob sie bleiben oder nach Köln zurückkehren würde, bevor sie sich nicht wenigstens alle Räume der Pension bei Tageslicht angesehen hatte.

Offensichtlich nutzte Hilde die Ferienwohnung in letzter Zeit als Abstellkammer. Anja musste über verstaubte, mit Muscheln verziert Lampen aus Treibholz steigen, um ans Schlafzimmerfenster zu kommen und es zu schließen. Im

Wohnzimmer räumte sie alte Ölgemälde von Schiffskapitä-nen und Fregatten zur Seite, um zur Küchenzeile vorzudrin-gen. Die Arbeitsfläche und das Spülbecken waren vollge-stellt mit vergilbten Thermoskannen, defekten Brotkörben und Porzellan mit Rissen und Sprüngen. Warum hatte Hilde den Plunder nicht weggeworfen? Anscheinend konnte sie sich nur schwer von Dingen trennen.

Genauso wie vom *Lüttes Glück*, dachte Anja, öffnete den Kühlschrank und rümpfte die Nase. Die Küche musste erst einmal gründlich geputzt werden, bevor sie sie nutzen konnte.

Neugierig stieg Anja die Treppen ins Erdgeschoss hinab und suchte die größere Pensionsküche. Sie lag direkt hin-ter der Eingangstür. Als Anja sie betrat, war da Hilde Hin-richs.

Die Mimik der älteren Dame verhärtete sich. Sie sah auf ihre Armbanduhr. »Stehen Sie immer so spät auf?«, sagte sie vorwurfsvoll.

»Wie viel Uhr ist es denn?«, fragte Anja und wunderte sich gleich, dass sie bisher nicht auf die Idee gekommen war, auf die Zeitanzeige ihres Handys zu gucken. In Köln hatte sie ihren ganzen Tag danach geplant.

»Es ist schon fast zehn«, sagte Frau Hinrichs entrüstet. »Sobald Sie den Betrieb wieder aufnehmen, werden Sie in aller Herrgottsfrühe aufstehen müssen.«

»Das kriege ich schon hin. Ich habe in den letzten Jahren sehr viel gearbeitet.« Unter anderen Umständen wäre Anja niemals auf die Idee gekommen, anderen ihre Erfolge unter die Nase zu reiben, aber die ältere Dame provozierte sie. »Ich hatte sogar eine eigene Werbeagentur«, fügte sie hinzu.

»Die Arbeit in der Gastronomie ist etwas ganz anderes. Sie ist viel härter als ein Bürojob. Man muss sich die Hände schmutzig machen und die Füße wundlaufen.« Frau Hinrichs taxierte sie mit einem Blick, der besagte, dass sie bezweifelte, dass Anja zu harter körperlicher Arbeit bereit war. »Als Pensionsbetreiberin stehen Sie als Erste auf und gehen als Letzte ins Bett und sind zwischendurch für Ihre Gäste da. Ein Privatleben können Sie sich abschminken.«

Das klang nach Stress. Anja schluckte schwer, versuchte jedoch, sich nichts anmerken zu lassen. Sie wollte schließlich heiraten und eigene Kinder haben und war schon 35 Jahre alt. Bestimmt übertrieb Frau Hinrichs nur, damit Anja nach Köln zurückfuhr und sie in Ruhe ließ. »Für gewöhnlich bleibe ich nur am Wochenende länger liegen«, stellte Anja klar.

»Es wird keine Wochenenden mehr für Sie geben, das sollten Sie wissen. Sie werden rund um die Uhr an sieben Tagen die Woche im Einsatz sein. Wie wollen Sie das allein schaffen?«, fragte Frau Hinrichs und machte durch ein abschätziges Lächeln deutlich, dass sie so ihre Zweifel hatte.

Anja wollte gerade anfangen, über Frau Hinrichs Worte zu grübeln, als ihr etwas einfiel: »Das haben Sie doch auch.«

»Aber ich bin von hier.« Hilde Hinrichs reckte ihr Kinn vor. »Wir Insulaner sind aus anderem Holz geschnitzt als ihr Landratten.«

»Ich werde das schon hinkriegen«, zischte Anja verärgert. Obwohl sie aufgekratzt war, hatte sie plötzlich Lust auf frisch aufgebrühten Kaffee. In Köln hatte sie jeden Morgen erst einmal in Ruhe eine Tasse getrunken. Nun, da Hilde Hinrichs ihr vor Augen führte, dass ab sofort alles anders laufen würde, sehnte sie sich nach der alten Normalität. »Wo steht denn das Kaffeepulver?«

Frau Hinrichs zeigte auf einen Aufsteller mit Teebeuteln, der wahrscheinlich früher einmal im Frühstücksraum neben einer Thermoskanne mit heißem Wasser gestanden hatte. »Ich habe nur Tee.«

Ungläubig sah Anja sie an. »Aber Sie haben Ihren Gästen doch bestimmt Cappuccino, Espresso und andere Kaffeespezialitäten zum Frühstück angeboten?«

»Nur Filterkaffee, aber ich habe schon lange keine Gäste mehr und trinke nur Tee, daher gibt es kein Kaffeepulver mehr.« Hilde Hinrich lächelte hämisch und verließ die Küche.

Ein Morgen ohne Kaffee, das war wirklich übel. Aus Verzweiflung suchte sich Anja ein Glas, goss Wasser aus dem Hahn hinein und trank es in einem Zug leer. Dann sah sie sich um.

Die Küche musste geputzt und der Kühlschrank gefüllt werden. Die Raufasertapete brauchte einen neuen Anstrich, am besten mit einer abwaschbaren Latexfarbe, aber das würde teuer werden. Der Toaster, die Knetmaschine und all die anderen Geräte sahen sauber, aber alt aus. Am liebsten hätte Anja alles erneuert.

Seufzend warf sie einen Blick in die Schränke. Das Frühstücksservice war altmodisch und hatte hier und da sogar Sprünge. Am liebsten hätte Anja neue Teller und Becher mit Wildblumendekor und Besteck mit bunten Griffen gekauft, die schon beim Anblick gute Laune machten.

Sie wollte die Gardinen von den Fenstern nehmen, weil sie den Blick auf das weitläufige Marschland versperrten.

Stattdessen wollte sie Raffrollos in einem warmen Gelbton anbringen, und sie nur herunterlassen, wenn es im Hochsommer heiß wurde.

Sie wollte alles dafür tun, dass sich die Feriengäste im *Lüttes Glück* so wohl wie zu Hause fühlten, glücklich aus dem Urlaub heimkehrten und all ihren Freunden und Bekannten erzählten, wie wunderschön es in der kleinen Inselpension war.

Als Anja grob die Kosten überschlug, wurde ihr mulmig. Ihr Instinkt als Geschäftsfrau sagte ihr, dass sie sich verkalkuliert hatte, weil der Kaufpreis höher ausgefallen war als erwartet. Sie würde bei der Renovierung kleine Brötchen backen müssen. Wie aus dem *Lüttes Glück* dennoch eine Pension werden konnte, die die Gäste weiterempfahlen, wusste sie noch nicht.

Nachdenklich ging Anja durch alle Räume und machte eine Bestandsaufnahme. Die dunklen Tapeten empfand sie als unangenehm. Sie machten die Zimmer düster und erweckten den Eindruck, als kämen die Wände auf einen zu.

Sie stellte sich für die Gästezimmer stattdessen eine himmelblaue Tapete vor, die Farbe beruhigte und strahlte Leichtigkeit aus. Die Bettwäsche sollte seegrün sein, weil grün entspannte und für ein Gefühl von Geborgenheit sorgte. Die Kleiderschränke waren in die Jahre gekommen, aber Anja hatte vorerst kein Geld, um neue zu kaufen. Also würde sie sie anstreichen, vielleicht in Zedernbraun, für eine gemütliche Atmosphäre.

Anja lächelte. Ihre Hände kribbelten vor Tatendrang. Für den Frühstücksraum stellte sie sich eine Tapete in Cranberry vor, dieses kraftvolle und lebendige Rot. Der knallige Ton würde den Gästen helfen, morgens in die Gänge zu kommen. Die Korridore und das Treppenhaus wären bestimmt in einem Kamillegelb ganz hübsch, mit dem sie Behaglichkeit assoziierte.

Das *Lüttes Glück* wird eine Villa Kunterbunt für Erwachsene, dachte sie amüsiert und hatte mit einem Mal ein klares Bild ihrer kleinen Wunschpension vor Augen.

Ralf hätte die Hände über dem Kopf zusammengeschlagen und vorwurfsvoll gesagt: »Du bist doch kein Kind mehr. Wie wäre es, wenn du dich auf Schwarz und Weiß beschränkst? Das wirkt modern und stylisch.«

Anja mochte die Farbkombination jedoch nicht, empfand sie als kühl. Die Pension sollte Fröhlichkeit und Wärme ausstrahlen. Sie war froh, endlich wieder selbst bestimmen zu können. Jetzt musste sie nur noch Ralfs Stimme aus dem Kopf bekommen. Er hatte sie so oft mit nadelspitzen Kommentaren dazu gebracht, sich nach ihm zu richten, dass sie sich irgendwann vor jeder Entscheidung gefragt hatte, was er wollen würde. Damit war jetzt Schluss!

»Moment mal! Denke ich ernsthaft darüber nach, die Pension zu führen?«, fragte sich Anja und trat vor die Haustür, um sich den Wind um die Nase wehen zu lassen und klarer denken zu können. Es sprach einiges gegen die Neueröffnung, aber ihr Herz sagte eindeutig Ja.

Die Sonne schien, und es war ein paar Grad wärmer als am Vortag. Anja meinte das Meer riechen zu können. Tief atmete sie die würzige Luft ein.

Durch den blauen Himmel und den Sonnenschein sah alles gleich viel freundlicher aus. Das Grün der Wiesen und Felder um Walsum wirkte satter. Anja entdeckte sogar Knospen an den Zierapfelbäumen, die rechts und links vom Eingang standen. Bei ihrer Ankunft waren sie ihr nicht aufgefallen. Wahrscheinlich hatte die Enttäuschung über die Lage und den Zustand des *Lüttes Glück* sie von den Details abgelenkt. Sie hatte den Eindruck gehabt, dass die Natur auf Föhr noch nicht recht aus dem Winterschlaf erwacht war, aber sie hatte sich getäuscht. Wenn man genau hinsah, waren die Boten des Frühlings schon überall zu erkennen.

Anja ging zum Dorfanger und umrundete die Trauerweide. Für das Image Walsums war der Baum mit den hängenden Zweigen nicht der beste Blickfang. Er erinnerte an die gebückte Haltung eines Menschen, der den Lebensmut verloren hatte.

Dieser Ort ist eben speziell, dachte Anja und musste lächeln. Irgendwie gefiel ihr das.

Unter der Weide machte Anja Krokusse aus, die bereits verblüht waren. Dafür reckten Narzissen hinter der Sitzbank ihre Knospen zum Licht. Walsum hatte anscheinend doch seine schönen Seiten, aber die musste man wohl erst nach und nach entdecken.

Plötzlich hörte sie eine weibliche Stimme hinter sich: »Kann ich Ihnen helfen?«

Anja fuhr herum.

»Entschuldigung«, sagte die Fremde und strich verlegen über ihren modernen Kurzhaarschnitt. »Ich wollte Sie nicht erschrecken.«

»Nicht schlimm.« Anja war so sehr in Gedanken versunken gewesen, dass sie die junge Frau nicht hatte kommen hören. Sie fand rosafarbene Haare ja gewagt, aber der Fremden stand die Farbe ausgesprochen gut. Sie wünschte sich, ebenso mutig zu sein. »Ich habe mich nur gerade gefragt, wer wohl auf die Idee gekommen ist, einen so traurig wirkenden Baum mitten in den Ort zu pflanzen.«

»Das weiß bestimmt niemand mehr.« Die Frau trug eine Gürteltasche mit Gartenwerkzeug an der Jeans. Die Hosenbeine waren hochgekrempelt. Obwohl die Temperatur höchstens zwölf Grad betrug, verzichtete sie auf Strümpfe. »Ich bin erst vor drei Jahren hergezogen. Aber ich wette, wenn man jemanden fragen würde, bekäme man zur Antwort, dass die Weide schon immer da stand. Sie sieht sehr alt aus.« Mit pinkfarbenen Fingernägeln zeigte sie auf das *Lüttes Glück*. »Ich dachte, die Pension ist geschlossen.«

Der abrupte Themenwechsel verwirrte Anja. Sie hielt die Hand über die Augen, um die Sonne abzuschirmen. »Das ist sie auch«, antwortete sie dann.

»Sind Sie gar keine Urlauberin? Sind Sie etwa mit Hilde verwandt?«, fragte die Fremde. »Tut mir leid, Maike sagt immer, dass ich zu neugierig bin. Dass mich das noch mal in Schwierigkeiten bringen wird.«

Anja runzelte die Stirn. »Maike?«

»Meine Frau, sie ist eine waschechte Föhrerin. Ich würde sie dir ja vorstellen, aber sie ist gerade in der Klinik. Wir wohnen übrigens da.« Die junge Frau zeigte auf das Wohnhaus gegenüber der Inselpension. »Hinter dem Haus haben wir einen großen Gemüsegarten angelegt. Eines Tages wollen wir Selbstversorgerinnen sein. Aber das interessiert Sie bestimmt gar nicht. Wie auch immer, ich habe mir gerade in der Küche etwas zu trinken geholt, dabei habe ich Sie durchs

115

Fenster gesehen. Ich dachte, ich frage mal, ob ich Ihnen helfen kann. Sie wirkten etwas verloren.«

Das bin ich auch, dachte Anja, die die offene, quirlige Art der Fremden mochte. Ausweichend antwortete sie: »Das mit dem Garten finde ich toll.«

»Ist es auch, aber es macht auch viel Arbeit, und wir haben beide Jobs. Maike arbeitet als Physiotherapeutin im Reha-Zentrum Utersum, und ich übersetze schwedische Bücher ins Deutsche. Mein Vater stammt aus Göteborg. Da ich Freiberuflerin bin, kann ich zu Hause arbeiten und mich um den Garten kümmern.« Verlegen winkte sie ab. »Aber ich rede wieder mal zu viel. Wahrscheinlich wollen Sie lieber zum Strand.«

»Das steht heute auf jeden Fall auf dem Programm.« Anja konnte es kaum erwarten. Egal was noch geschehen würde, sie wollte einen Strandspaziergang machen, das Robbenzentrum besuchen und auf der Seebrücke am Sandwall ein großes Eis in der Waffel essen, mit Blick auf die Nordsee. »Aber ich werde erst einmal einkaufen fahren müssen, im *Lüttes Glück* gibt es nicht einmal Kaffee, und der Kühlschrank ist auch fast leer.«

Während sich die Walsumerin Erde von den Knien klopfte, fragte sie: »Wusste Hilde nicht, dass Sie kommen?«

»Es ist kompliziert. Ich habe die Pension gekauft. Mein Name ist Anja Blumenthal.« Sie hielt die Luft an. Würde ihre neue Bekannte sie einfach stehen lassen, weil sie von ihrem Zusammenstoß mit Frau Hinrichs am Vortag wusste und sich auf die Seite ihrer langjährigen Nachbarin schlug?

»Das gibt's doch nicht. Sie sind also die neue Eigentümerin.« Die blauen Augen der Frau wurden groß. »Ich bin Birthe. Freut mich. Wir können uns gerne duzen, wo wir doch jetzt Tür an Tür wohnen.«

»Sehr gerne.« Erleichtert stieß Anja die Luft aus. Sie schätzte ihre Nachbarin auf Ende zwanzig. Hoffnungsvoll fragte sie: »Du hättest nicht zufällig etwas Kaffeepulver für mich?«

Birthe schüttelte den Kopf. »Nein, tut mir leid.«

»Schade«, stieß Anja enttäuscht aus. »Das ist wirklich ein Notfall.«

»Aber ich kann dir eine Tasse Kaffee mit unser Padmaschine machen«, schlug Birthe fröhlich vor. »Maike trinkt nur Kakao, und ich trinke vor allen Dingen Tee, aber ab und zu habe ich große Lust auf eine Tasse Kaffee.«

»Du bist meine Rettung!«, rief Anja und strahlte. »Gewöhnt man sich eigentlich jemals an den Schafgeruch?«

»Welchen Schafgeruch?«, fragte Birthe in ironischem Ton und zwinkerte.

Dann ging sie zu dem einzigen schwedenroten Reetdachhaus in der kleinen Siedlung. Nur die Fensterrahmen und die Haustür stachen weiß hervor. Neben der Klingel hing ein Keramikschild, so unförmig, dass es selbstgetöpfert sein musste. Darauf prangte der Name *Lohse*, eingeritzt neben einem stilisierten Leuchtturm.

Anja folgte Birthe. Ihr fiel das ordentlich gedeckte Dach auf. Vor der Tür blieb sie stehen, drehte sich um und schaute hinüber zur Pension. Schon auf den Fotos der Versteigerung hatte das Reet auf dem *Lüttes Glück* recht alt und mitgenommen ausgesehen. Doch nun befürchtete sie, dass es komplett ausgetauscht werden musste, denn es war gräulich und hatte sich an mehreren Stellen gelockert. »Meinst du, ich kann das Dach instand setzen lassen?«

»Es neu decken zu lassen, wäre besser«, riet Birthe ihr und trat in die Diele.

Anja ging ihr hinterher und verzog das Gesicht. »Das ist bestimmt sehr kostspielig.«

»Ja«, pflichtete Birthe ihr bei und führte sie in die Küche. »Zehntausend Euro wird es bestimmt kosten, eher mehr.«

Anja keuchte vor Schreck. Wie sollte sie die ganzen Renovierungen nur bezahlen? Sie seufzte schwer. Mutlos ließ sie sich auf einen Stuhl am Esstisch fallen. »Es muss viel getan werden.«

»Mach eins nach dem anderen«, schlug Birthe vor und legte zwei Pads in die Kaffeemaschine. Auf dem Ofen stand frisch gebackenes Brot, das köstlich duftete. »Rom wurde auch nicht an einem Tag erbaut.«

»Damit hast du recht. Es ist nur so, dass ich diesen Berg an Arbeit und Kosten sehe und mich überfordert fühle«, sagte Anja und sah sich um. Die Küche hatte eine moderne mintgrüne Front. Auf der Arbeitsplatte aus Birke reihten sich Vorratsgläser mit Müsli, Walnüssen und gedörrten Apfelscheiben aneinander. Am Fenster standen Tontöpfe mit Petersilie, Schnittlauch und Basilikum, daneben eine Saatschale mit Kresse.

Birthe holte Milch aus dem Kühlschrank. Während der Kaffee durchlief, stellte sie weiße Kluntjes und braunen Krümelkandis neben das Teelicht in der Tischmitte. »Wir sind ja auch noch da. Maike und ich werden dir helfen, wenn wir Zeit haben.«

»Wirklich?«, fragte Anja überrascht und riss die Augen

auf. Köstlicher Kaffeeduft stieg ihr in die Nase. Die Sonne schien durchs Fenster. Anja fand es in der kleinen Friesenküche urgemütlich und fühlte sich hier pudelwohl. So behaglich sollte es auch im *Lüttes Glück* werden. An der Inselpension hatte einfach nur der Zahn der Zeit genagt.

Birthe nickte und stellte einen Teller mit Gebäck vor Anja hin. »Kaffee kannst du auch jederzeit bei mir bekommen.«

»Das ist echt nett von dir. Danke.« Beim Abschied in Köln hatte sich Ralf ihr gegenüber kalt und abweisend verhalten, und, frisch auf Föhr angekommen, hatte Hilde ihr unmissverständlich klargemacht, dass sie im *Lüttes Glück* nicht willkommen war. Beides hatte ihr zugesetzt. Darum saugte sie nun Birthes Freundlichkeit auf wie ein Schwamm. Verlegen nahm sie einen Keks. »Ich meine, du kennst mich doch gar nicht.«

»Du bist jetzt eine von uns, eine Walsumerin«, sagte Birthe fröhlich. Sie reichte ihr eine Tasse und hielt Anja ihre zum Anstoßen hin. »Darauf trinken wir!«

Als Anja mit ihr anstieß, bekam sie ein schlechtes Gewissen, weil sie ihr verschwieg, dass sie darüber nachdachte, nach Köln zurückzukehren und das *Lüttes Glück* weiterzuverkaufen. Aber wer sollte denselben Fehler wie sie machen und solch eine marode Immobilie erwerben? Und ein Grundstück im Marschland würde wohl auch nicht viel wert sein, so mitten im Nichts. Wer würde schon in einen Ort, der nicht einmal auf den Inselkarten zu finden war, ziehen oder dort ein Hotel, eine Klinik oder einen Laden eröffnen wollen?

Dazu muss man schon ein bisschen verrückt sein, so wie ich, dachte Anja und musste schmunzeln. Als sie die Fotos der kleinen Inselpension gesehen hatte, hatte sie sich Hals über Kopf in sie verliebt, und Liebe macht oft blind.

Sie wusste zwar nicht, ob sie in Walsum ein neues Zuhause finden würde, aber in diesem Moment fühlte es sich immerhin gut an, irgendwo dazuzugehören. Am Vorabend war sie sich entwurzelt vorgekommen. Sie hatte eine Einsamkeit verspürt, die ihr bis dahin fremd gewesen war und ihr Angst gemacht hatte. Die Beklemmung war jetzt weg. Neue Kräfte erwachten in ihr, was am Kaffee, aber vor allen Dingen an Birthes Zuspruch lag.

Birthe nippte im Stehen an ihrem Kaffee, blickte aus dem Fenster und deutete auf etwas draußen. »In dem weißen Friesenhaus mit den blauen Fensterläden wohnen Imke und Elkmar Paulsen. Die alten Herrschaften sind zum Knuddeln. Man kann viel von ihnen über Föhr erfahren. Maike, Sören und ich haben schon bis in die Nacht zusammengesessen, *Küstennebel* getrunken und ihnen wie gebannt zugehört. Hilde war natürlich auch dabei, aber sie kannte die meisten Geschichten schon.«

»Wer ist Sören?«, fragte Anja neugierig und biss in ein Plätzchen. Der köstliche Geschmack von Vanille, Mandeln und viel Butter breitete sich auf ihrer Zunge aus. »Wow, schmeckt das gut! Oh, entschuldige.« Sie hielt sich die Hand vor den Mund, der offenkundig zu voll zum Sprechen war.

»Die Friesenkekse hat Maike selbst gebacken. Sie ist eine tolle Bäckerin.« Verliebt fügte sie hinzu: »Sie ist überhaupt ganz toll.« Ihre Wangen röteten sich. Sie wies auf die Wand hinter Anja. »Sören Schippmann wohnt am Ortsausgang neben dem Schafstall.«

»Der Mann, der für den Duft im Ort verantwortlich ist«, sagte Anja und grinste.

»Genau, er ist Schäfer.« Birthe löste die Gärtnertasche von ihrem Gürtel, legte sie auf einen freien Stuhl und nahm gegenüber von Anja Platz. »Im Moment weiden seine Schafe auf irgendeinem Deich, um den Boden festzutreten und das Gras kurz zu halten. Sie sind nicht nur total süß, sondern die besten ökologischen Landschaftspfleger, die man sich vorstellen kann.«

»Ich habe den Anblick von Deichschafen schon immer geliebt«, erwiderte Anja schwärmerisch.

»Und jetzt, wo du auf Föhr lebst, kannst du ihn jederzeit genießen«, sagte Birthe lächelnd und trank ihren Kaffee.

»Ja, das weiß ich zu schätzen.«

Anja fiel etwas ein, das ihre Mutter einst zu ihr gesagt hatte. Ihren Vater hatten die klugen Sprüche seiner Ehefrau genervt, aber für Anja und Leonie waren sie wertvolle Ratschläge. Einmal hatte ihre Mutter gemeint, dass Luxus nicht bedeutet, reich zu sein, sondern das tun zu dürfen und zu können, was man wirklich gerne macht. Und wenn Anja jetzt Deichschafe sehen wollte, konnte sie das. Sie brauchte nur Sören Schippmann zu fragen, wo er seine Herde gerade grasen ließ. Für dieses kleine Privileg war sie dankbar.

»Sören ist kürzlich 53 geworden. Er redet nicht viel. Nimm das nicht persönlich«, erklärte Birthe. »So ist er einfach.«

»In Ordnung.« Anja entspannte sich mit jeder Minute in Birthes Gesellschaft mehr. Sie freute sich darauf, Maike kennenzulernen. Ob sie genauso gerne redete wie ihre Ehefrau, oder war sie die Ruhige von beiden? »Jetzt weiß ich ja Bescheid.«

»Erschreck nicht, falls du sein Haus betrittst«, warnte Birthe sie vor. »Es ist ziemlich heruntergekommen. Sein Stall ist dagegen sauber und modern. Er würde alles für seine Tiere tun.«

Anja konnte nicht widerstehen und nahm sich noch einen der köstlichen Kekse. Am Morgen hatte sie vor Sorgen nichts runterbekommen, aber jetzt verspürte sie Hunger, das wertete sie als gutes Zeichen. »Das finde ich sympathisch.«

»Das waren schon alle.« Birthe zuckte mit den Schultern. »Hilde kennst du ja.«

Anja presste die Lippen zusammen und nickte. Sie wünschte sich, mit ihrer neuen Bekannten über ihre Probleme mit der Vorbesitzerin zu sprechen, entschied sich aber dagegen, da sie die gute Stimmung nicht verderben wollte. Außerdem hatte sie Angst, dass ihre noch junge Freundschaft darunter leiden könnte.

»Wir sind alle sehr unterschiedlich und halten trotzdem zusammen, wie Familie.« Schmunzelnd fügte Birthe hinzu: »Sid aus *Ice Age* würde sagen: ›Wir sind eine echt krasse Herde‹.«

Anja lächelte, wurde aber schnell wieder ernst. Ihr Magen ballte sich zusammen. »Hoffentlich werden sie mich genauso nett aufnehmen wie dich.«

»Du klingst, als hättest du Zweifel«, sagte Birthe sanft und sah sie auffordernd an.

»Du hast Maike, sie stammt von hier. Darum haben dich die Föhrer schnell akzeptiert.« Anja wurde rot und beeilte sich hinzuzufügen: »Natürlich auch, weil du so offen und nett bist.«

»Mach dir keine Sorgen.« Birthe machte eine wegwerfende Geste. »Die Walsumer denken immer praktisch. Sie werden dich schon allein darum in ihre Mitte aufnehmen, weil man auf einer Insel aufeinander angewiesen ist.«

Die Aussage verwirrte Anja. »Aber ihr kennt doch bestimmt viele Einheimische auf ganz Föhr.«

»Ja, schon, aber Wyk und die Inseldörfer sind weit weg. Wir befinden uns ziemlich weit draußen in der Marsch. In erster Linie müssen wir uns im Dorf um uns selbst kümmern«, erklärte Birthe ungewohnt ernst. »Die Feriengäste, die im *Lüttes Glück* wohnten, haben den Ort lebendig gemacht. Sie fehlen mir. Seitdem sie wegbleiben, ist es ruhig geworden. Zu ruhig, für meinen Geschmack. Es kommt mir vor, als würde Walsum langsam aussterben.« Plötzlich hellte sich ihre Miene auf. »Aber jetzt bist du ja da. Indem du die kleine Inselpension neu eröffnest, tust du uns allen einen Gefallen.«

Besorgt wandte Anja ein: »Aber ich komme vom Festland, und die Leute hier kennen und mögen Hilde.«

»Es kommt natürlich auch ein bisschen darauf an, wie man sich verhält.« Birthe stand auf. Sie holte einen Stapel Papierservietten mit stilisierten Fischen aus einer Schublade, nahm wieder Platz und legte ihn neben den Teller mit den Friesenkeksen. »Wenn du freundlich aufgenommen werden willst, musst du auf die Insulaner zugehen und nicht erwarten, dass sie zu dir kommen.«

Anja nickte, nahm eine Serviette und legte einen Mürbekeks darauf. »Das sehe ich genauso.«

»Gut, du hast die richtige Einstellung, das ist schon die halbe Miete.« Aufmunternd tätschelte Birthe Anjas Hand. »Die Leute werden es zu schätzen wissen, dass du *Lüttes*

Glück zu neuem Leben verhelfen willst. Ein großer Investor hätte die Pension abgerissen und auf dem Grundstück irgendetwas Schickes gebaut, das den ganzen Shabby-Chic-Charme von Walsum kaputtgemacht hätte.«

Anja, die gerade das Gebäck zum Mund führte, hielt inne. »Shabby Chic?«

»In die Jahre gekommen und mit Schönheitsfehlern, aber gerade darum schön. Und die Menschen hier sind vielleicht nicht alle einfach, aber absolut liebenswert«, erklärte Birthe mit einem Lächeln in der Stimme, während sie mit einer Serviette die Krümel auf dem Tisch zusammenschob.

Traf das auch auf Hilde Hinrichs zu? Anja hatte da so ihre Zweifel.

»Wenn man uns eine Bettenburg vor die Nase setzen würde, würden Maike und ich uns hier nicht mehr wohlfühlen und vermutlich wegziehen«, gestand Birthe. Plötzlich riss sie die Augen auf. »Das hast du doch hoffentlich nicht vor, oder?«

»Keine Sorge«, beruhigte Anja sie. »Ich will den Land-haus-Stil der kleinen Inselpension beibehalten, aber sie braucht dringend eine Frischzellenkur.«

Verschwörerisch neigte sich Birthe zu ihr herüber und flüsterte: »Verrate es Hilde nicht, aber ich gebe dir vollkom-men recht.«

Plötzlich hatte Anja einen Werbeslogan im Kopf. Immer wenn sie für ein Projekt, mit dem *Shine with us!* betreut worden war, gebrannt hatte, waren die Marketingideen auf sie eingeprasselt. So war es auch jetzt. Aufgeregt sagte sie: »Mir ist gerade eingefallen, wie ich das *Lüttes Glück* bewer-ben könnte. Wie gefällt dir ›Bei uns ist es einfach schön‹?«

»Perfekt!«, stieß Birthe fröhlich aus. »Ich merke schon, wir sind auf einer Wellenlänge. Du wirst gut zu uns Föhr-Geistern passen.«

»Geister?«, fragte Anja verwirrt und aß den Keks. Sie genoss jeden Bissen und ebenso das offene Gespräch mit Birthe. Sie musste daran denken, wie oft sie schon mit Christin zusammen Kaffee getrunken und genascht hatte und wie sie sich gegenseitig ihr Herz ausgeschüttet hatten. Obwohl sie sich gestern erst von ihr verabschiedet hatte, vermisste sie ihre beste Freundin bereits. Aber Birthe half ihr gut in ihrer Sehnsucht nach einer vertrauten Seele.

»Man nimmt uns nicht wahr, aber wir sind da.« Birthe zwinkerte, tauchte ein Plätzchen in den Kaffee und biss hinein. Nachdem sie eine Weile gekaut hatte, sprach sie weiter: »Frag die Föhrer, wo Walsum liegt, und du wirst die unterschiedlichsten Antworten zu hören bekommen. Die einen denken, dass die vier Häuser und der Schafstall zu Midlum gehören, die anderen zählen sie zu Oldsum. Viele jüngere Einheimische und Saisonkräfte haben den Namen Walsum noch nie gehört. Warum sollte man auch über unser Dorf sprechen? Hier gibt es keinen Erlebnisbauernhof, kein Spaßbad und auch keine Kurklinik.« Birthe lächelte Anja an und fügte zuversichtlich hinzu: »Aber du wirst das mit der Neueröffnung von *Lüttes Glück* ändern. Die Feriengäste werden dir die Bude einrennen und unser Heimatdorf bekannt machen.«

»Bis dahin ist noch ein weiter Weg, und darum muss ich jetzt gehen«, sagte Anja bedauernd. Sie trank ihren Kaffee aus und stand auf. »Ich würde wirklich gerne noch länger bleiben, aber es gibt schrecklich viel zu tun.«

Birthe erhob sich ebenfalls. Nachdem sie die Tassen in

die Spülmaschine geräumt hatte, sah sie aus dem Fenster. Über die Schulter hinweg fragte sie Anja: »Kennst du eigentlich schon Joris?«

»Nein.« Neugierig trat Anja neben sie und spähte hinaus. Vor dem *Lüttes Glück* nahm sie eine Bewegung wahr, konnte aber zunächst nichts Genaues erkennen. Sie sah nur eine schwarze Katze, die über den Dorfanger strich. Sie hatte einen weißen Fleck auf der Stirn und war übergewichtig.

»Joris Graf ist der Älteste von Hildes Neffen. Er parkt gerade seinen Bulli vor der Pension.« Birthe wandte sich vom Fenster ab und befestigte die Gartentasche wieder an ihrem Gürtel. »Er hat eine Firma, die Strandkörbe herstellt. Seine Mitarbeiter und er flechten sie mit der Hand, das ist traditionsreiches Handwerk und echt interessant. Joris kümmert sich neben seiner Firma rührend um seine Tante.«

»Dann muss ich mich beeilen, damit ich ihn nicht verpasse«, erwiderte Anja aufgeregt, denn vielleicht konnte er ihr helfen, Hilde davon zu überzeugen auszuziehen.

»Halt, warte«, rief Birthe. Sie nahm das frisch gebackene Brot vom Herd und reichte es Anja. »Nimm es mit! Dann hast du zwar immer noch kein Kaffeepulver, aber wenigstens schon mal etwas zu essen.«

»Das kann ich nicht annehmen. Das Brot hast du doch für euch gebacken«, wandte Anja ein und spürte, wie sich Wärme in ihrem Brustkorb ausbreitete.

Entschieden drückte Birthe ihr den Laib in die Hand. »Man schenkt doch Brot und Salz zum Einzug. Herzlich willkommen auf Föhr«, sagte sie lächelnd und umarmte sie.

Da bekam Anja feuchte Augen. »Danke. Das bedeutet mir viel.«

Kapitel 8

Hoffnungsvoll betrat Anja das *Lüttes Glück*. Es duftete köstlich nach kräftigem schwarzem Tee. Sie hörte Stimmen aus dem hinteren Teil des Gebäudes und stellte sich vor, wie schön es wäre, wenn Feriengäste mit ihrem fröhlichen Schwatzen und ihrem Lachen die kleine Inselpension mit Leben füllen würden.

Durch den Sonnenschein war der Korridor viel heller und freundlicher als bei ihrer Ankunft am Tag zuvor. Allerdings fielen dadurch auch die Staubfäden auf den künstlichen Blumen, die überall herumstanden und hingen, und der Grauschleier auf den weißen Bodenfliesen auf. Beides musste weg. Anja sah neues Konfliktpotenzial.

Aber sie wollte Hilde Hinrichs ja nicht verletzen, indem sie wegwarf, was ihr lieb und teuer war. Aus Rücksicht würde sie damit bis zum Auszug der Vorbesitzerin warten. Sollte sich das allerdings in die Länge ziehen, konnte Anja für nichts garantieren. Allein wenn sie die Staubfänger auch nur ansah, kitzelte es sie in der Nase.

Anja brachte das Brot in die Pensionsküche. Frisches Obst lag auf der Arbeitsfläche. In der Ecke stand ein leerer Tragekorb. Als Anja den Kühlschrank öffnete, fand sie frisches Gemüse und frischen Fisch darin vor. Joris Graf hatte eingekauft. Er hatte also nicht vor, seine Tante mitzunehmen. Enttäuscht schloss Anja die Kühlschranktür wieder.

Sie atmete tief durch, schob die Schultern zurück und ging den Stimmen nach. Diese kamen aus dem Frühstücksraum. Anscheinend waren Frau Hinrichs und ihr Neffe allein. Anja würde also nicht der ganzen Familie von Hilde entgegentreten müssen. Ihr Herz klopfte trotzdem heftig. Sie mochte es nicht, sich zu streiten, weshalb sie ja auch bei Ralf oft nachgegeben hatte. In Hilde Hinrichs Fall konnte sie das jedoch nicht. Es gab keine Alternative, die alte Dame musste ausziehen. Hoffentlich sah ihr Neffe das wenigstens ein und konnte seine Tante davon überzeugen, ihre Koffer zu packen.

Angespannt betrat Anja das Zimmer. Im ersten Moment bemerkten Hilde Hinrichs und Joris Graf sie nicht. Sie standen mit dem Rücken zu ihr und schauten aus dem Panoramafenster in den Garten. Die Obstbäume trugen schon reichlich Knospen. Anja freute sich auf die Blüte. Es brauchte nur ein wenig mehr Wärme und Sonne. Die Wettervorhersage war vielversprechend. Ab sofort würden die Temperaturen jeden Tag spürbar steigen. Das waren gute Aussichten.

Um auf sich aufmerksam zu machen, grüßte sie freundlich: »Moin.«

Hilde Hinrichs und ihr Neffe drehten sich zu ihr um. Während sie erschrocken die Augen aufriss und die Kanne, die sie in der Hand hielt, an sich drückte, musterte Joris Anja interessiert.

Sein Blick prickelte auf ihrer Haut, was sie irritierte und noch nervöser machte, als sie ohnehin schon war. Seine grünen Augen musterten sie neugierig. Der Dreitagebart stand ihm gut.

Erleichtert nahm sie wahr, dass Joris Graf keinerlei Ähnlichkeit mit seiner Tante hatte. Er wirkte erfreulicherweise aufgeschlossen.

Er trug eine olivgrüne Outdoorhose und eine schwarze Fleecejacke über einem dünnen dunkelgrauen Pullover. Obwohl er eine Firma führte, sah er nicht aus wie ein Schreibtischtäter. Aber Birthe hatte ja auch erwähnt, dass er in der Strandkorb-Manufaktur mit anpackte. Wahrscheinlich brauchte er nicht für jede noch so kleine Reparatur einen Handwerker, wie Ralf, sondern reparierte die Dinge selbst. Er wirkte wie ein Mann der Tat, genau so einen brauchte Anja.

»Aus Ihrem Mund klingt das falsch. Sagen Sie besser ›Guten Morgen‹«, geiferte Hilde Hinrichs, nachdem sie sich gefangen hatte. Geräuschvoll stellte sie die Kanne neben den Korb mit Brötchen auf einen der Tische am Fenster.

Anja vermutete, dass Joris die Brötchen mitgebracht hatte und er mit seiner Tante ein spätes oder zweites Frühstück einnehmen wollte. Beim Anblick des gedeckten Tisches lief ihr das Wasser im Mund zusammen. Sie merkte, wie hungrig sie war. Birthes Friesenkekse hatten ihren Appetit erst richtig geweckt.

Entrüstet über die schroffe Antwort stemmte Anja die Hände in die Hüften. »Können Sie eigentlich auch nett sein?«

»Selbstverständlich. Zu denen, die es verdienen«, antwortete Hilde Hinrichs mit spitzer Zunge.

Angesäuert presste Anja die Lippen aufeinander. Wut kochte in ihr auf. Anscheinend biss Anja bei Hilde auf Granit. Die Vorbesitzerin gab ihr keine Chance, das Problem, das sie miteinander hatten, friedlich zu lösen. Was nutzte es also, freundlich zu sein? Anja sah Rot. Sie vergaß sich und zischte: »Sie alte Giftspritze!« Sofort bereute sie es und war erschrocken über sich selbst. Sie hatte die Nerven verloren, woran auch der große Hunger Schuld trug.

Plötzlich schluchzte Hilde Hinrichs. Sie schlug die Hände vor den Mund und sackte in sich zusammen.

Schützend stellte sich Joris Graf vor seine Tante. Er kniff die Augen zusammen und fuhr Anja an: »Wie reden Sie denn mit meiner Tante?«

Hitze stieg in Anjas Wangen. Es sah ihr gar nicht ähnlich, derart zu entgleisen. Aber sie hatte genug von Menschen, die sich ihr gegenüber respektlos verhielten. Nachdem Thibaut Chacal so unverschämt zu ihr gewesen war, hatte sie sich vorgenommen, sich nicht mehr alles gefallen zu lassen. Anja wünschte sich, dass Ralf sie damals ebenso beschützt hätte, wie Joris es gerade bei seiner Tante tat. Joris wirkte wie ein Fels, an dem niemand vorbeikam.

Bei ihm kann sich eine Frau bestimmt absolut sicher fühlen, dachte Anja und wünschte sich, einen Mann wie ihn an ihrer Seite zu haben.

Hinter Joris' Rücken grinste Frau Hinrichs, was Anja erneut verärgerte. Sie funkelte sie böse an.

Da wandte sich Joris zu seiner Tante um. Er nahm ihre Hände. »Lass uns bitte einen Moment allein«, bat er sie freundlich. »Bist du so nett?«

Anja hatte mit Widerstand gerechnet, doch Hilde Hinrichs ging, ohne zu murren, hinaus. Vielleicht überließ sie es jemand Stärkerem, die Schlacht für sie zu schlagen.

»Joris Graf«, stellte er sich vor, »ich bin Frau Hinrichs'

Neffe.« Er sprach wieder in normaler Lautstärke mit ihr, wirkte aber weiterhin angespannt.

Anja sah keine Notwendigkeit zu erwähnen, dass sie das bereits von Birthe wusste. »Anja Blumenthal. Ich bin …«

»Die neue Besitzerin des *Lüttes Glück*, ich weiß«, fiel er ihr ins Wort. »Sie sind zu hart zu Hilde.«

»Und Sie lassen sich von ihr manipulieren«, konnte sie sich nicht zu sagen verkneifen. »Das Schluchzen Ihrer Tante war nur gespielt.«

Zu ihrer Überraschung sagte Joris: »Und wenn schon! Familie hält zusammen, komme, was wolle.«

Er sprach Anja aus der Seele. Leider ließ sich ihr Vater von seiner Lebenspartnerin Rita einnehmen, Leonie war in Asien, und ihre Mutter war tot. Zudem war Anja weit weg von ihren Freunden in Köln. Auf Föhr fühlte sie sich wie eine Einzelkämpferin, das bedrückte sie.

Sie musste sich eingestehen, dass sie sich ohne Ralf klein fühlte. In den vergangenen fünf Jahren war er immer an ihrer Seite gewesen, beruflich wie privat. Ihn zu verlassen, war ein Befreiungsschlag gewesen, aber nun gab es für sie kein Netz und doppelten Boden mehr. Sie war auf sich allein gestellt. Wenn sie fallen würde, würde sie hart aufschlagen.

»Ich weiß, dass Hilde nicht einfach ist«, fuhr Joris mit ruhiger Stimme fort, »aber Sie sollten sich von ihr auch nicht so leicht aus der Fassung bringen lassen.«

»Mag schon sein, dass ich zu schnell explodiert bin«, gestand Anja ein und rieb sich über die Augenlider. Plötzlich fühlte sie sich erschöpft. »Die letzten Monate waren nicht leicht für mich.«

»Wenn das so ist, sollten Sie mehr Verständnis für Hilde

haben«, sagte Joris, »denn sie kämpft seit Jahren darum, den Kopf über Wasser zu halten.«

Anja lag auf der Zunge, dass seine Tante den Kampf längst verloren hatte, aber sie wollte nicht unsensibel sein. »Sie muss das *Lüttes Glück* loslassen«, sagte sie stattdessen in einem beschwörenden Ton.

»Sie leidet sehr unter dem Verlust«, erklärte er leise.

Dass dieser kraftstrotzende Mann so feinfühlig klang, berührte sie. Verstohlen musterte sie ihn. Er strahlte eine kernige Männlichkeit aus. Sie fand ihn attraktiv und wünschte sich, sie könnte ihm entgegenkommen, sah jedoch keine Möglichkeit. »Das tut mir leid, aber ich kann da nichts tun.«

»Doch«, erwiderte er nun wieder in schärferem Ton. »Sie könnten behutsamer vorgehen und nicht mit einem Wagenheber nachts vor ihrer Wohnungstür herumfuchteln.«

»Ich dachte, sie wäre ein Einbrecher«, rechtfertigte sich Anja. »Ich bin davon ausgegangen, dass sie längst ausgezogen ist.«

»Haben Sie sie denn nicht angerufen, bevor Sie hergekommen sind? Haben Sie niemanden gefragt, wie die Situation vor Ort ist? Haben Sie sich denn gar nicht vorher informiert? Haben Sie etwa zu Hause Ihre Zelte abgerissen und sind hergefahren, ohne zu wissen, was Sie vorfinden würden?«, fragte Joris verständnislos.

»Ich bin einfach davon ausgegangen, dass die Inselpension leer steht.« Sie fand nicht, dass sie dafür zu sorgen hatte, dass das *Lüttes Glück* übergabefertig war. Darum hätte sich das Amtsgericht kümmern müssen. Vielleicht hatte sich der zuständige Beamte oder die Beamtin an Hilde die Zähne ausgebissen und das Problem auf Anja abgewälzt.

»Unglücklicherweise ist sie noch bewohnt. Und so lange, wie Ihre Tante sich weigert auszuziehen, kann ich die Einliegerwohnung nicht beziehen und auch nicht mit der Renovierung anfangen. Ich habe nicht einmal ein eigenes Bett, sondern schlafe in der Ferienwohnung, als wäre ich ein Gast in meinem eigenen Haus.«

»Alle Betten sind Ihre Betten«, wandte er schmunzelnd ein. Schnell wurde er wieder ernst. »Wie können Sie erwarten, dass Hilde mit fast siebzig Jahren so einfach ihr Zuhause aufgibt? Sie hat schon immer hier gelebt.«

Anja zog die Augenbrauen hoch. »Etwa schon als Kind?«

»Ja, ihre Eltern haben das *Lüttes Glück* eröffnet.« Leise schloss Joris die Tür des Frühstücksraums. Mit gedämpfter Stimme fuhr er fort: »Meine Großeltern hatten nie den großen Traum gehegt, eine Pension zu führen. Die Idee war eher aus der Not heraus geboren, denn es gab und gibt nicht viele Jobs auf Föhr.«

Das konnte sie sich gut vorstellen und nickte.

»Bis Hilde vierzehn Jahre alt war, haben sie zu viert in der kleinen Einliegerwohnung gelebt. Hilde schlief auf der Couch und mein Vater Johan auf einer Luftmatratze auf dem Boden. Er ist sechs Jahre jünger als sie.« Plötzlich fragte Joris: »Möchten Sie Tee?«

Überrascht sah Anja ihn an. War das etwa ein Friedensangebot? »Ja, gerne«, sagte sie hoffnungsvoll und setzte sich an den gedeckten Tisch. »Es muss hart gewesen sein, so eng aufeinander zusammenzuleben.«

»Ja, die Kinder mussten nach der Schule in der Inselpension mithelfen. Die ganze Familie hockte ständig aufeinander. Es gab oft Streit.« Er legte Kluntjes in zwei Tassen und goss Schwarztee ein. »Als Hilde zum Teenager wurde, sah ihr Vater ein, dass eine andere Lösung hermusste. Er kaufte einen alten Wohnwagen für sie.«

Anja riss die Augen auf. »Einen Wohnwagen? Das klingt abenteuerlich.«

»Nennen wir es ungewöhnlich«, antwortete Joris lächelnd und goss mit einem Kännchen Sahnewölkchen in die dampfende Flüssigkeit. »Der Caravan war ein Modell aus den Sechzigerjahren. Außen vergilbt und innen nicht größer als eine Toilette, darum bezeichneten viele Spötter ihn als Wohnklo. Mein Großvater stellte ihn auf den Parkplatz vor der Pension und renovierte ihn neben seiner Arbeit liebevoll. Hilde lebte länger darin, als alle erwartet hatten. Sie zog dort erst wieder aus, nachdem ihre Eltern gestorben waren. Damals kehrte sie zurück in die Einliegerwohnung.«

Anja wurde klar, warum Frau Hinrichs so an ihrem Heim hing. »Machte der Spott wegen des Caravans ihr denn nichts aus?«

»Doch, aber sie hatte keine Alternative und ließ sich nichts anmerken. So ist sie bis heute. Sie ist traurig, fühlt sich verletzt und einsam, wie jeder andere auch, aber sie zeigte es nicht.« Er reichte Anja eine Tasse und bat sie: »Lassen Sie sich nicht von Ihrer rauen Schale täuschen.«

»Das fällt mir schwer, aber ich werde es versuchen«, erwiderte Anja. Sie wollte Hilde besser zu verstehen lernen. Sie nahm die Tasse an und konnte sich nicht verkneifen zu sagen: »Ich weiß übrigens, wie man in Nordfriesland seinen Tee trinkt. Sie hätten ihn mir nicht fertig zu machen brauchen, als wäre ich ein Kind.«

»Jedes Kind auf Föhr weiß, wie man ihn zubereitet«, entgegnete er trocken.

Verstimmt blinzelte Anja ihn an. »Haben Sie Vorurteile gegen mich, Herr Graf, weil ich vom Festland stamme?«

»Ich kann nicht leugnen, dass ich es lieber gesehen hätte, wenn ein Föhrer das *Lüttes Glück* übernommen hätte«, antwortete er mit einer Gelassenheit, die Anjas Wut noch steigerte.

»Ich bin nicht einmal eine Norddeutsche.« In ironischem Ton fügte sie hinzu: »Auch das noch.«

Seine Augen funkelten belustigt. Er beugte sich zu ihr hinab und stützte sich auf dem Tisch ab. »Ich wünschte, Sie hätten die Pension nicht ersteigert. Aber was den Tee betrifft, wollte ich wirklich nur zuvorkommend sein.«

Anjas Wangen brannten. Sie wich seinem Blick aus. Um die Situation zu überspielen, fragte sie: »Wie ging es mit Hilde weiter?«

Er richtete den Oberkörper wieder auf, nahm seine Tasse und blieb stehen. »Sie war genauso eigenbrötlerisch wie mein Vater, hatte aber nicht das Glück, die große Liebe zu finden, wie er.«

»Das klingt nach einem einsamen Leben.« Sie bedauerte Frau Hinrichs aufrichtig.

»Meine Tante war einsam, aber nicht allein. Sie hatte ja das *Lüttes Glück* und die Feriengäste.« Joris schob die Augenbrauen zusammen und sagte vorwurfsvoll: »Das wollen Sie ihr jetzt nehmen.«

Anja wollte, dass er fortfuhr. Also verkniff sie es sich, ihn daran zu erinnern, dass die Pension ohne ihr Zutun zwangsversteigert worden war. Anscheinend hatte er nicht vor, sich zu ihr zu setzen. Seine Einladung zum Tee hatte Grenzen. Er zeigte sich versöhnlich, lud sie aber nicht ein, am Frühstück teilzunehmen. Da Anja es unangenehm fand, die ganze Zeit zu ihm hochzusehen, stand sie auf. »Warum hat Ihr Vater die Pension nicht übernommen?«

»Meine Großeltern starben früh. Meine Oma an Brustkrebs und mein Opa an einer Blutvergiftung«, erzählte Joris, während er aus dem Fenster spähte und einen Eichelhäher beim Fressen beobachtete. »Damals fuhr mein Vater noch zur See. Außerdem war der enge Kontakt mit den stetig wechselnden Touristen nicht sein Ding. Er redet nicht viel.«

Sie stellte sich neben Joris und spürte zu ihrer Verwunderung, dass ihr Herz schneller schlug. Während sie versuchte, ihren Puls wieder unter Kontrolle zu bekommen, sah sie dem Vogel ebenfalls beim Fressen zu. Jemand hatte ein Netz mit Nüssen in einen Baum gehängt. Etwa Hilde? Anja fragte sich, ob die alte Dame vielleicht doch ein Herz hatte. »Für Ihre Tante scheint mir der Job aber auch nicht gerade geeignet zu sein. Freundlichkeit ist ein Fremdwort für sie.«

»Das liegt an Ihnen«, bemerkte er.

»Nun hören Sie aber auf!«, brach es aus Anja heraus. Sie baute sich vor ihm auf. Warnend blinzelte sie ihn an. Er hatte doch tatsächlich die Dreistigkeit, ihre Drohgebärde zu belächeln. Und was für ein Lächeln er hatte! Es konnte Steine erweichen.

»Ich erzähle Ihnen das alles, damit Sie mehr Verständnis für meine Tante aufbringen«, stellte Joris klar. Er öffnete die Glastür neben dem Panoramafenster und trat hinaus auf die Steinterrasse. »Sie war erst 26 Jahre alt, als sie die Inselpension übernahm.«

»So jung?«, fragte Anja und folgte ihm. Die Sonne schien direkt auf sie, was im Schutz des Windfangs angenehm warm war. Die Vögel zwitscherten. Es war ein herrlicher Frühlingstag.

»Sie führt das *Lüttes Glück* seit 43 Jahren und hat 69 Jahre hier gelebt.« Beschwörend sah er sie an. »An einem anderen Ort als diesem wird sie eingehen wie eine Pflanze ohne Licht.«

Das wollte sie nicht. Sie wollte nicht schuld daran sein, wenn es einem anderen Menschen schlecht ging, nicht einmal, wenn dieser stachelig war. »Sollte sie nicht längst in Rente sein?«

»Sie würde nicht viel bekommen, als Selbstständige hat sie nicht in die Rentenkasse eingezahlt.« Er stellte einen Fuß auf das kniehohe Mäuerchen, das die Terrasse umgab.

Anja fand, dass er so aufrecht und stolz dastand wie ein Kapitän auf einem Segelschiff. Seine Haltung machte klar, dass er jedem Sturm trotzen würde. Hilde konnte froh sein, jemanden wie ihn auf ihrer Seite zu haben. »Hat sie denn nicht privat vorgesorgt?«

Joris schnaubte. »Dazu war kein Geld da. Das *Lüttes Glück* war nie eine Goldgrube.«

Anjas Magen zog sich zusammen. Würde es ihr genauso ergehen? Wäre ihr die Altersarmut sicher, wenn sie die kleine Inselpension führen würde?

»Sie will auch nicht, dass ich die Rente für sie beantrage, weil es dann offiziell wäre, dass sie zum alten Eisen gehört«, erzählte er und schüttelte den Kopf.

Anja blies in den Tee. »Das ist falscher Stolz.«

»Das sehe ich genauso«, pflichtete er ihr bei.

Amüsiert bemerkte sie: »Wir werden ja wohl nicht ausnahmsweise mal einer Meinung sein.«

»Das wäre kaum zu ertragen«, frotzelte Joris und schenkte ihr erneut ein Lächeln, das ihre Knie weich werden ließ. Dann trank er von seinem Tee.

Hoffentlich merkte er ihr nicht an, dass sie ihn anziehend fand. Sie war nicht auf Partnersuche, und selbst wenn, wollte sie sich keinesfalls in einen Verwandten von Hilde Hinrichs verlieben. Aus Unsicherheit nippte sie an ihrem Tee. Prompt verbrannte sie sich die Zunge. Sie verzog das Gesicht und sog geräuschvoll die Luft ein.

»Vorsicht!«, mahnte Joris sie. »Der ist noch immer recht heiß.«

»Die Warnung kommt zu spät.« Aus den Augenwinkeln heraus sah sie, dass seine Mundwinkel zuckten. »Wie können Sie den schon trinken?«

»Wir Föhrer sind hart im Nehmen.« Demonstrativ nahm er einen weiteren Schluck.

Anja zischte, denn sie erinnerte sich daran, was Hilde zu ihr gesagt hatte. Die Insulaner seien aus einem anderen Holz geschnitzt als die Menschen vom Festland. Damit mochte sie sogar recht haben. »Ich erkenne langsam Gemeinsamkeiten zwischen Ihnen und Ihrer Tante.«

»Aus Ihrem Mund klingt das, als wäre das etwas Schlechtes. Aber so sympathisch ich Sie auch finde, ich bin nicht hier, um Freundschaft mit Ihnen zu schließen«, machte Joris unmissverständlich klar.

Der letzte Teil seines Satzes versetzte ihr einen Stich, dennoch strahlte sie ihn an und wollte neugierig von ihm wissen: »Sie finden mich sympathisch?«

»Das ist Ihnen von allem, was ich gesagt habe, am wichtigsten?«, fragte er schmunzelnd.

»Es ist nur überraschend. Man merkt es Ihnen nämlich nicht an, dass Sie mich nett finden.« Hitze kroch über ihren Hals höher. »Aber hier geht es nicht um uns.«

Er zog eine Augenbraue hoch. »Um uns?«

»Um mich«, korrigierte sie sich und fragte sich langsam, ob es ihm Spaß machte, sie in Verlegenheit zu bringen, »sondern um Ihre Tante.«

Joris sah wieder in den Garten. Die Forsythien standen in voller Blüte. Eine Dohle zog gerade einen Meisenknödel von einem Ast und flog mit der Beute davon. »Hilde muss die Pension weiterführen, um im Alter über die Runden zu kommen.«

»Das geht nicht. *Lüttes Glück* gehört jetzt mir. Begreifen Sie das endlich, Sie beide«, sagte Anja schrill vor Verzweiflung. Auf keinen Fall wollte sie Hilde mithilfe der Polizei aus dem Haus entfernen lassen. Sie brauchte Joris zur Unterstützung. Er hatte einen guten Draht zu seiner Tante und würde sie bestimmt davon überzeugen können auszuziehen. Doch noch weigerte er sich.

Traurig sah er sie an. Plötzlich gestand er ihr: »Ich hatte mitgeboten. Meine Brüder Tjorben und Arian und ich sind zur Versteigerung gefahren und haben unser ganzes Geld zusammengelegt.« Vorwurfsvoll fügte er hinzu: »Aber Sie mussten mit Ihren Geboten ja immer höher gehen.«

»Ich? Sie haben den Kaufpreis in astronomische Höhen getrieben, indem Sie nicht lockergelassen haben«, hielt Anja dagegen. Sie erinnerte sich daran, wie im Hintergrund Männer hitzig diskutiert hatten, als sie während der Auktion mit Dr. Hasselmann in telefonischem Kontakt geblieben war. Konnte das Joris mit seinen Brüdern gewesen sein?

»Jetzt habe ich kaum noch Geld für die Renovierung übrig.«

Seine Augen weiteten sich. »Dann sind Sie keine Investorin, die die Pension abreißen und ein neues protziges Gebäude errichten lassen will?«

»Nein, ich bin nur eine Frau mit Träumen. Aber ändern wird sich hier trotzdem einiges«, kündigte Anja bestimmt an.

»Das wird meiner Tante das Herz brechen«, sagte Joris missbilligend und stemmte sich mit einer Hand neben ihr am Windfang ab.

Auf Anja wirkte diese Geste nicht bedrohlich, sie hatte bereits verstanden. Wenn er sprach, war sein ganzer Körper in Bewegung. Er gestikulierte, ohne wild herumzufuchteln, und hatte eine lebhafte Mimik. Sie konnte seine Gefühle an den schönen grünen Augen ablesen. Er strotzte vor Kraft.

Ganz im Gegensatz zu Ralf, dachte Anja.

Ihr Ex schob gerne die Hände in die Taschen, wenn er redete. Auf seinem Gesicht bewegte sich nicht viel. Früher hatte sie das als Zeichen von Überlegenheit gedeutet. Jetzt wo sie sah, wie emotional sich Joris verhielt, kam ihr der Gedanke, dass Ralf versucht hatte, seine Unsicherheit hinter einer gewissen Arroganz zu verbergen.

Sie hatte gedacht, er wäre sehr selbstbewusst und darum gelassen. Oft hatte er so gewirkt, als würde er über den Dingen stehen. Doch nun glaubte sie, dass er alle getäuscht hatte, selbst Anja.

Joris hatte es anscheinend gar nicht nötig, etwas zu verstecken. Er wirkte authentisch und war sehr offen zu ihr. Das beeindruckte Anja.

Ihr Körper kribbelte angenehm, was vollkommen unpassend war, denn Joris starrte sie verstimmt an. Doch dann veränderte sich sein Blick. Erst wurde er weich, dann glühend. Er ging ihr durch und durch. Ihr Herz wummerte wie verrückt. Ihr fiel das Atmen schwerer. Die Umgebung verschwamm.

Für Anja wurde die Welt so klein, dass nur noch Joris und sie Platz darin fanden.

Dann war der Moment auch schon wieder vorbei. Joris stieß sich von der Wand ab und trat zurück. Sein Brustkorb hob und senkte sich rasch. Verlegen fuhr er sich übers kurze, dunkle Haar und trat einen Schritt zurück.

»Das war noch nicht das letzte Wort«, stellte er klar. »Wir werden uns wiedersehen.«

Für Anja klang das nicht wie eine Drohung, sondern wie ein Versprechen. Mit Herzklopfen sah sie ihm hinterher, als er von der Terrasse in den Frühstücksraum trat und seine Jacke auszog, als wäre ihm plötzlich heiß. Sie blieb mit einem Lächeln im Gesicht im Garten zurück.

Kapitel 9

Nach dem Gespräch mit Joris hatte Anja gute Laune, und das, obwohl es nicht den Anschein hatte, als wollte er ihr helfen, Hilde vom Auszug zu überzeugen. Sie wusste selbst nicht, woher ihr Stimmungshoch kam.

Vergnügt lieh sie sich von Birthe ein Fahrrad aus, um quer über die Insel zu fahren. Sie wollte das Nötigste einkaufen und gleichzeitig Orte besuchen, die sie bei den Familienurlauben lieben gelernt hatte. Föhr kam ihr seltsam fremd vor, darum suchte sie die alte Vertrautheit.

Sie kannte das Marschland kaum. Als Kind hatte es keinen Reiz auf sie ausgeübt. Sie hatte viel mehr Zeit am Strand und in Wyk verbracht. Ausflüge hatten sie und ihre Familie meistens in die größeren und bekannteren Inseldörfer geführt. Wenn Anja in jungen Jahren durch die Marsch gewandert oder geritten war, hatte sie der Natur wenig Aufmerksamkeit geschenkt. Hier gab es für ein Kind nicht viel Interessantes.

Als Erwachsene wusste sie jedoch die Ruhe zu schätzen, und sie erkannte, warum Föhr auch die grüne Insel genannt wurde. Das Eiland war eine Perle, die nicht auf den ersten Blick glänzte, wie Sylt es tat, aber genau diese einfache Schönheit gefiel Anja. Sie war ehrlich und bodenständig.

So wie Joris, kam es ihr in den Sinn. Bei dem Gedanken an ihn schlug ihr Herz schneller.

Als Anja mit dem Rad aus Walsum herausfuhr, kam sie an einem Bauernhof und einer einsamen Kate, die unbewohnt wirkte, vorbei, aber sie erkannte nichts davon aus ihren Urlauben wieder.

Die schier unendliche Weite des Marschlands beeindruckte sie. Das satte Grün der Wiesen und Felder und das sanfte Hellblau des Himmels an diesem Frühlingstag lösten bei ihr Wohlbehagen aus. Die Luft war klar. Anja konnte freier durchatmen als in Köln.

Im Kontrast zum betongrauen Straßendschungel der Großstadt und ihrer ewigen Betriebsamkeit war die Marsch ein Kulturschock, aber ein angenehmer. Kein Stress, kein Stau und auch keine Partnerschaft mehr, in der sie sich eingeengt fühlte.

Hier auf Föhr ist alles möglich, dachte Anja euphorisch.

Durch die Marsch zu radeln, war Balsam für ihre Seele. Als sie Midlum ansteuerte, nahm sie sich vor, am nächsten Tag in den Osten der Insel zur Boldixumer Vogelkoje zu fahren, danach einen langen Spaziergang auf dem Deich zu machen und die Eindrücke der herrlichen Natur aufzusaugen.

Sie wusste nicht, wann sie zum letzten Mal die Seele hatte baumeln lassen. Die Werbeagentur hatte sie die meiste Zeit auf Trab gehalten, und selbst an den wenigen freien Tagen hatte sie nur schlecht abschalten können. Doch nun, da der Fahrtwind ihr den Duft von frisch gemähtem Gras und salziger Meeresluft um die Nase wehte, war sie seit Langem das erste Mal wieder vollkommen entspannt.

Überrascht nahm Anja wahr, wie viele Vögel sich auf den Wiesen tummelten. Dabei staunte sie nicht nur über die Artenvielfalt, sondern auch über die schiere Masse. Sie hatte ja gewusst, dass das Marschland als Brut- und Rastgebiet diente, aber es mit eigenen Augen zu sehen, beeindruckte sie.

Bis jetzt hatte sie gedacht, es wäre ungünstig, erst im Frühling auf ihre Lieblingsinsel zu ziehen, denn es würde Zeit kosten, das *Lüttes Glück* zu renovieren, und die hatte sie nicht. Sie würde wahrscheinlich die Hauptsaison dieses Jahr nicht mitnehmen können und somit auf einiges an Einnahmen verzichten müssen. Doch nun dachte sie anders darüber. Der Frühling schien ihr perfekt für einen Neustart auf Föhr, vielleicht nicht beruflich, aber privat auf jeden Fall. Sie hatte sich vorgenommen, die Arbeit nicht mehr stets über ihre Bedürfnisse zu stellen und mehr für ihre Work-Life-Balance zu tun.

Während Anja durch Midlum fuhr, fiel ihr auf, dass ihr immer wieder Gedanken darüber durch den Kopf schossen, wie sie die Renovierung der kleinen Inselpension angehen könnte. Es widerstrebte ihr nicht mehr so sehr zu bleiben wie am Abend zuvor. Immer noch hegte sie Zweifel, was ihren Neustart auf Föhr betraf, aber sie waren kleiner geworden.

Beschwingt radelte sie nach Wyk und fuhr zu Orten, die sie als Kind geliebt hatte. Doch die Seehunde am Brunnen vor dem Rathaus sahen nicht so niedlich aus, wie sie sie in Erinnerung gehabt hatte. Sie hatte zudem geglaubt, dass es mindestens fünf wären und nicht bloß drei. Und die Walknochen vor dem Friesenmuseum hatten größer gewirkt.

All das machte ihr bewusst, dass ihre Erinnerungen an Föhr von der Urlaubsstimmung schöngefärbt waren.

Außerdem hatte sie die Insel mit Kinderaugen gesehen. Sie fürchtete, dass sie nun als Erwachsene enttäuscht werden könnte.

Freilich hatte sie die Insel vor sechs Jahren noch einmal mit ihrer schwerkranken Mutter Martina besucht, aber da hatte sie sich vor Kummer und Sorgen auf deren Wohlergehen konzentriert.

Als Anja das Fahrrad abstellte, wurden ihre Augen feucht. Aber sie blinzelte ihre Tränen fort. Ihre Mutter hätte nicht gewollt, dass sie traurig war, wo doch gerade ein neuer, aufregender Lebensabschnitt für sie begann.

Sie nahm sich Zeit und spazierte durch die alten Gassen, von denen einige unter Denkmalschutz standen. Neugierig sah sie sich in einem Souvenirshop um, kaufte jedoch nichts. Ein Andenken brauchte man nur, wenn man die Insel wieder verlassen würde. Sie durfte bleiben.

Wenn die Touristen um mich herum das wüssten, würden mich bestimmt viele von ihnen beneiden, dachte Anja und wurde sich wieder bewusst, wie glücklich sie sich schätzen durfte.

Entspannt flanierte sie über die Uferpromenade. Sie freute sich, endlich wieder hier zu sein, doch es fühlte sich anders als während ihrer Urlaube damals an. War das verwunderlich? Natürlich nicht, sie kam jetzt schließlich nicht als Touristin, sondern wollte hier leben.

Es wimmelte von Menschen auf dem Sandwall, sodass Anja doch kein Eis auf der Seebrücke aß. Das würde sie ein andermal nachholen. Sie hatte genug Zeit, musste nicht wie früher alles, was sie tun und erleben wollte, in zwei Wochen Urlaub packen.

Mit knurrendem Magen kaufte sie im Supermarkt Kaffee, Weidemilch und Butter ein. Dann fuhr sie über Umwege nach Walsum zurück.

Voller Elan radelte sie nach Nieblum und aß dort mit großem Genuss eine frische Waffel mit Pflaumenmus. Während sie ihr Rad durch den Ort schob, staunte sie darüber, wie viele Blumen und Sträucher in den Bauerngärten der Reetdachhäuser schon blühten, und bewunderte einmal mehr die Kapitänshäuser.

Eine Weile setzte sie sich auf eine Bank am Ententeich im Park *An de Meere* und beobachtete in Seelenruhe die Vögel, was sie als Luxus empfand. Kein Terminstress, ihr Handy klingelte nicht ständig, und in der Pension würden keine Hunderte von E-Mails auf sie warten, die beantwortet werden mussten. Vor allen Dingen brauchte sie kein schlechtes Gewissen zu haben, weil sie einfach nur dasaß und nichts tat. Genüsslich reckte sie sich.

Bevor Anja weiterfuhr, kaufte sie im *Alten friesischen Teehaus* noch grünen Tee und ein Teeei, denn in der Pension gab es nur Beuteltee und den hielt sie für eine kulinarische Sünde.

In Borgsum im Hofladen des Bauernhofs Nielsen entschied sie sich für die Sanddornmarmelade und den Holunderblütensirup und freute sich über das Wiedersehen mit einer der drei Holländerwindmühlen Föhrs. Mit jedem vertrauten Anblick kam sie mehr auf der Wattenmeerinsel an.

Bei *Föhrer Inselkäse*, einem Hofladen in Alkersum, nahm sie Käse mit Gartenkräutern und Halligmettwurst mit. Sie konnte es kaum erwarten, Birthes selbst gebackenes Brot mit den Köstlichkeiten zu essen.

Der Wind wehte stark über die Marsch, kein Hügel, kein Baum oder Inseldorf bremste ihn ab. Auf den letzten Kilometern ihres Rückwegs musste Anja kräftig in die Pedale treten. Es tat gut, sich zu bewegen. In Köln hatte sie sich oft vorgenommen, Sport zu treiben, aber nie die Zeit oder den Antrieb dazu gefunden. Das Radfahren im Stadtverkehr stresste sie, hier auf Föhr machte es ihr großen Spaß.

Als sie am *Lüttes Glück* ankam, rang sie nach Atem, aber sie strahlte. Ihre Haut war kühl, aber innerlich glühte sie. Ihre Muskeln brannten von der Anstrengung. Jetzt am Nachmittag stand die Sonne direkt über der kleinen Inselpension, Anja genoss die sanfte Wärme.

Sie spähte hinüber zum Deich und konnte die Entfernung schwer einschätzen. Vielleicht würde sie am Abend einen Spaziergang dorthin machen. Sie wollte herausfinden, wie weit er tatsächlich weg war und ob dahinter ein kleiner Strand lag, ob es da noch Salzwiesen gab oder bereits das Meer anfing.

Voller Vorfreude auf den weiteren Ausflug stellte sie ihren Einkaufskorb auf die Stufen vor dem Eingang zur Pension. Sie brachte Birthe das Fahrrad zurück und bedankte sich. Zufrieden trug sie die Einkäufe in die Küche und räumte sie in den Kühlschrank. Während sie noch überlegte, ob sie sich einmal frisch machen oder erst einen Becher Tee kochen und ihn mit in ihre Wohnung nehmen sollte, kam Hilde Hinrichs herein. Als sie Anja sah, blieb sie stehen und riss die Augen auf.

Anjas Magen zog sich zusammen. Sie wollte nicht schon wieder streiten.

Zu ihrer Überraschung warf Frau Hinrichs eine Dose

Katzenfutter in den Mülleimer. Sie stellte einen Unterteller ins Spülbecken und legte einen Esslöffel darauf.

»Haben Sie die schwarze Katze mit dem weißen Fleck auf der Stirn gefüttert?«, fragte Anja.

»Ist das etwa verboten?«, gab die alte Dame schnippisch zurück.

Sie hat tatsächlich ein Herz, dachte Anja und fragte sich, ob es nur für Tiere oder auch für Menschen schlug. »Ich liebe Katzen. Gehört sie Ihnen?«

»Gott bewahre, nein! Der Kater kommt mir ins *Lüttes Glück* nicht rein. Manche Gäste mögen keine Haustiere, wegen der Haare und dem Geruch.« Frau Hinrichs zeigte in Richtung Garten. »Er kriegt sein Futter immer auf der Terrasse. Da stört es keinen.«

Anja machte sich Sorgen um den süßen Kerl. Hatte er ein liebevolles Zuhause, das sich um ihn kümmerte, wenn es ihn nicht gerade ins Marschland hinauszog? »Ist er ein Freigänger oder ein Streuner?«

»Er hat ein Zuhause, bei Godo Haase«, erzählte Hilde Hinrichs und verzog das Gesicht.

Anscheinend hielt sie nicht viel von dem Mann. Aber wahrscheinlich traf das auf die meisten Menschen zu. Erst recht auf mich, dachte Anja. »Der wohnt aber nicht in Walsum.«

»Schlaues Mädchen«, bemerkte Hilde spitz. Als Anja sie warnend anblinzelte, erklärte sie rasch: »Das wäre ihm hier zu eng.«

»Bei vier Wohnhäusern und einem Schafstall?«, fragte Anja verwundert.

»Ja, er ist recht kauzig und bleibt lieber für sich.« Die

alte Frau holte ein sauberes Trockentuch aus dem Schrank unter der Spüle. »Er wohnt in der Kate, nicht weit weg von hier.«

»An der bin ich heute Mittag vorbeigeradelt. Ich dachte, sie würde leer stehen«, sagte Anja und erinnerte sich, dass das Haus einen heruntergekommenen Eindruck gemacht hatte. Die Klappläden am Gebäude waren zum Teil aus den Angeln gerissen. Ein Fenster war zerbrochen und notdürftig mit Pappe geschlossen worden. Den Zaun, der einst das Grundstück umgeben hatte, konnte man nur noch erahnen. Im Garten wucherte das Gras, die Marsch hatte ihn schon fast zurückerobert.

»Nein, tut sie nicht. Godo lebt schon immer darin und lässt das Haus verfallen. Er hat kein Geld, um es reparieren zu lassen, und zwei linke Hände, kann es also nicht selbst tun. Ich glaube, es ist ihm auch egal.« Als Hilde Hinrichs fortfuhr, klang sie besorgt: »Irgendwann wird ihm das Haus über dem Kopf einstürzen und ihn begraben.«

Entsetzt keuchte Anja. Übertrieb die 69-Jährige oder stand es wirklich so schlimm um die Kate? »Sollten wir Godo Haase nicht helfen?«

»Haben wir nicht genug eigene Probleme?« Hilde Hinrichs sah sie vorwurfsvoll an.

Damit hat sie recht, musste Anja zähneknirschend zugeben. Aber aufgeschoben war ja nicht aufgehoben. »Wie heißt der Kater eigentlich?«

»Kimi. Godo nennt jede seiner Katzen so, egal ob weiblich oder männlich.« Hilde schnaubte.

»Damit er sich den Namen besser merken kann?«, fragte Anja.

»Nein.« Hilde Hinrichs rümpfte die Nase. »Das macht er nur, um mich zu ärgern.«

»Warum denken Sie das?«

Ausweichend antwortete die Frau: »So ist er eben.«

»Warum sollte er Sie ärgern wollen?« Und das ausgerechnet mit einem Katzennamen. Was für eine abwegige Vorstellung.

»Sie kennen ihn eben nicht.« Hilde Hinrichs wischte die Arbeitsfläche der Küche feucht ab und arbeitete dann mit dem Trockentuch nach. »Er redet nicht viel, hat er noch nie, findet aber trotzdem Wege, seine Mitmenschen zu verletzen.«

Der Name Kimi schien schmerzhafte Gefühle in ihr auszulösen. An wen mochte er sie erinnern? Anja ahnte, dass sie nicht mehr aus Hilde herausbekommen würde, wenn sie direkt nachfragte. Also versuchte sie es über Umwege. »Kennen Sie Godo Haase gut?«

»Gut genug, um zu wissen, dass ich ihn nicht mag«, antwortete sie und knüllte das Trockentuch zusammen.

Irritiert wollte Anja wissen: »Warum füttern Sie dann seinen Kater?«

»Kimi kann ja nichts für seinen Besitzer.« Hilde ließ das Tuch aus ihrem Würgegriff und glättete es.

Anja ließ nicht locker. »Woher kennen Sie Godo Haase?«

»Föhr ist eine kleine Insel«, sagte sie und wusch den Spüllappen aus. »Hier kennt jeder jeden.«

»Da hat Birthe mir aber etwas anderes erzählt«, wandte Anja argwöhnisch ein. »Sie hat gemeint, dass einige Insulaner nicht einmal wissen, dass Walsum überhaupt existiert. Die Dorfbewohner wären wie die Geister von Föhr, hat sie gesagt. Sie existieren, aber kaum jemand nimmt sie wahr.«

»So ein Unsinn!«, erwiderte die Vorbesitzerin. »Früher kannte jeder jeden. Und Godo und ich sind beide auf Föhr geboren. Die Alteingesessenen kennen sich, das meinte ich.«

Anja hatte das Gefühl, auf der richtigen Spur zu sein. »Dann sind Sie zusammen aufgewachsen und zur Schule gegangen?«

»Auf einer Insel kann man sich nur schwer aus dem Weg gehen. Wir waren im selben Kindergarten und besuchten dieselbe Grundschule und später …« Plötzlich bekam Hilde Hinrichs feuchte Augen. Verlegen wandte sie sich ab. Sie schob die Ärmel ihres rosafarbenen Pullovers hoch, drehte den Wasserhahn auf und hielt die Hand darunter, wohl um zu fühlen, wann das Wasser heiß wurde. »Wir haben genug über ihn geredet.«

Anja ahnte, dass die beiden eine gemeinsame Geschichte verband, doch von Hilde würde sie bestimmt nichts darüber erfahren. Das Gespräch über Godo Haase hatte die alte Dame aufgeregt. Hinrichs' Hand war schon ganz rot vom heißen Wasser, aber sie hielt sie weiterhin unter den Strahl.

Anja hatte Mitleid mit ihr, obwohl sie sie nicht einmal besonders gut leiden konnte. Darin lag ihr Grundproblem. Sie würde es nicht übers Herz bringen, die ehemalige Pensionsbesitzerin einfach vor die Tür zu setzen. Also musste sie Hilde Hinrichs davon überzeugen, freiwillig auszuziehen. Doch jetzt war nicht der richtige Moment, um das Thema anzusprechen.

»Es tut mir leid, dass ich Sie heute Morgen eine Giftspritze genannt habe«, sagte Anja. »Das hätte ich nicht tun sollen. Es sieht mir gar nicht ähnlich, jemanden zu beleidigen.«

»Ihre Nerven liegen eben blank. Sie sind weit weg von zu Hause und ganz allein.« Umständlich spülte Hilde den Katzenteller und einige Teetassen, die wohl schon etwas länger im Spülbecken standen. Ihre Wangen röteten sich, als sie heiser hinzufügte: »Außerdem hatte ich es verdient.«

Ermutigt durch Hildes Worte, ging Anja noch einen Schritt weiter: »Sollen wir uns nicht duzen?«, schlug sie vor. »Wir wohnen schließlich zurzeit unter einem Dach.«

»Von mir aus können wir das tun, ich bin da nicht altmodisch«, erwiderte Hilde und räumte das Geschirr geräuschvoll weg. »Aber das wird nichts zwischen uns ändern.«

Wir werden sehen, dachte Anja zuversichtlich. »Es ist ein Anfang.«

»Glaube ja nicht, dass ich ab jetzt nett zu dir bin«, zischte Hilde, und Anja dachte, sie spiele auf das Duzen an. »Nur weil Joris mich darum gebeten hat«, fuhr die alte Frau jedoch fort.

Anjas Herz schlug schneller. »Hat er das?«

»Und Finger weg von den Krabben! Die hat er mir mitgebracht. Du kriegst das obere Fach im Kühlschrank und die rechte Schublade und ich das untere Fach und die linke Schublade.« Hilde verließ die Küche, ohne abzuwarten, ob Anja damit einverstanden war.

Es handelt sich wohl um eine Anweisung und nicht um einen Vorschlag, dachte Anja amüsiert. In diesem Moment war sie nachsichtig, weil sie sich langsam an Hildes schroffe Art gewöhnte und weil Joris seine Tante gebeten hatte, umgänglicher zu sein.

Stand er etwa doch auf ihrer Seite? Es war doch verständlich, wenn er Hilde in Schutz nahm und verhindern wollte, dass sie auf der Straße landete. Aber vielleicht versuchte er sie auch schon davon zu überzeugen, dass sie sich vom *Lüttes Glück* verabschieden musste.

Unter Umständen hatte er seiner Tante aber auch nur geraten, die Füße stillzuhalten, bis er eine Möglichkeit fand, wie sie Anja loswerden und die kleine Inselpension zurückbekommen konnten. Immerhin hatten er und seine Brüder bei der Versteigerung mitgeboten. Sie meinten es also ernst, den Übernachtungsbetrieb in der Familie behalten zu wollen.

Anja nahm sich fest vor, Joris auf den Zahn zu fühlen und nicht lockerzulassen, ehe sie wusste, womit sie bei ihm rechnen musste. Aber war das wirklich der einzige Grund, warum sie ihn wiedersehen wollte?

Als sie vor dem Küchenfenster eine Bewegung wahrnahm, beschleunigte sich ihr Puls. War Joris zurückgekehrt? Aufgeregt und hoffnungsvoll spähte sie hinaus auf den Dorfanger. Doch der Wagen, der vorfuhr, war nicht Joris' neptunblauer Bulli, und er hielt auch nicht vor *Lüttes Glück*, sondern vor Sören Schippmanns Haus.

Ein Mann mittleren Alters und von gedrungener Gestalt stieg aus. Grimmig dreinblickend schritt er zur Haustür und klingelte. Als niemand öffnete, schlug er mit der Faust gegen die Tür. Anja konnte ihn durch die Scheibe Sörens Namen brüllen hören.

»Ich bin's, Peer. Mach auf! Du hast deine Schafe mal wieder nicht im Griff!«, rief er. Sein Stiernacken bebte. »Sie sind vom Deich runter auf mein Feld, trampeln gerade mein

Weizengras nieder und fressen es ab. Das wirst du mir bezahlen! Und ein Lamm kriege ich zum Schlachten als Entschädigung obendrauf. Hast du verstanden?« Er hielt kurz inne, aber Sören tauchte nicht auf.

Dass er Sören nicht zusammenstauchen konnte, regte ihn anscheinend noch mehr auf, er redete sich in Rage: »Wann lernst du es endlich, die Viecher richtig zu sichern? Dein Zaun aus Knotengeflecht ist Kinderkram. Nimm endlich einen Elektrozaun! Wenn ich deine Herde noch mal auf meinem Grund und Boden finde, knalle ich sie ab.«

Was für ein freundlicher Zeitgenosse, dachte Anja und rümpfte die Nase. Mit so jemandem wollte sie lieber nichts zu tun haben.

Mit hochrotem Gesicht stapfte der Getreidebauer zu seinem Wagen zurück. Da fiel sein Blick auf Kimi, der auf der Sitzbank in der Dorfmitte lag und in der Sonne döste. Seine Miene wurde noch finsterer.

Anjas Schultermuskeln spannten sich an. Sie wagte kaum zu atmen.

Peer öffnete den Kofferraum und nahm einen Spaten heraus. Forsch ging er auf den Kater zu. Er hielt den Spaten mit beiden Händen fest und hob ihn über den Kopf.

Vor Schreck gab Anja einen Schrei von sich. Sie rannte entsetzt aus der Pension und rief: »Lassen Sie den Kater in Ruhe!«

»Halten Sie sich da raus!« Drohend näherte er sich Kimi, der ängstlich von der Bank sprang, unter die Weide flüchtete, wo er einen Buckel machte und fauchte.

Der grobschlächtige Mann würde zuschlagen, daran hatte Anja keinen Zweifel. Hilfesuchend schaute sie zu den anderen Häusern, aber weder Hilde noch die Lohses oder die Paulsens schienen da zu sein oder mitzubekommen, welches Drama sich in Walsum abspielte. Sie war auf sich allein gestellt, konnte Kimi keine Sekunde allein lassen, um Unterstützung zu holen.

»Suchen Sie sich ein anderes Ventil für Ihre Wut!«, rief sie Peer nervös zu. »Gehen Sie im Meer schwimmen, um abzukühlen, oder schlagen Sie Holz, falls Sie einen Kamin haben.«

»Was reden Sie für eine gequirlte Scheiße?«, fragte der Mann und ließ den Spaten sinken.

»Ich habe alles mitbekommen, so laut wie Sie gebrüllt haben. Das hat man bestimmt bis nach Midlum und Oldsum gehört.«

Peer spuckte auf den Boden. »Das geht Sie einen Dreck an.«

»Sie sind sauer auf Sören, und weil er nicht zu Hause ist, wollen Sie Ihren Groll an Kimi auslassen.« Ihr Puls raste, als sie sich dem Bauern in den Weg stellte. Eine Wolke schob sich vor die Sonne. Augenblicklich fröstelte Anja. »Das werde ich nicht zulassen.«

Er musterte sie von oben bis unten und lachte abfällig. »Sie?«

»Ja, verdammt«, zischte Anja und atmete tief ein, um ihre Angst zu überspielen.

»Sie kommen nicht von Föhr, das höre ich Ihnen an. Dann wissen Sie nicht, dass es auf der Insel eine Katzenplage gibt. Also halten Sie mal besser die Fresse«, schrie er ungehalten und hob den Spaten wieder hoch. »Nur eine tote Katze ist eine gute Katze.«

Abwehrend riss Anja die Arme hoch. »Kimi steht unter meinem Schutz.«

»Seit wann nimmt Hilde denn wieder Feriengäste auf?«, wollte er auf einmal wissen und sah kurz zur Pension rüber.

»Ich wohne jetzt hier«, sagte sie mit zittriger Stimme. »Das *Lüttes Glück* gehört mir, ich habe es gekauft.«

»Da hätten Sie Ihr Geld auch gleich im Klo runterspülen können.« Er lachte sie aus und stützte sich auf dem Spaten ab. »Fahren Sie heim! Sie werden bei uns nie einen Fuß in die Tür bekommen.«

»Das habe ich schon«, sagte sie selbstbewusster, als sie sich fühlte, und dachte dabei an das nette Gespräch mit Birthe. Aber Birthe stammte selbst nicht von Föhr. Kein Wunder, dass sie Anja gegenüber offener war, sie hatte selbst wohl ähnliche Erfahrungen gemacht.

»Sie werden immer die Zugezogene bleiben, eine Außenseiterin«, spie er verächtlich aus und zeigte mit dem Spaten auf sie. »Wir Föhrer werden Sie nie akzeptieren.«

Anjas Augen wurden feucht. Vielleicht hatte er recht. Dennoch hob sie kämpferisch das Kinn. »Das werden wir ja sehen«, erwiderte sie.

»Wenn Sie sich in unsere Angelegenheiten einmischen, könnte das schlecht für Sie ausgehen. Hier in der Marsch kann es manchmal sehr einsam werden, und Sie stehen ganz allein da«, drohte Peer ihr unverhohlen.

Sie zitterte so stark, dass sie es nicht verbergen konnte, rührte sich aber nicht vom Fleck. Denn Kimi lief nicht weg, um sich in Sicherheit zu bringen, wie sie gehofft hatte, sondern starrte Peer, regungslos hinter der Sitzbank unter der Trauerweide kauernd, an. Mit seiner Haltung machte er klar, dass er einen Angriff des Bauern mit Krallen und Zähnen abwehren würde.

Mutiger kleiner Kater, dachte Anja. Sie sah wieder zu Peer und hielt den Atem an. Wie weit würde er gehen?

Plötzlich bemerkte sie jemanden neben sich und drehte sich um. Es war Joris Graf, er stand da, sein Fahrrad neben sich.

Sie erschrak, hatte sie ihn, gebannt von der Situation mit Peer, doch nicht kommen hören. Erleichtert stieß sie die Luft aus.

Er stellte sein Rad einfach auf der Straße ab und trat schützend vor sie, wie er es am Morgen bei Hilde getan hatte. »Sie ist nicht allein.«

Anjas Herz schlug schneller, diesmal nicht vor Angst. Zugleich legte sich ihr Zittern. Mit ihm an ihrer Seite fühlte sie sich stark.

»Halt dich da raus, Joris!«, fuhr Peer ihn an.

Joris stemmte die Hände in die Hüften. »Nein, das werde ich nicht.«

»Du weißt gar nicht, worum es geht«, rief der Getreidebauer und rammte den Spaten in den Boden.

»Das muss ich auch nicht. Ich sehe, dass du dabei bist, einen schweren Fehler zu begehen, und das reicht mir. Lass Frau Blumenthal in Ruhe!«

»Stehst du auf sie, oder was?«, fragte Peer und grinste jetzt plötzlich anzüglich.

Hitze stieg in Anjas Wangen. Sie wünschte, sie könnte Joris' Mimik sehen, doch er stand weiterhin mit dem Rücken zu ihr. Seine Haltung wirkte gelassen und selbstsicher.

»Fahr nach Hause!«, forderte er Peer ruhig, aber bestimmt auf.

»Du hast mir gar nichts zu sagen. Ihr Inselgrafen denkt, Föhr würde euch gehören, aber das ist Bullshit. Hört auf, euch aufzuspielen«, brüllte der stiernackige Mann und trat dicht an Joris heran.

Die beiden würden sich doch wohl nicht prügeln, dachte Anja entsetzt. Die Situation durfte nicht eskalieren, Joris durfte nicht verletzt werden.

Ein paar endlose Sekunden lang standen sich die beiden Männer Auge in Auge gegenüber. Dann brummte Peer verdrossen, stieg in sein Auto und fuhr mit quietschenden Reifen davon.

»Danke für Ihren Beistand«, sagte Anja zu Joris. Ihr Puls beruhigte sich langsam wieder. »Ich danke Ihnen wirklich sehr.«

Joris drehte sich zu ihr um. »Gern geschehen, aber das war doch selbstverständlich.«

Nein, war es nicht, wusste sie aus ihrer Erfahrung mit Ralf. »Dieser Mann wollte Kimi erschlagen«, rief sie aufgebracht.

»Hätten Sie sich ihm nicht in den Weg gestellt, hätte er das vermutlich tatsächlich getan.« In sanftem Ton schalt er sie: »Es war dumm, Peer allein die Stirn zu bieten.«

»Mag sein«, gab sie zu, »aber ich würde es jederzeit wieder tun.«

Nachsichtig lächelte Joris Graf sie an.

»Was für ein unangenehmer Zeitgenosse!« Anja schüttelte sich und rieb über die Gänsehaut auf ihren Oberarmen. »Er wollte eigentlich zu Sören Schippmann. Dessen Schafherde ist wohl ausgebrochen und frisst Peers Weizen.«

»Peer Riewerts bewirtschaftet den Bauernhof, den Sie von hier aus sehen können«, erklärte Joris und zeigte in die Richtung, in der das Gehöft und Godo Haases Kate lagen. »Ich verstehe seine Verärgerung. Es ist nicht leicht hier auf der Insel, viele Föhrer haben mehrere Jobs, und viele Bauern kämpfen ums Überleben, auch Peer. Sein Hof wird schon seit Generationen von seiner Familie geführt, und er will nicht derjenige sein, der ihn schließen muss. Daran würde er kaputtgehen. Wenn ein Teil der Ernte ausfällt, kann das bereits existenzgefährdend sein.«

Anja nickte, das war sehr nachvollziehbar. »Dann ist seine Wut in Wahrheit Verzweiflung?«

»Ja, aber das rechtfertig nicht, dass er sich aufgeführt hat wie ein wildgewordener Stier. Ich rede noch einmal mit ihm, wenn er sich beruhigt hat.« Er sah hinüber zum Schafstall. »Am besten, ich nehme Sören mit und versuche, zwischen den beiden zu vermitteln.«

»Meinen Sie, das bringt etwas? Könnte Ihr Einschreiten nicht noch wie Öl ins Feuer wirken?«

»Sie meinen, weil Peer mir und meinen Brüdern vorgeworfen hat, wir würden uns überall einmischen?«, fragte Joris Graf und schmunzelte.

»Ja.«

Bei seinem Lächeln wurde es Anja warm. Rasch sah sie zu Kimi, der immer noch verängstigt unter der Trauerweide lauerte und sich nicht traute herauszukommen. Armer, kleiner Kerl, dachte sie.

»Der Vorwurf hat mich nicht getroffen, denn er stimmt und ich stehe dazu. Arian, Tjorben und ich tun alles für die Gemeinschaft auf Föhr.« Joris' Stimme gewann an Schärfe.

»Und ich werde damit nicht aufhören, ob das Peer passt oder nicht.«

Sie blinzelte ihn an und frotzelte: »Ihre Dickköpfigkeit ist genauso dumm oder mutig wie das, was ich getan habe.«

Er lachte. »Mag sein, aber Sören ist viel zu nett. Er würde sich von Peer über den Tisch ziehen und runtermachen lassen. Das werde ich nicht zulassen.«

»Was meinte Peer mit Inselgrafen? Ist das eine offizielle Bezeichnung?«

»Nein. Wie gesagt, Arian, Tjorben und ich engagieren uns sehr auf der Insel. Und dann unser Nachname … Daher der Spitznamen. Die meisten meinen das anerkennend, aber einige wenige auch herablassend. Es ist unschwer zu erraten, zu welcher Gruppe Peer gehört.« Joris zog eine Augenbraue hoch. Plötzlich legte er die Hände an ihre Oberarme und sah ihr tief in die Augen. »Geht es Ihnen gut? Das hätte ich schon viel früher fragen sollen.«

»Ja, alles in Ordnung, danke. Peer hat mich bloß erschreckt.« Anjas Knie wurden weich. Dort, wo Joris sie berührte, kribbelte ihre Haut. Es breitete sich eine angenehme Wärme in ihr aus.

Er ließ wieder los. »Dann bin ich beruhigt.«

»Sie haben mir das Leben gerettet«, sagte Anja scherzend und merkte überrascht, wie weich ihre Stimme mit einem Mal klang. »Sollten wir uns dann nicht wenigstens duzen?«

Joris Graf zögerte. Vielleicht fragte er sich, wie seine Tante darüber denken würde. Schließlich antwortete er: »Einverstanden.«

Er nahm eine Zinkwanne mit Primeln, Tulpen und Osterglocken aus dem Fahrradkorb und drückte sie Anja in die Hände. »Ich muss zurück zur Arbeit«, verabschiedete er sich dann.

»Die Blumen sind aber hübsch.« Mit leuchtenden Augen betrachtete sie sie.

Erstaunlich eigentlich, dass er schon das zweite Mal an diesem Tag bei seiner Tante vorbeikam. Walsum lag nicht auf seinem Weg, egal wohin er unterwegs war. Er musste extra einen Abstecher in die Marsch machen. Sollte er um diese Zeit nicht in seiner Strandkorb-Manufaktur sein? Aber er hatte sich die Zeit für einen weiteren Besuch genommen. Warum? Was war ihm so wichtig? War seine Sorge um seine Tante so groß? Oder hatte er Anja wiedersehen wollen?

Joris stieg auf sein Rad und fuhr los.

Verdutzt betrachtete sie die Frühlingsblüher, die sie noch immer in den Händen hielt. »Was ist mit den Blumen?«, rief sie ihm hinterher. »Soll ich sie Hilde geben?«

»Behalte sie!«, antwortete er mit einem Lächeln in der Stimme und trat in die Pedale.

War die bepflanzte Zinkwanne ein Willkommensgeschenk? »Sind die etwa für mich?«

Joris blieb ihr eine Antwort schuldig. Am Ortsschild warf er einen langen Blick zurück, der in Anja heftiges Herzklopfen auslöste. Dann verließ er Walsum.

Wäre Joris nicht mit Hilde verwandt, hätte sie jetzt schon einen sehr guten Grund, auf Föhr zu bleiben, dachte sie und lächelte verträumt.

In diesem Moment fasste Anja den Entschluss, dem *Lüttes Glück* eine Chance zu geben. Jeder andere Käufer würde die kleine Inselpension abreißen lassen, die Vorstellung tat Anja in der Seele weh. Das *Lüttes Glück* mit seinem Shabby-

Chic-Charme gehörte genauso zu Walsum wie die Echte Trauerweide und der dezente Geruch nach Schaf, der durch das Dorf wehte.

Außerdem musste sie doch Kimi vor Peer schützen und ihn füttern, wenn Hilde auszog. Auch jeder andere neue Besitzer würde sie vor die Tür setzen, bestimmt recht unsanft, anders als Anja es vorhatte.

Jedenfalls wollte sie bleiben und auf Föhr ihr Glück versuchen.

Kapitel 10

Kimi tat Anja leid. Der Kater hatte sich immer noch nicht von seinem Platz bewegt, dabei war Peer längst weg. Vermutlich hatte der Bauer Kimi schon öfters gejagt.

Langsam ging sie neben der Sitzbank in die Hocke. Zuerst wich der Kater vor ihr zurück, doch dann kam er wieder näher und beäugte sie. Mit einer Engelsgeduld lockte sie ihn heraus. Sie hatte nicht damit gerechnet, dass er sich von ihr hochheben lassen würde, aber er wehrte sich nicht.

Während sie mit sanfter Stimme auf ihn einredete, setzte sie sich auf die Bank und streichelte ihn, bis er sich entspannte.

»Was mache ich denn jetzt mit dir?«, fragte Anja und kraulte ihn.

Sie konnte ihn doch nicht den langen Weg nach Hause zurücklaufen lassen. Vielleicht war Peer noch unterwegs. Sein Gemüt war bestimmt noch nicht abgekühlt. Das Risiko wollte sie nicht eingehen. Sie hatte Kimi beschützt, nun fühlte sie sich verantwortlich für ihn.

Anja überlegte, ob sie den Kater zu seinem Besitzer bringen sollte. Dort wäre er in Sicherheit. Sie konnte nicht leugnen, dass sie neugierig auf Godo Haase war. Als sie mit Hilde über ihn gesprochen hatte, hatte sich die ältere Dame verändert. Sie hatte für einen Moment ihren Schutzschild heruntergenommen und sich verletzlich gezeigt.

Anja hätte gerne mehr über ihre Beziehung zu Godo erfahren. Man konnte nur von jemanden verletzt werden, der einem etwas bedeutete. Unter Umständen konnte sie den beiden helfen, Frieden zu schließen, und vielleicht würde Hilde dann umgänglicher werden.

»Du hast ein Helfersyndrom«, hatte ihr Leonie in ihrer Jugend einmal vorgeworfen.

Leonie hatte sich mit ihrem Freund Elias gestritten, woraufhin Anja ihn ohne das Wissen ihrer Schwester gebeten hatte, zu ihnen nach Hause zu kommen, damit die beiden sich aussprechen und versöhnen konnten.

Doch ihre Schwester hatte anders reagiert als erwartet: »Nicht jeder will deine Hilfe«, hatte sie gezischt. »Ich habe mit Elias Schluss gemacht und will ihn nicht zurück. Jetzt hast du ihm neue Hoffnung gemacht und ich muss ihm noch einmal wehtun. Ich hasse es, die Böse zu sein!«

Trotz dieser Erfahrung konnte Anja einfach nicht anders und trug Kimi zu ihrem Auto. Behutsam setzte sie ihn auf den Beifahrersitz und fuhr mit ihm zu der Kate, die nicht weit von Peers Bauernhof inmitten von Wiesen und Feldern stand.

Von Nahem sah das Gebäude noch heruntergekommener aus. Der raue Nordseewind und die Feuchtigkeit der Marsch hatten ihm zugesetzt. Der Putz an den Fenstern bröckelte, drinnen musste es zugig sein. Eine der Scheiben war blind. Die Pappe, mit der Godo Haase die zerbrochene Scheibe offenbar notdürftig ersetzt hatte, würde dem nächsten Sturm bestimmt nicht standhalten. Eine Wand wirkte klamm. Anja fragte sich, ob es gesund sein konnte, hier zu wohnen, und machte sich Sorgen um Godo.

Als sie mit Kimi auf dem Arm an die Tür klopfte, tat sich im Inneren nichts. Erst nachdem sie energischer pochte, nahm sie Bewegung im Haus wahr, aber auch dann dauerte es noch eine ganze Weile, bis geöffnet wurde.

Ein kleiner Mann mit hagerem Gesicht zog die Haustür eine Handbreit auf und linste durch den Spalt. Sein Teint war fahl, als würde er das Haus nicht oft verlassen. »Ja?«

»Sind Sie Godo Haase?«, fragte Anja und hätte sich im nächsten Moment am liebsten geohrfeigt. Wer sonst sollte der alte Mann vor ihr sein?

»Ja, der bin ich«, antwortete er zögerlich und mit leiser Stimme. Da bemerkte er erst den schwarzen Kater. Plötzlich begannen seine Augen zu strahlen und er riss die Tür auf. »Da bist du ja! Wo hast du dich schon wieder herumgetrieben?«

Vorsichtig reichte sie ihm Kimi. »Ich habe ihn in Walsum aufgegriffen. Peer hat ihm eine Heidenangst eingejagt. Vor ihm müssen Sie sich in Acht nehmen.«

»Er ist nur hinter Kimi her, weil er sauer auf mich ist«, erzählte Godo Haase und drückte seine stoppelige Wange an Kimis schwarzes Fell.

Anja sah an ihm vorbei in die Diele. Die Tapete kam hier und da von den Wänden. Im Vergleich zu der Kate war das *Lüttes Glück* in einem top Zustand. »Das verstehe ich nicht.«

»Sein Bauernhof wirft nicht mehr so viel ab. Er will mein Grundstück kaufen und darauf Ferienwohnungen bauen.« Als er Kimi streichelte, fing der Kater an zu schnurren und rieb sein Köpfchen an Godo Haases Hals. »Aber ich will nicht wegziehen, ich wohne schon immer hier.«

Entrüstet fragte Anja: »Und Ihr Kater soll die Absage ausbaden?«

»Ja, genau. Ich habe Peer verärgert, darum ärgert er jetzt Kimi.« Er setzte ihn ab und sah ihm hinterher, wie er in einem der Zimmer verschwand. »Ich passe auf Kimi auf, aber ich kann ihn nicht einsperren, das wäre nicht richtig. Er liebt es, durch die Marsch zu streifen. Zum Dank bringt er mir so manche tote Maus mit nach Hause.«

Sie versuchte, nicht die Nase zu rümpfen. »Peer hat gesagt, es gäbe eine Katzenplage auf Föhr.«

»Ja, das stimmt leider«, gab Godo Haase zu und seufzte. »Die Katzen schaden der Vogelpopulation.«

»Vielleicht hätte Peer Ihren Kater weniger auf dem Kieker, wenn Kimi kastriert wäre«, sagte Anja zögerlich. »Eine Kastration würde zwar nicht die Wildtiere vor ihm schützen, aber er könnte keine Nachkommen mehr zeugen.«

»Das bringe ich nicht übers Herz. Wenn ich mir vorstelle, dass …« Er verzog das Gesicht zu einem gequälten Ausdruck. »Nein.«

Anja wollte ihm Mut zureden. »Als ich klein war, hatte meine Freundin Christin einen Kater, ihre Eltern haben ihn kastrieren lassen. Ihm ging es danach gut.«

»Ich werde darüber nachdenken.« Godo Haase sah über die Schulter hinweg ins Haus und fuhr sich verlegen durchs dünne graue Haar. »Ich würde Sie ja hereinbitten, aber ich habe nicht aufgeräumt.«

Anja beruhigte ihn: »Ich wollte Ihnen nur Kimi bringen, damit er in Sicherheit ist.«

»Woher wussten Sie eigentlich, dass er mir gehört?«, fragte er und schloss den obersten Knopf seines zerknitterten grauen Hemdes.

»Hilde Hinrichs hat es mir gesagt. Ich heiße Anja Blu-

166

menthal«, stellte sie sich vor. Sie atmete tief durch und sagte mit einem Lächeln in der Stimme: »Und ich werde das *Lüttes Glück* neu eröffnen.«

Er riss die Augen auf. »Sie sind das! Sie haben die alte Bruchbude gekauft.«

»Ja, ich bin das Dummchen«, antwortete sie verschnupft.

»Oh, Gott, so war das nicht gemeint«, ruderte Godo Haase zurück und sah betreten auf seine ausgelatschten Filzschuhe. »Ich wollte Sie nicht kränken. War ich mal wieder zu direkt? Hilde hat früher deswegen immer mit mir geschimpft.«

Versöhnlich lächelte Anja ihn an. »Sie waren bloß ehrlich zu mir. Und Hilde kann auch verletzend sein.«

»Dann wohnen Sie jetzt bei ihr?«, fragte er und wirkte plötzlich wacher und aufmerksamer als zuvor.

Ihr fiel auf, dass seine braune Cordhose an den Knien fast durchgewetzt war. »Genau genommen wohnt sie jetzt bei mir.«

»Das wird auf Dauer nicht gut gehen«, sagte er bedauernd und schüttelte den Kopf. »Die Inselpension kann nur eine Besitzerin haben.«

»Ja«, pflichtete Anja ihm bei und stellte klar: »Und das bin ich.«

»Hilde ist es gewohnt, allein zu entscheiden, und sie kann verdammt stur sein.« Mit finsterer Miene blickte Godo Haase in Richtung Walsum.

Anja befürchtete, er könnte das Gespräch beenden, wenn sie erwähnte, dass Hilde ausziehen musste. Mochte es auch Unstimmigkeiten zwischen den beiden geben, so blieben sie doch alteingesessene Föhrer, und die hielten am Ende bestimmt zusammen. Sie entschied sich, das Thema auf sich beruhen zu lassen. »Sie hat gesagt, dass Sie alle Ihre Katzen ihretwegen Kimi genannt hätten. Stimmt das?«

Röte kroch über Godo Haases Hals empor. Da tauchte Kimi hinter ihm auf. Bevor er ins Freie schlüpfen konnte, sagte Godo: »Für heute bleibst du zu Hause.« Rasch trat er hinaus und zog die Tür hinter sich fast zu.

Anja musste in den Vorgarten zurückweichen. Auf den ersten Blick bestanden die beiden Beete rechts und links des Weges nur aus Gestrüpp. Doch als sie genauer hinsah, machte sie die zarten rosafarbenen und blauen Blüten von Lungenkraut aus.

Die Röte erreichte Godo Haases Gesicht. »Wir waren mal ein Paar. Hat Hilde das erwähnt?«

»Nein! Tatsächlich?« Anja hätte nicht überraschter sein können. Jetzt habe ich den Beweis, Hilde hat doch ein Herz, dachte sie amüsiert.

»Das ist lange her, sehr lange.« Er ging bis zum Gartentor und blieb dort stehen. Erneut spähte er über das Marschland in Richtung *Lüttes Glück*, doch dieses Mal lag in seinem Blick eine melancholische Sehnsucht.

Neugierig hakte Anja, die ihm folgte, nach: »Und was hat es mit dem Namen Kimi auf sich?«

Plötzlich wurde er traurig. Er ließ die Mundwinkel hängen und atmete schwerer. Im nächsten Moment schob er die Augenbrauen zusammen und sagte missbilligend: »Ich weiß, dass sie Kimi füttert. Das sollte sie nicht tun. Auch darum läuft er jeden Tag von zu Hause weg und den ganzen Weg bis nach Walsum. Er könnte unter ein Auto geraten oder wieder auf Peer, diesen Hitzkopf, treffen.«

»Haben Sie ihr das schon mal gesagt?«

»Nein.« Godo Haase verschränkte die dünnen Arme. »Wir sprechen nicht miteinander.«

Es ging sie eigentlich nichts an, aber sie konnte nicht anders als nachzufragen: »Warum nicht?«

»Sie kann mir nicht verzeihen«, presste er hervor.

Anja hatte Skrupel, als sie neugierig nachbohrte: »Was kann Sie Ihnen nicht vergeben?«

»Ich habe mich damals falsch verhalten«, antwortete er zögerlich. »Darum hat sie sich von mir getrennt. Ich kann ihr das nicht einmal verübeln.«

In aufmunterndem Ton schlug sie vor: »Vielleicht würde es etwas ändern, wenn Sie sich bei ihr entschuldigen.«

»Meinen Sie, das hätte ich nicht schon getan?«, platzte es aus Godo Haase heraus. »Mehr als einmal! Aber, wie gesagt, diese Frau ist stur wie ein Esel. Das werden Sie noch selbst erleben.«

»Vielleicht kann ich ja vermitteln.« Dann könnten sie sich vertragen. Sie könnten wieder ein Paar werden und sich in einem der Inseldörfer gemeinsam eine Wohnung mieten. Dann hätte Hilde eine neue Perspektive, Godo würde der Trostlosigkeit der baufälligen Kate entkommen, und beide wären nicht länger einsam.

Und ich hätte das *Lüttes Glück* für mich, kam es Anja in den Sinn. Sie schämte sich für diesen eigennützigen Gedanken.

Während Godo Haase in seinen Filzschuhen zurück zum Eingang schlurfte, schüttelte er den Kopf. »Nein, nicht nach all den Jahrzehnten. Der Graben zwischen uns ist zu tief.«

»Wenn das der Fall wäre, würde Hilde Kimi doch nicht füttern«, wandte Anja zuversichtlich ein.

Er blieb stehen und drehte sich zu ihr um. »Denken Sie wirklich?«

»Dann würde sie Kimi wegjagen, wie Peer es tut«, gab sie zu bedenken und behielt lieber für sich, dass der Bauer sogar vorgehabt hatte, den Kater zu erschlagen. »Aber sie sorgt sogar dafür, dass der Kater sie immer wieder besucht.«

Godos Augen leuchteten wie die eines Kindes an Heiligabend. Doch rasch erlosch das Glimmen wieder und er ließ die Schultern hängen. »Ich mache mir keine Hoffnungen mehr, dass Hilde mir eines Tages vergibt. Dafür ist es zu spät. Es tut mir leid, aber ich bin müde. So viel habe ich schon lange nicht mehr geredet.«

Anja hätte gerne mehr über die Beziehung von Godo und Hilde erfahren, aber sie verabschiedete sich. Sie wollte nicht denselben Fehler machen wie bei Leonie und versuchen, jemandem zu helfen, der ihre Hilfe gar nicht wollte.

Godo Haase ist gar nicht so kauzig, wie Hilde behauptet hat, dachte Anja, während sie zu ihrem Wagen ging.

Sie stieg in ihr Auto und betrachtete die Kate nachdenklich. Godo war bereits im Inneren verschwunden, er hatte die Haustür geschlossen.

Hilde und er behaupteten, jegliche Verbindung zueinander abgebrochen zu haben, aber das stimmte nicht. Es gab noch eine, und die hieß Kimi.

Kapitel 11

Am nächsten Tag telefonierte Anja einige Handwerker auf Föhr ab, aber das Ergebnis war ernüchternd. Alle waren bis auf Monate ausgebucht, manche hatten sogar erst wieder im nächsten Jahr Termine frei.

Als man ihr einen groben Kostenvoranschlag machte, wurden Anjas Beine weich. Erschöpft ließ sie sich aufs Bett fallen. Auch auf dem Festland wurden Handwerksarbeiten immer teurer, aber die Inselpreise überstiegen diese noch einmal.

So schnell wollte sie allerdings nicht aufgeben, denn sie musste die kleine Inselpension alsbald wie möglich wiedereröffnen und Geld verdienen.

Während sie weitere Handwerksbetriebe anrief, stand sie auf und lief in der Ferienwohnung auf und ab. Schließlich stellte sie sich ans Fenster und schaute auf den Dorfanger hinaus.

Joris fuhr gerade mit einem VW-Bus vor.

Eine wohlige Aufregung erfasste sie. Was mochte er im *Lüttes Glück* wollen? Wollte er vielleicht sogar zu ihr, um mit ihr Hildes Auszug zu besprechen oder zu fragen, ob es Kimi gut gehe? Aufgeregt wartete sie darauf, dass er zu ihr ins Dachgeschoss kam, aber er tat es nicht.

Enttäuscht und voller unbefriedigter Sehnsucht beobachtete sie, wie er wieder wegfuhr.

Sie brauchte den restlichen Tag, um sich wieder aufzubauen. Während sie Unmengen von Meersalzkaramell-Bonbons und Lakritz-Friesenthaler, die sie am Vortag auf ihrem Ausflug im *Föhrer Snupkroom* in Oevenum gekauft hatte, lutschte, grübelte sie darüber nach, was sie wegen der Renovierungsarbeiten tun sollte. Einen Teil konnte sie allein bewältigen, aber nicht alles.

Die Verzweiflung trieb ihr die Tränen in die Augen. Um ihr zu entkommen, lieh sie sich erneut Birthes Fahrrad aus und fuhr über den Deich. Das sanfte Meeresrauschen half ihr, sich wieder zu entspannen. Das Reizklima im Wattenmeer tat ihr gut. Die Weite der See löste die Beklemmung in ihrer Brust. Dank der salzigen Luft konnte sie bald wieder frei durchatmen. Die Anstrengung, gegen den Wind anzustrampeln, lenkte Anja zudem von ihren Sorgen ab, und der Kaffee bei Birthe nach ihrem Ausflug war wie Balsam für ihre Seele.

Bei der Gelegenheit lernte sie auch Maike Lohse kennen. Die junge Frau hatte kräftige Arme, ein rundes Gesicht und liebe Augen. Zur Begrüßung drückte sie Anja an sich, als würden sie sich schon ewig kennen.

Sie hatte die vorderen Strähnen ihrer mittelblonden Haare geflochten und die Zöpfe am Hinterkopf festgesteckt. Über ihrer Stretchjeans trug sie einen weiten lorbeergrünen Pullover. Anja vermutete, dass sie damit ihre rundlichen Hüften verbergen wollte, aber das hatte sie gar nicht nötig. Das ein oder andere Kilo, das sie mehr auf den Rippen hatte, stand ihr gut.

Die Physiotherapeutin hatte sich einen Tag frei genommen, um einige Dinge zu erledigen und einen Apfelkuchen mit einem Nussboden zu backen. Den servierte sie Anja, garniert mit einer knusprigen Zucker-Zimt-Schicht. Dazu reichte sie warme Vanillesoße und Haselnusseiscreme.

Danach war die Welt für Anja wieder in Ordnung und ihr Tatendrang kehrte zurück.

Am darauffolgenden Tag rief sie einige Handwerker auf Amrum und Sylt an. Dann versuchte sie ihr Glück bei Betrieben auf dem Festland, aber das Ergebnis war genauso ernüchternd wie am Tag zuvor. Die Wartezeiten waren zu lang und die Preise zu hoch.

Frustriert spähte sie aus dem Fenster der Ferienwohnung hinüber zum Schafstall. Sören Schippmann trieb gerade seine Herde auf die Weide hinter seinem Haus.

Der große, schlanke Mann trug einen Hut und hielt einen Stab in der Hand. Selbstsicher und gleichzeitig umsichtig bewegte er sich über die Straße, öffnete das Gatter und schritt hindurch. Einen Hütehund besaß er nicht. Seine Schafe folgten ihm auch so, ohne zu zögern. Schließlich stürmten sie auf den Stall zu, in dem offenbar Futter auf sie wartete.

Plötzlich wurde Anja durch Autogeräusche aus ihren Betrachtungen gerissen. Schon wieder war es Joris.

Und einmal mehr lauschte sie auf seine Schritte und hoffte, sie auf der Treppe zu ihrem Apartment zu hören. Doch auch an diesem Tag besuchte Joris nur seine Tante. Frustriert warf sie ihr Handy aufs Bett.

Warum sollte er auch zu ihr kommen? Wenn es nach ihm ginge, würde sie ihm die Schlüssel für das *Lüttes Glück* überreichen und Föhr verlassen.

Aber vielleicht redete er Hilde auch gerade ins Gewissen und versuchte ihr klarzumachen, dass das Gesetz auf Anjas Seite war und sie auf jeden Fall ausziehen musste.

Womöglich fragte er sie: »Willst du wirklich, dass die Polizei dich packt und unter den Blicken deiner ehemaligen Nachbarn hinauszerrt, wie eine Schwerverbrecherin?«

Anja überlegte, wie sie ihm unauffällig über den Weg laufen konnte, um herauszufinden, ob er Hildes Widerstand unterstützte oder sie überreden wollte, vernünftig zu sein und aufzugeben. Doch dann wurde ihr klar, dass sie Hilde nur vorschob und es ihr in Wahrheit darum ging, noch einmal dieses angenehme Prickeln zu spüren, das er bei ihr ausgelöst hatte.

Joris sah aus wie ein Macher. Ralf war auch einer, doch ihrem Ex ging es nur um seinen eigenen Vorteil. Joris schätzte sie dagegen anders ein, immerhin hatten er und seine Brüder ihr Erspartes zusammengelegt, um das herabgewirtschaftete *Lüttes Glück* zu kaufen und in der Familie zu halten. Vermutlich hatten sie Hilde zuliebe mitgeboten. Das fand Anja zwar auf der einen Seite unklug, aber auf der anderen auch total rührend.

Anja konnte nicht anders und ging nach unten. Erst brachte sie ihr schmutziges Geschirr in die Küche und spülte es mit der Hand, obwohl es eine Spülmaschine gab, dann trank sie in aller Seelenruhe ein Glas Milch, doch von Joris keine Spur.

Ratlos trat sie in den Flur. Stimmen drangen aus der Einliegerwohnung. Sie entschied so zu tun, als wollte sie zum Frühstücksraum und würde rein zufällig auf ihn treffen. Aber als sie an Hildes Wohnung vorbeiging, war die Tür geschlossen.

Verlegen stand sie im Korridor. Was tat sie hier eigentlich? Sie lief einem Mann hinterher, der klargemacht hatte, wie wenig er von Käufern vom Festland hielt.

Verdrossen ging Anja in den Garten. Die Knospen an den Obstbäumen öffneten sich jeden Tag ein wenig mehr. Bald würde die Streuobstwiese in Blüte stehen. Anja konnte es kaum erwarten.

Wie hatte Hilde ihren Gästen diese Schönheit nur vorenthalten können? Natürlich hatten die Feriengäste den Garten von ihren Zimmern und dem Frühstücksraum aus sehen können. Aber sie hatten ihn nicht selbst erlebt, sondern bloß bestaunt, wie einen schönen Schmetterling hinter Glas. Das wollte Anja unbedingt ändern, immerhin kamen die Touristen auch nach Föhr, um mitten in der Natur zu sein.

Als Anja zum ersten Mal bis in den hintersten Winkel ihres neuen Gartens schlenderte, entdeckte sie dort eine Sitzecke. Der lange Holztisch und die zwei Sitzbänke waren einfach und rustikal und fast von Scheinhaseln und anderen Sträuchern überwuchert.

Wie schön wird es sein, hier im Sommer zu sitzen und den Tag mit einem Glas Wein ausklingen zu lassen, dachte Anja.

Hinter der Sitzecke blühte eine Felsenbirne. Ein Marienkäfer flog vorbei, kämpfte gegen den Nordseewind an und landete schließlich unbeholfen auf einem Stiefmütterchen, das halb gelb und halb lila war und sich unter einer Kornelkirsche versteckte.

Mit ein bisschen Pflege konnte der Garten ein kleines Paradies werden. Das Marschland war fruchtbar, und Anja mochte naturbelassene Gärten. Aber ein wenig Struktur benötigte der Garten dann doch und musste gepflegt werden, damit die Marsch dieses Fleckchen Erde nicht zurückeroberte wie bei Godo Haase.

Voller schöner neuer Eindrücke im Kopf spazierte Anja

zurück zur Terrasse. Durch die offen stehende Hintertür sah sie, dass Joris gerade Hildes Wohnung verließ. Ihr Herz schlug Purzelbäume. Doch er sah sie nicht. Er schien es eilig zu haben, denn er schritt zügig zur Vordertür. Enttäuscht seufzte sie.

Hilde kam nach draußen und legte gleich los: »Wenn du die Tür weit offen lässt, kommt das ganze Ungeziefer rein. Mir macht das ja nichts aus, ich bin nicht so pingelig. Aber viele Feriengäste finden das Krabbelzeug ekelig und die Mücken nervig.«

»Welche Feriengäste?«, fragte Anja spöttisch.

»Du willst doch neu eröffnen. Oder hast du erkannt, wie viel Arbeit eine Pension macht, und dich dagegen entschieden?« Hoffnungsvoll sah Hilde sie an.

»Nein, habe ich nicht. Ich werde eine Insektenschutztür einbauen lassen, denn lüften muss man schließlich«, konterte Anja, um ihr den Wind aus den Segeln zu nehmen.

Hilde schnaubte. »Wenn du dafür Geld hast …«

Nein, hatte Anja nicht, aber das würde sie ihr nicht auf die Nase binden. In beiläufigem Ton fragte sie: »Was wollte Joris denn hier?«

»Er ist bei *Koop's Schinkenkate* vorbeigefahren und hat mir Rindfleisch mitgebracht.« Misstrauisch blinzelte Hilde sie an. »Seit du bei mir wohnst, kommt er täglich vorbei.«

»Ach ja?« Wärme breitete sich in Anja aus, und sie musste unweigerlich lächeln. Hoffte Joris etwa ebenfalls, sie anzutreffen, rein zufällig natürlich?

Doch dann sagte Hilde verächtlich: »Ich denke, er traut dir nicht über den Weg und will ein Auge auf mich haben.«

Anjas Lächeln verschwand. Stimmte das? Machte sie sich

nur etwas vor, wenn sie glaubte, dass er sich ebenfalls zu ihr hingezogen fühlte? Aber wenn das nicht zutraf, warum hatte er ihr dann Blumen geschenkt?

Hilde hatte ihr mit der Bemerkung wehgetan, und das, so Anjas Eindruck, mit voller Absicht. Um ihr die Gemeinheit zurückzuzahlen und weil sie wusste, dass die alte Frau Veränderungen nicht mochte, machte sie eine ausladende Geste und kündigte an: »Ich werde auf der Terrasse Kaffee und Kuchen anbieten.«

»Wer soll denn hier einkehren?«, fragte Hilde überrascht.

»Meine Übernachtungsgäste«, antwortete Anja und spürte, wie gut es sich anfühlte, das zu sagen. »Und Urlauber, die eine Fahrradtour durch die Marsch machen.«

Hilde schüttelte den Kopf. »Als ob die in Walsum Halt machen wollen.«

»Wenn ich mit den Vorbereitungen fertig bin, werden sie das.« Anja stellte sich neben Hilde und nickte in Richtung Frühstücksraum. »Ich werde einige Tische hinaustragen.«

Skeptisch zog Hilde eine ihrer weißen Augenbrauen hoch. »Jeden Tag?«

»So lange, bis ich mir Gartenmöbel leisten kann.« Anja nickte. Ihr brach schon der Schweiß aus, wenn sie daran dachte, aber sie freute sich auf die fröhlichen Gesichter der Feriengäste und das glückliche Lachen der Kinder, wenn sie ihnen einen Lutscher schenkte. Alle sollten sich im *Lüttes Glück* rundum wohlfühlen!

Hilde winkte ab. »Das wirst du nicht lange durchhalten.«

»Ich werde Deckchen und Sitzkissen in Zitronengelb, Apfelgrün und Kirschrot kaufen«, erklärte Anja, »und frische Blumen auf die Tische stellen.«

Kritisch musterte Hilde den grauen Belag. »Die Terrasse müsste erst neu gefliest werden. Einige der Natursteine ragen heraus und andere wackeln, die Touristen könnten darüber stolpern.«

»Ich werde die Bodenplatten mit einem Hochdruckreiniger sauber machen und große Kübel mit bunten Blumen aufstellen.« Anja zwinkerte. »Dann fällt nicht so ins Auge, dass die Terrasse in die Jahre gekommen ist.«

Hilde schob die blaue Jacke ihres Twinsets zurück und stemmte die Hände in die Hüften. »Und woher willst du den Kuchen nehmen?«

»Den werde ich selbst backen.« Vielleicht hatte ja auch Maike Lust, mit ihr zusammenzuarbeiten.

»Neben all der Arbeit mit den Zimmern, dem Frühstück, der Gästebetreuung, den Buchungsanfragen, Absagen, Umbuchungen und alles andere?«, fragte Hilde skeptisch.

Anja lächelte verunsichert. »Das ist ein Klacks.«

»Das würdest du nur mit Personal schaffen«, sagte die Vorbesitzerin und verschränkte die Arme vor der Brust, »und das kannst du dir nicht leisten.«

»Vielleicht schon, wenn ich mit dem Café zusätzliches Geld einnehme«, erwiderte Anja kämpferisch. »Außerdem bin ich eine Marketingexpertin und werde dafür sorgen, dass die Gästezimmer und die Ferienwohnung durchgehend belegt sind. Keine Leerstände, das ist das Ziel.«

In trockenem Tonfall korrigierte Hilde sie: »Du hast nur zehn Zimmer, die Wohnung ist belegt.«

»Ja, durch mich.« Anja kniff die Augen zusammen. »Dank dir.«

Plötzlich strich etwas um Anjas Beine. Überrascht sah sie

an sich herunter. Es war Kimi. »Hallo, Samtpfote. Streifst du schon wieder durch dein großes Revier?«

Sie ging in die Hocke und streichelte ihn. Er drückte sich gegen ihre Hand und schnurrte. Schließlich lief er maunzend zu Hilde. Dabei schwang sein Bauch hin und her.

»Ich bin nicht gerne die zweite Wahl«, sagte Hilde verschnupft zu dem schwarzen Kater mit dem weißen Fleck auf der Stirn. Im ersten Moment ignorierte sie ihn, doch es dauerte nicht lange und ihr Blick wurde weich. »Aber ich verzeihe dir, weil wir schon so lange befreundet sind.«

Sie holte eine Katzenfutterdose, einen Esslöffel und ein Tellerchen aus ihrer Wohnung, gab Kimi zu fressen und setzte sich auf das Mäuerchen, das die Terrasse umgab. Lächelnd sah sie ihm zu, wie er sich über das Futter hermachte.

»Godo Haase möchte nicht, dass du seinen Kater fütterst«, sagte Anja sachlich, ohne jeglichen Vorwurf in der Stimme. Sie wollte Hilde nicht den Spaß verderben, sondern eine Brücke zwischen ihr und Godo bauen. »Er denkt, es wäre gefährlich für Kimi, bis nach Walsum und zurück zu laufen.«

»Es interessiert mich nicht, was er will«, erwiderte Hilde trotzig.

»Er hat erwähnt, dass ihr mal ein Liebespaar wart«, rutschte es Anja heraus, und sogleich schämte sie sich für ihre Direktheit.

Hilde errötete. »Sein loses Mundwerk ist gefährlicher als Kimis Ausflüge.«

»Dann stimmt es also?«, hakte Anja aufgeregt nach.

Während Hilde den verbliebenen Doseninhalt betrachtete, murmelte sie: »Das ist so lange her, dass es schon nicht mehr wahr ist.«

»Ich fand Godo Haase sehr nett.« Eigentlich schade, dass die beiden sich getrennt hatten, dachte Anja. Hätten sie ihr Glück zusammen gefunden, wäre Hilde vielleicht weniger bissig und Godo müsste kein Einsiedlerdasein führen.

Hilde gab bloß ein Brummen von sich. Verlegen kratzte sie die Katzenfutterdose so akribisch aus, dass Kimi irritiert zurückwich. Als sie seine Reaktion bemerkte, hörte sie auf. Er entspannte sich wieder und fraß weiter.

Eindringlich musterte Anja die alte Dame. Konnte es sein, dass sie noch Gefühle für Godo Haase hegte? »Darf ich fragen, warum ihr euch damals getrennt habt?«

Plötzlich sprang Hilde auf. »Das geht dich nichts an!«

»Du hast recht«, pflichtete Anja ihr bei. »Entschuldige.«

Sie kam ins Grübeln. Wenn die Beziehung so lange her war, sollte die Erinnerung an die Trennung doch nicht mehr so wehtun. Damals musste etwas vorgefallen sein, etwas, das sie tief verletzt hatte und sie noch immer schmerzte, wenn sie daran zurückdachte. Andernfalls hätte sie Godo längst verziehen.

»Du musst mir versprechen, Kimi zu füttern. Das ist wichtig. Er ist es gewohnt, täglich sein Futter auf der Terrasse zu bekommen.« Ohne auf eine Antwort zu warten, ging Hilde in ihre Wohnung und schloss die Tür hinter sich.

Wovon sprach Hilde? Etwa von der Zeit nach ihrem Auszug? Fand sie sich langsam damit ab, dass sie das *Lüttes Glück* loslassen musste?

Überrascht beobachtete Anja den Kater, der nach der Mahlzeit sein Fell ausgiebig putzte, und schöpfte neue Hoffnung.

Kapitel 12

Als Anja am Abend Licht im Haus von Birthe und Maike sah, ging sie in der Dämmerung hinüber und fragte die Nachbarinnen, ob sie ihr einen Dachdecker oder einen Fensterbauer empfehlen konnten. Sie konnten ihr jedoch auch nicht weiterhelfen.

Das Tapezieren und Streichen würde sie selbst übernehmen, aber es würde vermutlich nicht reichen, die Hausfassade bloß mit einem Hochdruckreiniger zu säubern. Am Nachmittag hatte sie im Internet gelesen, dass man bei Algenbefall einen Profi brauchte. Außerdem musste man die Backsteine neu versiegeln, eine sinnvolle Sache bei dem rauen Nordseewetter und ebenfalls ein Fall für einen Fachmann.

Anja wollte die Heizung überprüfen lassen, nur um böse Überraschungen auszuschließen, für sie und ihre ersten Gäste. Am liebsten hätte sie im Flur neue Fliesen und in allen Räumen helles Laminat verlegt. Beides hatte sie jedoch noch nie gemacht, und es war bestimmt ein zu großer Zeitaufwand für sie allein. Auch dafür würde sie jemanden bezahlen müssen.

Beim Gedanken an die Kosten für die ganzen Facharbeiten wurde ihr übel. Sie musste Kompromisse eingehen.

Das Parkett im Frühstücksraum wollte sie unbedingt behalten. Vielleicht konnte sie sich im hiesigen Baumarkt eine

Schleifmaschine ausleihen, das Holz selbst abschleifen und sich informieren, wie man es versiegelte. Aber fehlte ihr dafür nicht doch die handwerkliche Erfahrung?

Anja machte sich große Sorgen, sie könnte sich übernehmen.

»Lass uns Sören fragen, ob er einen Handwerker kennt, der ihm noch einen Gefallen schuldet und dich vorziehen könnte«, schlug Birthe vor.

Gemeinsam liefen sie zum Schäfer hinüber. Die Sonne verschwand immer weiter hinter dem Deich. Sie trafen ihn in seinem Stall an. Das Tor zur Weide stand offen, sodass die Schafe selbst entscheiden konnten, ob sie sich drinnen geschützt vom Nordseewind auf Stroh einkuscheln oder draußen frisches Gras fressen wollten. Hier roch es wirklich intensiv nach Schaf.

Sören saß auf einem einfachen Holzstuhl und beobachtete seine Herde. Er trug schmutzige, ausgefranste Jeans und einen löchrigen Pullover, auf dem *Moin, ihr Spacken* stand. Die abgetragenen Schuhe hatte er mit Kordeln geschnürt. Trotz der ärmlichen Kleidung strahlte er eine beneidenswerte Zufriedenheit aus.

»Moin, Sören«, grüßte Birthe ihn fröhlich. »Das ist Anja. Ich hatte dir schon von ihr erzählt. Sie ist Hildes Nachfolgerin.«

Er lächelte befangen, als Anja seine raue, schwielige Hand schüttelte und ihm vorschlug: »Wenn es dir recht ist, können wir uns gerne duzen. Wir sind ja jetzt Nachbarn.«

»Klar.« Verlegen rieb er über den Bartschatten auf seinem Kinn. Er stand kurz auf und schaltete das Licht im Stall ein. »Na, dann viel Glück mit der Pension. Wird nicht leicht werden, die Touristen hier raus zu locken. In der Marsch ist tote Hose.«

»So viel an einem Stück redest du mit mir nie«, frotzelte Birthe.

Er wurde rot. »Du lässt mich ja auch kaum zu Wort kommen.«

»Das *Lüttes Glück* wird die Urlauber schon anziehen«, sagte Anja in zuversichtlichem Ton. »Du könntest auch eine Attraktion für Walsum werden, Sören.«

»Ich?«

»Du könntest zum Beispiel Führungen machen und den Feriengästen alles über Deichschafe erzählen«, schlug Anja enthusiastisch vor.

»Ich sabbele nicht gerne, da hat Birthe schon recht.«

»Oder du machst ein Angebot für Familien, die Kinder dürfen in deinem Stall die Schafe streicheln. Das wäre ein Erlebnis für sie. Stell dir nur ihre leuchtenden Augen vor!« Anja sah es regelrecht vor sich, eine Art Streichelzoo. »Das würde Leben in den Ort bringen, und die Familien, die einen Radausflug über die Insel machen, hätten ein Ziel, an dem sie Pause machen können.«

Sören lächelte. »Ja, das wäre was.«

»Man könnte das Schafestreicheln auch als Therapie anbieten«, dachte sie laut nach. »Man müsste die Rehakliniken fragen, ob Bedarf besteht.«

»Vielleicht kann Maike den Kontakt herstellen«, warf Birthe ein. »Durch ihren Job als Physiotherapeutin kennt sie viele in den Krankenhäusern.«

An Anja gerichtet sagte Sören bewundernd: »Du sprudelst ja über vor Ideen.«

»Und ich fange gerade erst an, Ideen zu sammeln.« Anja zwinkerte. Aufgeregt lief sie hin und her. Sie war ganz unruhig vor Tatendrang. »Das Erholungswerk der Polizei Schleswig-Holstein bietet Menschen mit niedrigem Einkommen doch günstige Ferienaufenthalte auf Föhr an. Auch speziell Opfern von Gewaltverbrechen. Schafe streicheln hilft der Seele bestimmt dabei zu heilen.«

»Woher weißt du das alles?«, fragte Birthe überrascht und wirkte beeindruckt. »Das wusste ich zum Beispiel gar nicht.«

Sören feixte: »Die kann uns noch was über unsere Insel erzählen.«

»Föhr ist seit meiner Kindheit meine Lieblingsinsel, und ich sauge jedes Detail, das ich über sie erfahre, auf.« Enthusiastisch fragte Anja Sören: »Was hältst du davon, wenn du Schafsmilch und Käse in einem eigenen Hofladen anbietest?«

Er zuckte mit den Schultern. »Die bietet ein Geschäft in Midlum für mich an, auch Fleisch und Wolle.«

»Wenn du die Produkte selbst verkaufen würdest, könntest du die kompletten Einnahmen behalten«, gab sie zu bedenken.

»Klingt gut«, sagte er begeistert und kraulte ein Lamm, das ihn beschnupperte. »Nur müssten dafür die Leute herkommen.«

Anja konnte kaum stillstehen, so euphorisch war sie. »Je attraktiver Walsum wird, desto mehr Touristen werden herfinden. Wir Walsumer könnten alle an einem Strang ziehen. Überleg es dir!«

Er nickte. »Werd ich.«

»Ich sehe schon, ihr versteht euch prächtig. Dann lasse

ich euch jetzt allein, ich muss noch ein paar Kapitel übersetzen.« Birthe verabschiedete sich.

Sören stand auf und bot Anja seinen Stuhl an. Aus Höflichkeit nahm sie an, obwohl sie es merkwürdig fand, in einem Schafstall zu sitzen. Er selbst nahm auf dem Rand eines steinernen Wassertrogs Platz. Eine Weile beobachteten sie die Schafe.

Innerlich wurde Anja ganz ruhig. Die Muttertiere mit ihren Lämmern zu sehen, ging ihr zu Herzen. Als sie in den Stall gekommen war und gesehen hatte, wie Sören allein hier herumsaß und auf seine Herde starrte, hatte sie das als kauzig empfunden, aber nun konnte sie ihn verstehen. Es stellte sich eine gewisse Gelassenheit ein.

Anja fiel ein, warum sie hergekommen war. Doch als sie Sören wegen der Kontakte zu Handwerkern fragte, verneinte er.

»Ich sehe meistens nur meine Schafe, und das ist gut so«, erklärte er und lächelte scheu. Erneut färbte sich sein Teint rot, als er fragte: »Möchtest du ein Inselbier?«

Anja fühlte sich durch seine Einladung geschmeichelt, wo er doch für gewöhnlich lieber allein blieb. »Ja, gerne. Danke.«

Mit schlurfenden Schritten ging Sören rüber ins Haus.

Während sie auf ihn wartete, sah sie Kimi. Der Kater lief gerade durch den Lichtkegel, den die Stallbeleuchtung auf die Weide hinter dem Schafstall warf. Ab und zu verharrte er und richtete seine ganze Aufmerksamkeit auf die Wiese. Anscheinend war er auf der Jagd nach Mäusen.

Sören kam zurück und reichte ihr eine Bierflasche. Er war wohl ihrem Blick gefolgt, denn er sagte: »Der Kater treibt sich ständig in Walsum herum. Als wäre er hier zu Hause.«

»Ja, das habe ich schon bemerkt. Er scheint sich hier wohlzufühlen.« Anja befürchtete, dass er eines Tages nicht mehr heimkehren würde. Teilte Godo Haase ihre Sorge und wollte deshalb nicht, dass Hilde seinen Kater fütterte?

Nachdem sich Sören wieder gesetzt hatte, stieß er mit ihr an. »Er heißt Kimi.«

Anja überlegte, ob sie ihm erzählen sollte, dass sie den Kater vor Peer gerettet hatte, entschied sich aber dagegen. Sie wollte die gute Stimmung nicht verderben, indem sie auf den Hitzkopf zu sprechen kam. »Hilde hat mir erzählt, dass er Godo Haase gehört.«

»Godo ist in Ordnung, auch wenn sie was anderes sagt.« Sören nahm einen kräftigen Schluck aus der Flasche und seufzte genießerisch.

Neugierig platzte es aus ihr heraus: »Sie haben sich früher mal geliebt. Jetzt reden sie nicht mehr miteinander. Was ist passiert?«

»Das weißt du bereits alles?«, fragte Sören verblüfft. »Du bist doch gerade erst hergezogen.«

Verlegen zuckte sie mit den Schultern und nippte an ihrem Bier. Mit dem Fuß scharrte sie im Stroh. »Ich bin eine aufmerksame Zuhörerin.«

»Das glaube ich dir sofort. Ich sabbele normalerweise nicht so viel, da hat Birthe recht. Aber bei dir fällt mir das leicht.« Er lächelte scheu.

Das freute Anja sehr. »Danke.«

»Das mit Hilde und Godo muss schon fast fünfzig Jahre her sein«, begann er. »Damals war ich noch ein Kind. Ich weiß das alles auch nur vom Hörensagen.«

»Ich wusste, dass die Beziehung der beiden weit zurücklag, aber ich dachte nicht, dass es so lange her ist«, sagte sie nachdenklich. »Denn Godo scheint immer noch Gefühle für sie zu haben, und Hilde ist immer noch sauer auf ihn.«

Sören grinste verschmitzt. »Dann muss es wohl wahre Liebe sein.«

»Warum haben sie sich dann getrennt?« Anja strich durch das dichte Fell eines Schafs, das an ihr vorbeiging.

»Godos Vater hatte damals eine Apotheke in Wyk, die *Friesenwohl*«, berichtete er und stützte sich mit einer Hand auf dem Knie ab. »Godo und Hilde sind beide auf Föhr geboren, hatten aber nie viel miteinander zu tun. Das änderte sich, als sie beide in der *Friesenwohl* anfingen.«

Vor Aufregung drehte Anja die Bierflasche in ihren Händen hin und her. »Sie arbeiteten beide dort?«

»Soviel ich weiß, war Godo damals Anfang zwanzig und studierte im ersten Jahr auf dem Festland.« Er trank etwas Bier, sah, dass seine Flasche schon fast leer war, und verzog bedauernd das Gesicht. »Er sollte die Apotheke später mal übernehmen. In den Semesterferien half er bei seinem Vater aus.«

»Und bei der Gelegenheit traf er Hilde wieder«, mutmaßte Anja. Wie romantisch! Das Schicksal hatte sie wieder zusammengeführt.

»Ja, so soll es gewesen sein.« Er nickte. »Sie ist zwei Jahre älter als er. Zu der Zeit war sie Verkäuferin für Lebensmittel, fand aber keine Anstellung. Sie wollte Föhr nicht verlassen, also hielt sie sich mit dem Aushilfsjob in der *Friesenwohl* über Wasser.«

Warum redete er denn nicht weiter? »Dann wurden sie ein Liebespaar?«, bot sie ihm ungeduldig an.

»Ja, aber nicht für lange.« Er leerte seine Flasche und legte sie auf den Boden. »Irgendetwas muss passiert sein.«

»Du weißt nicht, was das war?« Fassungslos sah sie ihn an.

»Das hat man mir nicht erzählt.« Röte kroch wieder über sein Gesicht. »Man wolle nicht schlecht über die beiden reden, hieß es.«

Verdammt, dachte Anja, die sich Informationen erhofft hatte, mit deren Hilfe sie Hilde und Godo wieder zusammenbringen konnte. Wenn schon nicht als Paar, dann doch wenigstens als Freunde.

Eine Weile saß sie noch neben Sören und beobachtete die Schafe mit ihm. Jeder hing seinen Gedanken nach. Das Schweigen fühlte sich keineswegs unangenehm an.

Ihr fiel ein englischer Spruch ein, der damals im Gymnasium im Unterrichtsraum für den Englisch-Leistungskurs gehangen hatte. »A friend is someone you can be silent with.« Ein Freund ist jemand, mit dem man gemeinsam schweigen kann.

Als es vor dem Stall schon dunkel war und Anja ihr Inselbier ausgetrunken hatte, verabschiedete sie sich von Sören. Sie konnte nicht aufhören, darüber nachzugrübeln, was Hilde und Godo auseinandergebracht hatte. Gedankenverloren öffnete sie die Stalltür und wollte auf den Dorfanger hinaustreten. Da prallte sie mit jemandem zusammen. Der Mann stieß erschrocken einen Fluch aus und packte ihre Arme.

»Joris!«, entfuhr es ihr erfreut.

Im ersten Moment sah er sie finster an, doch dann wurde sein Blick ganz weich. »Was machst du denn bei Sören?«, fragte er überrascht.

Ihr ganzer Körper kribbelte. »Dasselbe wollte ich dich fragen.«

»Ich will mit ihm über Peer sprechen.« Noch immer hielt Joris sie fest.

Sie waren sich ganz nah, und es schien, als wollte keiner von ihnen etwas daran ändern. Atemlos sagte Anja: »Sören ist wirklich ein lieber Kerl. Aber er ist Peer nicht gewachsen. Wie nett von dir, dass du zwischen ihnen vermitteln willst.«

Joris blinzelte sie mit seinen schönen grünen Augen an. »Lieber Kerl?«

War er etwa eifersüchtig? Anja genoss die Vorstellung. »Ich habe ihn heute erst kennengelernt und mochte ihn auf Anhieb.«

Spöttisch fragte er: »Dann stehst du auf wortkarge Männer?«

»Bei mir war Sören recht redselig. Wir haben uns ausgezeichnet unterhalten«, fügte sie schelmisch hinzu.

»Tatsächlich? Schau an.« Er ließ sie los, trat jedoch nicht beiseite.

Anja konnte nicht verhehlen, wie glücklich sie war, ihn wiederzusehen. »Warst du nicht am Vormittag schon mal in Walsum?«

»Ja«, antwortete er überrascht. »Das hast du mitbekommen?«

Sie versuchte, die Sache herunterzuspielen. »Nur am Rande.«

»So, so«, erwiderte er skeptisch und schmunzelte. »Ich habe meiner Tante Anis-Drops besorgt, denn sie hat leichte Halsschmerzen. Gerade habe ich sie ihr vorbeigebracht. Bei der Gelegenheit wollte ich bei Sören vorbeischauen.«

Anja hatte gar nicht gemerkt, dass Hilde Halsweh hatte, und bezweifelte es auch. »Du kommst oft nach Walsum«, sagte sie neckisch.

»Stört dich das etwa?« Spöttisch zog er eine Augenbraue hoch.

»Nein, im Gegenteil«, rutschte es ihr heraus. Anja störte nur, dass er sie nicht besuchen kam.

»Im Gegenteil?« Er musterte sie intensiv.

Ihre Wangen brannten. »Wiederholst du jetzt alles, was ich sage?«

Da lachte er.

Es lag ein Knistern in der Luft, und Anja fragte sich, ob Joris es auch spürte. Nach der langen Beziehung mit Ralf war sie, was Flirten betraf, aus der Übung. »Du kümmerst dich echt lieb um deine Tante.«

»Sie liegt mir eben am Herzen.« Kurz warf er einen Blick über die Schulter auf das *Lüttes Glück*.

Ich wünschte, das würdest du auch von mir sagen, dachte Anja mit rasendem Puls. »Jeder, der dich zum Freund hat, kann sich glücklich schätzen.«

»Ich tue mein Bestes, darum will ich Sören helfen, sonst frisst Peer ihn nachher noch mit Haut und Haaren.«

Als er sich an ihr vorbei ins Haus drängte, kam er ihr so nah, dass ihr heiß wurde. Er sah ihr tief in die Augen und bewegte sich so langsam vorwärts, dass es den Eindruck machte, als wollte er den Moment hinauszögern.

Atemlos sagte Anja: »Sören sitzt bei seinen Schafen.«

»Das dachte ich mir schon. Das macht er oft, und ich hatte im Stall Licht gesehen.« Sein Blick haftete kurz an ihren Lippen. »Einen schönen Abend noch.«

»Danke, dir auch.« Bevor er verschwinden konnte, rief sie ihm hinterher: »Verkaufst du deine Strandkörbe eigentlich auch an Privatpersonen oder nur an Strandkorbvermieter?«

Joris blieb stehen und drehte sich noch einmal zu ihr um. »An jeden, der einen Strandkorb haben will.«

»Ich dachte, es wäre sehr hübsch, wenn ich einen auf der Terrasse stehen hätte. Das würde bestimmt auch meinen Feriengästen gefallen.« Am liebsten hätte sie statt Gartenmöbeln Strandkörbe auf die Terrasse gestellt, aber das gab ihr Budget nicht her, und die großen Sitzmöbel hätten die Sicht versperrt, die man vom Frühstücksraum auf den Garten hatte.

Zögerlich antwortete er: »Tut mir leid, aber ich kann dir keinen verkaufen.«

»Du meinst, du willst nicht«, entgegnete sie enttäuscht und verschränkte die Arme vor der Brust.

»Das kann ich meiner Tante nicht antun«, erklärte er bedauernd. »Das musst du verstehen, Anja.«

»Natürlich. Ich hätte dich nicht fragen sollen.« Sie bereute es bereits. Auch wenn sie seine Absage nachvollziehen konnte, tat sie weh. »Ich wollte dich nicht in eine unangenehme Situation bringen.«

Seufzend fuhr sich Joris mit der Hand durchs Gesicht. »Ich wünschte, die Dinge würden anders liegen.«

Überrascht sah Anja ihn an. »Ich auch.«

»Aber das tun sie nun einmal nicht«, sagte er leise, warf ihr einen langen Blick zu und ging schließlich.

Sehnsüchtig sah sie ihm hinterher. Sie war glücklich, dass er sich anscheinend ebenfalls zu ihr hingezogen fühlte. Aber im nächsten Moment verflog die Euphorie.

Mit Hilde, schoss es Anja durch den Kopf, würde auch Joris aus ihrem Leben verschwinden.

Schließlich kam er vor allem wegen seiner Tante nach Walsum. Wenn sie nicht mehr hier wohnen würde, hätte er dafür keinen Grund mehr. Außerdem würde er es Anja übel nehmen, wenn seine Tante wegen ihr aus dem *Lüttes Glück* ausziehen musste.

Anscheinend sind Joris und ich genauso wenig füreinander bestimmt wie Hilde und Godo, dachte Anja traurig und wusste, dass sie sich in diesem Moment auch nicht besser fühlen würde, wenn sie alle Schafe der Welt streicheln würde.

Kapitel 13

Während Joris mit Sören sprach, konnte er sich kaum konzentrieren. Er musste ständig an Anja denken.

Es fiel ihm schwer, seine Gefühle für sie zu verbergen. Aber was nutzte es, sie offen zu zeigen? Er würde damit Anja nur Hoffnungen machen und am Ende vielleicht verletzen, das wollte er auf keinen Fall. Denn sollte es hart auf hart kommen, würde er zu seiner Tante halten, das war für ihn selbstverständlich.

Hilde hatte ihm als Kind beigebracht, wie man am Strand Drachen steigen ließ, und ihm das Geheimrezept für die Lake verraten, in der sie Heringsfilet einlegte. Ihr Matjes schmeckte ihm besser als jedes Gourmet-Gericht. Sie hatte ihm vermittelt, dass alte Dinge wertvoll und erhaltenswert waren, weil sie eine Geschichte hatten. Dass man sich nur Gehör verschaffen konnte, wenn man furchtlos war und den Mund aufmachte.

»Bangbüxe erhalten nie, was sie wollen«, hatte sie mal in ihrer direkten Art gesagt. »Sie kriegen nur das, was andere zulassen, und das macht nicht glücklich.«

Damals hatte Joris sie gefragt: »Bist du denn glücklich?«

»Mach nicht denselben Fehler wie ich und stoße Menschen, die dir wirklich etwas bedeuten, von dir weg«, hatte sie ausweichend geantwortet. »Sonst könntest du die Liebe deines Lebens verlieren und es für immer bereuen.«

Manchmal schoss Hilde übers Ziel hinaus. Diplomatie war nicht ihre Stärke, aber auch daraus hatte Joris gelernt. Wenn man Menschen vor den Kopf stieß, wendeten sich viele von einem ab. Hilde tat gerne so, als würde ihr das nichts ausmachen, aber in der Unterhaltung übers Glücklichsein war ihre harte Schale kurz aufgebrochen, und sie hatte angedeutet, dass sie unter dem großen Verlust der Liebe ihres Lebens litt. Wen mochte sie damit gemeint haben?

So sehr sich Hilde über Anja beschwerte, insgeheim war sie froh, endlich nicht mehr allein im *Lüttes Glück* zu wohnen, das las er zwischen den Zeilen. Sie gab vor, niemanden zu brauchen, doch das stimmte nicht. Sie war nur zu oft enttäuscht worden und im Grunde sehr sensibel.

»Irgendwann kriegt man immer Streit, selbst mit den besten Freunden«, hatte sie mal niedergeschlagen zu Joris gesagt.

Also hatte sie aufgegeben, Freundschaften zu pflegen, anstatt sich zu bemühen, diplomatischer zu sein. Da kamen ihr die Feriengäste ganz recht. So war sie nicht allein, musste sich aber nicht ernsthaft auf andere Menschen einlassen. Darüber hinaus hatte sie nur ihre Familie und ihre Nachbarn.

Anja durchschaute seine Tante nicht, wie Joris es tat. Wahrscheinlich sah sie nur eine alte sture Frau mit großer Klappe in ihr. Ganz unrecht hatte sie mit dieser Einschätzung nicht. Aber Hilde war auch sehr einsam, seit die kleine Inselpension geschlossen hatte.

Nun, da Anja eingezogen war, blühte sie langsam wieder auf. Ihre blassen Wangen waren rosiger, und sie aß nicht mehr wie ein Spatz. Anjas Anwesenheit tat ihr gut, auch wenn sie sich das niemals eingestanden hätte. Es imponierte ihr, dass Anja sich von ihrem losen Mundwerk nicht einschüchtern ließ und ihr Kontra gab.

Joris und Sören einigten sich darauf, am nächsten Tag zusammen Peer aufzusuchen. Bestimmt würde der Choleriker eine übertrieben hohe Entschädigung verlangen, und Sören, der jedem Streit aus dem Weg ging, würde schnell klein beigeben. Das würde Joris verhindern! Sörens Schafherde hatte auf dem Weizenfeld gar nicht so einen großen Schaden angerichtet, wie der Bauer behauptet hatte. Joris hatte sich selbst ein Bild davon gemacht.

Während er in seinen Bulli stieg und nach Nieblum zu seiner Mutter Ilse fuhr, dachte er wieder an Anja. Schmunzelnd fragte er sich, ob Anja ahnte, dass er nur so oft nach Hilde sah, weil er hoffte, ihr über den Weg zu laufen. Sie hatte so eine Andeutung gemacht, aber vielleicht interpretierte er auch zu viel in ihre Bemerkung hinein.

Er fühlte sich ertappt, aber er würde trotzdem weiterhin Gründe erfinden, um Hilde so oft wie möglich zu besuchen. Dieses Glücksspiel, die Frage, ob er Anja zufällig begegnete und wie sie auf ihn reagierte, übte einen unwiderstehlichen Reiz auf ihn aus.

Unter anderen Umständen hätte Joris sie nach dem Zwischenfall vor Sörens Stall zum Abendessen in ein Restaurant in Wyk eingeladen. In einen dieser modernen Läden mit Blick auf den Strand und in dem die norddeutsche Küche mit internationalen Einflüssen kombiniert wird. Vielleicht hätte sie das beeindruckt. Schließlich kam sie aus der Stadt, und sie sollte ihn nicht für provinziell halten.

Die Zeichen, die sie ihm gesandt hatte, waren eindeutig gewesen. Anjas Blick hatte sich an seinem festgesaugt, und sie hatte subtil mit ihm geflirtet. Sie mochte ihn. Und er mochte sie. Sehr sogar. Ihre Lippen waren verführerisch. Gerne hätte er herausgefunden, wie es sich anfühlte, sie zu küssen.

Alles hätte so einfach zwischen ihnen sein können, hätte sie nicht das *Lüttes Glück* gekauft. Aber das hatte sie nun einmal. Sie stellte Hilde vor Veränderungen, die seine Tante nur schwer verkraften würde. Darüber konnte er nicht hinwegsehen.

Aufgewühlt klingelte er an der Tür der Windmühle. Seine Mutter ließ ihn lächelnd hinein, und er folgte ihr in die Küche, in der es nach Nordseekrabben und Zitronensaft duftete. Sie hatte ihn zum Abendessen eingeladen. Es würde Schollenfilet Büsumer Art mit Speck-Kartoffeln und zum Nachtisch Rote Grütze mit Vanillesoße geben. Sie hatte nur für zwei Personen gedeckt. Johan war noch in der Hafenmeisterei, und Arian und Tjorben hatten Verpflichtungen. Joris genoss die Zeit, die er mit seiner Mutter allein verbrachte. Das kam selten vor.

»Wie lief es bei Sören?«, fragte sie. Er hatte ihr von seinem Schlichtungsvorhaben erzählt.

»Ich habe Anja bei ihm getroffen«, rutschte es Joris heraus, was nichts zur Sache tat. Hitze kroch seinen Hals hinauf.

Überrascht sah seine Mutter ihn an. Sie hielt die Pfanne mit den Fischfilets in der Hand. »Die neue Besitzerin des *Lüttes Glück*?«

»Ja.« Während er die Kartoffeln in eine Porzellanschüssel füllte, spürte er ein angenehmes Ziehen im Bauch. Er sollte nicht so viel an Anja denken.

Seine Mutter stellte die Pfanne auf einen Untersetzer. »Wie läuft es zwischen Hilde und ihr?«

»Die Fronten sind verhärtet«, antwortete er bedauernd.

Seine Mutter holte eine Flasche Bier aus dem Kühlschrank und reichte sie Joris. »Wie ist sie so, diese Anja Blumenthal?«

»Sie ist ganz nett«, sagte er und versuchte, beiläufig zu klingen, »auch wenn Hilde etwas anderes sagen würde.«

Neugierig musterte sie ihn. »Warum lächelst du so verträumt?«

»Tue ich doch gar nicht«, log er und öffnete die Flasche.

Sie zog die cremefarbene Strickjacke aus und hängte sie über die Rückenlehne ihres Stuhls. Dann nahm sie Platz und schob sich den Pony ihrer kurzen blonden Haare aus der Stirn. »Magst du sie etwa?«

»Ich kenne sie ja kaum.« Was die Wahrheit war, aber Anja hatte bei ihm eingeschlagen wie eine Bombe.

Verschmitzt grinste seine Mutter, ihre Lachfältchen traten hervor. »Aber ihr duzt euch anscheinend schon.«

»Genau wie Hilde und sie«, beeilte er sich zu sagen und schenkte seiner Mutter ein Glas Rotwein ein.

»Tatsächlich?«, fragte sie verblüfft. »Dann gibt es noch Hoffnung auf Frieden.«

»Findest du? Ich sehe im Moment keinen Ausweg, was das *Lüttes Glück* betrifft.« Er setzte sich ihr gegenüber. »Dabei wäre es wirklich wichtig, dass sie eine Lösung finden, mit der beide zufrieden sind.«

»Dann ist Frau Blumenthal nicht so herzlos, wie wir befürchtet hatten?«

»Ganz und gar nicht. Sie ist sehr offen, hat vernünftige

Ansichten und sogar schon Sören dazu gebracht, mehr als nur drei Worte zu sprechen. Das will schon was heißen. Er ist doch sonst eher verschlossen, besonders Fremden gegenüber.« Joris musste daran denken, dass er eifersüchtig gewesen war, als Anja erzählt hatte, wie gut sie sich mit Sören verstand, und wurde verlegen.

»Oh-oh«, machte seine Mutter ironisch und hielt ihm ihr Weinglas hin. »Diesen Tonfall kenne ich.«

Er stieß mit ihr an. »Wie bitte?«

»Deine Stimme wird ganz weich, wenn du über Frau Blumenthal redest. So klingst du immer, wenn du verliebt bist«, sagte sie amüsiert.

»Red keinen Unsinn! Wie könnte ich mich in eine Frau verlieben, die meine Tante auf die Straße setzen will?«, entgegnete er betont entschlossen. Doch wem wollte und konnte er noch etwas vormachen? Es war bereits zu spät. Anja hatte sich von der ersten Begegnung an in sein Herz geschlichen. Sie war eine Frau, die wusste, was sie wollte, und dafür kämpfte, ohne dabei aber rücksichtslos zu sein. Das gefiel und beeindruckte ihn. Eine sanfte, leise Kämpferin.

»Man kann sich nicht aussuchen, in wen man sich verliebt«, kommentierte seine Mutter. Dann zeigte sie auf den Fisch. »Lass uns essen, sonst wird er kalt.«

Während des Essens berichtete seine Mutter Joris, dass Tjorben am späten Nachmittag spontan bei ihr vorbeigeschaut hatte. »Heute Vormittag ist ein Feriengast von Bord gefallen, hat er erzählt.«

»Wie konnte das denn passieren?«

»Tjorben hat eine Schulklasse mit der *Seewievke* rausgefahren. Anstatt ihm bei seinen Ausführungen über das Wattenmeer zuzuhören, haben einige Jugendliche herumgebalgt. Dabei ist einer von ihnen über die Reling gestürzt.« Sie schüttelte den Kopf. »Tjorben hat sich nur schnell die Schuhe und die Jacke ausgezogen und ist hinterhergesprungen.«

Joris riss die Augen auf. »Ist nicht wahr?«

»Danach war er stinksauer«, erklärte sie. »Weniger auf den Schüler als auf den Lehrer, der tatenlos zugesehen hat.«

»Das Donnerwetter kann ich mir gut vorstellen. Tjorben kann brüllen wie ein Löwe. Und wenn er böse guckt, ziehe sogar ich den Kopf ein. Verrate ihm das bitte nicht.« Joris schob mit dem Fischmesser ein Stück Scholle auf seine Gabel. »Das würde ihm nur gefallen.«

»Versprochen. Dass er manchmal grimmig aussieht, liegt nur an seinem Bart. Ich bitte ihn ständig, ihn abzurasieren, aber da ist nichts zu machen.«

Joris ahmte Tjorbens tiefe Stimme nach: »Richtige Kerle tragen Bart.«

»Genau das sagt er dann.« Seine Mutter lachte. »Der Ausflug musste abgebrochen werden. Er hat die Fahrgäste an Land gebracht, ist schnell nach Hause gefahren und hat sich trockene Kleidung angezogen. Er hatte nicht einmal Zeit zum Duschen, weil schon die nächste Bootstour anstand. Die neuen Gäste waren wenig erfreut, dass sie auf ihn warten mussten. Aber dafür konnte er ja nichts. Jedenfalls war seine Laune im Keller.«

Zwischen zwei Gabeln Speckkartoffeln frotzelte Joris: »Und darum ist der hartgesottene Seebär zu seiner Mutter gefahren und hat sich von ihr trösten lassen.«

»Ja, aber das solltest du ihm nicht unter die Nase reiben«, riet sie ihm und zwinkerte.

»Und ob!« Joris freute sich schon darauf, seinen Bruder damit aufzuziehen. »So viel zum Thema: richtiger Kerl!«

»Ich finde das süß. Auch wenn Eigenlob stinkt …«, begann sie und lächelte Joris liebevoll an. »Du, Tjorben und Arian seid deinem Vater und mir alle gut gelungen.«

Zärtlich drückte er ihre Hand und hielt ihr die Pfanne hin, doch sie lehnte einen Nachschlag ab. Also griff er zu.

Nach dem Hauptgang aßen sie mit großem Genuss die Rote Grütze. Pappsatt nahmen sie sich jeder einen Becher schwarzen Tee und gingen rüber ins Wohnzimmer.

Während seine Mutter einige Tischlampen anschaltete und Kerzen entzündete, sah sich Joris um. Irgendetwas war an diesem Raum anders als sonst. Etwas fehlte.

Plötzlich ging ihm ein Licht auf. »Wo ist deine Staffelei?«

»Ich habe sie auf den Speicher geräumt.« Die Wangen seiner Mutter färbten sich rot. »Sie war im Weg.«

»Aber sie stand doch immer in der Ecke.« Die Mühle war als Atelier zu klein, also hatte seine Mutter im Wohnzimmer gemalt, wenn Joris' Vater nicht zu Hause war, oder eben in der Galerie in Wyk.

Von Arian wusste Joris, dass seine Mutter den Werkraum im *Strandmohn* nicht mehr nutzte. Sie schaute nur noch selten in der Galerie vorbei. »Malst du etwa nicht mehr?«, fragte er sie verdutzt.

»Im Moment nicht.« Sie wich seinem Blick aus.

Nach einer kreativen Pause sah das allerdings nicht aus. »Warum nicht?«, hakte er beunruhigt nach.

»Ich male schon so lange. Mir gehen die Ideen aus.« Sie zuckte mit den Schultern, als wäre das keine große Sache. War es aber.

Joris schüttelte den Kopf. »Das kann ich mir nicht vorstellen. Du bist doch eine Vollblutkünstlerin.«

»Leidenschaften kommen und gehen«, sagte sie beiläufig und nahm im Sessel Platz.

»Nicht das Malen, nicht bei dir.« Seine Worte hingen schwer im Raum. Eindringlich sah er seine Mutter an. »Ist etwas passiert?«

Sie hob den Teebecher an den Mund, als wollte sie sich dahinter verstecken. »Wie kommst du denn darauf?«

»Deine wiederkehrenden Kopfschmerzen«, begann er.

Harsch fiel sie ihm ins Wort: »Fang nicht wieder damit an!«

»Du wirst das *Strandmohn* an Arian überschreiben, und jetzt hast du auch noch aufgehört zu malen.« Er setzte sich auf die Couch.

»Das Leben besteht eben aus Veränderungen. Das weißt du doch selbst sehr gut.« Seine Mutter stellte den Becher ab, ohne getrunken zu haben, und presste die Lippen zusammen.

Sie redete von Carla. Joris verspürte einen Stich im Herzen, ging aber nicht auf die Anspielung ein. »Das stimmt, aber das Malen war eine Konstante in deinem Leben.«

»Das *Lüttes Glück* war auch immer ein Teil von Hildes Leben, und nun wird sie es verlassen müssen, weil Hilde rückwärtsgerichtet und stur ist. Sie hatte nie ein gutes Händchen fürs Geschäft.« Seine Mutter schnaubte, nahm die Wolldecke von der Armlehne und kuschelte sich darin ein. »Ein Wunder, dass die kleine Inselpension überhaupt so lange überlebt hat. Die Dinge ändern sich eben. Wusstest du, dass meine Freundin Ingrid sich scheiden lässt?«

Er schüttelte den Kopf. So hart hatte er sie noch nie reden

hören. »Ist alles in Ordnung zwischen Vater und dir?«, fragte er.

»Ja«, antwortete sie zögernd.

»Falls ihr Probleme habt, kannst du mit mir darüber reden«, sagte er mit sanfter Stimme. »Auch wenn ich dein Sohn bin, sollte dir das nicht unangenehm sein.«

»Ich weiß.« Sie lächelte ihn an. »Danke, mein Großer.«

»Nur weil du die Galerie an Arian übergeben wirst, bedeutet das doch nicht gleich, dass du das Malen ganz aufgeben musst.« Es schien, als wollte sie alles, was mit dem Malen zu tun hatte, aus ihrem Leben verbannen.

»Ich muss gar nichts, sondern ich will es«, stellte seine Mutter klar, während sie, wie um sich selbst zu beruhigen, die Kuscheldecke glattstrich.

»Du hättest die Staffelei ja erst einmal in der Ecke stehen lassen können«, gab Joris zu bedenken. »Vielleicht überwindest du dein Tief und bekommst jetzt im Frühling wieder Lust.«

»Dann kann ich sie ja wieder vom Speicher runterholen. Und jetzt Schluss mit dem Verhör!«, sagte sie bestimmt. »Es ist mein Leben, und es ist meine Entscheidung.«

»Natürlich. Entschuldige, bitte. Ich wollte dich nicht bedrängen«, lenkte Joris ein. »Ich mache mir nur Sorgen.«

Seine Mutter atmete tief ein und wieder aus. »Das ist lieb von dir, aber nicht nötig. Kümmere dich lieber um Hilde.«

»Weil sie meine Hilfe will, du dagegen nicht?« Die Worte hinterließen einen bitteren Geschmack auf seiner Zunge.

»Es gibt nichts, bei dem du mir helfen kannst.« Leise gab sie zu: »Mir geht es zurzeit einfach nicht gut. Eine schlechte Phase. Das geht vorbei.«

»Was belastet dich?«, fragte Joris geradeheraus. Warum vertraute sie sich ihm denn nicht an? Befürchtete sie, er könnte seinem Vater und seinen Brüdern von ihrem Gespräch erzählen? Oder war das, was ihr zusetzte, so schlimm, dass sie nicht darüber sprechen konnte?

Sie winkte ab. »Wir haben alle unsere Sorgen und Nöte.«

Plötzlich bemerkte er einen kleinen Gegenstand, der unter dem Sofa lag. Er bückte sich und hob ihn auf. Ein Manschettenknopf mit dem Vereinslogo des Hamburger SV. »Hattest du in letzter Zeit Besuch?«

»Nein«, antwortete sie gepresst und wurde blass.

»Irgendjemand muss den Manschettenknopf hier verloren haben.« Nachdenklich betrachtete Joris die Raute. In ihrer Familie interessierte sich niemand für Fußball.

»Wahrscheinlich lag er schon ewig da.« Der Becher in ihrer Hand zitterte, als sie ihn zum Mund führte. Sie trank einen Schluck Tee und würgte ihn herunter wie trockenen Zwieback.

»Bist du sicher, dass niemand hier war?«, fragte er. Warum log sie ihn an?

»Ich bin noch nicht senil«, sagte sie vorwurfsvoll. Mit ihrem Blick flehte sie ihn an, die Sache auf sich beruhen zu lassen.

Joris bohrte nicht weiter nach, zu sehr war er nun selbst erschüttert, wie ängstlich seine Mutter wirkte. Er wollte in Ruhe überlegen, wie er damit umgehen sollte, und mit Arian und Tjorben sprechen. Vielleicht hatten seine Brüder ja eine Ahnung, von wem der geheimnisvolle Knopf stammen konnte.

Kapitel 14

Als Anja am Samstagmorgen aufstand und sah, wie wunderschön das Wetter war, dachte sie mit einem inneren Augenzwinkern: Heute mache ich etwas Verrücktes, ich fange einfach mit dem Renovieren an.

Auf was sollte sie auch warten? Wenn kein Wunder geschah, konnte sie frühestens in ein paar Monaten damit rechnen, Handwerker für das *Lüttes Glück* zu bekommen. Zeit war kostbar, und sie hatte ja ohnehin vor, einiges in Eigenleistung zu machen.

Voller Enthusiasmus machte sie sich auf zum Baumarkt, besorgte sich Tapetenrollen in Kamillegelb für den Flur, Kleister, einen Malerspachtel, eine Sprühflasche und andere Werkzeuge zum Tapezieren. Auf der Rückfahrt hielt sie an einem Supermarkt und kaufte Geschirrspülmittel, eine Familienpackung Lakritzkonfekt und eine große Dose Dänische Butterkekse. Es würde schließlich ein langer Tag werden.

Zurück in der kleinen Inselpension hängte sie im Flur alle Bilder ab und schob die Kommode und den Schirmständer in die Küche. Als sie die künstlichen Blumen in einen Wäschekorb legte, um Hilde später zu fragen, was mit ihnen passieren sollte, kitzelte ihre Nase von dem Staub, der sich über Jahre hinweg auf ihnen gesammelt hatte.

Jetzt war der Korridor bereit für eine erste Verschönerung. Anjas Körper kribbelte vor Tatendrang.

Motiviert bis in die Haarspitzen öffnete sie die Haustür und den Hintereingang, damit frische Luft durch den Flur wehen und sie das schöne Aprilwetter genießen konnte.

Tief atmete sie den Duft der feuchten Marschwiesen ein, der das *Lüttes Glück* flutete. Sie hörte Möwen lachen und Gänse schnattern. Ein Mäusebussard kreiste über Walsum und stieß immer wieder schrille Pfiffe aus, um sein Revier abzugrenzen. Sörens Schafe blökten fröhlich.

Das Küchenfenster im schwedenroten Haus wurde geöffnet, und Birthe steckte den Kopf heraus. »Habe ich dir heute schon gesagt, dass ich dich liebe?«, rief sie Maike, die gerade die weiße Haustür von außen abwusch, zu.

»Ja, erst vor zehn Minuten«, antwortete Maike amüsiert.

Mit einem Lächeln im Gesicht sprühte Anja die erste Bahn der Tapete ein. Während die Lauge aus Wasser und Spülmittel einwirkte, kochte sie sich eine Kanne Kaffee. Dann stieg sie auf die Leiter und kratzte mit dem Spachtel vorsichtig eine Ecke ab. Es war mühsam. Die Tapete wehrte sich. Sie hatte so lange hier gehangen, jetzt wollte sie anscheinend keinen Platz für eine jüngere und moderne Version machen.

Ganz wie Hilde, dachte Anja.

Mit einem scharfen Messer ritzte sie die Bahn ein und besprühte sie erneut mit dem selbst gemachten Tapetenlöser. Sie überbrückte die neuerliche Einwirkzeit damit, eine erste Tasse Kaffee zu trinken. Das Koffein machte sie hibbelig. Also ging sie wieder an die Arbeit. Diesmal löste sich die alte Tapete schon etwas leichter.

Zu ihrer Überraschung fand Anja darunter jedoch eine zweite Lage vor. Und darunter noch eine. Und das war noch nicht die letzte.

Hilde trat aus ihrer Wohnung und sah im Korridor in beide Richtungen. Mit missbilligender Miene kam die Vorbesitzerin auf Anja zu. Während sie über das Zopfmuster auf ihrem hellgrauen Strickpullover strich, sagte sie vorwurfsvoll: »Alle Türen stehen schon wieder weit offen. Jetzt kommt das Ungeziefer doch rein.«

»Es sind keine Gäste da.« Mit einer ausladenden Geste wies Anja sie von der obersten Sprosse der Leiter darauf hin, dass sie allein hier wohnten.

»Dir macht das etwa nichts aus?«, fragte Hilde herausfordernd. »Ihr Städter schreit doch gleich wie am Spieß, wenn eine Spinne auf euch zu krabbelt.«

Anja hatte kein Problem mit Spinnen, solange sie ihr nicht zu nahe kamen, aber das band sie Hilde nicht auf die Nase. »Ich habe ein großes Herz für Tiere«, antwortete sie ausweichend.

»Ich habe gehört, dass du Kimi vor Peer beschützt hast«, sagte die alte Frau und blieb vor der Leiter stehen.

Überrascht zog Anja die Augenbrauen hoch. »Ja, das habe ich. Von wem weißt du das?«

»Imke hat es mir erzählt«, erklärte Hilde und zupfte an ihren Ohrläppchen herum. Sie trug weder Ohrringe noch anderen Schmuck, aber durchsichtigen Nagellack.

Anja staunte nicht schlecht, denn sie hatte Imke und Elkmar Paulsen bisher nicht einmal kennengelernt. Walsum war eben ein Nest. Sobald sie Zeit fand, würde sie zu den Nachbarn rübergehen und sich vorstellen, nun, da feststand, dass sie auf Föhr bleiben würde. Die Insel hatte um die 8660 Einwohner und sie gehörte nun dazu. Sie fand den Gedanken überwältigend.

»Es war dumm von dir, dich Peer in den Weg zu stellen.«

Schmunzelnd erwiderte Anja: »Das hat Joris auch gesagt.« Allein durch die Erwähnung seines Namens wurde ihr heiß. Hoffentlich sah Hilde ihr nichts an.

»Wer Tiere misshandelt, tut auch Menschen weh.« Plötzlich ballte Hilde eine Hand zur Faust. »Wenn ich Peer dabei erwischen würde, dass er Kimi erschlagen will, würde ich ihm den Spaten abnehmen und ihm gehörig eins überbraten.«

Verschwörerisch blinzelte Anja sie an. »Und ich würde ihn für dich festhalten.«

Hildes Augen weiteten sich überrascht, dann lächelte sie.

»Wie viele Tapeten hast du eigentlich übereinander geklebt?«, fragte Anja und zeigte mit dem Spachtel auf die Wand.

»Das weiß ich nicht mehr.« Die alte Dame zuckte mit den Schultern. »Fünf vielleicht?«

»Fünf?«, wiederholte Anja entgeistert. »Warum hast du die alten Tapeten vor dem Tapezieren nicht erst entfernt?«

»Weil es einfacher und schneller war, direkt drüber zu tapezieren. Ich hatte schließlich eine Pension zu führen.« Mit einem kühlen Lächeln schlug Hilde vor: »Lass sie doch einfach dran.«

Anja zog eine Augenbraue hoch. »Ich soll meine gelbe Tapete auch noch darüber kleben?«

»Nein, so meinte ich das nicht.« Als Hilde den Kopf schüttelte, wackelte ihr Dutt. Sie hatte ihre Haare nur locker am Hinterkopf hochgebunden, das Ganze wirkte ein bisschen wie eine Schaumkrone auf ihrem Kopf. »Lass alles so, wie es ist. Die dunkelblauen Wände sind doch hübsch.«

»Ja. Wenn man Höhlen mag«, erwiderte Anja. »Das hättest du wohl gerne, aber das wird nicht passieren. Mit meiner gelben Tapete wird im Flur die Sonne aufgehen.«

»Dann beschwere dich nicht!«, konterte Hilde trocken und betrat die Küche. Dort nahm sie den Wäschekorb mit den verstaubten Trockenblumen und ging in Richtung ihrer Wohnung.

»Du kannst sie nicht alle bei dir unterbringen«, wandte Anja ein. »Sie sind viel zu staubig. Das kann nicht gesund sein.«

Hilde blieb stehen und drehte sich zu ihr um. »Machst du dir etwa Sorgen um mich?«

»Du wohnst unter meinem Dach, da fühle ich mich für dich verantwortlich.«

Hildes Miene zeigte ihr, dass sie damit nicht gerechnet hatte. In ungewöhnlich mildem Ton erklärte sie: »Ich will die Blumen bloß in die Mülltonne werfen.«

»Du trennst dich von ihnen?« Das verwunderte Anja.

»Natürlich. Sie sind nur Staubfänger. Ich wollte sie schon lange entsorgen, bin aber nie dazu gekommen«, behauptete Hilde und streckte ihr Kinn trotzig vor.

Anja war sprachlos.

Hildes Augen funkelten belustigt. Die alte Frau wandte sich um, ging den Flur entlang und verschwand im Garten.

Vielleicht fand sie Veränderungen gar nicht so schlimm und brauchte nur jemanden, der sie dazu ermunterte.

Als Anja schon fast verzweifelte, weil sie nur schleppend vorankam und die fünf Schichten Tapete ihre Geduld auf die Probe stellten, stand Sören plötzlich im Türrahmen.

»Moin, Anja.« Er rieb über die Bartstoppeln auf seinem

Kinn. Auf seinem schwarzblauen Pullover stand *Made in Norddeutschland.* »Das sieht nach viel Arbeit aus.«

»Ist es auch.« Sie seufzte schwer. »Mein Budget ist knapp, ich muss vieles in Eigenleistung renovieren.«

»Selbstständig zu sein, ist nicht einfach. Ich spreche aus Erfahrung.« Er gab ein unbestimmtes Brummen von sich und ging wieder.

Das war ja nicht gerade aufbauend, dachte Anja.

Sie stieg von der Leiter und trank eine zweite Tasse Kaffee. Dann steckte sie sich ein Lakritzkonfekt in den Mund und machte weiter.

Zu ihrer Verwunderung kam Sören nach wenigen Minuten zurück. Er hatte einen Malerspachtel und einen Eimer mit schäumender Flüssigkeit dabei. Ohne ein Wort der Erklärung stellte er sich an die Wand auf der gegenüberliegenden Seite, wrang den Fliesenschwamm, der in der Lauge trieb, aus und befeuchtete die Tapete. Schweigend fing er an, die oberste Lage abzukratzen.

Anja ging das Herz auf. Aufmunternd hielt sie ihm die Tüte mit dem Lakritz hin. »Danke. Das ist wirklich nett von dir.«

»Kein Ding«, sagte er und griff beherzt zu. Schmatzend fuhr er mit der Arbeit fort.

Am späten Vormittag kam Birthe. Sie schien ihre Haare frisch nachgefärbt zu haben, das Pink leuchtete noch intensiver als zuvor. »Warum hast du uns nicht Bescheid gegeben? Wir helfen gerne.«

»Das kann ich doch nicht von euch erwarten«, wandte Anja ein und sprühte die Wand an.

»Dann wollen Sören und du den ganzen Spaß für euch

allein haben?«, frotzelte ihre Nachbarin und steckte die Hände in die Taschen ihrer Jeanslatzhose. Ihre Hosenbeine waren bis zu den Waden hochgekrempelt. Ihre nackten Füße steckten in knallroten Turnschuhen.

»Spaß?« Anja tat so, als würde sie erschaudern. »Wir reden hier von fünf Tapeten übereinander, den kompletten Korridor entlang, zu beiden Seiten.«

»Je mehr Leute dir zur Hand gehen, desto schneller wirst du fertig sein. Ich hole nur eben etwas Süßes«, sagte Birthe, und in ihrer Stimme schwang Vorfreude mit.

Anja, die »meine Süße« verstanden hatte, sagte: »Maike soll sich bitte nicht gezwungen fühlen, mir auch zu helfen.«

»Ich meinte die Donauwellen, die sie gestern Abend gebacken hat«, erklärte Birthe und lachte. »Wer viel arbeitet, darf auch viel essen.«

»So habe ich das noch nicht gesehen. Das ist ja prima!«, stieß Anja aus und zwinkerte ihr zu. »Du hast es echt drauf, einen zu motivieren.«

»Nicht wahr? Es liegt nicht ein Tag voller schweißtreibender Arbeit vor uns, sondern ein Tag skrupellosen Schlemmens.« Birthe leckte sich über die Lippen und wandte sich zum Gehen um. Über die Schulter hinweg erwähnte sie: »Aber ich wollte Maike tatsächlich fragen, ob sie Zeit und Lust hat, zu deiner Renovierungsparty zu kommen.«

»Party?«, fragte Anja verdutzt, doch Birthe war schon aus der Haustür getreten und eilte davon. Zu Sören sagte sie: »Dann mache ich mal Tee und eine frische Kanne Kaffee.«

»Aber nicht, dass ihr Deerns den ganzen Tag nur schnackt und esst, anstatt zu arbeiten«, ermahnte er sie. »Kann ich noch ein Lakritz haben?«, fragte er lächelnd.

Anja legte die Familienpackung auf den Tapeziertisch. »Bediene dich einfach! Ich habe auch Dänische Butterkekse.«

Birthe und Maike kamen und brachten Musik mit. Es wurde viel gelacht und geschwatzt, während sie fleißig waren. Sie machten keine Pausen, jeder aß und trank zwischendurch. Für Anja fühlte sich das Renovieren gar nicht wie Arbeit an.

Am frühen Nachmittag klopfte ein betagtes Paar an die offen stehende Tür.

Der Wind zerrte an den kurzen grauen Haaren und dem schwarzen Faltenrock der Frau. Der weiße Reiher, der auf ihrer dunklen Weste aufgestickt war, hatte die Flügel gespreizt und wollte gerade abheben. Gesicht und Hände der Fremden waren übersät mit Altersflecken. Sie hatte ein herzliches Lächeln und war Anja auf den ersten Blick sympathisch.

Der Mann an ihrer Seite lächelte ebenfalls, wenn auch verhaltener. Er hielt einen großen Kochtopf in den Händen, der sehr schwer zu sein schien, denn er stöhnte und stellte ihn ab. Seine Füße steckten in braun karierten Hausschuhen, und seine Augenbrauen erinnerten Anja an den Kopfschmuck eines Kronenkranichs.

»Hallo, das ist mein Mann, Elkmar, ich heiße Imke«, stellte die Frau ihren Mann und sich vor. »Wir wohnen in dem weißen Haus mit den blauen Fensterrahmen.«

Anja schüttelte ihr die Hand. »Anja. Die neue Eigentümerin der Pension. Freut mich sehr, Sie kennenzulernen. Ich wollte mich sowieso noch bei Ihnen vorstellen.«

»Hier in Walsum duzen wir uns alle.« Imkes Wangen

röteten sich leicht. »Wäre es für dich in Ordnung, wenn wir das auch machen würden?«

Erfreut nickte Anja. »Sehr gerne.«

»Wir sind zu alt, um beim Tapezieren zu helfen, aber wir haben Stielmuseintopf mit Mettwurst mitgebracht, falls ihr Hunger habt.« Imke zeigte auf den Topf. »Ich habe den Eintopf frisch gekocht, er ist noch heiß.«

Alle waren begeistert, obwohl sie viel Kuchen, Gebäck und Süßigkeiten nebenher gegessen hatten. Aber jetzt um die Mittagszeit hatten sie Hunger auf etwas Deftiges.

Anja füllte Suppenteller, verteilte sie und bedankte sich noch einmal bei jedem einzelnen von ihnen für die Unterstützung. »Ich bin total gerührt.«

»Wir Walsumer halten zusammen«, sagte Imke, bevor sie und ihr Mann sich wieder verabschiedeten.

Birthe, Maike, Sören und sie setzten sich auf die Stufen vor der Pension und aßen in der Frühlingssonne mit großem Genuss den Eintopf. Eine Propellermaschine kreiste über der Insel und sank immer tiefer, um auf dem Flughafen Wyk zu landen. Zwei drahtige Männer auf Rennrädern waren auf dem zweihundert Kilometer langen Radwegenetz, das an Walsum vorbeiführte, unterwegs und spähten neugierig zu ihnen herüber, drosselten aber ihre Geschwindigkeit nicht.

Anja war erschöpft und hungrig, aber glücklich. Es war schön, zu dieser kleinen Gemeinde dazuzugehören. Sie fühlte sich willkommen. Die Einsamkeit, die sie am Anreisetag empfunden hatte, war verschwunden, und die Enttäuschung über den maroden Zustand des Gästehauses hatte sich in Enthusiasmus verwandelt.

Das *Lüttes Glück* blieb eine Herausforderung. Es gab viel zu modernisieren, aber das bot ihr die Möglichkeit, die Pension nach ihren Wünschen zu gestalten. Sie hatte ein Abenteuer gesucht und es auf Föhr gefunden und war in diesem Moment zuversichtlich, dass sie an den bevorstehenden Aufgaben wachsen würde.

Nach dem Essen stellte Anja ihren leeren Teller ab und seufzte zufrieden. »Ich würde euch gerne zum Dank heute Abend zum Essen einladen.«

»Nach der anstrengenden Arbeit willst du noch einkaufen fahren und kochen?«, fragte Birthe skeptisch und hielt ihr Gesicht in die Sonne.

Maike lehnte sich gegen die Wand neben der Haustür und stöhnte. »Meine Arme sind jetzt schon schwer.«

»Aber wir entfernen heute noch die verflixten alten Tapeten«, mahnte Sören die beiden. »Dann können wir morgen endlich tapezieren.«

Anjas Augen wurden groß. »Dabei wollt ihr mir auch helfen?«

»Selbstverständlich. Wir gehen doch nicht nur den halben Weg mit dir«, antwortete Birthe und streckte sich.

»Ihr seid so klasse!« In ihrer Begeisterung und Dankbarkeit hatte Anja allerdings nicht bedacht, dass sie nur die nötigsten Lebensmittel im Haus hatte. »Gibt es einen Pizza-Lieferdienst, der auch zu uns nach Walsum rausfährt?«

Maike nannte ihr den Namen und schloss für einen Moment die Augen.

»Na, dann ist doch alles klar«, sagte Anja frohgemut. »Ich gehe eben rüber und lade Imke und Elkmar ein. Dann bestelle ich das Essen für später vor und kümmere mich um frischen Tee und Kaffee. Ihr könnt so lange verdauen. Einverstanden?«

»Rumsitzen macht nur träge. Wir arbeiten schon mal weiter.« Sören erhob sich und scheuchte Birthe und Maike auf.

»Sklaventreiber«, murmelte Birthe, folgte ihm aber in die Inselpension. Gähnend trottete Maike hinter ihnen her.

Während Anja die Suppenteller aufeinanderstapelte, konnte sie ihr Glück kaum fassen. Sie hatte zwar noch keine Handwerker gefunden, aber Freunde, die ihr halfen. Das erste Mal seit ihrer Ankunft auf Föhr fühlte sie sich rundum wohl, und sie konnte sich vorstellen, schon bald in Walsum heimisch zu werden.

Kapitel 15

Frisch gestärkt arbeiteten sie weiter. Wegen der vielen Tapetenschichten kamen sie nur schleppend voran. Birthe, Maike und Sören erzählten Anja Anekdoten über Walsum, nach und nach erfuhr sie so einiges über die kleinste Inselgemeinde.

Früher war der Ort größer gewesen. Es hatte mal einen Tante-Emma-Laden, eine eigene kleine Kapelle und einen Sattlermeister gegeben. Alle waren spätestens seit den Siebzigerjahren verschwunden. Der Ort hatte mal einen Shanty-Chor gehabt, aber die Mitglieder waren nacheinander verstorben, und es hatte Nachwuchsprobleme gegeben.

Sören hatte vor Jahren mal ohne Brennerlaubnis Schnaps gebrannt, war von der Polizei erwischt und zu einer hohen Geldstrafe verurteilt worden. Nach der Erfahrung hatte er sein Hobby aufgegeben. Anja staunte nicht schlecht. Sie hätte dem sensiblen Schäfer gar nicht zugetraut, mit dem Gesetz in Konflikt geraten zu sein.

Als Anja, Birthe und Maike unter dem Kopfschütteln von Sören lautstark das Lied »Bye bye Arschgeweih« von Ina Müller sangen, ging Hilde mit einem Eimer in den Frühstücksraum. Anja fragte sich, was sie vorhatte. Sie wollte doch wohl nicht schon anfangen, die Tapete in dem Zimmer zu entfernen? Anja wollte die Raufasertapete behalten und sie bloß neu streichen. Das wusste Hilde aber nicht, sie hatten nie darüber gesprochen. Das Thema Renovieren war heikel.

Besorgt folgte Anja ihr und traf Hilde dabei an, wie sie die Fenster zum Garten putzte.

Sie räusperte sich, damit sich die ältere Frau nicht erschreckte. »Das musst du nicht tun.«

»Die Scheiben sind schmutzig«, sagte Hilde, ohne sich umzusehen.

Auf keinen Fall wollte Anja, dass eine Frau in ihrem Alter für sie saubermachte. »Putzen ist jetzt meine Aufgabe.«

»Du hast aber keine Zeit, also mache ich das.« Hildes Stimme gewann an Schärfe. »Ich will mich nicht vor den Nachbarn für den Zustand der Pension schämen müssen.«

Meinte sie das ernst, oder hatte sie sich vom allgemeinen Tatendrang anstecken lassen? Anja musterte sie und fand, dass sie nicht verärgert wirkte, sondern von innen heraus strahlte. Die Sorge darüber, was die Nachbarn denken könnten, war nur vorgeschoben. Hilde wollte anscheinend auch etwas tun, aber sie hätte sich niemals dazu herabgelassen, Anja direkt beim Renovieren zur Hand zu gehen.

»Das ist nett von dir, vielen Dank«, sagte Anja gerührt.

Überrascht hielt Hilde inne, dann lächelte sie. Sie wurde verlegen, wandte sich ab und polierte die Scheibe mit einer Energie, die Anja beeindruckte.

»Ich lade alle Helfer heute Abend zu Pizza ein. Möchtest du auch kommen?«, fragte Anja und sah sie aufmunternd an.

Während Hilde das Trockentuch auf die Fensterbank legte, schüttelte sie den Kopf. »Ich helfe dir ja nicht.«

»Natürlich hilfst du mir, wenn du mir Aufgaben abnimmst.«

»Nein, danke«, antwortete Hilde.

Enttäuscht seufzte Anja. »Bist du sicher?«

»Das geht einfach nicht«, stellte die ältere Frau klar und tauchte das Ledertuch in den Eimer.

»Warum nicht? Weil wir dann Frieden schließen müssten?«, fügte Anja in ironischem Ton hinzu.

Ungehalten fuhr Hilde mit der Hand durch die Luft, Wasser spritzte auf den Fußboden. »Wir können nicht an einem Tisch sitzen und so tun, als wäre alles in Ordnung.«

»Wir könnten doch eine Feuerpause vereinbaren«, schlug Anja hoffnungsvoll vor.

»Das würde nicht gut gehen.« Aufgebracht wischte Hilde über die schmutzige Scheibe. »Nicht einmal einen Abend lang.«

Anja ließ die Schultern hängen. »Überleg es dir! Bis zum Abendessen ist ja noch Zeit.«

Sie hieß es nicht gut, dass Hilde weiterhin im *Lüttes Glück* wohnte, aber sie drängte die Vorbesitzerin auch nicht, die Einliegerwohnung freizumachen. Sie brachte es nicht übers Herz. Außerdem würde mit ihrem Auszug die Verbindung zu Joris abreißen, und das wollte sie nicht. Allein, wenn sie an ihn dachte, schlug ihr Herz Purzelbäume.

Sie hätte niemals gedacht, dass sie so früh nach ihrer Trennung von Ralf schon wieder etwas für einen anderen Mann empfinden könnte. Aber zwischen ihrem Ex und ihr war die Liebe schon lange erkaltet. Wahrscheinlich hatte sie sich innerlich viel früher von ihm gelöst, als ihr bewusst gewesen war. Sie hätte sich schon eher von ihm trennen sollen.

Anja ging zurück an die Arbeit. Mit ihren fleißigen Helfern schafften sie es, bis zum späten Nachmittag den Flur von den Tapetenschichten zu befreien. Erschöpft zogen sich Birthe, Maike und Sören nach Hause zurück, um zu duschen und sich umzuziehen.

Gerade als sie ins *Lüttes Glück* zurückgekehrt waren, wurde die Pizza geliefert. Während Sören das Gestrüpp, das die Sitzecke im Garten zum Teil überwucherte, zurückschnitt, deckte Anja zusammen mit Birthe und Maike den Tisch. Da stießen auch Imke und Elkmar zu ihnen und brachten Anisschnaps mit.

»Ich geh Hilde fragen, ob sie nicht doch mitessen möchte.« Anja hatte erwähnt, dass Hilde ihre Einladung am Nachmittag abgelehnt hatte. Nun wollte sie einen zweiten Versuch bei Hilde starten. Sie hatte ein schlechtes Gewissen. Alle saßen so nett zusammen und hatten Spaß, und nur die alte Dame blieb allein in ihrer Wohnung.

Zuversichtlich ging sie zum Hintereingang und betrat das *Lüttes Glück*. Da hörte sie Stimmen aus Hildes Apartment. Die Wohnungstür stand offen.

Joris ist hier, dachte Anja freudestrahlend, als sie seinen Bariton erkannte.

Sie wollte sich umdrehen und zurück in den Garten gehen, doch ihre Füße waren schwer wie Blei. Ihr Verstand riet ihr zu verschwinden, bevor man sie bemerkte, doch ihr Herz verbot ihr, sich auch nur einen Schritt von der Möglichkeit, Joris zu begegnen, zu entfernen.

»Hast du diesen Manschettenknopf schon mal gesehen?«, hörte Anja ihn über das Rauschen des Wasserkochers hinweg fragen.

»Nein.« In ihrer direkten Art fügte Hilde hinzu: »Der ist ja vielleicht hässlich.«

»Das ist das Vereinslogo des Hamburger SV«, erklärte er.

Der Kocher schaltete sich aus. Anja hörte, wie Wasser in einen Becher gegossen wurde.

Verächtlich sagte Hilde: »Wer trägt denn sowas?«

»Ein großer Fußballfan«, antwortete er.

Ironisch erwiderte sie: »Darauf wäre ich niemals gekommen.«

»Warum fragst du dann?«, gab Joris leicht ungehalten zurück.

Gereizt stellte sie klar: »Das war eine rhetorische Frage. Der Knopf ist und bleibt hässlich.«

»Kennst du jemanden, der einen Manschettenknopf des HSV tragen würde?«, wollte er wissen, und Anja hörte ihm an, dass er sich um einen versöhnlichen Ton bemühte.

Das Klappern eines Löffels drang zu Anja. Hilde musste in ihrem Tee rühren, während sie mürrisch antwortete: »Nein.«

»Ich komme wohl lieber wieder, wenn du besser gelaunt bist«, sagte er brummig.

»Tut mir leid, aber ich könnte platzen vor Wut«, brach es aus ihr heraus.

Anja zuckte zusammen, als es schepperte. Sie vermutete, dass Hilde den Löffel auf das Sideboard geworfen hatte.

»Meine Nachbarn haben sich von der Zugezogenen um den Finger wickeln lassen«, zischte Hilde aufgebracht. »Das waren mal meine Freunde.«

»Das sind sie immer noch«, wandte Joris ein.

»Nein«, widersprach Hilde rigoros. »Jetzt sind es ihre.

Sie kann sie haben, denn sie sind mir heute in den Rücken gefallen. Sie haben ihr beim Renovieren geholfen.«

»Die Walsumer können mit euch beiden befreundet sein.« Er klang, als würde er sie mit seiner ruhigen Stimme beschwichtigen wollen.

Doch es funktionierte nicht, wieder widersprach sie ihm scharf: »Das geht nicht. Sie müssen sich zwischen uns entscheiden. Entweder sie oder ich!«

»Gilt das auch für mich?«, fragte Joris mit dunkler Stimme.

»Ich dachte nicht, dass ich dich vor die Wahl stellen müsste«, stieß sie empört aus. »Ist nicht klar, zu wem du hältst?«

»Selbstverständlich bin ich auf deiner Seite«, versicherte er ihr, »aber ich lasse mich nicht erpressen.«

»Was willst du damit andeuten? Magst du die Blumenthal etwa?«

Ohne zu zögern, antwortete Joris: »Ja.«

Anjas Puls beschleunigte sich. Sie drückte ihre Hände gegen den Brustkorb, weil sie befürchtete, ihr Herz könnte heraushüpfen.

»Wie sehr?«, wollte Hilde schrill wissen.

»Ich komme morgen wieder, dann reden wir in Ruhe über alles. Jetzt bist du zu aufgebracht. Dein Zorn macht dich ungerecht«, erklärte Joris. Seine Schritte waren zu hören, sie kamen rasch näher.

Im nächsten Moment stand er vor Anja. Seine Augen weiteten sich.

Sie lief hochrot an. Ihr Herzschlag wurde so stürmisch wie ein Trommelwirbel. Ihr fiel das Atmen schwerer. Joris hatte seinen Dreitagebart an den Wangen wegrasiert und trug nun einen Henriquatre-Bart, der ihn noch attraktiver machte. »Entschuldige, ich wollte euch nicht belauschen«, brachte sie kleinlaut heraus.

»Das hast du aber, nicht wahr?« Missbilligend blinzelte er sie mit seinen schönen grünen Augen an.

»Ich war nur unschlüssig, ob ich euer Gespräch stören oder wieder gehen soll«, gab sie verlegen zu. »Also bin ich einfach geblieben, wo ich war.«

Er zeigte ihr einen Manschettenknopf. »Kommt der dir zufällig bekannt vor?«

»Nein.« Sie schüttelte den Kopf. »Den habe ich noch nie gesehen.«

»Schade.« Joris steckte den Knopf in die Tasche seiner Fleecejacke und spähte über Anjas Schulter hinweg in den Garten. »Du hast schon Freunde gefunden, das ging ja schnell.«

»Ja, nur deine Tante ist eine harte Nuss.« Anja seufzte und sah ebenfalls nach draußen. Ihre Gäste entzündeten gerade die Kerzen in den Windlichtern, die Anja in der Ferienwohnung, die Hilde als Abstellkammer nutzte, gefunden hatte. »Ich habe sie eingeladen, sich zu uns zu setzen, aber sie will nicht. Jetzt möchte ich versuchen, sie doch noch zu überreden.«

»Ich habe meine Meinung nicht geändert«, rief Hilde, die offenbar gelauscht hatte, gereizt und warf die Wohnungstür zu.

Anja verstand Joris' Tante nicht. Als sie Hilde nach dem Mittagessen gefragt hatte, ob sie zum Abendessen kommen wollte, hatte sie den Eindruck gehabt, dass die alte Frau kurz davor war, zuzusagen. Anscheinend hatte Anja das Fensterputzen doch falsch interpretiert, und Hilde hatte nicht indirekt helfen, sondern ihr Revier markieren wollen.

»Ach, darum ist ihre Laune so mies. Sie ist eifersüchtig, weil du dich mit den Nachbarn so gut verstehst.« Joris fuhr sich mit der Hand übers braune Haar, das er anscheinend wachsen ließ. Nur an den Seiten war es noch genauso kurz wie vorher und wirkte nach wie vor fast schwarz. »Ich glaube, sie würde sich gerne zu euch gesellen, kann aber nicht über ihren Schatten springen.«

»Schade«, sagte Anja aufrichtig. »Ich kann sie nicht zwingen.«

Hildes Stimmung drehte sich wie ein Fähnchen im Wind. Vielleicht befürchtete sie, dass Anja denken könnte, sie wäre doch einverstanden auszuziehen, wenn sie freundlich zu ihr war. Möglicherweise wollte sie auch keine Schwäche zeigen. Anja konnte das nicht einschätzen, dafür kannte sie die Vorbesitzerin zu wenig.

Plötzlich hatte sie eine Idee. Ihr Puls beschleunigte sich, als sie fragte: »Möchtest du dich vielleicht zu uns setzen?«

Er sah sie überrascht an. »Ich?«

»Ich hatte Pizza für deine Tante mitbestellt. Jetzt haben wir viel zu viel zu essen«, sagte Anja so lässig wie möglich, während sie in Wahrheit unter Strom stand. Die Aussicht, den Abend mit Joris zu verbringen, war elektrisierend.

Nachdenklich blickte er auf die Eingangstür der Einliegerwohnung.

»Falls du dich traust, dich mit der Staatsfeindin Nummer eins an einen Tisch zu setzen«, scherzte Anja.

Seine Stimme bekam einen samtigen Klang, als er ihr widersprach: »Du bist nicht meine Feindin, Anja.«

Als sie ihren Namen aus seinem Mund hörte, wurde ihr heiß. »Aber deine Tante sieht das in mir.«

»Ich bin nicht sie«, stellte er klar und sah ihr tief in die Augen.

»Imke und Elkmar haben *Küstennebel* mitgebracht«, plapperte sie vor Aufregung drauflos. »Es ist noch eine Donauwelle von Maike übrig, die könntest du als Nachtisch essen. Sören hat seine letzten Bierreserven beigesteuert, und Birthe schenkt Sanddornlikör aus, den sie letzten Herbst angesetzt hat.«

»Ich habe eine Kiste Rotwein im Auto. Die wollte ich meinen Eltern vorbeibringen.« Er zuckte mit den Schultern und lächelte verschmitzt. »Aber ich könnte sie für den Abend spenden und morgen eine neue für meine Eltern besorgen.«

Sie schöpfte Hoffnung, dass er ihre Einladung annehmen würde. »Ich trinke gerne Wein.«

»Dann gehe ich die Kiste holen.« Er warf ihr einen zärtlichen Blick zu und entfernte sich durch den Korridor in Richtung Ausgang.

Als Anja zu ihren Gästen zurückkehrte, ging sie wie auf Wolken. Sie blieb vor dem großen Tisch stehen und öffnete einen Pizzakarton nach dem anderen. »Ich konnte Hilde leider nicht überzeugen, sich zu uns zu setzen.«

»Sie ist stur wie eh und je«, warf Elkmar ein. Mit einem leisen Plopp öffnete er noch eine Flasche Inselbier.

»Ja, leider«, pflichtete Imke ihm bei und nippte an ihrem Anislikör. »Damit stand sie sich schon immer im Weg.«

»Und warum grinst du dann so zufrieden?«, wollte Birthe neugierig wissen. Das Rot ihres Oversize-Pullovers biss sich mit ihren pinkfarbenen Haaren.

Anja fühlte sich ertappt und riss etwas zu heftig die Hände hoch. »Tue ich doch gar nicht.«

»Doch, tust du«, pflichtete Maike ihrer Frau bei und legte den Arm um sie.

Anja räusperte sich, während sie Pizzastücke verteilte. Betont beiläufig ließ sie fallen: »Joris wird zu uns stoßen. Er holt nur gerade den Rotwein.«

»Freust du dich so über Joris oder den Wein?«, fragte Birthe und musterte sie schmunzelnd.

Während sich Anja setzte, antwortete sie ausweichend: »Ihr seid ja schon angeschickert.«

»Wer richtig arbeitet, darf auch richtig feiern«, erwiderte Maike, stieß mit Birthe an und trank ihr Likörglas in einem Zug leer. »Aber ich gebe zu, wir hätten vor dem Sanddornlikör etwas essen sollen.«

»Ihr denkt daran, dass wir uns morgen früh zum Tapezieren treffen«, erinnerte Sören sie und drehte seine Bierflasche hin und her, sodass der Glasboden über den Holztisch schabte.

»Ja, klar.« Maike zuckte mit den Schultern und nahm einen Teller mit einem Stück Meeresfrüchtepizza von Anja an. »Doch nicht schon um acht Uhr. Es ist schließlich Sonntag.«

»Einverstanden«, gab Sören überraschend schnell nach und trank einen Schluck. Er stellte die Flasche geräuschvoll ab. »Dann eben um Viertel nach acht.«

Maike gab einen missbilligenden Pfiff von sich, und Birthe schnalzte mit der Zunge, aber keine der beiden widersprach ihm.

»Du stehst also auf Joris, ja?«, fragte Birthe plötzlich geradeheraus und sah Anja mit einem bohrenden Blick an.

Anja schnappte nach Luft. Konnte ihre Freundin das Thema nicht auf sich beruhen lassen? Merkte sie nicht, dass es ihr unangenehm war? Nervös füllte sie ein Glas Mineralwasser und goss prompt über den Rand. Sie tat so, als hätte sie das gar nicht bemerkt. »Wie kommst du denn darauf?«

»Deine Ohren glühen.« Birthe zwinkerte und kuschelte sich in Maikes Arme.

Mahnend sah Anja sie an, als Joris durch den Garten in ihre Richtung kam.

Er stellte die Kiste Rotwein auf den Tisch, sah in die Runde und schob die Augenbrauen zusammen. »Was guckt ihr mich alle so grinsend an? Habe ich etwas verpasst?«

»Nein«, beeilte sich Anja zu sagen, bevor Birthe eine Bemerkung machen konnte, die sie in eine peinliche Situation brachte. »Alle freuen sich auf den Getränkenachschub.«

Immer mehr Vögel kamen in die Marsch geflogen, um hier die Nacht zu verbringen. Sie landeten auf den Wiesen und Feldern gleich hinter dem Garten des *Lüttes Glück*. Anja und ihre Freunde waren von ihrem Pfeifen und ihren Rufen umgeben. Doch je dunkler es wurde, desto leiser wurden die Geräusche.

Joris setzte sich dicht neben Anja, obwohl noch genug Platz auf der Holzbank war.

Unverhohlen musterte Birthe ihn. »Du hast eine neue Frisur, und auch dein Bart ist anders.«

»Ich wollte mal etwas Neues ausprobieren.« Lässig zuckte er mit den Schultern und schloss den Reißverschluss seiner Fleecejacke. Es war frisch geworden.

»Sieht gut aus!« Sie grinste, als würde sie etwas aushecken, und malte mit Tomatensoße ein Herz auf ihren Teller.

»Frauen verändern ja ihre Frisur, wenn sie frisch verliebt sind. Wusstest du das?«

Joris' Blick glitt zu Anja, dann sah er rasch weg. Er konzentrierte sich darauf, ein Pizzabrötchen zu nehmen und es mit Knoblauchbutter zu beschmieren. »Ist das so?«, fragte er nebenbei.

»Manche Frauen verändern ihren Typ, nachdem sie sich von ihrem Partner getrennt haben«, korrigierte Maike sie in sanftem Ton.

Birthe tat unschuldig und klimperte mit ihren schwarz getuschten Wimpern. »Ach, ja?«, fragte sie und leckte ihr Likörglas aus.

»Das weißt du ganz genau.« Sachte knuffte Maike sie.

Birthes Wangen waren gerötet vom Alkohol, als sie abwechselnd Anja und Joris ansah. »Wie ist das, wenn man frisch verliebt ist?«

Imke räusperte sich. »Wie wäre es, wenn wir über etwas anderes sprechen?«

»Anja und Joris fänden einen Themenwechsel bestimmt gut«, sprang Maike für sie in die Bresche, wodurch sich Anjas Verlegenheit noch verstärkte.

»Schlag du eins vor«, forderte Maike den Schäfer auf, zeigte mit der Spitze eines Pizzastücks auf ihn und biss dann herzhaft hinein.

Mit der Gabel schob Sören einige Stücke Schinken und Salami, die aus seiner Calzone herausgerutscht waren, wieder hinein und sagte befangen: »Wir können ja über Schafe reden.«

Maike verdrehte die Augen und schluckte den Bissen in ihrem Mund herunter. »Ernsthaft?«

»Von etwas anderem habe ich keine Ahnung«, gab Sören zu und schnitt ein Stück Calzone ab. Schmatzend aß er es.

Für einen Moment herrschte Schweigen am Tisch. Bis auf die Laute der Vögel war nur das Rascheln von Gräsern zu hören, die der Wind sanft hin und her bewegte. Eine himmlische Ruhe lag über Walsum.

Die Gesprächspause nutzte Birthe aus und nahm mit sichtlicher Genugtuung das alte Thema wieder auf. »Vielleicht ist das bei Männern und einer neuen Frisur ja anders als bei Frauen. Machen sie sich besonders hübsch und verändern ihren Typ, wenn sie einer Frau gefallen wollen? Was sagst du dazu, Joris?«

Er überhörte ihre Frage, zog eine Flasche aus der Kiste, die er mitgebracht hatte, und hielt sie hoch. »Möchte jemand Rotwein?«

»Unbedingt«, sagte Anja und hielt ihm ihr Wasserglas hin. »Nicht gerade stilvoll, ich weiß, aber ich habe keine Ahnung, ob es in der Pension Weingläser gibt.«

»Vermutlich nicht.« Während er ihr einschenkte, legte er die Hand auf ihren Rücken.

Ein heftiges Prickeln erfasste Anja. Joris ließ seine Hand so lange dort, bis er Imke und Elkmar eingeschenkt hatte.

Im Schein der Kerzen funkelten Birthes Augen verschmitzt. Sie öffnete den Mund, doch Elkmar kam ihr zuvor: »Wusstest du, dass das *Lüttes Glück* mal beinahe abgebrannt ist?«, fragte er Anja.

»Nein, echt? Erzähl«, beeilte sich Anja zu antworten. Sie vermisste Joris' Berührung.

Birthe blickte verdrießlich drein, während sie ein Stück Pizza Hawaii aß. Anja entspannte sich, da ihre Freundin dem Anschein nach endlich den Versuch aufgegeben hatte, Joris und sie zu necken.

»Ein junger Mann hat mit seiner Freundin in der Pension übernachtet. Ich glaube, das muss zehn Jahre her sein.« Stirnrunzelnd sah er seine Frau an. »Was glaubst du?«

»Ja, das kommt hin«, pflichtete Imke ihm bei und tätschelte seinen Arm. »Es war im Sommer. Ich weiß noch, wie ungewöhnlich heiß es auf Föhr war.«

Lächelnd forderte er sie auf: »Erzähl du weiter! Du kannst das besser.«

»Ich habe die beiden immer Arm in Arm durch die Marsch spazieren sehen«, fuhr sie fort und legte die Decke, die sie mitgebracht hatte, über ihre Knie. »Sie waren total verliebt, das war offensichtlich. Eines Tages hat er sie wohl zum Wellness geschickt. Das habe ich später von Hilde erfahren. Er selbst hat behauptet, keine Lust auf Massagen und Fango-Packungen zu haben, und blieb allein in der Pension.«

»So'n Schiet wäre für mich auch nichts«, warf Sören mit vollem Mund ein und spülte das Essen mit einem Schluck Bier runter.

Birthe reckte sich und gähnte. »Ich würde mich schon gerne mal verwöhnen lassen.«

»Das wirst du doch von mir«, sagte Maike augenzwinkernd, zog sie in ihre kräftigen Arme und gab ihr einen zärtlichen Kuss.

Imke wurde rot. »Der junge Mann hat das Gästezimmer hübsch hergerichtet, um seine Freundin zu überraschen. Er wollte ihr einen Heiratsantrag machen.«

»Wie romantisch!« Verträumt lächelte Anja Joris an, der

ihr Lächeln erwiderte. Sie konnte ihren Blick nicht von ihm nehmen und hoffte, dass die anderen es nicht mitbekamen.

»Er hat unzählige Luftballons in Herzform aufgeblasen und an die Zimmerdecke steigen lassen. Außerdem hat er überall Teelichter aufgestellt und angezündet.« Imke legte die Hände an die Wangen und schüttelte den Kopf. »Unglücklicherweise fing die Gardine Feuer, und die Flammen breiteten sich rasch aus.«

»Ach, du Schreck!«, rief Anja entsetzt, löste den Blick von Joris und sah Imke an.

»Du sagst es.« Die alte Dame nickte. »Hilde hörte zuerst die Luftballons, die durch die Hitze platzten, und stieg ins Obergeschoss, um nachzugucken, was da los war. Da roch sie den Rauch, holte sofort einen Feuerlöscher und ging entschlossen ins brennende Zimmer.«

»Hart im Nehmen ist sie ja, die Hilde«, sagte Elkmar anerkennend und bat Sören um ein Bier, der eine Flasche öffnete und ihm reichte. Sein Wasserglas mit dem Rotwein stellte er seiner Frau hin und wandte sich an Joris: »Tut mir leid, aber der Wein ist mir zu trocken.«

»Kein Problem«, versicherte ihm Joris.

»Dann trinke ich ihn, ich finde ihn echt lecker.« Demonstrativ nahm Imke einen Schluck. »Wo waren wir? Ach, ja. Als Hilde dem Gast zur Hilfe eilte, hatten wir schon die Feuerwehr gerufen und waren rüber zur Pension gelaufen. Hilde schaffte es, den Brand zu löschen, bevor Schlimmeres passieren konnte. Am Ende musste nur das Zimmer renoviert werden. Der junge Mann kam mit dem Schrecken davon.«

»Glück im Unglück.« Anja war klar, dass sie heute nicht auf Föhr leben würde und Joris nicht kennengelernt hätte, wenn das *Lüttes Glück* damals niedergebrannt wäre. Das hatte sie Hilde zu verdanken. Bestimmt hätte Hilde kein Geld gehabt, um die kleine Inselpension wieder aufzubauen. Sie konnte sich sogar vorstellen, dass Hilde nicht einmal gegen Feuerschäden versichert gewesen war. »Was war mit seinem Heiratsantrag?«

»Der Mann hat ihn nachgeholt, nachdem Hilde ihm die Leviten gelesen hatte. Da war seine Freundin schon vom Wellness zurück und hat gesehen, was los war. Erst hat sie ihn einen Idioten genannt.« Imke grinste. »Dann hat sie seinen Antrag angenommen und ihn lange geküsst.«

»Mich hat noch nie ein Mann gefragt, ob ich ihn heiraten will«, brach es aus Anja heraus. Kaum hatte sie die Worte ausgesprochen, bereute sie sie auch schon. Es war ihr peinlich. Glaubte Joris nun, dass etwas mit ihr nicht stimmen konnte?

»Nein?« Er zog eine Augenbraue hoch. »Das kann ich mir nicht vorstellen. Wie alt bist du?«

»35.« Verlegen trank sie einen großen Schluck Wein. »Es ist die Wahrheit.«

»Wie traurig! Das schreit nach einem Sanddornlikör.« Plötzlich war Birthe wieder hellwach. Sie setzte sich auf, füllte ein sauberes Likörglas mit ihrem Selbstgemachten und reichte es Anja.

Anja nahm es aus Höflichkeit an und nippte an dem Getränk, das trotz des Zuckers so sauer war, dass sich ihr Mund zusammenzog.

Plötzlich legte Joris den Arm um ihre Schultern. »Eines

Tages«, sagte er, »wird der Richtige für dich kommen, da bin ich mir sicher.«

Vielleicht ist er schon da, dachte Anja verliebt.

Er sah in die Runde, lächelte befangen und löste die Umarmung. Da erst nahm Anja wahr, dass alle sie anstarrten.

»Ich erinnere mich an den Brand«, sagte Joris. »Wir wollten Hilde ins Krankenhaus bringen, um eine Rauchvergiftung ausschließen zu lassen, aber sie weigerte sich. Da war nichts zu machen. ›Ihr seht ja, was passieren kann, wenn ich nicht da bin. Ich kann hier nicht weg‹, hat sie gesagt.«

Sie fühlt sich für das *Lüttes Glück* verantwortlich wie für ein Familienmitglied, dachte Anja, und ihr war klar, was das bedeutete. Familie ließ man nicht im Stich. Freiwillig würde Hilde nicht aus der kleinen Inselpension ausziehen.

Anja und ihre neuen Freunde saßen noch eine Weile zusammen, dann verabschiedeten sie sich nach und nach, erst Imke und Elkmar, dann Birthe und Maike. Nachdem auch Sören ihnen eine gute Nacht gewünscht hatte, saß Anja mit Joris allein im Garten. Sie befürchtete, dass er auch aufbrechen würde, doch er machte keine Anstalten. Gemeinsam sahen sie zum Nachthimmel hinauf.

»Auf Föhr kann man die Sterne viel deutlicher erkennen als in Köln«, stellte sie fest und war verzaubert.

»Weil es weniger Lichtquellen gibt. Besonders in der Marsch ist es nachts dunkel. Dadurch kann man von Walsum aus bei klarem Wetter oft sogar die Milchstraße sehen«, erklärte er ihr und zog sie in seine Arme. »Ist dir kalt?«

Im Gegenteil, ihr war durch seine Nähe heiß. Ihre Stimme klang wie warmer Honig, als sie antwortete: »Jetzt nicht mehr.«

»Bist du sicher?«, fragte er besorgt. »Ich könnte dir meine Jacke geben.«

Sie schüttelte den Kopf. »Dann würdest du frieren.«

»Das würde ich in Kauf nehmen, um noch länger mit dir hier zu sitzen.« Zärtlich rieb er über ihren Rücken.

»Danke, aber es geht schon.« Anja schmiegte sich eng an ihn. »Ich kuschele mich einfach noch mehr an dich heran.«

Seine Hand glitt zu ihrem Nacken, während er sie anlächelte. »Das ist natürlich noch besser.«

Als er seine warmen Fingerspitzen unter den Kragen ihrer Jacke schob und über ihren Haaransatz strich, bekam sie eine angenehme Gänsehaut. Sie betrachtete ihn, er schien froh und erleichtert, endlich mit ihr allein zu sein.

Plötzlich fragte Joris: »Was guckst du mich so an?«

»Die Typveränderung steht dir wirklich gut«, erwiderte sie und strich über seine Wange. Sie spürte keine Stoppeln rund um den Henriquatre-Bart. Hatte er sich etwa frisch rasiert, bevor er hergefahren war?

Er verdrehte die Augen. »Jetzt fang du nicht auch noch an.«

»Tut mir leid wegen Birthe«, sagte Anja. »Ich weiß auch nicht, was in sie gefahren ist.«

»Hattest du dich mit ihr über mich unterhalten?«, wollte Joris wissen und runzelte die Stirn.

»Nein«, versicherte sie ihm. »Mit niemandem.«

Er schmunzelte. »Birthe muss es mir angemerkt haben.«

»Was meinst du?«, fragte Anja verwundert, schob ihre kalte Hand unter seine Jacke und legte sie an seinen Bauch.

Zärtlich fuhr er mit dem Daumen über ihre Unterlippe und hinterließ ein heißes Kribbeln. »Dass ich dich sehr mag.«

»Wie sehr?« Vor Aufregung drohte ihr das Herz aus der Brust zu springen.

»So sehr«, sagte Joris mit weicher Stimme, legte sanft seine Hand an ihre Wange und küsste sie gefühlvoll auf den Mund.

Kapitel 16

Joris sah auf seine Armbanduhr. So spät war es schon? In einer halben Stunde wollte er bei seiner Mutter sein, und er hielt stets seine Versprechen.

Kritisch betrachtete er die Fassade vom *Lüttes Glück*. Die Backsteine, die er bereits mit dem Hochdruckreiniger abgespritzt hatte, waren heller als die schmutzigen, die noch bearbeitet werden mussten. Es ärgerte ihn, dass er die Arbeit an diesem Tag nicht beenden konnte, aber es war nicht zu ändern. Er fuhr die Hebebühne runter.

»Tut mir leid, aber ich kann heute nicht weitermachen«, sagte er bedauernd zu Anja. »Ich habe meiner Mutter versprochen, bei ihr vorbeizuschauen. Es geht ihr zurzeit nicht gut.«

Anja, die gerade den Gartenzaun strich, hielt inne. »Ist sie krank?«, fragte sie besorgt.

»Sie leidet unter Migräne.« Erst hatte er nur vermutet, dass ihre Kopfschmerzen von etwas ausgelöst wurden, das sie vor allen verbarg. Seit er den Manschettenknopf in der Windmühle gefunden und seine Mutter geleugnet hatte, den Besitzer zu kennen, hatte sich dieser Verdacht erhärtet. Leider hatten weder sein Vater noch Arian oder Tjorben ihm bei der Suche nach dem geheimnisvollen HSV-Fan weiterhelfen können. Sie hatten den Knopf mit dem Vereinslogo, der Raute, noch nie gesehen und kannten auch

234

keinen, der so etwas tragen würde. Joris glaubte ihnen, was bedeutete, dass der Unbekannte allein seine Mutter und nicht etwa seine Eltern besucht haben musste. Hinter dem Rücken seines Vaters Johan.

Sanft strich Anja über seine Wange. »Das tut mir leid zu hören.«

»Bei der Gelegenheit wollte ich mir ihren kaputten Rasenmäher anschauen. Mein Vater vergisst es immer wieder, seine Arbeit als Hafenmeister von Wyk nimmt ihn sehr ein. Und Arian und Tjorben übernehmen schon meine Aufgaben beim *Fering Ferian*.« Im Moment hatte Joris das Gefühl, an zig Orten gleichzeitig sein zu müssen. Aber er erwähnte den Druck, unter dem er stand, nicht, damit Anja ihn nicht wegschickte. Eigentlich hätte er gerade in seiner Strandkorb-Manufaktur Büroarbeit machen sollen. Doch er wollte Anja helfen, und er genoss ihre Nähe. »Ich kann sie nicht bitten, das auch noch zu übernehmen.«

Rote Farbe tropfte von ihrem Pinsel auf einige Gänseblümchen am Zaun. Sie bemerkte es und strich den Pinsel am Eimer ab. »*Fering Ferian*?«

»Das ist der Heimatverein von Föhr«, erklärte er ihr und legte den Hochdruckreiniger ab. »Wir bereiten zurzeit ein Sommerfest vor. Es soll ein Buffet mit traditionellen Speisen und eine Lesung in Mundart geben. Außerdem wird die Trachtengruppe auftreten und vieles mehr.«

Sie strahlte. »Klingt interessant!«

»Wirklich?«, fragte Joris überrascht. In Köln gab es doch ein viel größeres Unterhaltungsangebot, die Oper, all die Theater, Kinos, Schwimmbäder, Spiele wie *Escape Room*, *Laser Tag* und *Gotcha*. Und dann auch noch den traditionellen Karneval, kein Vergleich zum *Fering Ferian* mit seinen dreihundert Mitgliedern.

»Ich würde gerne mehr über die alten Föhrer Traditionen erfahren. Und mehr über dich. Kommt deine Familie auch zum Fest?«

Ihr Interesse schmeichelte Joris, sie schien es ernst mit ihm zu meinen. Doch er wollte es locker angehen lassen. Denn solange Hildes Verbleib ungewiss blieb, konnte er auch keine gemeinsame Zukunft mit Anja planen. Er frotzelte: »Ja. Willst du ihnen peinliche Anekdoten aus meiner Kindheit entlocken?«

»Da hast du mich auf eine Idee gebracht.« Sie grinste ihn kess an, was ein Kribbeln unterhalb seines Bauchnabels auslöste. »Ich freue mich darauf, sie zu treffen.«

Er gab zu: »Meine Mutter ist auch neugierig auf dich.«

»Ach, ja? Was hast du ihr über uns erzählt?«

»Nicht viel«, antwortete er ausweichend. Er hatte tatsächlich noch nicht viel mit anderen über Anja gesprochen, Hildes Zwangsräumung machte die Situation kompliziert. Er wusste, dass Anja im Recht war, aber Hilde gehörte nun einmal zur Familie.

Amüsiert wollte sie von ihm wissen: »Heißt das, ich bin dein süßes Geheimnis?«

In ihrem Blick lag eine Verletzlichkeit, die Joris rührte und gleichzeitig Angst machte. Er wollte ihr nicht wehtun, er wollte sie jedoch auch nicht belügen. Seine Mutter wusste nur, dass er sich in Anja verliebt hatte, nicht, dass sie sich geküsst hatten und er jede freie Minute mit ihr verbrachte.

»Komm doch mit zu ihr!«, schlug er vor, anstatt auf ihre Frage zu antworten. Bei dem Gedanken wurde er nervös. Er sagte sich, dass er seiner Mutter einfach nur Hildes Nachfolgerin vorstellen wollte. In Wahrheit ging es darum herauszufinden, ob die beiden Frauen sich verstehen und Anja in seine Familie passen würde. »Ihr könntet euch unterhalten, während ich mir den Rasenmäher anschaue.«

Zu seiner großen Freude schloss sie den Farbeimer und sagte: »Sehr gerne.«

Aufgeregt rief Joris seine Mutter an.

Als er eine halbe Stunde später an der Haustür der alten Windmühle klingelte, warf er Anja, die unentwegt an ihrer Bluse herumnestelte, einen aufmunternden Blick zu. Er fragte sich, ob sie erwartete, dass er ihre Hand nahm. Es wäre ein kleines Signal mit großer Wirkung gewesen. Doch er haderte.

Er wollte sie berühren, am liebsten ständig und überall, aber er fühlte sich noch nicht dazu bereit, der Welt seine Verliebtheit zu zeigen. Ihr erster Kuss lag erst vier Tage zurück. Joris konnte seine Aufregung kaum verbergen, er wollte es trotzdem langsam angehen lassen. Sein Herz war gerade erst verheilt. Er wollte nicht, dass es schon wieder gebrochen wurde.

Joris hoffte inständig, dass er Anja nicht vor den Kopf stieß, indem er Distanz wahrte. Er wollte keine Spielchen mit ihr spielen. Mit seinen 41 Jahren wollte er keine Zeit mit Bettgeschichten vergeuden, sondern er sehnte sich danach, eine Partnerin zu finden, mit der er auf Föhr alt werden konnte. War Anja diese Frau?

Als sich die beiden Frauen, die ihm am meisten bedeuteten, freudig begrüßten und die Hand schüttelten, fiel etwas von der Anspannung von ihm ab. Er beobachtete sie genau.

Sein Puls beruhigte sich. Sie schienen sich auf den ersten Blick zu mögen. Ein guter Start, mehr konnte er nicht erwarten.

Seine Mutter Ilse führte sie auf die Terrasse, auf den Holzstühlen lagen Sitzkissen mit Leuchtturmmotiv. Auf dem Gartentisch stand eine weiße Porzellanschale in Form eines Seehundes, gefüllt mit den kleinen Zitronen-Baisers, die Joris so gerne aß. An der pastellblauen Wachstischdecke hingen Kieselsteine, auf denen die Worte *Familie*, *Mutterherz*, *Bruderliebe* und *Vaterstolz* geschrieben standen. Seine Mutter hatte die Tischdeckengewichte vor bestimmt fünfzehn Jahren selbst gemacht.

»Nehmen Sie doch schon einmal Platz«, bat sie Anja. Dann wandte sie sich an Joris: »Hilfst du mir, Teekanne und Tassen zu holen?«

Nachdem Joris ihr in die Küche gefolgt war und sie den Wasserkocher angestellt hatte, sagte sie: »Das mit Anja und dir ist also etwas Ernstes.« Es war eine Feststellung, keine Frage.

»Wie kommst du darauf?«, wollte Joris verwundert wissen. »Wir kennen uns doch erst seit Kurzem.«

Sie lächelte ihn an. »Trotzdem hast du sie mitgebracht. Das tut man nur, wenn man es ernst mit seiner neuen Freundin meint.«

»Wir sind nicht zusammen, nicht offiziell, meine ich. Ich weiß nicht, was wir sind.« Verlegen kraulte er seinen Bart. Birthe hatte mit ihren Anspielungen recht gehabt. Er hatte ihn in Form gebracht und sich eine moderne Frisur zugelegt, um Anja zu gefallen. »Du hast mal erwähnt, dass du sie gerne treffen würdest.«

Das Wasser kochte. Seine Mutter goss es in eine Glaskanne. »Ja, weil sie sich noch nicht von Hilde hat vertreiben lassen. Das ist bemerkenswert.«

Seine Mutter hatte recht. Eine Frau mit weniger Kampfgeist als Anja hätte sich für ein leichteres Leben entschieden und wäre nach Köln zurückgekehrt.

Er musste an seinen Vorsatz denken, sich niemals wieder in eine Frau vom Festland zu verlieben. Die Gefahr, dass sie früher oder später in ihre Heimat zurückkehrte, war ihm zu groß, das wusste er aus schmerzhafter Erfahrung.

Trotzdem hatte er Anja im Garten der kleinen Inselpension geküsst. Er hatte nicht anders gekonnt. Der Wunsch, sie ganz fest zu halten und ihre Lippen auf seinen zu spüren, war zu groß geworden. Er bereute den Kuss nicht. Im Gegenteil, seitdem wünschte er sich, ihr noch näher zu kommen.

Dennoch hatte er Angst, denselben Fehler zwei Mal zu machen und am Ende wieder allein auf Föhr zurückzubleiben. Nach der letzten Trennung war er am Boden gewesen.

Seine Mutter gab losen schwarzen Tee in die Kanne. »Ein anderer Käufer hätte Hilde eiskalt rausgeworfen, da gehe ich jede Wette ein.«

»So ist sie nicht«, verteidigte er Anja.

»Aber sie will immer noch, dass Hilde auszieht, nicht wahr?«

»Ich denke schon.« Joris zuckte mit den Schultern. Anja und er vermieden das Thema, das über ihnen hing wie ein Damoklesschwert. Es war frustrierend, seine Gefühle derart zu unterdrücken. Wenn er sich verliebte, gab es für ihn eigentlich kein Halten mehr, aber bei Anja fuhr er mit angezogener Handbremse.

Seine Mutter sah ihn besorgt an. »Pass auf, dass du nicht zwischen den Fronten zerrieben wirst oder am Ende beide verlierst.«

»Beide?« An die Möglichkeit hatte er bisher nicht gedacht, aber seine Mutter hatte recht. Es fühlte sich an, als hätte er Steine im Magen.

Sie drückte ihm drei Teetassen und Untertassen in die Hände. Das Meißner Porzellan mit dem Zwiebelmuster benutzte sie nur, wenn sie Besuch hatte. »Hilde hat gestern Abend bei mir angerufen und sich bitter über dich beschwert.«

»Ach, ja?«, fragte Joris, aber im Grunde war diese Reaktion zu erwarten gewesen. Gegenwärtig zeigte seine Tante ihm die kalte Schulter und sprach nur das Nötigste mit ihm.

»Es verletzt sie sehr, dass du Anja beim Renovieren hilfst. Sie sieht darin einen Verrat«, erzählte ihm seine Mutter und goss Sahne in ein Milchkännchen. »Das hätte sie niemals von dir gedacht, hat sie gesagt.«

Seufzend stellte Joris die Tassen auf ein weiß lackiertes Holztablett, auf dem bereits eine Zuckerdose mit Kluntjes stand. »Und wie siehst du das?«

»Du musst deinem Herzen folgen«, antwortete sie und stellte das Kännchen auf dem Tablett ab. »Außerdem ist es ihre eigene Schuld, dass sie die Pension verloren hat, nicht deine. Lass dir das bitte nicht einreden!«

Dankbar nahm er sie in die Arme und drückte sie an sich. »Ich sitze zwischen den Stühlen, und egal wie ich mich verhalte, es scheint falsch zu sein.«

»Das wird schon werden.« Aufmunternd tätschelte sie seinen Arm. »Ich weiß, du hast gerne die Kontrolle über alles, aber manchmal muss man loslassen und schauen, wohin einen das Leben treibt.«

»Die unendlichen Weisheiten einer Mutter«, frotzelte Joris und gab ihr einen Kuss auf die Wange. »Danke für deinen Ratschlag. Ich werde versuchen, ihn zu beherzigen.«

Er ging mit dem Tablett in den Garten. Die Hecke aus Dünenrosen, die ihn umgab, hielt etwas von dem Wind ab, der vom Meer aus über das Goting Kliff nach Nieblum hineinwehte. Joris' Vater kümmerte sich mit Hingabe um den Rasen, er war kurz und gepflegt.

In dem Hochbeet vor der Rosenhecke im hinteren Teil des kleinen Gartens herrschte allerdings traurige Leere. Normalerweise säte seine Mutter bei den ersten warmen Strahlen der Frühlingssonne schon Kopfsalat, Radieschen und Möhren aus, aber in diesem Jahr machte sie keine Anstalten dazu. Ein weiteres Zeichen dafür, dass es ihr nicht gut ging.

»Ich habe gehört, dass du angefangen hast, das *Lüttes Glück* zu renovieren«, sagte seine Mutter zu Anja.

»Joris ist eine große Hilfe«, erklärte Anja, während sie ein Stück Kandiszucker in ihre Tasse legte. »Er hat mir seinen Hochdruckreiniger geliehen. Aber meine Leiter war nicht hoch genug. Als ich die Backsteine der unteren Hälfte gesäubert hatte, sah die Außenwand schlimmer aus als vorher. Da kam Joris plötzlich mit einem Anhänger angefahren, er hatte eine Arbeitsbühne besorgt. Keine Ahnung, wie er die so schnell organisiert hat.«

Er setzte sich dicht neben sie, ihre Knie berührten sich unter dem Tisch. »Ich kenne die meisten Föhrer und weiß eben, wen ich fragen muss.«

»Er ist ein Schatz«, stieß Anja aus und lächelte ihn verliebt an.

»Ja, das ist mein Joris.« Seine Mutter schmunzelte, während sie allen Tee eingoss.

Er spielte seine Gefühle für Anja herunter, aber seine Mutter durchschaute ihn. Sie merkte zweifellos, dass er sich total in Anja verliebt hatte.

»Ich bin dann mit der Hebebühne hochgefahren und war doch überrascht, wie stark sie im Wind hin und her schwankte. Mir ist echt mulmig geworden. Also hat Joris es übernommen, die Fassade bis unters Dach zu reinigen.« Verdeckt von der Tischdecke rieb Anja kurz über seinen Oberschenkel. »Eine Seite ist jetzt komplett fertig, den Rest haben wir heute nicht mehr geschafft.«

Er genoss die heimlichen Berührungen. Wenn er mit Anja zusammen war, fühlte er sich zwanzig Jahre jünger. Er konnte es kaum erwarten, sie wieder an sich zu drücken und leidenschaftlich zu küssen. Es tat ihm gut, mit ihr zusammen zu sein. Sie neckten sich gerne und lachten viel. Wenn er nicht bei ihr war, musste er unentwegt an sie denken und konnte sich kaum auf etwas anderes konzentrieren.

»Musstest du heute gar nicht arbeiten?«, fragte seine Mutter.

Joris fühlte sich ertappt, denn er hatte für Anja blaugemacht. Er spürte eine leichte Hitze in seinen Wangen, während er ihr das Sahnekännchen reichte. »Ich habe mir spontan für den Tag freigenommen.«

»Wie nett von dir! Das konntest du dir erlauben?« Es lag kein Vorwurf in der Stimme seiner Mutter. »Du sagst doch, dass die Konkurrenz aus dem Ausland mit ihren Billigprodukten erdrückend sei.«

»Das stimmt schon, aber noch stehen an den Föhrer Stränden ausschließlich meine Strandkörbe.« Er war dankbar für die Treue und Traditionsverbundenheit seiner Kunden. »Es liegen anstrengende Monate hinter meinen Mitarbeitern und mir. Im Winter haben wir so viele Körbe wie nie reinbekommen, die repariert und bis zum Saisonstart fertig werden mussten«, erklärte er und goss Sahnewölkchen in seinen Schwarztee. »Die Strandkorbwärter«, fuhr er an Anja gewandt fort, »können sie nur bis zu einem gewissen Grad ausbessern. Die harten Fälle kommen zu uns.«

»Und trotzdem hast du noch die Energie, Anja zu helfen«, meinte seine Mutter und grinste ihn an.

Besorgt sagte Anja: »Du hättest dich ausruhen sollen, anstatt mir zur Hand zu gehen.«

»Ich habe dir gerne geholfen.« Heimlich drückte er sein Bein gegen ihres.

Seine Mutter zwinkerte. »Das ist nicht zu übersehen. Du strahlst wie schon lange nicht mehr.«

Anscheinend machte sie sich einen Spaß daraus, ihren erwachsenen Sohn in Verlegenheit zu bringen. Um dem ein Ende zu setzen, stand er auf und trat vor die Terrasse, wo der Rasenmäher schon auf ihn wartete. »Ich schaue mal nach, was das Problem ist.«

»Danke. Und sonst? Haben Sie sich in Walsum schon eingelebt?«, fragte Joris' Mutter Anja.

»Alle Nachbarn sind furchtbar nett. Ein alter Freund von Elkmar Paulsen war vor der Rente Heizungsinstallateur. Er hat sich am Montag die Heizung in der Pension angesehen und wollte nicht einmal zum Dank zum Abendessen eingeladen werden. Das sei nicht nötig, meinte er, ich bräuchte das Geld für eine neue Heizung.« Unsichtbare Gewichte zogen Anjas Mundwinkel nach unten.

»Ich befürchte, das könnte teuer werden«, sagte Joris' Mutter mitfühlend.

»Ja, leider. Maike kennt einen Dachdecker, der scheint sehr nett zu sein. Er meinte, er wird sich das Reetdach vornehmen, sobald sich spontan ein Zeitfenster auftut. Neu decken kann er das Dach natürlich nicht mal so eben zwischendurch, aber er wird es ausbessern, so gut es geht.« Anja nippte an ihrem heißen Tee, verzog das Gesicht und saugte die Unterlippe ein.

»Ich hoffe, Sie haben genug Rücklagen.« Joris' Mutter, die mit den Tischdeckengewichten spielte, riss plötzlich die Hände hoch. »Entschuldigung, ich wollte nicht neugierig klingen! Das geht mich gar nichts an.«

»Ich habe Reserven, aber die werden schnell aufgebraucht sein. Sobald die Fassade fertig gereinigt ist, will ich die Fensterrahmen streichen. Die Rahmen sind noch aus Holz. Eigentlich müssten sie gegen moderne ausgetauscht werden, aber das würde mein Budget übersteigen. Am Morgen habe ich mich im Baumarkt über Bodenbeläge informiert. Da kann man ganz schön viel Geld liegenlassen. Die ganzen Kleinigkeiten summieren sich.«

»Mir wird ganz schwindelig, wenn ich an die viele Arbeit denke.« Seine Mutter hielt Anja die Porzellanschale mit dem Schaumgebäck hin.

»Und mir, wenn ich die Kosten zusammenrechne.« Anja legte die Hand auf ihren Bauch, als wäre ihr plötzlich übel.

»Darum bekomme ich auch keinen Bissen herunter. Tut mir leid.«

»Das muss es nicht«, beruhigte seine Mutter sie und stellte die Schale wieder ab. »Das Baiser ist nicht selbst gebacken, falls Sie das dachten.«

»Ich esse ihre Portion gerne mit«, sagte Joris schnell.

»Daran habe ich keinen Zweifel.« Seine Mutter zwinkerte. »Ich werde dir den Rest einpacken.«

»Eine neue Pensionsküche wäre auch angebracht, aber die Anschaffung muss warten«, nahm Anja das Thema wieder auf. Nervös knibbelte sie an den Knöpfen ihrer Bluse. »Selbst wenn ich viel in Eigenleistung mache, wird die Renovierung teuer.«

»Machen Sie einen Schritt nach dem anderen«, riet seine Mutter ihr.

»Das hat Birthe Lohse auch gesagt.« Dankbar lächelte Anja sie an. Plötzlich zeigte sie zur Mühle. »Haben Sie alle Bilder, die im Flur und im Wohnzimmer hängen, gemalt?«

»Zum Teil stammen sie von mir«, erklärte seine Mutter und fügte mit Stolz hinzu, »und zum Teil von Arian, das ist mein jüngster Sohn.«

»Gleich zwei Künstler in der Familie«, sagte Anja bewundernd.

»Joris und Tjorben kommen eher auf meinen Mann Johan«, sagte sie lächelnd. »Sie haben Hummeln im Hintern, wie man so schön sagt, sie hätten keine Geduld zum Malen.«

»Wenn man einen Strandkorb flechtet, braucht man auch viel Ausdauer und Geduld«, wandte Joris ein wenig brummig ein und legte den Rasenmäher auf die Seite. Seine Aufgaben im Büro sah er als notwendiges Übel an, er war lieber kreativ und entwarf neue Strandkorb-Designs oder half bei der Herstellung mit. »Ich weiß, wie befriedigend es ist, am Ende ein fertiges Produkt zu haben. In der Beziehung sind wir uns ähnlich.«

»Das war auch nicht so ernst gemeint«, beeilte sich seine Mutter zu sagen.

»Das weiß ich doch, aber mein Job wird oft unterschätzt.« Eine Schraube fiel aus dem Rasenmäher ins Gras. Joris hob sie auf und steckte sie in die Hosentasche.

»Versteh mich bitte nicht falsch«, bat sie eindringlich. »Arian ist anders als ihr anderen Graf-Männer.« Sie beeilte sich hinzuzufügen: »Das soll keine Wertung sein! Ihr seid alle perfekt.«

»Er hat schlanke Finger wie eine Frau«, frotzelte Joris.

»Und du und Tjorben habt Pranken wie euer Vater«, zischte sie und erschrak sofort über ihre eigenen Worte.

»Du hast ja recht«, stimmte Joris beschwichtigend zu.

»Was ich meinte, war …« Sie überlegte, schließlich erklärte sie: »Du bist eben eher ein Mann, der richtig anpacken kann.«

»Genau das, was ich brauche«, warf Anja ein und zwinkerte ihm zu.

Nur das zählte für Joris. Hingerissen lächelte er sie an.

»Ich wünschte, ich könnte auch malen. In Köln hatte ich keine Zeit für Hobbys. Ich hoffe, dass sich das auf Föhr ändert. Gerne würde ich Neues ausprobieren. Vielleicht haben Sie Lust, mir mal die Grundlagen des Malens zu zeigen«, schlug Anja vor und trank einen großes Schluck Tee.

Seine Mutter wurde rot. Nervös strich sie über die Tischdecke. »Nein, das geht im Moment nicht. Ich mache eine Pause.«

»Das macht nichts«, beruhigte Anja sie und stellte ihre Tasse ab. »Ich werde noch eine ganze Weile mit Renovieren beschäftigt sein. Dann eben später.«

»Irgendwann einmal«, murmelte seine Mutter, und Joris hatte den Eindruck, dass sie eigentlich nein meinte.

»Bemalen Sie eigentlich auch Zimmerwände?«, fragte Anja und klang mit einem Mal aufgeregt.

Seine Mutter zog eine Augenbraue hoch. »Nein. Meistens male ich Öl auf Leinwand. Ab und zu mache ich Aquarelle oder Zeichnungen.«

»Ich dachte nur gerade, wie hübsch es wäre, wenn ein Wandbild den Frühstücksraum im *Lüttes Glück* schmücken würde.« Vor Begeisterung glühten Anjas Wangen. »Eine Strandszene zum Beispiel. Das wäre ein Hingucker für die Feriengäste, etwas, worüber sie mit anderen Urlaubern oder mit ihren Freunden zu Hause reden würden. Das wäre gute Werbung für die kleine Inselpension, und es würde auch Ihren Bekanntheitsgrad als Malerin steigern, Frau Graf. Wir würden beide profitieren. Selbstverständlich würde ich Sie für die Arbeit bezahlen.«

Seine Mutter winkte ab. »Ich bin Künstlerin und keine Anstreicherin.«

»Natürlich.« Verlegen senkte Anja den Blick.

Sie tat Joris leid, schließlich hatte sie es nur gut gemeint. Er schaltete sich ein, einerseits um Anja zu unterstützen, andererseits, weil er eine Chance sah, seine Mutter wieder zum Malen zu bringen. »Du kannst da genauso kreativ sein wie sonst, es wäre genauso eine künstlerische Arbeit wie ein Ölbild.«

»So gesehen, ja …«, stimmte seine Mutter widerwillig zu.

Er hatte neben dem Rasenmäher gehockt, nun stand er auf. »Das könnte den Verkauf im *Strandmohn* ankurbeln.«

»Dann sollte Frau Blumenthal Arian fragen, ob er das Wandbild malt. Die Galerie gehört ja jetzt ihm.« Ihr Lächeln wirkte angespannt.

»Aber er bietet weiterhin deine Ölgemälde an. Und so ein großes Bild wäre doch bestimmt eine nette Abwechslung.«

»Ich brauche zurzeit eine Pause und keine Abwechslung«, wiegelte sie ab.

»Ein Wandbild von einer Föhrer Malerin wäre definitiv ein Highlight für das *Lüttes Glück.*« Anja rutschte auf die Stuhlkante vor und sah sie hoffnungsvoll an.

»Im Moment bin ich wie blockiert. Selbst, wenn ich wollte, könnte ich nicht.« Seine Mutter nahm ein Mini-Baiser und hielt es unschlüssig in der Hand. »Wie findet Hilde denn Ihre Idee?«

»Keine Ahnung.« Anja seufzte und lehnte sich wieder an. »Sie redet zurzeit nur mit Kimi, dem Kater.«

»Ist das noch Kimi Nummer vier oder schon Godos fünfte Katze mit demselben Namen?«, fragte seine Mutter Joris und legte das Schaumgebäck auf ihre Untertasse.

»Ich habe über die Jahre den Überblick verloren«, gab Joris zu und stellte den Rasenmäher wieder auf die Räder. »Die Messer sind verbogen und blockieren, darum springt er nicht mehr an. Vater muss über einen Stein oder einen dicken Ast gefahren sein. Die Kurbelwelle scheint nicht verbogen, ein paar neue Messer sollten es tun. Ich besorge welche.«

»Danke. Wie Anja bereits sagte«, fügte seine Mutter grinsend hinzu, »du bist ein Schatz.«

Anja wurde rot, was er süß fand. Schmunzelnd brachte er den Rasenmäher in die Autogarage.

Als er auf die Terrasse zurückkehrte und sich wieder setzte, fragte Anja gerade seine Mutter: »Kennen Sie eigentlich Godo Haase, Kimis Besitzer?«

»Ja, wir stammen beide aus alteingesessenen Föhrer Familien. Aber man sieht ihn kaum noch.«

»Ich habe neulich Kimi heimgebracht und Godo kennengelernt.« Den Streit mit Peer erwähnte Anja nicht.

»Wie geht es Godo?«, fragte Frau Graf.

»Ganz gut, denke ich. Ich habe mir vorgenommen, ab und zu nach ihm zu sehen. Er scheint allein nicht gut zurecht zu kommen.« Besorgt erzählte Anja: »Sein Haus zerfällt in seine Einzelteile, und die Marsch hat seinen Garten schon fast zurückerobert.«

Joris neigte sich vor und stützte sich auf dem Tisch ab. »Ich werde mal bei ihm vorbeischauen und fragen, ob ich ihm helfen kann. Alle wissen, dass er wenig Geld hat.«

»Und einen linken Daumen.« Seine Mutter zwinkerte, fügte aber gleich darauf ernst hinzu: »Das kannst du nicht auch noch auf dich nehmen, Joris.«

»Da hat sie recht«, pflichtete Anja ihr bei. »Ich habe das Thema aufgebracht, ich werde auch nach Godo sehen.«

Nachdenklich knabberte seine Mutter an einem Stück Gebäck. »Ich befürchte, er will keine Hilfe. Er lebt sehr zurückgezogen.«

»Den Eindruck hatte ich auch. Aber«, stellte Anja energisch klar, »ich werde nicht zulassen, dass man ihn eines Tages leblos in seiner Kate findet!«

Joris war beeindruckt. Sie kannte Godo kaum und wollte

sich trotzdem um ihn kümmern. Sie hatte Kimi vor Peer in Schutz genommen, dabei hätte ihr der fremde Kater doch eigentlich egal sein können. Außerdem warf sie Hilde nicht hinaus, obwohl sie das Recht dazu hätte.

Während er den Frauen und sich selbst neuen Tee eingoss, sagte er: »Ich kann bestimmt ein paar Leute organisieren, die kleinere Reparaturen durchführen, und ich könnte ihn zum Beispiel zum Supermarkt oder zum Arzt fahren.«

»Das wäre toll.« Anja strahlte ihn an. Sie schien ihm um den Hals fallen zu wollen, doch sie tat es nicht. Grinsend fügte sie hinzu: »Godo und Hilde waren doch mal ein Liebespaar. Wären die Dinge anders verlaufen, hätte er zu eurer Familie gehören können.«

»Das ist so lange her, dass es schon nicht mehr wahr ist. So hat sie eben einen anderen geheiratet. Olaf Hinrichs«, erzählte seine Mutter und steckte sich den Rest Schaumgebäck in den Mund.

»Ich nehme jetzt doch eins.« Verlegen griff Anja nach einem Baiser. »War er auch ein Föhrer?«

»Nein, er wurde auf Hallig Hoge geboren und fuhr zur See. Eines Tages kam er nicht mehr heim. Böse Zungen sagten, er wäre vor Hildes ewigem Rumgemecker davongelaufen, aber in Wahrheit ist er tot.« Seine Mutter schwieg einen kurzen Moment lang, dann erklärte sie: »Auf dem Containerschiff, auf dem er angeheuert hatte und mit dem er nach Singapur unterwegs war, gab es eine Explosion unter Deck. Dabei kam er um.«

»Das tut mir leid zu hören«, sagte Anja.

»Hilde und Olaf waren nur drei Jahre verheiratet, und in der kurzen Zeit sahen sie sich kaum, weil er oft auf den

Weltmeeren unterwegs war.« Seine Mutter seufzte mitfühlend und trank einen Schluck Tee. »Meine Schwägerin hatte kein Glück mit Männern.«

Während Anja in das Baiser biss, beobachtete sie eine Möwe, die über Nieblum hinweg zum Goting Kliff flog. »Was hat Hilde und Godo eigentlich auseinandergebracht?«

»Das war eine üble Geschichte«, sagte seine Mutter leise.

Joris setzte sich aufrecht hin. Er hatte gedacht, dass er alle Geheimnisse von Föhr kannte, aber damit lag er offenbar falsch. »Die kenne ja nicht einmal ich.«

»Ich habe gehört, dass sie sich in der *Friesenwohl* wiedergetroffen haben«, bemerkte Anja und aß ihr Schaumgebäck.

»Die Apotheke gibt es immer noch«, sagte er. »Sie gehört jetzt den Janssens. Marten Haase, Godos Vater, hat ihnen das Geschäft verkauft, als er vor ungefähr dreißig Jahren in Rente ging. Seine Frau Elfriede war da schon lange verstorben, Gebärmutterhalskrebs. Nach ihrem Tod blieb er allein.«

Anja staunte nicht schlecht. »Du bist aber gut informiert.«

»Ich kenne Marten schon ewig aus dem *Fering Ferian*. Er war schon Mitglied, als ich noch ein Kind war und meine Eltern zu den Treffen des Heimatvereins begleitet habe. Früher hat Marten mir immer Süßigkeiten geschenkt, wenn ich krank war.« Die schöne Erinnerung brachte ihn zum Lächeln. »Das hilft, gesund zu werden, meinte er. Meine Mutter hat das nicht gerne gesehen, es aber toleriert.«

»Hat er Godo denn nichts von der Kaufsumme abgegeben?« Anja zuckte mit den Schultern. »Als eine Art vorzeitiges Erbe. Marten Haase muss doch gesehen haben, dass es seinem Sohn finanziell schlecht geht. Godo hätte das Geld gut für die Renovierung seiner Kate gebrauchen können.«

»So gut informiert bin ich dann auch wieder nicht«, gab Joris zu. Er war kein neugieriger Mensch. Wenn man ihm von seinen Sorgen erzählte, hörte er aufmerksam zu, aber er versuchte nicht, private Dinge von den Menschen zu erfahren. »Die Apotheke lief nie besonders gut, soweit ich das mitbekommen habe, und das, obwohl sie in Wyk liegt. So hoch wird die Kaufsumme nicht gewesen sein.«

»Wie merkwürdig!« Anja zog eine Augenbraue hoch.

War es das? Er hatte sich nie Gedanken darüber gemacht. Nun zuckte er mit den Schultern. »Ich weiß nur, dass zwischen Godo und Marten Funkstille herrscht.«

»Genauso wie zwischen Godo und Hilde«, murmelte Anja nachdenklich.

Seine Mutter seufzte. »Kein Wunder bei dem, was damals geschah.«

Joris sah sie fragend an. »Es musste etwas Schlimmes vorgefallen sein, wenn drei Menschen seitdem nicht mehr miteinander reden.«

»Ja, das ist es auch. Hilde und Godo haben in der *Friesenwohl* gearbeitet. Das muss etwa fünfzig Jahre her sein.« Plötzlich griff sie sich an ihre hellblond gefärbten Haare, die in der gleißenden Frühlingssonne fast weiß wirkten. »Mein Gott«, rief sie, »wie die Zeit vergeht! Das zeigt mir, wie alt ich geworden bin.«

Er schenkte ihr ein warmherziges Lächeln. »Nur reifer und noch schöner.«

»Danke. Von wem hast du das Talent für Komplimente? Von deinem Vater jedenfalls nicht. Er bringt mir ständig etwas Süßes mit. Das ist seine Art, mir zu zeigen, dass er mich liebt.« Sie strich über ihr weißes T-Shirt, das sie unter ihrer altrosafarbenen Strickjacke trug und das sich eng an ihre Körpermitte schmiegte. »Darum werde ich um die Hüften herum auch immer fülliger.«

Er hielt ihr die Schale mit Gebäck hin. »Sieht man gar nicht.«

»Natürlich tut man das.« Sie zwinkerte. »Was soll's?«, sagte sie und nahm noch ein Baiser.

Auch Anja langte ein zweites Mal zu. »Was war das für eine üble Geschichte mit Hilde und Godo?«

Joris schmunzelte. Anscheinend war er nicht der Einzige, der gerne Zitronen-Baiser aß.

»Eine Kundin verstarb«, erzählte seine Mutter und gab noch etwas mehr Sahne in ihren Tee. »Schon damals hatte die Apotheke einen Lieferservice, und der 88-Jährigen war das falsche Medikament zugestellt worden.«

»Oh, nein!«, rief Anja.

»Wie war noch mal ihr Name? Lass mich überlegen. Alberts, ja, genau, Stine Alberts. Ich weiß nicht mehr, an welcher Krankheit sie litt. Dafür ist das schon zu lange her. Jedenfalls fiel der Verdacht auf Godo. Er war damals der Kurierfahrer der *Friesenwohl*. Doch er sagte, er hätte die Tüte mit den Tabletten nur ausgeliefert, nicht gepackt.«

Aufgeregt fragte Anja: »Wer war denn dafür zuständig?«

»Hilde.« Seine Mutter seufzte.

»Mit seiner Aussage schob er den Verdacht auf sie.« Während seine Mutter fortfuhr, drehte sie unentwegt ihre Teetasse hin und her, sodass sie über die Untertasse kratzte. »Ich glaube nicht, dass er mit dem Finger auf sie zeigen wollte. Er hat sich bloß verteidigt. Hilde sah das anders, denn sie war vollkommen außer sich.«

»Das kann ich nachvollziehen«, warf Anja ein.

»Nun konzentrierten sich die polizeilichen Ermittlungen auf sie. Es schien naheliegender, dass Hilde Mist gebaut hatte, immerhin studierte Godo Pharmazie und hatte Ahnung von Medikamenten. Sie dagegen war branchenfremd.« Seine Mutter trank etwas Tee. »Sie war stinksauer und glaubte, er hätte ihr absichtlich die Schuld in die Schuhe geschoben. Godo hätte mehr um sie kämpfen müssen, doch er war eher zurückhaltend. Gegen Hildes Wut hatte er keine Chance.«

»Wie ging das Ganze weiter?«, fragte Anja.

»Sie schwor Stein und Bein, dass sie die Tüten für den Lieferservice korrekt bestückt hatte, und äußerte die Vermutung, dass Godo die falsche Tüte an Stine Alberts übergeben hätte«, erzählte seine Mutter.

»Puh!«, machte Joris. »Damit stand Aussage gegen Aussage.«

»Und ihr Liebe war vergiftet«, fügte Anja hinzu.

Seine Mutter nickte. »Genau.«

»Welch ein trauriges und dramatisches Ende für ihre Liebesbeziehung! Jetzt verstehe ich, warum sich die beiden aus dem Weg gehen«, sagte Anja.

Unter dem Tisch drückte sie sachte sein Knie. Joris fragte sich, ob sie ihm damit etwas sagen wollte. *Das passiert uns bitte nicht, okay?* Beruhigend streichelte er ihre Hand.

Doch ein Gedanke ließ ihn nicht los. Als er ihn aussprach, hatte er einen bitteren Geschmack im Mund: »Einer von beiden muss damals gelogen haben. Entweder Godo oder Tante Hilde.«

Kapitel 17

In den nächsten Tagen reinigte Anja die Fassade fertig, strich die Fensterläden weiß und putzte die Bodenfliesen im Korridor so lange, bis sie glänzten. Stück für Stück verwandelte sich das *Lüttes Glück* und wurde mehr und mehr zu »ihrer« Pension.

Nachdenklich ging sie am Samstagmorgen durch die Räume und fragte sich, was sie als Nächstes tun sollte. Obwohl ihre Glieder von der ungewohnten körperlichen Arbeit schmerzten, fühlte sie sich so gut wie seit Jahren nicht mehr. Die kleinen Fortschritte erfüllten sie mit Freude und Stolz.

Lächelnd blieb sie im kamillegelben Korridor stehen, nippte an ihrem frisch gebrühten Kaffee. Die helle Farbe gefiel ihr ausgesprochen gut. Wahrscheinlich konnte sie sich das vorerst nicht leisten, aber sie träumte davon, Ilse und Arian Graf Bilder von Föhr abzukaufen und sie im Flur aufzuhängen. Sie nahm sich vor, dem *Strandmohn* in nächster Zeit einen Besuch abzustatten.

Vor allen Dingen brannte sie darauf, Arian kennenzulernen. Sah er Joris ähnlich? Sprach er genauso wie sein ältester Bruder? Oder war er vollkommen anders? Würde er sie mögen? Das war ihr wichtig. Joris schien ein Familienmensch zu sein. Wenn er und sie auf Dauer glücklich werden wollten, musste seine Familie sie akzeptieren und durfte in ihr nicht die Zugezogene sehen oder, noch schlimmer, die Frau, die Tante Hilde das *Lüttes Glück* weggenommen hat.

Die Sorge hatte Anja auch bei Ilse Graf gehabt, doch sie war glücklicherweise unbegründet gewesen. Joris' Mutter hatte in keinster Weise abweisend oder gar feindselig gewirkt. Dass sie die Bitte, ein Wandbild zu malen, abgelehnt hatte, hatte Anja nicht als Zurückweisung empfunden. Im Nachhinein war ihr die Frage peinlich gewesen.

Sie hatte ja gesehen, dass Ilse Graf erstklassige Ölgemälde malte. Wie hatte sie nur auf die Idee kommen können, dass eine Künstlerin wie sie eine einfache Strandszene an die Wand einer heruntergekommenen Pension pinseln würde? Einer Pension, die einst ihrer Schwägerin gehört und die Anja nur durch eine Zwangsversteigerung bekommen hatte.

Außerdem schien Joris' Mutter zurzeit sehr mit sich selbst beschäftigt. Joris hatte ihre Migräneanfälle erwähnt. Schweren Herzens verwarf sie den Wunsch, den Frühstücksraum mit einem XL-Bild von Föhr aufzuwerten. Manche Träume wurden eben nicht wahr.

Anja beschloss, ihren Kaffee in der Sonne zu trinken, und trat hinaus in den Garten. Auf der Terrasse traf sie Hilde, die gerade Kimi fütterte.

»Moin«, grüßte sie die alte Frau.

Ohne aufzuschauen, erwiderte Hilde brummig den Gruß.

Zu dem dicken schwarzen Kater sagte Anja: »Guten Morgen, mein Freund.«

Als er sie erkannte, fing er an zu schnurren und streifte um ihre Beine. Anja strich über sein von der Sonne warmes Fell. Dann kehrte er zum Tellerchen zurück, um genüsslich auch die letzten noch so kleinen Reste abzulecken.

»Möchtest du eine Tasse Kaffee?«, fragte sie Hilde fröhlich, doch innerlich war sie angespannt, wie immer, wenn sie die Vorbesitzerin traf. Diese machte es ihr wirklich nicht leicht, seit sie mit Joris … Ja, was waren sie eigentlich? Ein Liebespaar? Nein, noch nicht richtig, aber auf dem Weg dorthin. Bei dem Gedanken an ihn verspürte sie ein starkes Kribbeln im Bauch. »Ich habe eine ganze Kanne gemacht.«

»Der ist mir zu bitter«, antwortete die alte Frau mit ihrer Reibeisenstimme. »Ich trinke lieber Tee.«

»Gib doch Milch und Zucker rein, vielleicht schmeckt er dir dann«, schlug Anja vor. Warum hatte Hilde nur gegen alles, was Anja tat, sagte oder anbot, etwas einzuwenden? Sah sie nicht, dass Anja versuchte, sich ihr anzunähern, vielleicht sogar Freundschaft zu schließen? Dann würden sie auch einfacher und schneller eine Lösung für ihr Problem finden.

»Unnötige zusätzliche Kalorien. Und warum sollte ich den Geschmack überdecken? Das wäre doch unsinnig. Dann lasse ich es lieber gleich bleiben.«

Anja unterdrückte einen Seufzer. »Aber du trinkst deinen Tee doch auch mit Kluntje und Sahne.«

»Das ist etwas vollkommen anderes, denn es rundet den Geschmack ab«, erklärte Hilde und erhob sich.

»Soll ich dir einen Becher Tee machen?«, bot Anja an und stellte sich kurz vor, wie sie nebeneinander auf der Terrasse in der Morgensonne sitzen und das Kriegsbeil endgültig begraben könnten.

Hilde hob Kimis Tellerchen auf. »Ich habe selbst welchen.«

»Aber ich habe lose Teeblätter. Die schmecken besonders

aromatisch.« Das Schicksal hatte Hilde oft vor Prüfungen gestellt, sie hatte einen Schutzpanzer entwickelt, und den wollte Anja mit Freundlichkeit durchdringen.

»Beutel tun es auch«, sagte Hilde nur, während sie ins Haus lief.

Resigniert setzte sich Anja auf die Stufe, die zur Terrasse führte, und sah dem Kater zu, der in den hinteren Teil des Gartens ging. Für sein Übergewicht sprang er überraschend leichtfüßig auf den Holztisch. Dort setzte er sich in die Sonne und putzte sich hingebungsvoll das schwarz-weiße Fell.

Anja hatte Mitleid mit Hilde, aber die ältere Frau machte es ihr schwer, verständnisvoll zu bleiben. Ihre Zuversicht, dass sie eine gemeinsame Basis finden konnten, auch um das Wohnproblem auf friedliche Weise zu lösen, schwand mehr und mehr. Aber noch gab sie die Hoffnung nicht auf.

Während sie ihren Kaffee trank, musste sie daran denken, was Ilse Graf ihr erzählt hatte. Hätte Hilde mit Godo ihr Glück gefunden, wäre sie wahrscheinlich eine ganz andere Frau geworden. Entspannt und aufgeschlossen statt unglücklich und einsam.

Und jetzt bin ich auch noch ins *Lüttes Glück* gezogen und will sie aus dem einzigen Zuhause, das sie jemals hatte, verdrängen, dachte Anja und fühlte sich schlecht.

Ralf würde vermutlich sagen: »Das ist nicht dein Problem. Du musst nichts wiedergutmachen. Nicht du hast sie verletzt und enttäuscht.«

Mit diesem Einwand hätte er recht. Aber Anja wollte Hilde beweisen, dass es auch Menschen gab, die ihre schroffe Art durchschauten und den Schmerz dahinter erkannten. Die nicht sofort auf Abstand gingen, wenn Hilde hart und ungerecht war. Die sich darum bemühten, eine für beide Seiten gute Lösung zu finden.

»Außerdem hast du deine eigenen Sorgen«, würde Ralf sagen. »Konzentriere dich auf dich selbst! Wenn du immer so viel Rücksicht auf andere nimmst, wirst du am Ende mit leeren Händen dastehen. Es war dumm genug, dein ganzes Geld in das alte Gebäude am Arsch der Welt zu stecken. Passt auf, dass du nicht pleitegehst.«

Aber genau darum konnte Anja Hildes Angst, die sich in Wut und Ablehnung äußerte, nachvollziehen. Wenn Anja nicht alles dafür tat, dass die kleine Inselpension wieder einladend und konkurrenzfähig wurde, würde sie genauso vor den Scherben ihrer Existenz stehen wie Hilde.

Während sie in die Küche ging und ihre Tasse mit heißem Kaffee auffüllte, fragte sie sich, was vor fast fünfzig Jahren wirklich vorgefallen war.

Hatte Godo gelogen, weil es ihm peinlich war, zuzugeben, dass er, der Sohn des Apothekers, der Kundin die falschen Medikamente geliefert hatte? Hatte er dem Ruf der *Friesenwohl* nicht schaden wollen? Denn wären die Kunden aus Sorge, ihnen könnten das Gleiche passieren wie der Verstorbenen, ausgeblieben, hätte das seinen Vater in den Ruin getrieben.

Oder hatte Hilde damals aus Angst, verstoßen zu werden, eine Falschaussage gemacht? Sie war hier aufgewachsen und kannte jeden Insulaner. Wie hätte sie auf der Wattenmeerinsel bleiben können, wenn sie zugegeben hätte, durch Fahrlässigkeit den Tod der Frau verschuldet zu haben? Man hätte sie geächtet, vielleicht sogar auch ihren Bruder Johan und ihre Eltern, die zu dem Zeitpunkt noch die Pension führten.

Sowohl Hilde als auch Godo hatten viel zu verlieren gehabt. Das rechtfertigte keine Lüge, aber so ließ sich das Ganze zumindest erklären. Den oder die Schuldige hatte man nie gefunden. Weder Hilde noch Godo waren verurteilt worden, doch sie hatten einen hohen Preis gezahlt: ihre Liebe.

Während Anja die Treppe in den ersten Stock hochstieg, stellte sie sich vor, wie klein Föhr auf die beiden damals nach dem tragischen Vorfall plötzlich gewirkt haben musste. Bei jeder Begegnung mussten all die negativen Gefühle hochgekocht sein.

Derjenige, der seine Schuld verschwiegen hatte, war bestimmt von Selbstvorwürfen geplagt worden, vielleicht bis zum heutigen Tag.

Der oder die Unschuldige musste sich zutiefst verletzt und an den Pranger gestellt gefühlt haben, und das ausgerechnet von der großen Liebe.

Hatte Godo damals die Polizei angelogen, wofür ihn Hilde seit Jahrzehnten verachtete? Darauf deuteten die Kommentare der beiden hin. Zugleich schien diese Schlussfolgerung Anja zu einfach.

Denn Hilde schlug, wenn sie sich in die Enge gedrängt fühlte, gerne um sich, das wusste Anja aus eigener Erfahrung, und Godo Haase war ein scheuer, leiser Mann.

Womöglich hatte Hilde die Medikamententüten falsch gepackt und verbarg ihre Gewissensbisse hinter einer Fassade der Verachtung, und Godo war zu sanftmütig, um seinen Groll gegen sie all die Jahre aufrechtzuerhalten.

Die Wahrheit kannten wohl nur die beiden.

Auch die Situation, in der Joris und sie sich befanden, war vertrackt, weil sie seiner Tante nicht wehtun wollte und er keine klare Position beziehen konnte. Kein Vergleich zu dem, was Hilde und Godo Haase durchgemacht hatten, dennoch belastend.

Täglich besuchte Joris seine Tante, tapfer ertrug er ihre schlechte Laune. Joris füllte ihren Kühlschrank mit allerlei Köstlichkeiten. Er reparierte ihre Nachttischlampe und hängte die Gardinen auf, wenn sie sie gewaschen hatte, damit sie mit ihren 69 Jahren nicht auf eine Leiter steigen musste.

Anja fragte sich, ob ihm bewusst war, dass er es Hilde damit leicht machte, in der Pension wohnen zu bleiben. So lobenswert seine Fürsorge sein mochte, er verstärkte damit den Konflikt von Hilde und ihr noch. Trotz ihrer Bedenken hielt sie ihn nicht davon ab.

Kritisch musterte Anja den dunkelblauen Teppich. Wenn die Sonnenstrahlen so wie in diesem Moment direkt auf ihn fielen, sah man erst all die Flecken. Es führte kein Weg daran vorbei, sie musste den Bodenbelag in allen Zimmern erneuern. Sie kannte die Baumarkt-Alternativen, konnte sich aber nicht zum kostengünstigen Vinylboden durchringen. Das helle Laminat, zu dem sie tendierte, war grundsätzlich strapazierfähig, unempfindlich gegenüber Nässe und lärmdämmend. Die alten Möbel wollte sie abschleifen und anstreichen, aber nun doch nicht in Zedernbraun, sondern lieber in Weiß. Im Moment wirkten sie nur altmodisch und verstaubt.

»Bei einer Privatwohnung würde ich kein Problem darin sehen, wenn Sie den Boden selbst versiegeln, aber in einem Übernachtungsbetrieb ist die Abnutzung des Belags viel stärker, daher sollten Profis ran«, hatte der Verkäufer im

Baumarkt gesagt. »Da muss ein Gast nur mal ein Glas mit Traubensaft umstoßen. Wenn das nicht einwandfrei versiegelt ist, kriegen Sie die Flecken nie wieder aus dem Parkett raus. Dann müssen Sie den Boden womöglich austauschen, und das kostet.« Er hatte sich verschwörerisch umgesehen und leise weitergeredet. »Ich sollte das gar nicht sagen, wir sollen hier ja verkaufen, aber investieren Sie lieber jetzt etwas mehr Geld, lassen Sie einen Profi ran, dann haben Sie die nächsten zehn bis fünfzehn Jahre Ihre Ruhe.«

Erst am Vortag hatte Anja ein paar Renovierungen und eine neue Heizung in Auftrag gegeben und angezahlt. Wieder schoss ihr durch den Kopf, dass sie sich vor dem Kauf der Pension mehr Zeit hätte nehmen, den Markt sondieren, Kalkulationen erstellen sollen. Nun konnte sie sich eigentlich gar nichts mehr leisten außer einem Eimer billiger weißer Wandfarbe für die Küche.

»Ich muss erst Geld verdienen, um renovieren zu können, doch ich kann keine Feriengäste übernachten lassen, bevor ich nicht renoviert habe. Da beißt sich die Katze in den Schwanz«, murmelte Anja verdrossen vor sich hin.

Sie nahm einen Schluck Kaffee, stellte die Tasse auf die Fensterbank und holte ein langes Messer aus der Küche. Diesmal wollte sie besser informiert sein, bevor sie eine Entscheidung fällte.

Sie schob das Messer unter eine der Fußleisten, klappte den Teppich an der Stelle hoch und zog kräftig daran. Doch der schien bombenfest am Boden zu kleben, fast so, als wäre er mit dem Estrich verschmolzen. Fluchend zerrte sie daran, stemmte einen Fuß gegen die Wand und zog mit aller Kraft.

Plötzlich rutschten ihre Finger ab. Anja schrie auf. Hilflos taumelte sie rückwärts und krachte gegen den Kleiderschrank. Ein kurzer, scharfer Schmerz schoss ihr in den Rücken. War nun etwa auch noch eine Holztür kaputt gegangen? Als sie sah, dass der Schrank unversehrt war, stieß sie erleichtert die Luft aus.

Da stürmte Hilde herein. »Was ist passiert?«

»Machst du dir etwa Sorgen um mich?«, fragte Anja.

Hildes Wangen bekamen einen rosigen Schimmer, sie griff nach dem Anhänger an ihrer Halskette, einer silbernen Muschel. »Wenn du dir die Haxen brichst, muss ich dich pflegen.«

»Das würdest du tun?«

»Wer sollte sich sonst um dich kümmern?«, fragte Hilde und zuckte mit den Schultern. »Du bist ja ganz allein.«

Das war Anja nicht. Sie hatte Joris, Birthe, Maike, Sören, Imke und Elkmar. »Danke, das ist lieb von dir!«, sagte sie nur.

»Warum um alles in der Welt hast du die Leiste entfernt?«, fragte Hilde.

»Ich wollte herausfinden, wie viele Bodenbeläge sich unter dem Teppich verstecken«, antwortete Anja augenzwinkernd.

Verständnislos sah Hilde sie an. »Wer macht denn so etwas Dummes und legt Teppiche übereinander?«

»Jemand, der fünf Tapeten übereinander klebt«, antwortete Anja mit einem Lächeln in der Stimme.

Da zog Hilde einen Flunsch. »So was macht man doch nicht mit Teppichen. Dann kriegt man die Türen ja nicht mehr auf.«

»Da hast du wohl recht. Ich wollte halt nur nicht wieder

eine böse Überraschung erleben. Ich will den Bodenbelag in den Gästezimmern erneuern. Und in der Ferienwohnung, sobald sie frei wird.«

Hilde kniff die Augen zusammen. »Du willst alle Spuren von mir auslöschen, nicht wahr?«, zischte sie.

»Darum geht es doch gar nicht.« Anja bereute es, die Wohnung überhaupt erwähnt zu haben. »Aber ich möchte, dass das *Lüttes Glück* in neuem Glanz erstrahlt.«

»Dir gefällt aber auch gar nichts, was ich gemacht habe«, rief Hilde. »Du änderst die Farbe der Wände, den Bodenbelag, die Deko … einfach alles.«

»In erster Linie geht es um die Feriengäste und nicht um mich. Das *Lüttes Glück* muss moderner werden, um die Urlauber anzusprechen, damit sie bei uns buchen und uns hinterher auch weiterempfehlen.« Anja erschrak über das *uns*. Rasch korrigierte sie sich: »Bei mir, meinte ich natürlich.«

Hilde war sichtlich überrascht und klang prompt leicht verunsichert, als sie nach einer Schrecksekunde klarstellte: »Es gibt kein uns.«

»Natürlich nicht«, murmelte Anja, während sie Hildes Blick auswich.

»Das wäre …« Hilde rang um Worte.

Das hatte Anja noch nie erlebt. Normalerweise war die alte Dame nicht auf den Mund gefallen. »Undenkbar?«, beendete Anja ihren Satz.

»Lächerlich«, korrigierte Hilde.

»Das mit uns würde nicht funktionieren.« Anja breitete die Arme aus. »Und mit zehn Zimmern kann man nicht genug Geld für zwei Personen verdienen.«

Hildes Ton war spöttisch, aber ihr Blick funkelte hoffnungsvoll, als sie fragte: »Hast du das etwa schon durchgerechnet?«

»Um Himmels willen, nein«, beeilte sich Anja zu antworten. »Das würde niemals gut gehen, mit mir als Chefin und dir als meiner Mitarbeiterin.«

»Ich arbeite nicht als Angestellte in meiner eigenen Pension«, erwiderte die alte Frau prompt. Anja wollte sie gerade daran erinnern, dass der Betrieb nicht mehr ihr gehörte, als Hilde plötzlich heftig gestikulierte: »Machst du das ganze Theater mit dem Renovieren etwa, um Joris zu beeindrucken?«

»Wie bitte?« Was für ein Unsinn! Anja schüttelte den Kopf. Darum ging es doch nicht. Das *Lüttes Glück* war ihr Gästehaus! Am Anfang hatte sie gehadert, ob sie die Inselpension überhaupt behalten sollte, aber inzwischen hatte sie sie ins Herz geschlossen, genauso wie Walsum und seine Bewohner.

Hilde reckte ihr Kinn empor. »Willst du meinem Neffen zeigen, dass du die Pension besser führen kannst als ich?«

»Wir stehen nicht in Konkurrenz zueinander, Hilde.«

»Ach, nein? Seit ihr herumturtelt, steckt er nur noch kurz den Kopf zu mir rein.« Ungeniert zeigte Hilde mit dem Finger auf sie. »Er kommt vor allen Dingen her, um für dich zu arbeiten.«

Beobachtete Hilde sie etwa heimlich? Bei der Vorstellung bekam Anja eine Gänsehaut. »Aber er fragt dich oft, ob er etwas für dich tun kann. Das bekomme ich doch mit.«

»Und ich sage jedes Mal Nein, dabei gibt es immer etwas zu tun. Meine Wohnung ist genauso in die Jahre gekommen wie ich. Ich bin alt, ich könnte Hilfe gebrauchen, aber du spannst ihn schon genug ein.« Aufgebracht zupfte Hilde an ihrer Bluse herum. »Er kommt oft während seiner Arbeitszeit her, das muss dir doch klar sein. Für dich vernachlässigt er seine Freunde und Familie.«

Ilse Graf hatte dasselbe angedeutet. Anja bekam ein schlechtes Gewissen. Dabei wollte sie doch einfach nur so viel Zeit wie möglich mit ihm verbringen. »Ich werde mit ihm darüber sprechen, ich frage ihn, ob ich ihn zu sehr einspanne.«

»Dann wird er natürlich sagen, dass es ihm nichts ausmacht. Er ist eben ein hilfsbereiter Kerl, der das Wohl anderer über sein eigenes stellt.«

Zustimmend nickte Anja. Sie hatte ja bereits mitbekommen, wie er sich für Kimi und Sören eingesetzt hat. Er sorgte sich um seine kranke Mutter und um die Zukunft seiner Tante. Joris war immer für alle da und führte nebenher noch seinen eigenen Betrieb. Wie schaffte er das nur? Seufzend fuhr sich Anja mit der Hand durchs Gesicht. »Möglicherweise hast du recht, vielleicht sollte ich öfter ablehnen, wenn er fragt, ob er mir helfen kann.«

»Lass ihn einfach in Ruhe«, sagte Hilde scharf. »Sag ihm einfach, dass du ihn nicht mehr brauchst«, schlug sie dann mit süßlicher Stimme vor.

Anja schüttelte den Kopf. »Das wäre gelogen. Ich brauche ihn sehr.«

»Mein Neffe ist nicht dein Sklave!«, fuhr Hilde sie an.

»Ich brauche ihn nicht für die Renovierung, sondern hierfür.« Anja lächelte verliebt und legte die Hand auf ihr Herz.

Ungehalten öffnete die alte Frau die Knöpfe an den Ärmeln ihrer Bluse und schlug die Ärmel mehrmals um. »Du bist egoistisch.«

»Wenn es ihm nicht auch gefallen würde, mit mir zusammen zu sein, würde er nicht täglich herkommen«, versetzte Anja.

Plötzlich blinzelte Hilde so merkwürdig, dass sich Anja schon fragte, ob sie gegen Tränen ankämpfte. »Ich mache eine schwere Zeit durch«, sagte die alte Frau. »Es hat mir gutgetan, wenn er bei mir war. Aber wenn er mich heutzutage besucht, ist er mit den Gedanken bei dir. Er hört mir oft gar nicht richtig zu.«

»Das tut mir leid.« Anja war hin und her gerissen zwischen Mitgefühl und dem Wunsch, Joris zu verteidigen. »Vielleicht solltest du freundlicher zu ihm sein. Verzeih, wenn ich so ehrlich bin, aber du lässt deine schlechte Laune an ihm aus.«

»Es kommt mich nur noch Joris besuchen, seit du im *Lüttes Glück* wohnst, und jetzt willst du ihn mir auch noch wegnehmen.«

»Das habe ich nicht vor«, sagte Anja sanft. »Keine Sorge.«

»Arian ist im Stress!«, rief Hilde mit bebender Stimme. »Er führt das *Strandmohn* allein und muss nebenher auch noch neue Bilder für die Galerie malen. Sonst hat er nichts zu verkaufen. Er ist auf sich gestellt, meine Schwägerin Ilse hat das Malen wohl an den Nagel gehängt, hat Joris erwähnt. Armer Arian! So schnell kann Leidenschaft zum Zwang werden.«

»Das muss sich bestimmt erst noch einspielen. Es gibt für alles eine Lösung.« Anja kam eine Idee. »Vielleicht könnte Arian auch Bilder von anderen Künstlern der Insel verkaufen.«

»Damit würde er sich doch selbst Konkurrenz ins Haus holen und seine Einnahmen verringern. Die Galerie hat es ohnehin schwer, seitdem der Souvenirshop nebenan auch Ramschgemälde und Kunstdrucke verkauft«, erklärte Hilde und rümpfte die Nase. »Das kannst du nicht wissen, du bist eben fremd hier.«

Geschickt wich Anja Hildes Giftpfeil aus: »Das ändert sich mit jeder Woche, die ich auf der wunderschönen Insel verbringe.«

»Es tut mir leid für dich«, sagte Hilde bedauernd, »aber die Einheimischen werden immer die Zugezogene in dir sehen. Und du denkst ja nur an dich.«

Anja wollte protestieren, als Hilde schon fortfuhr: »Tjorben macht eh zu viel. Die Bootsausflüge mit den Touristen, die Wattwanderungen, der Naturschutz und das Robbenzentrum. Ich frage mich schon lange, wie er das alles schafft. Und jetzt übernimmt er auch noch Joris' Aufgaben beim *Fering Ferian*, weil Joris nur noch bei dir ist. Kein Wunder, dass Tjorben und Arian noch Single sind.«

Auch um sich Luft zu verschaffen, ging Anja in das angrenzende winzige Badezimmer und schüttete den kalt gewordenen Kaffee in den Abfluss. »Jetzt bin ich ja wirklich an allem schuld, was in der Familie Graf schiefläuft, oder?«

»Selbstverständlich nicht. Sei nicht albern!«, rief Hilde, um dann aber damit fortzufahren, Anja ihr Herz auszuschütten. »Mein Bruder Johan kam schon immer selten vorbei. Ich nehme ihm das nicht krumm. Er ist eben ein Einzelgänger. Und meine Schwägerin, die mich früher öfters besucht hat, ist zurzeit mit sich selbst beschäftigt.«

»Ilse leidet unter Migräne«, verteidigte Anja Joris' Mutter. Hilde winkte ab. »Ja, das behauptet sie.«

»Willst du andeuten, dass sie gar keine Migräneattacken

hat?«, fragte Anja erbost. Anscheinend nahm die alte Frau nur ihre eigenen Sorgen ernst.

»Das wird schon stimmen«, antwortete sie dann doch. »Aber ich denke, sie behauptet das manchmal auch nur, damit man sie in Ruhe lässt. Sie kann mir kaum noch in die Augen sehen. Das machen nur Menschen, die etwas verbergen wollen.«

»Was sollte sie denn vor ihrer eigenen Familie verheimlichen wollen? Es muss doch einen Grund geben, warum sie Menschen, die ihr viel bedeuten, meidet. Joris hat mir erzählt, dass sie früher im *Fering Ferian* genauso engagiert war wie er und seine Brüder und dass sie sich vollkommen verändert hat.«

»Vielleicht liegt ihr deine Liebesbeziehung zu Joris auf der Seele«, entgegnete Hilde.

»Ich habe Ilse kennengelernt, und wir verstehen uns prächtig«, stellte Anja klar, doch sie verspürte leise Zweifel, ob Joris' Mutter sie wirklich mochte. Es ärgerte sie, dass sie sich von Hilde verunsichern ließ. »Außerdem hat sie die Migräneattacken schon seit Anfang des Jahres.«

»Meine liebe Schwägerin ist genauso höflich und diplomatisch wie Joris«, sagte Hilde, den letzten Teil von Anjas Satz ignorierend. »Wie könnte sie dich akzeptieren? Du hast schließlich Joris dazu verführt fremdzugehen.«

»Fremdgehen?«

Anja verstand nicht.

Eindringlich bat Hilde: »Carla sollte besser nichts von Joris und dir erfahren, hörst du?«

»Wer ist Carla?«, entfuhr es Anja nach einer Schrecksekunde.

Plötzlich verließ Hilde das Gästezimmer, als hätte sie das Interesse an der Unterhaltung verloren. Doch im Flur ließ sie die Bombe platzen: »Seine Ehefrau natürlich.«

»Er ist verheiratet?«

Anja war entsetzt. Hatte sie gerade richtig gehört? Sie eilte Hilde hinterher.

»Klar ist er das«, sagte sie, während sie den Gang entlanglief. »Seit zwölf Jahren.«

Anja schnappte nach Luft. Dann fiel ihr ein wichtiges Detail ein. »Aber er trägt keinen Ehering.«

»Selbstverständlich tut er das. Zumindest die ersten Male, als ihr euch getroffen habt. Du hast nur nicht darauf geachtet.« Hilde blieb am Treppenabsatz stehen und sah Anja über ihre Schulter hinweg missbilligend an. »Seit dem Pizzaessen im Garten hat er ihn abgenommen. Was hast du mit ihm gemacht, nachdem alle Nachbarn bereits ins Bett gegangen waren?«

Anja ignorierte die Frage. Joris hatte sie geküsst. Sie hatte ihm zwar signalisiert, dass sie sich stark zu ihm hingezogen fühlte, aber die Initiative war von ihm ausgegangen. Fassungslos schüttelte sie den Kopf. Mit zittriger Stimme fragte sie: »Das hast du dir nur ausgedacht, um mich zu ärgern, nicht wahr, Hilde?«

»Nein, tut mir leid. Es ist die Wahrheit. Komm mit, dann beweise ich es dir.« Joris' Tante stieg die Treppe hinab.

Mit weichen Knien folgte Anja ihr bis in die Einliegerwohnung. Ihr Mund war trocken, und sie fühlte sich wie betäubt.

Sichtlich stolz hielt Hilde ihr zwei Bilderrahmen hin. Eins der Fotos zeigte Joris im schicken schwarzen Anzug und eine attraktive Frau mit langen goldblonden Haaren im Hochzeitskleid. Verliebt sahen sie sich an. Bei ihrer Eheschließung mussten Joris und Carla in ihren Zwanzigern gewesen sein.

Auf dem zweiten Bild war das Paar schon etwas älter, vielleicht Mitte bis Ende dreißig. Joris und Carla strahlten, sie sahen glücklich aus. Hand in Hand standen sie am Strand. Im Hintergrund sah man das ruhige Meer. Die Sonne ging gerade unter und tauchte alles in ein warmes Orange.

Anja verspürte einen Stich im Herzen.

Wie hatte Joris ihr das nur verschweigen können? Sie hätte sich doch niemals auf ihn eingelassen! Auch wenn sie nichts von Carla gewusst hatte, fühlte sie sich schuldig. Sie konnte es immer noch kaum glauben.

»Es tut mir wirklich leid, dass ich diejenige bin, die dir die Augen öffnen muss.« Sachte tätschelte Hilde ihren Arm. »Aber er amüsiert sich nur mit dir.«

»Dass er verheiratet ist, hätte mir doch jemand gesagt«, wandte Anja nachdenklich ein. »Birthe, Maike, Sören, die Paulsens, seine Mutter ...«

»Ihnen war die Situation bestimmt sehr unangenehm, daher haben sie das Thema totgeschwiegen«, mutmaßte Hilde und zuckte mit den Schultern. »Manche Nachbarn denken auch, dass Joris' Seitensprünge allein seine Entscheidung sind.«

Anja rang nach Luft. »Er tut sowas öfters?«

»Hin und wieder. Wenn es sich ergibt. Und bei dir lief er ja offene Türen ein«, sagte Hilde und stellte die Bilderrahmen wieder weg.

Hatte sie so bedürftig nach Nähe ausgesehen? »Er kann

mich doch nicht küssen und dann zu seiner Ehefrau heimfahren!«, stieß Anja aus.

»So abgebrüht ist er nicht. Was denkst du von ihm?«,
zischte Hilde. »Carla lebt vorübergehend auf dem Festland.
Ich weiß nicht, ob sie es akzeptiert, dass er hin und wieder
ein wenig Spaß mit anderen Frauen hat, um die räumliche
Trennung auszuhalten, oder ob sie von seinen Abenteuern
nichts weiß. Da halte ich mich raus.«

Schwach protestierte Anja: »So egoistisch kann er unmöglich sein.«

»Wie lange kennst du ihn?«, fragte Hilde und zog die
Augenbrauen hoch. Dann beantwortete sie ihre Frage selbst:
»Ein paar Tage.«

»Du hast recht«, musste Anja zerknirscht zugeben. »Aber
eben hast du noch zu mir gemeint, er sei selbstlos.«

»Ja, das stimmt auch, aber nicht in allen Belangen. Er hat
ein Helfersyndrom, da kannst du jeden auf Föhr fragen.«
Nachsichtig fügte Hilde hinzu: »Darüber hinaus ist er auch
nur ein Mann mit Bedürfnissen.«

Anja kämpfte gegen Tränen an. Ihr Magen ballte sich zusammen. Konnte sie sich so in Joris getäuscht haben?

»Carla wird sowieso bald wieder von Hamburg zurück
zu Joris ziehen, dann ist das Ehepaar wieder vereint.« Hilde
lächelte zufrieden. »Die beiden gehören zusammen, das
habe ich vom ersten Moment an gewusst.«

Ihre Worte bohrten sich schmerzhaft in Anjas Herz. Sie
war enttäuscht, wütend und unglücklich.

Wenn Carla wieder auf Föhr wohnte, würden sie sich auf
jeden Fall irgendwann über den Weg laufen. Wie sollte sie
ihr in die Augen sehen können?

Sie wollte sich gar nicht vorstellen, was Birthe, Sören und die anderen Nachbarn über sie dachten. Aber wenn sie wirklich ihre Freunde waren, warum hatte dann niemand sie gewarnt?

Anja fragte sich, warum Joris sie mit zu seiner Mutter genommen hatte, wenn sie bloß eine Affäre für ihn war. Schämte er sich denn gar nicht? Oder hatte er seiner Mutter nur die Frau vorstellen wollen, die Hilde das Leben schwer machte?

Bildete sie sich das im Nachhinein nur ein, oder war Ilse ihr gegenüber durchaus etwas reserviert geblieben? Vielleicht lag das an ihren gesundheitlichen Problemen oder an Anjas Anliegen mit dem Wandbild, das sie nicht erfüllen konnte oder wollte. Möglicherweise verurteilte sie aber auch Joris' Abenteuerlust.

Wie soll ich ihr und meinen Nachbarn nur jemals wieder unter die Augen treten, dachte Anja bekümmert. So hatte sie sich nicht in die Gemeinschaft auf der Insel einführen wollen. Nun sahen die Einheimischen nicht nur die Zugezogene in ihr, sondern auch die Frau, die sich mit einem verheiraten Mann einließ.

Joris hatte sie in eine unmögliche Situation gebracht! Vielleicht würde sie nur deshalb niemals ganz dazugehören können. Weil man sie dafür verachtete, was sie Carla angetan hatte.

Vor Bestürzung keuchte Anja. Wie hatte sie nur denken können, dass er es ernst mit ihr meinte, obwohl sie seine Tante aus ihrem Haus rauswerfen wollte?

Schluchzend stürmte sie aus der Einliegerwohnung. Sie wollte nicht vor Hilde weinen.

Kapitel 18

Anja war total durch den Wind. Die Neuigkeit über Joris hatte ihr den Boden unter den Füßen weggezogen. An Renovieren war nicht mehr zu denken. Sie aß kaum etwas und trieb sich den ganzen Samstag auf Föhr herum, weil sie befürchtete, dass Joris im *Lüttes Glück* vorbeischauen könnte.

Sie ignorierte seine Anrufe und Nachrichten. Ihr war klar, dass kein Weg an einem klärenden Gespräch vorbeiführte. Sie musste ihn auf Carla ansprechen und ihn fragen, warum er seine Ehefrau verschwiegen hatte. Dann würde sie ihm klipp und klar sagen, dass sie ihn nicht mehr wiedersehen wollte. Doch noch tat allein die Vorstellung, das Thema anzuschneiden, zu weh.

Zudem fehlten Anja die passenden Worte. Sie konnte kaum klar denken. Ihr Kopf war wie in Watte gepackt. Wie sollte sie da sinnvoll zusammenhängende Sätze bilden?

Am Sonntagmorgen kam Maike vorbei und brachte ihr einen frisch gebackenen Rosinenstuten. Anja hätte gerne von ihr gewusst, warum sie ihr nichts von Joris' Frau gesagt hatte. Sie hätte ihr gegenüber beteuern wollen, dass sie vollkommen ahnungslos gewesen war. Aber sie brachte es nicht fertig. Das Thema war wie ein Messer, dass sie sich selbst zwischen die Rippen stoßen würde, sobald sie etwas ansprach.

»Ist alles in Ordnung?«, fragte Maike besorgt.

»Hm«, machte Anja nur unbestimmt und wich ihrem Blick aus.

Ihre Freundin musterte sie. »Du siehst aus, als hättest du ein Gespenst gesehen.«

»Ich bin nur müde. Die Vögel haben schon in aller Herrgottsfrühe lautstark gezwitschert«, erklärte Anja, was der Wahrheit entsprach, auch wenn das nicht der Grund für ihre Schlaflosigkeit war.

Maike lachte. »Ja, die Marsch kann manchmal überraschend laut sein.« Dann verabschiedete sie sich.

Die Sonne schien, doch Anja verkroch sich in der Dachgeschosswohnung. Sie aß eine Scheibe warmen Stuten mit Butter, trank eine Tasse frisch aufgebrühten Kaffee und schaltete ihr Handy aus.

Erneut flüchtete sie aus dem *Lüttes Glück*. Mit Liebeskummer im Gepäck wanderte sie die ganze Strecke zum Strand in Utersum, um dort den Tag zu verbringen. Sie mied die Strände am Goting Kliff und in Wyk, weil ihr die Gefahr dort größer schien, Joris zu begegnen.

Um einen freien Blick aufs Meer zu haben, setzte sich Anja vor die Strandkörbe. Hatten Joris und seine Mitarbeiter sie gemacht? Als sie einen Stich im Herzen spürte, schob sie den Gedanken energisch beiseite.

Sie ließ sich vom lauwarmen Wind streicheln und versuchte, sich vom wohligen Kitzeln ablenken zu lassen, das der feine Sand unter ihren Fußsohlen auslöste. Tief atmete sie den würzigen Duft der Nordsee ein.

Eine Weile saß sie einfach nur da und lauschte den Wellen, die sanft an den Strand rollten. Sie beobachtete die Möwen, die selbstsicher zwischen den Urlaubern landeten, schließlich war das ihr Strand. Eine Gruppe junger Frauen spielte Beachvolleyball.

Ein jugendliches Pärchen dümpelte eng umschlungen in einem Priel, das auch bei Ebbe Wasser führte. Die Teenager knutschten so gelassen herum, als wären sie allein auf der Welt. Auf dem Hundestrand warf ein Mann ein Frisbee. Sein Border Collie rannte hinterher, fing es im Flug auf und brachte es seinem Halter zurück.

Alle Strandkörbe waren besetzt, und viele Kinder liefen fröhlich umher. Sie schlossen neue Freundschaften, bauten zusammen Sandburgen, spielten mit ihren Vätern Softball oder dösten in den Armen ihrer Mütter, dick eingekuschelt in ein Badetuch.

Erst jetzt wurde Anja bewusst, dass Osterferien waren. Mit jedem Tag, dass das *Lüttes Glück* leer stand, verlor sie Einnahmen. Eigentlich sollte sie nicht faul herumsitzen, sondern schon mal die Teppiche aus den Gästezimmern herausreißen, die Kleiderschränke abschleifen oder die Küche streichen.

Doch eine körperliche und seelische Erschöpfung hatte sie erfasst. Ihr Herz war so schwer, dass jede Bewegung einem Kraftakt gleichkam.

Wie hatte sie nur auf Joris hereinfallen können?

Weil du nach der kühlen Beziehung mit Ralf so ausgehungert, so bedürftig nach Liebe bist, antwortete sich Anja im Gedanken.

Trieb Joris ein böses Spiel mit ihr, um sich an ihr zu rächen, weil sie seine Tante loswerden wollte? Ging er egoistisch und triebgesteuert vor? Oder fühlte er sich vielleicht selbst sehr einsam, weil seine Ehefrau weit weg war.

Anja kam der Gedanke, dass sie Joris Unrecht tat und er sich womöglich in sie verliebt hatte. Dachte er darüber nach, sich von Carla zu trennen? Im ersten Moment schöpfte Anja Hoffnung, doch dann zog sich ihr Magen heftig zusammen. Auf keinen Fall wollte sie sich in eine Ehe drängen! So stark ihre Gefühle für Joris auch waren, sie hätte es nicht mit ihrem Gewissen vereinbaren können, der Trennungsgrund für ihn und Carla zu sein. Falls sich Joris wirklich in sie verliebt hatte, würde sie die Notbremse für ihn ziehen.

Egal, was ihn dazu veranlasst hatte, sie zu küssen, es gab keine Zukunft für sie.

Anjas Augen wurden feucht. Rasch steckte sie sich ein Karamellbonbon mit Meersalz in den Mund. Naschereien, die bewährte Medizin gegen Liebeskummer. Doch diesmal half die Süßigkeit nicht.

Sie überlegte, ob sie Christin oder Leonie anrufen sollte. Sie entschied sich dagegen, weil sie befürchtete, dass die Wunde in ihrer Brust, die Joris' Doppelspiel verursacht hatte, wenn sie darüber redete, noch weiter aufreißen würde.

Bedrückt stand sie auf, schulterte ihre bunte Strandtasche und ging über den flach abfallenden Strand bis zum Flutsaum. Während sie ihre Zehen ins kühle Nordseewasser tauchte, fragte sie sich, ob sie Joris falsch verstanden hatte. Hatte sie zu viel in seine Küsse hineininterpretiert? Hatte er ihr durch die Blume zu verstehen gegeben, dass er nur an Sex interessiert war, und sie hatte seine Andeutungen und Signale ignoriert? Hatte ihre junge Liebe sie blind und taub gemacht?

»So naiv bist du doch mit deinen 35 Jahren nicht mehr«, sagte Anja zu sich selbst und ging so weit in den Priel hinein, dass das Wasser ihre Waden umspielte. Das jugendliche Liebespaar war verschwunden. Dafür versuchten sich gerade einige Feriengäste an Stand-up-Paddling.

Immerhin hatte Joris sie nie dazu ermutigt, ihn in ihre Dachgeschosswohnung einzuladen. Anja war hin und her gerissen. Sie wusste nicht, was sie von ihm halten sollte.

Sie kannte ihn erst seit Kurzem, aber sie hatte zumindest gedacht, eine Ahnung davon zu haben, wer er war. Nun kam er ihr wie ein Fremder vor.

Mit der Hand schirmte sie die Augen vor der Aprilsonne ab und ließ ihren Blick über die Nordsee gleiten. Bei dem Wetter schien die Nordspitze Amrums zum Greifen nah. In der Ferne machte Anja Sylt aus. Sobald sich ein Zeitfenster ergab, wollte sie die beiden Nachbarinseln besuchen.

Vielleicht sollte ich das gleich morgen tun, dachte Anja. Dann schüttelte sie den Kopf und fuhr sich seufzend mit der Hand durchs Gesicht. Sie konnte nicht jeden Tag vor Joris davonlaufen und musste sich um die Renovierung ihrer Pension kümmern.

Mittags aß sie in Utersum im *TreibHolz* selbst gemachtes Labskaus und genoss den Meerblick bei einer Tasse *Tote Tante*. Die Kellnerin verriet ihr, dass eine Föhrerin angeblich die Namensgeberin für das köstliche Heißgetränk war.

Den Erzählungen nach wanderte die Einheimische in die USA aus, wo sie schließlich verstarb. Da sie in ihrer Heimat beerdigt werden wollte, ließ ihre Familie ihre Asche nach Norddeutschland überführen. Um Geld zu sparen, packten sie die Urne mit in eine Kiste Kakao. Zum Leichenschmaus gab es dann heißen Kakao mit einem Schuss braunem

Zucker und einem Klecks Schlagsahne. So war der Name *Tote Tante* geboren, hieß es.

Bevor Anja zurück zum Strand ging, kaufte sie eine Nussmarzipanrolle in *Stefans Tortenmanufaktur* und aß sie nachmittags am Meeressaum. Eigentlich konnte sie sich die Extraausgaben nicht leisten, doch sie brauchte das jetzt, um sich von ihrem Liebeskummer abzulenken.

Am liebsten wäre sie weit weggelaufen. Während sich im Laufe des Nachmittags die Wolken am Himmel zuzogen, überlegte sie sogar kurz, ob sie ihren Koffer packen, zurück nach Köln fahren und sich in ihrer alten Heimat verkriechen sollte, um ihre Wunden zu lecken. Aber ihr früheres Leben existierte nicht mehr. Wo sollte sie hin? Die besitzergreifende Rita würde wenig erfreut sein, wenn Anja spontan ihren Vater besuchte. Sie wollte auch nicht Christin fragen, ob sie ein paar Tage bei ihr auf der Couch schlafen könnte. Das wäre Franjo bestimmt nicht recht. Alles, was von der Routine abwich, missfiel ihm.

Anja vermisste ihre Mutter wieder einmal mehr denn je. Bei ihr hätte sie immer unangemeldet vor der Tür stehen können. Sie hätte Anja jederzeit bei sich aufgenommen. Von ihr wäre sie mit aufmunternden Worten, liebevollen Umarmungen und heißen Waffeln mit Kirschen und Vanilleeis getröstet worden.

Anja wollte auch nicht Birthe und die anderen Nachbarn aufsuchen. Sie nahm es ihnen übel, dass sie sie nicht vor Joris gewarnt hatten. Sie fühlte sich so alleingelassen und einsam wie an den ersten Tagen auf Föhr. Die wundervolle Gemeinschaft in Walsum war nur eine Illusion gewesen. Alle hatten sie ins offene Messer laufen lassen.

Der Wind frischte auf. Die Strandkörbe wurden immer leerer. Es ging auf den Abend zu, und die Urlauber machten sich auf den Weg zu ihren Unterkünften, um sich zu duschen und fürs Essen umzuziehen.

Mit gemischten Gefühlen wanderte Anja zurück zum *Lüttes Glück*. Würde Joris dort auf sie warten?

Das Grün wirkte in der Marsch viel satter. Mancherorts, an dem sie vorbeikam, machte es den Anschein, als würden die Wiesen mit ihr reden. Die Gräser raschelten ohne ersichtlichen Grund, und merkwürdige Laute drangen aus dem Boden. Doch das waren nur die Vögel, die im Schutz des Schilfs und in Senken brüteten. Schon lange hatte Anja inmitten der Natur wohnen wollen. Und Walsum, das Nest abseits der Touristenmagneten, war wie der Ruhepol von Föhr.

Keine Spur von Joris. Ein Teil von ihr war enttäuscht, der andere erleichtert. Sie zog sich in ihre Dachgeschosswohnung zurück.

Am nächsten Morgen setzte sie sich in den Frühstücksraum der Pension und machte Kassensturz. Sie musste sich jetzt zusammenreißen. Zunächst einmal schrieb sie auf, was sie alles noch erneuern und ausbessern wollte. Die Liste war länger, als sie gedacht hatte. Nervös überprüfte sie ihren Kontostand. Sie zog von dem Betrag die Kosten für die neue Heizung und die Bezahlung des Dachdeckers ab. Als sie sah, was übrig blieb, wurde ihr so übel, dass sie weder die Scheibe Rosinenstuten noch ihren Kaffee vor sich anrührte.

Ihre Reserven schmolzen weitaus schneller dahin als erwartet. Hier auf der Insel war alles so viel teurer, und je länger sie im *Lüttes Glück* wohnte, desto mehr Baustellen fielen ihr auf. Es brauchte neue WC-Deckel in den Gästezimmern. Der Wasserdruck musste neu eingestellt und die Elektrik überprüft werden, einige Lichtschalter funktionierten nicht zuverlässig.

Die Spülmaschine würde vermutlich auch bald ihren Geist aufgeben. Gegen Ende des Spülvorgangs zeigte sie eine Störung an und brach ihn ab.

»Das ist kein Problem, das Geschirr ist trotzdem sauber«, hatte Hilde noch vor ein paar Tagen erklärt. »Die springt dann wieder an, glaub es mir.«

Besorgt wandte Anja ein: »Das kann aber nicht ewig gut gehen.«

»Es geht schon ein Jahr lang so, dann wird die Maschine auch noch ein weiteres Jahr durchhalten«, erklärte Hilde lakonisch.

Doch Anja schüttelte den Kopf. »Ich brauche zuverlässige Geräte.«

»Dann kauf eben eine neue Spülmaschine, wenn es dich beruhigt.«

»Natürlich, das bleibt an mir hängen«, murmelte Anja missmutig, schließlich benutzte Hilde das Gerät auch. Außerdem hätte sie längst ein neues kaufen müssen, als sie noch die Besitzerin der Pension gewesen war.

»An wem sonst?«, fragte die alte Frau schnippisch. »Das *Lüttes Glück* gehört jetzt schließlich dir.«

»Wenigstens siehst du das inzwischen ein«, antwortete Anja kühl lächelnd.

Hilde rümpfte die Nase. Aufgebracht betastete sie ihre Hochsteckfrisur, was für Anja so aussah, als würde die alte Dame ein unsichtbares Krönchen zurechtrücken. Dann schob Hilde ihr Kinn vor und stolzierte davon.

Die Küche war insgesamt in keinem guten Zustand. Anja würde sich zu behelfen wissen, sie hatte keine hohen Ansprüche. Aber sie wusste, dass die Tür oft offen stand und die Feriengäste in die Küche würden sehen können. Besser, sie machte einen sauberen und modernen Eindruck. Außerdem mussten die Geräte natürlich in Schuss sein und verlässlich funktionieren.

Hilflos schlug sich Anja die Hände vors Gesicht, dann sackte sie am Tisch zusammen.

Was für eine tolle Geschäftsfrau du doch bist, spottete Anja in Gedanken. Nun rächte es sich, dass sie in der Werbeagentur Ralf die Finanzen überlassen und sich auf die kreative Seite ihres Berufs konzentriert hatte.

Wie sollte sie die kleine Inselpension nur jemals so weit in Schuss bekommen, dass sie sie eröffnen konnte? Sie würde genauso scheitern wie Hilde.

Einen Kredit würde sie bestimmt nicht bekommen, sie konnte der Bank keine Sicherheiten bieten. Ratlos starrte sie auf die lange To-do-Liste und seufzte schwer. Schließlich kritzelte sie einen Satz auf die Seite, der die Situation mit einer schonungslosen Ehrlichkeit zusammenfasste.

Gerade als sie die vier Worte unterstrich, hörte sie plötzlich Joris' Stimme: »Da bist du ja!«, rief er.

»Moin«, sagte Anja kurz angebunden. Sie fand, dass die norddeutsche Begrüßung aus ihrem Mund immer noch fremd klang.

Schnell lief er auf sie zu. Die Sohlen seiner Outdoorschuhe quietschten auf dem Parkett. »Ich habe gestern versucht, dich auf dem Handy zu erreichen.«

»Der Akku war leer«, schwindelte Anja. Sie konnte ihm

nicht in die Augen schauen, blickte stattdessen in den Garten hinaus.

Der Frühling verwandelte die Natur jeden Tag ein kleines bisschen mehr in ein Blütenparadies. Die Sträucher wurden immer grüner, und an den Obstbäumen öffneten sich die Knospen. Das lockte Insekten an, die tapfer dem Nordseewind trotzten. Ein Schmetterling flog dicht über den Rasen, auf dem Löwenzahn, Wiesenschaumkraut und Wiesensalbei wuchsen, hinweg. Eine Amsel trank aus einer Keramikschale, die Hilde regelmäßig mit frischem Wasser füllte. Am blauen Himmel zog ein Schönwetterwölkchen auf Walsum zu.

»Du warst nicht hier. Ich habe mehrmals vorbeigeschaut. Hilde wusste auch nicht, wo du bist.« Joris stützte sich auf dem Tisch ab: »Ich habe mir Sorgen gemacht.«

»Ach, ja?«, fragte Anja überrascht. Endlich sah sie ihn an. Sie fühlte sich zu ihm hingezogen, sie konnte sich nicht dagegen wehren. Die neue Frisur stand ihm gut, sie machte ihn noch attraktiver. Ihr Herz pochte heftig.

»Ich will nicht, dass du mich für einen Kontrollfreak hältst, aber …« Er lachte verlegen, richtete sich auf und legte die Handflächen aneinander. »Bitte, tu das nie wieder.«

»Wo sollte ich schon sein?«, sagte sie lapidar und schlug das Notizbuch zu, damit Joris die Zahlen, die sie notiert hatte, nicht lesen konnte.

Er druckste herum, rieb sich über den Nacken und sah sich im Frühstücksraum um. Sein Blick blieb an der Wand hängen, von der Anja die verblassten Kunstdrucke von Segelschiffen und Krabbenkuttern bereits entfernt hatte. Man sah auf der weißen Raufasertapete, wo sie gehangen hatten. Genau dort hätte sie gerne ein großes Wandbild mit einer Strandszene gehabt.

Selbst wenn Ilse Graf doch noch zusagen würde, könnte sich Anja ihr Honorar unter den gegebenen Umständen ohnehin nicht leisten. Der Raum würde so langweilig bleiben, wie er war. Noch eine ihrer Visionen für das *Lüttes Glück*, die sie nicht würde umsetzen können.

Es war nicht fair, aber sie konnte nicht anders, als ihren Unmut darüber an Joris auszulassen. Immerhin hatte er sie glauben lassen, er sei Single. Außerdem half er ihr nicht dabei, seine Tante zu überzeugen, endlich auszuziehen.

»Dachtest du, ich bin zu weit hinausgeschwommen und habe die Strömungen ignoriert?«, fragte Anja scharf. »Nur weil ich vom Festland stamme, bin ich nicht auf den Kopf gefallen.«

»Nein, das ist es nicht«, antwortete er sanft und setzte sich neben sie. »Ich habe befürchtet, dass du zurück nach Köln gefahren sein könntest.«

Seine Worte rührten sie. Doch im nächsten Moment musste sie an Carla denken, und das Gefühl, geliebt zu werden, verschwand wieder. »Warum sollte ich das tun? Ich wohne jetzt auf Föhr und werde bald auch offiziell eine Insulanerin sein. Heute um elf Uhr habe ich einen Termin beim Einwohnermeldeamt.«

»Warum bist du so geladen?« Joris versuchte, ihre Hand zu nehmen.

Anja entzog sie ihm. »Bin ich das?«

»Habe ich etwas falsch gemacht?«

Dass er so rücksichtsvoll mit ihr sprach, machte sie nur noch wütender. Sie wollte ihm auf den Kopf zusagen, dass sie über seine Ehefrau Bescheid wusste und er zur Hölle fahren sollte. »Wie kommst du darauf?«, erwiderte sie stattdessen, in der Hoffnung, dass er endlich von selbst Farbe bekennen würde.

»Wenn du mir immer mit einer Gegenfrage antwortest, wird dieses Gespräch zu nichts führen«, sagte er amüsiert. Dann wurde er ernst. »Ich habe den Eindruck, dass du mir aus dem Weg gehst.«

»Ich musste nachdenken.« Anja wollte keine heimliche Geliebte oder Freundin-auf-Zeit sein, bis Carla zurück zu ihm nach Föhr zog. Sie war kein Lückenbüßer. Das wollte sie ihm klipp und klar sagen, der Moment der Wahrheit war gekommen. Sie holte tief Luft, um ihre Vorwürfe auf ihn abzuschießen.

Doch bevor sie dazu kam, tippte Joris auf den Notizblock. »Hat es etwas damit zu tun?«, wollte er wissen.

»Was hast du gesehen?«, fragte sie angespannt.

»Nur die vier Wörter, die du unten auf die Seite geschrieben hast.« Mit einem Lächeln in der Stimme wiederholte er sie: »Ich bin am Arsch.«

»Tut mir leid, ich wollte nicht neugierig sein«, fügte er hinzu, »ehrlich.« Er legte die Hand an seine Brust und sah sie entschuldigend an. »Aber der Satz sprang mir ins Auge, du hast ihn doppelt unterstrichen.«

Mit einem Mal fror Anja. Sie rieb sich über die Oberarme. »Ich habe Kassensturz gemacht, und es sieht nicht gut aus.«

»Hier ist doch mehr zu tun, als du erwartet hast, nicht wahr?«

»Ja. Bis sich die Feriengäste hier wieder wohlfühlen, ist

es noch ein weiter Weg, und meine Mittel sind ziemlich begrenzt.«

In der letzten Woche hatte sie dank der Hilfe ihrer Nachbarn Kraft und Hoffnung geschöpft, doch nun schien ihr die Aufgabe zu groß.

»Kannst du nicht einige Arbeiten bis ins nächste Jahr verschieben?«, fragte er. »Bis dahin nimmst du schon Geld ein.«

»Ich kaschiere ja schon so manchen Makel, anstatt ihn zu beseitigen«, gab sie zu. »Nimm nur die Fensterrahmen.«

Joris nickte. »Du hast sie bloß neu gestrichen, obwohl du die Fenster lieber austauschen würdest. Ja, ich weiß.«

Anja schüttelte den Kopf. »Die abgetretenen weißen Bodenfliesen im Eingang gefallen mir nicht, aber ich werde sie erst einmal behalten müssen. Durch die gelbe Tapete sieht der Korridor aber schon wieder einladender aus, und die Kratzer und abgeblätterten Stellen auf den Fliesen werde ich mit bunten Teppichläufern überdecken.«

»Das Leben besteht aus Kompromissen.« Seufzend fuhr er sich mit der Hand durchs Haar. »Das kenne ich aus der Strandkorb-Manufaktur.«

»Versteh mich nicht falsch«, sagte sie. Die Überlegungen, die sie mit ihm zusammen anstellte, drängten den Groll, den sie ihm gegenüber empfand, in den Hintergrund. Es fühlte sich gut an, ihm ihre Sorgen anzuvertrauen. Wenn er mit ihr zusammen war, konzentrierte er sich ganz auf sie. »Ich habe nicht vor, die Inselpension in eine Luxusherberge zu verwandeln. Aber es gibt so viel, was gemacht werden muss, und ich rede nicht über kleine Schönheitsfehler, sondern bitter nötige Instandsetzungen.«

Nachdenklich massierte Joris seinen Bart. »Arian, Tjorben und ich hatten doch unser Geld für die Zwangsversteigerung der Pension zusammengelegt.«

»Und?« Eine Ahnung beschlich sie. Anja hoffte, dass sie falschlag, denn wenn Joris das vorschlagen würde, was sie glaubte, würde sie das in ein großes Dilemma stürzen.

»Am Ende haben wir die Summe ja nicht gebraucht.« Er lächelte ironisch.

Sie stand auf und stellte sich ans Fenster. »Weil ich euch überboten habe«, brachte sie mit gepresster Stimme hervor.

»Was sich als Glücksfall erwiesen hat«, sagte er.

Sie sah ihn fragend an.

»Sonst hätten wir uns nie kennengelernt«, fügte er hinzu.

Rasch wandte sie sich ab, unsicher, wie sie reagieren sollte. Schließlich sagte sie nur leise: »Ja.«

»Jedenfalls habe ich meinen Anteil seitdem nicht angerührt.« Joris erhob sich, stellte sich dicht hinter sie und flüsterte ihr die Summe, von der er sprach, ins Ohr.

Anja nahm den Betrag nur am Rande wahr, ihr Herz pochte laut. Sie spürte seinen warmen Atem im Nacken und erschauerte wohlig. »Und?«

»Ich könnte ihn dir als zinslosen Kredit zur Verfügung stellen.«

»Zinslos? Du bist doch verrückt!« Er wollte ihr also tatsächlich finanziell unter die Arme greifen. Sie steckte in der Zwickmühle.

»Ja, verrückt nach dir.« Verliebt lächelte Joris sie an. Er hob seine Hand, wollte ihre Wange berühren, zögerte dann. Es war wohl zu offenkundig, dass sie sich nicht über seinen Vorschlag freute. Sichtlich irritiert ließ er seine Hand sinken. »Eine Bedingung würde ich allerdings schon an den Kredit knüpfen.«

»Dein Vorschlag hat also einen Haken. Das hätte ich mir denken können. Niemand ist so großzügig«, sagte Anja enttäuscht.

»Nein, so meinte ich es nicht. Du hättest alle Zeit der Welt, mir die Summe zurückzuzahlen. Ich würde dir keine Frist setzen.«

Anjas Puls raste. Er hatte doch wohl nicht vor, sie durch den Kredit an sich zu binden? Würde er ihr jetzt endlich beichten, dass er verheiratet war, sie aber als Geliebte haben wollte? Ihre Schultermuskeln verkrampften sich. »Was würdest du dafür von mir verlangen?«

Er schaute sie an. »Du müsstest dich damit einverstanden erklären, dass meine Tante so lange bei dir wohnen bleibt, bis du mir das Darlehen zurückgezahlt hast.«

»Das könnte Jahre dauern!«, entfuhr es ihr.

»Das liegt allein in deinen geschäftstüchtigen Händen.« Er schmunzelte.

Fassungslos lief Anja im Frühstücksraum auf und ab. Sie brauchte frische Luft! Sie trat auf die Terrasse, der Wind, der jetzt am Morgen noch recht kühl war, schlug ihr entgegen.

Eigentlich wollte sie Hilde loswerden und endlich in die Einliegerwohnung ziehen. Aber wenn sie genauer darüber nachdachte, fühlt sie sich unterm Dach recht wohl. Das Apartment im Erdgeschoss lag mitten im Geschehen, sie würde jede Bewegung der Feriengäste mitbekommen. Und wegen der Nähe wäre die Hemmschwelle für die Urlauber, wegen jeder Kleinigkeit an ihre Tür zu klopfen, niedrig. Selbstverständlich wollte Anja jederzeit für ihre Gäste da sein, aber sie brauchte auch Ruhe, um Kraft zu tanken. Die Dachwohnung gab ihr das Gefühl, trotz allem etwas abseits zu sein.

»Hilde würde dir zur Hand gehen, dafür werde ich sorgen«, versicherte Joris ihr. »Ich bin mir sicher, dass ihr das Spaß machen würde. Sie würde sich gebraucht fühlen und hätte wieder einen Sinn im Leben.«

Anja überlegte. Gerade in den ersten Monaten konnte sie Hilfe gebrauchen, zudem kannte sich Hilde mit den Abläufen aus und konnte sie einarbeiten. Aber es würde Probleme geben, das war so sicher wie das Amen in der Kirche. »Sie würde mir bestimmt bei allem und bei jeder kleinen Veränderung, die ich vorhätte, reinreden. Das macht sie ja jetzt schon. Wir kriegen uns ständig in die Haare.«

»Ich werde mit meiner Tante darüber reden. Du bist der Boss, das muss sie natürlich akzeptieren. Es ist ja nicht nur so, dass ihr der Abschied von der Pension schwerfällt, sie hätte auch Probleme, auf Föhr eine neue Bleibe zu finden. Wohnraum ist knapp und teuer. Sie denkt sogar darüber nach, wieder in einen Wohnwagen zu ziehen, aber das werde ich nicht zulassen.« Joris' Miene verhärtete sich für einen Moment, dann entspannte sie sich wieder. »Immerhin habe ich Hilde inzwischen dazu gebracht, Rente zu beantragen.«

Anja hatte Skrupel, die Vorbesitzerin vor die Tür zu setzen, das wusste Hilde bestimmt und nutzte diese Tatsache aus. Trotzdem konnte Anja sie nicht härter anpacken. Das brachte sie nicht übers Herz, egal, wie grantig die alte Frau war. Und in einem Caravan wollte sie sie auch nicht sehen, nicht mit ihren 69 Jahren.

Hilde war genauso in Nöten wie sie, warum also nicht, wenn auch schweren Herzens, noch ein Weilchen mit ihr auskommen.

Blieb noch das Problem mit Joris. Sie fühlte sich hin und her gerissen. Aber welche Wahl hatte sie denn, als sein Angebot anzunehmen? Wie sollte sie sonst an einen Kredit kommen, zumal an einen zinsfreien? Womöglich war dies ihre einzige Chance.

Anja haderte. Welche Kompromisse war ihr ihr neues Leben auf Föhr wert? Fast jeden, stellte sie fest. Anja wollte das *Lüttes Glück*, diese kleine Inselpension war ihr Schicksal. Hier gehörte sie hin, das spürte sie mit jeder Faser ihres Körpers.

Hilde würde sich einbringen müssen, zum Beispiel die Betreuung der Frühstücksgäste übernehmen. Und Joris musste versprechen, sich aus allem herauszuhalten. Ab und zu vorbeikommen durfte er, ja, aber nur, um seine Tante zu besuchen. Von ihr sollte er sich fernhalten, das würde sie ihm noch sagen.

Doch erst einmal wollte sie die Verhandlung zu Ende führen. »Auch ich habe ein paar Bedingungen.«

»Du bist gar nicht in der Position, welche zu stellen«, sagte er sanft.

»Akzeptiere sie oder lass es sein!« Selbstbewusst sah sie ihn an. »Weder Hilde noch du redet mir rein, wie ich das *Lüttes Glück* führe. Meine Pension, meine Entscheidungen.«

»Einverstanden.« Joris neigte sich vor, sein Gesicht kam dem ihren näher.

Erschrocken wich Anja zurück.

»Du reagierst, als wollte ich dich schlagen«, sagte er entgeistert. »Dabei wollte ich unser Abkommen bloß mit einem Kuss besiegeln.«

Hitze stieg ihr in die Wangen. Die Situation war ihr unangenehm. »Ein Handschlag reicht«, brachte sie knapp heraus.

Joris nahm ihre Hand, drückte sie sachte und hielt sie fest. »Du verhältst dich schon die ganze Zeit etwas merkwürdig. Was ist los?«

»Anscheinend ist es auf Föhr ein offenes Geheimnis, dass du fremdgehst. Alle schauen dabei zu. Ich mache da nicht mit!«, fuhr sie ihn an, während sie ihm ihre Hand entzog.

Als er die Stirn runzelte, traten die Lachfältchen an seinen Augen hervor. »Wovon zum Henker redest du?«

»Tu doch nicht so! Das weißt du ganz genau.« Wut stieg in ihr auf.

Er schüttelte den Kopf. »Nein, ich stehe auf dem Schlauch.«

»Ich bin nicht der Typ, der gerne die Rolle der kleinen Geliebten übernimmt«, zischte Anja und spürte einen Stich in ihrer Brust. Joris hatte zwar nicht direkt gelogen, aber es kam einer Lüge gleich, seine Ehefrau zu verheimlichen.

Hilflos sah er sie an. »Ich verstehe nur Bahnhof.«

»Ich finde dein egoistisches Verhalten absolut mies!«

»Egoistisch hat mich ehrlich gesagt noch niemand genannt.«

»Du verletzt gleich zwei Frauen und scheinst nicht einmal Gewissensbisse zu haben«, fuhr Anja ihn an. Er hatte ihr Hoffnung auf eine Beziehung gemacht. Eine neue Liebe wäre die Krönung für ihren Neustart auf Föhr gewesen.

»Welche Frauen meinst du?«, fragte Joris offenkundig verwirrt.

»Natürlich Carla und mich. Wen sonst?«

Er riss seine Augen auf. Verwundert stieß er aus: »Carla?«

»Wann wolltest du mir erzählen, dass du verheiratet bist?«, schrie Anja ihn an.

Er zuckte mit den Schultern. »Ich hätte es schon noch erwähnt.«

Anja rang nach Luft. Also stimmte es, er war liiert. Jeder Zweifel, den sie insgeheim noch gehegt hatte, verschwand. Dass Joris so gelassen blieb, zeigte ihr, wie skrupellos er war. Sie kämpfte gegen Tränen an. »Carla tut mir leid«, sagte sie mit belegter Stimme. »Sie hat einen besseren Ehemann verdient. Kaum musste sie eine Zeit lang aufs Festland ziehen …«

»Das hat meine Tante dir alles erzählt?« Er sah Anja an.

»Hilde hat mir die Augen über dein Liebesleben geöffnet. Es hat verdammt wehgetan«, gab Anja zu. Ihr Magen geriet in Aufruhr, und sie schmeckte bittere Galle. »Aber ich bin ihr dankbar, denn Birthe und all die anderen haben geschwiegen.«

»Carla ist mir nicht mehr wichtig, anders als du«, erwiderte er sanft und streckte die Hände nach ihr aus.

Anja schlug sie weg. »Ja, so lange, bis ihr befristeter Job beendet ist und sie zurück zu dir zieht. Aber ich bin kein Platzhalter. Ich lasse mich nicht benutzen!«

Plötzlich lachte Joris.

Das brachte Anja aus der Fassung. Irritiert fragte sie: »Findest du mich etwa witzig?«

»Nein, absolut nicht. Es tut mir leid, dass ich gelacht habe. Das war unpassend. Aber mir kam gerade der Gedanke, dass ich mich niemals mit dir streiten will. Du stehst so da, als wolltest du mir jeden Moment das Fell über die Ohren ziehen.«

»Du hast schon Streit mit mir«, zischte sie.

»Nein, habe ich nicht«, widersprach er mit samtener Stimme. »Hilde hat dir nur die halbe Wahrheit erzählt. Anstatt mir am Wochenende aus dem Weg zu gehen, hättest du sofort mit mir reden sollen.«

»Bist du nun verheiratet oder nicht?« Er sollte sich ja nicht einbilden, sie anzulügen.

Lässig schob Joris die Hände in die Hosentaschen. »Ja. Ich bin *noch* verheiratet«, erklärte er mit ruhiger Stimme. »Carla und ich leben in Scheidung. Darum ist sie zurück nach Hamburg gezogen.«

Überrascht fragte Anja: »Dann seid ihr nicht mehr zusammen?« Hoffnung keimte in ihr auf.

»Wir haben uns schon im Sommer letzten Jahres getrennt. Sie hat vergeblich versucht, in Hamburg eine bezahlbare Wohnung zu finden, daher haben wir noch bis Ende November unter einem Dach gelebt. Es war eine schwierige Zeit. Dann ist sie erst einmal bei ihren Eltern eingezogen. Es lief schon einige Jahre nicht mehr gut zwischen uns. Wir haben wirklich versucht, wieder zueinander zu finden, aber es hat nicht funktioniert. Carla hat sich auf Föhr nie wohlgefühlt. Die Insel war immer meine Heimat, nicht ihre, so hat sie es jedenfalls gesehen. Das war nur eins unserer Probleme, aber es hat mich echt traurig gemacht, dass sie nie richtig auf der Insel angekommen ist. Ich kann mir nicht vorstellen, irgendwo anders zu leben, und sie hielt es hier, umgeben von Meer und mit all den Touristen, nicht mehr aus.«

Anja konnte es kaum glauben. Zwei Tage hatte sie unter Liebeskummer gelitten, und nun stellte sich alles in einem anderen Licht dar. »Stimmt das auch wirklich?«, fragte sie zögerlich.

»Ich schwöre es. Ich bin nur noch auf dem Papier verheiratet.«

Langsam entspannte sich Anja. Sie wurde nachdenklich. »Warum hat Hilde ausgelassen, dass Carla und du euch scheiden lassen werdet?«

»Sie hofft wohl immer noch, dass wir wieder zusammenkommen, aber das wird nicht passieren. Keine Chance«, stellte Joris klar. »Hilde hat einmal zu mir gemeint, dass man seine erste große Liebe nie vergisst, sie würde aus Erfahrung sprechen.«

»Godo Haase …«, sagte Anja nachdenklich.

»Schon möglich. Carla war nicht einmal meine erste große Liebe, sondern Sünje.«

»Sünje?«

»Zumindest dachte ich das, mit zwölf«, sagte Joris mit einem Augenzwinkern. »Ich habe sie am Strand von Wyk kennengelernt. Sie machte hier Urlaub mit ihrer Schulklasse. Unsere Beziehung dauerte nur eine Woche lang. Dann fuhr sie heim nach Bremen, und mein Herz war gebrochen.«

»Wie dumm von mir. Ich hätte erst mit dir reden sollen. Es tut mir leid. Das ist … Mir ist das schrecklich peinlich«, stammelte Anja verlegen.

»Es gibt nur dich in meinem Leben«, beteuerte Joris und zog sie in seine Arme. »Andere Frauen interessieren mich nicht. Wir kennen uns noch nicht lange, und ich weiß nicht, wohin das mit uns führen wird, aber ich möchte es liebend gerne herausfinden.«

»Das geht mir genauso. Deshalb bin ich ja auch so ausgerastet, als ich dachte …« Anja schmiegte sich an ihn. Entschuldigend sah sie zu ihm auf.

Er strich zärtlich über ihren Nacken. »Ich hätte Carla erwähnen sollen. Nur bin ich nicht sonderlich gut auf sie zu sprechen. Ich mag einfach nicht über sie reden, und alle, die mich kennen, respektieren das.«

»Darum hat sie niemand erwähnt.« Anja nickte.

»Wozu auch?« Zärtlich fuhr er mit dem Daumen über Anjas Augenbraue. »Sie ist Vergangenheit.«

Diesmal ließ Anja es nur allzu gerne zu, dass Joris sie küsste. Sein Kuss war sanft, geradezu behutsam, als wäre er besorgt, sie könnte ihn erneut zurückweisen.

Ihr überflüssiger Streit hatte Anja gezeigt, dass ihre junge Beziehung so fragil war wie ein Strandhaus aus Holz. Schon ein kleiner Sturm konnte es zerstören.

Während Anja das Gesicht in Joris' Halsbeuge drückte, schlang sie die Arme um ihn und hielt ihn ganz fest, genoss seine Nähe. Sie ließ es sich nicht anmerken, dass es dabei in ihr brodelte.

Offenbar hatte Hilde auf heimtückische Weise versucht, Joris und sie auseinanderzubringen. Sie hatte die Tatsachen verdreht.

Sie hatte gehofft, dass sie lernen würden, gut miteinander auszukommen, eines Tages vielleicht sogar Freundinnen werden konnten. Schließlich war Hilde die Tante des Mannes, den sie liebte. Doch nach Hildes Intrige schien ihr das nun unwahrscheinlich.

Sie ärgerte sich, dass sie Hilde gerade erst ein Wohnrecht auf Zeit eingeräumt hatte. Das konnte sie unmöglich zurücknehmen. Zum einen hatte sie es Joris fest versprochen. Zum anderen brauchte sie die Finanzspritze, die er ihr im Gegenzug zugesichert hatte.

Aber wie sollte sie nach Hildes Manöver die nächsten Monate, vielleicht sogar Jahre mit der alten Frau unter einem Dach leben, als wäre nichts gewesen?

Kapitel 19

Anfang Mai tauchte Ilse Graf eines Morgens mit einem weißen Hollandrad in Walsum auf. Schon von Weitem winkte sie freundlich. Der Ärmel ihres weiß-blauen Strickpullovers schwang hin und her. Die Temperaturen waren mild. In den vergangenen zwei Tagen war eine riesige Regenfront über Föhr hinweggezogen, aber heute spiegelte sich schon wieder die Sonne in den Wasserpfützen.

Alle waren erleichtert und gut gelaunt, auch Anja. Sie goss gerade die Zierapfelbäume, die vor dem Haus in voller Blüte standen. Bienen flogen umher und sammelten Pollen.

»Moin, Ilse«, rief Anja Joris' Mutter erfreut zu. »Welch eine Überraschung!«

Ilses Wangen waren gerötet. Sie hatte immer noch diese Niedergeschlagenheit im Blick wie damals bei Anjas Besuch in der Windmühle, aber sie lächelte.

Als Ilse ihr Fahrrad abstellte, war sie außer Atem. »Das ist die erste Radtour seit Monaten«, sagte sie verlegen. »Moin, Anja.«

Sie schloss ihr Fahrrad nicht ab, was in einem Nest wie Walsum auch nicht nötig war, mit einer Kriminalitätsrate von geschätzt null Prozent. Auf der kleinen Insel, und insbesondere in Walsum, passten die Menschen aufeinander auf, man fühlte sich sicher.

»Hilde ist im Garten und richtet einen Liegeplatz für

Kimi ein«, sagte Anja. »Sie wird sich über deinen Besuch freuen.«

Immer noch war der Kater derjenige, mit dem Hilde hier am besten klarkam. Anja fragte sich, ob es daran lag, dass er keine Widerworte gab oder dass er Godo gehörte.

Seit der Intrige hatten die Vorbesitzerin und sie nicht miteinander gesprochen. Hilde machte einen großen Bogen um Anja, irgendwann würde sich die Anspannung entladen, wenn sie sich nicht bald aussprachen. Nach ihrem anfänglichen Groll war Anja inzwischen fast so weit, den ersten Schritt auf Hilde zu zu machen. Aus Liebe zu Joris, aber auch, weil dies kein Dauerzustand sein konnte.

»Ich will zu dir«, sagte Ilse.

»Zu mir?«, fragte Anja überrascht. Einerseits freute es sie, andererseits hatte sie ein wenig die Sorge, Ilse könnte ihr, wie Hilde, vorwerfen, sie würde Joris' Hilfsbereitschaft ausnutzen.

»Ich war neugierig und wollte sehen, wie sich das *Lüttes Glück* verändert hat.« Ilses betrachtete die gereinigte Fassade. »Von außen sieht es schon ganz toll aus. Ich mag es, dass du versuchst, einiges zu erhalten, zum Beispiel die Holzfenster. Alte Dinge haben ihren Charme.«

»Das Reetdach wurde letzten Samstag ausgebessert«, erklärte Anja, erleichtert durch Ilses nette Worte. Sie schuldete Maike etwas dafür, dass sie über ihre Kontakte auf der Insel so schnell einen Dachdecker aufgetrieben hatte. »Ich habe Petunien und Zauberglöckchen in Hildes alte Blumenkästen gepflanzt.«

Ilse zeigte auf die Zierapfelbäume. »Und die Kübel in rote Jutesäcke gepackt und mit einer Kordel umwickelt, hübsch!«

»Ja, Birthe meinte allerdings, das würde etwas zu weihnachtlich aussehen.« Anja lachte. »Und wenn schon! Das *Lüttes Glück* braucht Farbe.«

»Mich erinnert das Rot an reife Kirschen. Da läuft mir gleich das Wasser im Mund zusammen. Vielleicht könntest du eine Applikation auf jeden Sack nähen, eine Narzisse oder Sonnenblume, eine Biene oder einen grünen Apfel. Dann würden die Säcke im Nu nach Frühling und Sommer aussehen. Die Kinder deiner Feriengäste würden das bestimmt mögen.«

»Eine ausgezeichnete Idee«, rief Anja begeistert. Doch dann dachte sie an die Renovierungsarbeiten, die Vorrang hatten, und seufzte. »Im Moment fehlt mir dafür allerdings die Zeit.«

»Ich könnte dir das Aufnähen abnehmen«, schlug Ilse vor. »Gib mir die Jutesäcke einfach mit!«

»Das würdest du für mich übernehmen?«

»Ich habe ja nichts zu tun.« Verschwörerisch sah sich Ilse um. »Verrat es niemandem«, sagte sie mit gedämpfter Stimme, »aber so langsam fällt mir zu Hause die Decke auf den Kopf.«

»Prima«, rief Anja aus, die sich über das gute Zeichen freute. Offenbar war Ilse auf dem Weg der Besserung. »Das kam jetzt falsch rüber«, beeilte sie sich klarzustellen. »Ich habe dein Angebot, mir zu helfen, gemeint. Dafür wäre ich dir wirklich sehr dankbar. Gibt es auch Aufnäher mit nordfriesischen Motiven?«

»Selbstverständlich. Ich kümmere mich darum. Und im Winter drehst du die Säcke einfach um, bindest goldene Christbaumkugeln und Strohsterne an die Kordeln und hast mit wenigen Handgriffen eine Weihnachtsdeko. Wie praktisch!« Ilse zwinkerte. »Wie geht es drinnen voran?«, fragte sie, während sie Anja half, die Jutesäcke von den Kübeln zu entfernen.

»Schleppend«, gab Anja zu. Nachdem sie die roten Säcke gefaltet und in Ilses Fahrradkorb gelegt hatte, wandte sie sich zur Pension und machte eine einladende Geste. »Es ist einfach so viel zu tun. Komm doch rein und schau dich um.«

Ilse folgte Anja. »Joris hat erzählt, dass er mit dir und Sören zusammen Laminat in den ersten zwei Gästezimmern verlegt hat.«

»Ja, ich glaube, es hat ihm gefallen, uns herumzukommandieren«, frotzelte Anja. »Aber ich will ja auch lernen, damit ich möglichst viel selber machen kann, nicht so stark auf Handwerker angewiesen bin oder Freundschaften strapazieren muss. Außerdem tut es echt gut, mit den Händen zu arbeiten. Früher hatte ich abends oft Kopfweh vom vielen Sitzen am Computer.« Sie schloss die Haustür. »Außerdem wollte Sören Joris unbedingt helfen, als Dank, weil er zwischen ihm und Peer Riewerts vermittelt hat.«

»Es ist sogar bis zu mir durchgedrungen, dass Sörens Schafe Peers Weizen niedergemacht haben, und das, obwohl ich so wenig rauskomme. Krankheitsbedingt«, fügte Ilse fast etwas verlegen hinzu. »Peer hat es überall rumerzählt.«

Anja winkte ab. »Der Schaden war wohl halb so schlimm. Zum Ausgleich kriegt Peer kostenlos Schafswolle und Dung von Sören.«

»Da ist Sören aber glimpflich davongekommen.«

»Erst wollte Peer Geld, aber das hat Joris verhindert.«

Mit dem Stolz einer Mutter sagte Ilse: »Es können sich nicht viele gegen Peer durchsetzen.«

»Ja, ich bin auch beeindruckt von Joris, Peer kann einem schon ein wenig Angst einjagen.« Bei der Erinnerung, wie sie sich damals schützend vor Kimi hatte stellen müssen, bekam Anja eine Gänsehaut.

Ilse zeigte auf die Wände. »Die neue Farbe gefällt mir. Als würde man bei schönstem Sonnenschein durch ein Rapsfeld laufen. Jetzt fehlen nur noch Bilder.«

»Die kann ich mir im Moment nicht leisten«, gestand Anja betrübt.

Ihr fiel auf, dass Ilse beim Friseur gewesen war. Ihre hellblond gefärbten Haare hatten keinen dunklen Ansatz mehr und waren kürzer. Sie sah aus wie aus dem Ei gepellt.

Anja selbst dagegen trug eine alte Latzhose, ein grünweiß gestreiftes Ringelshirt und hatte zerzauste Haare. Der korallenrote Nagellack auf ihren Zehen blätterte ab, aber sie war abends zu erschöpft vom Renovieren, um ihre Zehennägel neu zu lackieren.

In Köln wäre sie nie so herumgelaufen, allein schon, um Ralfs bissige Kommentare zu vermeiden. Joris schien ihr Aufzug nicht zu stören. Er hatte ihr sogar einmal ins Ohr geflüstert, dass er sie so verstrubbelt und mit der Latzhose ziemlich süß fand.

»Vielleicht fällt mir wegen der Bilder eine Lösung ein. Ich hab ja ganz gute Beziehungen zum *Strandmohn*«, sagte Ilse.

Anjas Herz hüpfte vor Freude. »So teure Geschenke kann ich unmöglich annehmen«, wandte sie jedoch ein.

Ilse schaut sie an. »Gut, dann schlage ich dir ein Tauschgeschäft vor. Arians Ölbilder würden hier perfekt reinpassen. Er malt moderner als ich, manche sehen mit den zarten Farben wie weichgezeichnet aus. Er soll dir zwei Bilder als Leihgabe auf unbegrenzte Zeit zur Verfügung stellen, und du hängst darunter eine kleine Werbetafel mit der Adresse der Galerie auf. So, wie Joris es bei dem Wandbild für den Frühstücksraum vorgeschlagen hatte. Was hältst du davon?«

»Das wäre wunderbar!«, entfuhr es Anja. »Und sehr großzügig.«

»Prima! Dann rede ich mit Arian. Er ist bestimmt einverstanden.« Ilse zeigte auf ein Möbelstück. »Wie ich sehe, hast du Hildes alte blaue Kommode weiß gestrichen.«

Das war Anjas kleine Rache für Hildes Intrige gewesen, sie hatte das einfach gemacht, ohne sie vorab zu fragen. Erwartungsgemäß war die ehemalige Königin des *Lüttes Glück* dann *not amused* gewesen, und Anja hatte prompt ein schlechtes Gewissen bekommen, aber nur kurz. »Ja, die Farbe blätterte ab, und sie brauchte ohnehin dringend einen neuen Anstrich. Die Skulptur aus Treibholz obendrauf habe ich von Imke Paulsen geschenkt bekommen. Sie sagte, sie lag schon seit Jahren in einer Kiste auf dem Speicher und würde doch bestimmt hübsch im neu gestalteten Eingangsbereich der Pension aussehen. Das blassgelbe Deckchen, auf dem die Holzskulptur steht, ist von Birthe.«

»Alle in Walsum scheinen dich sehr zu mögen. Am meisten natürlich Joris«, fügte Ilse schmunzelnd hinzu. »Er redet nur noch von dir. So glücklich habe ich ihn seit Jahren nicht gesehen. Du tust ihm gut. Er braucht dich, denn er hat ein gebrochenes Herz.«

»Wegen seiner Noch-Ehefrau Carla?«, fragte Anja aufgeregt.

Ilse sah sie überrascht an. »Ja. Das hat er erwähnt? Für gewöhnlich spricht er nicht über sie.«

»Es hat sich so ergeben«, antwortete Anja ausweichend. Ihr Puls beschleunigte sich. »Wollte Carla sich scheiden lassen?«, fragte sie vorsichtig nach.

»Nein, die Trennung war einvernehmlich. Er trauert Carla nicht nach, falls du dir darüber Sorgen machst. Aber es war egoistisch von ihr, so weit wegzuziehen. Jetzt kann er seine …« Plötzlich fasste sich Ilse an die Schläfen. »Jetzt rege ich mich schon wieder auf, und wenn mein Blutdruck steigt … die Migräne.«

»Wechseln wir besser das Thema«, schlug Anja besorgt vor.

»Menschen können so selbstsüchtig sein.« Ilse bekam feuchte Augen. »Leider muss ich mir da auch an die eigene Nase fassen.«

»Falls du mal mit jemandem reden willst…« Anja lächelte Ilse an. »Wir kennen uns kaum, das ist mir klar. Aber manchmal fällt es einem ja leichter, sich zu öffnen, leichter als denen gegenüber, die einem schon so lange nahestehen.«

»Danke, das ist sehr lieb von dir«, erwiderte Ilse mit belegter Stimme und drückte Anja kurz an sich. Dann ging sie weiter, während sie sich unauffällig über die Augen wischte. »Es fällt mir schwer. Ich habe es versucht, wirklich. Aber ich will auch nicht von meiner Familie bemitleidet werden. Wenn meine Söhne mich besorgt ansehen und mir sagen, dass sie Angst um mich haben, tut das weh, es fühlt sich nicht richtig an. Für gewöhnlich macht sich eine Mutter Sorgen um ihre Kinder, es sollte nicht andersherum sein.«

Anja wusste nicht, was sie sagen sollte. Zudem wurde sie immer nervöser, je näher sie dem Frühstücksraum kam. Dort hatte sie die Wand, an der sie sich die überdimensionale Strandszene wünschte, leer gelassen, und nun befürchtete sie, Joris' Mutter könnte das missverstehen. Als Vorwurf oder gar dahingehend, dass Anja stillen Druck auf sie ausüben wolle, etwas zu malen. Dabei hatte sie nicht vor, die erfahrene Malerin zu bedrängen. Im Grunde hatte sie das Wandbild längst abgehakt und wusste nur noch nicht, was sie stattdessen aufhängen sollte. »Du bist auch nur ein Mensch«, sagte sie schließlich, um irgendetwas zu Ilses Selbstvorwürfen zu sagen.

»Ja, ja, ich weiß. Aber wenn ich ihnen beichten würde, was passiert ist, würde es das Bild, das sie von mir haben, für immer zerstören. Damit kann ich nicht leben!«

»Also nimmst du lieber die Migräne in Kauf?«, fragte Anja verwundert. Anscheinend hatte Hilde recht gehabt mit der Vermutung, dass ihre Schwägerin ein belastendes Geheimnis mit sich herumtrug.

Zögerlich nickte Ilse. Vermutlich wollte sie von sich ablenken, denn sie blieb am Eingang des Frühstücksraums stehen und zeigte auf die Kommode am Eingang. »Ich denke schon die ganze Zeit darüber nach, was die Treibholzskulptur darstellen soll.«

Im ersten Moment war Anja über den Themenwechsel irritiert, dann fasste sie sich wieder. »Imke Paulsen meinte, zwei Meerjungfrauen, die ausgelassen im Wasser herumtollen.«

»Tatsächlich?« Ilse räusperte sich. »Ich finde ja eher, dass sie wie Mann und Frau aussehen.«

Spielte das eine Rolle? Anja zuckte mit den Schultern. »Dann sind es eben eine Nixe und ein Wassermann.«

»Und sie haben …«, Ilse errötete, »Spaß zusammen.«

Anja riss die Augen auf.

»Ihre Arme und Schwanzflossen sind verschlungen, und sie setzen zu einem Kuss an.« Verlegen zupfte Ilse an ihrem Pulli herum. »Ist dir das nicht aufgefallen?«

»Nein. Aber jetzt, wo du es sagst … Und so ein frivoles Kunstwerk steht im Eingang, gut sichtbar für alle Feriengäste. Das geht eigentlich nicht!«

»Halb so schlimm! Stell doch einfach ein Schild mit dem Hinweis ›Zwei Meerjungfrauen beim Baden‹ daneben«, schlug Ilse lächelnd vor. »Dann wird auch jeder genau das darin sehen. So war es bei dir ja auch, weil Imke deine Gedanken in die Richtung gelenkt hat.«

»Sehr clever«, sagte Anja. »Ja, so mach ich das. Ob Imke wohl weiß, was sie mir da gebracht hat?«

»Nein, ich denke nicht. Jeder interpretiert in Kunstwerke etwas anderes hinein, das ist ja das Interessante.«

»In dem Fall ist es eher lustig«, bemerkte Anja.

Ilse betrat den Frühstücksraum, Anja folgte ihr.

»Das sind aber schöne Tischdecken!«, rief Ilse plötzlich aus.

»Findest du sie nicht zu bunt?«, fragte Anja verunsichert. Die Decken waren alle uni, und auf jedem Tisch lag ein anderer Farbton. Noch am Abend zuvor hatte Hilde abfällig kommentiert: »Hier sieht es ja aus wie in einem Kindergarten! Was hat sie sich denn dabei schon wieder gedacht?«

»Nein, gar nicht«, entgegnete Ilse nun aber zu Anjas Erleichterung. »Die kräftigen Farben machen gute Laune.«

»Imke hat mir die Baumwolldecken gestern gebracht. Sie braucht sie nicht mehr. Sie hat gemeint, dass die Decken jahrelang im Schrank gelegen hätten und es doch Verschwendung wäre, sie nicht zu benutzen. Ich fand es sehr aufmerksam, dass sie an mich und das *Lüttes Glück* gedacht hat.«

Ilse ging von einem Tisch zum anderen und sah sich die Decken genauer an. »Ist das derselbe Schrank, in dem sie auch die Skulptur aufbewahrt hat?«, fragte sie dann in ironischem Ton.

»Schon möglich. Warum? Sind darauf etwa auch Liebespaare in inniger Umarmung zu erkennen?«

»Nein, das nicht«, antwortete Ilse lachend. »Die Tischdecken sind vollkommen unbedenklich.«

In gespielter Erleichterung stieß Anja die Luft aus.

»Aber wenn du mich fragst, sind sie neu gekauft. Da ist kein Fleck drauf, kein einziger Faden schaut heraus, und auch die Nähte sind vollkommen intakt.«

Anja hatte sich auch schon gewundert, allerdings eher, dass die 76-Jährige so knallige Farben im Schrank hatte.

»Bestimmt hat Imke sie gewaschen und gebügelt, bevor sie sie mir gebracht hat.«

»Na ja, man sieht aber doch die Falten und kann erahnen, wie die Tischdecken im Verkaufsregal gelegen haben.« Ilse beugte sich vor und roch daran. »Sie duften auch nicht nach Waschmittel.«

»Du hast recht«, pflichtete Anja ihr bei, nachdem sie es ihr gleichgetan hatte.

»Außerdem habe ich die Tischdecken in irgendeinem Laden gesehen, das ist gar nicht so lange her. Glaube ich zumindest. Lass mich nachdenken.« Für einen kurzen

Moment schloss Joris' Mutter die Augen. »Ja, genau, in Nie-büll«, stieß sie dann aus.

»Wie wahrscheinlich ist es, dass ein Geschäft dieselben Tischdecken, die Imke schon jahrelang im Schrank hat, noch immer führt?«, dachte Anja laut nach.

»Hattest du ihr erzählt, dass du dir für die Tische farben-frohe Decken kaufen willst?«, fragte Ilse.

»Schon möglich. Ich bin so euphorisch, dass ich meine Pläne mit anderen teilen muss. Bestimmt nerve ich einige Nachbarn schon damit«, gestand Anja verlegen. »Aber Imke ist ein williges Opfer. Sie kommt oft vorbei, bringt mir aus-rangierte Blumenkübel für die Terrasse mit, und wir unter-halten uns über den Stand der Dinge.«

»Wenn das so ist, vermute ich, dass sie dir heimlich dei-nen Wunsch nach bunten Tischdecken erfüllt hat.« Ilse lächelte sanft. »Auch die Holzskulptur sieht für mich neu aus, so wie sie strahlt. Das sind ja für gewöhnlich Staubfän-ger, die du nach ein paar Jahren nicht mehr richtig sauber kriegst.«

Anja war auch schon aufgefallen, wie makellos das Treib-holz war, aber sie hatte keinen weiteren Verdacht geschöpft, nur weil Imke ihr Eigentum pfleglich behandelte. In Wahr-heit war ihre Nachbarin eine gute Fee! »Warum hat sie be-hauptet, es wären alles alte Dinge, mit denen sie nichts mehr anfangen kann?«

»Vielleicht hatte sie Bedenken, dass du ihre Geschenke nicht annehmen würdest«, erklärte Ilse. »Nimm ihr die kleine Flunkerei nicht übel.«

»Selbstverständlich nicht. Aber sie soll wirklich nicht so viel Geld für mich ausgeben. Ich muss mit ihr darüber reden. Und ihr noch mal danken.« Am liebsten wäre Anja sofort zu dem weißen Reetdachhaus mit den blauen Fensterläden hinübergerannt, um die alte Dame zu umarmen.

»Wenn du sie darauf ansprichst, bringst du sie nur in Verlegenheit«, gab Ilse zu bedenken. »Ich habe einen anderen Vorschlag. Bedanke dich doch genauso indirekt bei ihr, wie sie dir Geschenke gemacht hat. Du könntest Imke und Elkmar zum Essen einladen und als Anlass ein gutes Nachbarschaftsverhältnis angeben. Okay, ich gebe zu, das ist nicht gerade originell, aber die beiden würden sich bestimmt darüber freuen.«

»Das ist eine ausgezeichnete Idee!« Anja fiel ein, wie Imke einmal von Familienausflügen geschwärmt hatte. »Ich werde ein Picknick am Strand organisieren. Ich werde auch alle Nachbarn und Joris einladen. Du musst natürlich auch kommen! Imke vermisst ihre Familie, ihre drei Töchter leben auf dem Festland. Ihre Schwester hat einen Niederländer in Ameland geheiratet, und ihre Eltern leben schon lange nicht mehr, nun fühlt sie sich etwas einsam. Birthe, Maike und Sören kümmern sich um sie, aber sie haben oft nur Zeit für einen Schnack.«

»Ich …«, druckste Ilse herum. Der Kummer, der bei der Ankunft in ihrem Blick gelegen hatte und kurzzeitig verschwunden war, kam wieder zum Vorschein. Sie verschränkte die Arme und schaute in den Garten. Ihre Stimme klang belegt, als sie sagte: »Ich gehe zurzeit eigentlich nirgendwo hin.«

»Fühl dich nicht gedrängt. Ich würde mich freuen, wenn du kommst«, stellte Anja klar, »habe aber auch Verständnis, wenn du dich anders entscheidest.«

»Dann sage ich schnell zu, bevor ich es mir anders überlegen kann«, fügte sie verschmitzt lächelnd hinzu.

»Wundervoll!«, rief Anja erfreut und drückte sie an sich. Sie wusste, dass es Joris' Mutter Überwindung kostete, diesen Schritt zu machen. »Und sollte dir an dem Tag doch nicht nach Gesellschaft sein und solltest du spontan absagen, ist das auch okay.«

»Danke. Lieb von dir.« Ilse legte die Hände an Anjas Wangen und sah sie mit einer Wärme im Blick an, die direkt in Anjas Herz drang.

So hatte ihre Mutter sie oft berührt.

So standen sie einen Moment lang.

»Aber«, setzte Ilse dann an, »ich sage noch nicht zu, das Wandbild zu malen.«

Sie hatte *noch* nicht gesagt, dachte Anja und musste grinsen.

»Ich wollte mir nur mal die Wand ansehen«, stellte Ilse klar, ging umher und inspizierte den Raum.

Das war also der eigentliche Grund für Ilses Besuch! »Das ist sie.« Aufgeregt zeigte Anja auf die Fläche hinter der alten Anrichte aus Eichenholz für das Frühstücksbuffet. Seitdem Anja den Unterschrank weiß gestrichen hatte, ging sie glatt als Shabby Chic durch.

Ilse trat zurück und betrachtete die Wand. »Ja, die Stelle wäre perfekt für eine Strandszene.«

»Meine Feriengäste hätten den Eindruck, am Meer zu frühstücken«, schwärmte Anja. »Die anderen drei Wände wollte ich übrigens in Cranberry streichen. Aber wenn auf der vierten Wand eine Strandszene zu sehen wäre, würde ich wohl zu Sanddorn wechseln. Was meinst du?«

»Ich würde ein cremiges warmes Orange bevorzugen.«

»Gut, dann mache ich das so.« Aufgeregt fuhr sich Anja durchs Haar, wodurch sich eine Strähne aus ihrer Hochsteckfrisur löste. »Sören will mir helfen, aber er hat erst einmal keine Zeit. Seine Schafherde muss geschoren und gegen die Blauzungenkrankheit geimpft werden.«

»Das Wandbild sollte natürlich besser fertig sein, bevor ihr euch um den Boden kümmert«, sagte Ilse.

Anja lächelte in sich hinein.

»Vielleicht kann ich hier meine Malblockade überwinden«, murmelte Ilse, wobei sich Sorgenfalten auf ihrer Stirn abzeichneten.

»Das Motiv sollte meiner Meinung nach einfach gehalten sein«, erklärte Anja, auch um Ilse mögliche Bedenken zu nehmen. »Es soll die Feriengäste nicht erschlagen, wenn sie reinkommen, mit einem Blick erfasst werden können und emotional berühren.« Sie beeilte sich hinzuzufügen: »Was ich sagen will, es sollte nicht so viel Arbeit sein, wie es sich vielleicht anhört.«

Ilse wirkte erleichtert. Ihr Gesicht entspannte sich wieder. »Ich würde wohl Acrylfarben verwenden, das wäre ungewohnt, aber interessant. Strandszenen habe ich schon einige gemalt. Die finde ich von allen Inselmotiven am schönsten.«

Was sie da hörte, ließ Anja hoffen. »Du bist und bleibst eine Künstlerin, egal ob du eine Leinwand bemalst oder eine Wand gestaltest.«

»Gib mir noch ein paar Tage, um darüber nachzudenken«, bat Ilse.

»Alle Zeit der Welt«, versicherte Anja ihr. »Der Boden

kann auch abgedeckt werden, und ich werde das *Lüttes Glück* ohnehin nicht vor dem Sommer eröffnen können.«

»Ich könnte ja schon mal eine Skizze erstellen«, erklärte Ilse mit geröteten Wangen. »Vielleicht teilst du meine Vorstellungen gar nicht.«

Anja hatte da keinerlei Sorge, aber sie wollte Ilse nicht bedrängen: »Mach das!«, sagte sie also. »Ich freue mich darauf. Und dann sehen wir weiter.«

Plötzlich kam Hilde durch den Hintereingang aus dem Garten herein. Zuerst dachte Anja, sie wollte die Begegnung vermeiden, doch sie hatte sie schlicht nicht gesehen. Als sie die beiden Frauen nun im Frühstücksraum erblickte, blieb sie abrupt stehen.

»Moin«, sagte sie verschnupft.

Anja und Ilse grüßten zurück.

»Kommen denn alle Grafs jetzt nur noch die Zugezogene besuchen?«

»Ich wollte auch noch bei dir reinschauen«, erklärte Ilse lächelnd.

»Ja, sicher«, erwiderte Hilde in ironischem Ton.

»Ehrlich«, beteuerte Ilse.

Die ältere Frau zischte: »Auf Mitleid kann ich verzichten.«

»Bist du schlecht gelaunt?«, fragte Ilse.

»Das hat seine Gründe«, erwiderte Hilde. Sie schien ein Schluchzen zu unterdrücken. Vorwurfsvoll sah sie Anja an.

Anja ballte eine Faust in der Tasche, schlug dann aber versöhnlich vor: »Lass mich Tee aufgießen, und wir setzen uns alle zusammen in den Garten?«

»Ich habe keine Zeit. Joris hat mir gesagt, ich muss dafür

arbeiten, dass ich hier wohnen darf, und das tue ich. Ich werde jetzt die Küche von oben bis unten abschrubben.« Hilde schob ihr Kinn vor und schritt davon.

Fassungslos schüttelte Ilse den Kopf. »Sie war noch nie sonderlich diplomatisch, aber so habe ich sie noch nie erlebt. Wie hältst du es nur mit ihr aus?«

»Sie hat das *Lüttes Glück* verloren. Ich glaube, dass ihr auch die Feriengäste fehlen, der Trubel, die Fröhlichkeit und das Gefühl, gebraucht zu werden«, sagte Anja. »Außerdem fühlt sie sich aufs Abstellgleis gestellt, dabei ist sie es selbst, die auf Abstand zu allen geht.«

»Es ist ja lieb, dass du sie trotz allem verteidigst.« Ilse trat auf den Korridor hinaus und gestand: »Hilde und ich sind zwar immer gut miteinander klargekommen, aber Freundinnen sind wir leider nie geworden. Ich hatte immer den Eindruck, dass sie denkt, ich hätte ihr ihren Bruder weggenommen.«

»Jetzt glaubt sie, ich würde ihr Joris wegnehmen, und ich weiß nicht, wie ich ihr klarmachen soll, dass das nicht stimmt. Selbst mit ihm redet sie kaum noch ein Wort.« Obwohl sich Anja immer noch über Hildes Intrige ärgerte, tat sie ihr auch leid. Hilde war wütend auf alle, die sie in ihrer Wahrnehmung im Stich ließen, und genau deshalb wurde sie immer einsamer, wovor sie wiederum am meisten Angst hatte. Ein Teufelskreis.

»Ich bin übrigens eben bei jemandem vorbeigefahren, der auch auf Hildes roter Liste steht«, sagte Ilse auf dem Weg zum Ausgang. »Godo Haase.«

»Wie geht es ihm?«

»Er ist dünn geworden«, sagte Ilse besorgt und ging an

der Küche vorbei, in der man Ilse hinter verschlossener Tür arbeiten hörte. »Morgen werde ich ihm eine große Portion Grünkohl mit viel Schweineschmalz und geräucherter Schweinebacke vorbeibringen. Da melden sich wohl meine Mutterinstinkte, dabei ist Godo acht Jahre älter als ich.« Sie lachte und schüttelte den Kopf.

Anja fragte sich, ob sie genauso werden würde, wenn sie erst Kinder hatte. Den Wunsch nach eigenem Nachwuchs verspürte sie zunehmend stärker, mit 35 tickte die Uhr immer lauter. Als junge Frau war sie sicher gewesen, in ihrem Alter längst eine große Familie zu haben. »Darüber wird er sich bestimmt freuen.«

»Bestimmt mehr als über die selbst gestrickte apfelgrüne Kuscheldecke, die er kürzlich von mir bekommen hat. Ich stricke so viel, dass ich gar nicht weiß, wohin damit. Für dich habe ich auch etwas. Komm mit!«, forderte Ilse sie auf und verließ das *Lüttes Glück*. Sie eilte zu ihrem Fahrradkorb, zog einen Wollschal unter den roten Jutesäcken heraus und reichte ihn Anja. »Ich hoffe, dir gefällt der Lachston und du findest die bunten Noppen nicht kindisch.«

»Du hast doch die Tischdecken im Frühstücksraum gesehen. Ich stehe auf Farbe!« Anja zwinkerte und band den Schal locker um ihren Hals. »Er ist wirklich sehr hübsch! Danke.«

»Wenn du so begeistert bist, werde ich dir ab jetzt öfters Stricksachen vorbeibringen«, frotzelte Ilse. Dann fragte sie betont unschuldig: »Du brauchst nicht zufällig einen Zugluftstopper?«

»Doch.« Um sie zu necken, fügte Anja hinzu: »Und zwar für jedes Gästezimmer einen.«

Erschrocken riss Ilse die Augen auf. »Das ist ja ein Groß-auftrag!«

»Das war nur ein Scherz«, beruhigte Anja sie und winkte Sören zu, der aus seinem Stall kam und große Transportsä-cke mit Schafswolle in seinen Sprinter lud.

»Nein, nein, gesagt ist gesagt. Spätestens Ende Mai werde ich dir die Zugluftstopper bringen.« Nachdenklich tippte sich Ilse gegen das Kinn. »Vielleicht mache ich auch einen für Godo. In seiner Kate zieht es wirklich in allen Räumen, besonders in der Küche. Als ich das schmutzige Geschirr in der Spüle gesehen habe, habe ich spontan ab-gespült. Außerdem habe ich angekündigt, auf dem Rück-weg die Wohnzimmergardinen abzuholen, um sie für ihn zu waschen. Sie stehen vor Dreck. Godo war das alles pein-lich, aber er war auch dankbar, nur eben auf seine eigene leise Art.«

Ilse tat es offenbar gut, sich um Godo Haase zu küm-mern. Dadurch kam sie etwas raus und hatte wieder eine Aufgabe, die sie von dem ablenkte, was auch immer sie be-lastete. »Dann ist er sich seiner Situation ja immerhin be-wusst. Schlimmer wäre es, wenn er den Zustand um sich herum gar nicht mehr wahrnehmen würde.«

»Ich glaube, er ist überfordert und hilflos. Er hat sich zu lange gehenlassen, sieht den Berg an Arbeit und ist wie ge-lähmt. Der Arme!« Ilse legte die Hände an die Wangen und sah betroffen aus. »Tjorben und Arian haben ihm letztes Wochenende ein neues Fenster eingebaut.«

Vergnügt erinnerte sich Anja daran, wie die beiden kürz-lich zu Besuch gekommen waren, damit sie endlich Joris' Brüder kennenlernte. Joris hatte Fleisch und Fisch besorgt und auf der Terrasse gegrillt, und seine beiden Brüder hatten Inselbier und Rotwein mitgebracht. Anja bereitete Salate zu und war wahnsinnig aufgeregt, was sich als unbegründet erwies, so nett wie die beiden waren.

Die drei Brüder neckten einander in einem fort. Dass sich Joris nicht so seriös anzog, wie man es von einem Geschäftsinhaber erwartete. Meistens trug er Outdoorschuhe und Cargohosen und sah aus, als wollte er mit Andreas Kieling zum Filmen in die Wildnis aufbrechen.

Dass die Malfarbe an Arians Fingern nicht zu seinem Rockstar-Aussehen passte, sondern eher zu einem Clown. Da bewarf der Youngster seine Brüder beinahe mit Oliven.

Tjorben hatte den Spitznamen Kapitän Ahab, weil er mit seinem Blick angeblich an Gregory Peck in *Moby Dick* erinnerte. Das fand er nur bedingt lustig, schließlich würde er niemals einen Wal töten. Er hegte großen Respekt für alle Meerestiere und schützte sie, so gut es ging. Dazu gehörte es auch, dass er Touristen über die hiesige Flora und Fauna aufklärte. Anja nahm sich fest vor, endlich an einer seiner Exkursionen mit der *Seewievke* teilzunehmen.

Amüsiert hörte sie den drei Männern beim Frotzeln zu. Sie konnte es sich gut vorstellen, wie sie als Jungen gewesen waren – sehr unterschiedlich, jeder hatte sein Fett weggekriegt, aber am Ende hielten sie zusammen wie Pech und Schwefel.

Ihr entspannter Umgang miteinander bewies, wie gut sie sich verstanden. Nur wer sich der Verbundenheit so sicher war, konnte so locker übereinander herziehen.

Dasselbe traf auf Leonie und sie zu. Wie sehr sie ihre Schwester vermisste! Sie hatten sich seit dem letzten Sommer nicht mehr gesehen. Es kam ihr wie eine Ewigkeit vor, so viel war seither passiert.

»Wie nett von Arian und Tjorben, Godos Fenster zu reparieren! Ich mag die beiden«, sagte Anja.

Ilse lächelte glücklich, ohne auf den Kommentar einzugehen. »Die Scheibe ist wohl im letzten Herbst bei einem Sturm zerbrochen.«

»Er hatte das Fenster nur notdürftig mit Pappe zugeklebt. Das habe ich gesehen, als ich ihm Kimi zurückgebracht habe«, erzählte Anja.

»Ich weiß gar nicht, wie er damit durch den Winter gekommen ist. Die olle Kate hat nicht einmal eine Heizung. Er heizt nur das Wohnzimmer mit einem Kachelofen. Vielleicht schläft er auf der Couch, das Zimmer ist der einzige warme Raum im ganzen Haus. Als Joris das von seinen beiden Brüdern erfuhr, hat er spontan Brennholz besorgt und Godo vorbeigebracht.«

»Das hat Joris gar nicht erwähnt«, sagte Anja und runzelte die Stirn. Warum hatte er ihr nichts davon erzählt? Dachte er etwa, sie hätte genug mit der Pension um die Ohren?

»Er prahlt nicht mit seinen guten Taten. Und er gönnt sich viel zu selten Ruhe. Wenn er frei hat, ist er für andere da. Er kennt keinen Stillstand. Ich mache mir Sorgen, dass er irgendwann zusammenklappt.« Nachsichtig lächelte seine Mutter. »So sind alle meine Söhne.«

»Ihre Hilfsbereitschaft haben sie bestimmt von dir«, schmeichelte Anja ihr und strich über den weichen Wollschal um ihren Hals.

»Danke, meine Liebe.« Sanft berührte Ilse ihre Wange. »So, und jetzt schau ich mal zu Hilde und versuche, die

Wogen zu glätten. Sie hat schon recht, ich bin in erster Linie wegen dir hergekommen. Kein Wunder, dass sie verschnupft ist. Wir Grafs müssen uns wieder mehr um sie kümmern.«

»Schade, dass Godo und Hilde nicht mehr miteinander sprechen. Er könnte ihre Laune bestimmt bessern. Ich glaube, die beiden denken immer noch oft aneinander«, sagte Anja und lächelte schelmisch. »Nach all der langen Zeit, das muss doch etwas bedeuten.«

»Aber nicht unbedingt etwas Gutes«, wandte Ilse ein und sah verstohlen zum Küchenfenster. »Sie haben nicht vergessen, dass sie einander einst verletzt haben.«

»Das stimmt, trotzdem verspüren sie nicht nur Verachtung füreinander, da bin ich mir sicher. Ich glaube, Godo sehnt sich nach Hilde, und Hilde trauert der verpassten Chance nach.«

Anja hätte so gerne Amor gespielt und die beiden wieder zusammengebracht.

»Ja, vielleicht.« Ilse dämpfte ihre Stimme: »Ich glaube, Hilde hat Olaf Hinrichs nur geheiratet, weil sie wusste, dass ihre Entscheidung Godo verletzen würde. Das klingt gemein von ihr, aber du darfst nicht vergessen, dass sie zu dem Zeitpunkt tief getroffen war, weil er die Schuld für den Tod von Stine Alberts auf sie geschoben hatte. Die Hochzeit trieb dann endgültig einen Keil zwischen die beiden.«

Fassungslos über den Rattenschwanz an tragischen Ereignissen und schicksalhaften Entscheidungen, den die Verwechslung der Medikamente nach sich gezogen hatte, schüttelte Anja den Kopf. »Hat Godo eigentlich geheiratet?«

»Nein.« Nachdenklich tippte sich Ilse mit dem Zeigefinger gegen das Kinn. »Ich kann mich nicht einmal daran erinnern, dass er jemals eine andere Freundin außer Hilde gehabt hätte.«

»Er war immer allein?« Ein Windstoß fuhr durch die Weide auf dem Dorfanger und ließ das Laub rascheln. »Wie traurig!«

»Er war schon immer schüchtern und sensibel und nicht gerade der Typ, auf den die Mädchen flogen. Aber Hilde hat ihn wirklich geliebt.« Einen kurzen Moment war Ilse in Erinnerungen versunken und lächelte, dann kehrte sie ins Hier und Jetzt zurück und wurde wieder ernst. »Nach ihrem Zerwürfnis hat er sich immer mehr von der Inselgemeinschaft zurückgezogen. Ich habe ihn kaum jemals auf einem Fest oder in Wyk gesehen.«

»Hat er denn nicht die *Friesenwohl* übernommen?«, fragte Anja.

Ilse schüttelte den Kopf. »Er hat sogar sein Pharmaziestudium abgebrochen.«

»Nein!«

Irgendwo in der Nähe stieß ein Mäusebussard einen kurzen Schrei aus.

»Der Tod der Kundin, die Verhöre durch die Polizei, das Gerede der Einheimischen und das Zerwürfnis mit Hilde zogen ihm den Boden unter den Füßen weg«, erklärte Ilse. »Sein Vater wollte nicht mehr, dass Godo in der *Friesenwohl* mitarbeitet. Er hatte Angst, dass die Kunden wegbleiben würden. An Godo haftete der Verdacht, dass er doch für die vertauschten Medikamente verantwortlich sein könnte.«

Das musste für Godo eine schreckliche Zeit gewesen sein. Er war nie verurteilt und dennoch bestraft worden.

»Ich könnte mir denken, dass es der Apotheke nach dem Vorfall ohnehin finanziell schlecht ging.«

»Ja, viele mieden sie, obwohl weder Hilde noch Godo dort arbeiteten. Marten Haase hat schwer um seinen Ruf kämpfen müssen.« Ilses Miene hellte sich auf. »Aber er ist ein zäher Bursche und hat durchgehalten.«

»Was hat Godo danach beruflich gemacht?«

»Er nahm jede Arbeit an, die er kriegen konnte, schlug sich als Hilfskraft durch und lebte von der Hand in den Mund.« Ilse seufzte schwer. »Als ich ihn einmal gefragt habe, ob er zurechtkäme, meinte er nur: ›Machen Sie sich keine Sorgen um mich, Frau Graf. Ich brauche nicht viel‹.«

»Aber jeder Mensch braucht doch Liebe«, wandte Anja ein.

»Egal ob Godo die Medikamente vertauscht hat oder nicht, ich habe großes Mitleid mit ihm. Er hat einen hohen Preis gezahlt.«

»Jeder macht Fehler«, pflichtete Anja Ilse bei, »aber er hätte seinen zugeben müssen. Vielleicht hätte Hilde ihm dann vergeben und sein Vater ihm die Apotheke nach einigen Jahren doch überschrieben.«

»Falls Godo derjenige war, der die Medikamente vertauscht hat«, gab Ilse zu bedenken. »Der Vorfall hat seine gesamte Existenz zerstört. Er ist nie wieder auf die Beine gekommen. Sein Vater hat die *Friesenwohl* allein geführt und dann schweren Herzens an die Janssens verkauft. Dabei hatte er immer davon geträumt, sie an seinen Sohn zu übergeben. Doch es kam anders. Darunter litt er sein Leben lang.«

Nachdenklich fügte Ilse hinzu: »Vielleicht geht er darum gebeugt, als würde er eine schwere Last auf dem Rücken tragen.«

»Marten Haase lebt noch?«, fragte Anja überrascht.

»Aber ja! Er ist inzwischen 92 Jahre alt und verpasst trotz überstandenem Schlaganfall und Arthrose kein einziges Treffen des *Fering Ferian*.« Ilse klang voller Bewunderung. »Er hat sich von dem Geld, das er für die Apotheke erhalten hat, in Klein-Dunsum ein Häuschen gekauft und lebt dort trotz seines hohen Alters allein.«

Ich muss mit ihm reden, dachte Anja. Es konnte doch nicht sein, dass es drei Menschen gab, die sich nahestanden, auf ein und derselben Insel wohnten und trotzdem seit fast fünfzig Jahren nicht miteinander redeten.

Es schien, als hätte die Verwechslung der Medikamente damals nicht nur der 88-jährigen Stine Alberts das Leben gekostet, sondern drei weitere Leben zerstört.

Er musste doch darunter leiden, dass er keinen Kontakt mehr zu seinem Sohn hatte, erst recht in seinem Alter, da er nicht wusste, wie viel Zeit ihm noch blieb.

Anja musste es irgendwie schaffen, dass sich Marten und Godo versöhnten, bevor es zu spät war. Und nachdem sie es geschafft hätte, die beiden an einen Tisch zu bringen, würde sie daran arbeiten, dass sich Godo und Hilde aussprachen.

Und wer weiß, wohin das führt, dachte Anja schmunzelnd.

»Jetzt muss ich aber zu meiner Schwägerin und dann nach Hause. Ich habe schließlich eine Menge Zugluftstopper für die neue Topadresse unter den Föhrer Übernachtungsbetrieben zu stricken«, sagte Ilse und zwinkerte Anja zu.

Sie drückten einander zum Abschied. Anja hatte das Gefühl, in Joris' Mutter eine neue Freundin gefunden zu haben.

Kapitel 20

Anscheinend war heute »Tag des Überraschungsbesuchs«. Mittags stand Joris plötzlich vor der Tür der Pension, mit einer Papiertüte, aus der es köstlich duftete, und einer ungewöhnlichen Pflanze unterm Arm.

»Das ist eine Herzblatt-Pflanze.« Als er Anja küsste und ihr die Topfpflanze überreichte, strahlte er übers ganze Gesicht. »Genau genommen ist es bloß ein Steckling, aus dem wird erst noch die Kletterpflanze.«

Mit leuchtenden Augen betrachtete sie das dickfleischige herzförmige Blatt, das mit der Spitze in Blumenerde steckte. Wie originell, dachte sie. Aber noch mehr freute sie sich über die Aussage, die dahinterstand. Ihr wurde ganz warm ums Herz. »Die kenne ich gar nicht.«

»Das ist eine Sukkulente«, erklärte er, während er in die Küche ging und Besteck aus der Schublade nahm. »Sie kann bis zu einem Meter ranken und blüht sogar rot-weiß.«

Anja folgte ihm und holte zwei Teller aus dem Oberschrank. »Dann werde ich sie in eine Ampel pflanzen, wenn sie größer wird.«

»Herzlichen Glückwunsch, Schönheit«, gratulierte er ihr fröhlich.

Überrascht sah sie ihn an. »Ich habe heute nicht Geburtstag.«

»Aber du bist heute seit einem Monat auf Föhr, und

schau, was sich im *Lüttes Glück* schon alles verändert hat. Ich bin stolz auf dich, mein kleiner Wirbelwind.« Joris schlang die Arme um sie, ohne die Tüte abzustellen und das Besteck wegzulegen, und küsste sie so leidenschaftlich, dass ihr schwindelig wurde.

Nachdem er sie wieder losgelassen hatte, kribbelten ihre Lippen. »Das habe ich bei der vielen Arbeit glatt vergessen. Danke, dass du daran gedacht hast. Bin ich wirklich erst vier Wochen auf Föhr? Mir kommt es viel länger vor, weil so viel passiert ist.«

»Das glaub ich dir gern. So viele neue Gesichter und Eindrücke!« Joris schritt neben ihr zum Frühstücksraum. »Zur Feier des Tages bin ich extra nach Wyk gefahren und habe im *Zum glücklichen Matthias* zwei Fischteller mit jeweils zweierlei Fischfilet, Nordseekrabben, Bratkartoffeln und Salat geholt.« Unsicher sagte er: »Ich hoffe, du hast Hunger darauf. Wenn nicht, düse ich schnell noch mal los und hole dir etwas anderes.«

Verliebt sah sie ihn an und zog ihn auf die Terrasse, die im Sonnenschein lag. »Das würdest du tun?«

»Selbstverständlich.« Er legte das Besteck auf den Holztisch, der direkt hinter dem Windschutz stand, und stellte klar: »Für dich würde ich alles tun.«

»Würdest du auch mal … «, Anja zögerte, da sie ihn nicht verletzen wollte, »etwas nicht tun?«

Joris runzelte die Stirn. »Was meinst du denn damit?«

»Ich habe mir überlegt, das restliche Laminat in den Gästezimmern von Handwerkern verlegen zu lassen«, gestand sie ihm zögerlich. Das konnte sie sich nur leisten, weil Joris ihr den Kredit gewährt hatte. Ihr Kontostand sah jetzt wieder erfreulich aus, auch wenn sie noch nie Schulden gehabt hatte und sich Sorgen machte, wie sie sie begleichen sollte. Falls das *Lüttes Glück* nicht genug Gewinn abwarf. Das belastete sie.

»Arbeite ich dir etwa nicht sauber genug?«, fragte er betrübt.

»Unsinn, aber ich sehe doch, dass du erschöpft bist. Sei ehrlich!« Anja legte ihre Hände an seinen Oberkörper. »Du könntest im Stehen einschlafen, nicht wahr?«

»Könntest du bitte das Wort schlafen vermeiden?« Er lächelte müde. »Das erinnert mich daran, wie schwer meine Augenlider sind.«

»Du kannst dich ja nach dem Essen in eins der Betten legen«, schlug sie vor. »Alle Gästezimmer sind frei, wie du weißt. Such dir eins aus!«

»Und wenn ich mir dein Bett aussuche?«

»Dann könnte es passieren, dass ich mich dazulege«, antwortete sie kess. Eben noch war sie auch müde gewesen, doch nun, da Joris ihr tief in die Augen sah, geriet ihr Blut in Wallung und sie war wieder hellwach. Die Luft zwischen ihnen flirrte. Anja wurde es heiß.

Dann war der Moment auch schon wieder vorbei, denn Joris seufzte bedauernd. »Das geht leider nicht. Ich habe gleich eine Online-Meeting mit potenziellen Kunden aus Okinawa.«

»Wie aufregend! Erzähl …«

Während er die beiden Menüboxen aus der Papiertüte hob, setzte er an: »Die Japaner wünschen sich für ihre Bar auf der Insel Miyako echte Strandkörbe von der Nordsee, und sie schätzen das deutsche Handwerk. Mal abwarten, ob sie auch bereit dazu sind, einen realistischen Preis zu zahlen.«

»Das wird schon werden! Siehst du, du hast genug um die Ohren, auch ohne mir zu helfen. Sören hat im Moment auch keine Zeit. Daher habe ich mir überlegt, Handwerker zu engagieren.« Außerdem konnte sie nicht ständig Joris und ihre Nachbarn einspannen, das war ihr klar. Noch gingen ihr alle gerne zur Hand, aber ewig würde das so nicht weitergehen. Sie hatten alle genug eigene Arbeit. Das *Lüttes Glück* war Anjas Baustelle, nicht ihre.

Joris setzte sich. Nachdenklich sagte er: »Ich kann verstehen, dass du zügig weiterkommen willst. Es ist wichtig für dich, so schnell wie möglich neu zu eröffnen.«

»Nimm das nicht persönlich!«, bat Anja ihn und nahm neben ihm Platz. »Aber ich möchte auch mal etwas Schönes mit dir unternehmen, wenn wir zusammen sind, nicht nur arbeiten.«

»An was hast du da gedacht?«, fragte er mit rauer Stimme.

Schon verspürte Anja wieder dieses heiße Prickeln. Sie merkte, wie ungeübt sie im Flirten war, was sie verunsicherte. »Einen romantischen Strandspaziergang machen, zusammen Stand-up-Paddling machen oder ins Kino gehen.«

Joris blinzelte sie an. »Um heimlich im Dunkeln wild herumzuknutschen?«

Bei der Vorstellung bekam sie eine angenehme Gänsehaut. Sie neckte ihn jedoch: »Wir sind keine Jugendlichen mehr, wir wollen nur Arm in Arm einen Liebesfilm anschauen, wie zwei ganz normale Menschen um die vierzig.«

»Da hat mir die Teenagerversion besser gefallen«, wandte er ein und grinste verschmitzt.

»Mir auch«, gab sie lächelnd zu. Während sie mit dem Löffel Bratkartoffeln auf ihren Teller schaufelte, wollte sie wissen: »Gibt es auf Föhr überhaupt ein Kino?«

Ganz Gentleman half er ihr, die Fischfilets auf ihren Teller zu heben. »Ja, das Filmtheater am Sandwall. Es ist klein und urig.«

»Dann werde ich dich zur Feier des Tages heute Abend dahin einladen.« Der Film war ihr egal, Hauptsache, sie verbrachten den Abend zusammen. Es würde ihre erste richtige Verabredung sein. Und wer wusste schon, wohin das Date führen würde. Verliebt sah Anja ihn an. »Einverstanden?«

»Sehr gerne.« Joris nahm ihre Hand und küsste ihre Fingerspitzen. »Aber ich bezahle das Popcorn!«

Nach dem Mittagessen verabschiedete sich Joris mit einem minutenlangen Kuss, dann fuhr Anja mit dem Auto nach Wyk.

Die ganze Zeit über, in der sie für das *Lüttes Glück* einkaufte, konnte sie noch seine Hände auf ihrem Körper spüren. Er hatte ihren Nacken zärtlich gekrault und ihren Rücken gestreichelt. Als er seine Hände behutsam auf ihren Hintern gelegt hatte, hatte er kurz die Luft angehalten, als wäre er unsicher, ob sie die intime Berührung zulassen oder ihn zurechtweisen würde. Sie hatte sich eng an ihn geschmiegt, worauf er keuchend ausgeatmet hatte.

Joris war zwar ein Mann, der bei der Arbeit kräftig anpacken konnte, aber er konnte auch unglaublich zärtlich sein.

Obwohl man den Norddeutschen eine gewisse Kühle nachsagte, war es Ralf, der kalt wie ein Fisch gewesen war, und nicht Joris. Der kam ihr wie ein brodelnder Vulkan vor. In ihm loderte ein Feuer, das leicht auf sie überspringen konnte. Vielleicht sogar schon in der kommenden Nacht?

Mit einem Kribbeln im Bauch sah sich Anja in der Inselhauptstadt nach Matratzen, farbenfroher Bettwäsche und Raffrollos für die Gästezimmer um. Zu ihrer großen Freude wurde sie tatsächlich fündig und bestellte einiges. Außerdem leistete sie sich vanillegelbes Porzellan für den Frühstücksservice und Kaffee und Kuchen, die sie auf der Terrasse anbieten wollte.

Fröhlich kehrte sie zur Inselpension zurück. Voller Tatendrang telefonierte sie die Handwerker auf Föhr, den Nachbarinseln und dem Festland ab und machte Termine für Vorgespräche aus. Sie würde die Küche mit abwaschbarer Latexfarbe streichen lassen, was zwar teurer als normale Farbe, aber auch langlebiger und praktisch war. Bis auf die Wand hinter dem Buffet sollte der Frühstücksraum sanddornfarben werden. Anja würde die Möbel in den Gästezimmern abschleifen und weiß streichen lassen. Fachleute waren viel schneller und gründlicher als sie. Sie hatte ja nicht einmal alle notwendigen Arbeitsgeräte.

Die Aufträge würde Anja nur erteilen können, weil Joris ihr den Kredit gewährt hatte. Auf der einen Seite bereitete es ihr Sorgen, dass ihr aufgestocktes Budget schnell wieder schrumpfen würde. Auf der anderen Seite fiel eine große Last von ihr ab, weil sie die ganzen handwerklichen Arbeiten nicht selbst erledigen musste und viel Energie und Zeit sparen würde.

Als sie sah, dass Maike nach Hause kam, ging sie aufgeregt zu ihr rüber ins schwedenrote Haus. »Moin. Es gibt da etwas, das ich mit dir besprechen möchte. Es dauert auch nicht lange. Ich möchte gerne Kuchen und heiße und kalte Getränke auf der Terrasse des *Lüttes Glück* anbieten.«

»Setz dich doch!«, forderte Maike sie auf und ließ sich auf die Wohnzimmercouch fallen. Sie streifte sich die Schuhe von den Füßen, bewegte ihre Zehen und massierte ihren Spann. Dabei seufzte sie wohlig.

»Ich möchte nicht mit der Tür ins Haus fallen, aber ...« Anja räusperte sich und nahm Platz. Durch das Fenster sah sie Birthe im Gemüsegarten arbeiten. Sie pflanzte vorgezogenen Mangold mit leuchtend roten Stielen. Anja wandte sich wieder an Maike und fragte: »Könntest du dir rein hypothetisch vorstellen, den Kuchen für mich zu backen? Gegen Bezahlung selbstverständlich.«

»Rein hypothetisch, über wie viele Kuchen reden wir?«, wollte Maike wissen und schob die Ärmel ihrer weiten Schlupfbluse hoch, dessen grafisches Muster in den Farben Gelb und Braun Anja an eine Siebzigerjahre-Tapete erinnerte.

»Vielleicht zwei Kuchen täglich, einen mit Obst und einen mit Sahne. Das würde ich dir überlassen«, überlegte Anja laut. Schmunzelnd fügte sie hinzu: »Alles rein hypothetisch natürlich.«

»Natürlich«, wiederholte Maike belustigt. »Glaubst du, dass du am Anfang so viele Kuchenstücke verkaufen wirst?«

»Nein, vermutlich nicht. Mein Café weit draußen in der Marsch ist ja vollkommen unbekannt.« Anja wusste von *Shine with us!*, wie schwer es war, ein Geschäft aufzubauen, aber sie brauchte dringend weitere Einnahmequellen neben der Vermietung der Gästezimmer. Sie hatte schon eine eigene Werbeagentur erfolgreich aufgebaut, da musste es doch auch zu schaffen sein, ein kleines Gartencafé zu eröffnen. »Wir müssten in den ersten Wochen den ganzen Kuchen, der übrig bleibt, selbst essen, und das wird viel sein.«

»Darin sehe ich kein Problem«, sagte Maike und lachte. »Ganz Walsum wird uns liebend gerne dabei helfen.«

Natürlich würde Anja ihre Feriengäste auf das neue Café hinweisen, aber das würde nicht reichen. Tagsüber würden sich die Urlauber bestimmt am Strand aufhalten und ein Lokal am Deich aufsuchen oder in einem der größeren Inseldörfer einkehren.

Anja musste auf jeden Fall auch Touristen, die nicht bei ihr wohnten, auf ihren Kuchenverkauf aufmerksam machen. Ein Schild für diejenigen, die zufällig an Walsum vorbeiwanderten oder mit dem Fahrrad durch die Marsch fuhren. Oder die einen Ausflug in den Norden der Insel vorbereiteten. Sie könnten übers Internet oder durch einen Flyer von ihrem Café erfahren und einplanen, auf der Tour bei ihr eine Pause einzulegen.

Nachdenklich sagte Anja: »Es wird dauern, bis das Café anläuft. Was meinst du, würden sich die Kuchen auch ein paar Tage halten?«

»Gekühlt auf jeden Fall. Ich könnte in den ersten Wochen auch Blechkuchen backen, der hält sich gut eingepackt im Kühlschrank noch länger. Das käme mir entgegen. Dann könnte ich mich erst in meinen Nebenberuf als Konditorin für das *Lüttes Glück* einfinden.« Vor Aufregung hatte Maike rote Wangen.

»Dann machen wir es so, und ich werde zusätzlich noch

Waffeln anbieten.« Rasch fügte Anja hinzu: »Keine Sorge, darum werde ich mich selbst kümmern.«

»An deiner Stelle würde ich auch *Heiße Liebe* auf die Karte setzen«, schlug Maike vor und zog die Beine aufs Sofa.

Anja musste an Joris' zärtliche Küsse und intime Berührung und ihre erste Nacht, die womöglich vor ihnen lag, denken, und wurde rot. Mit einem angenehmen Kribbeln im Nacken, dort, wo er sie gekrault hatte, fragte sie: »Was ist das?«

»Vanilleeis mit heißen Himbeeren und Schlagsahne«, erklärte Maike. »Das ist schnell gemacht.«

»Klingt lecker!« Anja bekam großen Appetit auf etwas Süßes. »Ist das Dessert auf Föhr so beliebt, oder warum?«

»Es ist bei *mir* beliebt, und du hättest deine erste Kundin sicher. Ich könnte jeden Tag *Heiße Liebe* essen«, schwärmte Maike und leckte sich über die Lippen. »Mir läuft schon das Wasser im Mund zusammen, wenn ich nur daran denke.«

Da lachte Anja. »Du bist jederzeit ein gern gesehener Gast bei mir. Dann wird mir wenigstens nicht langweilig, während ich vergeblich auf Gäste warte«, sagte sie, denn ihr war klar, dass der Anfang schwer werden würde.

Zufrieden, einiges auf den Weg gebracht zu haben, kehrte Anja nach Hause zurück. Prompt traf sie vor der kleinen Inselpension auf Hilde, die die Stufen kehrte, und ihre gute Laune geriet ins Wanken.

Die alte Frau blieb im Eingang stehen und wirkte unschlüssig. Sie hielt den Besen so fest, dass ihre Handgelenke weiß wurden und ihre Altersflecken hervortraten. Kurz öffnete sie den Mund, als wollte sie etwas sagen, doch dann tat sie es nicht.

Anja war gerade etwas durch den Kopf gegangen, bevor sie ihre Mitbewohnerin getroffen hatte. Darum und weil sie nicht wusste, was sie sonst sagen sollte, fragte sie: »Die Wiesen rund ums Haus gehören doch auch zum *Lüttes Glück*, nicht wahr?«

»Bis zur Marsch, ja«, antwortete Hilde mit ihrer Reibeisenstimme und fuhr sich durchs meerschaumfarbene Haar.

Da die Grenzen fließend waren, konnte Anja nicht erkennen, bis wohin ihr Besitz ging. »Ich kenne zwar den Liegenschaftsplan, aber hier vor Ort sieht dann doch alles etwas anders aus. Kannst du mir zeigen, bis wohin das Grundstück reicht?«

»Was hast du vor?« Misstrauisch blinzelte Hilde sie an.

»Nichts Konkretes«, antwortete Anja ausweichend. »Ich stelle nur Überlegungen an, wie ich mehr Geld verdienen kann, um über die Runden zu kommen.«

Die Vorbesitzerin ging nach links, bog an der windschiefen Linde, deren herzförmige Blätter im Wind raschelten, in die Marsch ab und zeigte Anja, bis wohin ihr Besitz reichte. Besorgt wollte sie wissen: »Hast du etwa vor anzubauen?«

»Nein, dafür habe ich kein Geld.« Anja schirmte die Augen vor der Sonne ab und ließ ihren Blick über das Gelände schweifen. Der Platz zwischen dem *Lüttes Glück* und der Zufahrtsstraße nach Walsum schien ihr vielversprechend für das, was sie vorhatte. »Ein noch größeres Gebäude würde auch nicht zum beschaulichen Walsum passen, findest du nicht auch?«

»Wie wahr! Es ist rücksichtsvoll von dir, dass du unseren

Ort nicht verschandeln willst. Das war eine der größten Sorgen bei uns allen hier, als die Pension unter den Hammer kam.« Hilde wurde rot und spähte zu den Häusern, die sich um den Dorfanger mit der Trauerweide schmiegten. Der Baum wirkte gar nicht mehr deprimierend, sondern grün und eindrucksvoll. Er schien jedem fröhlich zuzuwinken, da der Wind ihn immerzu bewegte.

Überrascht sah Anja sie an. Die Vorbesitzerin hatte doch tatsächlich etwas Nettes zu ihr gesagt und bemühte sich, freundlich zu sein. Hatten Joris oder seine Mutter ihr etwa den Kopf gewaschen?

Mit unverhohlener Neugier fragte Hilde: »Was hast du dann vor?«

»Joris hat mir erzählt, dass du früher hier draußen in einem Wohnwagen geschlafen hast. Das hat mich auf eine Idee gebracht.« Anja fiel ein, dass sie sich langsam für das Date mit ihm frisch machen und umziehen musste.

Verlegen strich Hilde über die Falten auf ihrer schwarzen Stoffhose, aber sie gingen nicht weg. »Das ist lange her. Damals war ich noch jung.«

»Hat es dir gefallen?«

»Ja. Ich hatte meine eigenen vier Wände und meine Ruhe«, antwortete Hilde. »Ich war mittendrin und konnte mich dennoch jederzeit zurückziehen.«

Anja rechnete mit Gegenwehr, was ihre neue Geschäftsidee betraf, sie wusste ja schon, dass Hilde Veränderungen erst einmal skeptisch gegenüberstand. Daher war sie nervös, als sie ihr verriet: »Ich habe mir gedacht, neben dem *Lüttes Glück* einige Stellplätze für Zelte und Wohnwagen herrichten zu lassen. Der kleine Campingplatz würde mit wenig

Aufwand und einer überschaubaren Investition zusätzliche Einnahmen einbringen.«

»Dass ich nicht darauf gekommen bin!«, erwiderte Hilde erstaunt. »Pfiffig.«

Hatte Hilde sie gerade gelobt? Anja konnte es kaum glauben. Plötzlich sprudelten die Worte nur so aus ihr heraus, und die Idee nahm immer mehr Gestalt an, während sie sagte: »Ich könnte mir vorstellen, dass es den Urlaubern Spaß machen würde, mitten im Marschland zu campen. Nachts ist es hier so still und dunkel, dass man sich vorkommt wie im siebten Himmel. Da haben wir ja schon den passenden Werbespruch: Schlafen wie auf Wolke sieben. Wir könnten gegen einen Aufpreis anbieten, ihnen Frühstück an den Wohnwagen zu bringen.«

»Wir?« Hildes blaue Augen weiteten sich.

»Ich dachte, du könntest den Frühstücksservice übernehmen, wenn ich die Pension neu eröffne«, schlug Anja vor. »Was hältst du davon?«

Nervös zupfte Hilde an der Jacke ihres lavendelblauen Twinsets herum. »Ganz allein?«

»Wenn dir das zu viel ist, helfe ich dir selbstverständlich.« Anja wusste selbst nicht, was hier gerade geschah. Seit der Intrige hatten sie kaum miteinander gesprochen, und nun schmiedeten sie zusammen Pläne. Sie redete sich ein, dass sie das nur Joris zuliebe tat, aber das stimmte nicht. Wenn jemand geeignet dafür war, ihr offen zu sagen, ob ihre Expansionspläne Potenzial hatten oder nicht, dann Hilde. Sie hatte jahrzehntelange Erfahrungen in der Übernachtungsbranche, sie kannte sich mit dem *Lüttes Glück* aus und nahm kein Blatt vor den Mund.

»Ich schaffe das!«, stellte Hilde klar. »Ich habe die Pension so lange allein geführt, da ist es ein Klacks, den Gästen Frühstück zu servieren.«

»Vielleicht magst du mir ja auch im Gartencafé helfen. Denn ich werde bei schönem Wetter auf der Terrasse Kuchen verkaufen, Waffeln und Eiscreme. Maike wird backen und ich den Rest vorbereiten. Morgens werde ich die Zimmer putzen, und nachmittags habe ich dann ja Zeit. Das wird mir großen Spaß machen! Ich freue mich wie verrückt darauf.« Anja spürte, wie ihr vor Begeisterung ganz warm wurde, dabei standen sie ungeschützt im Wind, der die Halme der Gräser und des Schilfs hin und her bog. Sie war aber auch ein wenig unsicher, ob sie sich nicht zu viel zumutete. Da kam ihr Hildes Unterstützung gerade recht. »Die Urlauber werden den wildromantischen Garten mit der Obstwiese und den Ausblick aufs Marschland mit den Dünen im Hintergrund lieben. Und sollte es regnen, ziehen wir einfach in den Frühstücksraum um.«

»Du willst das *Lüttes Glück* um einen Campingplatz *und* ein Café erweitern?« Hildes Augen funkelten spöttisch. »Was kommt als Nächstes? Eine Reitschule?«

Anja neckte sie: »Das wäre zu teuer, und ich habe keine Ahnung von Pferden, außerdem braucht ein Stall mit Auslauf viel Platz. Wie wäre es stattdessen mit einem Hundehotel? Das würden wir noch auf der anderen Seite zwischen Pension und dem Haus von Imke und Elkmar unterkriegen.«

Entsetzt keuchte Hilde und spannte die Schultern an. »Ich habe Angst vor Hunden!«

»Das war nur ein Scherz«, beruhigte Anja sie. Vor Kurzem hätte sie Hilde noch erwürgen können, und nun fiel es ihr überraschend leicht, sie anzulächeln. Niemand war darüber mehr verwundert als Anja selbst. »Weitere Expansionspläne außer Café und Mini-Campingplatz liegen zurzeit nicht auf dem Tisch.«

»Da bin ich aber erleichtert.« Hilde stieß die Luft aus und entspannte sich wieder.

Anja holte ihr Handy aus der Hosentasche und schaute auf die Uhr. Wenn sie noch in Ruhe duschen wollte, musste sie jetzt los. Da sah sie, dass Joris ihr eine Nachricht geschickt hatte: »Ich freue mich auf dich.« Er hatte den Satz mit einem Herz-Icon garniert.

Wieder wurde es ihr warm im Bauch. Sie würde ihm später antworten, wenn sie allein war. Lächelnd steckte sie ihr Handy weg und sagte zu Hilde: »Ich muss gehen.«

»Ich wollte dir noch etwas sagen«, rief Hilde ihr hinterher, als Anja schon in der Haustür angekommen war.

Überrascht blieb Anja auf der obersten Stufe stehen.

Hilde kam ihr hinterher und druckste herum. »Ich …«

»Ja?« Anja runzelte die Stirn. Warum sprach Hilde nicht weiter? So kannte sie sie gar nicht.

»Es tut mir leid, dass …«, begann Hilde zögerlich und leise, »nun ja, dass ich die Dinge etwas anders dargestellt habe, als sie tatsächlich sind.«

»Wovon redest du?«, fragte Anja mit einem Hauch von Bitterkeit in der Stimme, denn sie ahnte, dass es um Carla ging, aber sie wollte, dass Hilde das Thema ansprach.

Hilde räusperte sich. »Davon, wie es um die Ehe meines Neffen steht.«

Anja schwieg, denn sie wollte hören, was Hilde zu ihrer Entschuldigung hervorbrachte.

»Ich habe wirklich gehofft, dass sich Joris und Carla wieder zusammenraufen, ich mag Scheidungen nicht. Sie machen mich traurig. Ich wünschte, alle Liebespaare wären bis ins hohe Alter glücklich, dabei müsste ich es besser wissen.«

Anja fragte sich, ob sie von ihrer Ehe mit Olaf oder ihrer Beziehung zu Godo sprach, die beide ein tragisches Ende gefunden hatten. »Joris hat mir die Wahrheit erzählt. Carla ist nicht aus beruflichen Gründen und nur für eine kurze Zeit nach Hamburg gezogen. Es war eine echte Trennung, und Carla wird auch nicht zurückkehren.« Bittere Galle stieg in Anja hoch. »Du hast mich angelogen.«

»Nicht in allem. Ja, Carla hat Föhr verlassen, weil Joris und sie in Scheidung leben, und sie ist zu ihren Eltern auf die Elbchaussee gezogen. Die haben wohl Geld wie Heu und viel Platz in ihrem Herrenhaus. Aber sie hat in Hamburg tatsächlich wieder eine Anstellung angetreten. Vormittags, während Linus und Nathan in der Schule sind, arbeitet sie in einer Parfümerie.«

Verwirrt fragte Anja: »Linus und Nathan?«

»Die Söhne. Hat mein Neffe dir denn nichts von ihnen erzählt?« Hilde wirkte durcheinander.

Anja fühlte sich, als hätte man ihr in die Magengrube geboxt. Verlegen zupfte sie an dem Zierapfelbäumchen neben dem Eingang herum. Er hatte Kinder! Sie konnte es kaum fassen. Warum hatte er ihr das nur verschwiegen? Aus irgendeinem Grund hielt er sie auf Distanz. »Nein«, antwortete sie gekränkt.

»Wie merkwürdig!« Hilde war das sichtlich unangenehm. »Carla und er haben in den letzten Jahren über alles gestritten, es war furchtbar. Nur in einem Punkt waren sie sich einig, nämlich dass sie beide keine weiteren Kinder haben wollen. Das soll aber nicht heißen, dass er seine Söhne nicht liebt. Klingt das so? Dann tut es mir leid. Im Gegenteil, er vergöttert seine Jungs! Umso mehr verwundert es mich, dass er sie nicht erwähnt hat. Aber er wird seine Gründe haben.«

»Ja«, würgte Anja mühsam hervor. Sie war verletzt und wollte sich nur noch zurückziehen. Hastig verabschiedete sie sich. Doch anstatt zu duschen, setzte sie sich auf das Bett in ihrer Dachgeschosswohnung und vergrub das Gesicht in den Händen.

Joris hatte schon zwei Söhne und wollte keine Kinder mehr. Anja sehnte sich nach einer eigenen kleinen Familie, aber Joris würde ihr diesen Wunsch nicht erfüllen wollen. Anscheinend passten sie genauso wenig zusammen wie Ralf und sie. Sie wollte nicht schon wieder mit einem Mann Zeit verschwenden, der andere Ziele im Leben hatte als sie, kostbare Zeit. In fünf Jahren würde sie vierzig werden, bald wäre es zu spät für eine Familie.

Warum hatte Joris ihr nichts von Linus und Nathan erzählt? Sie wollte ihm nicht schon wieder böse Absicht unterstellen, aber die Lust, sich mit ihm zu treffen, war ihr vergangen. Und bevor sie ihn damit konfrontieren konnte, dass er ihr schon wieder etwas Wichtiges verschwiegen hatte, musste sie ihre Wunden lecken. Denn wenn sie ihn noch an diesem Abend darauf ansprechen würde, würde sie entweder aus der Haut fahren oder weinend zusammenbrechen.

Also schickte Anja ihm eine Nachricht und sagte den Kinobesuch unter einem fadenscheinigen Vorwand ab. »Mir geht es nicht gut. Ich kann heute Abend nicht.«

»Kann ich etwas für dich tun?«, schrieb er prompt zurück.

Sie beeilte sich zu tippen: »Nein. Meine Stirn fühlt sich ganz heiß an, ich brüte wohl etwas aus.«

»Soll ich vorbeikommen und dich gesund pflegen?«, fragte er in seiner nächsten Mitteilung.

Er war so lieb, doch Anja hatte das Gefühl, ihn gar nicht richtig zu kennen, mit all diesen Geheimnissen. »Besser nicht. Ich will dich nicht anstecken.«

»Schade. Ich rufe morgen früh mal an.« Dahinter stand einen Kussmund.

Anja wurde es schwer ums Herz. Erst die Trennung von Ralf, jetzt die ständigen Rückschläge bei dem Versuch, mit Joris glücklich zu werden. Warum machte die Liebe es ihr nur so schwer?

Auch Hilde hatte kein Glück in der Liebe gehabt. Am Ende war sie allein geblieben. Anja hoffte, dass es ihr nicht genauso ergehen würde.

Da fiel ihr Marten Haase ein. Sie wollte ja noch mit ihm reden. Ob sie das heute schon tun sollte? Sie hatte ja jetzt den Abend frei. Außerdem musste sie sich dringend von der Enttäuschung, die sich immer tiefer in sie hineingrub, ablenken.

Also machte sie sich auf nach Klein-Dunsum, um Godos Vater kennenzulernen und zu erfahren, woran er sich, was den tragischen Vorfall in der *Friesenwohl* vor fast fünfzig Jahren betraf, erinnerte. Vielleicht würde sie dadurch einen Hinweis bekommen, wie sie Hilde und Godo wieder zusammenbringen konnte.

Kapitel 21

Einmal mehr lieh sich Anja Birthes Fahrrad aus. »Behalte es!«, sagte ihre Nachbarin.

»Wie meinst du das?«, fragte Anja irritiert.

»Ich schenke es dir.« Birthe steckte die Rosenschere in die Werkzeugtasche an ihrem Gürtel und zog die geblümten Gartenhandschuhe aus. Zum Vorschein kamen schwarz lackierte Fingernägel und ihr funkelnder Ehering.

Überrascht riss Anja die Augen auf. »Aber das geht doch nicht.«

»Du benutzt es ohnehin mehr als ich«, erwiderte Birthe und zwinkerte ihr zu.

Tatsächlich hatte sie ihre Nachbarin noch nie Rad fahren sehen. Dennoch schüttelte sie den Kopf. »Das kann ich nicht annehmen.«

»Damit würdest du mir einen Gefallen tun. Dann hätte ich wenigstens eine Ausrede, wenn Maike mal wieder eine Radtour machen will.« Plötzlich seufzte Birthe theatralisch. Mit verstellter Stimme sagte sie: »Ich würde ja liebend gerne mitkommen, meine Backpflaume, aber ich habe leider kein Fahrrad mehr. Schade, schade.«

Anja zog eine Augenbraue hoch. »Du nennst Maike deine Backpflaume?«

»Ja, denn sie liebt es, zu backen, und ich esse für mein Leben gerne Dörrobst. Sie ruft mich ›meine Zuckererbse‹, wenn wir unter uns sind. Ich kümmere mich ja auch haupt-sächlich um unseren Gemüseanbau.« Plötzlich lachte Bir-the. »Wenn sie erfährt, dass ich dir unsere Kosenamen ver-raten habe, bringt sie mich um.«

Nachdenklich betrachtete Anja das Fahrrad. »Es sieht neu aus.«

»Ich habe es letztes Jahr gekauft, aber ich fahre kaum damit. Es steht nur in der Garage herum.« Verlegen fuhr Birthe sich mit den Fingern durchs rosafarbene Haar und kämmte ein Blatt heraus, das zu Boden segelte. »Ich gebe es zu, ich bin einfach zu bequem und nehme lieber das Auto. Also kannst du das Rad haben.«

»Das ist lieb von dir«, erwiderte Anja unsicher, »aber das Geschenk ist zu wertvoll.«

Achselzuckend schlug Birthe vor: »Dann sieh es als Dauerleihgabe.«

»Okay, das wäre ein Kompromiss. Und du kommst rüber und leihst dir dein eigenes Fahrrad aus, wann immer du möchtest«, sagte Anja amüsiert und hielt ihr die Hand hin.

Birthe lachte und schlug ein.

Als Anja vorbei an Wiesen und Feldern zur Westküste Föhrs radelte, fragte sie sich, was sie in Köln am frühen Abend getan hätte. Wahrscheinlich wäre sie noch in der Werbeagentur und würde E-Mails beantworten, für die sie tagsüber wegen zu vieler Besprechungen und Telefonaten keine Zeit gehabt hatte.

Irgendwann hätte ihr Magen geknurrt, oder sie hätte ständig gegähnt. Dann hätte sie Ralf gefragt, ob er nach Hause fahren wollte, und er hätte geantwortet, dass er noch eine Stunde bräuchte, um Angebote zu schreiben oder etwas zu kalkulieren.

Also hätte auch sie weitergearbeitet. Es hatte immer etwas zu tun gegeben, der Berg an Arbeit war nie wesentlich kleiner geworden, was sie auf Dauer als unbefriedigend empfunden hatte. Sie war froh, die Kraft und den Mut gehabt zu haben, aus dem Hamsterrad auszusteigen. Beinahe hätte die tägliche Mühle im Büro sie zerrieben.

Doch hier auf der wunderschönen Wattenmeerinsel lebte sie wieder auf und traf eigene Entscheidungen. Keiner hielt mehr ihre Leine in der Hand, sie konnte tun und lassen, was und wann sie es wollte.

Beflügelt von dem wundervollen Wissen um die neu gewonnene Freiheit fuhr sie an den beschaulichen Inseldörfern vorbei, zunächst an Oldsum und Süderende. In Dunsum fragte sie sich durch, bis eine freundliche junge Frau mit Zwillingskinderwagen ihr das Haus von Marten Haase zeigte. Es stand in der Nähe des Kanals, der Klein-Dunsum und Süderende voneinander trennte. In der Ferne sah sie den Deich, der die Insel vor den Fluten schützte. Sie erinnerte sich daran, dass sie in einem ihrer früheren Urlaube von hier aus mit ihrer Familie einen geführten Spaziergang durchs Watt gemacht hatte.

Ein junger braungebrannter Nationalpark-Ranger hatte sie und andere Feriengäste zu den Seehundbänken zwischen Föhr und Sylt geführt und ihnen erklärt, dass die Wattwanderwege durch Buschpricken und Stangen markiert waren. Er ermahnte sie, niemals allein loszugehen, sich am Tidekalender zu orientieren, nur im Sommer bei schönem Wetter zu starten und immer ein Handy für Notfälle dabei zu haben. Aber am besten sei es ohnehin, sich von einem kundigen Wattführer begleiten zu lassen. Leonie hing an seinen Lippen, sie fand den Ranger »echt süß«.

Zurück in der Unterkunft schlug ihre Mutter vor, am nächsten Tag mit Niedrigwasser die acht Kilometer bis zur Nachbarinsel Amrum zu wandern, doch ihrem Vater war das Gehen durch den Schlick zu anstrengend. Anja war damals erleichtert, denn sie hatte Angst, dass die Flut zurückkommen und ihnen den Weg in beide Richtungen abschneiden könnte.

Heute war sie mutiger und vertraute zudem Tjorben. Sie wollte unbedingt eine Wattwanderung mit ihm buchen. Er redete mit so viel Leidenschaft und Fachwissen über die Flora und Fauna im Nationalpark Schleswig-Holstein.

Als sie das Fahrrad vor Marten Haases weißem Reetdachhaus abstellte, beschleunigte sich ihr Puls. Aufgeregt ging sie zur Eingangstür.

Auf dem Friesenwall wuchsen unterschiedliche Ziergräser. An der weißen Fassade klebte die Patina des salzigen Nordseewindes. Vor der Tür lag eine weiß-blaue Schmutzfangmatte mit dem Aufdruck »Willkommen an Bord«, kleine Strauchmargeriten reckten der Sonne ihre Blüten aus den Blumenkästen auf den Fensterbänken entgegen. Das Namensschild hing schief, Anja richtete es.

Das Gebäude wirkte auf den ersten Blick gut erhalten, anders als die heruntergekommene Kate von Martens Sohn. Godo hatte auf Anja den Anschein gemacht, als hätte er sich aufgegeben, doch Marten Haase schien selbst in seinem stolzen Alter noch die Kraft zu haben, es sich hübsch zu machen. Oder seine Freunde vom *Fering Ferian* halfen

341

ihm dabei. Auch das unterschied ihn von seinem Sohn, er suchte Kontakt.

Aber jetzt kümmert sich ja die Familie Graf um Godo, und ich sehe auch nach ihm, alles wird gut werden, dachte Anja.

Kaum hatte sie geklingelt, wurde ihr bewusst, dass sie keine Ahnung hatte, wie sie das Gespräch anfangen sollte. Wie konnte sie, ohne aufdringlich zu wirken, auf die dramatischen Geschehnisse in der *Friesenwohl* zu sprechen kommen, die Hilde und Godo auseinandergebracht hatten? Ihr Herz pochte hart gegen ihre Rippen.

Was hatte sie sich nur dabei gedacht? Marten Haase kannte sie doch gar nicht, und sie war zudem eine Zugezogene. Auf einer Insel hielt man zusammen, man hielt dicht.

Plötzlich war sie sich sicher, dass sie niemals von ihm erfahren würde, ob Hilde oder Godo die Medikamente in der Apotheke vertauscht hatte und wer die Schuld am Tod von Stine Alberts trug. Falls er wusste, wer damals den Fehler begangen hatte, hatte er es fast fünfzig Jahre lang für sich behalten. Warum sollte er ausgerechnet jetzt und ausgerechnet ihr die Wahrheit verraten?

Gerade als sie wieder verschwinden wollte, hörte sie hinter der Haustür ein Schlurfen. Marten war also zu Hause. Sie wurde noch nervöser.

Ein hagerer Mann mit lichten grauen Haaren öffnete die Tür. Er war genauso schlank wie Godo, aber größer, und er hatte einen offeneren Blick. Seine Hose schlackerte um seine dünnen Beine. Er ging gekrümmt und stützte sich auf einem Gehstock ab. Obwohl er wirkte, als könnte ihn schon ein leichter Windstoß von den Beinen holen, schmetterte er ihr mit fester Stimme ein fröhliches »Moin« entgegen.

»Moin.« Sicherheitshalber fragte sie: »Sind Sie Marten Haase?«

»Leibhaftig und in Farbe. Was kann ich für Sie tun, junge Frau?« Neugierig musterte er sie.

Jung? Anja vermutete, dass sie aus dem Blickwinkel eines 92-Jährigen mit ihren 35 Jahren wie eine Jugendliche wirken musste. »Mein Name ist Anja Blumenthal, ich wollte mich nur mal vorstellen, mir gehört jetzt das *Lüttes Glück*«, sprudelte es vor Nervosität aus ihr heraus. »Ich kenne Ihren Sohn Godo. Sein Kater Kimi geht bei uns ein und aus und ist sowas wie das Maskottchen von Walsum.«

»Ach, Sie sind das«, sagte er zu ihrer Überraschung.

Damit hatte Anja nicht gerechnet. Sie hatte erwartet, dass er misstrauisch reagieren würde, weil sie keinen Anlass hatte, ihn aufzusuchen. Aber er schien froh zu sein, sie zu sehen. Wahrscheinlich bekam er nicht oft Besuch.

»Sie haben von mir gehört?«

»Föhr ist ein Dorf.« Er lächelte verschmitzt.

Verunsichert strich sich Anja über die langen braunen Haare, die sie im Nacken zusammengebunden hatte. Wie viel wussten die Einheimischen über ihr Auf und Ab mit Joris? Hatte sich herumgesprochen, dass sie mit Hilde im Clinch lag? War es ein offenes Geheimnis, wer die Medikamente damals in der *Friesenwohl* vertauscht hatte, und man hatte nur sie, die Zugezogene, nicht einweihen wollen?

Marten Haase strich sich über die Bartstoppeln auf seinem Kinn. Auf seiner Wange stand ein längeres Haar ab, das musste er beim Rasieren übersehen haben. »Ich habe neulich Ilse beim Bäcker getroffen, und sie hat mir erzählt, dass Joris' neue Frau die ganze Familie Graf dazu gebracht hat, Godo unter die Arme zu greifen. Selbst Johan, der alte Brummbär, hat neulich einem Fischkutter, der im Hafen von Wyk angelegt hat, fangfrischen Hering abgekauft und ihn Godo gebracht. Hat gesagt: ›Hering ist in der Nordsee noch nicht überfischt. Kannst du mit gutem Gewissen essen‹, und ist wieder gefahren.«

»Ich bin nicht Ilses Schwiegertochter«, stellte Anja klar und hörte zu ihrem eigenen Erstaunen, dass sie bedauernd klang. Sie liebte Joris, aber sie glaubte im Moment nicht mehr, dass sie eine gemeinsame Zukunft hatten. Das Abenteuer Familie lag bereits hinter ihm, während sie noch davon träumte. Sie hatten sich zum falschen Zeitpunkt getroffen.

Mit erstaunlich kräftiger Stimme wandte Marten Haase ein: »Noch nicht. Das wird schon noch. Ich sehe Ihnen doch an, dass Sie ihn gernhaben. Ist ja auch ein toller Hecht, der Joris.«

Hitze stieg in Anjas Wangen. Die Sehnsucht nach Joris wurde mit jeder Minute, die sie über ihn sprachen, stärker. Dabei stand ihr Kinderwunsch zwischen ihnen. Sie sollte nicht zulassen, dass ihre Liebe zu ihm weiterwuchs, doch ihr Herz wollte das einfach nicht begreifen.

»Kommen Sie doch rein. Der Fitnesskurs im Internet ist gerade vorbei, und bis ich zum Zumba-Kurs los muss, habe ich ein paar Minuten Zeit«, feixte Herr Haase grinsend.

Als er sich umdrehte und ins Haus ging, fiel ihr auf, dass ihm graue Haare aus den Ohren wuchsen. Ungläubig fragte sie: »Zumba?«

»Das war ein Scherz, auch das mit dem Fitnesskurs.« Er lachte schallend. »Ich bin schon froh, wenn ich von der Couch bis zur Haustür komme, ohne über meine eigenen Füße zu stolpern.«

Leise schloss sie die Tür hinter sich.

»Ich habe mich schon gefragt, wie Sie wohl aussehen. Jetzt weiß ich es«, sagte er heiter. »Ilse hält übrigens viel von Ihnen.«

»Das freut mich. Ich mag Joris' Mutter auch sehr.« Anja machte einen Versuch, das Gespräch auf Hilde und Godo zu lenken: »Mein Verhältnis zu Hilde ist dagegen schwieriger.«

Während er voran ins Wohnzimmer schlurfte, fragte er: »Die alte Hinrichs?«

Anja zog eine Augenbraue hoch. Alt? Hilde war immerhin 23 Jahre jünger als er. »Ja, hat sie denn nichts über mich erzählt?«

»Ob sie über Sie hergezogen hat, meinen Sie das?«, wollte er wissen und schaltete den Fernseher aus. Bob Ross, der gerade »glückliche kleine Bäume« vor schneebedeckten Bergen malte, verschwand.

Anja sah ihr Spiegelbild auf dem schwarzen Bildschirm nicken.

»Hilde würde niemanden bei anderen schlechtmachen. Wenn sie eine Person nicht mag, sagt sie es ihr ins Gesicht. Da kennt die nichts. Ihr Mundwerk schießt schärfer als manche Pistole.« Marten Haase lachte. Dann wurde er nachdenklich. »Zumindest war es früher so. Ich bin alt und komme nicht mehr so oft raus. Hab Hilde ewig nicht gesehen.« Plötzlich leuchteten seine Augen. »Aber zu den Treffen des *Fering Ferians* gehe ich, selbst, wenn ich auf allen vieren kriechen muss! Zum Glück muss ich das nicht, es nimmt mich immer jemand mit dem Auto mit.«

Es verdross sie, dass sich die Unterhaltung wieder von Hilde und Godo entfernte. »Joris hat erwähnt, dass Sie auch Mitglied im Heimatverein sind.«

»Er ist ein guter Junge, unser Inselgraf«, sagte er. »Halten Sie ihn fest!«

Anja wich seinem wachsamen Blick aus und gab nur ein unbestimmtes »Hm« von sich.

»Setzen Sie sich doch einen Moment.« Marten Haase nahm selbst in einem braunen Ledersessel mit abgewetzten Armlehnen Platz. »Und Sie leben jetzt mit Hilde unter einem Dach?«

Anja ließ sich auf dem Ledersofa, das auch schon bessere Zeiten gesehen hatte, nieder. Zumindest die Sorgen, wie sie mit Marten Haase ins Gespräch kommen sollte, hatte sie sich ganz umsonst gemacht. Er war es, der die Fragen stellte, er schien sie kennenlernen zu wollen und saugte ihre Aufmerksamkeit auf wie ein Schwamm. »Ja, wir wohnen beide in der Pension *Lüttes Glück*.«

»Du musst Nerven wie Drahtseile haben.« Seine Augen funkelten belustigt.

Freimütig gab Anja zu: »Es ist nicht immer leicht.«

»Hilde hatte schon Haare auf den Zähnen, als sie bei mir in der Apotheke angefangen hat, und damals war sie erst zwanzig. Godo hat bei ihr nicht viel zu melden gehabt, aber ich hatte den Eindruck, dass er es mag, wenn eine Frau in der Beziehung die Hosen anhat.« Er zwinkerte Anja zu.

»Ich glaube, dass die beiden immer noch oft aneinander

denken.« Beherzt warf Anja einen Köder aus: »Schade, dass sie nicht geheiratet haben.«

Das Funkeln in seinen Augen erlosch. »Ja, dann würden die beiden jetzt nicht allein leben. Es tut mir im Herzen weh, Godo so einsam zu sehen. Das hat er nicht verdient. Er ist ein guter Kerl.«

Nachdenklich betrachtete sie ihn. Verfolgte er etwa Hildes und Godos Leben aus der Ferne? Und warum beendete er Godos Einsamkeit nicht, indem er den Kontakt zu ihm suchte? Man sagt, dass Blut dicker als Tränen ist. Es musste etwas Schwerwiegendes sein, das ihn davon abhielt, sich seinem Sohn wieder anzunähern.

»Allein zu sein, ist nie schön, ich spreche da aus Erfahrung«, fuhr Marten Haase fort, bevor sie etwas erwidern konnte, und legte den Gehstock quer über die Armlehnen. »Meine Frau Elfie verstarb viel zu früh, und es wäre mir nie in den Sinn gekommen, noch mal zu heiraten. Sie war meine große Liebe.«

Unweigerlich musste Anja an Joris denken. »Vielleicht waren Hilde und Godo füreinander auch die große Liebe.«

»Rückblickend sieht es fast so aus, auch wenn Hilde Olaf geheiratet hat. Aber sie hat ihn nie so angesehen wie Godo.« Marten Haase lächelte verträumt. »Am Anfang war ich skeptisch, ob Hilde gut für meinen Sohn ist. Sie wusste, was sie wollte, und Godo war viel zu lieb, um ihr etwas entgegenzusetzen. Ich habe befürchtet, dass sie Godo unterbuttern würde, aber das hat sie nie getan. Sie hat ihm zwar gesagt, wo es langgeht, aber sie hat stets darauf geachtet, dass es ihm gut geht.«

Und jetzt lebt sie ihre Fürsorge an seinem Kater aus,

dachte Anja. Leise sagte sie: »Ich habe gehört, was sie damals auseinandergebracht hat, der Vorfall in der *Friesenwohl*.«

»Ich bin unhöflich. Ich habe Sie noch gar nicht gefragt, ob Sie Tee möchten?«, fragte Marten Haase plötzlich. Er wollte aufstehen und war dabei so hektisch, dass sein Gehstock zu Boden fiel. Das verunsicherte ihn offenbar, und so blieb er sitzen.

Rasch hob Anja den Stock für ihn auf und lehnte ihn gegen den Sessel. Versuchte er etwa, vom Thema abzulenken?

»Sehr nett von Ihnen, aber nein, danke.«

»Meine Nachbarn und meine Freunde vom *Fering Ferian* reden schon lange auf mich ein. Sie raten mir, ins Seniorenheim zu ziehen, weil ich immer schlechter auf den Beinen bin. Aber was soll ich denn da?« Er lehnte sich wieder an und schüttelte den Kopf. »Da sind doch nur alte Leute.«

Anja verkniff sich ein Lächeln.

»Ich bin noch wach in der Birne, nur mein Körper macht nicht mehr mit. Wollen Sie einen Rat von mir, Frau Blumenthal?« Ohne ihre Antwort abzuwarten, fuhr er grinsend fort: »Werden Sie nicht so alt wie ich.«

»Godo könnte Ihnen doch helfen«, schlug Anja vor.

»Godo?«, fragte er überrascht.

Sie zuckte mit den Schultern. »Er ist immerhin Ihr Sohn.«

»Wir sprechen seit damals nicht mehr miteinander«, gab er betrübt zu.

Anja wusste selbst, wie schwierig es manchmal war, auf den anderen zuzugehen und eine Aussprache zu suchen. Statt sich mit Joris darüber auszutauschen, ob es für sie eine gemeinsame Zukunft geben könnte, saß sie hier und versuchte die Probleme anderer zu lösen. »Dann wird es Zeit, das zu ändern.«

»Dafür ist es nach 47 Jahren zu spät«, wiegelte Marten Haase ab. Er ließ seine Mundwinkel hängen, seine Hände zitterten. Er wirkte gebrechlicher als bei der Begrüßung.

»Es ist nie zu spät«, stellte sie klar und rutschte bis zur Kante der Couch vor. »Außerdem könnten Sie es eines Tages bereuen, dass Sie nicht über Ihren Schatten gesprungen sind.«

Er stieß einen tiefen Seufzer aus. »Ich bereue so viel.«

Seine Worte stimmten Anja traurig. Es war ein bedrückendes Fazit, wenn man auf sein Leben zurücksah. So wollte sie nicht enden! Sie war so froh, dass sie ihre Werbeagentur in der pulsierenden Metropole Köln gegen das renovierungsdürftige *Lüttes Glück* im hintersten Winkel von Föhr eingetauscht hatte. Sie war ein großes Risiko eingegangen und hatte sich auch Sorgen gemacht, doch nun waren alle Zweifel weg. Sie war genau da, wo sie sein wollte!

Marten Haase legte die Hände in den Schoß und ließ seinen Kopf hängen. »Ich habe nur ein einziges Kind, es lebt auf derselben Insel wie ich, und trotzdem sind wir wie Fremde.«

»Dann ändern Sie das.« Sie wollte ihm Mut zusprechen. Kurz überlegte sie sogar, ob sie den alten Mann einfach in ihr Auto packen, zu seinem Sohn bringen und die beiden vor vollendete Tatsachen stellen sollte, doch sie verwarf den Gedanken wieder. Ihr Aktionismus hätte die beiden überfordert, und die Initiative musste von den Männern selbst ausgehen. Also gab sie nur allgemeiner zu bedenken: »Sie wollen doch nicht für immer gehen, ohne sich mit ihm versöhnt zu haben.«

Da brach er in Tränen aus.

Anja erschrak, es durchfuhr sie. »Es tut mir sehr leid. Ich hätte das nicht sagen sollen.«

»Sie haben ja recht«, stimmte Marten Haase ihr zu und wischte sich über die feuchten Wangen. »Mit 92 Jahren ist der Abschied nicht mehr weit. Ich sollte reinen Tisch machen, solange ich es noch kann.«

Anja hatte plötzlich ein ungutes Gefühl. »Reinen Tisch?«

»Die schmerzhaften Erinnerungen quälen mich schon so lange, dass ich gar nicht mehr weiß, wie es ist, ohne sie zu leben.« Die Täler seiner Falten waren wie Priele, die vom Meer seiner Tränen geflutet wurden. »Ich weiß, dass ich den Schmerz nur loswerden kann, wenn ich meine Schuld eingestehe. Aber ich bin ein Feigling und das schon seit 47 Jahren. Es wird dringend Zeit, mir ein Rückgrat wachsen zu lassen, bevor ich unter der Erde bin und keine Stimme mehr habe.«

Der Zeitraum, über den er sprach, ließ sie aufhorchen. »Hat es etwas mit dem zu tun, was in Ihrer Apotheke passiert ist?«

»Wie viel wissen Sie darüber?«, fragte er und traute sich anscheinend nicht, ihr in die Augen zu sehen. Immerhin hörte er auf zu weinen.

Anja sah ihn an. »Eine Kundin ist gestorben, weil man ihr das falsche Medikament geliefert hat.«

»Das war keine Absicht!«, rief Marten Haase.

»Natürlich nicht.« Das hatte Anja auch niemandem unterstellt. »Das stand auch nie im Raum, oder?«

Sichtlich zerknirscht gab Marten Haase zu: »Doch, die Polizei ermittelte in alle Richtungen, aber es war ein Versehen.«

»Wie können Sie da so sicher sein?«, wollte sie wissen und beobachtete aufmerksam jede Regung an ihm.

»Ich …« Der alte Mann bekam einen heftigen Hustenanfall und lief rot an. Nachdem er sich langsam wieder beruhigt hatte, erklärte er: »Ich habe mich an meiner eigenen Spucke verschluckt, das passiert mir in letzter Zeit öfters.«

»Soll ich Ihnen etwas zu trinken holen?«, fragte Anja besorgt.

»Nein, danke, davon muss ich nur ständig auf die Toilette. Es geht schon wieder«, versicherte er ihr und räusperte sich. »Nach einer Weile hat die Polizei die Ermittlungen eingestellt. Sie konnte nicht in Erfahrung bringen, wie es zu der falschen Lieferung gekommen war.«

»Aber damit war das alles noch nicht vorbei, oder?« Anja dachte an die Trennung von Hilde und Godo und an die weiteren Folgen der Tragödie.

»Nein, denn es war zwar niemand verurteilt, aber auch niemand entlastet worden. Entweder Hilde oder Godo musste Mist gebaut haben, so viel stand für die Föhrer fest. Außerdem hätte ich Hilde als ungelernte Kraft niemals die Liefertüten packen lassen dürfen, damit hatte ich mich unverantwortlich verhalten.« Der alte Mann verzog das Gesicht, als hätte er Schmerzen. »Die meisten Insulaner meinten, uns sei nicht mehr zu trauen, und schnitten uns.«

»Sie wurden aus der Gemeinschaft ausgeschlossen?« Anja machte große Augen. Ilse hatte zwar erwähnt, dass der Apotheker um seinen guten Ruf hatte kämpfen müssen, aber sie hatte nicht gedacht, dass die Reaktion der Inselbewohner so drastisch ausgefallen war. »Das muss schlimm gewesen sein.«

»Es war die Hölle!«, rief er und schluchzte. Mit dem Ärmel wischte er sich Schweißperlen von der Oberlippe. »Man mied uns drei und meine Apotheke wie der Teufel das Weihwasser. Die *Friesenwohl* ging fast bankrott. Die Urlauber wussten nichts von dem tragischen Unglück und kauften weiterhin bei mir ein, damit hielt ich mich über Wasser. Ich musste Hilde entlassen, weil mir das Geld fehlte, um sie weiter zu bezahlen. So war es ohnehin besser. Godo sagte ich, dass er erst einmal nicht mehr in die Apotheke kommen soll, bis Gras über die Sache gewachsen war. Das hat er mir übel genommen. Seither machten wir drei einen großen Bogen umeinander.«

Unruhig rutschte Anja auf der abgewetzten Ledercouch hin und her. Sie meinte, der Lösung des Rätsels näherzukommen. »Weil einer den tragischen Fehler begangen haben musste?«

»Ja, genau.« So leise, dass Marten Haase kaum noch zu verstehen war, fuhr er fort: »Einer von uns hat die anderen beiden mit ins Verderben gerissen.«

Sie nahm sich ein Herz und fragte: »Haben Sie jemals erfahren, ob Hilde das falsche Medikament in die Tüte gepackt hat oder Ihr Sohn der Kundin die falsche Tüte ausgehändigt hat?«

»Es war keiner von beiden«, antwortete Marten Haase mit zitternder Stimme.

Langsam kam ihr der alte Mann wunderlich vor. Zeigte er etwa erste Anzeichen von Verwirrtheit? Offenbar nahm er wenig Flüssigkeit zu sich, und Dehydrierung führte bei alten Menschen mitunter zu einem verwirrten Geist. Skeptisch sah sie ihn an. »Wie können Sie sich da sicher sein?«

»Weil ich den Fehler begangen habe.« Er wurde kreidebleich.

Anja glaubte, sich verhört zu haben. »Sie?«

»Endlich ist es raus. Ich hab's gestanden, und es hat sich
gut angefühlt, die Wahrheit zu sagen.« Plötzlich fragte er:
»Sind Sie sicher, dass Sie keinen Tee wollen? Nur weil ich
nichts trinken will, müssen Sie ja nicht auf dem Trockenen
sitzen.«

Im ersten Moment war Anja irritiert von dem Themenwechsel, dann schüttelte sie den Kopf. »Wie genau sieht die
Wahrheit aus?«

»Der Stein auf meiner Brust ist weg. Ich kann wieder
frei atmen«, sagte er erleichtert. Doch seine Euphorie verschwand schlagartig wieder: »Aber ich habe auch Angst vor
dem, was jetzt auf mich zukommen wird. Wird man mich
ins Gefängnis werfen, was meinen Sie?«

»Moment mal!«, rief Anja. »Ich verstehe das alles nicht.
Sie hatten mit der Auslieferung doch gar nichts zu tun.«

»Nein, aber ich bin irgendwie an die Papiertüten mit
den Medikamenten gestoßen und sie sind runtergefallen.
Dabei sind die Namensschilder abgegangen. Zu dem Zeitpunkt haben wir die Zettel mit den Lieferadressen bloß mit
Heftklammern an den Taschen befestigt. Ich habe sie wieder angeheftet, dabei muss ich versehentlich zwei Adres-
sen vertauscht haben. Seit dem Missgeschick habe ich die
Adresszettel immer an die Tüten getackert, aber für die
Kundin, die verstarb, war es zu spät.« Marten Haase fing
wieder an, leise zu weinen. »Ihr Tod tut mir so leid. Stine
Alberts hat mich jahrelang im Schlaf verfolgt, und ich habe
es verdient. Sie war so eine nette alte Dame und brachte

uns im Advent immer selbst gebackene Friesenkekse. Die schmeckten genauso wie die Plätzchen von meiner Elfie.«

Wie ein Häufchen Elend saß er vor Anja. Sie hatte Mitleid, zugleich zog sich ihr Magen aus Unmut zusammen. »Warum haben Sie der Polizei denn nicht gesagt, dass Sie es waren?«

»Ich habe mich nicht getraut«, gestand er kleinlaut. »Wie hätte ich denn die Blicke meiner Freunde und Bekannten ertragen können?«

Vorwurfsvoll konterte sie: »Genauso wie Godo und Hilde sie ertragen haben.«

»Aber hätte ich mich schuldig bekannt, wäre ich verhaftet und verurteilt worden. Dann wäre ich vorbestraft gewesen und hätte meine Apotheke schließen können.« Er klang verzweifelt. »Sie sollte doch mein Vermächtnis an meinen Sohn werden.«

»Aber das ist sie trotz Ihres Schweigens nicht geworden«, wandte sie ein.

»Da haben Sie recht.« Marten Haase sackte noch weiter in sich zusammen. »Godo hat nur Pharmazie studiert, um die *Friesenwohl* eines Tages zu übernehmen. Doch er glaubte, dass die Insulaner den Verdacht, der auf ihm lastete, niemals vergessen würden, und brach sein Studium ab. Die Apotheke hätte seine Zukunft sein sollen, stattdessen war sie sein Ruin.«

»Daran war nicht die Apotheke schuld«, zischte Anja nun.

»Nein, ich war es.« Gekrümmt saß er im Ledersessel und sah aus wie ein gebrochener Mann. »Ich habe mir eingeredet, dass mein Schweigen nichts ändern würde. Mein

Schuldbekenntnis würde die Kundin nicht wieder lebendig machen. Außerdem ging ja niemand an meiner Stelle ins Gefängnis.«

»Mit Ihrer Entscheidung haben Sie zwei Leben zerstört, ist Ihnen das nicht bewusst? Hilde und Godo sind nie wieder richtig glücklich geworden. Zumindest ist das mein Eindruck.«

»Und er täuscht Sie nicht. Sie haben eine gute Menschenkenntnis«, lobte er sie und schniefte. »Mir war erst nicht bewusst, was mein Schweigen angerichtet hat. Als es mir klar wurde, war es bereits zu spät.«

Sie berührte seinen Arm und sagte eindringlich: »Es ist nie zu spät. Sie könnten immer noch die Wahrheit sagen.«

»Das habe ich doch bereits.« Traurig lächelte Marten Haase sie an.

Sie nahm die Hand wieder weg. »Ich bin die falsche Adresse.«

»Ich soll mich der Polizei stellen?«, fragte er entsetzt. Er rang so keuchend nach Luft, dass sich Anja Sorgen um ihn machte. Seine Finger bohrten sich in die Armlehnen des Sessels. Atemlos wiegelte er ab: »Das kann ich nicht! Ich bin immer noch derselbe Feigling wie damals.«

»Nein, das sind Sie nicht. Sie haben sich schließlich mir anvertraut«, erwiderte sie und bemühte sich um ein aufmunterndes Lächeln. »Das ist ein erster Schritt. Wie wäre es, wenn Sie als Nächstes Hilde und Godo reinen Wein einschenken würden?«, schlug sie vor. »Und nach Ihrer Beichte lassen Sie die beiden entscheiden, ob sie Sie zur Polizei fahren oder ob sie Ihnen vergeben wollen?«

»Das ist eine beängstigende, aber gute Idee. Ich habe

den beiden am meisten geschadet, sie sollen meine Richter sein.« Sein Blick flackerte, als er Anja bat: »Tun Sie mir einen Gefallen?«

Zögerlich antwortete sie: »Kommt darauf an.«

»Ich möchte, dass Sie dabei sind, wenn ich meine Beichte ablege.«

Ihr war nicht wohl dabei. »Warum? Ich habe nichts mit der Sache zu tun.«

»Sie sind die Erste, der ich mich anvertraut habe, und Sie haben mich nicht in der Luft zerrissen. Das gibt mir Hoffnung, dass auch Hilde und mein Sohn mir nicht den Kopf abreißen werden. Vielleicht sind Sie mein Glücksbringer«, sagte er.

Anja war noch nicht überzeugt.

»Außerdem brauche ich Ihren Beistand, denn ich habe eine Scheißangst. Sie machen mir Mut.« Er sah sie mit flehendem Blick an. »Bitte, tun Sie einem alten Mann diesen kleinen Gefallen. Ich kann da nicht allein durch, das schaffe ich nicht.«

»Gut, ich werde mitkommen«, versprach Anja ihm. Sie würde ihn nicht nur begleiten, um ihm den Rücken zu stärken, damit er die Konfrontation durchstand. So konnte sie auch sicherstellen, dass er keinen Rückzieher machte. Sie hatte nicht vor, Partei zu ergreifen, aber sie wollte versuchen zu verhindern, dass die Wogen hochschlugen und Marten Haase mit seinen 92 Jahren darunter begraben wurde.

Kapitel 22

Gedankenversunken bahnte sich Joris einen Weg durch die Gruppe von Touristen, die an diesem Morgen fröhlich schwatzend in die Souvenirgeschäfte, Teestuben und anderen Läden in Wyk strömten. Während er vom *Gode-Wind* zum *Strandmohn* schritt, versuchte er die Tragetasche mit der Suppe für Arian gerade zu halten und fragte sich, ob er sich irrte oder Anja sich schon wieder seltsam verhielt.

Er fand es an sich nicht merkwürdig, dass sie den Kinobesuch am Vorabend abgesagt hatte. Wenn es ihr schlecht ging, brauchte sie nun mal Ruhe. Aber die Art und Weise, wie sie es getan hatte, hatte seinen Argwohn geweckt. Anstatt ihn anzurufen, hatte sie ihm Nachrichten geschickt. Nun fragte er sich, ob sie den direkten Kontakt hatte vermeiden wollen. Hatte sie befürchtet, er würde ihr anmerken, dass sie gar nicht krank war und es einen anderen Grund für ihre Absage gab?

Vielleicht sehe ich auch schon weiße Mäuse, dachte Joris selbstkritisch und fuhr sich seufzend durchs Haar.

Sein Misstrauen rührte allerdings daher, dass sie ihm schon einmal ein ganzes Wochenende lang aus dem Weg gegangen war. Nach Hildes Lüge über den Zustand seiner Ehe hatte sie sich kommentarlos von ihm zurückgezogen, anstatt auf direktem Weg zu ihm kommen und mit ihm über Carla zu sprechen. Das konnte er nicht nachvollziehen.

War sie in ihrer letzten Beziehung oft verletzt worden? Sie hatte erwähnt, dass sie sich erst wenige Monate vor ihrem Umzug von Köln nach Föhr getrennt hatte. Vielleicht war es zu früh für sie, sich wieder zu binden, und sie wurde sich erst jetzt bewusst, dass sie ihre Freiheit genießen wollte.

Seine Skepsis war noch dadurch genährt worden, wie Anja vor einer halben Stunde auf seinen Anruf reagiert hatte.

»Guten Morgen, Schönheit«, hatte sich Joris fröhlich aus seinem Büro gemeldet. »Wie geht es dir?«

»Besser. Danke«, hatte sie kurz angebunden erwidert.

»Soll ich im *Lüttes Glück* vorbeikommen?«, schlug er vor. Sie musste ja nicht wissen, dass sein Terminkalender voll war, aber für sie verschob er nur allzu gern anstrengende Videokonferenzen und langweilige Meetings. »Ich hätte kurz Zeit.«

Es dauerte, bis sie antwortete. »Das geht nicht.«

»Warum nicht? Was ist los?« Er ließ sich nicht anmerken, dass ihm ihre ausbleibende Begeisterung einen Stich versetzte.

Anja erklärte: »Einige Handwerker könnten spontan vorbeikommen, um die Räume abzumessen und Details zu besprechen, für einen Kostenvoranschlag.«

»Aber feste Termine hast du für heute mit ihnen nicht ausgemacht?« Nachdenklich lief er in seinem Büro auf und ab.

»Wie gesagt, einige Fachleute wollen einfach reinschauen«, wiederholte sie leicht gereizt. »Wenn sich bei ihnen ein Zeitfenster auftut. Das könnte heute oder morgen oder übermorgen sein.«

»Sollte jemand vor der Tür stehen, kann ich ja wieder fahren.« Joris blieb hartnäckig, er hatte das Gefühl, dass irgendetwas nicht stimmte, und er wollte dem lieber vor Ort auf den Grund gehen.

»Das wäre doch ungünstig«, hatte sie abgewiegelt. »Dann wärst du den ganzen Weg umsonst gefahren, und du wirst doch bestimmt in der Manufaktur gebraucht.«

Joris blieb vor dem großen Panoramafenster, durch das er in die Werkhalle sehen konnte, stehen und beobachtete seine Mitarbeiter beim Flechten der Strandkörbe. Das alles waren gute Argumente, die Anja hervorbrachte, aber sie wogen für ihn nicht halb so schwer wie der Wunsch, sie wiederzusehen. Mit weicher Stimme wandte er ein: »Aber ich sehne mich danach, dich zu küssen.«

»Ein andermal«, erwiderte sie zögerlich.

»Dazu bleibt uns noch ein Leben lang Zeit, richtig?«, sagte er, um zu sehen, wie sie auf seinen Vorstoß reagieren würde.

»Genau«, antwortete Anja mit einem Lächeln in der Stimme.

»Sehen wir uns wenigstens heute Abend?«

»Ja. Falls ich nicht zu erschöpft vom Renovieren bin«, fügte sie dann allerdings hinzu.

Ihr Verhalten irritierte Joris. Bei ihrem letzten Treffen hatte sie so heftig mit ihm geflirtet, dass ihm ganz heiß geworden war, doch seitdem verhielt sie sich kühl. Was hatte sich geändert? »Du klingst merkwürdig.«

»Ich bin nur müde.« Wie zur Bestätigung gähnte sie. »Ich habe schlecht geschlafen.«

»Also bist du doch noch krank.«

»Die viele Arbeit setzt mir zu«, erklärte sie. »Außerdem müssen wir mal in Ruhe reden«, sagte sie dann noch leise. »Über uns.«

Eine Stille trat ein, die Joris mit sorgenvollen Gedanken erfüllte. Wollte sie Schluss machen? Traute sie sich nur nicht, es auszusprechen? Geknickt ließ er sich in seinen Bürosessel fallen. »Worüber genau?«

»Darüber unterhalten wir uns, wenn wir uns das nächste Mal sehen. Es klingelt an der Eingangstür. Ich muss Schluss machen.« Anja beendete das Telefonat.

Enttäuscht steckte er das Handy weg. Hatte es wirklich bei ihr geschellt oder war das nur eine Ausrede gewesen, um auflegen zu können? Er hatte das Läuten durch die Leitung jedenfalls nicht gehört. Freute sie sich denn nicht darauf, ihn wiederzusehen? Hatte sie heute wirklich so viel um die Ohren, oder suchte sie nur Ausflüchte, damit er sie in Ruhe ließ?

Als er jetzt, ein paar Stunden später, durch Wyk stapfte, wuchs sein Unmut. Er hatte keine Lust auf Probleme, und mit Anja war es bisher ziemlich kompliziert.

Er hatte Verständnis dafür, dass sie sich auf Föhr erst einleben musste. Falls die Renovierung sie überforderte, sollte sie zulassen, dass er ihr half und auch darüber hinaus für sie da war. Er wollte ihr ihre Sorgen wegküssen und ihr versichern, dass das *Lüttes Glück* ganz sicher zu einem behaglichen Nest für ihre Feriengäste werden würde.

Und wenn es in ihrem Leben gerade keinen Platz für eine Beziehung gab, sollte sie es ihm direkt sagen, damit er aufhörte, sich Hoffnungen auf eine Zukunft mit ihr zu machen. Denn er liebte sie! Er wollte kitschige Dinge mit ihr tun, am Strand Arm in Arm den Sonnenuntergang genießen, sich, sobald die Nacht hereinbrach, zusammen im Schlafsack kuscheln und zum Sternenhimmel aufschauen. Anja würde noch einen Romantiker aus ihm machen.

Die letzten Jahre seiner Ehe mit Carla waren anstrengend gewesen. Sie hatten sich aneinander aufgerieben. Selbst jetzt ärgerte er sich noch über sie, weil sie nicht ernsthaft dafür sorgte, dass er seine Söhne regelmäßig treffen konnte, wie vereinbart. Eine weitere anstrengende Beziehung würde er nicht ertragen. Dann wollte er lieber Single bleiben. Warum musste alles immer so schwierig sein? Er wollte doch einfach nur glücklich sein.

Sein Blick fiel auf das Schaufenster eines Souvenirladens. Sein Spiegelbild sah ihm mürrisch entgegen. »Hattest du dir nicht vorgenommen, die Finger von Frauen, die nicht von Föhr stammen, zu lassen?«, schien es ihm zu sagen. »Jetzt hast du den Schlamassel.«

Er hatte gehofft, dass es mit Anja anders werden würde, auch weil sie die gleiche Liebe für seine Heimatinsel empfand wie er, anders als Carla. Er hatte gedacht, das Problem liege darin, dass die Frauen vom Festland früher oder später zurückziehen wollten. Das Leben auf einer Insel war eben anders, dafür musste man geschaffen sein. Doch Anja schien nicht zurück nach Köln zu wollen. Vielleicht rieb sie sich an der Renovierung des *Lüttes Glück* auf und hatte zurzeit einfach keine Zeit und Kraft für eine neue Liebe.

Oder das Gefühl des Verliebtseins bei ihr ließ bereits nach, und sie hatte begriffen, dass er nicht der Richtige für sie war. Auf die Nachricht von gestern Nachmittag hatte sie nicht einmal reagiert. War das Herz-Icon hinter den Worten »Ich freue mich auf dich« zu viel gewesen? Er hatte es nicht leichtfertig benutzt, er hatte ihr ein klares Zeichen seiner Liebe senden wollen. Empfand sie nicht dasselbe für ihn? Oder wollte sie nur eine lockere Beziehung? Wurde ihr die Sache mit ihm zu ernst?

Bedrückt betrat Joris das *Strandmohn*. Ein junges Paar lief händchenhaltend herum, betrachtete die ausgestellten und zum Verkauf stehenden Bilder und steckte flüsternd die Köpfe zusammen. Die meisten Urlauber saßen um diese Zeit wohl in einer Strandbar oder in einem der zahlreichen Restaurants in den Inseldörfern und aßen zu Mittag.

»Moin«, rief Arian schon von der Kasse aus und fuhr sich mit den Fingern durchs Haar. »Ist dir eigentlich bewusst, dass wir inzwischen fast dieselbe Frisur haben?«

Joris schleppte sich zu ihm. Die Sorge, ob Anja seine Liebe erwiderte, lag bleiern auf seinen Gliedern. »Moin. Anders als bei mir sind deine Seiten fast ganz wegrasiert. Da ist dir wohl der Rasierer abgerutscht.«

»Das nennt man Undercut, alter Mann«, erklärte Arian ihm feixend. »Früher sagte man auch Inselhaarschnitt dazu.«

Normalerweise hätte Joris ihn daran erinnert, dass er nur fünf Jahre älter war als er. Stattdessen seufzte er nur schwer. »Alt, ja, so fühle ich mich heute.«

»Was ist denn los mit dir? Du siehst blass aus, wie die Feriengäste nach einer Bootsfahrt mit Tjorben«, frotzelte sein jüngster Bruder.

Ich habe Liebeskummer, antwortete Joris in Gedanken, zwang sich jedoch zu einem Lächeln und benutzte die gleiche Ausrede wie Anja: »Ich bin nur müde.«

»Danke für das Essen.« Arian nahm ihm die Tragetasche ab. »Du bist mein Lieblingsbruder.«

»Hast du Tjorben das auch gesagt, als er dir gestern Mittag Essen gebracht hat?«, fragte Joris und blinzelte ihn warnend an.

»Selbstverständlich«, antwortete Arian, während er in die Papiertüte schaute.

»Die Haltbarkeit für einen Favoriten ist bei dir erstaunlich kurz«, bemerkte Joris schmunzelnd.

Arian packte das Gericht aus. Der köstliche Duft von Krabbensuppe mit geröstetem Knoblauchbrot stieg von dem Mehrwegbehälter auf, den er auf die Ladentheke stellte. »Ich kann zwei Lieblingsbrüder haben.«

»Nein, kannst du nicht. Es kann nur einer deine Nummer eins sein«, stellte Joris richtig. Es war ihm egal, wen Arian lieber hatte, es tat einfach nur gut, ein wenig zu flachsen.

»Wenn das so ist …«, begann Arian und tippte nachdenklich mit dem Esslöffel gegen seine Lippen. Dann erklärte er grinsend: »Tjorben war gestern an der Spitze und du bist es heute.«

»Wir müssen uns in der Rangliste abwechseln?«, fragte Joris empört und schnaubte, doch dann dachte er kurz nach und zog das Fazit: »Das halte ich für fair. Es bedeutet, dass du uns im Durchschnitt gleich gern hast.«

In Arians grünen Augen blitzte der Schalk auf. »Ich sagte doch, dass ihr beide meine Lieblingsbrüder seid.«

Sachte knuffte Joris ihn.

Neidlos musste er feststellen, dass Arian wie der jüngere Bruder von Daniel Craig in *Cowboys & Angels* aussah. Er trug ein beiges Baumwollhemd unter einer zweireihigen Knopfweste in der Farbe von lange gereiftem Whiskey. Die Ärmel des Hemds waren hochgekrempelt, und die obersten

Knöpfe standen offen. Er hatte ein schwarzes Tuch mit weißen Totenköpfen locker um den Hals gebunden. Joris hätte in dem Outfit lächerlich ausgesehen, aber Arian stand der extrovertierte Look ausgezeichnet.

Arian zeigte auf den einzigen Stuhl hinter der Theke. »Setz dich, du siehst aus, als würdest du einen deiner Strandkörbe auf dem Rücken tragen.«

»So fühle ich mich auch.« Nachdem Joris Platz genommen hatte, sah er seinem Bruder zu, wie er im Stehen die Krabbensuppe aß. Da fiel ihm etwas auf: »Du hast ja ausnahmsweise mal keine Farbe an den Fingern.«

»Wann sollte ich denn auch malen?«, erwiderte Arian und verzog das Gesicht. Er lehnte sich gegen die Theke. »Tagsüber stehe ich im Verkaufsraum, und nach Feierabend kümmere ich mich um die Abrechnung, die Buchhaltung und den Versand der Online-Bestellungen. Dazu muss ich sagen, dass es selten so ruhig in der Galerie ist wie heute Mittag. Vielleicht ist großer An- und Abreisetag.«

Joris öffnete den Reißverschluss seiner Fleecejacke. Die Sonne schien durch die großen Schaufenster in die Galerie, was wunderschön aussah. Aber während es draußen im Nordseewind noch frühlingshaft kühl war, herrschten im *Strandmohn* schon sommerliche Temperaturen. »Du klingst unzufrieden.«

»Ich wollte nicht, dass unsere Mutter mir den Laden überschreibt«, erklärte Arian und rührte gedankenversunken mit dem Löffel in der Suppenschale, die er in der Hand hielt. »Früher hat immer einer von uns gemalt und der andere hat sich um die Kunden gekümmert. Wir haben uns abgewechselt.« Augenzwinkernd fügte er hinzu: »Wie Tjorben und du als mein Lieblingsbruder.«

Joris schmunzelte, wurde aber sogleich wieder ernst. »Jetzt bleibt alles an dir hängen.«

»Ich überlege sogar mittags für ein oder zwei Stunden zu schließen, weil ich sonst nicht dazu komme, mir etwas zu essen zu besorgen, und ich kann ja nicht jeden Tag Tjorben oder dich bitten.« Arian lächelte müde. »Mutter und ich haben immer durchgearbeitet. Das war kein Problem, weil einer im Laden blieb und der andere Mittagessen holte. Aber ohne Geschäftspartner kann ich nicht weg und komme kaum zum Essen«, erklärte er betrübt.

Wie zur Bestätigung kam ein Mann in einem dunkelblauen Freizeit-Jackett ins *Strandmohn*. Darunter trug er ein hochgeschlossenes weißes Hemd. Arian stellte die Suppenschale ab und begrüßte den Kunden freundlich, doch der Fremde wandte sich ab und ging in den hinteren Teil der Galerie.

Wie unhöflich, dachte Joris. Seinem Bruder schlug er vor: »Dann führ doch eine Mittagspause ein, ist doch eine gute Idee.«

»Kürzere Öffnungszeiten könnten auch weniger Umsatz bedeuten«, sagte Arian besorgt.

»Aber irgendwann musst du auch wieder Bilder malen, sonst hast du bald nichts mehr, das du verkaufen kannst.«

»Wie wahr«, stimmte Arian ihm zu und biss in das geröstete Knoblauchbrot.

»Vielleicht fängt unsere Mutter ja irgendwann an, wieder zu malen«, erzählte Joris, um Arian aufzumuntern. »Gestern Abend bin ich spontan bei der Windmühle vorbeigefahren. Unsere Mutter war gerade dabei, Zugluftstopper für die Gästezimmer des *Lüttes Glück* zu stricken. Das klingt doch, als hätte sie neuen Antrieb gefunden.«

»Ja, aber …«, begann Arian.

Doch Joris ließ nicht zu, dass sein Bruder diesen Hoffnungsschimmer kleinredete. »Nichts aber! Denk positiv. Sie hat mir anvertraut, dass sie das Wandbild, das sich Anja für den Frühstücksraum der Pension wünscht, malen wird. Die Herausforderung reizt sie. Über diesen Umweg könnte sie doch zurück zum Malen finden.«

»Lass mich doch mal ausreden!«, rief Arian, worauf Joris die Hände hochriss und verstummte. »Ich habe vor einer Stunde mit unserer Mutter telefoniert, und da klang sie, als hätte sie geweint. Sie hat mir erzählt, dass sie heute Morgen von Nieblum hierher nach Wyk gefahren ist, um Stoff zu kaufen. Daraus will sie maritime Formen ausschneiden und auf Jutesäcke nähen. Mit den Säcken möchte Anja die Kübel vor dem *Lüttes Glück* verschönern. Jedenfalls hat sie gesagt, dass der Ausflug ihr gar nicht gut bekommen ist.«

»Zu viel Sonne, zu viele Menschen, zu viel Trubel?«, fragte Joris besorgt.

»Nein. Wie soll ich es ausdrücken?« Nachdenklich runzelte Arian die Stirn. »Es muss etwas passiert sein.«

Joris sprang vom Stuhl auf. »Was genau meinst du damit?«

»Es gab wohl einen Vorfall, aber als ich Näheres wissen wollte, hat sie abgeblockt. Sie hat bloß durchblicken lassen …« Plötzlich hielt er mit seinem Bericht inne, denn das junge Paar kam zu ihm. Er wickelte das Ölgemälde, das sie sich ausgesucht hatten und das die Mittelbrücke am *Sandwall* zeigte, behutsam in Packpapier ein und kassierte ab.

Unruhig lief Joris zum Schaufenster und schaute hinaus. Doch er nahm nicht wirklich wahr, was sich vor der Scheibe abspielte. Dann kehrte er zur Ladentheke zurück. Es war lobenswert, dass sein Bruder sich so viel Zeit für die Kundschaft nahm, aber das Warten zerrte an seinen Nerven. Ihm wurde noch wärmer, er zog seine Jacke aus und legte sie über den Stuhl.

Nachdem Arian das Pärchen herzlich verabschiedet hatte, fuhr er endlich leise fort: »Unsere Mutter hat wohl auf dem *Sandwall* einen besonders unfreundlichen Zeitgenossen getroffen. Keine Ahnung, was er getan oder zu ihr gesagt hat, aber seitdem hat sie furchtbare Migräne.«

Joris hätte genauso wie Arian und Tjorben alles dafür getan, um seine Familie vor jeglichem Übel zu bewahren. Es machte ihn wütend und gleichzeitig traurig, dass er seine Mutter nicht hatte beschützen können. »Scheiße!«

»Du bringst es auf den Punkt«, sagte Arian und aß einen Löffel Krabbensuppe. »Sie hat Anja versprochen, die Jutesäcke zu verzieren, also wird sie das auch tun, sobald es ihr besser geht. Aber sie möchte, dass du dann die Säcke nach Walsum bringst. Sie will vorerst die Mühle nicht mehr verlassen.«

Nervös zupfte sich Joris an den Haaren. Also würde sie das Wandbild für das *Lüttes Glück* doch nicht malen. Anja konnte nicht warten, bis seine Mutter sich erholt hatte, sie musste die Renovierung zügig vorantreiben. Anscheinend würden die beiden doch nicht zusammenkommen. Dabei hätte die Zusammenarbeit beiden gutgetan. »Das hört sich gar nicht gut an. Ich dachte, unsere Mutter hat Fortschritte gemacht.«

»Das dachte ich auch. Sie hatte kaum noch Kopfschmerzen. Die Sache heute war ein herber Rückschlag.« Arian seufzte.

»Was zur Hölle ist da wohl passiert?«, fragte Joris aufgewühlt. »Ein normaler Streit kann sie doch nicht derart aus der Bahn geworfen haben?«

»Vielleicht doch, wenn man ohnehin schon dünnhäutig ist«, wandte Arian ein. Aus den Augenwinkeln sah er zu dem Mann im Jackett hinüber. »Irgendwoher kenne ich den Typen. Solche Schnösel wie ihn trifft man auf Föhr nicht so oft. Wer zieht denn im Urlaub bei einem Einkaufsbummel ein Sakko an und knöpft sein Hemd bis oben zu?«

»Vielleicht war der Typ schon mal im *Strandmohn*.«

»Ja, kann sein. Die Osterferien sind zwar vorbei, aber der Strom an Urlaubern reißt nicht ab. Jetzt ist es ruhig, aber spätestens ab zwei Uhr geht der Trubel wieder los.«

Joris nickte. Viele Feriengäste machten nach dem Mittagessen einen Verdauungsspaziergang durch Wyk oder vergnügten sich nachmittags beim Shoppen in der Inselhauptstadt.

Das Nordseeheilbad war Dreh- und Angelpunkt von Föhr und eines der ältesten Seebäder Deutschlands. Der Kurbetrieb lief ganzjährig, einer der Gründe dafür, dass die Gemeinde immer gut besucht war, egal zu welcher Saison. Im Hafen von Wyk, den sein Vater als sein zweites Zuhause bezeichnete, kamen alle Urlauber an, und von hier aus fuhren sie auch wieder mit der Fähre nach Dagebüll, dem sogenannten Fenster zur Nordsee. Die kleine Inselhauptstadt allein verbuchte jährlich um die 900 000 Übernachtungen, insgesamt stiegen auf Föhr jährlich nahezu 1,9 Millionen Menschen ab. Tendenz steigend. Auch das *Lüttes Glück* würde bald in die Statistiken einfließen.

Da kamen schon eine Menge Menschen zusammen. An Arians Stelle wäre Joris froh über die Verschnaufpause zur Mittagszeit gewesen. Mit 41 Jahren mochte er es lieber ruhig.

Vielleicht werde ich doch alt, dachte er belustigt, während er den Fremden beobachtete.

Er fragte sich, ob der Mann, bei dem Aufzug, geschäftlich auf der Insel war. Joris sah nur sein Profil. Die Art, wie der Fremde die Ölmalereien betrachtete, hatte etwas Versnobtes an sich. Das Kinn erhoben, die Augenbrauen kritisch zusammengeschoben und die Nase gerümpft. Warum verließ er das Atelier nicht, wenn ihm die Bilder missfielen?

Musste man sich Sorgen machen? Hatte der Kerl vor, ein Kunstwerk zu stehlen oder die Bilder zu beschädigen? Joris fiel auf, dass der Mann immer wieder verstohlen zu ihnen herübersah. Joris wusste nicht, ob er es sich nur einbildete, aber er hatte den Eindruck, dass der Typ die Ohren spitzte. Der Fremde schaute sich zwar im *Strandmohn* um, entfernte sich aber nie weit von ihnen. Begegneten sich ihre Blicke, wich er ihnen rasch aus. »Ich hole uns eine Flasche Wasser aus dem Lager. Hältst du hier die Stellung?«, bat Arian ihn.

Ohne den Mann aus den Augen zu lassen, antwortete Joris: »Klar.«

»Dauert auch nicht lange«, versicherte sein Bruder ihm und verschwand durch eine Tür, auf der *Privat* stand.

Der Unbekannte zog das Jackett aus und legte es über

seinen Arm. Ob ihm wegen der Sonne, die die Galerie aufheizte, warm war oder weil Joris ihn anstarrte, ließ sich schwer sagen.

Da drehte sich der Fremde zu ihm und ging zum nächsten Gemälde.

Als Joris das Logo des Hamburger SV auf der Brusttasche des weißen Herrenhemds sah, riss er die Augen auf. Sein Atem beschleunigte sich. Er musste an den Manschettenknopf denken, den er in der Windmühle seiner Eltern gefunden hatte und seither in seiner Geldbörse mit sich trug.

Der Fußballclub hatte viele Fans, erst recht hier im Norden. Es mochte Zufall sein, dass Joris schon wieder der berühmten Raute begegnete. Oder auch nicht.

Fieberhaft versuchte er sich daran zu erinnern, wann er das letzte Mal auf Föhr jemanden mit dem Logo gesehen hatte. Ihm fiel keine einzige Begebenheit ein. Allerdings hatte er auch nicht darauf geachtet, bis seine Mutter sich nach dem Fund des Manschettenknopfes seltsam verhalten hatte.

Vor ein paar Jahren hatte auf *Sörensens Wohnmobilstellplatz* in Utersum ein Campingwagen gestanden, der mit zahlreichen Fahnen, Wimpeln, Aufklebern und Luftballons geschmückt war. Aber zu dem Zeitpunkt fand ein Fußballspiel statt, das im Fernsehen übertragen wurde. Soweit Joris wusste, war das gegenwärtig nicht der Fall.

Seine Gefühle fuhren Achterbahn mit ihm. Gehörte dem Fremden etwa der Manschettenknopf, den Joris unter dem Sofa seiner Eltern entdeckt hatte? Aber warum sollte der Mann seine Mutter aufgesucht haben, und warum stritt sie seinen Besuch ab? Wer zur Hölle war er?

Joris musste die Antworten auf diese Fragen finden. Angespannt schritt er zu dem Besucher hinüber.

»Moin«, grüßte er den Mann, ohne eine Miene zu verziehen. Denn dieser wirkte wie jemand, der Freundlichkeit als Schwäche auslegte. »Joris Graf, ich bin der Bruder des Inhabers. Gefällt Ihnen das Ölbild?«

»Ich habe schon Bessere gesehen«, antwortete der Kerl.

»Warum betrachten Sie es dann schon eine ganze Weile?«, fragte Joris.

Der Mann lächelte ihn kühl an. »Man kann nur wissen, was man will, wenn man herausgefunden hat, was man nicht will.«

Arschloch, dachte Joris, blieb jedoch cool. Er zeigte auf das Logo auf der Hemdtasche des Mannes. »Sie sind also Fan des HSV.«

»Ja.« Herausfordernd blinzelte der Typ ihn an. »Haben Sie damit ein Problem?«

Joris schüttelte den Kopf. »Ganz und gar nicht.«

»Warum klingt es dann so, als könnten Sie meinen Verein nicht leiden?« Der Mann trat näher an ihn heran.

Weil ich dich nicht leiden kann, dachte Joris. Die Drohgebärde beeindruckte ihn nicht. Er ließ sich nicht reizen und blieb beherrscht. »Ich interessiere mich nicht für Fußball.«

Der Fremde runzelte die Stirn. »Warum fragen Sie dann nach dem HSV?«

»Nur so.« Joris zuckte mit den Schultern. »Man sieht die Raute außerhalb von Stadien nicht oft. Sie müssen ein eingefleischter Fan sein.«

»Ja, ich gehöre zu den Ultras.« Für einen Moment verschwand die Arroganz aus dem Blick des Mannes und er wirkte wie ein fußballbegeisterter Junge, der vor dem Anpfiff den Ball ins Stadion tragen durfte. Er lachte. »Mein Vater hält meine Liebe für die Rothosen für verrückt.«

Behutsam lenkte Joris ihn zu dem Thema, das ihn eigentlich interessierte. »Haben Sie noch mehr Fan-Artikel?«

»Ich schlafe nicht in HSV-Bettwäsche, aber ich habe die Grillschürze, das Mousepad und Socken mit dem Vereinslogo.« Der Kerl zwinkerte. Herablassend fügte er hinzu: »Falls Sie wissen wollen, ob ich auch HSV-Unterhosen trage, nun, das geht Sie einen Scheiß an.«

Joris' Puls beschleunigte sich. »Was ist mit Manschettenknöpfen?«

»Was?« Plötzlich wirkte der Typ verunsichert. Er zog den Kragen von seinem Hals weg. Ein feuchter Schweißfilm glänzte auf seiner Oberlippe.

Er hatte nur eine Sekunde gezögert, bevor er geantwortet hatte, aber Joris hatte es gemerkt, daher bohrte er weiter: »Haben Sie auch HSV-Manschettenknöpfe?«

»Nein«, antwortete der Fremde kurz angebunden und wandte sich von Joris ab. Er blickte wieder zu dem Bild, das vor ihnen an der Wand hing und ihm angeblich nicht gefiel.

Joris ließ nicht locker. »Für einen Strandurlaub sind Sie mit Ihrem Hemd und dem Jackett verdammt schick gekleidet. Dazu trägt ein Mann Ihres Formats doch bestimmt Manschettenknöpfe.«

»Ich habe welche, aber mit Bernstein«, stellte der Mann klar und zeigte sie ihm.

Tatsächlich, er hatte nicht gelogen. Vor Enttäuschung presste Joris die Lippen zusammen. Doch dann stellte er sich vor, dass der Unbekannte einen seiner HSV-Manschettenknöpfe in der Windmühle verloren und sich auf Föhr bei einem Juwelier neue gekauft hatte. Bernsteinschmuck gab es hier an jeder Ecke.

Als der Mann das Sakko über den anderen Arm legte, fiel Joris auf, dass etwas im Knopfloch am Revers steckte. Als er genauer hinsah, erkannte er, dass es der Manschettenknopf mit der Raute war. Sein Puls raste. Hitze breitete sich in ihm aus. Er ballte die Hände zu Fäusten. Warum hatte der Mann ihn angelogen?

Joris deutete auf das Revers und sagte scharf: »Sie haben doch behauptet, Sie hätten keine Manschettenknöpfe vom Hamburger SV.«

»Ich dachte, Sie reden von Fan-Artikeln, die ich gekauft habe. Diesen Knopf habe ich gefunden«, erwiderte der Kerl, ohne ihn anzusehen. An seinem Hals erschienen rote Flecken. Er klappte den Kragen seines Jacketts so um, dass die Raute verschwand.

»Andersherum wird ein Schuh daraus. Sie haben bestimmt den zweiten Manschettenknopf verloren, und zwar in der Windmühle meiner Eltern in Nieblum.« Gespannt wartete Joris auf seine Reaktion.

Laut seiner Mutter musste das Schmuckstück schon länger unbemerkt unter der Couch gelegen haben. Er hatte ihr von Anfang an nicht geglaubt, denn dann hätte sie es doch früher entdeckt, zum Beispiel beim Staubsaugen. Nun, da er sah, wie sich der Fremde wand und nach einer Ausrede suchte, war er sich sicher, dass sie geflunkert hatte. Wahrscheinlich hatte der Knopf erst seit Kurzem unter dem Sofa gelegen. Daraus ließ sich schließen, dass der Besuch des

Mannes nicht lange her war. Warum hatten beide Joris angelogen?

Die Miene des Fremden verfinsterte sich. »Ich kenne Ihre Eltern nicht.«

»Meine Mutter schon, Sie haben sie besucht.« Er holte sein Fundstück aus dem Portemonnaie und zeigte es dem Mann. »Ich habe diesen Manschettenknopf bei ihr entdeckt, und ich wette, es ist das Gegenstück zu dem an Ihrem Revers.«

»Ich kenne Ihre Mutter nicht«, beteuerte der Mann mürrisch und schob die Hand in die Hosentasche.

»Sie heißt Ilse Graf.«

»Erwähnen Sie diesen Namen nicht in meiner Gegenwart«, fuhr der Mann ihn plötzlich an. Eine Zornesfalte zeigte sich auf seiner Stirn.

»Ist alles okay?«, fragte Arian besorgt hinter Joris'.

»Ja«, antwortete er, ohne sich zu ihm umzudrehen. Er wollte den Fremden nicht aus den Augen lassen. »Wir unterhalten uns bloß.«

»Sorry, ich habe länger gebraucht. Ich war noch für kleine Inselgrafen.« Offenbar hatte Arian vorher schon zugehört, denn nun wandte er sich auch an den Mann: »Was verbindet Sie mit unserer Mutter?«

»Ich wollte nur die Frau sehen, die mein Leben zerstört hat«, knurrte der Mann mit hochrotem Gesicht und zog sein Sakko so hektisch an, dass die Naht unter der linken Achsel riss.

»Beherrschen Sie sich!«, sagte Joris mit fester Stimme.

Verächtlich zischte der Mann: »Die Egoistin und ihre ach so glückliche Familie. Meine ist ein Scherbenhaufen dank ihr.« Dann spuckte der Fremde auf den Boden und stürmte aus dem *Strandmohn*.

Joris wollte ihn aufhalten, aber Arian packte ihn am Arm. »Lass ihn!«

»Ich muss wissen, was er vor mir verschweigt«, sagte Joris und riss sich los.

»Wenn er dir das hätte sagen wollen, hätte er es eben getan«, rief Arian ihm hinterher. »Oder willst du es aus ihm herausprügeln?«

Joris sah durch das Schaufenster, wie der Flüchtende einige Touristen anrempelte.

»Den sehen wir eh nie wieder«, fügte Arian hinzu. Angewidert betrachtete er die Spucke vor seinen schwarzen Combat Boots am Boden.

Joris stieß die Tür auf und suchte die Straße mit seinem Blick ab, aber der Kerl war weg. Er musste über eine Nebenstraße geflüchtet oder in ein Geschäft eingetreten sein.

»Das denke ich schon.«

»Wie kommst du darauf?«, wollte Arian wissen und kam zu ihm. Beschwichtigend legte er die Hand auf den Rücken seines Bruders.

Joris wollte Arian nicht beunruhigen, aber er musste Bescheid wissen. »Er muss unsere Mutter erst kürzlich besucht haben, ich denke, es war im April. Jetzt ist er immer noch oder schon wieder auf Föhr. Was auch immer ihn beschäftigt, es lässt ihn anscheinend nicht los.«

»Ist unsere Mutter etwa in Gefahr?«, fragte sein Bruder voller Sorge.

»Vielleicht, ich weiß es nicht«, antwortete Joris. Unter Umständen hatte der Fremde sogar die ganze Familie Graf im Visier, schließlich hatte er Arians Galerie besucht. Womöglich hatte er hier allerdings ihre Mutter erwartet und nicht gewusst, dass sie das *Strandmohn* an Arian überschrieben hatte.

»Tjorben, du und ich werden der Sache nachgehen, und natürlich werden wir von nun an ein Auge auf unsere Mutter haben.«

»Ja, natürlich«, pflichtete Joris ihm bei. »Aber wir müssen den Typen finden.«

Wenigstens hatte der geheimnisvolle Besucher seiner Mutter jetzt ein Gesicht, dachte Joris. Aber war es auch dieselbe Person, die sie im Januar angerufen und ihre Migräne ausgelöst hatte? Die Vermutung lag nahe, sicher sein konnte er sich jedoch nicht.

Kapitel 23

Was für ein ereignisreicher Tag, dachte Anja strahlend. Sie war glücklich, sie hatte einiges geschafft, aber jetzt, am späten Nachmittag, fühlte sich ihr Körper schwer vor Erschöpfung an. Ein bisschen musste sie noch durchhalten, denn am Abend hatte sie eine wichtige Verabredung mit Marten Haase. Sie hatte allerdings bisher noch keinen blassen Schimmer, wie sie Hilde und Godo zu ihm bringen sollte. Als sie den Namen des alten Mannes Hilde gegenüber hatte fallen lassen, hatte sie es abgelehnt, überhaupt mit ihr über Godos Vater zu sprechen.

Plötzlich schallte Maikes kräftige Stimme durch den Korridor. »Juhu, Anja, bist du daha?«

Anja musste schmunzeln. Heute nahmen die Überraschungsbesuche kein Ende. Sie stieg die Treppe hinab.

Maike stand in der Eingangstür und hielt ein Kuchenblech in den Händen. Der Wind bauschte ihren langen geblümten Rock auf. Darüber trug sie ein enges weißes T-Shirt mit einem großen Zitronenfalter drauf. »Ich habe da mal eine Kleinigkeit gebacken, nur so als Testlauf.«

»Eine Kleinigkeit?«, fragte Anja. Die dicke Schokoladenglasur verströmte einen köstlichen Duft.

»Lade Sören zum Probeessen ein, und er wird den halben Blechkuchen verputzen, das schwöre ich dir.« Maike drückte ihr das Blech in die Hände. »Das sind Donauwellen mit Erdbeeren und Rhabarber«, erklärte sie fröhlich. »Die schmecken köstlich. Hab ich schon mal für eine Betriebsfeier im Reha-Zentrum Utersum gebacken. Für deine Gäste solltest du sie aber anders nennen, sonst läufst du Gefahr, darauf sitzen zu bleiben. Die Urlauber auf Föhr wollen keine Sachertorte, sondern Friesentorte essen, wenn du verstehst, was ich meine.«

Erst jetzt fiel Anja auf, dass ihre Nachbarin ein Buch unter den Arm geklemmt hatte. Für einen Moment war sie davon abgelenkt, dann antwortete sie: »Klar.«

»Ich habe an *Nordseewellen* gedacht. Was hältst du davon?«, fragte Maike und sah sie erwartungsvoll an.

»Ausgezeichnet!« Anja war hellauf begeistert. »Das duftet appetitlich!«

Aufgeregt sagte Maike: »Das könnte die Frühlingsvariante sein. Im Sommer könnte ich andere Früchte nehmen, zum Beispiel Pfirsiche oder Aprikosen. Oder ich backe eine exotische Variation mit Honigmelone und Mango. Im Herbst könnte ich Kürbis und Zimt verarbeiten und im Winter Kirschen und Koriander.«

»Du sprudelst ja über vor Ideen!«

»Ich habe schon einige Rezepte für dein Gartencafé notiert. Birthe nennt mich ›das Backmonster‹.« Maike stieß einen empörten Pfiff aus. »Sie meint, du hättest etwas in mir entfesselt, das nicht mehr zu stoppen ist, und ich fürchte, sie hat recht.«

»Ich nenne dich lieber meine Kuchenfee. Komm doch rein. Dann probieren wir deine Kreation gemeinsam.«

In der Ferne bog ein Fahrzeug von der Straße ab, die durch die Marsch bis zur Außenstelle der Schutzstation

Wattenmeer führte. Die Niederlassung war nicht viel mehr als ein Bauwagen in der Nähe des Schöpfwerks. Das Gefährt bewegte sich auf Walsum zu, was an sich selten genug vorkam. Als Anja erkannte, dass es sich um einen neptunblauen VW-Bus handelte, schlug ihr Herz schneller.

Maike grinste sie an. »Du scheinst mit deinem Schicksal verabredet zu sein.«

»Joris und ich sind nicht verabredet«, stellte Anja klar. »Und du störst uns nicht, falls du dir darüber Sorgen machst.«

»Genießt ihr ruhig eure Zweisamkeit.« Maike strich sich über eine geflochtene Haarsträhne. »Ich schaue morgen mal rein und frage, wie die *Nordseewellen* dir geschmeckt haben.«

»Mach das. Dann mache ich Kakao für dich und Kaffee für mich, und wir probieren den Kuchen noch mal. Mit einem einzigen Stück kann man sich doch keine Meinung bilden.«

»Ich sehe schon, wir sind auf einer Wellenlänge, abgemacht.« Maike wollte schon gehen, doch dann blieb sie noch einmal stehen und zog das Buch unter ihrem Arm hervor. »Das hätte ich beinahe vergessen. Ein Geschenk von Birthe für dich. Das ist der neuste Schwedenkrimi, den sie ins Deutsche übersetzt hat.«

»Wie lieb von ihr«, stieß Anja erfreut aus. »Danke.«

Maike reichte ihr das Taschenbuch, doch da Anja ihre Hände für das Kuchenblech brauchte, legte sie es auf die Kommode neben die mehrdeutige Treibholz-Skulptur. »Ich habe den Krimi auch schon gelesen. Er ist superspannend und an manchen Stellen auch gruselig. Falls du Angst bekommst, hast du ja starke Arme, in die du dich flüchten kannst.«

Hitze stieg Anja ins Gesicht. Maike sah zu Joris hinüber, der gerade aus seinem Bulli stieg. »Ihr seid so ein süßes Paar!«, sagte sie zum Abschied.

Mag schon sein, aber auch ein kompliziertes, dachte Anja und lächelte unbestimmt.

»Moin, Joris«, rief Maike.

Er schlug die Tür des Busses zu und hob die Hand zum Gruß.

»Macht nichts, was Birthe und ich nicht auch tun würden«, sagte Maike laut, worauf sich auch Joris' Wangen röteten, und ging heim.

Er kam zu Anja und zeigte auf das Kuchenblech in ihren Händen. »Gibt es etwas zu feiern?«

»Nein«, antwortete sie befangen. »Das ist ein erster Testkuchen für das Gartencafé. Maike ist meine Haus- und Hofbäckerin.«

»Du bist geschäftstüchtig.«

»Ich bemühe mich. Komm doch rein.« Sie ging in die Küche und stellte das Backblech ab. »Heute geht es hier zu wie im Taubenschlag.«

»Die Handwerker?«, fragte er.

»Du wirkst überrascht.«

Erst druckste Joris herum, dann gab er leise zu: »Ich hab mich kurz gefragt, ob das nicht nur eine Ausrede war, weil du mich nicht sehen willst.«

»Unsinn«, sagte Anja bestimmt, spürte jedoch, wie Hitze ihren Hals hochkroch. »Möchtest du ein Stück *Nordseewelle*?«, fragte sie schnell. »Eigentlich Donauwelle à la

Maike, mit Erdbeeren und Rhabarber«, erklärte sie und versuchte vergeblich, das Kribbeln, das die Nähe zu Joris verursachte, zu ignorieren.

Erneut lächelte er sie an. »Ich bin experimentierfreudig. Lass mich doch mal kosten.«

Mit zitternden Händen verteilte sie Kuchen auf zwei Teller. Schweigend aßen sie im Stehen.

Sie ärgerte sich, dass sie das Thema Beziehung und Kinder nicht sofort angesprochen hatte. Zugleich spürte sie, wie sehr sie die Konsequenz fürchtete, ihn dann zu verlieren.

Als das Schweigen zu unerträglich zu werden drohte, redete sie los: »Leider waren keine Handwerker da. Aber Hilde hat einen Bauern, den sie kennt, gefragt, wie er das mit den Campingstellplätzen neben seinem Hof macht. Gerrit, so heißt er, ist heute spontan mit seinem Traktor vorbeigekommen und hat mir Tipps gegeben. Er redet wohl gerne und war gar nicht mehr zu bremsen. Ich habe einige wertvolle Ratschläge aus dem Gespräch mitgenommen. Außerdem hat er mich sogar Trecker fahren lassen. Ich war so aufgeregt, als wäre ich fünf Jahre alt.«

Joris runzelte die Stirn. »Stellplätze? Ich dachte, du planst ein Café?«

»Das auch«, sagte Anja hastig. »Aber zusätzlich habe ich mir überlegt, einen kleinen Campingplatz neben dem *Lüttes Glück* herzurichten.«

»Camping in Walsum?« Nachdenklich schob er eine Gabel mit Kuchen in den Mund und starrte auf die *Nordseewelle* auf seinem Teller.

»Nur eine kleine Wiese für ein paar Wohnwagen und Zelte. Ganz unkompliziert und ohne irgendwelchen Luxus.

Es würde doch zum Motto der Pension passen: ›Bei uns ist es einfach schön!‹«

Vergeblich wartete Anja auf seine Reaktion. Ihr Puls beschleunigte sich. Ständig verlagerte sie ihr Gewicht von einem Bein auf das andere. Fand er ihren Entschluss etwa unklug? Der Ort lag schließlich fernab von allen bekannteren Inseldörfern und Stränden. Hier im Norden Föhrs wehte der Wind besonders stark, gefühlt herrschten niedrigere Temperaturen, und man fragte sich mitunter, welche Marketingagentur die Verwaltung auf die Idee gebracht hatte, das Ganze »friesische Karibik« zu nennen.

Er lächelte. »Das halte ich für eine ausgezeichnete Idee. Das Konzept gefällt mir. Ich muss mich wiederholen, du bist echt geschäftstüchtig. Die *Nordseewelle* ist übrigens sehr lecker.«

Anja war erleichtert. »Mir macht es Spaß, zu expandieren, es ist aufregend«, erklärte sie. »Aber ich muss mir ja auch schlicht neue Einkommensmöglichkeiten einfallen lassen, die zehn Gästezimmer reichen einfach nicht.«

»Hilde wird übrigens den Frühstücksservice übernehmen, damit ich den Rücken frei habe«, fügte Anja zuversichtlich hinzu. »Allein könnte ich das alles nicht schaffen. Es geht nur, weil deine Tante mir hilft.«

»Dann kommt ihr jetzt besser miteinander klar?«

»Ja, wir haben uns ausgesprochen. Ich befürchte nur, dass sie nach heute Abend erst einmal nicht mehr mit mir reden wollen wird.«

»Warum? Was ist heute Abend?«

Gerade als sie ihm von Marten Haases Geständnis und ihrem Plan, ihn mit Hilde und Godo zusammenzubringen, erzählen wollte, stand plötzlich Sören vor ihnen. Er musste sie durchs Fenster gesehen haben und war in die Küche gelaufen.

»Guck nicht so auf mein T-Shirt!«, rügte er Anja. *Ich bin verrückt, aber meine Schafe lieben mich* stand da.

Anja unterdrückte den Impuls zu lachen. »Der Spruch ist doch lustig.«

»Birthe hat mir das Shirt geschenkt. Wenn ich es nicht trage, ist sie enttäuscht«, erklärte er.

Anja fiel das aufgenähte Schlauchboot auf seiner Jeans auf. Sie konnte sich nicht daran erinnern, wann sie das letzte Mal jemanden mit einer geflickten Hose gesehen hatte. »Hattest du Geburtstag?«, fragte sie.

»Nein. Sie macht sich immer darüber lustig, dass auf vielen meiner T-Shirts Sprüche stehen. Ich glaube, sie wollte mich ein bisschen aufziehen. Aber ich bin wegen was anderem hier.« Sören zog ein Prospekt aus seiner Hosentasche und reichte es ihr. »Was hältst du hiervon?«

Neugierig warf Anja einen Blick darauf. »Ich soll vor dem *Lüttes Glück* eine Milchtankstelle aufstellen?«, fragte sie verwirrt.

»Du hattest doch die Idee mit dem Hofladen, aber das wäre schwierig mit den Öffnungszeiten. Ich bin ja oft mit meinen Schafen unterwegs.«

»Ach so, und jetzt willst du einen Automaten aufstellen.«

Sören strahlte übers ganze Gesicht. »Ja, genau. Den könnte ich mit Käse, Schokolade und Seife aus Schafsmilch und Salami vom Schaf auffüllen.«

Sie reichte ihm das Prospekt zurück. »Find ich gut! Das solltest du tun.«

»Anscheinend steckst du alle mit deiner Kreativität an«, stellte Joris voller Bewunderung fest und sah sie verliebt an.

Aufgewühlt wandte Anja sich von ihm ab. »Bring doch ein Schild an dem Automaten an«, empfahl sie Sören. »›Willkommen beim Föhrer Schafflüsterer‹. Das finden die Touristen bestimmt süß, und es trifft doch zu.«

»Meinst du wirklich? Ja, vielleicht sollte ich das tun. Dann würde Birthe mich bestimmt dazu verdonnern, ein T-Shirt mit dem Spruch zu tragen«, sagte Sören und seufzte.

»Und wenn schon! Dann soll sie gleich ein paar T-Shirts mehr in Auftrag geben. Die könntest du verkaufen.« Es kribbelte im Bauch, wie so oft, wenn sie eine vielversprechende Idee hatte. Erfahrungsgemäß ein deutliches Zeichen, dass man sie weiterverfolgen sollte. »›Der Föhrer Schafflüsterer‹ klingt doch sympathisch und hat einen gewissen Wiedererkennungswert. Du könntest das auf alle deine Produkte drucken lassen und somit eine eigene Marke schaffen. Ich könnte dir dabei helfen, sie bekannt zu machen. Ich hatte mal meine eigene Werbeagentur.«

»Ich und eine eigene Marke?« Er schaute sie überrascht an. »Ja, warum eigentlich nicht«, entfuhr es ihm dann. »Ich könnte als Schafflüsterer auf Tik und Tok, oder wie das heißt, Schafvideos hochladen. Bald kämen die Fans in Scharen in meinen Stall. Oder zum Automaten. Bei dem Internetkram müsstest du mir aber bitte helfen.«

Anja lachte. »Dafür sind gute Nachbarn doch da.«

»Als Dank werde ich auch jedes Mal das *Lüttes Glück* erwähnen«, versprach er ihr. Vor Aufregung leuchteten seine Augen wie bei einem Kind an Heiligabend. »Birthe muss mir unbedingt T-Shirts drucken lassen. Ich muss das sofort mit ihr besprechen. Macht's gut, Leute!«

»Willst du nicht ein paar *Nordseewellen* mitnehmen?«, rief sie ihm hinterher, doch er hörte sie nicht mehr.

»Du weckst Walsum aus seinem Dornröschenschlaf, veränderst das Dorf«, kommentierte Joris schmunzelnd.

»Walsum verändert auch mich«, erwiderte Anja lächelnd und dachte an die Zeit zurück, in der sie sich in High Heels gezwängt und schmerzende Füße in Kauf genommen hatte, weil in ihrem Job von ihr erwartet wurde, sich ansprechend zu kleiden. Inzwischen konnte sie sich kaum noch vorstellen, wie viel Zeit sie damit verbracht hatte, über ihr Aussehen nachzudenken, anstatt sich um ihr Seelenwohl zu kümmern. »Hier bin ich viel glücklicher als in der Großstadt. Hier kann ich sein, wie ich wirklich bin. Mich frei entfalten. Hier macht es mir Freude, andere zu inspirieren, und umgekehrt beflügeln sie mich genauso.«

»Du siehst auch glücklich aus«, bemerkte er und streckte die Hand aus, um ihr über die Wange zu streicheln. Doch dann tat er es nicht, ließ seinen Arm wieder sinken. »Aber du bist es nicht mit mir, oder?«

»Wie bitte?« Die Frage hatte Anja eiskalt erwischt.

»Wenn ich dich ansehe, senkst du den Blick, als würdest du etwas vor mir verbergen. Ein Königreich für deine Gedanken.« Er lachte verlegen, dann wurde er wieder ernst. »Heute kommt es mir sogar so vor, als wäre es dir unangenehm, mit mir zusammen zu sein.«

»Das stimmt nicht«, protestierte sie und merkte, dass sie vor Aufregung zitterte. »So ist es nicht. Es bringt mich durcheinander, mit dir zusammen zu sein, das ist die Wahrheit.«

Er lächelte. »Das kann auch etwas Gutes sein.«

»Deine Nähe fühlt sich verdammt gut an, aber das sollte sie nicht.« Sie wollte diese Unterhaltung nicht führen, aber es musste sein. Es schüttelt sie kalt, ihr war, als würde eine Spinne über ihre Haut krabbeln.

Joris zuckte mit den Schultern und ließ die Arme hängen. »Jetzt kapiere ich gar nichts mehr.«

»Ich liebe dich …«, begann Anja zögerlich. Ihr Gesicht brannte und ihre Hände waren feucht.

»Das ist doch wunderbar!«, rief er.

»Aber …«, fuhr sie rasch fort, brachte dann jedoch die Worte nicht über die Lippen.

»Du weißt nicht, ob ich dich auch liebe?«, mutmaßte Joris. Sanft umfasste er ihre Hüften und sah ihr tief in die Augen. »Ja! Ja, das tue ich.«

Plötzlich stand ihr Herz in Flammen. Warum hatte er das bloß gesagt? Sie bekam weiche Knie. Widerwillig schüttelte sie den Kopf. »Das wollte ich nicht sagen.«

»Sondern?« Sichtlich verwirrt ließ er sie wieder los.

»Ich befürchte, das mit uns macht keinen Sinn.« Anja erschrak über ihre eigenen Worte, sie hörte sich an wie ihr Ex, der eine Beziehung betrachtete wie eine Gewinn- und Verlustrechnung.

»Sinn?«, fragte Joris prompt verständnislos. »Liebe hat doch nichts mit Vernunft zu tun. Wir sollen uns von unseren Gefühlen leiten lassen und darauf vertrauen, dass wir zusammen im siebten Himmel landen.«

Anjas innere Stimme riet ihr, Joris fest zu umarmen und nie wieder loszulassen. Doch ihr Kinderwunsch und seine abgeschlossene Familienplanung stellten ein unüberwindbares Hindernis dar. »Aber ganz außer Acht lassen sollte man die Vernunft auch nicht.« Ihr Mund fühlte sich staubtrocken an, als sie die Worte sprach.

»Das stimmt schon, aber manchmal muss man die Bedenken über Bord werfen und den Sprung wagen. Ich wollte mich nicht mehr in eine Frau vom Festland verlieben, weil ich Angst hatte, dass sie irgendwann wieder in ihre Heimat zurückzieht, wie Carla.«

»Du bist ein gebranntes Kind und trotzdem hast du dich in mich verliebt. Wie unklug von dir!«, frotzelte sie lächelnd und erkannte zu spät, dass sie mit ihm flirtete.

»Was das Herz einem zuflüstert, ist niemals unklug. Mit dir zusammen zu sein, fühlt sich richtig an. Du bist anders als meine Ex. Du liebst Föhr, wie ich es tue. Wir könnten glücklich sein, wenn du es zulassen würdest.« Joris ließ die Mundwinkel sinken. »Aber ich habe den Eindruck, dass dich etwas davon abhält, dich ganz auf mich einzulassen.«

Bedrückt nickte Anja. Warum musste alles immer so kompliziert sein? Sie fragte sich, ob nicht sie diejenige war, die sich unklug verhielt.

Es lag ein angespannter Zug um seinen Mund, als sich Joris gegen den Kühlschrank lehnte. Er verschränkte die Arme vor dem Oberkörper: »Wo liegt das Problem?«

Die Tür zur Einliegerwohnung fiel zu. Anja hörte zwar keine Schritte im Korridor, wollte aber auch nicht, dass Hilde plötzlich in der Küche stand und mitbekam, worüber sie sprachen. »Lass uns in mein Apartment gehen und da weiterreden!«, schlug sie vor. »Bitte.«

»Wenn du das möchtest«, erwiderte er und stieß sich vom Kühlschrank ab.

Mit jedem Schritt, den Anja ins Dachgeschoss hochstieg, wummerte ihr Herz noch heftiger. Sie konnte Joris hinter sich spüren, wagte aber nicht, sich nach ihm umzusehen. Es kostete sie viel Kraft, sich gegen ihre Liebe zu ihm zu wehren. Aber was nutzte es, ihre Beziehung fortzuführen, wenn sie nirgendwohin führte? Ohne gemeinsame Kinder konnte es kein Happy End für sie geben.

Natürlich könnte Anja im Hier und Jetzt leben und den Moment genießen. Die nächsten Jahre mit ihm würden bestimmt wunderschön und aufregend werden. Aber auf lange Sicht konnte er ihr nicht das geben, was sie wollte. Unglücklicherweise.

Schweigend betraten sie die Wohnung unterm Dach der kleinen Inselpension.

Sie war erst kürzlich mit Hilde die Gegenstände, die diese hier abgestellt hatte, durchgegangen. Einige Dinge, wie das Porzellan mit den Rissen, die alten Thermoskannen und Brotkörbe, hatte Anja mit Hildes Erlaubnis weggeworfen. Die mit Herzmuscheln verzierten Lampen aus Treibholz, die Ölgemälde und anderen Sachen hatten sie gemeinsam abgestaubt, in Kisten gepackt und ins Kinderschlafzimmer gestellt. Bis auf eine Lampe. Die stand nun auf dem Sideboard und Anja erfreute sich täglich an dem Anblick. Die Leuchte war kitschig, aber ein bisschen Kitsch schadete nicht.

Sie hatte außerdem die Küchenzeile abgeschrubbt, aber nie benutzt, weil sie sich lieber in der Pensionsküche im Erdgeschoss aufhielt. Zu guter Letzt hatte sie noch eine blaue Tischdecke mit Seesternen und *Roten Bohnen*, einer teils rosafarbenen Muschelart, auf den Couchtisch gelegt, eine sandfarbene Kuscheldecke über das in die Jahre gekommene Sofa geworfen und die Gardinen durch ein safrangelbes Raffrollo ausgetauscht. Nun sah das Apartment schon viel wohnlicher aus. Ein Hauch von Strand und Meer war eingezogen.

Durch das gekippte Fenster hörte Anja einen Austernfischer laut trillern. Elkmar hatte ihr erklärt, dass der Vogel damit sein Brutrevier markierte.

»Was ist wirklich los?«, fragte Joris.

Sie zeigte auf die Couch. »Setz dich doch.«

»Ich stehe lieber«, erwiderte er und sah sie erwartungsvoll an.

Also blieb sie auch stehen. Sie atmete tief durch. Vor Nervosität zitterte ihre Stimme. »Es ist so. Ich möchte mich nur an einen Mann mit Kinderwunsch binden.«

»Kinder?«, fragte er sichtlich verwirrt. »Wir sind doch noch gar nicht so weit, um darüber nachzudenken. Wir kennen uns erst seit einem Monat.«

Er hatte natürlich recht, aber sie war immerhin schon 35 Jahre alt. Sie hatte bereits fünf Jahre mit Ralf, der nicht ernsthaft an Nachwuchs interessiert war, vergeudet. Das sollte sich nicht wiederholen. »Hilde hat mir erzählt, dass Carla und du euch einig wart, dass ihr keine Kinder mehr wollt.«

»Hat meine Tante etwa wieder versucht, uns auseinanderzubringen?«, fragte er entrüstet und stemmte die Hände in die Hüften.

»Nein!«, beeilte sich Anja klarzustellen und hob die Hände in einer beschwichtigenden Geste. »Sie hat das nur nebenbei erwähnt und sich nichts dabei gedacht. Sie konnte ja nicht ahnen, wie sehr mich dieser Punkt treffen würde.«

Mit einem Mal wirkte Joris müde. Er rieb sich durchs Gesicht. »Ich verstehe immer noch nicht ganz, wo das Problem liegt.«

»Ich sehne mich sehr nach einer kleinen Familie, ich kann mir ein Leben ohne eigene Kinder nicht vorstellen. Aber du hast schon eine Familie.«

»›Hatte‹ trifft es besser«, wandte er ein. »Sie ging letztes Jahr kaputt. Nur um das noch einmal klarzustellen, ich liebe Carla nicht mehr. Aber ich hatte mir meine Zukunft anders vorgestellt. Mit ihr habe ich auch viel Zeit mit meinen Kindern verloren. Der Gedanke reißt mir fast das Herz aus der Brust.«

Am liebsten hätte Anja ihn in die Arme genommen, stattdessen sagte sie vorwurfsvoll: »Es hat mich verletzt, von Hilde erfahren zu müssen, dass du zwei Söhne hast.«

»Es tut mir sehr leid«, beteuerte Joris. Er stellte sich ans Fenster. Als er fortfuhr, klang er niedergeschlagen: »Ich hätte sie früher erwähnen müssen. Aber ich habe Linus und Nathan nicht absichtlich verschwiegen. Es tut mir einfach zu weh, über sie zu sprechen.«

»Warum tut es dir weh?« Die Sonne stand schon tief über dem Deich. Auf der anderen Seite des Dorfangers standen Sören und Birthe und diskutierten lebhaft. Den Gesten nach zu urteilen, überlegten sie, wo der Verkaufsautomat stehen könnte.

Für einen kurzen Moment schloss Joris die Augen. Als er sie wieder öffnete, lag großer Schmerz in ihnen. »Ich sehe sie kaum noch. Bevor Carla zurück nach Hamburg zog, hat sie mir versprochen, dass ich meine Söhne regelmäßig treffen darf. Wir haben in den letzten Jahren oft gestritten, aber sie hat mir versichert, dass sie mir Linus und Nathan nicht vorenthalten wird. Wir waren uns einig, dass wir die Scheidung so reibungslos wie möglich über die Bühne bringen wollen, damit unsere Jungs nicht noch mehr darunter leiden.«

»Warum haben sie dich dann nie auf Föhr besucht?«, fragte Anja zögerlich.

»Sie sollten jedes zweite Wochenende zu mir kommen und einen Großteil ihrer Ferien mit mir verbringen. Ich hatte vor, sie dir Ostern vorzustellen, aber dazu ist es nicht gekommen.« Sein Kummer warf Schatten auf sein Gesicht. »Die Jungs haben von ihren Großeltern eine Reise zum *Universal Orlando Resort* geschenkt bekommen, mit anschließendem Strandurlaub in *Cocoa Beach*, um sie von der Scheidung abzulenken. Carlas Eltern haben Geld.«

Andeutungsweise strich Anja ihm über seinen Rücken, achtete jedoch darauf, ihn nicht zu berühren. Er sollte keine falschen Schlüsse daraus ziehen. Es fiel ihr schwer, die Finger von ihm zu lassen. Eine Berührung konnte tröstlicher sein als tausend Worte. »Und sie sind in den Osterferien geflogen?«

»Ja, wegen der Schule ging es nicht anders. Meine Jungs haben sich so auf die Minions und Transformers in Lebensgröße, Spider-Man und Harry Potter, das *Jurassic Park River Adventure* und die ganzen anderen Attraktionen im *Universal Resort* gefreut. Sie waren vollkommen aus dem Häuschen. Welche Kinder wären das nicht gewesen?« Mit Bitterkeit in der Stimme fragte er: »Wie hätte ich darauf bestehen sollen, dass sie zu mir nach Föhr kommen?«

»Liebe bedeutet zurückzustehen.« Nach dem, was sie gerade erfahren hatte, war Anja noch ein wenig mehr verliebt in ihn. »Du bist ein guter Vater.«

Joris sah sie an und lächelte, doch dann verschwand das Lächeln wieder und er presste die Lippen zusammen. Seine Worte klangen schwer wie Blei, als er schließlich sagte: »Ich habe Angst, dass es so weitergehen wird und ich sie kaum noch treffen werde. Videochat ist nicht dasselbe wie mit ihnen segeln zu gehen oder nachts im Strandkorb zu schlafen.«

»Du hast bei Carla etwas gut, so sehe ich das. Beim nächsten Mal muss sie zurückstecken«, versuchte Anja ihn aufzumuntern.

»Hoffentlich sieht sie das genauso. Wenn ich über Linus und Nathan spreche, wird die schmerzhafte Sehnsucht nach ihnen unerträglich, darum vermeide ich es. Aber ich denke die ganze Zeit an sie. Ich vermisse sie mit jeder Faser meines Körpers. Es macht mich ganz krank, wenn ich daran denke, dass sie ohne mich aufwachsen. Immer, wenn wir uns wiedersehen, bin ich aufs Neue überrascht, wie groß sie geworden sind.«

»Es tut mir leid, dass sich die Dinge so unschön entwickelt haben«, sagte Anja leise.

»Und mir erst!« Joris sah ihr tief in die Augen. Seine Stimme wurde ganz weich: »Aber du bist mein Lichtblick. Ich will glücklich mit dir werden.«

»Ich mit dir doch auch«, brach es verzweifelt aus ihr heraus. Sie holte tief Luft und hätte beim Ausatmen beinahe geschluchzt. Während sie die Fingernägel in die Handballen drückte, gestand sie ihm endlich, was schwer wie der Grabstein ihrer Beziehung auf ihrer Brust lag: »Aber ich will unbedingt Kinder haben, und deine Familienplanung ist abgeschlossen. Wir passen nicht zusammen.«

»Ich kann sehr gut nachvollziehen, dass du den Wunsch hast, Mutter zu werden. Schon mit sechzehn Jahren konnte ich es kaum erwarten, eines Tages Vater zu sein. Linus und Nathan waren beides Wunschkinder.« Er lächelte. »Und ich könnte mir durchaus vorstellen, noch ein Kind zu bekommen.«

Überrascht riss Anja die Augen auf. »Aber Hilde sagte doch, dass du keinen Nachwuchs mehr willst.«

»Zumindest nicht mit Carla«, stellte er klar. »Als es zwischen uns kriselte, habe ich ihr vorsorglich gesagt, dass ich nichts davon halte, noch ein drittes Kind zu bekommen, und schon gar nicht als Versuch, unsere Ehe zu kitten. Das ist nicht fair dem Kind gegenüber, und es funktioniert ohnehin nicht.«

»Dann wolltest du bloß kein Baby mehr mit Carla?«, fragte Anja ungläubig. Sie konnte kaum ruhig stehen.

»Genau, und sie nicht mit mir. Sie sah das genauso wie ich. In dem Punkt waren wir ausnahmsweise mal einer Meinung«, erzählte Joris und verzog das Gesicht. »Ich habe nicht geplant, ein weiteres Kind zu bekommen, immerhin bin ich schon 41 Jahre alt, aber mit der richtigen Frau könnte ich mir das schon vorstellen.«

Ihr Puls schoss in die Höhe. »Und mit … mir?«

»Mit niemand anders«, antwortete er.

Anjas Augen wurden feucht. Stürmisch fiel sie ihm um den Hals und küsste ihn mit einer Leidenschaft, die ihn nach hinten taumeln ließ. Er stieß mit dem Rücken gegen die Wand und lachte in Anjas Mund hinein. Voller Verlangen presste er sie eng an sich und erwiderte ihren Kuss mit der gleichen Intensität.

Nach einer gefühlten Ewigkeit lösten sie sich voneinander und sahen einander verliebt an.

Anjas Lippen fühlten sich auf eine wundervolle Weise wund an. Joris' Geschmack lag immer noch auf ihrer Zunge und schmeichelte ihr, wie lange gereifter, vollmundiger Rotwein. Ihr Herz pochte immer noch heftig, doch nicht mehr vor Nervosität, sondern vor Glück. Endlich war ihre Liebe perfekt.

Die Sonne stand schon tief über dem Deich und schien durch das Giebelfenster in die Wohnung. Die Möbel warfen lange Schatten. Da fiel Anja ein, dass sie ja noch eine Verabredung an diesem Abend hatte. Sie warf einen Blick auf die Wanduhr über der Küchenzeile.

Entsetzt stieß sie aus: »Himmel, es ist schon so spät!«

»Hast du noch etwas vor?«, fragte Joris und strich mit dem Daumen sinnlich über ihre Unterlippe.

Sie nickte. Noch immer wusste sie nicht, wie sie Hilde, Godo und dessen Vater zusammenbringen sollte. Gerade wollte sie Joris fragen, ob er eine Idee hatte, da ging ihr auf, dass er selbst die Lösung ihres Problems war. »Ich brauche dich.«

»Und ich dich erst«, wisperte er und küsste zärtlich die Bögen ihrer Augenbrauen.

Genießerisch seufzte sie. Doch ihr lief die Zeit davon. Sanft, aber bestimmt schob sie ihn von sich weg. »So war das nicht gemeint. Also, doch, ich brauche dich auch von ganzem Herzen, aber was ich sagen wollte: Ich brauche ganz konkret deine Hilfe.«

»Was kann ich für dich tun?« Er zog sie zurück in seine Arme. Seine Hände glitten tiefer und blieben auf ihrem

Hintern liegen. Ihr Körper reagierte mit einem elektrisierenden Prickeln. Aber dafür war jetzt keine Zeit.

»Würdest du mir helfen, Hilde und Godo zu überrumpeln? Ich befürchte, sie werden nicht freiwillig mit zu Marten Haase kommen, nach den gegenseitigen Beschuldigungen und den Enttäuschungen vor fast fünfzig Jahren. Immerhin reden sie ja noch nicht miteinander. Aber die Verletzungen sind tief.«

»Sie überrumpeln?« Misstrauisch blinzelte er sie an. Sein warmer Atem strich sanft über ihr Gesicht. »Was hast du vor? Worum geht es hier eigentlich?«

Da erzählte Anja ihm von der ebenso überraschenden wie ungeheuerlichen Beichte des alten Mannes und von ihrem Plan, ihn, Hilde und Godo zusammenzubringen. »Godos Vater sollte den beiden die Wahrheit selbst erzählen. Die Frage, wer am Tod von Stine Alberts die Schuld trug, hat Hilde und Godo auseinandergerissen. Ich wünsche mir sehr, dass sie mithilfe von Martens Geständnis die Kluft überwinden können. Meiner Meinung nach ist das die letzte Hoffnung auf eine Versöhnung.«

»Auf einen Versuch kommt es an. Ich bin dabei«, sagte Joris, und im nächsten Moment spürte sie seine Lippen aus Samt.

Kapitel 24

Kurz nach neunzehn Uhr parkte Anja ihr Auto auf dem Deichparkplatz bei Dunsum, von dem aus die Wattwanderungen nach Amrum starteten. Das *Café zum Wattenläufer* gegenüber hatte schon geschlossen. Zu gerne hätte sie mit einer süßen Nascherei, einem Windbeutel mit Pflaumenmus und viel Schlagsahne zum Beispiel, ihre Nerven beruhigt. Nervös sah sie zu Hilde, die die Beifahrertür zuschlug, ihre nelkenrote Windjacke schloss und nicht ahnte, was auf sie zukommen würde.

Viele Menschen waren nicht mehr unterwegs. Ein junges Paar hatte die Tür ihres Kombis hinten geöffnet, auf der Ladefläche lagen eingepackte Sandwiches. Der Mann goss Tee aus einer Thermoskanne in eine Plastiktasse und reichte seiner Partnerin die dampfende Flüssigkeit. Eine Gruppe Fahrradfahrer machte Halt und wartete auf eine Frau, die sich einen Pullover überzog. Dann fuhren sie schnell weiter.

Aufgeregt blickte sich Anja nach Marten Haase um, sah ihn aber nirgends. Hoffentlich hatte ihn nicht der Mut verlassen. Sie machte sich Sorgen, dass er nicht kommen würde.

Sie stieg neben Hilde den Deich hoch und passte sich an die Geschwindigkeit der 69-Jährigen an. Schafe grasten zu ihrer Rechten. Anja fragte sich, ob das Sörens Herde war.

Auf der Deichkrone angekommen mussten sie sich gegen

den Wind stemmen. Anja befürchtete schon, Hilde würde ihr gleich erklären, dass man keinen Spaziergang am Meer machte, wenn der Blanke Hans ausatmete. Doch sie lief stoisch weiter.

Die Abendsonne tauchte den Strandabschnitt in ein warmes Orange. Immer wieder verschwand sie hinter vereinzelten Wolken, die rasch über Föhr hinwegzogen. Der Wind war rauer geworden, als wüsste der Himmel, dass eine Konfrontation bevorstand.

»Ich bin schon ewig nicht mehr am Strand oder auf dem Deich gewesen«, bemerkte Hilde mit rosigen Wangen. Sie blieb stehen, hielt ihr Gesicht in den Wind, dann ließ sie ihren Blick umherschweifen und strahlte.

Überrascht riss Anja die Augen auf. »Echt? Du lebst immerhin auf einer Insel.«

»Genau das ist es ja. Wenn man jederzeit ans Meer kann, geht man nicht hin.« Hilde schob eine Haarsträhne, die sich aus ihrer Hochsteckfrisur gelöst hatte, aus dem Gesicht. Aber kaum ließ sie sie los, flatterte sie ihr auch schon wieder aufgeregt vor den Augen herum, wie eine rote DLRG-Flagge bei Sturm.

Anja konnte es nicht fassen. Das nordfriesische Wattenmeer war ein Naturparadies! Es war ein Privileg, hier zu leben. »Das muss sich ändern. Ab jetzt werden wir regelmäßig Spaziergänge am Meeressaum machen.«

Verblüfft und auch ein wenig skeptisch sah Joris' Tante sie an. Anscheinend traute sie dem Frieden zwischen ihnen ebenso wenig wie Anja.

Als Hilde den Deich auf der Meeresseite hinabstieg und sich ans Wasser stellte, sah Anja sich besorgt um. Eigentlich wollte sie den Parkplatz im Auge behalten. Doch schließlich folgte sie Hilde.

Anja liebte die raue Seite der Nordsee genauso sehr, wie ihre Mutter es getan hatte. Schaumkronenbedeckte Wellen rollten kraftvoll heran. Tosend klatschten sie gegen die Wellenbrecher. Während sich die meisten Vögel hinter den Deich zurückgezogen hatten, um dort im Schutz den Abend und die kommende Nacht zu verbringen, vollführten die Möwen aus purer Freude waghalsige Flugmanöver. Ihr Lachen wurde vom Wind weggetragen. Die Akrobaten der Lüfte. Anja hätte sie stundenlang beobachten können.

Doch sie hatte noch etwas Wichtiges vor. Sie wollte dazu beitragen, drei Menschen zu versöhnen. Würde sie das schaffen? Plötzlich zweifelte sie daran, weil sie bloß eine Zugezogene war. Aber sie hatte immerhin die Unterstützung eines Föhrer Inselgrafen. Verschmitzt lächelnd und voller Liebe dachte sie an Joris. Wo blieb er denn nur? Hatte Godo etwa nicht mit ihm mitkommen wollen? Versuchte Joris vielleicht gerade ebenso verzweifelt wie vergeblich, ihn zu überreden?

Gerade, als Hilde in Richtung Schöpfwerk gehen wollte, drangen Stimmen zu ihnen. Jemand kam den Weg vom Parkplatz hoch. Mit wild klopfendem Herzen drehte sich Anja um, sah, dass Joris und Godo auf der Deichkrone erschienen, und stieß erleichtert die Luft aus.

»Godo?«, fragte Hilde verwundert. Nervös betastete sie ihre vom Wind ruinierte Frisur.

Im ersten Moment weiteten sich Godos Augen, dann lächelte er erfreut, fast schon verträumt. »Hilde.«

»Was machst du denn hier?«, fragte sie in barschem Ton, doch ihr Atem beschleunigte sich und sie wurde rot.

Godo blickte an sich herunter und wirkte, als wäre ihm sein Aussehen peinlich. Seine Jeanshose war an den Oberschenkeln verblichen, und seine braune Jacke war ihm viel zu groß. Er sprach leise, wie es seine Art war. »Joris sagte, er hätte eine Überraschung für mich, aber mit dir hätte ich niemals gerechnet.«

Misstrauisch sah Hilde von ihrem Neffen zu Anja. »Das habt ihr beiden eingefädelt. So ist es doch, nicht wahr?«

»Ja, aber …«, begann Anja, kam jedoch nicht weiter, denn Hilde fiel ihr ungehalten ins Wort.

Die Stimme der älteren Dame klang noch rauer als sonst, als sie Anja anfuhr: »Du hast behauptet, du willst, dass ich auch mal rauskomme, was anderes sehe als nur das *Lüttes Glück* und Walsum, und die Insel genieße. Du hast so getan, als wolltest du mir etwas Gutes tun. Von wegen! Das war gelogen.«

»Nein, war es nicht«, widersprach Anja laut, um das Flattern von Hildes Windjacke zu übertönen. Sie befürchtete schon, dass Hilde sie einfach stehenlassen und gehen würde. »Ich meinte das ernst. Jeder braucht mal einen Tapetenwechsel. Ich weiß, wovon ich spreche.«

Gischt spritzte in Hildes Rücken hoch, als eine große Welle gegen den Deich knallte. Die ältere Frau schäumte genauso wie das Meer hinter ihr. »Ich glaube dir kein Wort mehr.«

»Nun hör ihr doch erst einmal zu«, rief Joris seiner Tante zu.

Doch Hilde überging seinen Einwand. »Was fällt dir ein, dich in mein Leben einzumischen?«, blaffte sie Anja an.

»Das könnte ich dich genauso fragen«, gab Anja den Vorwurf zurück und spielte auf die Intrige an.

Der Wind zerrte so heftig an Hildes Dutt, dass er schief hing und sich aufzulösen drohte. »Dann ist das hier eine Retourkutsche?«

»Es geht hier nicht um dich und mich«, stellte Anja bestimmt klar und stemmte die Hände in die Hüften. »Es geht in erster Linie auch nicht um dich und Godo.«

Hilde runzelte die Stirn. »Sondern?«

»Um mich!«, warf eine Männerstimme ein.

Alle blickten sich um. Mühsam schob Marten Haase seinen Rollator den Weg hoch. Er ging gebückt, seine Arme zitterten, und seine dünnen Beine schienen sich nur widerwillig zu bewegen. Sein Gesicht war aschfahl, seine Stirn glänzte. Es musste ihn sehr anstrengen, den Deich zu besteigen. Das bewies Anja, dass er es mit dem Wunsch, reinen Tisch zu machen, ernst meinte.

Joris eilte zu Marten und half ihm. »Du hättest nicht hier heraufzukommen brauchen«, sagte er. »Wir wollten uns doch unten im Café treffen.«

Zustimmend nickte Anja.

Zuerst hatten Joris und sie überlegt, Marten Haase zu Hause zu besuchen, aber Anja war nicht sicher, ob Hilde und Godo überhaupt über die Türschwelle getreten wären. Also hatte sie vorgeschlagen, sich an einem neutralen Ort zu treffen, einem, an dem sich alle wohlfühlten, am Meer zum Beispiel.

Da Marten aber nur schwer durch Sand gehen konnte und der Deich eigentlich zu steil für einen 92-Jährigen war, hatte Joris das *Café zum Wattenläufer* empfohlen. Das war nicht weit weg von Martens Haus, und Joris kannte die Eigentümer. Er hatte sie angerufen und darum gebeten, dass sie sich nach der Öffnungszeit in den Biergarten setzen durften.

»Ich habe euch streiten hören und hatte Angst, dass ihr einfach wieder abfahren könntet und mich im Biergarten vergesst. Nachher schlagen die Möwen noch ihr Nachtquartier auf meinem Kopf auf und kacken mir auf die Schulter, weil sie denken, ich gehöre zum Inventar«, sagte Marten Haase augenzwinkernd. Er stellte die Bremsen an seinem Rollator fest und nahm auf dem schmalen Sitz Platz. Ihm fiel das Atmen sichtlich schwer. »Ihr dürft aber auf keinen Fall wieder gehen. Denn wenn ich es heute nicht sage, verliere ich vielleicht morgen schon den Mut.«

»Was willst du uns mitteilen? Bist du krank?«, fragte Godo besorgt.

»Nein, es geht um etwas anderes. Gib mir einen kurzen Moment. Sonst sterbe ich noch an Atemnot, bevor ich erzählen kann, was mir seit Jahrzehnten den Schlaf raubt.« Erschöpft ließ sein Vater die Arme hängen und sackte in sich zusammen. Er musterte Godo neugierig. Keuchend brachte er hervor: »Wir haben uns ewig nicht gesehen, mein Sohn. Alt bist du geworden.«

»Und du erst«, sagte Godo bedrückt.

Da lachte der 92-Jährige. »Und du bist genauso schlecht rasiert wie ich. Noch eine Sache, die wir gemeinsam haben.«

Anja fand, dass Godo vor ihm stand wie der kleine Junge, der er einst wohl gewesen war. Er knabberte an einem Fingernagel herum und blickte verunsichert, aber keineswegs abweisend oder gar feindselig.

Marten Haase seufzte bedauernd und wischte sich die

Mundwinkel ab. »Ich hätte mich schon viel früher bei dir melden sollen.«

»Ja, das hätten Sie«, warf Hilde gereizt ein. »Er ist immerhin Ihr einziger Sohn.«

Überrascht, dass sie für ihn in die Bresche sprang, sah Godo sie an. Für einen kurzen Moment vertrieb ein scheues Lächeln die Anspannung aus seinem Gesicht.

»Duzen wir uns doch«, bot Marten Hilde an. »Du bist nicht mehr meine Angestellte und ich nicht mehr dein Chef. Außerdem gehören wir inzwischen beide zum alten Eisen.«

Hilde presste die Lippen zusammen und nickte.

»Warum hast du dich nicht gemeldet?«, wollte Godo von seinem Vater wissen.

Marten zog ein kariertes Stofftaschentuch aus der Hosentasche und putzte sich die Nase, dann gestand er: »Ich wusste nicht, wie du reagieren würdest, und hatte Angst, dass du mich zurückweist.«

»Ich hätte kein Fest für dich veranstaltet wie der Vater beim verlorenen Sohn«, gab Godo zu. »Aber ich hätte dich auch nicht von meinem Grundstück geworfen, wenn du an meine Haustür geklopft hättest.«

»Nein, so unhöflich bist du nicht, das weiß ich doch.« Sein Vater lächelte Godo an. »Aber es wäre viel schlimmer gewesen, wenn du mir in deiner ruhigen Art gesagt hättest, dass ich dich enttäuscht hätte und du mich nie wiedersehen willst.«

Godo kam näher zu ihm und hob die Hände. Der Wind fuhr in seinen Ärmel und bauschte seine viel zu große Jacke auf. In versöhnlichem Ton widersprach er: »Du hast mich nicht enttäuscht, Papa.«

»Doch, das habe ich. Damals, als Stine Alberts starb, bin ich auf Distanz gegangen. Aber das lag nicht an dir. Ich habe es nicht ertragen, dass die Leute mit dem Finger auf uns gezeigt haben, und habe mich zurückgezogen, tief in mein Inneres.« Martens Augen glänzten feucht. »Ich bin auf Distanz zu allen gegangen, auch zu dir, meinem eigenen Sohn. Das war falsch.«

Obwohl Anja die beiden kaum kannte, war sie gerührt.

Verlegen rieb sich Godo über den Bartschatten auf seiner Wange. Sein Blick glitt über das aufgewühlte Meer. »Die Vergangenheit kann man nicht mehr ändern, also sollten wir sie ruhen lassen.«

»Ja, du hast recht«, pflichtete Marten Haase ihm über das Tosen der Brandung hinweg bei. »Aber man kann die Sicht auf das Vergangene ändern.«

»Haben uns Anja und Joris etwa auf deinen Wunsch hergebracht?«, fragte Hilde.

»Ja, sie haben mir diesen Gefallen getan und in Kauf genommen, dass ihr sauer auf sie seid.« Der alte Mann sah Anja und Joris mit seinem wachen Blick an. »Dafür danke ich euch sehr.«

»Da nicht für«, sagte Joris. »Auf Föhr halten wir eben zusammen.«

Godo beobachtete eine Möwe, die gegen die steife Brise ankämpfte, schließlich aufgab und auf dem Holzzaun, der den Parkplatz einrahmte, landete. Dann schüttelte er den Kopf. »Wir sind nicht sauer auf euch.«

»Ich überlege noch«, stellte Hilde verschnupft klar und schob ihr Kinn vor, während sie eine schwarz-weiße Feder, die ein Austernfischer verloren hatte, aufhob.

Anja lächelte in sich hinein. Ihre Mitbewohnerin machte nicht den Anschein, wütend zu sein, sondern vielmehr neugierig. Sie hätte längst gehen können, aber sie war noch hier.

»Ich kann Unrecht nicht ungeschehen machen«, sagte Marten, »aber ich kann mich aus tiefstem Herzen entschuldigen.«

»Wovon redest du da?«, wollte Godo verwirrt wissen.

Misstrauisch blinzelte Hilde ihn an und zeigte anklagend mit der Feder auf ihn. »Was hast du getan?«

»Ich bin beinahe daran zerbrochen. Es drückt mich nieder. Seht doch nur, wie krumm mein Rücken geworden ist!« Wie um es zu veranschaulichen, drehte sich Marten auf dem Sitz des Rollators zur Seite. »Bevor ich für immer gehe, muss ich eine Beichte ablegen, nicht vor Gott, sondern vor euch.«

Godo riss die Augen auf. »Dann wirst du doch sterben?«

»Nicht heute und nicht morgen, aber ich werde im August 93 Jahre alt. Hundert werde ich nicht mehr werden, das spüre ich.« Als eine Böe über die Deichkrone blies, schwankte sein Vater und setzte sich wieder gerade hin.

»Dann willst du nur beichten, um in den Himmel zu kommen und nicht als Sünder in der Hölle zu landen?«, fragte Hilde scharf. Sie ließ die Vogelfeder los, die durch die Luft flog, vom Wind über die Wiese getrieben und schließlich von einem Rad des Rollators gestoppt wurde.

Marten senkte den Blick. »Nein, ich bin nicht so naiv zu glauben, dass ich dadurch meine Seele reinwaschen kann. Dafür ist es viel zu spät.« Als sich eine Wolke vor die Abendsonne schob, sah er Hilde wieder an. Er hatte dunkle Ringe unter den Augen. »Aber mein Geständnis wird euch von einem Schatten, der seit 47 Jahren über euren Leben liegt, befreien, hoffe ich jedenfalls.«

Anja hoffte mit Marten und wünschte sich, dass Hilde und Godo ihre alte Liebe wieder aufleben lassen würden. Der Funke war noch da, das konnte sie spüren, er musste nur neu überspringen.

»Du weißt, wie es dazu kam, dass das falsche Medikament an Stine Alberts ausgeliefert wurde, habe ich recht?«, mutmaßte Godo aufgeregt.

Entrüstet fügte Hilde hinzu: »Und du hast die ganze Zeit geschwiegen.«

»Schlimmer als das.« Es wirkte, als würde Marten den Kopf einziehen. »Ich habe gelogen«, gab er kleinlaut zu.

»Was genau willst du damit sagen?«, fragte Godo.

»Ich habe allen, der Polizei, meinen Freunden, den Kunden und euch, gesagt, dass ich die Arzneimittel nicht vertauscht hätte.« Marten holte tief Luft und fuhr mit brüchiger Stimme fort: »Und das war eine Lüge.«

»Du warst das?«, sagte Godo für seine Verhältnisse recht laut.

»Ja«, keuchte sein Vater. Dann warf er Hilde einen schuldbewussten Blick zu und erklärte, wie ihm die Tüten, die sie gepackt hatte, runtergefallen waren.

Hilde gestikulierte so heftig, dass ein Austernfischer, der auf dem grünen Deich hockte, aufflog, unten am Meeressaum landete und missbilligend zu ihr hinaufsah. »Das hast du nie auch nur mit einer Silbe erwähnt!«

»Es war ein Versehen. Ich war im Stress, es waren ungewöhnlich viele Kunden im Geschäft, ich bin irgendwie drangestoßen. Die Adressszettel fielen dabei ab. Ich muss sie falsch wieder angesteckt haben.« Die Scham stand Marten ins Gesicht geschrieben.

Er sah Hilde und Godo verstohlen an und hoffte wohl, dass sie etwas dazu sagen würden. Sie schwiegen nur entsetzt.

Schließlich fuhr er betreten fort: »Ich hätte die Bestellungen prüfen sollen.«

Eine Träne rollte über seine faltige Wange. Mit zittriger Hand wischte er sie fort. »Ich glaube, ich stand damals insgesamt neben mir«, fuhr er, an Godo gewandt, stockend fort. »Deine Mutter war gerade gestorben.«

»Du hast die Lieferungen vertauscht«, brachte Godo nur heraus.

Marten schluchzte. »Ja, ich bin schuld an Stine Alberts' Tod. Das verfolgt mich bis heute in meinen Träumen.«

»Erwarte kein Mitleid von uns«, stellte Hilde klar und öffnete ihre Windjacke ein Stück weit, als wäre ihr heiß vor Verärgerung.

»Das tue ich nicht. Ich war nachlässig, mein Pflichtversäumnis hat ein Leben gekostet.« Marten erbebte unter einem heftigen Schluchzer. »Ich verachte mich für meine Feigheit.«

»Warum hast du der Polizei nicht die Wahrheit gesagt?«, fragte sein Sohn enttäuscht.

Unter Tränen gestand der alte Mann: »Ich habe mich so geschämt.«

»Das ist alles?«, zischte Hilde aufgebracht. »Hast du eine Ahnung, was Godo und ich durchgemacht haben? Man hat uns nie geglaubt, dass wir unschuldig waren. Alle dachten, einer von uns muss die Medikamente verwechselt haben, wir wurden beide jahrelang geschnitten.«

Während sich Marten mit dem Taschentuch über die feuchten Augen wischte, sagte er: »Ich doch auch. Aber alles wäre noch schlimmer geworden, wenn ich gestanden hätte.«

»Für dich«, wandte Godo vorwurfsvoll ein. »Für Hilde und mich wäre alles besser geworden.«

»Nicht alles, mein Sohn, du hättest dein Erbe verloren. Niemand kauft im Laden eines Mörders ein.«

Leise stellte Joris klar: »Ich glaube, das wäre nicht als Mord gewertet worden, sondern als fahrlässige Tötung. Ja, ich glaube, so nennt man das.«

»Die Menschen hätten nicht viel Unterschied gesehen.« Flehentlich sah Marten seinen Sohn an. »Ich hätte die Apotheke verkaufen müssen, aber sie sollte dein Einkommen sichern, Godo.«

»Durch dein Schweigen hast du die *Friesenwohl* behalten, aber mich verloren. War das besser?«, fragte Godo bitter.

»Nein, aber das habe ich auch nicht kommen sehen«, gab Marten zu und knetete seine Hände nervös. »Du bist immer seltener nach Hause gekommen, hast sogar eine Zeit lang auf dem Festland gelebt. Ich habe dich nicht dazu gedrängt, mich zu besuchen, weil ich dir nicht mehr in die Augen sehen konnte.«

Godo ließ den Blick über die raue Nordsee schweifen. »Wir haben uns voneinander entfernt, und keiner hat etwas dagegen getan.«

»So war es leider. Ich wünschte, ich könnte alles ungeschehen machen. Die Wahrheit ist …« Marten streckte die

Hände nach seinem Sohn aus, doch dieser ignorierte die versöhnliche Geste. Mit einem resignierten Gesichtsausdruck ließ er die Arme wieder sinken, wie ein Boxer, der begreift, dass er den Kampf verloren hat. »Ich war ein Feigling. Tausendmal habe ich mir ausgemalt, wie ich in die Polizeistation gehe und ein Geständnis ablege. Aber dann habe ich mir vorgestellt, wie die Menschen, mit denen ich auf Föhr aufgewachsen bin, mich verächtlich ansehen würden, wie sie die Straßenseite wechseln, wenn sie mir begegnen, und meine Freunde aus dem *Fering Ferian* mich bitten, den Heimatverein freiwillig zu verlassen, weil sie mich sonst rauswerfen müssten. Es ist immer schlimm, ein Ausgestoßener zu sein, aber auf einer Insel wäre es die Hölle gewesen.«

»Wegen dir haben uns die Föhrer jahrelang geächtet!«, rief Hilde. Ihr Tonfall war messerscharf, aber ihre Augen glänzten feucht.

Godo sah sie mit einer tiefen Traurigkeit an, die nur von einem großen Verlust herrühren konnte. »Wegen dir haben Hilde und ich nie wieder miteinander geredet«, sagte er dann zu seinem Vater. »Du hast nicht nur die Verstorbene auf dem Gewissen, sondern auch unsere Liebe, Papa.«

Das Meer in Hildes Augen drohte über die Ufer zu treten. Rasch wandte sie sich ab und nestelte an ihrer Windjacke herum.

Anja fühlte die Wut und die Trauer der beiden in sich. Ihre Beziehung war von Godos Vater zerstört worden. Plötzlich verspürte sie den unbedingten Wunsch, Joris festzuhalten. Sie hätte ihn beinahe mit ihrer Eifersucht und ihren Ängsten von sich gestoßen, dabei hätte sie nur sofort mit ihm reden müssen und er hätte ihr ihre Bedenken genommen. Sie ging zu ihm hin, nahm seine Hand und drückte sie. Verliebt lächelte er sie an.

Marten weinte bitterlich. »Ich habe versucht, meine Skrupel damit zu beruhigen, dass ja niemand an meiner Stelle verurteilt wurde.«

»Das nicht, aber wir haben trotzdem für deine Fehler bezahlt. Ich habe die Frau, die ich heiraten wollte, verloren.« Kaum hatte Godo das gesagt, wurde er rot wie ein Hummer.

»Du wolltest mich heiraten?«, rief Hilde. Ihre Jacke flatterte im Wind.

»Es war noch zu früh, dich um deine Hand zu bitten, wir waren noch nicht lange zusammen«, erzählte er verlegen. »Aber ich war mir vom ersten Moment an sicher, dass du die Richtige für mich bist. Aber dann passierte die Tragödie und du hast nicht mehr mit mir gesprochen. Irgendwann hast du dann Olaf geheiratet.«

Sachte schüttelte Hilde den Kopf. »Das hätte ich nicht tun sollen.«

»Nicht?«

»Ich habe Olaf nicht glücklich machen können. Ich mochte ihn sehr, aber ich habe ihn nie so geliebt wie …« Sie führte den Satz nicht zu Ende, sah zu Boden und bohrte die Schuhspitze in den Rasen.

»Wen?« Hoffnungsvoll sah Godo sie an, doch Hilde zögerte.

Die Zeit schien stillzustehen. Niemand wagte, die Stille zu stören.

Anja fand, dass die beiden das Gespräch unter vier Augen weiterführen sollten, und überlegte, ob sie mit Joris gehen sollte. Aber Marten hatte das letzte Wort noch nicht gesprochen, und sie hatten ihm versprochen, ihn nach Hause zu fahren.

Als würde Joris ihre Unruhe spüren, zog er sie in seine Arme und küsste sie auf den Scheitel. Sie legte die Hand auf seinen Bauch und schob sie unauffällig unter seine Jacke. Seine Körperwärme vermittelte ihr Geborgenheit.

»Das spielt jetzt keine Rolle mehr«, wiegelte Hilde schließlich ab.

»Doch, das tut es«, erwiderte er bestimmt. »Das tut es für mich.«

Hilde massierte ihre Schläfen. Bedrückt sagte sie: »Allen Männern, mit denen ich zusammen war, habe ich Unglück gebracht.«

»So darfst du das nicht sehen«, wandte Anja sanft ein und berührte ihre Schulter.

Traurig sah Hilde sie an. »Das Gefühl hatte ich als junge Frau aber. Darum habe ich nach Olaf die Finger von Männern gelassen. Es war besser so für alle.«

»Nein, allein zu leben ist nie schön«, widersprach Godo und rieb sich über die Oberarme. »Ich spreche aus Erfahrung.«

»Aber du hast doch deine Kimis.«

Er schmunzelte. »Ja, ohne meine Katzen wäre ich längst vor Einsamkeit gestorben.«

»Ich dachte, du wohnst gerne allein in der Marsch«, sagte sie erstaunt und trat zu ihm.

»In der Marsch, ja, aber nicht allein. Ich komme wohl nach meinem Vater.« Er warf Marten, der sich inzwischen etwas beruhigt hatte und dem Gespräch neugierig folgte, einen traurigen Blick zu. »Ich habe den einfachen Weg gewählt und mich zurückgezogen, anstatt mich mit den Menschen auseinanderzusetzen.«

»Hast du darum nie geheiratet?«, fragte Hilde.

»Nein, das war nicht der Grund. Ich habe immer nur eine Frau geliebt.« Sehnsüchtig sah Godo sie an.

Erneut errötete Hilde. »Wenn das so ist … Warum hast du mich dann all die Jahre geärgert?«

»Geärgert? Ich, dich?« Sichtlich verunsichert spielte er mit dem Reißverschluss seiner Jacke herum.

»Ja. Indem du alle deine Katzen Kimi genannt hast. Das war doch mein Name, so wollte ich damals mein erstes Kind nennen, und du hast ihn nie gemocht, weil er nicht eindeutig männlich oder weiblich ist.«

Plötzlich streiften Joris' Lippen Anjas Schläfe. Sie kuschelte sich eng an ihn.

»Damit wollte ich dich doch nicht ärgern«, stellte er mit sanfter Stimme klar. »Als wir zwanzig Jahre alt waren, haben wir uns mal über unsere Zukunftspläne unterhalten. Ob wir für immer auf Föhr wohnen bleiben möchten oder es uns in die Welt hinauszieht. Ob wir eine Familie gründen wollen. Solche Dinge eben. Wir waren in allem ziemlich auf einer Wellenlänge, außer bei dem Namen Kimi.«

»An den Abend erinnere ich mich gut. Wir haben Arm in Arm am Strand gesessen und Pläne gemacht. Nur wenige unserer Träume sind wahr geworden.« Hilde holte tief Luft. »Damals war die Welt noch in Ordnung. Mir gefällt der Name Kimi immer noch gut.«

»Meine Katze ist mein Fellkind. Ich habe sie Kimi genannt und …« Er zögerte, sein Blick flackerte, dann fuhr er doch fort: »Ich habe mir vorgestellt, es wäre unser Kind.«

»Oh«, machte Hilde und riss die Augen auf. Ihr Brustkorb hob und senkte sich rasch.

Godo schien die drei anderen gar nicht wahrzunehmen, so intensiv sah er Hilde an. »Ich wollte dir zeigen, wie sehr ich bedaure, dass aus uns keine Familie geworden ist, aber ich habe wohl genau das Gegenteil erreicht.«

»Ja. Tut mir leid. Ich dachte, du wolltest mich daran erinnern, was ich dir vor 47 Jahren angetan habe. Dass ich Stine Alberts auf dem Gewissen habe und dir die Schuld in die Schuhe schieben wollte. Ich habe die Polizei doch darauf hingewiesen, dass du für das Ausliefern der Tüten zuständig warst.« Der Wind bauschte ihre nelkenrote Jacke auf, als wollte er Hilde davontragen wie einen Ballon. Sie legte die Hände auf die Jacke, aber die Böen fuhren jedes Mal an anderer Stelle darunter.

Godo beugte sich vor, zog das Band im Saum ihrer Jacke enger und löste damit ihr Problem. Zufrieden lächelte er sie an. »Nein, ich war nicht wütend auf dich. Darauf wären die Polizisten doch eh gekommen. Wir hätten wohl damals mehr miteinander reden sollen.«

»Ja«, erwiderte sie. »Ich habe jeden Versuch von dir ja gleich abgeblockt, weil du den Polizisten gesagt hast, ich hätte die Liefertüten zusammengestellt.«

Er zuckte mit den Schultern. »Das traf doch zu, es war bloß eine Tatsache. Damit wollte ich nicht mit dem Finger auf dich zeigen.«

»Das ist mir heute klar. Und auch das hätten die Ermittler so oder so herausbekommen. Damals habe ich mich in die Ecke gedrängt gefühlt, weil ich die einzige ungelernte Kraft in der Apotheke war und dachte, alle würden mich allein darum für schuldig halten.« Verlegen betastete Hilde ihr weißes Haar. Der Wind hatte ihre Frisur inzwischen total zerzaust. Anja erinnerte ihr Aussehen an einen wilden Schimmel, der mit wehender Mähne über den Strand ritt.

»Ich hätte um dich kämpfen sollen«, sagte er.

»Ja, das hättest du«, erwiderte Hilde.

Plötzlich strahlten seine Augen. »Das kann ich immer noch«, stieß er hervor.

»Sei kein Narr! Wir sind fast siebzig Jahre alt.« Plötzlich schien sich Hilde wieder bewusst zu werden, dass sie nicht allein mit Godo war, sie sah Anja, Joris und Marten an und wurde rot.

»Du blockst schon wieder sofort ab«, fuhr Godo sie an. »Aber diesmal werde ich nicht lockerlassen. Wie du gesagt hast, wir sind alt. Was haben wir noch zu verlieren?« Er lächelte verschmitzt und sah dadurch einige Jahre jünger aus.

Lachend schüttelte Hilde den Kopf. Dann wurde sie wieder ernst und blinzelte Marten herausfordernd an. »Was wirst du jetzt tun?«

»Was meinst du?«, fragte der alte Mann und zog die buschigen Augenbrauen hoch.

Sie stemmte die Fäuste in die Seiten. »Wirst du zur Polizei gehen und dich stellen?«

»Ich habe darüber nachgedacht.« Nervös rutschte Marten auf dem Sitz seines Rollators hin und her. »Aber ich bin immer noch ein Feigling.«

Enttäuscht sah Godo ihn an. »Also war es das?«

»Nein, ich möchte, dass ihr meine Richter seid.« Marten zeigte auf Hilde und seinen Sohn.

Godo runzelte die Stirn. »Wir?«

»Ich habe Hilde und dir Unrecht getan, ihr sollt entscheiden, was mit mir passiert.« Eine Böe schien Marten zu beuteln, Joris eilte zu ihm, stellte sich hinter ihn und legte ihm eine Hand auf den Rücken. Godos Vater nickte ihm dankbar zu und fuhr dann fort: »Wenn ihr wollt, komme ich jetzt sofort mit zur Polizeistation in Wyk und gestehe dort alles.« Resigniert und dennoch erwartungsvoll sah er die beiden an.

»Selbstverständlich wollen wir das«, entfuhr es Hilde.

»Er ist schon 92 Jahre alt«, gab Godo zu bedenken. »Willst du wirklich, dass er noch ins Gefängnis geht?«

Sie presste die Lippen zusammen und wurde nachdenklich. Schließlich schüttelte sie den Kopf. »Nur weil er inzwischen ein alter Mann ist, befreit ihn das nicht von seiner Schuld. Er hat zugelassen, dass 47 Jahre lang ein falscher Verdacht auf uns gelastet hat.«

»Ich weiß, dass du dir eine Wiedergutmachung wünschst, aber man kann das Rad der Zeit nicht zurückdrehen.« Er stellte sich so dicht neben sie, dass sich ihre Schultern fast berührten. »Niemand kann uns zurückgeben, was wir verpasst haben.«

»Es tut mir leid, ich kann deinem Vater nicht verzeihen.«

»Ich auch nicht«, erwiderte er betrübt und nahm ihre Hand.

Überrascht sah sie ihn an. »Aber ich dachte …?«

»Nur, weil wir ihn nicht zur Polizei bringen wollen, heißt das nicht, dass wir ihm vergeben sollen«, stellte er ruhig klar. »Ich bin sein Sohn, die *Friesenwohl*, sein Ruf und seine Freiheit waren ihm jedoch wichtiger als ich. Das tut verdammt weh.«

Leise rannen dicke Tränen über Martens altersfleckige Wangen. Er hielt sich an den Griffen des Rollators fest, als würde er sonst vom Sitz rutschen. Joris machte sich bereit, ihn aufzufangen.

Anja wollte das, was Marten getan hatte, nicht verteidigen, aber sie musste für ihn sprechen, denn Hilde und Godo waren zu zweit und er ganz allein und geschwächt. Wie ein Häufchen Elend saß er zusammengesackt da und war am Ende seiner Kräfte. Sie musste an Hildes und Godos Nachsicht appellieren: »Ich möchte euch nicht in eure Entscheidung reinreden, trotzdem … Marten hätte seine Schuld nicht eingestehen müssen. Er hat es freiwillig getan und nimmt in Kauf, in seinem hohen Alter noch von der Inselgemeinschaft ausgeschlossen und womöglich verurteilt zu werden.«

»Weder will ich ihn zur Polizei bringen noch herumerzählen, was er getan hat«, machte Godo deutlich, und seine Worte klangen so schwer wie Container, die von einem Schiff rutschten und im Meer versanken. »Er hat jahrzehntelang unter seiner Schuld gelitten und mich, seinen einzigen Sohn, verloren, das war seine Strafe.« Mit trauriger Miene und dennoch klarer Stimme wandte er sich an Marten: »Es ist jetzt nicht alles gut, nur weil du ein Geständnis abgelegt hast.«

»Damit habe ich auch nicht gerechnet.« Leise fügte Marten hinzu: »Ich muss aber gestehen, dass ich gehofft habe, wir könnten einander zumindest wieder ein wenig näher kommen. Ich habe dich immer schmerzlich vermisst.«

Godo wischte sich über die feuchten Augen. »Ich dich auch, Papa.«

Kummervoll sah Marten ihn an. Anja konnte an seiner Haltung ablesen, dass er keine Hoffnung auf eine völlige Versöhnung hatte. Er wusste, er würde Godo nicht zurückgewinnen, und die Endgültigkeit ließ sein Herz bluten.

»Ich glaube, das Vergehen ist ohnehin verjährt«, warf Joris ein. »Komm! Ich bringe dich nach Hause, Marten. Wenn du möchtest, bleibe ich noch ein wenig bei dir.«

Mühsam erhob sich der alte Mann von seinem Rollator. Er wirkte so unglücklich, wie ein Mensch nur wirken konnte. Die Falten in seinem Gesicht waren noch tiefer, und er ging noch gebückter als bei seiner Ankunft.

»Danke.« Marten löste die Bremsen und schlurfte schwerfällig auf den Parkplatz zu. Joris stützte ihn.

»Ich fahre bei dir vorbei und setze dich ab, einverstanden?«, fragte Anja Godo.

»Ich würde gerne sehen, was aus dem *Lüttes Glück* geworden ist. Darf ich mit zur Pension kommen?« Verstohlen sah er aus den Augenwinkeln zu Hilde, deren Miene sich aufhellte.

»Von mir aus gern«, sagte Anja.

»Vielleicht streift Kimi ja wieder mal durch Walsum«, ließ Hilde fallen. »Dann kannst du deinen Kater gleich mit nach Hause nehmen.«

»Ich habe gehört, dass er dich regelmäßig besucht. Er ist wohl schon zur Hälfte dein Fellkind«, fügte Godo mit sanfter Stimme hinzu.

Hilde grinste. »Ja, irgendwie schon.«

Kapitel 25

Plötzlich ging alles ganz schnell. Joris, Tjorben und Arian ließen ihre Kontakte, die weit über Föhr hinausreichten, spielen. Sie überredeten Handwerker von den Nachbarinseln Sylt und Amrum und vom Festland. So konnten die Renovierungsarbeiten im *Lüttes Glück* früher als erwartet beginnen.

In den Wochen nach Marten Haases Geständnis ging es in der kleinen Inselpension so turbulent zu, dass Hilde die Segel strich und tagsüber zu Godo flüchtete. Die beiden verbrachten jetzt viel Zeit zusammen. Als Hilde das erste Mal über Nacht wegblieb, stieß Anja mit Joris auf das neue alte Liebesglück der beiden an, sie mit einem Glas Rotwein und er mit einer Flasche Inselbier.

Eigentlich hatte sie sich darauf gefreut, die Pension endlich für sich zu haben, doch wenn die Handwerker abends heimgefahren oder sich in ihre Unterkünfte zurückgezogen hatten, wurde es unheimlich still im Haus. Die Leere war fast greifbar. Jedes Mal fiel Anja in ein Loch. Das wunderte sie, in Köln hatte sie nach Feierabend nur noch ihre Ruhe haben wollen. Auf Föhr jedoch freute sie sich trotz des Stresses, wenn Birthe, Maike, Sören und all die anderen lieben Menschen, die sie ins Herz geschlossen hatte, vorbeikamen.

Aber ihre Freunde steckten immer nur kurz ihre Köpfe

rein, brachten ihr Schafskäse, Probekuchen für ihr Gartencafé oder Eintopf und gingen wieder. Wahrscheinlich nahmen sie an, dass Anja schon genug um die Ohren hatte und
keinen längeren Besuch wollte.

Zu ihrem Erstaunen vermisste Anja auch Hilde, die vor
ihrer Flucht zu Godo den Malern und Bodenlegern Feuer
unterm Hintern gemacht hatte. Vielleicht war es auch ihr zu
verdanken, dass die Arbeit so schnell vorangegangen war.

Als Joris die Nächte bei Anja verbrachte, ging es ihr wieder gut. Sie fühlte sich wie auf Wolken und konnte nicht
aufhören, vor Verliebtheit zu grinsen. Nun konnte sie es
kaum erwarten, dass die ersten Gäste die Pension mit noch
mehr Leben und Heiterkeit füllten.

Mitte Juli wurde zu Anjas großer Überraschung alles fertig. Das Laminat war verlegt, die Wände und Möbel in den
Gästezimmern waren gestrichen. Sie hatte sogar eine neue
Küche einbauen lassen, zwar ein Ausstellungsstück, aber
sie passte.

Als feststand, dass sie im August würde eröffnen können, hatte sie die Pension beim Fremdenverkehrsamt und
in verschiedenen Internetportalen angemeldet. Die erste
Buchung ging ein, eine vierköpfige Familie aus Duisburg.
Sie würden ihren Hund mitbringen, eine Mopsdame namens Elke. Anja hoffte, dass sich Elke mit Kimi vertragen
würde. Der Kater streifte immer noch oft durch die Marsch
und schaute in Walsum vorbei. Nicht selten lag er auf der
Holzbank unter der Trauerweide und machte ein Nicker-
chen.

An einem Samstagabend lud Anja alle, die ihr geholfen
hatten, zu einer Einweihungsfeier in den Garten der Pen-

sion ein. Die Gäste sollten ihre Familie und Freunde mitbringen. Am liebsten hätte Anja einfach alle Insulaner zu ihrem Grillfest gebeten, aber das ging leider nicht. Sie würde jedoch einen Tag der offenen Tür veranstalten. Joris hielt das für eine ausgezeichnete Idee.

Während Anja am Vormittag auf der Terrasse eine Leiter aufstellte und eine Girlande mit bunten Lampions über das Panoramafenster des Frühstücksraums hängte, steigerte sich ihre Aufregung ins Unermessliche. Ihre eigene Pension auf Föhr, ihre Mutter wäre stolz auf sie.

Anja hatte hart um ihre Zukunft im nordfriesischen Wattenmeer gekämpft und sich gegen alle Widrigkeiten durchgesetzt. Manches war anders gekommen, als sie es sich vorgestellt hatte, aber das war gut so. Man bekommt nicht immer das, was man will, aber das, was man braucht, besagte ein Sprichwort. Sie hatte sich auf der Insel eingerichtet und den Mann ihrer Träume gefunden. Anja hätte nicht glücklicher sein können!

Natürlich machte sie sich auch Sorgen wegen der Pension, immerhin war sie eine Quereinsteigerin, branchenfremd. Aber sie hatte ja Hilde an ihrer Seite, den Rest würde sie mit Hingabe und Leidenschaft wettmachen.

Leider hatte sich Ilse immer noch nicht dazu geäußert, ob sie das Wandbild malen würde. Anja freute sich sehr, als Joris' Mutter ihr bei einem Besuch in der Windmühle die bestickten Jutesäcke für die Kästen mit den Zierapfelbäumen gab. Ilse war sehr freundlich und machte einen gesunden Eindruck, wollte sich jedoch nicht festlegen, ob sie zur Einweihungsparty kommen würde. Das Wandbild erwähnte sie nicht einmal.

»Ihre Migräne ist wohl besser geworden«, erklärte Joris hinterher. »Aber sie bricht immer noch unerwartet über sie herein, wie ein plötzlich aufziehender Sturm, dem sie hilflos ausgeliefert ist.« Er zuckte mit den Schultern. »So hat sie es mal beschrieben.«

»Und die Ärzte können nichts tun?«, fragte sie.

»Nicht präventiv, nur Medikamente zur Linderung der Symptome verschreiben. Sie können keine klinische Ursache finden, und meine Mutter weigert sich, einen Psychotherapeuten zu konsultieren.«

Anja sah ihn überrascht an. »Einen Therapeuten?«

»Einen Versuch wäre es wert. Ich habe den Verdacht, dass ihre Migräneattacken von psychischem Stress ausgelöst werden. Sie hat mal einen Anruf bekommen und ein andermal eine nervenaufreibende Begegnung in Wyk gehabt, unmittelbar danach ging es ihr sehr schlecht.« Nachdenklich strich sich Joris über seinen Bart. »Ich weiß nicht, warum sie ausgerechnet das so aus der Bahn geworfen hat. Sie will über beide Vorfälle nicht reden. Ich glaube, es ist noch mehr passiert. Da ist noch mehr, etwas, das tiefer geht. Aber sie schweigt sich aus.«

Anja nahm ihn in die Arme. »Wie willst du ihr helfen, wenn sie sich nicht helfen lassen will?«

»Ich bleibe dran«, antwortete er mit fester Stimme. »Ich bin hartnäckig.«

Schmunzelnd stimmte sie ihm zu, in Anspielung auf die Situationen, in denen sie Abstand von ihm gesucht hatte: »Ja, das bist du.«

»Irgendwann wird sie sich Arian, Tjorben und mir öffnen«, erklärte er hoffnungsvoll.

Sie streichelte ihm sanft über den Rücken. »Und euer Vater?«

»Es kriselt in der Ehe unserer Eltern. Unsere Mutter hat neulich so etwas angedeutet. Sie meinte, sie liebe unseren Vater, aber es ist nicht immer einfach mit ihm.« Joris seufzte. »Wenn sie mit ihm über Eheprobleme reden will, ist das, wie wenn eine Welle auf eine Betonmauer prallt. Er will nicht über Gefühle reden. Er ist kein Romantiker, er schenkt ihr keine Blumen und lädt sie auch nicht zu Candlelight-Dinnern ein. Wäre sie jedoch in Gefahr, würde er sogar mit einem Seelöwen kämpfen.«

»Für sie würde er zum Helden werden. Wenn das nicht romantisch ist, dann weiß ich es auch nicht«, sagte Anja und lächelte verträumt.

Sie wachte aus ihrer Erinnerung an das Gespräch mit Joris auf.

Am anderen Ende des Gartens arrangierte Birthe Servietten in der Farbe ihrer Haare. Man kann nie genug Pink haben, dachte Anja amüsiert.

Während Maike eine Wimpelgirlande in einen der Obstbäume hängte, sang sie leise irgendein Gute-Laune-Lied mit, das aus der Musikanlage schallte, die Joris gerade erst installiert hatte und nun testete.

Zu Anjas Überraschung wippte Sören, den sie eher für hüftsteif gehalten hatte, zu dem Popsong mit. Weil weder Anja noch Hilde einen Grill besaßen, hatte er seinen mitgebracht und fing jetzt an, ihn aufzubauen. Auch Arian und Tjorben würden später, nach der Arbeit, mit ihren Grills anrücken.

Imke stellte einige Flaschen Küstennebel in einen Kübel,

der später mit Eiswasser gefüllt werden würde. Elkmar schlurfte zum Buffettisch und stellte einen Korb mit Essbesteck ab.

Anja war ihnen allen sehr dankbar, dass sie ihr, obwohl sie geladene Gäste waren, bei den Vorbereitungen halfen. Sie waren die besten Nachbarn, die man sich vorstellen konnte.

»Weiß jemand, wo Hilde ist?«, fragte sie laut. »Sie wollte eigentlich schon vor einer Stunde hier sein. Langsam mache ich mir Sorgen. Soll ich sie mal anrufen.«

»Nein«, antworteten alle gleichzeitig und lachten.

Lautstark rief Birthe quer durch den Garten: »Lass den frisch Verliebten doch Zeit für sich. Sie kommen schon, wenn sie so weit sind.«

»Na gut«, sagte Anja, die sich für Hilde und Godo freute. Dennoch befürchtete sie, Hilde könnte noch darunter leiden, dass jemand anders ihre Pension neu eröffnete, und darum nicht kam. Hoffentlich liege ich damit falsch, dachte Anja.

Sie hatte Flyer drucken lassen, die Arian in der Galerie *Strandmohn* auslegen würde. »Bei uns ist es einfach schön«, lautete ihr Werbespruch, der die Dinge auf den Punkt brachte.

Anja stieg von der Leiter und ging in den Frühstücksraum. Dort nahm sie ein Schild aus Treibholz, das sie am Strand gefunden und mit *Martinas Gartencafé* beschriftet hatte, vom Tisch. Sie hängte es über den Hinterausgang.

Vor Sehnsucht nach ihrer Mutter bekam sie feuchte Augen, gleichzeitig lächelte sie jedoch, weil sie ihr ein Denkmal gesetzt hatte und sie nun irgendwie mit dabei war.

Eigentlich hatte Anja den Frühstücksraum nach ihrer Mutter benennen wollen, aber so passte es besser.

Joris kam mit zwei Säcken Holzkohle ins Haus, stellte sie im Korridor ab und drückte Anja sanft an sich. Wie gut er sich anfühlte! Wie anziehend er duftete. Sie wollte ihn nie wieder loslassen. Lächelnd hob er die Säcke auf und ging weiter in den Garten.

Verliebt sah Anja ihm hinterher, bis sie sich von seinem Anblick losreißen konnte, um in der Küche Kaffee und Tee für alle zuzubereiten. Da stand noch ein halber Maulwurfkuchen im Kühlschrank, den Maike am Vortag zur Probe gebacken hatte. Anja hatte durch das ganze Probeessen vier Pfund zugenommen. Ihre Hosen spannten schon, was sie störte.

»Ich mag jedes Kilo an dir«, sagte Joris jedoch. »Du bist die hübscheste Frau auf ganz Föhr.«

Während Anja so vor sich hin träumte, sah sie durch das Küchenfenster, wie Hildes Wagen vorfuhr und sie und Godo sichtlich gut gelaunt ausstiegen. Ihr Auto war bis oben hin vollbepackt. Was um alles in der Welt transportierte sie alles? Sie hatte doch bloß eine Schüssel Nudelsalat angekündigt. Im nächsten Moment sah sie, wie Hilde zwei Kopfkissen in die Pension trug.

»Godo braucht doch auch eins«, erwiderte Hilde, als Anja sie kurz darauf am Eingang fragte.

»Dann wollt ihr heute Nacht hier bleiben?« Die Fahrt zurück zu Godos Kate war zwar nicht weit, aber die beiden waren ja auch nicht mehr die Jüngsten. Hilde litt unter Nachtblindheit, und so konnten sie trinken, was sie wollten.

»Ja«, antwortete Hilde zögernd, »und alle weiteren.«

»Wie soll ich das verstehen?«, fragte Anja verwirrt.

»Ich ziehe zurück in meine Einliegerwohnung«, kündigte die alte Frau an und hielt die Kissen wie ein Schutzschild vor sich.

»Habt ihr euch etwa gestritten?« Das Paar machte nicht den Anschein, sie wirkten überaus gut gelaunt.

»Ganz und gar nicht. Wir verstehen uns prächtig. Meistens tut er, was ich will«, erklärte Hilde und zwinkerte Anja zu. »Und wenn nicht, lasse ich ihm auch mal seinen Willen. In meinem Alter regt man sich nicht mehr über Kleinigkeiten auf.«

»Warum ziehst du dann wieder hier ein?«

»Du hast das falsch verstanden«, antwortete Hilde aufgeregt. »Godo bleibt auch.«

»Hier?«, fragte Anja. Sie zog die Augenbrauen hoch. »Im *Lüttes Glück*?«

Hilde nickte.

Überrascht schnappte Anja nach Luft. So hatte sie sich das nicht vorgestellt. Sie hatte überlegt, aus der Einliegerwohnung im Erdgeschoss ein Ferienapartment zu machen, sobald Hilde ihre ganzen Sachen zu ihrem Freund gebracht hätte. »Ich dachte, dir gefällt es bei Godo.«

»Bei ihm schon, aber nicht in seiner zugigen Kate. Wenn es stürmt, ächzt und stöhnt das Gebälk, als gäbe es dort Geister.« Hilde tat, als würde sie erschaudern. »Irgendwann wird das Haus einstürzen wie ein Kartenhaus, und dann will ich nicht darin sein. Nein, ich halte es keinen Tag länger dort aus. Da ist es nicht sicher.«

Godo kam mit einer ausgebeulten Tasche und einer Kiste rein. Schnaufend vor Anstrengung stellte er beides ab und sah Anja an. Dann sagte er mit gewohnt leiser Stimme zu seiner Freundin: »So blass, wie Anja um die Nase ist, hast du es ihr schon gesagt.«

»Ja«, antwortete Hilde.

»Anja«, begann Godo und wirkte nervös, »darf ich in der kleinen Inselpension wohnen? Wenn dir das nicht recht ist, bleibe ich in meiner Kate.«

»Du musst sie doch nicht um Erlaubnis fragen«, wandte Hilde rigoros ein.

Verständnislos sah Godo sie an. »Immerhin gehört ihr *Lüttes Glück* doch.«

»Aber es ist meine Einliegerwohnung«, stellte Hilde klar. »Joris hat ein Nutzungsrecht für mich ausgehandelt.«

Typisch Hilde, dachte Anja, verdrehte die Augen und lächelte dann in sich hinein. Sie hatte erwartet, dass sie dauerhaft zu Godo ziehen würde, wo sie für sich waren. »Hast du denn kein Problem damit, deine vier Wände zu verlassen?«, fragte sie Godo.

»Nein, gar nicht.« Er warf seiner Freundin verliebte Blicke zu. »Ich bin da zu Hause, wo Hilde ist.«

Das ging ja schnell, dachte Anja und fragte sich, ob er die Kate nur gekauft hatte, weil sie in der Nähe von Walsum stand. »Bei dir wart ihr allein und konntet tun und lassen, was ihr wolltet. Im *Lüttes Glück* wird das anders sein. Bald wird hier ein ziemlicher Betrieb herrschen. Ihr werdet mit immer wechselnden Feriengästen zusammenwohnen und euch nach dem Alltag der Pension richten müssen. Hilde kennt das ja, du nicht, Godo. Meinst du, du wirst dich hier überhaupt wohlfühlen?«

»Aber sicher! Hier ist es doch inzwischen richtig gemütlich. Du hast alles so schön renoviert.«

Das habe ich mir selbst eingebrockt, dachte Anja und musste lächeln.

Sie hoffte nur, dass sie dadurch nicht mehr Arbeit haben würde. Immerhin musste sie schon ein Auge auf Hilde haben, damit sie mit ihrem losen Mundwerk die Feriengäste nicht vergraulte. Da konnte sie nicht auch noch auf Godo mit seinen Schrullen achten. Vielleicht konnte er ihr jedoch auch eine kleine Hilfe sein.

»Es wäre toll, wenn du ein wenig mit anpacken würdest«, wagte sie einen Vorstoß. »Ich kann jede Unterstützung gebrauchen.«

»Ich habe leider zwei linke Daumen«, gab er betreten zu und sah auf seine abgenutzten Schuhe. »Im Reden bin ich auch nicht besonders gut.«

»Aber du würdest dich prinzipiell mit einbringen, nur ein bisschen hier und da?«

Er nickte eifrig. »Selbstverständlich. In der Kate war mir oft furchtbar langweilig. Ich wäre froh, etwas zu tun zu haben.«

»Gut, dann kannst du ja den Rasen mähen, Unkraut zupfen und Laub zusammenrechen, oder so etwas in der Art.« Vielleicht würde er eines Tages sogar den geplanten kleinen Campingplatz betreuen. Anja streckte ihm die Hand hin. »Herzlich willkommen im Team *Lüttes Glück*.«

»Danke.« Godo schüttelte ihre Hand und wirkte ganz aufgeregt. »Ich habe schon ewig nicht mehr irgendwo dazugehört«, entfuhr es ihm.

Zu Anjas Überraschung bedankte sich auch Hilde.

Dann lächelte sie Godo verliebt an, und die beiden verschwanden in der Einliegerwohnung. Anja hantierte weiter in der Küche.

Kaum waren fünf Minuten vergangen, als sie eine Stimme, die ihr sehr bekannt vorkam, hörte.

»Hallo.«

Sie drehte sich um und traute ihren Augen kaum. Da stand Ralf. In der Küchentür. Anthrazitfarbener Anzug ohne Krawatte, und darunter ein weißes Hemd, ein Aufzug, als wollte er zu einer Hochzeit.

Anja dagegen trug ein geblümtes Sommerkleid und lief barfuß herum. Ihre Fußnägel hatte sie in demselben schrillen Pink lackiert wie Birthe und Maike ihre.

»Was machst du denn hier?«

»Ich wollte dich sehen.«

An seinem Handgelenk baumelte seine Männertasche, klein, quadratisch und aus schwarzem Leder. Anja hatte sie nie gemocht. Das Silberkettchen mit dem atlantikblauen Seestern, das sie sich in Wyk gekauft hatte, kitzelte an ihrem Fußgelenk.

»Das ist ja… eine Überraschung.«

»Ich wollte schon seit Langem mal nach Föhr kommen, aber ich habe furchtbar viel Arbeit. Seit du weg bist, musste ich ja deinen Aufgabenbereich mit übernehmen, und Chacal hat mich total eingespannt. Er ist ziemlich anstrengend.«

Ralf klang keineswegs vorwurfsvoll. Dennoch fühlte Anja sich angegriffen. »Hast du mal über einen neuen Partner nachgedacht?«, erwiderte sie trotzig.

»Ich will keine andere Partnerin als dich.« Sein Blick wurde weich.

Anja hoffte, dass er das nur beruflich meinte, aber der große Strauß Rosen, den er in Händen hielt, ließ etwas anderes erahnen. Ihr wurde mulmig. Sie fragte sich, ob es etwas geändert hätte, wenn er früher angereist wäre. Nein. Und selbst wenn es Joris nicht in ihrem Leben gegeben hätte, wollte sie nicht zu Ralf zurück. »Dann geht es mit der Werbeagentur weiterhin bergauf?«

»Ja, aber sie ist nicht dasselbe ohne dich. Ich bin allerdings nicht wegen *Shine with us!* hier«, stellte er klar und versuchte, möglichst charmant zu lächeln.

Bitte sag es nicht, dachte sie. Das konnte für alle unangenehm werden.

Gerade als Ralf fortfahren wollte, kamen Hilde und Godo aus der Einliegerwohnung. Sie warf Ralf einen bösen Blick zu. Dann lief sie mit Godo zum Parkplatz, um seine restlichen Sachen zu holen. Aus dem Garten waren lautes Gelächter und Musik zu hören.

»Hier ist ja ganz schön was los«, sagte Ralf ein wenig genervt. »Ich dachte, du wärst einsam, hier auf Föhr.«

»Ich habe schnell Freunde gefunden.« Und die große Liebe. Anja lächelte glückselig. Doch bei der Vorstellung, dass Joris auf Ralf stoßen könnte, machte sich ein Gefühl der Beklemmung breit. Alles lief endlich perfekt zwischen ihnen, sie wollte keine neuen Probleme. Bitte geh wieder, bat sie ihren Ex durch flehende Blicke.

Ralf sah auf den Blumenstrauß und legte die Stirn in Falten. »Komme ich ungelegen?«

Ja, dachte sie, aber das hatte nichts mit ihrem Grillfest zu tun.

Sie zeigte in Richtung Garten. »Ich mache heute Abend eine Einweihungsfeier.«

»Also wirst du die Pension tatsächlich eröffnen?«, fragte er ungläubig und schürzte die Lippen.

»Aber sicher! Schon im August erwartet das *Lüttes Glück* die ersten Feriengäste.«

Er wirkte verunsichert. »Damit hatte ich nicht gerechnet.«

»Aber darum bin ich doch nach Föhr gezogen«, erwiderte sie. Was hatte er denn gedacht? Dass das mit der eigenen Pension nur eine Laune war und sie bald das Interesse an ihrem Vorhaben verlieren würde? Oder war er sicher gewesen, dass sie scheitern, heulend zurück nach Köln gekrochen kommen und ihn um eine zweite Chance bitten würde?

»Das weiß ich ja.« Ralf legte die Blumen über einen Arm und knöpfte mit der freien Hand sein Anzugoberteil auf. »Aber ich dachte, du würdest schnell merken, dass es ein Unterschied ist, ob man auf einer Insel lebt oder nur Urlaub macht.«

Anja sah sich um und machte sich bewusst, was sich im *Lüttes Glück* alles verändert hatte. Sie hatte der kleinen Inselpension zu neuem Glanz verholfen, ohne ihren eigentlichen Charakter zu verändern. »Es ist anders, keine Frage. Aber arbeiten muss man überall. Und ich fühle mich hier sehr wohl.«

Betreten sah er die roten Rosen an.

Warum überreichte er sie ihr denn nicht? Fragte er sich, ob dies der richtige Moment war? Ob er den Strauß vielleicht lieber wieder mitnehmen sollte? Das Ganze morgen noch einmal versuchen, wenn sie unter vier Augen waren? Bedauernd fragte Anja: »Warum hast du nicht angerufen, bevor du hergekommen bist?«

»So etwas bespricht man nicht am Telefon«, antwortete Ralf, sein Blick wurde intensiver.

Laut und bedrohlich rauschte das Blut in ihren Ohren, wie immer stärker werdender Wellengang bei einem aufziehenden Sturm. Sie wollte etwas sagen, wollte ihn aufhalten, doch sie brachte vor Bestürzung keinen Ton heraus. Sie war wie erstarrt, als würde sie am Ufer stehen und eine riesige Welle auf sich zurasen sehen, aber sie konnte weder wegrennen noch sie aufhalten.

Da überreichte er ihr endlich die Rosen. Tief blickte er ihr in die Augen. »Ich möchte, dass du nach Hause zurückkommst.«

»Hier ist jetzt mein Zuhause«, stellte Anja klar. Sie hielt die Blumen so verkrampft, als wären die langen Stiele mit Dornen übersät und sie hätte Angst, dass sie sich in ihre Haut bohren könnten.

Seine Stimme klang weich. »Mit uns lief es doch recht gut.«

»Am Anfang, ja«, gab sie zu, denn etwas anderes wäre unfair gewesen. Nicht alles an der Beziehung mit ihm war schlecht gewesen. »Aber dann nicht mehr.«

»Ich will dich zurück, Anja. Du bist meine bessere Hälfte.« Er streckte die Hände nach ihr aus.

Bevor er sie berühren konnte, wich sie zurück. Sie stieß mit dem Rücken gegen die Wand und bat ihn leise: »Tu das bitte nicht.«

»Was denn?« Ralf zog die Augenbrauen hoch und nahm die Hände runter.

Die ganze Situation war so unangenehm wie überraschend. »Das hier.«

»Dass ich um dich kämpfe?« Er wirkte selbstsicher. Dennoch konnte er eine gewisse Nervosität nicht verbergen,

Anja erkannte es daran, wie er ständig an seinen kurzen Locken herumzupfte. »Das mit uns ist noch nicht vorbei, das spüre ich, und du tust es auch.«

Sie schüttelte den Kopf. »Unsere Beziehung gehört der Vergangenheit an.«

»Wir werden sie neu aufleben lassen«, sagte er, breitete die Arme aus und strahlte, wie er es tat, wenn er Kunden von einer Kampagne überzeugen wollte. »Und sie wird besser und schöner werden als zuvor.«

Betreten sah Anja auf seine glänzenden italienischen Designerschuhe und dann auf ihre nackten, staubigen Füße. Auf keinen Fall wollte sie sich wieder in Pumps zwängen, den größten Teil des Tages im Büro verbringen und die Natur nur durchs geöffnete Fenster beobachten. »Wir haben unterschiedliche Vorstellungen vom Leben.«

»Wir werden uns öfters freinehmen«, versprach Ralf. »Die Werbeagentur kommt auch mal ohne uns aus.«

Müde lächelte sie ihn an. »Das würdest du ja doch nicht tun.«

»Lass es mich dir beweisen!«, schlug er vor, zog sein Anzugoberteil aus und legte es sich über den Arm. Sein Hemd hatte Schweißflecken unter den Achseln.

»Du willst keine Kinder bekommen, ich möchte aber auf jeden Fall eigene«, erklärte sie.

»Ich habe darüber nachgedacht. Lass uns eine Familie gründen!«

Da war es wieder, sein professionelles Lächeln. Er trat dicht an sie heran.

Sie roch sein teures Männerparfüm. »Wie bitte?«

»Ich habe Zeit gebraucht, aber jetzt bin ich dazu bereit«,

sagte Ralf und lehnte sich mit der Schulter an die Wand unmittelbar neben ihr.

Er wollte so sein, wie sie es sich die ganzen Jahre über gewünscht hatte. Sie konnte haben, wovon sie so lange geträumt hatte. Mehr Freizeit, mehr Verständnis für ihre Bedürfnisse und Kinder. Doch sie befürchtete, dass er das bloß sagte, um sie zurückzugewinnen. Er würde sich nicht ändern, denn dafür hatte er fünf Jahre lang Zeit gehabt. Am Ende würde alles so laufen wie zuvor. »Das würdest du nur mir zuliebe tun.«

Er strich ihr über den Arm. »Du wolltest doch immer, dass ich mehr auf dich eingehe.«

Ja, schon, aber wenn man Kinder bekam, sollten doch beide Partner dahinterstehen. Sie musste an Joris' Worte denken. Kinder sollten nicht instrumentalisiert werden, in der Hoffnung, eine kaputte Beziehung zu kitten. Außerdem gab es überhaupt keine Grundlage für eine solche Unterhaltung, sie hatte keinerlei Interesse daran, Ralf eine zweite Chance zu geben.

Doch Anja kam nicht dazu, ihm das alles zu erklären, denn er sagte: »Ich liebe dich immer noch.«

Da hörte Anja jemand hinter sich schwer atmen. Sie drehte sich um, Joris stand einige Schritte hinter ihr. Entgeistert starrte er Ralf an, sah dann auf den Blumenstrauß in ihren Armen und betrachtete ihr erhitztes Gesicht.

Mit Schrecken malte sie sich aus, dass er denken könnte, ihr wäre vor Aufregung und Glück ganz heiß, doch es war das Gefühl des Fremdschämens. Ralf hatte den weiten Weg auf sich genommen, er hatte sich schick gemacht und Blumen gekauft, doch das alles würde ihm nichts nützen. Sie würde ihn zurückweisen und ihn somit unweigerlich kränken, das tat ihr leid. Verzweifelt suchte sie nach den passenden Worten, um ihn nicht zu sehr zu verletzen.

Doch es bahnte sich ein viel schlimmeres Problem an.

Joris' Kiefer mahlten, seine Miene verfinsterte sich. Ohne ein Wort zu sagen, schritt er zügig an ihnen vorbei. An der Tür traf er auf Hilde und Godo, brummte eine Begrüßung, hielt jedoch nicht an, sondern eilte zu seinem Bulli. Dann fuhr er einfach davon.

»So ein Mist!«, fluchte Anja und stieß sich von der Wand ab.

Ralf legte die Stirn in Falten. »Wer war das denn?«

»Das war ihr Freund«, antwortete Hilde schnippisch und kam zu ihnen, dicht gefolgt von Godo. Sie zog einen Rollkoffer hinter sich her. Warnend funkelte sie Ralf an. »Sie kommen aus Köln und wollen uns Anja wegnehmen, stimmt's? Das sehe ich Ihnen an.« Sie musterte ihn von oben bis unten und rümpfte die Nase. »Anja lebt jetzt auf Föhr. Sie ist eine von uns, eine Walsumerin, und gehört ins *Lüttes Glück*. Und sie ist mit meinem Neffen zusammen. Verstanden?«

Überrascht schnappte Anja nach Luft. Solche Worte aus Hildes Mund! Sie war so gerührt, dass ihre Augen feucht wurden.

»Du hast einen Freund?«, fragte er verwundert und zog eine Augenbraue hoch. Schweißperlen glänzten auf seiner Stirn.

Sie gab ihm den Blumenstrauß zurück. »Ja, und ich liebe Joris über alles.«

Vorwurfsvoll sagte er: »Du hast dich aber schnell wieder gebunden.«

»Ich habe jetzt keine Zeit, mit dir zu streiten«, stellte Anja klar und rannte zur Haustür. Besorgt schaute sie hinaus, doch der neptunblaue VW-Bus war weg. Sie wandte sich seufzend zu ihrem Exfreund um. »Du hättest anrufen sollen. Es tut mir leid für dich, dass du den weiten Weg an die Nordsee umsonst gemacht hast.«

»Mir auch.« Ralf hatte einen hochroten Kopf. Verlegen sah er weg und presste die Lippen zusammen. Die Blumen schienen mit einem Mal Tonnen zu wiegen, denn sie zogen seine Schultern nach unten.

Hilfesuchend sah Anja Hilde an. »Ich muss Joris finden. Wo kann er hin sein? Hast du vielleicht eine Idee?«

Seine Tante ließ den Rollkoffer los und überlegte eine Weile: »Mein Gefühl sagt, er könnte zur Boldixumer Vogelkoje gefahren sein.«

»Warum ausgerechnet dorthin?« Anja konnte sich schönere Orte vorstellen. Den Strand zum Beispiel. Vielleicht fuhr Joris auch heim und verkroch sich in seiner Wohnung, oder er steuerte eine Kneipe an, um sich zu betrinken.

Lächelnd erzählte seine Tante: »Joris, Tjorben und Arian sind früher, als sie so zwischen zehn und vierzehn waren, oft zu der Entenkoje geradelt. Sie fanden diesen Ort faszinierend und gruselig. Außerdem haben sie den Feriengästen die Geschichte der Koje erzählt. Dass dort früher Zugenten von zahmen Lockenten in die Reusen gelockt und dann geringelt wurden.«

»Geringelt?«, fragte Anja.

»Ihnen wurde der Hals umgedreht«, erklärte Hilde.

»Oh!«, machte Anja und packte sich an die Kehle.

»Heutzutage gibt es das natürlich nicht mehr«, warf

Godo ein. Die blau-weiß karierte Kuscheldecke, die er unter den Arm geklemmt hatte, fiel zu Boden.

Hilde hob die Decke auf und drückte sie gegen ihren Bauch. »Auf Föhr existieren noch sechs Vogelkojen, aber nur die in Boldixum kann besichtigt werden. Man erhält die Kojen zur Erinnerung an die Inselvergangenheit, heutzutage dienen sie dem Vogelschutz.« Amüsiert lächelnd fuhr sie fort: »Jedenfalls haben Joris, Tjorben und Arian damals für ihre Geschichtsstunde von den Urlaubern eine Spende erbeten, und von dem Geld haben sie sich dann Eis und Bonbons gekauft.«

»Sie waren in jungen Jahren schon geschäftstüchtig«, sagte Anja augenzwinkernd.

Hilde nickte. »Meiner Meinung nach wurden da die Inselgrafen geboren.«

»Als sie noch Kinder waren?«

»Die Geschichte der Entenkojen hat sie geprägt.« Es lag eine Wärme in Hildes Stimme, als sie fortfuhr: »Dort wurde Tjorbens Liebe zur Natur und zum Meer geweckt, und er schwor sich, beides zu schützen. Arian erkannte einige Motive seiner Mutter wieder, und der Wunsch entstand, auch Maler zu werden.«

Neugierig fragte Anja: »Und Joris?«

»Er wollte verhindern, dass die Föhrer jemals wieder Zugvögel essen müssen. Er nahm sich vor, alles dafür zu tun, dass es den Insulanern gut ging«, antwortete Hilde, während sie die Hand nach Godo ausstreckte und ihn näher zu sich heranzog. »Als Carla und er sich trennten, zog er sich oft an diesen abgelegenen Ort zurück, weil dort die Gefahr gering war, auf Bekannte zu treffen. Zur Koje kamen meistens nur Feriengäste, und das auch nur zu den Öffnungszeiten. Ansonsten war Joris dort allein und konnte in Ruhe nachdenken und seine Wunden lecken.«

Anja verspürte eine brennende Sehnsucht. Ihr Puls schoss in die Höhe. »Ich muss zu ihm!«, stieß sie aus. »Wenn es auch nur eine kleine Chance gibt, dass er dort ist, muss ich nachschauen gehen.«

»Dann los!«, sagte Hilde. »Wir kümmern uns um die Vorbereitungen.«

Anja gab ihr einen Kuss auf die Wange. »Danke.«

Hilde errötete. Sie nahm den Rollkoffer und packte Ralfs Arm. »Kommen Sie mit in den Garten und trinken Sie eine Flasche Küstennebel! Die können Sie jetzt gebrauchen.«

»Eine ganze Flasche?«

»Ein Pinneken wird doch bestimmt nicht reichen, um den Liebeskummer runterzuspülen«, antwortete Hilde trocken. Sie zog Ralf zur Hintertür.

Währenddessen schwang sich Anja aufs Rad und fuhr quer über die Insel zur Ostküste. Felder und Wiesen zogen an ihr vorbei. Normalerweise genoss sie den Anblick, doch an diesem Tag schenkte sie der Natur um sich herum keine Beachtung. Obwohl sie raste, kam sie gefühlt nicht schnell genug voran. Sie war außer Atem, und die Ungewissheit ließ ihren Körper unangenehm kribbeln. Nach einer Ewigkeit schoss sie über die Kreisstraße und konnte ihr Ziel endlich sehen.

Als sie sich der Boldixumer Vogelkoje näherte, war sie außer Puste. Ein Wunder, dass sich ihr Sommerkleid nicht in den Speichen verfangen hatte. Ihr Herz pochte wild, als sie das Fahrrad abstellte und loseilte. Mit dem Handrücken wischte sie sich den Schweiß von der Oberlippe. Immer noch barfuß rannte sie über den Holzsteg zum Eingang der Koje.

Am Eingang informierte ein Schild die Besucher, dass die Vogelkoje in den Sommermonaten von zehn bis zwölf besichtigt werden konnte. Anja eilte daran vorbei. Ein kleiner Stein bohrte sich in ihre Fußsohle. Sie ignorierte den Schmerz und lief weiter.

Vor dem Kojenwärterhäuschen erklärte ein freundlicher Mann, vermutlich der Wärter selbst, gerade zwei Familien, wie man früher mithilfe der Koje Enten und Gänse gefangen hatte. Dann riss er ein altes Brötchen auseinander, verteilte die Stücke an die Kinder und forderte sie auf, damit die Enten zu füttern.

Nervös hielt Anja Ausschau, doch von Joris keine Spur. War er gar nicht hierhergefahren? Sie eilte durchs Gelände und wurde immer verzweifelter.

Plötzlich kam sie zu einem Teich. Da! Joris stand neben einer Infotafel und starrte traurig aufs ruhige Wasser. Dunkle Schatten lagen unter seinen Augen. Neben ihm bellte ein junger Münsterländer, der wohl die Vögel witterte, doch Joris schien das gar nicht wahrzunehmen. Der Hundehalter zerrte das Tier an der Leine weiter. Endlich wurde es still.

Um Joris nicht zu erschrecken, sprach Anja ihn leise an: »Joris.«

Er wachte aus seinen Gedanken auf und drehte sich zu ihr. Schlagartig verschwanden die Schatten aus seinem Gesicht. »Anja! Wie hast du mich gefunden?«

»Hilde …« Anja lächelte.

»Meine Tante kennt mich gut. Ich habe mein Handy dabei.« Wie zum Beweis zog er es aus der Tasche seiner Cargohose und hielt es hoch. »Warum hast du nicht angerufen?«

»Ich wusste nicht, ob du meinen Anruf annehmen würdest.« Und wie Ralf so treffend bemerkt hatte, manche Dinge besprach man nicht am Telefon. Sie wischte sich die feuchten Handflächen an ihrem Kleid ab. »Außerdem wollte ich so schnell wie möglich zu dir.«

»Ist etwas passiert?«

»Nein, aber ich dachte …, dass du einen falschen Eindruck bekommen haben könntest. Wegen Ralf.« Anja hatte sich keine Worte zurechtgelegt, sie ließ spontan ihr Herz sprechen. »Mein Exfreund stand plötzlich im *Lüttes Glück*. Ich wusste nicht, dass er kommen wollte. Wir hatten keinen Kontakt mehr, seit ich nach Föhr gezogen bin.«

Während Joris das Smartphone wieder wegsteckte, stellte er klar: »Du musst dich nicht rechtfertigen.«

»Aber ich finde, ich sollte dir einiges erklären. Denn etwas scheint dich beunruhigt zu haben.« Sie trat näher an ihn heran. »Warum bist du weggelaufen? Das ist doch sonst gar nicht deine Art.«

Er wandte sich wieder zur Seite und ließ seinen Blick über den Teich schweifen. »Als ich euch zusammen gesehen habe, hat das verdammt wehgetan. Ihr habt so vertraut gewirkt.«

»Das hatte nichts zu bedeuten«, beeilte sie sich zu erwidern.

»Das ist der größte Strauß langstieliger roter Rosen, den ich jemals gesehen habe«, sagte Joris. »Du musst ihm viel bedeuten.«

»Alle Blumen der Welt könnten mich nicht dazu bringen, zu ihm zurückzugehen«, erwiderte Anja bestimmt.

»Bist du dir da sicher? Du hast geschmeichelt gewirkt. Und du hast ihn angelächelt.«

»Ja, das habe ich, aber nicht, weil ich dahingeschmolzen bin, sondern weil mir die ganze Situation peinlich war. In Wahrheit wollte ich, dass er mich in Ruhe lässt, und wusste nicht, wie ich ihm das sagen sollte, ohne ihn zu verletzen. Immerhin hat er extra für mich die lange Anreise auf sich genommen und schien so sicher zu sein, dass wir uns wieder versöhnen würden.«

Joris verschränkte die Arme. »Wie ist er nur darauf gekommen, wenn zwischen euch Funkstille herrschte?«

»Keine Ahnung«, erwiderte sie. »Aus eigener Erfahrung weiß ich, dass die Zeit schneller vergeht, wenn man von früh bis spät arbeitet und Überstunden nicht die Ausnahme, sondern die Regel sind. Wahrscheinlich kommt es ihm gar nicht so lange vor, seit ich aus Köln weggezogen bin. Oder er war sicher, dass ich einlenken würde, weil ich in unserer Beziehung oft nachgegeben habe, um Streit zu vermeiden.«

Joris rieb sich über die Oberarme, als müsste er sich selbst beruhigen. »Tut mir leid, dass ich überreagiert habe. Für mich sah das anders aus.«

»Das dachte ich mir schon. Ralf bedeutet mir nichts mehr«, versicherte Anja ihm.

In versöhnlichem Ton gestand er ihr: »Ich hatte Angst, dass du mit ihm zurück in deine Heimat ziehen könntest.«

»So wie Carla nach Hamburg zurückgezogen ist.« Nun verstand sie, was in ihm vorgegangen war.

»Ja. Dein Vater und deine Freunde wohnen ja auch noch

in Köln. Bestimmt vermisst du sie sehr.« Sein Adamsapfel bewegte sich unruhig. »Da habe ich keine Luft mehr bekommen und musste weg. Ich habe befürchtet, dass sich die Geschichte wiederholt.«

»Tut sie nicht«, versicherte Anja ihm und legte die Hand an seinen Oberkörper. Durch den Stoff seines T-Shirts hindurch spürte sie, dass sein Herz im gleichen Takt wie das ihre schlug. »Ralf ist Vergangenheit, du bist meine Gegenwart und meine Zukunft. Ich gehöre zu dir, falls du das willst.«

»Und wie ich das will!« Joris zog sie an sich heran und schlang die Arme um sie. Tief sah er ihr in die Augen und wisperte: »Ich liebe dich.«

»Ich dich auch, sehr«, antwortete sie zärtlich und küsste ihn mit einer Leidenschaft, die auch noch die letzten Zweifel ausräumte.

Eine Weile standen sie eng umschlungen am Teich. Sie konnten nicht aufhören, sich zu küssen und zu berühren. Um sie herum wurde es immer stiller. Die Feriengäste waren in die Inseldörfer geströmt, um das Mittagessen einzunehmen. Auch Anjas Magen knurrte. Vor Aufregung über ihre Einweihungsfeier hatte sie beim Frühstück keinen Bissen runterbekommen. Aber das hatte sie als nicht schlimm empfunden, denn wer so viel Kuchen aß wie sie im Moment, konnte auch mal auf eine Mahlzeit verzichten.

Bedauernd löste sich Anja von ihm. Augenzwinkernd sagte sie: »Ich sollte zurück zum *Lüttes Glück*, ich kann meine Gäste nicht die ganze Arbeit machen lassen.«

Sie hinterließen eine Spende zum Erhalt der Vogelkoje und schlenderten Arm in Arm zum Parkplatz. Vor Verliebtheit konnte Anja nicht aufhören zu grinsen. Joris packte das Fahrrad in den Bulli, dann stiegen sie ein und fuhren los.

Anja kurbelte das Seitenfenster herunter und hielt ihr Gesicht in den warmen Fahrtwind. Sie hatte nun eine eigene kleine Pension und eine zweite Familie auf Föhr. Und sie hatte die große Liebe gefunden. Sie konnte ihr Glück kaum fassen!

Kapitel 26

Am Abend traf Joris, als er Biernachschub aus dem Kühlschrank holen wollte, im Korridor des *Lüttes Glück* auf seine Eltern. Sie waren gerade erst angekommen. Sein Vater Johan klopfte ihm zur Begrüßung auf die Schulter. Er hielt eine Flasche Rotwein von Anjas Lieblingsmarke, die Joris ihm verraten hatte, in der Hand.

Joris nahm seine Mutter Ilse in die Arme. »Danke, dass du auch gekommen bist. Ich weiß, wie viel das Anja bedeutet.«

Er führte seine Eltern unter dem Schild *Martinas Gartencafé* durch auf die Terrasse. Die anderen Gäste begrüßten sie herzlich. Anja gab den Versuch auf, Sörens Kerze, die die Form eines Lamms hatte, in das hohe Windlicht, das Imke und Elkmar ihr geschenkt hatten, hineinzubekommen.

»Moin, Johan«, sagte sie und gab Joris' Vater Luftküsse.

Amüsiert bemerkte Joris, dass sein Vater den Bauch einzog.

Röte stieg Johan ins Gesicht. Verlegen rieb er sich über die grobporigen Wangen, dann zog er die Fischermütze aus und fuhr sich durchs graue Haar. Dann zeigte er auf die Bierkästen, den *Küstennebel* und Köm und reichte ihr den Wein, den er mitgebracht hatte. »Aber ihr seid ja schon bestens versorgt.«

»Die Nacht ist noch lang.« Anja zwinkerte. Sie wandte

sich Ilse zu und rieb zärtlich über ihre Oberarme. »Wie schön, dass du auch hier bist! Ich war mir nicht sicher … Geht es dir gut?«

Seine Mutter hielt einen lilienweißen Din-A4-Umschlag in der Hand. Mit der anderen betastete sie ihre kurzen blond gefärbten Haare, die sie leicht toupiert hatte. »Ich lasse mich von dieser lästigen Migräne nicht unterkriegen.«

»Gut so!« Anja machte eine kämpferische Geste. »Aber wenn es dir zu viel wird, sag bitte Bescheid. Dann fahre ich dich mit meinem Wagen nach Hause.«

»Danke, lieb von dir. Der Wein ist nur von Johan, ich habe ein eigenes Einweihungsgeschenk für dich«, kündigte Ilse an und reichte ihr feierlich den Umschlag.

Joris entging nicht, dass sein Vater verschnupft reagierte. Einem Fremden wäre die Regung entgangen, da Johan Graf kein Mann großer Gesten war, doch Joris konnte die kleinen Anzeichen deuten.

Er fand es merkwürdig, dass seine Eltern jeder ein eigenes Geschenk besorgt hatten. Als wären sie kein Paar. Es kriselte in der Ehe seiner Eltern, das wusste er ja, aber nun machte er sich ernsthafte Sorgen.

Sein Vater wandte sich ab und begrüßte die anderen Gäste. Die Geräuschkulisse schwoll an. Es wurde auf Schultern geklopft, freundschaftlich gefrotzelt und gelacht. Traurig beobachtete seine Mutter ihn.

Mit leuchtenden Augen starrte Anja das ungewöhnliche Geschenk an. Sie strich über den Umschlag, auf den Ilse kunstfertig ihren Namen geschrieben hatte.

Joris fragte sich, was er wohl enthielt. Vielleicht einen Gutschein für das *Aquaföhr* inklusive einer Ayurveda-Behandlung oder einer Körperpackung mit Thalasso-Meeres-schlick? Eine Übernachtung in einem Schlafstrandkorb am Strand von Wyk, Goting oder Utersum? Oder eine kulinarische Kreuzfahrt?

Er selbst hatte ihr einen Strandkorb mit gelben und weißen Streifen für den Garten und einen Ausflug nach Sylt mit Abendessen im Sternerestaurant *Bodendorf's* im *Landhaus Stricker* geschenkt.

Worauf wartete sie? Joris ermunterte sie, den Umschlag endlich zu öffnen.

Als Anja einen Bogen dickes Papier herauszog, krauste sich ihre Stirn.

»Ich hatte doch gesagt, dass ich das Wandbild skizzieren werde. Es tut mir leid, dass es länger gedauert hat«, erklärte Ilse.

Anja gab einen Freudenschrei von sich. »Das ist nicht bloß eine einfache Skizze, sondern ein wunderschönes Aquarell.«

»Im XL-Format wird das Ganze hoffentlich noch stärker zur Geltung kommen«, sagte Ilse und freute sich sichtlich, dass die Umsetzung von Anjas Wunschmotiv, einer Strandszene, gut ankam.

Anja umarmte sie so fest, dass Joris' Mutter nach Luft rang, und fragte dann: »Dann wirst du die Wand des Frühstücksraums gestalten?«

»Wenn du willst, besorge ich mir am Montag die Farben und lege gleich los. Ich könnte jeden Tag am späten Vormittag kommen, dann ist das Frühstück vorbei und der Raum ist leer.« Seine Mutter druckste herum. Schließlich fügte sie bedauernd hinzu: »Ich würde täglich malen, aber ich werde trotzdem nicht fertig sein, bevor die ersten Feriengäste im *Lüttes Glück* übernachten.«

»Das macht nichts«, versicherte Anja ihr. »Dann können sie eben jeden Morgen sehen, wie die Arbeit am Bild tagsüber vorangeschritten ist. Das ist auch spannend.«

Sie gesellten sich zu den anderen Gästen, die bester Laune waren und fröhlich klönten. Während Anja seinen Eltern Bier und Wein einschenkte, holte Joris seinem Vater gegrillten Wolfsbarsch und seiner Mutter Lammwürstchen vom Grill, die Sören beigesteuert hatte.

Schließlich setzte sich Joris gegenüber von Anja hin. Verliebt sah er sie an. Sie war eingerahmt von seiner Mutter und seiner Tante und wirkte, als würde sie schon immer zur Familie gehören.

Ein tiefes Glücksgefühl breitete sich wohlig in ihm aus, während er an seiner Bierflasche nippte. Alles hatte sich gefügt.

Hilde durfte vorerst im *Lüttes Glück* wohnen bleiben. Anja hatte jemanden mit jahrzehntelanger Erfahrung in der Übernachtungsbranche an ihrer Seite und, wie er erfuhr, zwei weitere helfende Hände, die von Hildes neuem Mitbewohner Godo.

Außerdem liebte Anja Joris genauso wie er sie. Zwischendurch hatte er sich gefragt, ob ihre Gefühle genauso stark waren wie seine. Aber nun, da sie ihm zur Boldixumer Vogelkoje nachgefahren und um seine Liebe gekämpft hatte, hatte er keine Zweifel mehr.

Nachdem er bisher meistens nach Hamburg gefahren war, um Zeit mit Linus und Nathan zu verbringen, würden sie am nächsten Wochenende endlich wieder einmal nach

Föhr kommen. Dann würden sie Anja kennenlernen. Joris war so aufgeregt wie vor seinem ersten Date. Aber er fühlte, dass Anja auch die Herzen seiner Jungs gewinnen würde, die seiner restlichen Familie und die der Walsumer hatte sie ja auch im Sturm erobert.

Am Telefon hatte er Carla bereits von Anja erzählt. Sie freute sich für ihn und erwähnte, dass sie sich ebenfalls mit jemandem traf, einem alleinerziehenden Vater, den sie über einen neuen Freund von Nathan kennengelernt hatte. Carla und er waren beide wieder glücklich. Die Anspannung, die seit der Trennung zwischen ihnen geherrscht hatte, war verschwunden.

Joris, Anja und ihre Freunde amüsierten sich prächtig, die Zeit verging schnell. Die Nacht brach herein, Dunkelheit senkte sich über Walsum. Hier in der Marsch konnten sie feiern, so lange und so laut, wie sie wollten. Selbst Joris' Vater wurde redseliger, nachdem er einige Flaschen Inselbier und das ein oder andere Pinneken Köm getrunken hatte.

Plötzlich wurde seine Mutter aschfahl. Sie reckte den Hals und spähte in die Nacht hinaus. Ihr Brustkorb hob und senkte sich rasch.

»Was ist los?«, fragte Joris beunruhigt.

»Nichts.« Ihr Blick flackerte.

Er rückte auf dem Sitz des Gartenstuhls bis ganz nach vorne. »Hast du etwas gesehen?«

»Ein Gesicht«, antwortete sie aufgeregt. Sie trank einen Schluck Rotwein und dann noch einen. »Glaube ich zumindest«, fügte sie schließlich hinzu.

Er neigte sich über den Tisch. »Hast du erkannt, wer es war?«

»Es ist viel zu dunkel«, erwiderte sie und bohrte die Finger in die Handtasche auf ihrem Schoß. Die Kerze in der Mitte des Tisches warf zuckende Schatten auf ihr Gesicht. »Aber da war jemand.«

»Wer könnte das gewesen sein?«, fragte Anja.

»Das ist bestimmt nur ein Wanderer, der noch spät unterwegs ist.« Seine Mutter lachte verlegen, ließ aber ihre Tasche nicht los.

Skeptisch runzelte Joris die Stirn. Es führten keine Straße und auch kein Wirtschaftsweg, ja, nicht einmal ein Trampelpfad am Garten der Pension vorbei. Wenn jemand zu Fuß unterwegs war, würde die Person über den Dorfanger vor dem *Lüttes Glück* gehen, und seine Mutter hätte sie nicht sehen können.

Es konnte natürlich sein, dass jemand, neugierig geworden durch die Musik, das Lachen und den Grillduft, zwischen dem Haus der Paulsens und der Pension durch die Wiese gestapft war und nachgeschaut hatte, was da los war. Aber warum sollte jemand das tun?

Seine Mutter wirkte beunruhigt. Immer wieder spähte sie in die Nacht hinaus. Sie trank noch mehr Wein. Er zauberte rote Flecken in ihr Gesicht, wie Flammen.

»Ist er noch da?«, wollte Joris wissen und fühlte sich beobachtet. Es kribbelte in seinem Nacken. Er selbst konnte da draußen nichts ausmachen, weil die Terrasse vom *Lüttes Glück* durch Lampions und Kerzen beleuchtet war.

Sie schüttelte den Kopf. Beiläufig wischte sie sich die Schweißperlen von der Stirn. »Vielleicht habe ich ihn mir auch nur eingebildet.«

Joris stand auf. »Ich gehe nachsehen.«

»Nein, bitte, bleib hier!«, rief seine Mutter ihm hinterher, aber da war er schon über den Zaun gesprungen und watete durch ein grünes Meer aus Gräsern und Schilf.

Er glaubte nicht, dass er etwas finden würde, aber er wollte ihr versichern, dass sie sich das Gesicht in der Dunkelheit nur eingebildet hatte. Dann würde die Anspannung bestimmt von ihr abfallen und sie konnte die Feier wieder genießen. Und ein bisschen wollte er sich selbst auch beruhigen.

Seine Augen gewöhnten sich langsam an die Dunkelheit. Zudem kroch der Halbmond hinter einer Wolke hervor und tauchte die Marsch in ein diffuses Licht.

Als Joris auf umgeknicktes Schilfrohr stieß, wurde ihm mulmig. Er ballte die Fäuste und lauschte, ob er jemanden atmen hörte. Es war ja möglich, dass sich die Person, die an dieser Stelle gestanden hatte, nun im hohen Gras versteckte. Sein Herz schlug ihm bis zum Hals. Doch er vernahm nichts, außer dem Klönen seiner Freunde, dem Schnattern einer Ente und dem steten sanften Rascheln, das der Wind verursachte, wenn er mit seiner unsichtbaren Hand durchs hohe Gras strich.

Seine Mutter hatte kein Gespenst gesehen. Jemand hatte tatsächlich in der Dunkelheit gestanden und sie beobachtet.

Aufgewühlt sah er sich um. Die Person musste denselben Weg durch die Marsch zurückgegangen sein, den sie gekommen war, denn Joris fand nur eine einzige Spur, und sie führte zum Parkplatz des *Lüttes Glück*.

Mit rasendem Puls folgte er ihr. Auf dem Dorfanger schaute er sich um, aber da war niemand. Er nahm keine Bewegung wahr außer dem Tanz der Weidenruten, die von der Brise bewegt wurden.

Er ging zurück zur Feier, setzte sich wieder und hoffte, dass niemandem auffiel, dass er eine Gänsehaut hatte. Auf keinen Fall wollte er seine Mutter anlügen, er wollte ihr jedoch auch nicht noch mehr Angst einjagen. »Es ist alles friedlich da draußen«, sagte er also ausweichend, aber wahrheitsgemäß.

»Ich muss mich geirrt haben.« Die Wangen seiner Mutter waren inzwischen feuerrot, vielleicht vor Aufregung oder vom Alkohol, wahrscheinlich von beidem. »Ich befürchte, ich habe den Wein zu schnell getrunken. Mir ist nicht gut. Ich möchte nach Hause und mich hinlegen.«

»Iss doch etwas, noch ein Würstchen oder ein Brötchen«, schlug Joris vor. »Vielleicht hilft das.«

Sie wiegelte ab: »Bloß nicht. Davon wird mir erst recht übel.«

Warum massierte sie sich dann die Schläfen und nicht den Bauch? Skeptisch musterte er sie. »Soll ich dir ein Glas Wasser holen?«

Plötzlich sprang seine Mutter auf und stellte überraschend energisch klar: »Es tut mir leid, aber ich will jetzt wirklich heim!«

»Du musst dich nicht entschuldigen«, versicherte Anja ihr. »Ich hoffe, es geht dir bald wieder besser.«

Arian, der an einem der anderen Tische saß, kam zu ihnen. Er war mit seiner schwarzen Seidenweste, seinem Seidenhemd und seiner dunkelroten Stoffhose viel zu schick gekleidet für ein Grillfest. Der zuckende Kerzenschein erweckte die Tätowierungen auf seinen Armen zum Leben. »Was ist denn los?«

»Habt ihr euch gestritten?«, wollte Tjorben, der sich zu

ihnen stellte, wissen und nahm seine Mutter in den Arm. Obwohl die Nacht frisch war, trug er bloß ein kurzärmeliges T-Shirt.

»Nein, nein«, beeilte sie sich zu antworten und zupfte nervös an ihrem mintfarbenen Seidenschal herum. »Ich will nur ins Bett.«

Tjorben stellte seine Bierflasche ab und streichelte ihr über den Rücken. »So früh schon?«

»Komm du erst mal in mein Alter«, scherzte sie, etwas angestrengt, und strich ihm eine Strähne seines schulterlangen Haares hinter die Ohren.

Joris zog seine beiden Brüder zur Seite. »Sie hat jemanden gesehen. Ein Mann hat uns beobachtet. Er ist nicht mehr da, ich habe nachgesehen.«

»Musstest du ihnen das sagen?«, zischte seine Mutter leise, damit die Gäste nicht mitbekamen, dass sie verärgert war.

Verständnislos fragte Joris: »Ist das etwa ein Geheimnis?«

»Es beunruhigt alle nur unnötig. Aber das hat nichts damit zu tun, dass ich nach Hause will«, stellte sie klar und wurde rot.

Joris' Vater, der gerade den Grill neu angeheizt hatte, weil einige der Gäste schon wieder Hunger hatten, kam zu ihnen. »Sören hat gesagt, du willst nach Hause. Soll ich mitkommen, Ilse?«

»Das ist nicht nötig, Johan.« Ihr Lächeln wirkte bemüht. »Ich werde mich sofort hinlegen. Amüsier dich ruhig ein bisschen!«

Verunsichert sah er zum Grill und dann wieder sie an. »Wirklich?«

450

»Das ist in Ordnung«, versicherte sie ihm und berührte sanft seine Wange.

Joris' Mutter hatte ihre Strickjacke über die Rückenlehne gehängt und dort vergessen. Anja brachte sie ihr und sagte: »Ich werde dich fahren. Das hatte ich schließlich versprochen.«

»Bleib du bei deinen Gästen«, bat Joris. »Ich mach das schon.«

Zärtlich küsste er sie auf den Mund. Birthe stimmte den *Hochzeitsmarsch* von Mendelssohn an, was Joris erst mit einem Kopfschütteln und dann mit einem Lachen quittierte.

Sanft schob Tjorben seine Mutter zur Hintertür. »Und ich begleite dich als dein Bodyguard.«

»Ich komme auch mit«, rief Arian ihnen zu und schloss sich ihnen an.

»Redet keinen Unsinn und bleibt hier!« Demonstrativ blieb ihre Mutter in der Tür stehen. »Es wäre unhöflich, wenn wir jetzt schon alle aufbrechen. Das können wir Anja doch nicht antun.«

Joris versicherte ihr: »Wir bringen dich nur eben nach Nieblum und sind im Nu wieder zurück.«

Arian küsste ihren Handrücken. Sanft, aber bestimmt führte er sie durch den Korridor zur Haustür und erstickte damit jeden weiteren Protest mit liebevoller Fürsorge.

Zu viert traten sie auf den Parkplatz hinaus.

Joris hatte den neptunblauen Bulli vor zehn Jahren günstig, aber in heruntergekommenem Zustand gekauft. Mit viel Liebe hatte er ihn entkernt, die Sitzbank mit vintageweißem Lederimitat überziehen lassen und eine Rückbank eingebaut. Den Rest hatte er frei gelassen, damit er Material, das er für die Strandkorb-Manufaktur brauchte, transportieren konnte. Noch immer lag Anjas Fahrrad dort. Er würde es herausnehmen, sobald er von der Mühle zurück war.

An Joris' VW-Bus gab es eine kurze Diskussion, wer nach hinten sollte, denn vorne passten nur drei Personen hin.

»Setz du dich auf die Rückbank«, forderte Tjorben Arian auf und öffnete die hintere Wagentür für ihn.

Während Arian seiner Mutter beim Einsteigen half, fragte er: »Warum sollte ich?«

»Du bist nun einmal der Jüngste von uns, und Kinder sitzen immer hinten«, frotzelte Tjorben.

Arian funkelte ihn mit seinen grünen Augen an. »Aber ich bin schlanker als du und passe besser neben Joris und Mutter.«

»Das ist alles Muskelmasse von der Arbeit auf der *See-wievke*«, stellte Tjorben klar und schnaubte empört. Er klopfte gegen seinen Bauch, er klang hart.

»Klar«, erwiderte Arian in ironischem Ton.

»Kein Wunder, dass du dünn bist wie ein Schilfrohr.« Tjorben grinste. »Man baut keine Muskeln auf, wenn man nur Pinsel stemmt.«

»Schau her, alter Mann«, forderte Arian seinen Bruder auf, der bloß drei Jahre älter war. Er spannte seinen Bizeps an, sein schwarzes Hemd spannte sich über dem beachtlichen Oberarmmuskel.

Joris neigte sich über den Schoß ihrer Mutter und rief hinaus: »Kommt ihr beiden Spacken jetzt mit, oder sollen wir ohne euch fahren?«

»Pass auf, wie du mit uns redest«, warnte Tjorben ihn und legte die Hand kumpelhaft auf Arians Schulter.

Arian umarmte Tjorben brüderlich und sah Joris streng an. »Ja, pass auf!«

»Ach, jetzt haltet ihr wieder zusammen«, sagte Joris überrascht und lachte.

»Selbstverständlich, wir sind doch Brüder«, antwortete Arian schmunzelnd und setzte sich auf die vordere Sitzbank.

Tjorben brummte mürrisch, stieg aber nun doch hinten ein. »Wenigstens habe ich den ganzen Sitz für mich allein.«

»Den brauchst du auch«, zog Arian ihn auf.

»Fang nicht schon wieder an!«, ermahnte Tjorben ihn. »Das wäre riskant, denn ich sitze dir schließlich im Nacken.«

Daraufhin war Arian still.

Vorsichtig massierte Tjorben die Schultern ihrer Mutter. »Was war das für ein Mann, den du in der Dunkelheit gesehen hast?«

»Da war niemand«, wiegelte sie ab. »Ich habe mir das nur eingebildet, da bin ich mir inzwischen sicher.«

»Kann das Lutz Beck gewesen sein?«, fragte Arian plötzlich geradeheraus.

»Wer?« Sie riss die Augen auf, dann blinzelte sie nervös.

Er wiederholte ruhig: »Lutz Beck.«

»Den kenne ich nicht.« Ihre Stimme zitterte. Starr richtete sie den Blick nach vorne.

Behutsam hakte er nach: »Bist du sicher, Mama?«

»Ich habe den Namen noch nie gehört.« Sie kämpfte gegen Tränen an und verlor. Nun da der Damm gebrochen war, weinte sie ununterbrochen leise.

Während Joris den Bulli durch die stille, dunkle Marsch lenkte, fragte er irritiert: »Wer ist Lutz Beck?«

»Das ist der aggressive Kerl, mit dem du im *Strandmohn* aneinandergeraten bist. Der mit dem blauen Freizeit-Jackett und dem Logo des HSV auf der Hemdtasche«, erklärte sein jüngster Bruder.

»Der Typ ist das!«, zischte Joris und packte das Lenkrad fester. »Wie hast du seinen Namen herausgefunden?«

»Er kam mir gleich bekannt vor, aber ich wusste nicht, woher. Ständig musste ich darüber nachdenken, wo ich ihn schon einmal getroffen habe, und dann fiel es mir wieder ein.« Triumphierend lächelte Arian. »Vor einigen Monaten hat er in der Galerie ein Ölbild gekauft. Es zeigte einen gut aussehenden älteren Fischer, der auf seinem Kutter in der Sonne sitzt, Pfeife raucht und aufs Wasser hinausblickt.« Er sagte zu ihrer Mutter: »Das ist eins der eindrucksvollsten Motive, die du jemals gemalt hast. Der Mann wirkt so lebendig und beneidenswert zufrieden. Als bräuchte er nur die Pfeife und das Meer, um glücklich zu sein.«

Ihre Mutter schluchzte.

Während er erzählte, fuhr er sich durch das längere Deckhaar seines Undercuts: »Also habe ich die Abrechnung herausgesucht. Der Käufer hatte zum Glück mit Kreditkarte bezahlt. Das Bild war ja auch nicht gerade billig. Und wer trägt schon so viel Bargeld mit sich herum? Ich habe mich an noch etwas erinnert. Beck hat behauptet, dass er den Mann auf dem Bild kennen würde, aber das ist unmöglich.« Arian sah wieder ihre Mutter an und wartete auf eine Reaktion. Als sie ausblieb, fragte er: »Der Fischer ist doch deiner Fantasie entsprungen. Oder hattest du ein reales Vorbild?«

So leise, dass Joris sie kaum verstehen konnte, antwortete sie: »Er war nur ein schöner Traum.«

Ihm war immer noch nicht klar, ob der Fischer nun existierte oder nicht. Vielleicht hatte sie tatsächlich eine reale Person porträtiert, aber dann hätten Joris und seine Brüder den Mann auf dem Bild doch gekannt.

Joris bohrte nicht nach, denn er ahnte, dass er keine klare Antwort erhalten würde, so aufgelöst, wie sie war. Er würde warten müssen, bis sie sich beruhigt hatte.

Einer Sache musste er jedoch sofort auf den Grund gehen. »Lutz Beck fehlte ein HSV-Manschettenknopf. Er muss ihn in der Windmühle verloren haben. Es ist der, den ich gefunden habe, nicht wahr? Was wollte Beck von dir?«

Da brach seine Mutter zusammen. Sie weinte noch heftiger. Alles, was sie noch hervorbrachte, war: »Ich habe große Schuld auf mich geladen. Das kann ich nie wieder gutmachen. Dafür komme ich in die Hölle.«

Joris war genauso schockiert wie seine Brüder. Behutsam versuchten sie, aus ihr herauszubekommen, was ihre Mutter damit meinte, liefen aber gegen eine Mauer. Schließlich gaben sie auf, weil sie sie nicht noch mehr quälen wollten.

Joris stellte den Bulli vor der Mühle seiner Eltern ab.

Arian rutschte vom Sitz, dann half er ihrer Mutter beim Aussteigen. Mit besorgter Miene lehnte er sich in den VW-Bus hinein: »Ich werde bei ihr bleiben, bis unser Vater heimkommt«, sagte er.

»Das ist eine gute Idee«, erwiderte Joris und sah dann den beiden nach, wie sie langsam zur Haustür gingen.

Tjorben stieg ebenfalls aus. Doch anstatt sich neben Joris zu setzen, warf er die Beifahrertür zu und schaute durchs Fenster, das Arian heruntergelassen hatte, hinein. »Ich werde hierbleiben und das Haus eine Weile im Auge behalten.«

»Bist du sicher?«, fragte Joris.

Während Tjorben seinen Bart kraulte, sagte er: »Falls es tatsächlich Lutz Beck war, der uns im Garten des *Lüttes Glück* heimlich beobachtet hat, könnte er hierherkommen. Er denkt, unsere Mutter wäre allein. Aber das ist sie nicht!«

»Danke.« Joris deutete in den hinteren Teil des Bullis. »Soll ich dir Anjas Fahrrad hierlassen? Dann kannst du damit zurück nach Walsum fahren.«

»Du weißt, wie ungern ich auf ein Fahrrad steige, aber nachts sieht mich ja keiner. Ja, okay. Mein Wagen steht ja noch vor der Pension.« Tjorben hob das Rad heraus und kam zur Fahrerseite. »Und falls ihr noch im Garten sitzt, wenn ich zum *Lüttes Glück* zurückkomme, werde ich dazustoßen.«

Joris hatte Magenschmerzen vor Sorgen um ihre Mutter, bemühte sich aber um ein Lächeln. »Das wäre schön.«

Dann machte er sich allein auf den Weg zurück nach Walsum.

Er war zutiefst beunruhigt, aber auch fest entschlossen, herauszufinden, was für ein Geheimnis seine Mutter hütete, denn nur dann konnte er ihr helfen.

Machte sie sich irgendwelche Selbstvorwürfe, litt sie deshalb unter den Migräneattacken und zog sich von ihrer Familie und ihren Freunden zurück? Oder fühlte sie sich von Lutz Beck verfolgt, fürchtete sich vor ihm und litt darum unter starken Kopfschmerzen?

Er hatte im *Strandmohn* behauptet, dass Joris' Mutter sein Leben zerstört hätte. Selbstverständlich hatte Joris ihm kein Wort geglaubt. Aber nun hatte sie zugegeben, Schuld auf sich geladen zu haben. Konnte doch etwas an Becks Vorwurf dran sein? Was verband die beiden? Woher kannten sie sich?

Nachdenklich schaute er in die Nacht hinaus und fragte leise: »Was hast du Lutz Beck angetan, Mutter?«

Marie Schönbeck

Ein Geheimnis am Nordseedeich

LÜTTES GLÜCK

ISBN: 978-3-453-42604-7

Erscheint im Mai 2024

Über den Roman:

Nach der Neueröffnung übernachten die ersten Gäste in *Lüttes Glück*. Auch Anjas beste Freundin Christin sucht Zuflucht, nachdem ihr Mann sie betrogen hat und sie dringend eine Auszeit braucht. Als Christin Tjorben Graf kennenlernt, ist sie fasziniert von dem attraktiven Kapitän, Wattwanderführer und Mitarbeiter im Robbenzentrum auf Föhr. Doch ihre Wunden sind tief und Christin blockt Tjorbens Annäherungsversuche ab. Eines Tages entdeckt sie am Strand eine verletzte Robbe und ruft Tjorben zu Hilfe. Ein Jetski hat das Tier schlimm zugerichtet und die beiden machen sich auf die Suche nach dem skrupellosen Täter. Dabei kommen sie sich näher. Und dann stoßen sie auf ein Geheimnis, dass das Glück der ganzen Familie Graf und aller, die ihnen nahestehen, zerstören könnte …

Kapitel 1

Als Christin Horvat abends von der Arbeit nach Hause kam und die Haustür ihres Reihenhauses aufschloss, hörte sie drinnen schon das Telefon klingeln. Rief Franjo etwa an, um ihr mitzuteilen, dass er keine Überstunden machen und also doch rechtzeitig zum Abendessen zu Hause sein würde?

Sein Smartphone benutzte er fast nie. Er besaß es nur für Notfälle und mochte es nicht, dass viele Menschen nur noch auf ihr Mobiltelefon starrten. Er arbeitete im Pfandleihaus seiner Eltern und regte sich oft auf, dass so manch ein Kunde seinen Ehering oder das goldene Babyarmband, das er zur Geburt seines Kindes geschenkt bekommen hatte, versetzte, um seine Handyrechnung bezahlen zu können.

Voller Hoffnung beeilte sie sich trotz der Hitze, die Köln in einen Backofen verwandelt hatte. Christin trat ins Haus, warf die Tür hinter sich zu und eilte ins Wohnzimmer, das nach den Vanilleduftkerzen, die im Raum verteilt standen, roch.

Die Telefonnummer, die auf dem Display aufleuchtete, war nicht die von Franjo. Christin ließ die Mundwinkel hängen, doch dann erkannte sie die Vorwahl von Föhr, und ihre Enttäuschung wich großer Freude. Anja rief an!

Aufgeregt riss Christin das Telefon aus der Station und meldete sich: »Hallo Anja. Wie schön, von dir zu hören!«

»Moin, Christin«, schallte es fröhlich durch die Leitung. »Hast du Zeit zum Schnacken?«

Christin legte ihr Schlüsselbund und ihre Handtasche auf den Schuhschrank. »Du klingst schon norddeutsch.«

»Das sehen die Norddeutschen bestimmt anders«, erwiderte ihre beste Freundin mit einem Lächeln in der Stimme. »Ich hatte dir doch versprochen, mich zu melden, wenn die ersten Gäste da sind.«

»Und? Sind sie nett? Fühlen sie sich im *Lüttes Glück* wohl? Wie ist es, eine eigene Pension zu führen? Ist es so, wie du es dir vorgestellt hattest? Erzähl schon! Ich platze vor Neugier«, sprudelte es aus Christin heraus, während sie die Bluse, die an ihrem verschwitzten Rücken klebte, von ihrer Haut wegzog. Sie beneidete ihre Freundin um ihren Mut. Sie hätte sich nicht getraut, ihr altes Leben in Köln über Bord zu werfen und auf einer Nordseeinsel noch einmal neu anzufangen.

Ihr Blick fiel auf ihr erhitztes Gesicht im Spiegel, der über dem Sideboard hing, damit das kleine Wohnzimmer größer wirkte. Plötzlich kam sie sich furchtbar langweilig vor. Sie trug ihr hellblondes Haar noch immer glatt, wie schon als Kind, nur dass es ihr inzwischen nicht mehr bis zu den Hüften reichte, sondern zu den Schultern. Sie arbeitete noch immer in der Bank, in der sie ihre Ausbildung gemacht hatte, und war mit ihrem Schulfreund Franjo verheiratet.

»Alles ist neu für mich, was irre spannend, aber auch anstrengend ist«, erzählte Anja. »Mir fehlt die Routine. Ich bin froh, dass Hilde den Frühstücksservice übernommen hat und mir mit Rat und Tat zur Seite steht.«

»Dann verstehst du dich mit der Vorbesitzerin jetzt besser als am Anfang?«, fragte Christin. Sie setzte sich auf die Couch und streifte sich die Ballerinas und Söckchen von den Füßen. In der Bank musste sie auch im Hochsommer geschlossene Schuhe tragen, was im temperierten Gebäude erträglich, aber draußen eine Qual war. Ihre Freundin dagegen lebte nach ihren eigenen Regeln. Christin beneidete sie um diese Freiheit.

»Ja.« Amüsiert fuhr Anja fort: »Manchmal denkt sie noch, sie hätte das Kommando, aber wir sitzen öfters zusammen auf der Holzbank im Garten. Früher hat sie nur zu Beuteltee gegriffen. Inzwischen weiß sie meinen losen Tee zu schätzen, gibt es aber nicht zu. Typisch Hilde eben. Manchmal lässt sie beiläufig fallen, dass sie eine Tasse mittrinken würde, sollte ich zufällig eine Kanne zubereiten.«

»Sag mir nicht, dass du komplett auf Kaffee verzichtest?«, fragte Christin überrascht und machte sich plötzlich Sorgen, dass sie sich mehr als nur räumlich voneinander entfernt haben könnten. Sie musste daran denken, wie oft sie hier auf dem Sofa nebeneinandergesessen und Milchkaffee mit köstlich süßem Sirup getrunken hatten. Sie sehnte sich nach diesen Zeiten.

»Nein, auf keinen Fall. Das könnte ich niemals.« Anscheinend empfand Anja dieselbe Sehnsucht wie Christin, denn sie fügte mit sanfter Stimme hinzu: »Ich vermisse unseren Kaffeeklatsch.«

Christin setzte sich auf die Couch und sah auf den leeren Platz neben sich. »Und ich vermisse dich, sehr.«

»Ich dich auch, Süße. Wir müssen uns dringend mal wiedersehen. Wann kommst du mich auf Föhr besuchen?« Stille am anderen Ende der Leitung.

Dann antwortete Christin zögerlich: »Bald, bestimmt.«

Der nächste Urlaub stand erst im Herbst an, weil nach den Schulferien die Preise fielen und Franjo ein Sparfuchs war. Zudem war er ein Gewohnheitsmensch und hatte schon dasselbe Zimmer in dem Hotel in Dubrovnik gebucht wie jedes Jahr. Sie konnte ihn einfach nicht davon überzeugen, mal woanders hinzufahren. Er hatte schon als Junge die Sommerferien mit seinen Eltern an der Adria verbracht.

Petar, sein Vater, hatte dort das Licht der Welt erblickt und 21 Jahre später in der malerischen Altstadt Dubrovniks Monika, die aus Köln stammte und im Süden Kroatiens Urlaub machte, kennengelernt. Ein Jahr später war er zu seiner großen Liebe nach Deutschland gezogen, und sie hatten geheiratet.

Schon wegen der Liebesgeschichte seiner Eltern hatte Franjo ein besonderes Verhältnis zu der Küstenstadt. Außerdem brauchte er Beständigkeit, das wusste Christin. Veränderungen verunsicherten ihn.

Christin war auch kein Freund von Überraschungen und fuhr gerne in gewohnten Gewässern, aber in diesem Fall sehnte sie sich nach Abwechslung.

»Ich habe mich nicht vollkommen verändert, falls das deine Sorge ist«, kam Anja auf ihr Gespräch über ihren gestiegenen Teekonsum zurück. »Tee habe ich schon immer getrunken, aber nicht mit dir, weil du ihn ja nicht magst. Inzwischen brauche ich meine tägliche Tasse zum Wohlfühlen, genauso wie meinen Becher Kaffee am Morgen.«

»Damit kann ich leben«, erwiderte Christin und lachte.

»Vielleicht solltest du dem Tee doch noch eine Chance geben«, schlug Anja vor.

»Nein, ich denke eher nicht. Ich habe ihm noch nie etwas abgewinnen können.« Bestimmt sagte Christin: »Ich gehöre vollkommen zum Team Kaffee.«

»Wenn du herkommst, werde ich dir einen leckeren Ostfriesentee mit Sahnewölkchen und Kluntje machen«, kündigte Anja fröhlich an. »Das schmeckt köstlich! Den wirst selbst du mögen.«

»So habe ich ihn noch nie getrunken«, gab Christin zu.

»Dann wird es aber Zeit«, zwitscherte Anja heiter.

Christin fragte sich, wann sie das letzte Mal etwas Neues ausprobiert hatte, und da fiel ihr bloß eine Schokolade vom Discounter ein, weil Franjo sie ermahnt hatte, preisgünstiger einzukaufen.

Die Miete für das Reihenhaus war immer mehr gestiegen und hatte astronomische Höhen erreicht, aber Franjo wollte unbedingt neben seinen Eltern wohnen bleiben. Christin hatte vorgeschlagen, in den Speckgürtel von Köln zu ziehen oder noch weiter raus, wo die Mieten zwar immer noch hoch waren, man aber beim Blick auf die Abbuchung keine Schweißausbrüche bekam. Zudem war das Umland grüner, und es gab weniger Verkehrslärm. Doch Franjo hatte sich nicht überzeugen lassen.

Die Schokolade war viel zu süß und krümelig gewesen, also kaufte Christin heimlich wieder ihre alte Marke, die Quittungen verlangte Franjo schließlich nicht. Er war sparsam, aber kein Kontrollfreak.

»Wie läuft *Martinas Gartencafé* an?«, wollte Christin wissen und wünschte sich, sie könnte das Café auf der Terrasse der kleinen Inselpension, das Anja nach ihrer verstorbenen Mutter benannt hatte, mit eigenen Augen sehen.

Ihre Freundin hatte ihr zwar Fotos vom *Lüttes Glück* und von Walsum mit der großen Trauerweide auf dem Dorfanger geschickt, doch sie hätte gerne selbst herausgefunden, ob tatsächlich ständig Schafsgeruch vom Stall des Nachbarn Sören Schippmann durch den kleinen Ort zog. Sie wollte den dicken schwarzen Kater Kimi, der so etwas wie das Maskottchen der kleinen Gemeinde war, streicheln und Maikes hochgelobten Blechkuchen kosten. Und sie wollte endlich Joris Graf, Anjas neuen Freund, kennenlernen.

»Es ist noch Luft nach oben, und wir müssen viel Kuchen selbst essen.« Anja lachte verlegen. »Aber es finden immer wieder Gäste zu uns. Maikes *Nordseewellen* stehen hoch im Kurs, und auch meine Waffeln und *Heiße Liebe* werden oft bestellt. Dazu werden Kaffee und Tee getrunken, oder *Pharisäer* und *Tote Tante*.«

Obwohl es viel zu heiß war, um etwas zu essen, lief Christin das Wasser im Mund zusammen. »*Tote Tante* kenne ich als *Lumumba*. Aber was ist *Heiße Liebe*?«

»Vanilleeis mit heißen Himbeeren, auf Wunsch mit viel Schlagsahne«, erklärte ihre Freundin. »Für die Erwachsenen gibt's einen Schuss Himbeergeist, wenn sie möchten.«

»Jetzt habe ich Lust auf was Süßes! Ich wünschte, ich wäre im *Lüttes Glück* und könnte dir helfen, die Reste zu verspeisen«, sagte Christin schmunzelnd. Sie glaubte, das Rauschen des Meeres durch die Leitung zu hören.

»Alles Schöne hat auch eine Schattenseite. Durch die zusätzlichen Kalorien nehme ich immer mehr zu, und das, obwohl ich auf der Insel viel mit dem Fahrrad unterwegs bin.« Anjas Stimme wurde so weich wie Samt, als sie den

Namen ihres Freundes erwähnte: »Joris liebt jedes Pfund an mir, ich aber nicht.«

»Wie süß von ihm! Wenn du von ihm sprichst, klingst du richtig verträumt. Dich hat es voll erwischt, oder?«, fragte Christin ihre Freundin. Sie freute sich für sie.

Sie sah zu ihrem Hochzeitsfoto, das eingerahmt auf dem Sideboard stand, doch der Anblick löste bloß ein Gefühl von Vertrautheit in ihr aus. Was hatte sie denn erwartet? Franjo und sie waren kurz vor dem Abitur zusammengekommen und bereits seit zwölf Jahren verheiratet. Nach sechzehn gemeinsamen Jahren hatte man eben keine Schmetterlinge mehr im Bauch.

»Ja, trotz einiger Anfangsschwierigkeiten sind wir inzwischen total glücklich. Und es gibt Neuigkeiten.« Durch die Leitung war zu hören, dass Anja ein Fenster schloss. »Joris will diese Woche bei mir einziehen.«

»Ins *Lüttes Glück*?«, fragte Christin überflüssigerweise und wurde sich bewusst, dass sie nie allein gelebt hatte. Sie war von ihren Eltern direkt zu Franjo gezogen. »Ich meinte nur ... Nicht jeder kann sich vorstellen, in einer Pension zu wohnen, mit dem Trubel der ständig wechselnden Feriengäste.«

»Jetzt zeigt sich, dass es auch etwas Gutes hat, dass Hilde und Godo die Einliegerwohnung besetzen. Eigentlich hätte ich ja dort einziehen sollen, aber im Erdgeschoss würde sich Joris nicht wohlfühlen. Das wäre ihm zu sehr mittendrin.« Fröhlich fuhr Anja fort: »Aber meine Dachgeschosswohnung findet er wirklich gemütlich, und sie liegt etwas abseits, auch wenn es nur die Treppe hoch ist. Das ist für ihn in Ordnung.«

Christin hatte plötzlich großen Durst. Während sie in die Küche ging, fragte sie: »Dann sind Hilde und Godo noch zusammen?«

»Ja. Überrascht dich das?«, kam es von Anja zurück.

Christin goss sich ein Glas Wasser ein und trank gierig einen Schluck. »Du hattest Hildes spitze Zunge erwähnt. Es wäre gut möglich, dass sie Godo damit bereits vergrault hätte.«

»Er weiß sie zu nehmen.« Amüsiert erklärte Anja: »Wenn sie schlechte Laune hat, ist er besonders nett zu ihr und nimmt ihr dadurch den Wind aus den Segeln.«

»Clever.« Christin kamen die Personen, über die sie sprachen, vertraut vor, dabei kannte sie sie bloß aus Anjas Erzählungen.

»Godo kümmert sich um den Garten und hat sich dazu bereit erklärt, später den kleinen Campingplatz neben dem *Lüttes Glück* zu führen. Die Vorbereitungen für die Zeltwiese und die Wohnmobil-Stellplätze laufen auf Hochtouren«, berichtete Anja. »Joris hat die Wiese hinter der Linde gesichelt, sie war so zugewachsen, dass man mit dem Rasenmäher nicht durchkam. Ole Bohnsack, unser Elektriker, war da und hat die elektrischen Anschlüsse verlegt. Sobald die Stromsäulen geliefert sind, wird er sie anschließen. Es geht voran.«

»Hast du dir nicht zu viel auf einmal vorgenommen?«, fragte Christin vorsichtig und öffnete den Kühlschrank. Rasch neigte sie sich vor und genoss die kühle Luft, die über ihr Gesicht strich.

»Nein, ich bin ja umgeben von vielen lieben Menschen, die mir helfen und mich motivieren. Aber natürlich tun mir abends die Füße weh und ich bin platt«, gab Anja zu. »Trotzdem bereue ich nichts. Das *Lüttes Glück* zu ersteigern und nach Föhr zu ziehen, war die beste Entscheidung meines Lebens.«

Im Gedanken hörte Christin Franjo sagen, dass es Energieverschwendung wäre, den Kühlschrank so lange offen stehen zu lassen, und schloss die Tür wieder. Dann zog sie die Rollläden hoch und sah auf die menschenleere Straße. Eine Glocke aus Sommerhitze lag über Köln und machte das Atmen schwer. Selbst im Haus war es stickig, obwohl Christin alle Jalousien geschlossen hatte, bevor sie sich am Morgen auf den Weg zur Arbeit gemacht hatte. Bestimmt waren die Temperaturen auf Föhr selbst im Hochsommer durch den steten Wind angenehm. Wie gerne wäre ich jetzt dort, dachte sie. »Du klingst beneidenswert glücklich.«

»Bist du es denn nicht?«, fragte ihre Freundin besorgt.

Christin horchte in sich hinein. Warum musste sie überhaupt darüber nachdenken? Hätte sie nicht sofort mit Ja antworten sollen? Sie hatte doch alles, was man sich wünschen konnte - eine langjährige Ehe, eine unbefristete Arbeitsstelle und genug Geld, um ein ganzes Haus mieten und einmal im Jahr in Urlaub fahren zu können. Ausweichend antwortete sie: »Ich schätze mich glücklich.«

»Jetzt hörst du dich wie mein Exfreund Ralf an«, sagte Anja amüsiert. »Als hättest du die Fakten überprüft. Aber was sagt dein Herz?«

Christin ging nicht darauf ein. »Ich arbeite ja auch bei einer Bank, natürlich bin ich vernunftgesteuert.«

»So warst du früher nicht. Da hast du auf einer Party auch schon mal auf dem Tisch getanzt«, erinnerte sich Anja und lachte.

Etwas wehmütig wandte Christin ein: »Das ist lange her. Damals war ich noch in der Schule.«

»Warst du zu der Zeit glücklich?«, wollte Anja von ihr wissen.

Eine Erinnerung zauberte ein Lächeln auf Christins Gesicht. Sie musste daran denken, wie sie sich mit sechzehn in einer heißen Sommernacht mit Anja auf das umzäunte Grundstück eines Baggersees geschlichen hatte. Sie hatten ignoriert, dass es gefährlich war, in dem künstlichen Gewässer zu schwimmen, sich bis auf die Unterwäsche ausgezogen und waren ins Wasser gesprungen. Das war nicht nur erfrischend gewesen, sondern es hatte ihnen auch einen Kick gegeben, etwas Verbotenes zu tun. Wie leicht und unbeschwert das Leben als Jugendliche gewesen war! »Ja.«

»Vielleicht brauchst du einen Tapetenwechsel und solltest darüber nachdenken, dir eine neue Stelle zu suchen«, schlug Anja vor.

Christin fühlte sich in der Bank tatsächlich unwohl und hatte darüber auch schon mit ihrer Freundin gesprochen, dennoch wiegelte sie ab: »Ich bin nicht wie du.«

»Nicht so verrückt, alles hinzuschmeißen?«, fragte Anja ironisch.

»Das meinte ich nicht«, stellte Christin klar, »sondern dass ich nicht so mutig bin wie du.«

»Doch, doch, das war verrückt von mir«, gab Anja zu, »und sehr riskant. Man sollte nie alles auf eine Karte setzen.«

Am Küchenfenster ging ein Mann vorbei, der sich mit einem Taschentuch übers Gesicht wischte und dann einen kräftigen Schluck aus einer Plastikflasche nahm. Seinem T-Shirt nach zu urteilen, konnte er gar nicht so viel trinken, wie er schwitzte. Christin wandte sich vom Fenster ab. »Du hast hoch gepokert und gewonnen. Das Glück kann aber nicht jeder haben.«

»Du hast natürlich recht. Man muss ja auch nicht gleich sein komplettes Leben umkrempeln, wie ich das getan habe. Vielleicht bist du auch nur reif für die Insel. Wenn du eine Auszeit brauchst, sag einfach Bescheid! Dann reserviere ich dir ein Gästezimmer.«

»Ich bin unzufrieden und weiß selbst nicht, warum«, gestand Christin nicht nur ihrer Freundin, sondern auch sich selbst das erste Mal ein. »Vielleicht liegt es nur an dieser schrecklichen Hitze. Selbst nachts bleiben die Temperaturen über zwanzig Grad. Wer soll da schlafen können? Vor lauter Müdigkeit mache ich in der Bank Fehler, die mir sonst nicht passieren. Mein Vorgesetzter hat mich schon ermahnt. Das war mir echt peinlich.« Sie seufzte schwer. »Manchmal denke ich, dass mein Leben nur noch aus Arbeit und Verpflichtungen besteht. Kennst du das?«

»Nur allzu gut«, antwortete Anja, ohne zu zögern.

Christin ruderte zurück, es war ihr mit einem Mal unangenehm, so niedergeschlagen zu klingen. Das sah ihr gar nicht ähnlich: »Im Moment bin ich oft allein. Schon möglich, dass ich einfach nur zu viel Zeit zum Grübeln habe.«

»Jetzt fühle ich mich schlecht. Es tut mir leid, dass ich aus NRW weggezogen bin«, sagte Anja bedauernd.

»Lügnerin!«, schalt Christin sie lächelnd.

Anja lachte. Dann stellte sie mit leiser Stimme klar: »Wegen dir tut es mir leid.«

Mit jemand anderem hätte Christin nicht so offen über

ihre Gefühle geredet, aber bei Anja fiel es ihr leicht, sich zu öffnen. »Ich habe mich zu sehr auf Franjo konzentriert und meine Freundschaften vernachlässigt. Es ist traurig, aber du bist meine einzige Freundin. Zu allen anderen von früher habe ich den Kontakt verloren, oder sie sind inzwischen nur noch Bekannte.«

»So ist das doch oft bei Paaren. Bei Ralf und mir war es nicht anders. Unser Alltag hat sich nur um unser gemeinsames Baby, die Werbeagentur, gedreht und wir haben oft sogar am Wochenende gearbeitet«, erzählte Anja. »Da blieb nicht mehr viel Zeit für Familie, Freunde oder Hobbys.«

Christin ging ins Badezimmer und spritzte sich kaltes Wasser ins Gesicht. Welch eine Wohltat! Während sie sich mit einem Handtuch über die Wangen tupfte, erzählte sie: »Jetzt sind meine Schwiegereltern auch noch im Urlaub, und Franjo muss die Pfandleihe allein führen. Sie haben zwar vor Kurzem eine zusätzliche Mitarbeiterin eingestellt, weil die Geschäfte gut laufen und Franjo ja auch mal krank werden kann. Aber Patrizia soll wohl sehr langsam in allem sein, und er muss ihr ständig auf die Finger schauen, damit sie nichts falsch macht. Er sagt, er hätte sie nach der Probezeit nicht eingestellt, aber seine Eltern wollten sie unbedingt behalten. Jedenfalls muss er oft Überstunden machen und ist abends müde. Ich kann ihm nicht verübeln, dass er nach Feierabend nur noch seine Ruhe haben will.«

»Aber du fühlst dich vernachlässigt, oder?«, fragte Anja. Das Rascheln von Papier war zu hören. Dann steckte sie sich etwas in den Mund. Den Geräuschen nach musste es sich um ein Bonbon handeln.

Nun, da Anja geduldig auf eine Antwort von ihr wartete, wurde sich Christin mit einem Mal der Stille um sich herum bewusst.

Sie musste daran denken, dass sie sich als Zwölfjährige sehnsüchtig einen Hund gewünscht hatte. Jemanden, der sie voller Freude begrüßte, wenn sie von der Schule nach Hause kam. Sie war ein Schlüsselkind gewesen. Ihre Eltern hatten den ganzen Tag gearbeitet, und somit war Christin oft allein gewesen, während ihre Freundinnen zumindest mit einem Elternteil zu Mittag aßen und von ihrer Mutter oder ihrem Vater zum Ballettunterricht oder Schwimmkurs gefahren wurden. Damals hatte sie ihre Freundinnen beneidet.

»Sei doch froh, dass du allein bist! So kannst du machen, was du willst«, pflegten ihre Eltern zu sagen. »Außerdem ist da niemand, der darauf besteht, dass du zuerst die Hausaufgaben machst, bevor du mit dem Fahrrad ins Freibad fährst.«

Aber Christin konnte sich nicht freuen. In den Stunden, bis ihre Freundinnen Zeit für sie hatten oder ihre Eltern von der Arbeit kamen, fühlte sie sich einsam. Darum wünschte sie sich einen Freund, einen Hund. Sie redete mit Engelszungen auf ihre Eltern ein, aber die ließen sich nicht erweichen.

»Wir sind den ganzen Tag weg und könnten nicht mit ihm Gassi gehen«, erklärte ihr Vater und setzte sich neben sie aufs Bett, in dem Christin schmollte.

Hoffnungsvoll sah Christin ihn an. »Aber das könnte ich doch nach der Schule machen.«

»Du bist noch zu jung, um allein die Verantwortung für ein Haustier zu übernehmen«, erklärte er. »Außerdem wäre der Hund trotzdem zu viele Stunden sich selbst überlassen. Er würde sich zu Recht vernachlässigt fühlen.«

Ihre Augen wurden feucht. »So geht es mir doch auch. Darum will ich ja ein Tier.«

Da schwieg ihr Vater betreten.

Nun, 23 Jahre später, war Christin wieder allein und unglücklich darüber. Normalerweise saßen Franjo und sie um diese Zeit in der Küche und aßen zu Abend. Anja fand es spießig, jeden Tag um dieselbe Uhrzeit dasselbe zu tun, und sie hatte nicht unrecht. Christin fühlte sich oft wie in ein Korsett gepresst, mit diesem Alltag, bestimmt von ihrer Arbeit bei der Bank, von Franjo und seinen Eltern, die im Reihenhaus nebenan wohnten. Aber nun, da ihr Mann ständig Überstunden machte, fehlte ihr die gewohnte Zweisamkeit, die alles war, was Christin noch hatte.

Köln hat mehr als eine Million Einwohner, und ich bin einsam, dachte sie bitter.

Sie hängte das Handtuch zurück an den Haken und atmete einmal tief durch. Der Pfirsichduft der Seife, die in einer Schale aus Olivenholz lag, stieg ihr in die Nase. »Ja, ich fühle mich vernachlässigt.«

»Hast du das Franjo mal gesagt?«, wollte Anja von ihr wissen. Beim Sprechen stieß das Bonbon gegen ihre Zähne.

»Nein, ich will ihn nicht mit Vorwürfen belasten. Er hat schon genug um die Ohren. Ich muss da einfach durch, es ist bestimmt nur eine Phase.« Zu ihrer eigenen Beruhigung fügte Christin an: »Wenn seine Eltern aus dem Urlaub zurück sind, wird ja wieder alles normal laufen.«

»Vielleicht kannst du ihn heute Abend vom Stress ablenken, indem du sein Lieblingsessen kochst«, schlug Anja ihr vor.

»Franjo isst am liebsten den rheinischen Sauerbraten seiner Mutter.« Christin verdrehte die Augen. Sie hatte sich wirklich bemüht, den Braten so hinzubekommen, wie seine Mutter ihn zubereitete, aber Franjo hatte stets einen Unterschied geschmeckt. Schließlich hatte sie begriffen, dass es ein typisches Mama-Essen war - ein Gericht, das nur die eigene Mutter perfekt kochen konnte, weil er mit ihm schöne Erinnerungen an die Kindheit verband. Also hatte Christin ihre Bemühungen irgendwann eingestellt. »Aber ich könnte uns etwas beim China-Imbiss um die Ecke holen. Franjo liebt Dim Sum. Wenn ich ihm das vorschlage, wird er zwar einwenden, dass wir unser Geld zusammenhalten sollten. Aber wir reden ja nicht von einem Urlaub auf den Bahamas.«

»So ist es«, pflichtete Anja ihr bei. »Man lebt nur einmal und sollte sich auch mal eine Kleinigkeit gönnen, sonst bekommt man schlechte Laune.«

Plötzlich wusste Christin, wie sie Franjo eine Freude bereiten und gleichzeitig ihre eigene Stimmung aufhellen konnte. Sie lächelte ihr Bild im Badezimmerspiegel an. »Ich habe eine Idee! Ich werde jetzt sofort zum Chinesen fahren, eine doppelte Portion Teigtaschen mit Garnelen und Bambussprossen für Franjo und frittierte Sesambällchen für mich holen und ihn dann damit im Pfandleihhaus überraschen.« Christin verließ das Badezimmer, ging in die Küche und sah auf die Wanduhr. »Die Pfandleihe hat jetzt geschlossen, und Patrizia dürfte inzwischen Feierabend gemacht haben, Franjo ist also allein.«

»Er wird sich bestimmt sehr freuen! Und wer weiß, wohin das führt. Liebe geht bekanntlich durch den Magen«, sagte Anja mit einem Lächeln in der Stimme.

Christin konnte förmlich sehen, wie ihre Freundin am anderen Ende der Leitung zwinkerte. »Na ja, die Anziehungskraft zwischen uns ist nach all den Jahren nicht mehr so stark.«

»Natürlich ist es aufregend, einen neuen Körper zu erkunden. Ich spreche da aus Erfahrung«, spielte Anja auf ihre noch junge Beziehung mit Joris an und giggelte. »Aber der Sex wird doch mit den Jahren immer besser. Man ist sich vertraut, darum kann man sich vollkommen fallen lassen und weiß, was der andere mag.«

»So sollte es sein, aber so ist es bei uns nicht«, erwiderte Christin bedrückt.

Der Geschlechtsverkehr war schon vor Jahren langweilig geworden, weshalb sie wohl beide die Lust daran verloren hatten. Es hatte eine Zeit gegeben, da hatte sie Franjo versucht zu ermutigen, mal etwas Neues ausprobieren, um Schwung in ihr Intimleben zu bringen, er hatte jedoch nicht gewollt.

Er war jedoch nicht allein schuld an der Flaute im Bett. Als sie noch miteinander geschlafen hatten, war Christin oft angespannt gewesen und manchmal sogar so traurig geworden, dass sie hatte weinen müssen, weil sie daran erinnert wurde, was sie nicht haben konnte. Erotik spielte schon lange keine Rolle mehr zwischen Franjo und ihr.

»Ralf und ich haben uns zum Schluss auch nicht mehr zueinander hingezogen gefühlt.« Anja wurde wohl bewusst, dass Christin andeutete, ihre Ehe könnte ebenfalls dem Ende zugehen, denn sie sog scharf die Luft ein. Dabei verschluckte sie ihr Bonbon und musste husten.

Aber Christin glaubte nicht, dass es Franjo und ihr genauso ergehen würde. Als Ehepaar trennte man sich nicht leichtfertig. Für Christin war das Wörtchen Scheidung wie ein Schreckgespenst. Dann hätten Franjo und sie sich ein Scheitern eingestehen müssen. Sie hatten sich immerhin gegenseitig geschworen, in guten wie in schlechten Zeiten zueinanderzustehen, und sechzehn Jahre in tiefer Verbundenheit verbracht. Sie hatten zusammen Abitur gemacht, sich gegenseitig immer wieder motiviert, ihre Ausbildungen zur Bankangestellten und zum Kaufmann durchzuhalten, und sich ein solides gemeinsames Leben aufgebaut. Das warf man nicht so schnell weg.

Christin wollte jedenfalls etwas dafür tun, dass ihre Ehe wieder besser lief, die nicht nur im Bett mehr Schwung gebrauchen konnte. »Es tut mir leid, aber ich muss jetzt Schluss machen«, sagte sie entschlossen zu Anja. »Ich weiß ja nicht, wie lange ich beim Imbiss warten muss. Nicht, dass sich Franjo schon auf den Weg nach Hause gemacht hat, wenn ich im Pfandleihhaus ankomme.«

»Dafür habe ich vollstes Verständnis«, versicherte Anja ihr mit einer vom Husten kratzigen Stimme. »Ich wünsche euch beiden einen schönen Abend.«

»Lieb von dir, danke. Das wünsche ich Joris und dir auch«, sagte Christin in den Hörer. »Ich drücke dir die Daumen, dass das *Lüttes Glück* bald ausgebucht, *Martinas Gartencafé* rappelvoll und der Campingplatz startklar sein wird.«

Anja keuchte am anderen Ende der Leitung. »Jetzt, wo du meine Geschäftsfelder aufzählst, klingt das doch alles recht viel auf einmal.«

»Du schaffst das schon, du bist doch eine Powerfrau«, erwiderte Christin zuversichtlich. »Mach's gut.«

»Bis bald«, verabschiedete sich Anja.

Christin beendete das Telefonat. Gut gelaunt schnappte sie sich ihr Schlüsselbund und eilte zu ihrem Wagen. Sie hatte Glück, der China-Imbiss war leer, und sie kam sofort dran. Mit einer Tüte voll köstlich duftendem Dim Sum auf dem Beifahrersitz machte sie sich auf zum *Pfandleihhaus Horvat.*